Un souvenir meurtrier

*

Prisonnière de la peur

*

Un trop séduisant protecteur

TYLER ANNE SNELL

# Un souvenir meurtrier

*Traduction française de*
ISABEL ROVAREY

BLACK ROSE

HARLEQUIN

*Collection :* BLACK ROSE

*Titre original :*
COLD CASE CAPTIVE



**HARPERCOLLINS FRANCE**
83-85, boulevard Vincent-Auriol, 75646 PARIS CEDEX 13
Service Clients — www.harlequin.fr
ISBN 978-2-2804-9818-0 — ISSN 1950-2753

Édité par HarperCollins France.
Composition et mise en pages Nord Compo.
Imprimé en mars 2024 par CPI Black Print (Barcelone)
en utilisant 100% d'électricité renouvelable.
Dépôt légal : avril 2024.

FSC
www.fsc.org
MIXTE
Papier issu de sources responsables
FSC® C159065

Pour limiter l'empreinte environnementale de ses livres, HarperCollins France s'engage à n'utiliser que du papier fabriqué à partir de bois provenant de forêts gérées durablement et de manière responsable.

# Prologue

— Ce qu'il y a, c'est que tout le monde a oublié la vérité. Du moins, une partie de la vérité.

Lillian Howard, son classeur à soufflets sous le bras, les cheveux tirés en un chignon serré, s'était exprimée d'un ton à la fois professoral et respectueux.

Le détective Kenneth Gray, qui était superviseur du pôle des Affaires classées du bureau du shérif, l'étudia avec attention. En réalité, c'était lui qui l'avait appelée pour une interview. Ils avaient déjà évoqué les aspects purement techniques – son CV, son travail dans un bureau du shérif du nord de l'Alabama après avoir renoncé à une carrière au FBI, bien qu'il ne lui ait pas demandé la raison de son refus et qu'elle n'ait pas spontanément fourni d'explication – et ils en étaient maintenant à la partie « humaine » de l'entretien, à savoir qu'ils discutaient à bâtons rompus.

Ça, c'était histoire de voir si elle s'intégrerait dans l'équipe.

Dommage qu'elle ne soit guère portée sur le respect des conventions sociales.

Même si elle voulait réellement décrocher cet emploi.

Il avait suffi que Kenneth lui tende la perche en donnant à la conversation une tournure plus décontractée, tandis qu'ils quittaient la salle de réunion pour se diriger vers son bureau, pour qu'elle s'engouffre dans la brèche.

— De quelle vérité parlez-vous ? demanda-t-il.

Lily se réjouit de ne déceler aucune condescendance dans ses propos. Ses anciens collègues n'avaient pas été aussi bienveillants. Le fait qu'elle ait été plus jeune qu'eux et ait voué une vraie dévotion à l'ordre avec un grand « O » n'avait pas aidé. Elle avait été considérée là-bas comme une obsédée du contrôle. Elle préférait, quant à elle, se voir comme une personnalité de type A.

Et puis il y avait sa mémoire – excellente. Quasi infaillible.

Lily prit place sur le siège en face de lui, de l'autre côté du bureau. Elle posa le dossier à soufflets sur ses genoux, prête à réciter le discours qu'elle avait si souvent tenu dans ses jeunes années.

Maintenant qu'elle était lancée, rien ne l'arrêterait plus.

— Eh bien, le fait qu'Annie McHale n'ait pas été la première jeune fille à disparaître à Kelby Creek.

Elle défit l'élastique qui maintenait le classeur fermé mais sans l'ouvrir tout de suite.

— Le rapt d'Annie McHale date d'il y a cinq ans, continua-t-elle. Ida Perez, elle, a été enlevée il y a *quatorze* ans, à l'âge de seize ans.

Lily lutta contre la tentation de remuer sur son siège. Sa posture était un peu trop rigide, elle le savait – c'était souvent le cas lorsqu'elle était très concentrée – mais, en l'occurrence, sa raideur était liée au souvenir du froid qu'il faisait ce jour-là. À celui, aussi, des gyrophares des voitures de police éclairant les arbres par intermittence, de l'air humide et pénétrant de la rivière qui la glaçait jusqu'aux os et des regards graves des adultes qui laissaient deviner que l'issue ne serait pas heureuse.

C'était un difficile rappel de tout ce que Lily s'était efforcée de reléguer au fond de son esprit au fil des années. Mais Kelby Creek et son passé ne se laissaient pas mettre de côté si facilement. Ils avaient l'art de s'imposer à vous, que vous le vouliez ou non.

C'était d'ailleurs la raison pour laquelle elle était là.

La raison pour laquelle elle avait accepté de revenir.

Et c'était pourquoi elle espérait que le détective Gray allait l'écouter.

Elle exposa donc les faits, de façon concise et objective :

— Ida Perez était dehors, en train de bavarder avec son frère, Anthony, quand, tout à coup, alors que l'attention de celui-ci s'était brièvement détournée, elle a disparu. Peu après, alors qu'il la cherchait, une adolescente du voisinage lui a dit avoir entendu

Ida crier quelques maisons plus loin. Tous deux se sont précipités vers le bout de la rue, dans la direction d'où venait l'écho, jusqu'à arriver à la lisière de la forêt. La voisine a eu le temps de voir Ida disparaître dans les bois avec un homme adulte mais il commençait à faire sombre et il s'était mis à pleuvoir...

Lily lutta de nouveau contre l'envie de changer de position. Puisant en elle les ressources qui l'en empêcheraient, elle appuya mentalement sur le bouton qui mettait ses émotions sur Pause.

— La voisine et son frère ont suivi leur piste jusqu'à la rivière, où l'homme a agressé Anthony. Il l'a assommé avec un caillou puis l'a traîné jusqu'à l'eau. La voisine a dû prendre une décision : le sortir de la rivière et le sauver ou pourchasser Ida et le ravisseur. Elle a choisi Anthony. On n'a plus jamais revu Ida ni celui qui l'avait enlevée.

Voilà.

Concis. Factuel.

Le détective Gray se pencha en avant, se passa une main sur le menton et hocha la tête.

— J'avais fait le rapprochement entre la disparition d'Annie et celle d'Ida. Et je n'ignore pas non plus que le rapt d'Ida a fait beaucoup moins de bruit que celui d'Annie.

Lily rejeta les épaules en arrière, même si elle ne pouvait pas se tenir plus droite qu'elle ne l'était déjà.

— Mais, avant que la disparition d'Annie ne fasse la une des journaux nationaux, la ville entière s'était mobilisée pour la rechercher, rappela-t-elle. Le fait d'appartenir à une famille aisée ne devrait pas entrer en ligne de compte. Quand un enfant disparaît ou est enlevé, rien d'autre ne devrait compter. Cette ville a abandonné Ida Perez à son sort.

Elle n'avait pas voulu donner l'impression d'être aussi amère. Lily se cuirassa pour mieux dissimuler ses sentiments.

Le détective Gray se borna à hocher de nouveau la tête.

— Comme vous le savez, il y a eu beaucoup de dysfonctionnements par le passé. Des affaires non résolues, classées sans suite, des enquêtes qui traînaient en longueur, des preuves et des déclarations falsifiées, de l'intimidation... C'est bien pourquoi le bureau, *aujourd'hui*, met tout en œuvre pour veiller à ce que de tels manquements ne se produisent plus jamais. C'est dans cette optique que le pôle des Affaires classées a été créé.

— « Pour rouvrir ces affaires non résolues et s'assurer que les investigations ont été conduites correctement », déclara-t-elle, reprenant les propres termes du détective Gray dans son communiqué de presse, au moment de l'annonce de la création de cette unité spéciale, voilà près d'un an.

Il opina du chef.

— C'est une tâche que nous prenons très au sérieux – à commencer par moi. Tout comme le recrutement de nouveaux détectives pour cette unité.

Il croisa les doigts et prit l'air songeur.

— C'est un travail qui peut se révéler ingrat, difficile, on découvre parfois des réponses qui ne nous plaisent pas. Bon sang... La plupart du temps, c'est comme chercher un bout d'aiguille cassée dans une botte de foin détrempée et, quand on trouve quelque chose, il nous faut en informer des familles qui sont toujours dans la peine.

— Mais leur apporter une réponse met un terme à leur attente et à leur incertitude.

Le détective Gray la regarda, l'air solennel.

— Oui, cela peut leur apporter une forme d'apaisement, convint-il. C'est tout ce que peuvent espérer certaines personnes.

Il ne mentionna pas son expérience personnelle en la matière, même si tout le monde, à Kelby Creek, était au courant de son long combat pour faire éclater la vérité sur le meurtre de sa première femme, l'affaire étant restée non résolue pendant des années.

— Ce que je recherche avant tout chez les membres de cette équipe, c'est la motivation et le désir ardent de trouver ces réponses, pour les proches, et de s'assurer que justice soit faite, pour les victimes. Il me faut des détectives intelligents, bienveillants et déterminés, d'autant qu'il subsiste encore, chez une frange non négligeable de la population, de l'hostilité à l'encontre du bureau – en particulier ceux de ses membres qui exhument le passé.

Ce fut au tour de Lily d'acquiescer d'un signe de tête.

— Je comprends, dit-elle finalement lorsqu'il devint clair que le détective Gray attendait une réponse. C'est ce à quoi je me suis toujours employée dans mon travail. Trouver la vérité. M'efforcer d'apporter l'apaisement aux familles.

— Pour ce genre de mission, un lien… personnel peut constituer un précieux atout, reprit-il d'un ton méditatif. J'ai l'impression que vous en avez un – bien que vous ayez évité de le mentionner – avec l'affaire Ida Perez. Quel est ce lien ?

Lily demeura silencieuse. Elle s'était doutée qu'ils en arriveraient là à un moment ou un autre mais répondre ne la mettait pas moins mal à l'aise. Elle réfléchit quelques instants, puis déclara d'une voix chargée de plus d'émotion qu'elle ne l'aurait cru :

— La voisine, c'était moi.

# 1

Anthony Perez contempla la cicatrice près de ses cheveux, en attendant un appel. Portant la main à son visage, il effleura la marque claire, se demandant comment une ligne si fine pouvait être l'unique vestige d'un événement si dramatique.

Comme une minuscule flaque d'eau subsistant sur le sol après qu'une inondation avait tout détruit alentour. Ce n'était rien du tout pour ceux qui n'avaient pas vécu le désastre.

Anthony tapota la cicatrice puis repoussa ses cheveux noirs en arrière. Une mèche retomba sur son front, cachant la marque.

Peut-être était-ce la raison pour laquelle il gardait ses cheveux un peu plus longs qu'il ne semblait approprié pour un homme de trente ans s'efforçant de mener une vie aussi simple et rangée que possible.

Ou peut-être s'était-il rendu compte que cela avait un effet sur la gent féminine.

Sa dernière petite amie avait trouvé sa coupe « trop chou ».

Par ailleurs, elle avait aussi ponctué ses phrases de fréquents *hashtags* et lui avait demandé s'il avait fait partie d'une fraternité universitaire.

Qu'une femme dise ce qu'elle pensait, Anthony n'y avait pas vu d'inconvénient. Qu'elle s'exprime en recourant un peu trop souvent à des *hashtags*, passe encore. Mais le fait qu'elle n'ait pas apprécié qu'il réponde par la négative à sa question sur les fraternités ne lui avait pas plu.

D'ailleurs, la négation avait été plus globale et avait concerné l'université en général. Il n'avait pas eu le temps de suivre des études supérieures. Bon sang, c'était déjà à peine s'il avait trouvé celui d'aller au lycée… ! Et, s'il en était sorti avec son diplôme en poche, c'était grâce à une fille de la bouche de laquelle n'était probablement jamais sortie l'expression « trop chou ».

Il contempla une nouvelle fois son reflet dans le miroir avant de décider de redescendre à l'atelier de mécanique.

Il était l'un des cinq employés de Slaggerman's Auto au coin de Kinderman et de la 5e. Même si vivre à Justice, en Caroline du Nord, ne l'enthousiasmait pas particulièrement, il aimait bien le garage. Il connaissait le travail et celui-ci lui permettait de se tenir – relativement – à l'écart des autres.

En jetant un coup d'œil aux portes grandes ouvertes du garage, il comprit qu'il allait justement avoir droit à l'une des rares interactions avec le chef mécanicien, Martin, et que celle-ci n'allait pas être agréable.

— Hé, Anthony, je viens de recevoir un appel de Tonya, de Fortner. Elle m'a dit une ou deux choses intéressantes concernant votre travail, lança Martin en s'avançant au pas de charge dans sa direction – avant de reculer d'un pas en arrivant près de lui.

Martin avait beau être son supérieur, Anthony le dépassait d'une bonne trentaine de centimètres. Sans compter que Martin était bâti comme une brindille alors qu'Anthony ne manquait jamais sa séance de sport quotidienne.

— Et qu'a dit Tonya, *de Fortner* ? répliqua posément Anthony sur le mode du sarcasme quand il aurait mieux fait de s'abstenir.

Martin n'apprécia pas. Son visage s'empourpra.

— Elle a dit que non seulement vous ne lui aviez pas facturé le prix exact du changement de sa transmission mais que vous ne lui aviez rien fait payer du tout pour la permutation de ses pneus et la vidange, déclara-t-il en plantant les poings sur ses hanches, ce qui ne réussit pas à lui conférer plus d'autorité face à la prestance naturelle d'Anthony. C'est vrai ? Vous avez effectué des travaux gratuitement ? Vous savez que ce garage n'est pas une œuvre de bienfaisance ?

Anthony soupira, ce qui, là encore, n'était guère respectueux. Mais, dès le premier jour, Martin lui avait déplu.

— Tonya a plus de soixante-dix ans, elle est veuve et, d'après son ingrat de petit-fils qui est venu habiter chez elle, elle devrait aller en maison de retraite d'ici à un an ou deux, répondit-il. Et c'est une des plus fidèles clientes de Slaggerman's ; elle fait réparer ses véhicules ici depuis près de vingt ans. Donc, j'ai travaillé rapidement sur la transmission, ce qui m'a permis de réduire le prix. Quant au coût de la vidange et de la permutation des pneus, ils seront décomptés de mon salaire, vous pouvez vérifier auprès de votre femme. Elle était d'accord.

Le visage de Martin passa du rouge à l'écarlate.

— Si Tonya est une fidèle cliente, elle ne s'étonnera pas de payer le prix normal des réparations, riposta sèchement Martin. Comme vous l'avez dit vous-même, elle connaît les tarifs depuis vingt ans qu'elle vient ici.

Anthony regarda le petit homme de haut. Il estima qu'il était temps de croiser les bras. Martin le regarda faire non sans montrer une visible hésitation.

C'était le moment charnière. Anthony connaissait la chanson par cœur – aussi bien que sa routine sportive, lorsqu'il rentrait le soir, enfilait son short et ressortait aussitôt courir pour évacuer sa frustration. Il était déjà passé par là, dans d'autres entreprises. Avec d'autres types comme Martin. Évidemment, il pouvait désamorcer la tension et dire ce que Martin voulait entendre pour garder son travail et revenir le lendemain comme si de rien n'était.

Ou il pouvait dire exactement le fond de sa pensée, être de retour chez lui avant midi et se mettre en quête d'un autre emploi.

Anthony n'était peut-être pas allé à l'université mais il était assez instruit pour savoir que chacun avait son propre mode de fonctionnement.

Et le sien consistait à ne pas lâcher pied devant une personne qui ne le méritait pas.

— Il m'a semblé que faire systématiquement payer le prix fort au bout de vingt ans n'était pas une façon de récompenser la fidélité de nos clients, déclara-t-il en haussant les épaules. Mais ce doit être moi...

Martin ouvrit la bouche, la referma, la rouvrit.

S'ils avaient été dans un dessin animé, de la fumée serait sortie des oreilles de Martin à ce stade de la confrontation. Mais celui-ci, finalement, opta pour laisser libre cours à sa colère sous la forme d'un chapelet d'invectives.

Anthony ne s'en émut guère. Les renvois, il avait déjà connu – plus d'une fois, en fait. Certaines personnes se voyaient décerner des prix d'employé du mois. Lui collectionnait les « Vous êtes viré ». Il décida donc d'ignorer superbement la fureur de Martin. Et, s'apercevant que son téléphone vibrait au fond de sa poche, il le sortit sans autre forme de procès.

— Vous savez quoi ? dit-il posément, interrompant Martin. Je vais prendre cet appel. Mais ensuite... si je vidais mon casier et qu'on en restait là ?

Sans attendre de réponse, Anthony tourna les talons, le téléphone déjà à l'oreille.

— Perez.

Une voix de cristal résonna dans l'appareil.

— Salut, Ant, c'est Lillian. Lily. Je pense que tu as trouvé le message vocal que je t'ai laissé hier soir ?

Ant hocha la tête.

— Oui, répondit-il. Je m'étais couché tôt – j'avais eu une longue journée. Désolé d'avoir manqué ton appel.

— Non, ce n'est pas grave.

Il entendit du bruit à l'autre bout de la ligne.

— Désolée, je suis en train de déballer des cartons. Oui... je n'aurais pas dû t'appeler si tard.

Il y eut une pause dans la conversation.

Ant ouvrit la bouche, puis la referma, dansant d'un pied sur l'autre.

— Si je t'appelle, reprit Lily, c'est parce que…

Elle marqua une pause et demanda :

— Mais je te dérange peut-être en plein travail… ?

— Plus vraiment, non.

— OK. Eh bien, tant mieux… je suppose.

Un soupir, profond et sincère, lui parvint par la ligne téléphonique, son qu'il n'avait pas entendu depuis très longtemps. Lily s'apprêtait à lui révéler la raison de son appel. Anthony se prépara du mieux qu'il le put…

Mais ce fut loin d'être suffisant.

— J'ai cherché à te joindre parce que je pense avoir découvert quelque chose, débita-t-elle d'une voix neutre mais ferme.

Le cœur d'Anthony se mit à battre plus vite.

— Tu as trouvé quelque chose ?

Tous deux savaient à quoi elle faisait allusion, mais Lily le précisa quand même :

— Concernant l'affaire d'Ida. Anthony, je crois que je tiens une nouvelle piste.

# 2

Lily rangea son portable dans la poche de sa veste et sortit sous la pluie, son badge de détective battant contre son buste à chaque pas. Son cœur reprenait un rythme normal. Elle n'arrivait pas à croire qu'elle l'ait appelé. Pourtant, elle n'avait pas hésité une seconde… pas plus qu'elle n'hésitait maintenant.

Elle immobilisa son badge de la main, puis salua d'un geste la shérif par intérim, Blake Bennet. Ses longs cheveux roux lui tombaient dans le dos en une longue tresse serrée d'où ne s'échappait pas la moindre petite mèche. Elle avait pris ses fonctions deux mois avant Lily mais s'était rapidement intégrée bien que venant d'une grande ville. Elle reporta son regard vers la profonde cavité creusée dans le sol sombre de la forêt.

— Voilà… C'est un trou, dit la shérif en guise d'entrée en matière de son accent traînant du Sud très prononcé.

Elle avait passé ses trente-quatre années de vie entre le nord de la Floride, l'est de la Géorgie et le sud de l'Alabama et, dans sa bouche, un mot de deux syllabes semblait en compter systématiquement cinq. Lily, quant à elle, avait grandi à Kelby Creek et passé un certain temps un peu plus au nord, mais elle s'était débarrassée de son accent du Sud.

Sauf lorsqu'elle s'emportait et jurait, auquel cas son intonation se faisait plus sirupeuse.

La shérif désigna l'endroit où le sol aurait dû être plat et recouvert d'herbe et de végétation, au lieu de quoi se trouvait, ainsi qu'elle l'avait indiqué, un trou. Profond de près de deux mètres et étroit.

Lily contempla à son tour l'excavation, vide.

— Oui. Un sacré trou, en effet.

La shérif Bennet se mit à rire.

— Vous ne vous attendiez certainement pas à être appelée pour ça alors que vous étiez plongée jusqu'au cou dans vos dossiers, hein ?

La pluie s'atténua un peu. Lily haussa les épaules.

— Non, pas exactement. Encore que ce n'est pas la première fois que je suis appelée pour constater la présence d'un trou dans le sol… mais je suis contente qu'il n'y ait personne à l'intérieur.

Ce n'était pas une simple boutade. Dans son emploi précédent, Lily avait trouvé un homme enterré dans un fossé, après avoir été tué par son frère. Elle avait également eu la malchance d'être la détective de service qui avait surpris un homme en train d'enterrer une pauvre femme qui s'était simplement trouvée au mauvais endroit au mauvais moment. Lily en faisait encore des cauchemars. Et elle portait toujours la cicatrice que l'homme lui avait infligée en se débattant pour lui échapper lorsqu'elle l'avait arrêté.

La shérif Bennet avala une longue gorgée de café, puis son attitude changea et se fit sérieuse.

— Je sais que vous travaillez pour le pôle des Affaires classées et j'ai voulu m'assurer que cette histoire de trou n'était pas – comment dire ? – un truc propre à Kelby Creek que je n'aurais pas saisi, vous voyez ? Comme je ne suis pas native de la ville…

Elle ouvrit les bras, montrant les bois alentour.

— Ma seule autre idée est que ce pourrait être un piège de chasseur… Mais il serait bien mal fichu si c'était le cas.

Lily s'accroupit et inspecta les bords de la cavité. La pluie avait détrempé la terre mais elle aurait parié que c'était une pelle qui avait creusé ce trou, et non une main humaine ou un animal. Ce n'était pas non plus un quelconque engin motorisé. Il n'y avait pas de traces de pneus menant de la route, derrière elles, à l'emplacement.

— Si c'est un piège pour la chasse, je suis d'accord avec vous : il est mal fait, nota Lily au bout d'un moment en frottant ses paumes sur les cuisses de son jean. Il est trop proche de la route sans parler de sa forme, trop étroite pour être efficace.

— Est-ce que vous êtes déjà tombée sur quelque chose de similaire dans l'une de vos affaires classées ?

Lily n'avait pas une mémoire photographique mais elle avait un sens aiguisé du détail, s'agissant de son travail et des hommes et femmes qui s'étaient vus réduits à des noms inscrits sur des dossiers sans avoir rien demandé. Elle considérait donc que le moins qu'elle puisse faire était d'apporter la plus grande attention à tous les aspects de leurs histoires.

— Non, aucune de celles sur lesquelles je me suis pour l'instant penchée ne mentionnait de trou de ce genre creusé en lisière de forêt, répondit Lily. La seule où il soit fait allusion à un trou est l'agression de Jessica Tamblin il y a environ sept ans, mais c'était une profonde ornière sans commune mesure avec… ça.

La shérif haussa les sourcils. Elle avait clairement précisé à Lily que le pôle des Affaires classées était sous la supervision du détective Gray et que, sauf si cela s'avérait nécessaire à la résolution d'un dossier en cours, elle ne s'en mêlerait pas. Position que Lily trouvait salutaire et rafraîchissante compte tenu du fait que l'unité avait été créée pour contrer la corruption rampante qui avait gangrené les élites de la ville, des années plus tôt.

Lily était heureuse d'avoir les coudées franches pour examiner à sa guise les cas qui lui avaient été confiés – chose que le détective Gray respectait également. Elle lui faisait un rapport lors de leurs entretiens matinaux hebdomadaires. Ensuite, elle retournait à son bureau se replonger dans ses dossiers. Elle aimait travailler seule, sentiment que ne partageait pas sa collègue et voisine de bureau, la détective Kathryn Juliet.

Comparativement au relatif silence de Lily, Juliet était un vrai moulin à paroles.

— Jessica Tamblin était allée à la rivière avec des amis et elle s'est aperçue en rentrant qu'elle avait perdu son collier. Elle y est retournée le lendemain pour le chercher et est tombée sur un homme, un certain Albert Johnson, qui était en train de tirer. Il n'a pas apprécié l'interruption et a voulu s'en prendre à elle. Elle s'est enfuie en courant mais elle a trébuché dans un trou. S'il était mentionné dans le rapport, c'est uniquement parce que le shérif adjoint qui s'est rendu sur place s'est méchamment foulé la cheville en mettant le pied dedans lui aussi.

Les deux femmes contemplèrent de nouveau le profond trou tandis que les gouttes ricochaient sur leurs vestes. C'était une petite pluie fine, moins intense que les averses qui avaient arrosé Kelby Creek pendant près de deux semaines d'affilée, ce qui n'ennuyait pas réellement Lily mais rendait son chien, Cook, très grincheux.

— Bien. Dans ce cas, c'est peut-être juste un trou, et pas le mode opératoire d'un tueur en série, conclut Bennet.

Lily ne put retenir un ricanement amer.

— Kelby Creek a connu beaucoup de problèmes mais, Dieu merci, pas de tueur en série.

La shérif secoua la tête.

— Vous feriez bien de toucher du bois. Il suffit qu'on élimine une éventualité pour qu'elle se révèle vraie !

Elle but une nouvelle gorgée de café et s'étira.

— Quoi qu'il en soit, je vais envoyer quelqu'un examiner ça d'ici quelques heures, continua-t-elle. Ne serait-ce que pour satisfaire la personne qui nous a signalé l'existence de ce trou et qui en était très troublée. Elle a même réussi à communiquer son anxiété à l'adjoint Park.

La Tempête, surnom donné à l'enquête pour corruption qui s'était étendue à la ville entière suite à l'enlèvement d'Annie McHale, datait peut-être d'il y a cinq ans, mais le temps passé n'avait pas apaisé l'inquiétude des habitants. C'était un peu comme si toute la ville se promenait, armée, le doigt sur la détente. Ils pouvaient passer leur vie entière sans dégainer leur arme mais, à la moindre alerte, ils étaient prêts à tirer dans la seconde.

Lily ne leur en tenait pas rigueur. Comment l'aurait-elle pu après ce qui était arrivé ?

Elle referma le calepin sur lequel elle avait griffonné ses notes, prit quelques photos avec son téléphone pour faire bonne mesure, puis raccompagna la shérif jusqu'à son véhicule. Celle-ci sauta sur le siège conducteur et abaissa sa vitre. La pluie commença à frapper les sièges noirs tandis qu'elle parlait :

— Demain soir, ce sera l'ouverture de la fête foraine. Je ne sais pas si Gray vous en a parlé mais le bureau du shérif placera l'un de ses véhicules de patrouille sur l'allée principale pour que les enfants ou les curieux puissent venir voir à quoi ils ressemblent de l'intérieur ou se prendre en photo devant. Les pompiers vont faire pareil. Comme vous traitez les affaires classées, vous n'êtes pas tenue de participer mais ce serait bien que vous veniez faire un tour. D'autant que la foire n'a plus vraiment eu lieu après la Tempête et que cette édition sera la première à renouer avec la tradition.

La réponse de Lily était déjà toute prête mais elle s'efforça de paraître hésiter avant de décliner la proposition.

La shérif Bennet fit la grimace mais elle n'insista pas.

— Prévenez-moi si vous changez d'avis, dit-elle en commençant à remonter sa vitre avant d'arrêter son geste, le front barré d'un pli. Au fait, comment s'est terminée la mésaventure de Jessica Tamblin ?

— Elle a réussi à courir jusqu'à la rivière où, par chance, se trouvait un pêcheur. Son assaillant s'est enfui et a été interpellé chez lui le soir même. Je crois que Jessica vit maintenant à Kipsy. Elle a un enfant et deux chiens.

La shérif Bennet hocha la tête.

— Ça fait toujours plaisir d'entendre des histoires qui se terminent bien.

Lily garda le silence tandis que la shérif s'éloignait. Lorsque sa voiture eut disparu, elle retourna près du trou.

Oui, c'était bon de savoir que des histoires finissaient bien.

Mais il était impossible d'oublier les autres.

Sous la petite pluie, elle releva la tête et balaya les bois du regard. Son portable lui sembla tout à coup peser une tonne dans sa poche.

Elle ne l'admettrait jamais mais, parfois, dans le calme de la pluie et la pénombre d'un petit matin morne ou d'un jour finissant, Lily les revoyait là-bas.

Elle, les bras tendus, tentant de se raccrocher à quelque chose, la bouche ouverte d'où ne s'échappait qu'un cri étranglé entre deux respirations entrecoupées.

Et lui, le garçon en train de se noyer.

*Qui sauver ? Anthony ou Ida ?*

Tel était le choix cornélien auquel elle avait été confrontée.

Elle contempla les arbres pendant encore un moment.

Dans sa tête, elle entendit cette toux. Celle du ravisseur. Elle espéra que ce serait suffisant.

Pour enfin obtenir des réponses. Pour le retrouver.

Elle détourna les yeux, jeta un dernier regard au trou béant à ses pieds, essayant de s'arracher au passé.

Puis elle s'en alla.

Pendant et après la Tempête, Kelby Creek avait connu un véritable exode si bien qu'à son retour, quelques mois plus tôt, Lily s'était presque attendue à trouver une ville fantôme. Elle avait eu la surprise de découvrir que Kelby Creek s'était étendue pendant son absence et croissait encore. En quittant le bureau du shérif cet après-midi-là, elle se dirigea vers le seul bar de la ville, le Rosewater Inn. Autrefois motel en décrépitude, l'endroit avait été rénové, transformé et agrandi. Son parking était toujours plein à l'heure à laquelle elle terminait sa journée et, ce soir, elle ne compta pas moins de quinze voitures tandis qu'elle attendait au feu, à proximité.

Ce qui signifiait qu'au moins quinze clients se trouvaient à l'intérieur.

Quinze personnes avec qui Lily aurait pu entrer en relation, engager la conversation, se lier d'amitié.

Quinze chances d'élargir son cercle social, lequel se trouvait présentement réduit à néant.

Quinze personnes à interroger, également, et *sur qui* s'interroger.

Quinze personnes qui lui diraient qu'elles ne se rappelaient pas Ida Perez.

Lily appuya sur l'accélérateur à la seconde où le feu passa au vert. Elle tourna dans la rue derrière le Rosewater, Holly Grove, et la suivit jusqu'à son extrémité. Elle n'avait pas eu d'exigences particulières quand elle s'était mise en quête d'une maison mais elle devait reconnaître que l'isolement que lui procurait le fait d'habiter au bout de la dernière rue du quartier lui plaisait – une voie sans issue. Personne ne venait jusque-là à moins d'avoir été invité – ou d'avoir besoin de faire demi-tour. Elle jouissait aussi d'un plus grand terrain, ce qui faisait la joie de son Labrador noir de trois ans, Cook.

Ce qu'il appréciait moins, c'était cette pluie persistante.

Cook vint l'accueillir en remuant joyeusement la queue et en lui léchant les mains puis il entama son ballet quotidien, opérant de frénétiques allers-retours entre elle et la porte de derrière sitôt qu'elle eut franchi le seuil de sa maison à un étage.

— Étant donné que tu disposes d'un passage pour chien et que tu sais parfaitement l'utiliser, je suppose que ça signifie que tu t'es rendu compte qu'il pleuvait toujours, nota-t-elle en l'examinant, à la recherche de traces de boue.

Dieu merci, Cook creusait rarement, ce qui lui permettait de maintenir ses sols carrelés et ses parquets dans un état acceptable. Mais si la pluie s'intensifiait de nouveau et que le mauvais temps durait deux autres semaines, même la bonne éducation de Cook n'y suffirait plus.

Lily ouvrit la barrière pour enfants qu'elle avait fixée au bas de l'escalier, lui faisant savoir qu'il était désormais libre d'aller et venir entre les deux niveaux. Cela suffit à lui faire oublier son envie de sortir. Il gravit les marches, jappant d'excitation.

— À voir ton manège chaque fois que je rentre à la maison, on ne croirait pas que tu es autorisé à dormir là-haut tous les soirs.

Cook aboya comme pour lui répondre. Elle secoua la tête et rit.

Lily sortit une boîte du réfrigérateur et réchauffa son dîner pour une personne, qu'elle alla manger sur le canapé, devant le téléviseur. *Recherche appartement ou maison* présentait une famille en quête d'une vieille maison coloniale à Washington. Elle aurait choisi la troisième proposition étant donné que c'était celle qui était la plus proche du travail de la mère mais la famille finit par fixer son choix sur la première, plus spacieuse, car ils avaient l'intention d'agrandir la famille dans les années à venir.

Lily tourna la fourchette autour de ses pâtes vegan et songea à ses deux chambres à l'étage. L'une était la chambre parentale, l'autre, un bureau. Ce qui lui convenait tout à fait.

Après tout, son travail n'était pas seulement un travail.

Son repas terminé, Lily hésita à rejoindre ce bureau lorsque Cook se dressa sur ses pattes d'un coup. Il était doux comme un agneau mais devenait défensif lorsqu'il s'agissait de garder Lily et leur maison. Il courut à la porte et se mit à grogner avant même que la sonnette n'ait tinté.

— Cook, tais-toi, ordonna-t-elle à voix basse.

Elle avait déjà son arme de service à la main quand le coup de sonnette retentit. On toqua à la porte aussitôt après.

Lorsqu'elle vit la silhouette qui se tenait de l'autre côté, légèrement floutée par la vitre dépolie, elle s'avisa qu'elle n'avait pas le moins du monde envisagé cette possibilité.

*Ce ne pouvait pas être lui.*

Lily rangea son arme.

— Cook, couché.

Cook obéit. Il rejoignit son panier non sans émettre un *wouf* réprobateur mais il se tint tranquille.

Se calmer fut plus difficile pour sa maîtresse. Le rythme régulier de son cœur s'était mué en un tambourinement effréné. Il cognait si fort dans sa cage thoracique qu'elle aurait parié qu'il soulevait sa chemise à chaque battement.

Comment pouvait-il être là, sur le pas de sa porte ?

Elle inspira à fond et tira le battant comme si c'était la première fois qu'elle accomplissait ce geste.

— Anthony ?

Quatorze ans avaient passé depuis la dernière fois qu'Anthony Perez s'était tenu devant elle, à portée de main. Quatorze ans... Autant dire une éternité et, pourtant, en même temps, c'était comme si à peine une minute s'était écoulée.

Mais il était bien là, ruisselant de pluie sur le seuil, qu'elle n'avait pas encore équipé d'un paillasson. Grand et solidement bâti, avec des muscles saillants qui se devinaient à la façon dont ses vêtements le moulaient. Ses cheveux foncés qui se fondaient dans la nuit environnante étaient plus longs, son menton s'ombrait d'une barbe de deux jours et quelque chose dans son apparence révélait qu'il n'était plus l'adolescent qu'elle avait connu.

Pourtant, ce fut l'impression qu'éprouva Lily – celle de se retrouver face à l'Anthony de sa jeunesse. Ce regard sombre et farouche, cette énergie débordante qui émanait de sa personne comme s'il avait du mal à la contenir... Oui, un ado en passe de devenir un homme en dépit du fait qu'ils avaient tous deux traversé des épreuves dont bien des adultes n'avaient jamais fait l'expérience.

Anthony, le frère.

Anthony, l'âme en peine.

Anthony, le garçon en train de se noyer dans la rivière.

Il était des choses contre lesquelles le temps ne pouvait rien – que ce soit quatorze années ou une minute.

Lily avait beau avoir un homme devant elle, c'était le visage de l'adolescent qu'elle voyait, toussant et recrachant de l'eau, calé contre elle sur la berge, effaré, essayant de comprendre ce qui lui arrivait.

Mais la logique reprit le dessus et lui rappela que non seulement c'était un homme désormais, mais que cet homme ne s'était pas trouvé à Kelby Creek ce matin.

— Qu'est-ce que tu fais là ?

Ant ne souriait pas mais il parut se rembrunir encore un peu plus.

— Comment ça, *qu'est-ce que je fais ici ?*

Sa voix de ténor la prit de court bien qu'elle l'ait entendu au téléphone – chaude, vibrante, un peu rugueuse mais c'était bien celle de son ami de jeunesse, Anthony Perez. Un léger frisson la parcourut. Elle n'eut pas le temps de se demander pourquoi.

— Tu m'as téléphoné pour m'annoncer que tu avais une nouvelle piste, continua-t-il, martelant chacune des syllabes. Qu'étais-je censé faire ? Rester assis à attendre que tu me rappelles ?

Frisson ou pas, quatorze ans ou pas, Lily croisa les bras, exaspérée, prenant appui sur l'une de ses jambes.

— Oui, exactement.

Il secoua la tête. Des gouttes d'eau giclèrent de ses cheveux.

— Après toutes ces années ? rétorqua-t-il. Non, je ne crois pas. Tu ne peux pas me dire que tu as une piste et ne pas t'attendre à me voir accourir ici ventre à terre ? Je suis concerné, non ? Je tiens à apporter ma contribution, moi aussi.

Un coup de tonnerre acheva de mettre les nerfs de Lily en pelote.

— Ne t'emballe pas. J'ai dit que *je pensais* avoir trouvé une piste et que je te tiendrais informé sitôt que j'en saurais plus, pas que tu participerais à l'enquête, contra Lily. Et je t'ai encore moins demandé de rappliquer séance tenante à Kelby Creek et de venir sonner à ma porte.

Elle s'était exprimée d'un ton impartial, professionnel. C'était la seule façon dont elle pouvait gérer le fait de revoir Ant en chair et en os de façon aussi inopinée.

*Appuyer sur le bouton « Désactiver toute espèce d'émotion »* était son mantra, s'agissant du travail.

Et s'agissant de ce qui s'était passé dans les bois lorsqu'ils étaient adolescents.

Elle ne pouvait pas revivre ce moment sous peine d'être débordée par l'émotion.

La culpabilité, la honte, la colère.

Et ces émotions-là ne serviraient à rien.

Anthony, lui, ne semblait pas dans le même état d'esprit. Son front se plissa de colère. Il pointa un doigt sur elle.

— Je n'arbore peut-être pas de badge du bureau du shérif, mais cette affaire est *mon* affaire, Lily. C'était *ma* sœur. *Ma* responsabilité. Donc, s'il y a du nouveau, je dois le savoir. Voilà pourquoi je suis là. Et je ne partirai pas tant que tu ne m'auras pas apporté la preuve que cette piste est une impasse.

Son regard dériva derrière son épaule et Anthony parut se calmer un peu. Il proféra d'une voix basse et dure :

— En attendant, je reviendrai demain matin. Et tous les matins suivants, s'il le faut.

# 3

Anthony retourna à sa vieille Camaro, garée le long du trottoir. Il bouillait intérieurement. Il sentit la chaleur de la colère se diffuser sous le col de sa chemise, se propager jusqu'au bout de ses doigts lorsqu'il ouvrit sa portière.

Une chaleur dévorante.

Cela se produisait toujours quand quelque chose, s'agissant de l'affaire d'Ida, ne se passait pas comme il le voulait. Mais Anthony était assez lucide pour savoir que, quoi qu'il puisse apprendre de nouveau, l'issue risquait fort de ne pas être celle qu'il aurait souhaitée.

Plus personne n'avait revu Ida depuis quatorze ans.

Aucune trace. Pas le moindre indice, pas même une rumeur la concernant ou concernant l'homme qui l'avait enlevée.

Rien.

Elle avait disparu pour de bon. Anthony le savait, Lily le savait mais ça ne voulait pas dire qu'il allait cesser de chercher à découvrir le pourquoi du comment.

Ni qu'il allait renoncer à réclamer justice. À exercer sa vengeance.

Il mit le moteur en route et démarra dans un vrombissement rageur qui se mêla au crépitement de la pluie sur son pare-brise. Bifurquant à gauche au premier feu, il se gara dans le parking du Rosewater Inn et contempla l'enseigne au néon Ouvert qui surmontait la porte du bar.

Boire ne résoudra rien, se dit-il. Ça ne fera que te coûter une note de bar et te donner mal à la tête demain matin. C'est tout.

Anthony inspira à fond et renversa la tête contre son siège.

Il ne s'était pas attendu à ce que sa première rencontre en personne avec Lily depuis si longtemps se déroule de la sorte. Après son appel l'informant d'une possible nouvelle piste, il avait ressenti le besoin irrésistible de rentrer à Kelby Creek. Il s'était mis en route une demi-heure après la communication.

Un besoin qu'*elle* avait suscité.

Un retour nécessaire vers le passé.

Anthony s'était attendu à trouver une Lily pleine d'empathie. Certainement pas à être accueilli comme un chien dans un jeu de quilles. Elle avait paru contrariée à sa vue, ce qui avait contribué à le rendre plus nerveux encore.

Il avait remonté l'allée menant à son entrée, traversé par de multiples émotions. D'abord, l'excitation à l'idée qu'ils aient enfin quelque chose – une piste encore jamais explorée.

Puis l'excitation avait cédé le pas à quelque chose d'autre, un sentiment plus lourd. Il allait retrouver la seule personne qui savait ce que ç'avait été, ce soir-là, dans les bois, près de la rivière. Le traumatisme et la tragédie qu'ils avaient vécus ensemble, et cette compassion qu'il n'avait jamais pu trouver chez qui que ce soit en quatorze ans.

Puis, à ces sentiments, avait succédé la nervosité.

Lily avait de toute évidence accompli dans sa vie ce que lui n'avait pas fait. Elle s'était servie de cette expérience et l'avait transformée en carrière. Une carrière vouée à aider les victimes. Lui… avait suivi une autre voie. Une voie dont il n'était pas toujours fier.

Allait-elle voir clair en lui ?

Le regarder de haut à cause de ses erreurs passées ?

La nervosité s'était alors muée en une anxiété semblable à un baril de poudre dont la mèche attendait d'être allumée.

Et quand Lily avait ouvert la porte…

Anthony s'était senti submergé par toutes ces émotions à la fois.

La honte, l'excitation, l'anxiété, la douleur… puis l'admiration.

Car, si Lily Howard était aujourd'hui adulte, elle était aussi devenue une très belle femme.

Elle avait les cheveux plus longs mais ils avaient toujours ce même reflet caramel mêlé de blond vénitien et encadraient un visage ovale à l'expression déterminée, parsemé de taches de rousseur, et des yeux de la couleur d'une forêt au clair de lune. Elle était toujours nettement moins grande que lui mais sa posture très droite était révélatrice d'une grande confiance en soi. En un mot, Lily Howard n'était pas femme à passer inaperçue.

Elle n'était plus l'adolescente aux cheveux trempés qui lui tombaient dans les yeux, près de la rivière, l'exhortant encore et encore à respirer, sous la pluie qui dansait autour d'eux.

C'était une femme qui n'avait pas envie de le voir là. Ça, ç'avait été la goutte d'eau. C'était pour cela qu'il s'était montré incisif ensuite. Il l'avait... prise en embuscade. Ce qui l'avait ramené à la raison, c'était la vue de la barrière pour enfant au pied de l'escalier, derrière elle.

Non. Elle n'était plus la fille près de la rivière.

C'était une femme qui se trouvait chez elle, le soir, et qu'il était venu déranger dans son intimité.

Anthony se passa une main dans les cheveux, la chaleur qu'il avait ressentie le quittant d'un coup, tel un ballon qui se dégonfle.

Il n'avait pas voulu diriger sa colère et sa frustration contre elle. En aucun cas.

Il s'excuserait demain. Quand il se présenterait à son domicile, à la première heure.

Parce que, quoi qu'il puisse éprouver pour Lily Howard, c'était pour Ida qu'il était revenu en ville.

Anthony demeura encore un moment assis dans sa voiture à hésiter entre entrer dans le bar ou aller à l'hôtel, à l'extérieur de Kelby Creek. L'endroit n'avait rien d'extraordinaire, mais il n'avait pas besoin de grand-chose. Il n'avait *jamais* besoin de grand-chose. Anthony gardait en permanence à l'esprit que ce qu'il avait était toujours plus que ce qu'Ida aurait jamais. Partant de là, il devenait facile de relativiser et d'apprécier les petites choses de la vie. Quant au manque de choses plus importantes, ma foi… cela le reléguait au rang de regret passager.

La pluie s'atténua au bout de quelques minutes. Anthony opta pour y voir un signe. Il redémarra, espérant que l'hôtel ne serait pas plein.

Mais un autre signe s'imposa à lui avant même qu'il ne soit engagé dans la rue.

De l'autre côté du croisement, il aperçut Lily dans sa voiture. Il n'y avait personne sur le siège passager mais elle ne cessait de se tourner vers la banquette arrière, ce qui ne lui rendait pas la conduite aisée. Les sourcils froncés, la bouche pincée, elle semblait concentrée. Tracassée, plutôt.

Anthony agita la main dans sa direction mais le feu passa au vert et elle démarra aussitôt.

Manifestement, elle ne faisait pas que rouler ; elle devait être attendue quelque part.

Le feu passa quelques secondes plus tard au vert pour lui. Il tira son portable de sa poche et composa le numéro à partir duquel Lily l'avait appelé. Pas de réponse. Il scruta la rue qu'elle avait empruntée. Aucune voiture en vue.

Décidément, où qu'elle aille, elle était pressée d'arriver.

Cook était ravi d'être sur le siège arrière. C'était un chien fait pour les trajets en voiture. Il n'était jamais aussi heureux que quand il prenait place sur le vieux plaid qui protégeait les sièges et qu'il regardait le paysage défiler derrière la vitre – même s'il faisait nuit et qu'il pleuvait. Et même si son humaine était de mauvaise humeur.

Lily n'avait pas géré la soudaine apparition d'Anthony avec la plus grande grâce, c'était le moins qu'on puisse en dire. Son intention n'avait pas été de le rabrouer d'emblée mais, d'un autre côté, elle n'allait pas se laisser critiquer sur le seuil de sa propre maison.

Le regarder tourner les talons et repartir vexé – à juste raison – l'avait mise de méchante humeur. Elle avait renoncé à se doucher et se coucher tôt comme elle l'avait prévu et s'apprêtait à se rendre dans son bureau quand son téléphone avait sonné. C'était l'une des dernières recrues du bureau du shérif. Un adjoint dénommé Sterling Costner. Il ne trouvait pas le trou sur lequel Lily et la shérif Bennet s'étaient interrogées.

L'adjoint Costner connaissait la ville mais il n'était pas familier de ce coin de la forêt. Il avait cherché le fameux trou, n'avait rien trouvé, avait continué à arpenter les bois, toujours sans succès, jusqu'au moment où il avait reçu un appel de sa femme, Mel. D'un ton préoccupé, il expliqua que celle-ci vivait une grossesse difficile et que les comprimés qu'elle l'avait chargé d'acheter pour calmer les nausées étaient restés dans la voiture. Lily n'avait pas eu besoin d'en entendre davantage. Bien que ne mourant pas d'envie d'aller crapahuter dans les bois de nuit pour localiser un trou, elle n'avait guère d'autre choix.

De toute façon, si elle était restée à la maison, qu'aurait-elle fait sinon penser à Anthony, à Ida et au fait qu'elle n'avait pas réussi à les aider ?

Lily avait donc assuré Sterling qu'elle se chargerait de l'inspection à sa place et avait emmené son acolyte Cook, ce qui lui permettrait à tout le moins de se dégourdir les pattes et d'évacuer son trop-plein d'énergie.

Et puis, ce n'était un secret pour personne que Lily Howard avait autrefois connu comme sa poche les bois de Kelby Creek. Ce qui valait également – ô combien ! – pour la rivière.

La route était en partie inondée mais elle atteignit sans encombre l'endroit où elle s'était garée lorsqu'elle avait rejoint Bennet. Elle s'arrêta un peu plus loin afin que ses phares illuminent ce que sa lampe torche peinerait à éclairer. Sous les puissants faisceaux blancs, les conifères apparurent, jaillissant de l'obscurité, comme pour un Noël féerique. Cook se mit à geindre d'impatience sur le siège arrière.

— Mais non, je ne te laisse pas dans la voiture, promit-elle en mettant pied à terre.

Lily ouvrit la portière et tapota sa cuisse.

Cook bondit en jappant joyeusement. Elle l'attrapa par le collier et y accrocha la laisse, ce qui n'était vraisemblablement pas nécessaire mais, étant donné l'endroit où elle se trouvait, Lily préférait ne pas tenter le diable.

Les bois de Kelby Creek avalaient les gens tout crus ; et ceux dont ils ne voulaient pas, ils les recrachaient en pièces détachées.

— Tu pourras courir tout ton soûl dans la cour, à la maison, lui dit-elle comme il émettait une nouvelle protestation. Allons-y.

Cook suivit Lily et tous deux s'éloignèrent de la voiture, guidés par le rayon lumineux de sa lampe. Les arbres qui se dressaient telles des sentinelles autour d'eux les protégeaient un peu de la pluie et du vent. Le sol, sous leurs pieds, était désormais transformé en gadoue, mais Lily n'en réussit pas moins à se repérer aisément.

Pourtant, là où était censée se trouver la profonde excavation, elle ne découvrit qu'un amas de feuilles et de boue.

Lily resta immobile pendant quelques instants à contempler le sol, le faisceau de sa lampe balayant les alentours en tous sens, comme un scanner peinant à décrypter un code-barres compliqué. Lily revint sur ses pas, vérifia les repères auxquels elle s'était fiée – l'arbre qui avait été frappé par la foudre de l'autre côté de la route, le sillon creusé dans la terre détrempée par le ruissellement de l'eau – et elle refit le chemin, qui la ramena exactement au même endroit.

Où toujours aucun trou n'était visible.

— Quelqu'un a dû le combler, dit-elle à Cook.

Mais, alors même qu'elle formulait ces mots, Lily dut admettre qu'ils ne sonnaient pas juste. Quelque chose n'allait pas. Une désagréable impression l'envahit. L'obscurité, tout autour d'elle, la pluie qui roulait sur le tissu déperlant de sa veste, la boue sous ses semelles... Tout s'additionna pour lui nouer l'estomac.

Sensation qui était loin de lui être étrangère.

Si Lily savait beaucoup de choses sur les victimes de ses affaires classées, très peu de proches survivants savaient ce qu'il était advenu d'elle après l'enlèvement d'Ida. Bien sûr, son parcours professionnel, sur le papier, était impeccable. Elle était devenue une détective déterminée, obstinée, animée d'une motivation toute particulière.

Mais personnellement ? Émotionnellement ? Cela avait été plus délicat.

Sur le conseil pressant de ses parents, elle avait bénéficié d'un soutien psychologique et avait été suivie pour surmonter le stress post-traumatique et ses déclencheurs. On lui avait indiqué différentes stratégies pour gérer le problème : éviter certaines situations, les affronter, vivre avec. Elle avait connu des succès et des échecs avant de parvenir au stade où sa psychothérapeute lui avait laissé le choix de poursuivre ou de stopper la thérapie. Des années plus tard, c'était grâce à cette même thérapeute que Cook était entré dans sa vie. Il avait commencé l'entraînement de chien d'assistance aux victimes de stress post-traumatique mais, en raison de coupes budgétaires, n'avait jamais fini la formation. Il était cependant resté son compagnon. Un ami fidèle, intelligent et bien éduqué qui aidait Lily à garder la tête hors de l'eau lorsque de sombres pensées l'entraînaient vers le fond…

Comme maintenant, debout dans l'obscurité. Sous la pluie, dans la boue.

Ses doigts se resserrèrent autour de la lampe torche. Son rythme cardiaque s'accéléra. La pluie se fit plus intense, sa respiration aussi.

— Ce n'est pas parce que, toi, tu es là qu'il y est aussi, formula Lily à voix basse, mantra qu'il lui arrivait dans certaines situations de devoir réciter.

Cook, percevant son anxiété grandissante, lui lécha la main. S'il n'obtenait pas le résultat escompté, il la pousserait du museau pour qu'elle le cajole. Et si ça ne fonctionnait toujours pas, il lui apporterait un bout de bois pour qu'elle le lui lance.

Elle ne savait pas ce que serait son recours suivant si ces trois méthodes échouaient. Par chance, elle avait toujours été arrachée à ces épisodes d'angoisse avant de le découvrir.

Lily sentit la chaleur du pelage de Cook sous ses doigts.

— Merci, murmura-t-elle. Tout va...

Un craquement retentit à quelques pas derrière elle.

Le mot « bien » resta coincé dans sa gorge.

Elle fit volte-face.

Une silhouette masculine se découpait dans le rayon des phares de sa voiture. Une très haute silhouette.

Les détails ne lui apparurent qu'ensuite.

Des cheveux bruns, un véhicule surbaissé garé au bord de la route, derrière le sien.

Anthony.

— J'ai essayé de te joindre, lança-t-il. Mais tu ne répondais pas.

— Et donc, tu m'as suivie ? riposta-t-elle d'une voix rauque qui la surprit. D'abord, la maison et maintenant... ceci ?

Il parut désarçonné par sa colère. Peut-être parce que ce n'était pas une *vraie* colère ? Son cœur battait toujours aussi vite, à l'unisson du martèlement de la pluie sur sa veste. Il ne bougea pas un muscle.

— Je t'ai aperçue en voiture et tu avais l'air tendue, pressée. Quand je t'ai vue t'arrêter ici, j'ai voulu m'assurer que tout allait bien.

Lily étouffa une exclamation de frustration.

— Eh bien, ça va, merci, répliqua-t-elle, la pluie gouttant de ses mèches emmêlées sur l'arête de son nez.

De toute évidence, il n'était pas convaincu.

— Alors, pourquoi braques-tu toujours ton arme sur moi ?

Lily se rendit compte d'un coup que son pistolet était effectivement pointé sur Anthony. Elle ne s'était même pas aperçue qu'elle l'avait sorti de son étui.

— Eh oui. C'est ce qui arrive quand on est pris par surprise par quelqu'un qui vous suit partout, répondit-elle avec feu avant de ranger l'arme dans son holster de ceinture. De nuit, qui plus est, et pour la deuxième fois.

Sur ces entrefaites, Cook se mit à aboyer, et Lily s'aperçut qu'en empoignant son arme elle avait lâché la laisse.

— Cook ! Viens ici !

Mais le Labrador demeura là où il était, à l'orée des bois, derrière elle, et continua à donner de la voix.

Ses aboiements n'étaient pas dirigés contre eux.

Lily orienta le rayon de sa lampe vers le bas et se dirigea rapidement vers lui. Anthony se matérialisa à son côté dans la seconde, les yeux au sol.

— Il y avait un grand trou ici plus tôt dans la journée. Quelqu'un l'a signalé au bureau du shérif mais, quand on est venues voir, on n'a rien trouvé d'autre que ce trou lui-même. La shérif voulait qu'on revienne plus tard pour une inspection plus approfondie, expliqua Lily en s'accroupissant.

Cook ne se bornait pas à renifler le sol ; il flairait quelque chose avec insistance. Mais, plus préoccupant encore, il ne l'avait pas avertie de la présence d'Anthony.

— Si je suis venue aussi tard, c'est parce que l'adjoint qui était chargé de la mission n'a pas réussi à le trouver.

Lily posa sa lampe par terre et promena la main sur le sol. Il n'en fallut pas plus pour que Cook se mette à creuser des deux pattes avant.

Le mauvais pressentiment qui l'étreignait s'amplifia. Son corps avait dû percevoir quelque chose que son cerveau n'avait pas encore capté. Elle se pencha en avant, l'oreille près du sol.

Elle redressa imperceptiblement la tête.

— J'entends quelque chose.

Le monde, autour d'elle, parut refluer au loin.

Puis, de nouveau, le son lui parvint. Un cri.

Étouffé, lointain, mais un cri.

Qui semblait provenir d'au-dessous de sa main.

Le sang de Lily se glaça dans ses veines. Elle leva les yeux.

— Anthony, je crois que quelqu'un a été enterré vivant là.

# 4

Anthony avait de grandes mains. Des mains fortes que le travail manuel avait rendues calleuses au fil d'années de dur labeur. Après son départ de Kelby Creek, il ne s'était pas fixé dans un emploi stable. Dans un premier temps, il avait accepté un peu tout ce qui se présentait dans l'unique but de survivre jusqu'à ce qu'il trouve la vérité. Ensuite, s'était-il dit, peut-être pourrait-il songer à vivre réellement.

Mais ces années de survie avaient également été des années de préparation.

Car il s'était fait une promesse le lendemain de la disparition d'Ida.

Plus jamais il ne donnerait à un assaillant la satisfaction d'avoir le dessus sur lui et plus jamais il ne serait ce garçon aux yeux clos, impuissant, s'enfonçant dans l'eau de la rivière.

Tout cela l'avait conduit à avoir les mains qu'il avait aujourd'hui. Des mains solides et puissantes, prêtes à tout.

Y compris à creuser le sol détrempé de la forêt.

Anthony plongea les doigts dans la boue et en retira un paquet de terre, ses genoux s'enfonçant à chaque effort dans le sol meuble. À côté de lui, Lily creusait frénétiquement. Même son chien n'était pas en reste.

Il ne fallut pas longtemps à Anthony pour sentir quelque chose de dur sous ses doigts, à une trentaine de centimètres de profondeur.

— La lampe !

Lily dirigea le rayon dans l'excavation, par-dessus son épaule.

Anthony dégagea encore un peu de terre boueuse.

— C'est du bois, nota-t-il.

Les cheveux de Lily frôlèrent ses épaules comme elle se penchait pour mieux voir ce que révélait le cercle de lumière.

— Ce n'était pas là ce matin.

De fait, un autre cri se fit entendre. Cette fois, Anthony distingua les mots :

— Au secours !

Il se remit à creuser de plus belle.

— C'est un coffre, cria-t-il. Elle est enterrée dans un coffre !

Lily retomba à genoux et ils se remirent à creuser furieusement pour dégager le couvercle de bois. Anthony discerna une charnière et fit courir ses doigts sur la surface, cherchant un loquet ou une poignée pour le soulever.

Il n'y avait rien.

Si le coffre s'ouvrait, ce n'était pas par ce côté.

— Il va falloir le forcer, dit-il, ses doigts courant dans l'angle, à la recherche d'une fente ou d'un trou.

Mais le coffre semblait hermétiquement clos. La personne qui se trouvait à l'intérieur devait manquer d'oxygène.

— Je n'arrive pas à l'ouvrir, maugréa-t-il.

— J'ai peut-être quelque chose dans la voiture, intervint Lily en se redressant. Je vais aussi appeler des renforts.

La pluie continuait à tomber, indifférente au caractère critique de la situation.

— Tenez bon ! cria Anthony. On va vous sortir de là !

Il fit une nouvelle tentative pour dégager un côté – infructueuse elle aussi. Il lui fallait une pelle. Le conteneur devait être enterré à la verticale.

— Vous m'entendez ? lança-t-il.

Mais la femme continuait à appeler à l'aide. Ses cris étaient obsédants.

Il essaya une nouvelle fois de tirer la boîte mais sa main glissa et une écharde s'enfonça dans son doigt.

— Dépêche-toi, Lily !

Anthony ferma le poing. S'ils ne parvenaient pas à mettre la main sur un outil, il devrait se servir de ses poings. Une ou deux phalanges cassées n'étaient rien s'il parvenait à libérer la personne qui était ensevelie là.

Puis un grondement s'éleva dans le silence de la forêt. Ant fit volte-face en entendant le chien. Lily en fit autant, du côté de la voiture.

Ensemble, ils virent ce qui avait alerté Cook.

Lily n'eut que le temps de se dévier pour éviter la pelle qu'un homme en ciré jaune abattait sur elle.

La pelle heurta le sol à quelques centimètres d'elle. Elle sentit le mouvement de l'air sur son visage, ce qui était presque aussi effrayant que le grondement de son chien. Elle roula sur elle-même pour s'écarter de son assaillant qui s'apprêtait déjà à revenir à la charge.

La pelle s'éleva de nouveau, maintenue à deux mains par l'homme. Le coup promettait d'être violent et de faire des dégâts, où qu'il frappe. Lily s'efforça de s'éloigner pour que cette pelle ne sonne pas sa dernière heure. Enfonçant ses talons dans le sol, elle se propulsa de toutes ses forces en arrière. Mais, dans la boue, l'un de ses pieds dérapa. Elle avait raté sa seule occasion. Et son agresseur le savait. Il abattit la pelle avec une étonnante dextérité.

Mais celle-ci suspendit son mouvement à mi-course.

Dans le halo de la lampe torche qui avait roulé sur le sol, elle vit Anthony apparaître, tenant fermement d'une main le manche de l'outil.

Lily le contempla, bouche bée, n'en croyant pas ses yeux.

Il ne prononça qu'un seul mot à l'adresse de l'agresseur.

— Non.

Ciré jaune se vit forcé de lâcher l'outil juste au moment où les crocs de Cook se plantaient dans sa chair. Il hurla de douleur et, par réflexe, tenta de repousser l'animal d'un coup de pied. Par réflexe... ou par pragmatisme. Lutter contre la menace imminente, pas celle qui se profilait derrière.

Mais, derrière, ce n'était rien de moins qu'Anthony qui l'attendait.

Tandis que Lily se remettait debout en entendant le gémissement de douleur de Cook qu'un deuxième coup de pied avait atteint, Anthony obligea Ciré jaune à battre en retraite en faisant tournoyer la pelle devant lui avec la même facilité que si elle avait été en mousse. Le métal heurta violemment le bras de l'homme.

Il vacilla. Échaudé, Cook gardait ses distances mais il montrait les crocs et avait recommencé à grogner.

Anthony se prépara à frapper de nouveau tandis que Lily saisissait son arme.

Mais ni l'un ni l'autre n'eurent le temps d'aller jusqu'au bout.

Ciré jaune était peut-être en infériorité numérique mais il était d'une incroyable rapidité. Un instant, il avait été titubant, battant des bras pour garder l'équilibre, l'instant suivant, il pirouettait, exécutant un 180°, et chargeait Anthony.

Les deux hommes s'empoignèrent et tombèrent sur le sol. Anthony émit un son étouffé comme il chutait lourdement sur le dos, la pelle lui échappant des mains. Prise de furie, Lily passa à l'action. Ne pouvant tirer sans risquer de toucher l'homme qu'elle voulait aider, elle ramassa la pelle.

Ce n'était que justice puisqu'elle était la seule à ne l'avoir pas encore utilisée.

Un coup de tonnerre résonna dans le ciel tandis que la pluie redoublait d'intensité et Lily abattit à toute force la pelle sur le dos de leur adversaire.

Il rugit de douleur. Elle essaya de profiter de ce répit pour lui attraper le poignet et le tordre. Anthony parut deviner son intention et tenta de le faire à son tour basculer dans la boue, ahanant sous l'effort.

Mais, de nouveau, celui-ci les prit par surprise.

Au lieu de chercher à se dégager, il tira Lily à lui. À la seconde où elle perdit l'équilibre, il lui assena un coup en pleine mâchoire.

Une vive douleur fusa derrière ses yeux. Elle serra les dents, mobilisant toute sa volonté pour ne pas perdre conscience, mais elle songea confusément qu'elle allait le sentir le lendemain matin.

Avec un grognement sauvage, Anthony se jeta sur leur assaillant et réussit à lui assener plusieurs directs d'affilée. Ce fut au tour de Ciré jaune de se retrouver étendu sur le dos, dans la boue.

Après quelques coups supplémentaires, l'homme s'amollit, ses mains retombant dans la terre détrempée de part et d'autre de son corps immobile.

Lily retint son souffle, s'attendant presque à un nouveau sursaut de sa part.

Mais rien ne vint. Il avait eu son compte.

Cook accourut et lui lécha la joue.

— Ça va ? questionna Anthony en baissant les yeux vers elle, du sang coulant de son arcade sourcilière et de sa lèvre.

Lily toucha sa mâchoire.

— Oui, oui... ça va. Et toi ?

Il hocha la tête.

— Il est K.-O. Tu as de quoi le ligoter ? Des menottes ou des attaches en plastique ?

Tout en palpant Cook pour voir si lui aussi s'en était sorti sans trop de dommages, elle répondit :

— Oui, dans la voiture.

Anthony se releva et attrapa la pelle abandonnée par terre. Il courut vers le conteneur enterré.

Lily se redressa à son tour. Après avoir sorti de son coffre un pied-de-biche, un rouleau de corde et les liens en plastique, elle enferma Cook dans la voiture, puis retourna à l'endroit où elle avait lâché son téléphone lors de l'attaque de Ciré jaune.

La répartitrice, Janet Kim, accueillit son appel précipité avec sang-froid, une prouesse compte tenu du fait que Lily avait déjà signalé une première fois leur situation, déjà critique en soi.

— J'ai besoin de mes deux mains, donc je vais devoir raccrocher, informa-t-elle rapidement Janet. Le méchant, c'est le type en jaune. Ne touchez pas à l'autre homme, le brun.

Lily coupa la communication et se dirigea vers l'homme évanoui. En un tournemain, elle le saucissonna, puis lui attacha les poignets et les chevilles. Tandis qu'elle s'activait, l'adrénaline commença à refluer dans son organisme et la douleur se fit sentir plus intensément. Mais les bruits de pelle, derrière elle, lui rappelèrent l'urgence de la situation. Si elle avait mal, elle imaginait sans peine le calvaire que devait endurer la femme enfermée dans le coffre...

Anthony s'efforçait, sous la pluie battante, de la sauver.

Réprimant l'envie de fouiller l'assaillant pour s'assurer qu'il n'avait pas d'autre arme, Lily se hâta de le rejoindre.

Elle s'étonna de la quantité de terre qu'il avait réussi à déblayer en un laps de temps aussi court.

— Le coffre s'ouvre par le côté, ahana-t-il sans cesser de creuser et de jeter des pelletées de terre mouillée par-dessus son épaule.

Le sang, sur son visage, se diluait peu à peu dans l'eau de pluie mais son expression était toujours aussi déterminée.

— C'est un peu comme un cercueil enterré à la verticale. Ça va être difficile de l'ouvrir sans l'extraire totalement.

Mais ça ne l'empêcha pas d'essayer quand même. Il saisit le pied-de-biche après quelques nouvelles pelletées. Il avait dégagé le coffre jusqu'à mi-hauteur, évalua Lily. Un interstice courait tout le long du côté. Ainsi qu'il l'avait deviné, c'était un couvercle.

Ant y glissa l'extrémité de l'outil.

— Éloignez-vous de ma voix, cria-t-il à l'adresse de la femme qui se trouvait à l'intérieur. Je vais briser le couvercle !

Il poussa sur le manche du pied-de-biche. Dans un premier temps, rien ne se produisit, puis il y eut un grand craquement.

Lily empoigna la pelle et inséra le métal dans l'ouverture, puis se mit à pousser elle aussi. Pendant un moment, tous deux conjuguèrent leurs efforts tandis que la pauvre femme continuait de crier.

Puis, soudain, le bois céda. Lily retomba en arrière sur le sol et

Anthony s'avança. Lâchant le pied-de-biche, il se mit à arracher planche après planche avec, toujours en fond sonore, les appels à l'aide, de plus en plus forts.

La dernière planche résista un peu avant de finir par céder à son tour. Lily s'approcha pour porter secours à la femme, à l'intérieur.

Mais, à leur totale surprise, il n'y avait personne dans le coffre.

— Qu'est-ce que...

Anthony passa le bras par l'ouverture et tâtonna à l'intérieur. Il attrapa quelque chose, qu'il réussit à sortir.

Les cris étaient beaucoup plus distincts maintenant.

Il se tourna vers Lily, les yeux ronds, et lui tendit un objet à peine plus gros que sa main.

Elle le prit.

— C'est un lecteur de cassettes, dit-elle en le voyant. Le bouton Play est enfoncé. L'enregistrement tourne en boucle.

Anthony le contempla, puis regarda la boîte.

— Bon sang, mais qu'est-ce que c'est que cette histoire ? tonna-t-il, gagné par la colère.

# 5

Calé contre le comptoir de la salle de repos, au bureau du shérif, Anthony regardait Cook dormant à ses pieds. Lily Howard, debout, semblait tout à fait dans son élément bien qu'elle soit trempée des pieds à la tête.

— Il faut que j'aille interroger notre assaillant, dit-elle au détective Foster Lovett, qu'Anthony avait connu lorsqu'ils étaient adolescents mais n'avait plus revu depuis. J'ai beaucoup de questions à lui poser – des questions importantes qui appellent des réponses. C'est pourquoi je tiens à me charger de cette enquête.

Foster ouvrit la bouche, probablement pour rejeter la requête de Lily une nouvelle fois mais il s'interrompit en voyant entrer une femme à la peau foncée et au ventre très, très rond. Anthony la reconnut. Il avait vu sa photo dans un article publié dans le journal local quelques années plus tôt. C'était Millie, la femme de Foster. Elle aussi avait vécu la disparition d'un proche.

Par chance pour Foster et Millie, l'affaire avait connu un heureux dénouement.

Millie avait apporté un sachet de poches de glace qu'elle était allée acheter à la pharmacie – de celles en gel, souples, qui soulageaient le pire des hématomes. Elle tendit à Anthony la plus grosse des poches. Il la remercia mais la donna à Lily qui la prit sans un mot, le regard toujours braqué sur Foster. Anthony puisa dans le sachet une poche plus petite pour son arcade sourcilière qui avait cessé de saigner mais avait enflé et bleui.

— Il est hors de question que tu lui parles maintenant, répéta Foster tandis que Lily appliquait le gel glacé sur sa mâchoire. Tu es trempée, en sang, épuisée. On se charge de l'interrogatoire. Le détective Reiner est déjà sur place avec la shérif Bennet. Rentre chez toi et, demain, on s'occupera de tes questions.

— C'est nous qui étions sur les lieux du début à la fin, intervint Anthony. C'est à Lily de questionner ce type. L'écarter parce qu'elle est couverte de boue et a un peu de sang sur ses vêtements n'a pas plus de sens que d'enterrer un lecteur de cassettes dans un coffre.

Du coin de l'œil, il nota le hochement de tête de Lily, mais Foster ne se laissa pas fléchir.

— Nous avons des procédures à respecter, rappela-t-il de nouveau. Nous devons les appliquer dès lors qu'il y a eu altercation avec un membre des forces de l'ordre.

— Je n'étais pas en service, souligna Lily.

Foster secoua la tête.

— Mais tu n'es pas une civile, dit-il avant de pousser un soupir. Rentre chez toi et reviens demain matin. C'est le mieux que tu puisses faire, d'autant que notre suspect est en train de subir des examens à l'hôpital. Et puis ça te permettra de donner à manger à ce chien et de te changer...

Visiblement peu enthousiaste, Lily inclina brièvement la tête.

— Est-ce que je dois prévenir le détective Gray ou l'as-tu déjà informé ?

Anthony nota une légère altération dans la voix de Lily, mais il ne put déterminer ce que ce changement traduisait.

Foster hocha la tête.

— Il est au courant. Nous étions avec lui et sa femme, Willa, quand j'ai été averti. Il sera là demain matin, lui aussi.

S'il avait encore subsisté un soupçon d'hésitation chez Lily, il sembla l'abandonner. Elle se leva, aussitôt imitée par Cook, puis par Anthony.

— Il faut que je passe par mon bureau, lui dit-elle par-dessus son épaule.

Il la suivit jusqu'à une grande salle où étaient installés trois bureaux, plusieurs armoires de rangement et des cartons d'archives rangés en piles bien nettes.

Après avoir jeté un coup d'œil en direction de la porte, Lily se dirigea vers l'un des deux bureaux accolés face à face et se pencha. Anthony eut l'impression qu'elle ne voulait pas que le détective en chef la voie. Il se plaça devant l'embrasure de la porte. Cook vint s'asseoir à ses pieds, remuant la queue.

Elle tira un dossier d'un tiroir et le coinça sous son bras. Anthony examina son bureau tandis qu'elle ouvrait un autre tiroir. Le plateau était dégagé et ne comportait qu'un pot à crayons, un bloc-notes et un écran d'ordinateur. Rien d'autre.

Pas de photos encadrées. Pas de bibelots.

Seulement de l'ordre.

À l'image de son occupante.

— Voilà. On peut partir.

Le dossier serré contre elle, Lily prit la direction de la sortie, suivie d'Anthony et de Cook. Lorsqu'ils furent parvenus à sa voiture, elle ouvrit la portière arrière pour faire monter son animal sans lui fournir d'explication.

Très bien. Si elle ne disait rien d'elle-même, il n'allait pas lui poser de questions. Surtout après la soirée qu'ils venaient de vivre.

— C'est un bon chien, observa-t-il à haute voix. Il nous a prévenus d'une présence et nous a protégés de son mieux quand le besoin s'en faisait sentir.

Lily se tenait entre leurs deux véhicules. Elle acquiesça mais il était clair qu'elle avait la tête ailleurs. Dans la lumière diffusée par l'unique réverbère du parking, il regarda sa mâchoire contusionnée et ses cheveux mouillés. Levant une main, Anthony lui inclina un peu la tête pour voir l'autre marque sur sa joue. Il effleura du pouce la zone égratignée.

— Tu t'en tires bien. Mieux vaut une brûlure de frottement contre le sol qu'un coup de pelle dans le dos, raisonna-t-il avant de faire la grimace. Mais, tout de même, ça ne me plaît pas. Ça te fait mal ?

Lily recula d'un pas pour se mettre hors de sa portée et secoua la tête.

— Seulement si j'y pense, donc il suffit de ne pas y penser. Et toi ? rétorqua-t-elle sans le toucher.

— Oh ! j'ai connu pire qu'un œil au beurre noir et une lèvre éclatée. Avec un peu de glace et, peut-être, une bière fraîche, il n'y paraîtra bientôt plus.

Si Lily avait été quelqu'un d'autre, peut-être l'une des femmes avec lesquelles il avait eu des liaisons, elle aurait sans doute insisté pour s'assurer qu'il disait vrai. Mais Lily était... Lily. Elle s'en tint à sa déclaration sans chercher à en savoir davantage. Ce silence, néanmoins, lui laissa un goût si amer qu'il préféra le rompre.

— C'est vraiment idiot de t'avoir empêchée d'aller à l'hôpital interroger ce type, reprit-il. On a trouvé ce coffre enterré, il était en possession d'une pelle, donc j'imagine que c'est lui qui a creusé le trou. Pas besoin d'avoir fait math sup pour en arriver à cette conclusion. C'est un jeu d'enfant, surtout pour une détective comme toi.

Il sembla à Anthony que sa remarque tirait un demi-sourire fugace à Lily, mais peut-être n'était-ce que son imagination. Quoi qu'il en soit, elle laissa échapper un son dangereusement proche du ricanement.

— Je suis trop émotionnellement impliquée dans cette affaire, dit-elle. Parfois, il est difficile de se contenir dans de telles circonstances. C'était la bonne décision. Même si ça ne nous plaît pas.

Anthony songea à Ida.

Ce qui était aussi le cas de Lily, il le savait.

Si elle était trop impliquée concernant l'homme au ciré jaune et le coffre enterré, qu'en était-il de l'enquête sur Ida ? Lily avait-elle surmonté ses sentiments concernant ce qui s'était passé ? Peut-être qu'elle avait tourné la page et qu'elle essayait simplement de poursuivre les investigations pour lui ?

Anthony aurait pu lui poser la question – il aurait pu le faire plusieurs fois au cours de toutes ces années – mais, comme d'habitude, il garda le silence.

Quand ils évoquaient l'affaire, ils ne parlaient jamais de ce qui s'était passé. Des détails. De la rivière.

Il n'allait pas commencer maintenant.

Lily soupira et, penchant la tête, essora ses cheveux avant de les rejeter par-dessus son épaule.

— Il est tard, dit-elle. Et Foster n'a pas tort. On a bien besoin de passer sous la douche et de se changer. Pour le reste, on verra demain. Où es-tu descendu ?

— J'hésite entre l'hôtel et ma voiture, répondit-il. Je ne suis pas difficile et je n'ai pas très envie de rouler pour rejoindre l'hôtel ce soir.

Il se retint de dire que, ce dont il n'avait surtout pas envie, c'était de la quitter. L'image de l'homme s'apprêtant à abattre sa pelle sur Lily le hantait à tel point que cela lui avait coupé l'envie de téléphoner à l'hôtel pour voir s'il y avait des chambres libres.

— Et ta cousine ? demanda Lily. Tu ne descends pas chez elle, d'habitude, quand tu viens à Kelby Creek ?

Il s'étonna que Lily soit au courant de ses occasionnelles visites en ville. Mais il se souvint qu'ils avaient parlé au téléphone lors d'un de ses séjours chez Shandra. Elle avait peut-être simplement une excellente mémoire. D'ailleurs, Anthony avait l'impression que Lily était particulièrement attentive aux détails.

Il opina du chef, le mouvement réveillant la douleur de son front.

— Si, mais la maison est pleine maintenant, avec les enfants et son beau-père qui logent chez elle. Je ne veux pas déranger, d'autant qu'il est tard et que je n'ai pas prévenu de mon arrivée.

Lily le considéra d'un œil différent de la façon dont elle l'avait regardé jusqu'alors. Comme si elle effectuait un calcul mental. Puis elle pencha la tête sur le côté.

— Si tu ne vois pas d'inconvénient à camper sur mon canapé, tu peux dormir chez moi, dit-elle simplement. Il y a Cook mais il ne te dérangera pas parce qu'il dort dans ma chambre.

— Tu es sûre ? demanda Anthony. Dormir dans ma voiture

n'est pas un problème. Parce que… tu as raison. Tu ne m'avais pas demandé de venir et, moi, j'ai débarqué chez toi à l'improviste.

Il se souvint de la barrière pour enfant dans l'escalier. Il essaya aussi, ainsi qu'il l'avait déjà fait plus tôt, de voir si elle portait une bague ou une alliance à l'annulaire, mais Lily balaya ses excuses d'un geste.

— Tu as empêché une pelle de ruiner ma journée, alors, te proposer mon canapé est bien le moins que je puisse faire.

Anthony s'efforça d'ignorer l'excitation qui s'emparait de lui. Après tout, ce n'était pas pour Lily qu'il était revenu, mais à cause de la piste qu'elle avait trouvée – cette piste dont elle ne lui avait encore rien dit.

Il n'aurait pas besoin d'attendre devant sa porte, le lendemain matin, en fin de compte, puisqu'il s'éveillerait dans son séjour.

C'était là la raison de son excitation… bien sûr.

— Alors, d'accord. Je te suis.

Lorsqu'elle stoppa devant son garage, Cook sauta à bas de la voiture et se planta devant la porte en remuant la queue.

— Si tu crois que je vais te laisser courir partout couvert de boue comme tu l'es, tu rêves, mon vieux.

Lily retira sa veste et l'accrocha à une patère, près de la porte. Elle ôta ensuite ses chaussures et décida que ses chaussettes trempées attendraient dans le garage jusqu'au lendemain. Elle remua les épaules et pencha la tête d'un côté puis de l'autre pour chasser la tension puis, attrapant le bas de son T-shirt, elle interrompit son geste avant de l'enlever, lui aussi.

Pour une fois, elle n'était pas seule.

Une portière claqua au-dehors. Et la lumière s'alluma à l'extérieur.

Anthony apparut, chargé d'un sac à dos… et de rien d'autre sur le haut du corps. Il s'était débarrassé de ses vêtements salis avant d'entrer chez elle, ne gardant que son jean et ses chaussures.

Il était aussi athlétique que Lily l'avait deviné, songea-t-elle en le regardant s'avancer vers elle, torse nu.

Elle ne savait pas exactement ce qu'Anthony Perez avait fait pendant ces quatorze années mais une chose était certaine : il n'avait pas négligé l'exercice physique.

— J'ai dû jeter ma veste et mon T-shirt dans la poubelle du parking, avant de monter dans ma voiture, expliqua-t-il en montrant son torse dénudé.

Sentant ses joues s'échauffer, Lily détacha son regard de la muraille de muscles et le reporta sur le trousseau de clés dans sa main. Elle s'éclaircit la gorge, essayant de donner l'impression d'un simple toussotement, sans trop savoir si le subterfuge avait fonctionné.

— Je vais devoir lancer une lessive sans tarder si je veux avoir une chance de sauver les miens, déclara-t-elle.

Un courant d'air froid traversa ses vêtements mouillés lorsqu'elle ouvrit la porte de la maison. Cook en profita pour se faufiler à l'intérieur et, pris de son quart d'heure de folie, se mit à galoper dans l'habitation plongée dans l'obscurité avec des jappements excités et le son de ses griffes qui claquaient sur le parquet.

— Cook, reviens ici ! lança Lily d'un ton sévère. Il faut aussi que je me dépêche de donner un bain à celui-là avant qu'il ne salisse tout !

Le chien alla laper de l'eau dans son bol, dans la cuisine, puis il traversa le séjour comme une fusée. Malgré son corps endolori de toutes parts, Lily dut lui donner la chasse.

— Bon sang, j'ai oublié de mettre la barrière dans l'escalier. Il va foncer droit sur mon lit !

Lily le poursuivit dans le hall d'entrée, puis dans la salle d'eau destinée aux invités, mais, déjà, il se ruait de nouveau vers le séjour. Elle s'imagina en train de devoir laver ses draps propres en plus du reste.

— Oh là... Pas si vite, l'ami !

Les bras écartés, Ant se tenait, accroupi au pied des marches, la barrière déjà dressée derrière lui.

Cook le télescopa en lançant un aboiement bref pour faire

bonne mesure. Anthony avait été plus rapide que lui mais, malgré la barrière, l'animal lécha copieusement les joues de l'invité, sa queue battant contre le parquet comme le tic-tac d'une horloge.

Lily s'immobilisa, reprenant son souffle et écoutant Anthony rire en s'efforçant d'échapper aux démonstrations d'affection du Labrador.

— Merci, souffla-t-elle. Tu viens de sauver mon lit.

— De rien, répondit Anthony en grattant le chien derrière l'oreille, ce que l'animal parut apprécier. Tu veux que je t'aide à le conduire dans la salle de bains ?

Lily se garda bien de le dire, mais la confiance de Cook en Anthony, qui était pour lui un étranger, la surprenait. Sans doute était-ce dû au fait qu'il les avait aidés à lutter contre leur agresseur, dans les bois.

Quoi qu'il en soit, Lily lui sut gré de son offre. Ensemble, ils firent entrer Cook dans la salle de bains des invités. Lorsque le chien fut dans la baignoire, Lily montra l'escalier à Anthony.

— Tu peux enlever la barrière et aller prendre ta douche en haut, suggéra-t-elle tout en empoignant le pommeau de douche. Cook est adorable mais ça risque de prendre un certain temps.

— Tu ne veux pas que je t'aide ?

— Tu en as déjà fait beaucoup ce soir, répondit-elle en secouant la tête. Considère cette douche comme ta récompense.

Il rit et ses yeux s'illuminèrent, ce qui créa un singulier contraste avec son œil au beurre noir et sa lèvre fendue. Tandis qu'ils bataillaient avec Cook un moment plus tôt, le regard de Lily était tombé sur ses phalanges, abîmées et ensanglantées, et elle ne souhaitait sincèrement qu'une chose pour lui désormais : qu'il prenne un repos plus que mérité.

— OK. Je n'en aurai pas pour longtemps, de toute façon. Je ne suis pas du genre à rester des heures sous la douche.

Il s'en alla à l'étage tandis que Lily s'employait à débarrasser Cook de la boue qui le recouvrait. Une main sur son dos, elle en profita pour examiner son pelage et sa peau. Apparemment, il ne présentait pas de blessure, mais elle entendait encore ses gémissements pendant le combat, dans la forêt. Si elle avait pensé une seule seconde qu'aller inspecter ce trou pourrait lui faire courir un danger...

Lily jeta la serviette qu'elle avait utilisée pour sécher son chien dans le coffre à linge et enfouit son visage dans la fourrure de son cou.

— Ce soir, tu es autorisé à dormir avec moi, même si tu es encore humide, murmura-t-elle.

Cook continua à agiter la queue.

Enfin, elle émergea de la salle de bains, épuisée. Cook se dirigea vers le pied de l'escalier et s'assit devant, comme s'il avait parfaitement saisi la promesse qu'elle lui avait faite. Anthony était de retour dans le séjour, de nouveau vêtu d'un T-shirt. Les contusions se voyaient mieux maintenant qu'il avait nettoyé son visage.

Ce qui ennuya aussi Lily. Elle eut envie de dire quelque chose – beaucoup de choses – mais il y aurait eu tant à dire...

Et elle était exténuée.

— Je vais te chercher des couvertures et un oreiller, déclara-t-elle simplement en se dirigeant vers le placard.

Anthony les prit sans un mot lorsqu'elle les lui tendit. Il garda aussi le silence quand elle ajouta :

— Si tu as faim ou soif, ou que tu veux des poches de glace, sers-toi dans le réfrigérateur. Je vais prendre ma douche et essayer de dormir. Tu devrais en faire autant.

Il la contempla pendant quelques secondes. Toujours sans rien dire, son regard sombre braqué sur elle.

Lily le vit debout devant elle l'espace d'une seconde, puis se superposa à cette image celle d'Anthony stoppant la pelle juste avant qu'elle ne l'atteigne.

Cette pensée l'aurait fait frissonner si elle n'avait été si harassée et n'avait pas eu tellement sommeil. Elle ne voulait pas non plus penser à ce qui se serait produit si Anthony n'avait pas été là et qu'elle avait été seule face à cet homme.

Puis, comme c'était souvent le cas, le présent se confondit avec le souvenir du passé.

Anthony n'était pas à Kelby Creek pour la sauver.

Elle vit que lui aussi se rappelait également la situation.

Il s'avança d'un pas, l'oreiller encore à la main, et dit, d'une voix basse mais calme :

— On a bien besoin de dormir, je te l'accorde, mais, même si le monde s'arrêtait de tourner, ça ne m'empêcherait pas de te demander ce qu'il en est, pour Ida...

Il se rapprocha encore d'un pas.

— Ce matin, tu m'as parlé d'une piste et tu m'as demandé si je me rappelais avoir entendu le ravisseur d'Ida tousser.

Il secoua imperceptiblement la tête.

— Pourquoi ? Tu m'as déjà posé beaucoup de questions au fil des années, mais jamais celle-ci ?

Lily n'avait pas envie de répondre mais elle ne voulait pas lui mentir. Elle opta donc pour une réponse simple et brève :

— Un homme du nom de Bryant Lautner a été arrêté pour excès de vitesse une heure avant qu'Ida ne soit enlevée. Le shérif adjoint l'a laissé repartir avec un avertissement parce que le type ne cessait de tousser et que l'adjoint ne voulait pas être contaminé.

Elle éprouva la même petite décharge d'adrénaline en formulant ces mots que lorsqu'elle les avait lus dans le rapport. Le souvenir de cette nuit d'horreur remonta à sa mémoire.

— Quand nous nous sommes élancés à la poursuite du ravisseur et d'Ida dans les bois, au début, je ne suis pas arrivée à les localiser dans l'obscurité. J'avais de la pluie plein les yeux. Mais, soudain, je l'ai entendu tousser. C'est comme ça que j'ai su quelle direction prendre.

Si Anthony avait été assis, il aurait sauté sur ses pieds en entendant ces mots, Lily l'aurait parié. Son corps entier se figea. Cook dut sentir sa tension car il poussa sa main du museau.

— Et ce Bryant Lautner, où est-il aujourd'hui ?

Lily leva les deux mains devant elle. Il s'emballait déjà et ce n'était pas ce qu'elle voulait – surtout pas maintenant.

— C'est ce que je vais m'efforcer de découvrir. Je comptais t'appeler sitôt que j'aurais été fixée.

Son regard incrédule la blessa. Il ne la croyait pas.

Mais elle n'était pas sûre de croire elle-même à ce qu'elle venait de dire. C'était une piste si ténue et ils avaient déjà été échaudés tant de fois par le passé… Si elle n'avait pas eu besoin de confronter ses souvenirs aux siens, elle ne l'aurait peut-être même pas mis au courant.

À quoi bon lui faire revivre la disparition de sa sœur sans certitude aucune que cette infime piste mène quelque part ?

De toute façon, ils ne pouvaient rien faire de plus pour l'instant. Donc, sans attendre qu'il relance la conversation, elle tourna les talons et se mit à gravir les marches.

— À demain, Anthony, dit-elle d'un ton dur. Essaie de dormir.

Il la regarda. À son attitude, au regard qu'elle lui avait lancé, à l'intonation de sa voix, il sut qu'elle n'en dirait pas davantage. Il fut bien obligé de l'accepter mais ce fut de mauvaise grâce qu'il répondit :

— Oui… Toi aussi.

Lily continua à monter l'escalier, la mort dans l'âme. Un monde de douleur et de souvenirs s'étirait entre eux.

Elle douta que l'un ou l'autre parvienne à bien dormir cette nuit.

# 6

Les draps étaient frais. Lisses et frais.

La lueur de la veilleuse, dans le couloir, entrait par la porte ouverte. Les rideaux occultants remplissaient leur office même si l'obscurité accompagnant la pluie qui martelait le toit, au-dessus de sa tête, y contribuait grandement.

Lily roula sur le côté et tendit le bras. Pas de boule de fourrure chaude remuant à côté d'elle. Elle ouvrit grand les yeux.

Cook n'était pas sur le lit.

Elle se redressa sur un coude pour regarder sa cage, par terre. Elle en avait laissé la porte ouverte pour le cas où Cook s'habituerait à aller y dormir… mais il n'y était pas non plus.

Ce qui signifiait qu'il était descendu.

Et Anthony dormait au rez-de-chaussée.

Son estomac se contracta, presque par réflexe.

Anthony Perez était chez elle. Sur son canapé. Après toutes ces années.

Ne sachant trop qu'en penser, elle concentra son attention sur une notion qu'elle maîtrisait mieux.

La douleur.

Elle ressentait des élancements en diverses parties du corps, le plus douloureux étant celui qui irradiait de son épaule. Elle n'avait rien de cassé mais elle était meurtrie un peu partout. Sa petite échauffourée avec Ciré jaune avait clairement laissé des traces.

Lily chercha à tâtons la boîte d'ibuprofène sur sa table de

chevet. Elle en avala deux avec un verre d'eau avant même de s'asseoir sur le lit.

Si elle avait mal, qu'est-ce que cela devait être pour Anthony !

Se levant avec précaution, Lily se dirigea pieds nus vers la petite salle de bains attenante pour sa toilette quotidienne. Elle releva ses cheveux, enfila un jean noir et un débardeur blanc, qu'elle surmonta d'un blazer qu'elle affectionnait particulièrement pour sa légèreté, adaptée au fort taux d'humidité du Sud, et parce qu'il dissimulait bien son holster. Ses chaussures aux semelles boueuses étaient restées dans le garage si bien qu'elle quitta la chambre en chaussettes, ce qui la fit se sentir bizarrement nue.

Tout comme, d'ailleurs, le fait de n'avoir pas mis son habituelle touche de rouge à lèvres, ce à quoi elle remédia dans la foulée… avant de changer d'avis et d'essuyer le rose qu'elle venait d'appliquer.

Elle allait voir Anthony Perez. Elle ne se préparait pas pour un rendez-vous galant.

Lily ajusta les pans de son blazer, puis prit son téléphone. Six heures trente. Un message non lu.

Il provenait du détective Gray et était daté de peu après minuit.

Je serai au bureau à la première heure. Si tu veux te reposer demain matin, pas de problème.

Mais Lily ne l'entendait pas de cette oreille. Elle n'avait aucune raison de se priver de l'interrogatoire du suspect. Elle espérait seulement que ses supérieurs hiérarchiques ne s'y opposeraient pas. Peut-être qu'emmener Anthony serait une bonne idée… Après tout, il avait pris sa défense sans ambiguïté la veille, et ce n'avait pas été que des paroles en l'air – il avait réellement pensé ce qu'il disait. Que, si quelqu'un, parmi tous ses collègues, méritait d'interroger ce type, c'était bien elle.

Qu'il lui manifeste une telle confiance était réconfortant. Dans le dernier poste qu'elle avait occupé, le personnel du bureau avait été en majorité masculin et certains collègues avaient montré vis-à-vis d'elle une animosité à peine masquée, tout cela parce qu'elle était plus jeune qu'eux et grimpait rapidement les échelons.

Elle s'était battue pour défendre son travail et ses droits, bien sûr, même si ce n'avait pas été une partie de plaisir, mais il n'en était pas moins agréable d'entendre quelqu'un la soutenir avec autant de conviction.

C'était d'ailleurs bizarre de songer que son plus fervent supporter avait été Anthony.

Ils n'étaient même pas réellement amis. Exception faite des quelques appels téléphoniques qu'ils avaient échangés au fil des ans, ils n'avaient jamais eu de véritable discussion en profondeur. N'avaient jamais évoqué la possibilité de se revoir pour rattraper le temps perdu. N'avaient jamais parlé de quoi que ce soit qui n'ait un rapport avec Ida.

Ils étaient simplement deux personnes qui avaient vécu un drame ensemble. Un drame qui, de toute évidence, avait laissé son empreinte sur la suite de leurs vies.

Mais, tandis qu'elle descendait les marches en veillant à ne pas faire de bruit, elle s'aperçut tout à coup qu'elle aurait aimé en savoir plus. Comment avait-il pu s'arranger pour quitter la Caroline du Nord si rapidement ? Si son patron était compréhensif... Si sa petite amie, ou sa compagne – s'il en avait une – n'avait pas vu d'un mauvais œil son départ précipité. S'il avait mis de la musique pendant le trajet ou s'il était plutôt du style à écouter un livre audio. À moins qu'il ne soit un adepte des podcasts, qu'il écoutait tandis que les kilomètres défilaient.

Ou, peut-être, avait-il roulé en silence pour pouvoir penser en paix aux bois. À la rivière...

Perdue dans ses supputations, Lily oublia de poser le pied avec précaution sur l'avant-dernière marche. Son grincement lui parut retentir dans toute la maison. Elle se crispa et se prépara à subir les assauts affectueux de Cook, mais ni le chien ni son invité ne bronchèrent. Intriguée, elle tourna le coin de l'escalier, parvenue en bas.

Anthony était allongé en travers du canapé, les deux mains levées devant lui, regardant quelque chose sur son téléphone.

Entre le portable et la couverture, Cook était confortablement couché sur lui.

Elle ne put retenir un petit rire.

— Et moi qui croyais que j'étais la seule et unique aux yeux de mon chien... !

Cook se mit à remuer la queue en même temps qu'Anthony éclatait de rire. Il posa son téléphone tandis que Cook sautait à terre et venait vers elle.

— J'espère que ça ne te dérange pas que je l'aie laissé monter. En fait, j'ai eu le malheur de poser la main sur mon torse et... je crois qu'il a pris ça pour une invitation.

Lily flatta les flancs de l'animal et le caressa copieusement.

— Pour être tout à fait franche, il est très affectueux et un peu collant. Je pense qu'il serait venu te voir, de toute façon.

Anthony s'assit sur le canapé. Torse nu, de nouveau. Lily s'obligea à se concentrer sur son visage, ce qui ne fut pas difficile compte tenu de l'état dans lequel il était.

— Comment ça va ? demanda-t-elle en accompagnant sa question d'un geste qui englobait tout son visage.

Il fit la grimace. Puis effleura la blessure au-dessus de son œil.

— Je te l'ai dit, j'ai connu pire. C'est un peu douloureux... Ce serait bien que ça cicatrise vite. Si ce n'est pas le cas, ça ira mieux dans quelques jours.

Le regard sombre s'arrêta sur la joue de Lily. Elle se félicita qu'ils ne soient pas proches l'un de l'autre.

— Et toi ? Ta mâchoire est beaucoup moins bleue que je ne l'aurais cru. Comment va ta joue ?

Lily avait examiné ses blessures dans le miroir tandis qu'elle se préparait. Il avait raison, le coup porté à sa mâchoire n'avait pas laissé l'hématome auquel elle s'était attendue. Ce n'en était pas moins douloureux pour autant mais c'était déjà bien que cela ne se voie presque pas. Pour l'inflammation de sa joue, c'était une autre histoire. Elle arborait une plaque rouge là où la peau avait été comme brûlée par sa glissade sur le sol. Elle aurait pu la masquer par un peu de fond de teint si elle l'avait souhaité.

— Ni l'une ni l'autre ne me font trop souffrir, répondit-elle. Ce serait bien si ça cicatrisait vite mais, si ce n'est pas le cas, ça ira mieux dans quelques jours.

Anthony ne se laissa pas distraire par son trait d'humour. Il se leva et croisa les bras.

— Mais je vois bien qu'il y a quelque chose, insista-t-il. Tu as mal quelque part, je le vois à la façon dont tu te tiens.

Lily soupira.

— C'est mon épaule, avoua-t-elle. Avec toute la pluie qu'on a eue, on aurait pu croire que le sol serait plus meuble que ça. C'est en esquivant le premier coup de pelle que je me suis fait mal.

Le langage corporel d'Anthony le trahit. Il s'apprêtait à combler la distance qui les séparait. Ne voulant pas de ça, Lily se dirigea vers la cuisine.

— J'ai pris des antalgiques à mon réveil, déclara-t-elle. Ce qu'il me faut maintenant, c'est un bon café noir. Tu en veux ?

La cafetière était probablement l'appareil le plus utilisé de la maison. C'était une cafetière individuelle qu'elle avait achetée dans l'unique but de tenter de réduire la quantité de caféine qu'elle ingurgitait quotidiennement. La tentative s'était soldée par un lamentable échec. L'arôme du café, le contact de la tasse chaude dans sa main, tout le rituel qui entourait la préparation du breuvage avait le don de la réconforter. Le goût en lui-même était la cerise sur le gâteau et, présentement, c'était précisément ce qu'elle recherchait. Elle ouvrit le placard et choisit l'un de ses mugs isothermes.

Elle ne le lui avait pas dit mais elle n'avait pas l'intention de s'attarder ce matin.

Anthony trouva le moyen de rompre son rituel bien-aimé d'un simple commentaire :

— Je me souviens avoir toujours vu ton père debout sur le porche, le matin, avec un mug comme celui-ci.

Il était appuyé contre le plan de travail, comme la veille au bureau du shérif. Flegmatique. Et, cependant, à jamais hanté – deux notions en apparence incompatibles mais dont l'association, pourtant, fonctionnait chez lui.

Lily éprouva une pointe d'envie. Il était tellement facile à vivre. Et elle... Eh bien, elle devait se jeter sur la cafetière pour échapper aux tourments du monde.

— Il me saluait toujours en élevant sa tasse dans ma direction quand je passais devant lui pour aller à l'école.

La pointe d'envie se mua en une douleur cuisante qu'elle espéra dissimuler sous un sourire en évoquant d'autres souvenirs.

— Il en buvait une grande tasse le matin, rentrait à midi pour en boire une autre, puis en prenait une troisième le soir, après le dîner, déclara-t-elle en plaçant son mug sous la buse de la cafetière et en se calant, comme Anthony, contre le comptoir. Quand j'étais enfant, je me demandais comment il pouvait dormir avec toute cette caféine. Mais, maintenant que je suis adulte et que je travaille dans les forces de l'ordre, je me demande comment il faisait pour s'en tenir à seulement trois tasses par jour.

Anthony s'esclaffa, d'un rire qu'elle trouva moins retentissant.

— Ma cousine Shandra m'a dit il y a quelque temps que tes parents avaient déménagé, hasarda-t-il. Comment vont-ils ?

Lily réussit à ne rien montrer de l'émotion que suscitait cette transition.

— Bien. Ils ont quitté la région juste avant mon entrée à l'université. Pour s'installer dans un endroit appelé Beaver Creek, au fin fond de l'État de New York, si incroyable que ça puisse paraître.

Anthony haussa les sourcils.

— Papa avait vécu là quand il était adolescent et il adorait cet endroit. Quand j'ai quitté la maison pour de bon, ils ont estimé que c'était le moment.

Elle garda pour elle le reste de la vérité, à savoir que ses parents lui avaient annoncé leur décision bien avant son entrée à l'université. La plupart des habitants qui étaient partis de Kelby Creek l'avaient fait en raison de la Tempête. Mais pas ses parents. S'ils avaient plié bagage, c'était à cause d'elle.

Parce que Lily était obsédée par Ida.

*Il est hors de question que tu continues à déambuler dans la maison comme un fantôme,* avait décrété sa mère un beau matin tandis que la première tasse de café de son père était en train de couler. *Puisque tu n'arrives pas à aller de l'avant par toi-même, eh bien nous allons devoir te forcer à faire le premier pas.*

Et ils étaient partis.

Donc, Lily en avait fait autant.

Ignorant ce qu'elle passait sous silence, Anthony hocha la tête.

— Maman a d'abord voulu rester ici, confia-t-il. Elle a tenu beaucoup plus longtemps que moi mais elle a fini par déménager à El Paso pour vivre chez ma tante.

— C'est bien, commenta Lily avec sincérité.

Elle savait que le père d'Anthony était mort alors qu'Ida était encore bébé. Cela avait resserré les liens de la famille.

Il approuva d'un signe de tête.

— On communique par visio ou par téléphone au moins une fois par semaine. Son dernier dada, c'est de s'être prise d'affection pour le petit dernier de mon cousin Philippe et de s'impliquer à fond dans son rôle de grand-tante gâteau. Seulement, elle a dû y prendre goût parce que, maintenant, elle commence à faire pression sur moi.

Secouant la tête, Anthony laissa échapper un petit rire.

— Apparemment, j'étais censé lui fournir un petit-fils ou une petite-fille il y a des années... Il faut croire que je n'ai pas reçu le mémo.

Une onde de chaleur se diffusa dans les entrailles de Lily.

— Ce pourrait être pire, répliqua-t-elle. Si, par exemple, c'était ta petite amie, et non ta mère, qui te poussait dans ce sens.

Cette fois, le rire éclata de façon très sonore. Anthony souriait encore lorsque son hilarité se calma.

— C'est ta façon d'essayer de savoir si j'ai quelqu'un dans ma vie ? la taquina-t-il.

La chaleur qui l'avait envahie se transféra à ses joues.

— Non, protesta-t-elle. C'était simplement une boutade.

Il croisa les bras.

— Je ne crois pas. En fait, je pense que Lily Howard, la grande détective, tentait d'aller à la pêche aux informations et de me tirer les vers du nez.

Elle se borna à ricaner. Levant les yeux au ciel, elle prit sa tasse comme le bip de la cafetière indiquait que le café était prêt.

— Si j'avais voulu te tirer les vers du nez, comme tu dis, je t'aurais demandé sans détour si tu avais une petite amie en Caroline du Nord, contra-t-elle.

Anthony prenait toujours autant plaisir à l'asticoter, s'esclaffant derrière elle. De nouveau, la pointe d'envie resurgit en elle. Il pouvait se montrer si désinvolte, comparativement à elle qui se sentait perpétuellement sur la défensive, tendue.

Il arborait un petit sourire lorsqu'elle ouvrit la porte du cellier pour aller y chercher la nourriture du chien. Le sourire relevait toujours les coins de ses lèvres lorsque, la rejoignant, il la poussa doucement de côté et lui prit la pelle en plastique des mains.

— Vous avez mal à l'épaule, détective Howard, dit-il. Laissez-moi m'occuper de Cook et buvez tranquillement votre café.

Lily hésita une demi-seconde avant de céder. Cook poussa un jappement d'excitation en entendant le bruit des croquettes. Incapable de refréner son impatience, il talonna Anthony jusqu'à sa gamelle. Si l'animal n'avait pas déjà été conquis par leur invité, cet épisode aurait achevé de le convaincre.

Lily regarda Anthony aller et venir entre la cuisine et le cellier, comme s'il avait de longue date ses habitudes dans la maison.

— Au fait, je n'en ai pas ! lança-t-il depuis le fond du cellier où il était retourné ranger les croquettes. De petite amie, je veux dire. J'en avais une mais nous avons rompu l'an dernier. Et toi ?

Lily se hâta de répondre avant qu'il ne soit de nouveau face à elle. Non que la réponse soit particulièrement longue...

— Non. Je suis mariée avec mon travail.

Lorsqu'il émergea dans l'embrasure de la porte, il reprit :

— À ce propos... je pensais à hier soir.

Il vint s'asseoir de l'autre côté de la table, en face d'elle. Son œil et sa lèvre semblaient plus enflés encore sous éclairage LED.

— Ce coffre devait être destiné à quelqu'un d'autre qu'à celui qui l'a enterré là. Sinon, pourquoi ne contenait-il rien qu'un lecteur avec un enregistrement qui tournait en boucle ?

— Tu penses qu'il voulait que quelqu'un le trouve ?

Lily y avait songé aussi la veille, avant de s'endormir. C'était une éventualité parmi tant d'autres.

— Oui. Cette histoire semble tellement insensée que j'aurais presque été tenté de croire à une mauvaise plaisanterie s'il n'y avait eu ce type avec sa pelle.

Lily but une gorgée de café en repassant la scène dans sa tête.

— Mais quelle raison aurait-il pu avoir de vouloir que quelqu'un trouve la boîte ? dit-elle, réfléchissant à haute voix. Est-ce que c'était un message ? Une menace ? Une expérience scientifique un peu bizarre ?

— À Kelby Creek ? Je n'en sais rien mais espérons qu'il se mettra à table quand tu l'interrogeras tout à l'heure.

Lily soupira.

— Je ne suis pas sûre qu'ils me laisseront lui parler, avoua-t-elle. Je dois faire une déposition puisque je suis impliquée, mais cette enquête n'est pas vraiment de mon ressort.

Anthony grommela entre ses dents.

— Mais... tu es détective ? Mener des enquêtes, c'est justement ton travail, non ?

— Je suis détective, oui, mais je suis affectée au pôle des Affaires classées. Je ne fais même pas mes rapports au détective Lovett en temps normal.

Il haussa les sourcils.

— Je savais que le bureau du shérif se penchait sur les affaires non résolues mais pas qu'il existait une unité qui leur était spécialement dédiée. Je pensais que vous vous en occupiez quand vous aviez un moment libre.

C'était un malentendu assez fréquent, compte tenu de la petite taille de Dawn County, mais Kelby Creek était un cas à part. Surtout depuis l'enlèvement d'Annie McHale et la Tempête dont il avait été le déclencheur.

Et depuis celui d'Ida, du moins pour certaines personnes.

— Il y avait déjà un peu trop d'affaires non résolues avant que toute cette corruption ne soit mise au jour, expliqua-t-elle diplomatiquement. Après la Tempête, tout le monde a souhaité que les affaires, qu'elles soient en cours, closes ou non résolues, soient toutes traitées correctement. Et que les enquêtes soient conduites par des gens au-dessus de tout soupçon et hautement motivés. C'est pourquoi Kenneth Gray s'est vu octroyer le poste de chef de ce pôle.

— Gray. Le meurtre de sa femme a fait partie des affaires non élucidées pendant longtemps, non ?

Lily acquiesça.

— Après la Tempête, il a aussi fait l'objet d'une enquête approfondie et il en est ressorti blanc comme neige. Il est devenu en quelque sorte la figure emblématique de la quête de la justice en ville. Après mon embauche, nous sommes allés déjeuner ensemble et une femme concernée par une affaire qu'il avait contribué à démêler a passé tout le repas à se confondre en remerciements émus et à lui réitérer sa gratitude. Il se donne à deux cents pour cent sans qu'on ait besoin de le lui demander, et c'est une chose que j'apprécie chez un supérieur.

Ant l'écoutait, l'air très attentif. Il semblait sincèrement intéressé.

— Qui d'autre travaille pour ce pôle ?

— Moi et Kathryn Juliet – mais on l'appelle Juliet. Elle est un peu plus âgée que moi. Tu la connais ? Elle est mariée à James Hornwell, un gentil garçon, mais elle n'a pas adopté son nom de famille.

Anthony secoua la tête.

— Juliet ? Le nom sonne familier mais… c'est peut-être à cause de Shakespeare.

Lily réprima un sourire car elle avait pensé la même chose quand Juliet lui avait été présentée.

— C'est une vraie fille du cru. Ses racines remontent à plusieurs générations, commença-t-elle avant de reprendre son sérieux. Sa famille a décidé de partir vivre à la ville après la Tempête mais, elle, elle est restée. Son frère a trouvé la mort dans un accident de voiture peu après. Ils étaient très proches. Elle impute sa mort à la Tempête. Et, depuis, elle s'est juré de faire en sorte que d'autres conséquences de la corruption ne restent pas impunies. Ça lui tient réellement à cœur, ce qui est aussi une très bonne chose.

Ni l'un ni l'autre ne parla pendant un moment, le poids du passé, loin de leur être étranger, plombant soudain l'atmosphère.

Ce fut Anthony qui rompit le silence le premier.

— Et il y a toi.

— Et il y a moi, répéta-t-elle.

La femme bloquée dans le passé.

La femme toujours en quête de justice dans l'affaire qui les concernait, elle et Anthony.

La femme que la culpabilité et la colère, lorsqu'elle était adolescente, avaient vidée de sa substance, laissée telle une coquille vide.

La femme qui n'avait cessé d'enquêter sur une affaire non résolue depuis des lustres.

Mais Lily ne formula rien de tout ça et, quand elle vit qu'il ne lui demandait pas pourquoi elle avait pris ce poste, elle sut qu'il connaissait déjà la réponse.

Le silence retomba donc entre eux.

Elle aurait voulu le rompre par n'importe quel moyen – en le questionnant sur sa vie, sur son travail, sa rupture.

En lui demandant pourquoi il n'avait pas cherché à en savoir plus sur la piste à propos d'Ida dont elle lui avait parlé la veille.

Mais elle n'en fit rien.

Certaines blessures étaient trop profondes, trop anciennes pour pouvoir un jour véritablement cicatriser.

Et, pour Lily, l'une d'elles se trouvait assise de l'autre côté de la table.

Anthony se passa une main dans les cheveux, espérant que Lily Howard ne s'apercevrait pas qu'il dissimulait une vérité qu'il n'avait pas envie de dévoiler.

Une fois la tasse de café de Lily déposée dans l'évier et le sac à dos accroché à l'épaule d'Anthony, ils se dirigèrent vers le garage tandis que la pluie inondait le paysage autour d'eux.

— Au moins, il commence à faire jour, observa Lily.

C'était la première phrase qu'elle avait prononcée depuis un petit moment. Ils avaient évolué dans le même espace, l'un et l'autre, mais sans communiquer. En temps normal, il aurait parlé mais Anthony préférait se montrer discret, s'agissant de ses plans.

Il hocha la tête.

— Je n'ai jamais pu décider si une pluie continue valait mieux que l'humidité lourde qu'elle laisse dans son sillage. Je crois qu'il serait plus simple de décréter que les deux sont aussi déplaisantes l'une que l'autre, non ?

Lily lui adressa un sourire poli. Puis elle vérifia une nouvelle fois l'heure sur son téléphone.

Elle était pressée de se mettre en route.

Anthony également.

— Merci pour l'hébergement, dit-il en sortant ses clés de son sac. J'aime beaucoup ma voiture mais, après avoir roulé toute la journée hier, j'avoue qu'un couchage confortable était le bienvenu.

Lily haussa les épaules.

— Merci à toi d'avoir eu du réflexe pendant le combat, hier. Je ne regarderai sûrement jamais plus une pelle du même œil.

— De rien.

Lily déverrouilla sa voiture.

— Désolée mais il faut que j'y aille.

Anthony leva les deux mains, reculant déjà.

— Je ne voudrais pas te faire manquer l'interrogatoire de ce type.

Lily ouvrit la portière puis marqua un temps d'hésitation. Lorsqu'elle parla finalement, son ton avait changé mais il ne put deviner l'émotion que cela masquait. Peut-être était-ce juste pour dire quelque chose ?

— Tu restes en ville ou... ?

Voilà. Le moment était venu où il allait devoir éluder la vérité.

— Pour le moment, oui.

Et il se tut.

Lily ne lui demanda pas de développer. Il vit qu'elle avait déjà l'esprit tourné vers ce qui l'attendait au travail.

— Bonne chance.

Il la salua de la main.

Sitôt Lily partie, il sortit son portable et ouvrit Google.

Dans la barre de recherche, il ne tapa qu'un nom.

Bryant Lautner.

# 7

— L'homme à la pelle s'appelle Arturo Hanson. Il est arrivé en ville voilà quelques années et travaille à la droguerie. Son patron, M. Klein, dit qu'il est un peu spécial mais qu'il fait du bon travail.

Kenneth Gray, en costume, affichait une mine renfrognée. Ils étaient dans le couloir, devant leur bureau, tandis que Juliet était au téléphone, assise à son poste. Lily avait intercepté son chef avant même d'avoir posé ses affaires mais il ne semblait pas lui en vouloir.

— Des gens un peu spéciaux, j'en ai côtoyé pas mal mais aucun n'a jamais enterré de coffres contenant des enregistrements sur cassettes de cris de femme appelant à l'aide, souligna-t-elle.

Kenneth était d'accord avec elle.

— Arturo ne parle pas. L'hôpital l'a laissé sortir hier soir et il est maintenant en garde à vue ici.

Lily se réjouit de la nouvelle. Ça signifiait qu'il était dans leurs locaux et qu'elle aurait peut-être une chance de pouvoir s'entretenir avec lui.

Kenneth parut deviner sa pensée. L'air ennuyé, il ajouta :

— Il a engagé un avocat tard hier soir, reprit-il avant qu'elle ne se fasse trop d'illusions. Celui-ci est arrivé aux aurores. Arturo est peut-être bizarre mais, d'après Foster, l'avocat, lui, est tout à fait réglo.

Lily ne montra rien de ses émotions.

Elle rejeta les épaules en arrière, ce qui réveilla la tension de celle qui la faisait souffrir.

— Le fait qu'il ait un avocat ne m'empêche pas de le questionner.

Kenneth la contempla, la mine contrite.

— Foster prend officiellement l'affaire en charge, ce qui veut dire que ce n'est pas toi qui t'en occupes.

Comme Lily ouvrait déjà la bouche pour protester, il éleva une main :

— Mais il est d'accord pour nous tenir informés.

Kenneth consulta sa montre.

— En fait, on doit le retrouver dans deux heures avec la shérif pour faire le point. On pourra évoquer nos inquiétudes, poser toutes les questions qu'on a à poser à ce moment-là. D'accord ?

Lily rongeait son frein intérieurement mais elle se borna à incliner la tête.

— D'accord.

Kenneth indiqua de la main le dossier qu'il avait sous le bras.

— D'ici là, retournons à nos affaires classées.

Il prit congé et Lily entra dans la pièce et se dirigea vers son bureau. Juliet lui adressa un bref signe de tête mais poursuivit sa conversation téléphonique. Désireuse de lui laisser un peu d'intimité, Lily alluma son ordinateur, vérifia ses courriels... jusqu'à ce qu'elle se rende compte qu'elle contemplait fixement l'écran.

Elle détestait attendre.

Attrapant son portable, elle se leva et quitta la pièce.

Traversant les différents services, elle se rendit droit au bureau de Foster Lovett. La porte était ouverte mais il n'était pas seul. Sterling Costner se trouvait face à lui et parlait à voix basse en agitant les mains. Sa partenaire, Marigold Mathers, était calée dans l'embrasure, les bras croisés. Avisant Lily, elle lui murmura à l'oreille :

— Si tu venais voir Foster, il va falloir que tu attendes que Sterling ait fini de déballer ce qu'il a sur le cœur. Autant te prévenir, il vient juste de commencer.

Lily n'était pas particulièrement proche de qui que ce soit du bureau mais elle connaissait suffisamment bien ses collègues pour que cette annonce pique sa curiosité. Sterling Costner avait récemment affronté le danger en arrêtant un acteur clé de la Tempête, avec l'aide de celle qui était aujourd'hui sa femme.

Ce qui ne lui expliquait pas pourquoi il semblait présentement si remonté face à Foster.

— C'est à propos d'hier soir ?

— Oui, répondit Marigold, son expression s'adoucissant. Il s'en veut à mort de n'avoir pas trouvé le trou lui-même et plus encore de ne pas avoir attendu ton arrivée.

— Il ne pouvait pas savoir.

Marigold poussa un léger soupir.

— Je le sais et je pense qu'il le sait aussi mais ça ne l'empêche pas d'être bourré de remords. Il veut retourner sur les lieux pour s'assurer qu'il n'y a pas d'autres boîtes enterrées qui contiendraient non pas seulement un enregistrement vocal, mais une personne en chair et en os.

Marigold secoua la tête.

— Il tient aussi absolument à faire parler cet Arturo mais cette affaire ne nous a pas été confiée..., chuchota-t-elle, écartant les bras d'un geste fataliste. Donc, nous en sommes là.

Lily éprouva de la compassion pour son collègue.

— Je le comprends.

Si son intention initiale avait été de circonvenir Foster pour qu'il l'autorise à parler à Arturo, elle se ravisa, optant pour une autre tactique.

— À propos de cet enregistrement, sais-tu où il est ?

— Oui, répondit Marigold en pointant le doigt vers le bout du couloir. Je le sais parce que Sterling a déjà demandé à l'entendre. Il doit toujours se trouver dans la salle de réunion. C'est là que la shérif Bennet et Foster l'ont écouté.

Lily remercia Marigold et rebroussa chemin pour rejoindre ladite salle. Un jeune adjoint nouvellement recruté quitta obligeamment la pièce à son arrivée, observant avant de refermer la porte derrière lui :

— Cet enregistrement attire beaucoup de monde ce matin !

Lily n'en douta pas.

Le lecteur paraissait antique sous l'éclairage au néon. Lily prit place sur la chaise qui se trouvait devant, ignorant les quelques mots griffonnés sur le bloc-notes à côté de l'appareil.

Si elle ne pouvait pas parler à Arturo, au moins pouvait-elle, en attendant, examiner d'autres éléments de preuve. Et lancer ses propres investigations. Après l'enregistrement sur cassette, elle s'occuperait de la boîte elle-même, ensuite de quoi elle réinspecterait l'ensemble de la scène. Jusqu'à ce que des réponses se fassent jour.

Lily posa son téléphone sur la table, ouvrit l'application Magnétophone et appuya sur Enregistrer. Puis elle enfila rapidement des gants en latex et lança la bande sur le lecteur de cassettes.

Les cris commencèrent instantanément.

*Au secours ! Aidez-moi !*

Lily se pencha en avant, attentive. Il n'y avait aucun autre son, aucun bruit ambiant audible, pas même de grésillements. Le son était parfaitement net. Simplement ces cris de femme puis, au bout d'une minute, la bande les repassait en boucle.

Lily parcourut rapidement les notes pendant que les cris reprenaient. Il était indiqué que la durée totale de la bande était de soixante-deux minutes et qu'elle stoppait au milieu de la dernière série de cris. La marque de l'enregistreur, TechTon, n'existait plus depuis dix ans. Elle la grava néanmoins dans sa mémoire comme une autre piste à explorer une fois qu'elle saurait tout ce qu'il y avait à savoir sur l'enregistrement en lui-même.

*Au secours ! Aidez-moi !*

Lily reporta son regard sur l'appareil et ses yeux se perdirent dans le lointain.

Une impression étrange se fit jour en elle.

*Au secours ! Aidez-moi !*

L'impression s'intensifia.

*Au secours !*

Oui… Il y avait décidément quelque chose dans cet appel.

*Aidez-moi !*

Si seulement elle pouvait mettre le doigt dessus...

*Au secours !*

L'adrénaline commença à courir dans ses veines. Ces cris... Ils lui semblaient familiers.

*Aidez-moi !*

Mais pourquoi ? Provenaient-ils d'une série télévisée ? D'un film ?

Lily n'avait pas été une téléspectatrice assidue ces dernières années. Elle regardait toujours les séries en vogue avec un temps de retard. Et elle n'avait pas menti en disant à Anthony qu'elle était mariée avec son travail. Elle n'avait pas plus de temps à consacrer aux hommes qu'à Netflix.

Pourtant, si les cris ne venaient pas d'un film ou d'une série, où avait-elle pu les entendre ?

Ce n'étaient pas ceux d'Ida. Ce souvenir-là était à jamais clairement imprimé dans sa mémoire.

Qui d'autre alors avait pu les pousser ?

Quels cris pouvait-elle reconnaître en seulement quelques syllabes ?

*Au secours ! Aidez-moi !*

Subitement, elle se redressa sur sa chaise.

Elle enfonça les boutons Stop de l'enregistreur et de son téléphone. Se levant, elle arracha ses gants, les jeta dans la corbeille et quitta la salle de réunion. En moins de trente secondes, elle était à son poste de travail et avait positionné le curseur dans la barre de recherche du navigateur.

Le regard de Juliet, dont la communication était maintenant terminée, se porta sur sa collègue.

— Qu'est-ce qui se passe, Howie ? questionna-t-elle, les sourcils arqués, la préoccupation s'entendant dans sa voix.

Ce n'était pas tous les jours que Lily attirait l'attention sur elle – fût-ce en silence.

— L'enregistrement, celui qu'on a trouvé dans le coffre..., commença-t-elle.

Ses doigts voletaient à toute allure sur le clavier. Elle attendit que les résultats de sa recherche s'affichent avant de préciser :

— J'ai reconnu les cris.

Les pieds du siège de Juliet raclèrent le sol comme elle le repoussait en arrière.

— Comment ça, tu les as reconnus ?

Lily sut très exactement à quel moment Juliet vit ce qui était sur l'écran ; elle l'entendit retenir son souffle de façon audible en reconnaissant la vidéo qu'elle avait affichée.

— Non ? Sérieusement ?

La vidéo qui avait servi à la demande de rançon d'Annie McHale datait de plus de cinq ans mais elle retenait toujours autant l'attention que le jour où les pirates l'avaient chargée sur l'ancien site de la mairie de Kelby Creek.

La jeune Annie, figure bien-aimée de toute la communauté, était ligotée sur une chaise, blessée et en larmes. C'était l'unique témoignage visuel d'elle après son enlèvement, quelques jours plus tôt.

Lily posa son téléphone à côté de son ordinateur, sur le bureau, et appuya sur la touche Lire.

La deuxième série de cris résonna dans la pièce ; ils n'étaient pas synchrones avec ceux de la vidéo d'Annie, mais il était évident qu'il s'agissait des mêmes.

— Waouh. C'est sacrément cruel et tordu, comme plaisanterie, murmura Juliet, abasourdie. Mais, une fois la vidéo devenue virale, on savait tous qu'on pouvait s'attendre à ce que ce genre de chose se produise un jour.

Lily secoua la tête. Les battements de son cœur s'accéléraient tandis que ses pensées se bousculaient dans sa tête.

Elle identifia cette fois l'origine du malaise qui l'avait saisie à l'écoute de ces appels.

— Il y a des grésillements sur la vidéo, souligna-t-elle en pointant le doigt sur l'écran.

— Oui. Le technicien du FBI avait indiqué que la caméra utilisée n'était pas de très bonne qualité. Une histoire de batterie, il me semble, mais je ne me souviens plus très bien.

Lily mit la vidéo sur Pause mais laissa se poursuivre l'enregistrement sur son téléphone.

— Là, en revanche, pas le moindre grésillement. L'enregistrement est parfaitement clair.

Juliet ouvrit la bouche, puis la referma. Toutes deux contemplèrent le portable de Lily.

— Peut-être qu'on a utilisé une nouvelle technologie pour supprimer les bruits parasites ? suggéra Juliet.

— Mais dans quel but ? Pourquoi prendre cette peine ? Pourquoi ne pas avoir mis l'enregistrement original ? Si cette version « nettoyée » n'avait pas été retrouvée dans un coffre enterré, j'aurais penché pour une plaisanterie de très mauvais goût.

— Mais comme Annie McHale n'a jamais été retrouvée et que *ceci* se trouvait dans un coffre enterré dans la forêt…

— Et si cet enregistrement n'était pas une copie de l'autre mais avait été effectué directement ?

La réponse de Juliet fut brève. Analytique. Elles ne parlaient pas de n'importe quelle affaire, mais de celle qui avait sonné le début de la fin pour Kelby Creek. Et c'était lourd de sens, particulièrement pour Juliet. Étonnamment, cela l'était également pour Lily, même si elle trouvait toujours très injuste que la disparition d'Ida n'ait pas autant capté l'attention que celle de la jeune McHale.

— Tu crois qu'Arturo aurait enregistré en personne Annie McHale ?

— Ou bien qu'il connaissait celui qui l'a fait.

Juliet s'abîma dans le silence.

Lily, elle, se projetait déjà mentalement dans la prochaine étape de son enquête.

Si la poitrine d'Anthony ne s'ornait pas d'un badge et si la bienveillante courtoisie de mise chez les membres du bureau du shérif n'était pas son fort, il compensait leur absence par sa farouche détermination et sa rapidité d'élocution. Il sut qu'il devrait peut-être compter sur ces qualités lorsqu'il gara sa Camaro dans le parking de la brasserie Bean Dean Brewery, au nord de la ville, et aperçut sa vieille amie debout sous un parapluie à côté de son van, une tasse de café à la main.

Le terme « amie » était peut-être un peu fort étant donné que la dernière fois qu'il avait vu Mme Jane Dahls, Ida était encore une jeune fille de seize ans insouciante et pleine de vie, en sécurité à la maison. Mme Jane avait aujourd'hui dépassé les soixante-dix ans. Mais, à la seconde où il sortit de sa voiture, elle l'apostropha.

— Anthony Perez ! Eh bien... Tu as bien grandi depuis la dernière fois que je t'ai vu.

Anthony sourit et lui donna l'accolade. De fait, son ancienne baby-sitter lui semblait plus petite qu'autrefois.

— Oui, j'ai continué à grandir pour être sûr de pouvoir attraper les articles rangés sur les étagères du haut à la supérette, comme vous me le demandiez quand nous faisions les courses, répliqua-t-il. Je n'ai pas oublié la fois où j'ai dû monter sur l'étagère pour attraper des biscuits et que tout le contenu du rayon a failli tomber avec moi.

Lorsqu'il la relâcha, Mme Dahls leva les yeux au ciel mais elle souriait toujours.

— Je ne t'ai jamais demandé de jouer les acrobates et d'escalader les rayonnages. Seulement, tu étais jeune et tu avais absolument besoin de grimper partout.

Elle partit d'un petit rire.

— Mais j'avoue que je me souviens encore de la tête de Robert Tate Senior quand les paquets de biscuits se sont mis à basculer comme des dominos. J'ai bien cru qu'il allait avoir une crise cardiaque.

Elle haussa les épaules.

— Comme si la chute d'une étagère chargée de biscuits allait le mener à la faillite ! Enfin... paix à son âme. Il fallait toujours qu'il exagère, celui-là.

Anthony hocha la tête, même s'il ne se souvenait pas que le propriétaire de la supérette ait eu une réaction aussi excessive.

Mais il avait oublié beaucoup de choses concernant son passé. Ce qui n'était pas plus mal puisque, la plupart du temps, s'en souvenir lui était douloureux.

C'était pourquoi il avait appelé Mme Jane afin de lui fixer ce rendez-vous après toutes ces années.

Non seulement elle était douée d'une intelligence aiguisée mais elle faisait aussi partie des Voisins Vigilants. Elle connaissait de longue date la ville et la plupart de ses habitants grâce à ses compétences en matière de bouche-à-oreille et à son active participation à la diffusion des potins depuis les années 1980.

Elle *savait* des choses.

Elle connaissait les gens.

Mme Jane lui en apporta d'ailleurs aussitôt la preuve. Elle arrêta longuement son regard sur Anthony. Son sourire s'effaça.

— J'ai entendu parler de ce qui s'est passé dans les bois hier soir, déclara-t-elle. Ça a dû être difficile de te retrouver là-bas, surtout avec Mlle Howard. Comment va-t-elle ?

Il ne lui demanda pas comment elle était au courant pour la veille – il suffisait qu'un adjoint en ait touché un mot à un proche, qui l'ait à son tour mentionné à quelqu'un d'autre, pour que l'information soit parvenue à ses oreilles – mais il n'en fournit pas moins une réponse volontairement vague.

— Elle va bien. Elle s'est bien défendue hier soir. Elle est au travail en ce moment.

Mme Jane hocha longuement la tête. Elle posa sa main libre sur son bras.

— Et toi ? Comment te sens-tu ?

Il s'étonna qu'elle n'ait pas commencé par cette question.

— Je gère.

Normalement, Mme Jane n'aurait jamais laissé passer une réponse de ce type sans chercher à en savoir davantage mais ce fut pourtant ce qu'elle fit.

— J'en suis sûre, répondit-elle. Est-ce à ce propos que tu voulais me voir ? À propos de cet homme qui vous a attaqués ?

Anthony secoua la tête.

— Non, madame Jane. En fait, la personne que je recherche s'appelle Bryant Lautner. Ça vous dit quelque chose ?

Mme Jane médita pendant quelques instants.

Puis, lentement, elle opina du chef.

— Je n'ai pas entendu ce nom depuis longtemps mais, effectivement, il ne m'est pas inconnu. Après ce qui est arrivé à sa femme, le pauvre homme a accumulé les problèmes au fil des années.

Le pouls d'Anthony s'accéléra.

— Il est toujours dans le coin ?

— Je ne l'ai pas vu depuis qu'il a quitté la maison où il vivait avec feu son épouse mais je crois qu'il passe le plus clair de son temps à bricoler dans son atelier.

Anthony dressa l'oreille.

— Ah bon ? Il a un atelier ?

Mme Jane fit la moue et leva de nouveau les yeux au ciel.

— Lui et ses copains de golf disaient toujours en riant que c'était un bon moyen d'échapper à leurs épouses et de pouvoir boire quelques bières sans qu'elles les houspillent. Mais, après la mort de Patricia, la plaisanterie n'a plus rien eu de drôle. D'ailleurs, si tu veux mon avis, elle ne l'avait jamais été.

— Mais vous disiez qu'il ne vivait plus là ?

— Il ne vit plus dans son ancienne maison mais l'atelier est situé autre part… Je ne sais pas à qui appartient le terrain sur lequel il se trouve. J'ai toujours pensé qu'il était à son père.

— Mais… vous savez où il est, n'est-ce pas ?

Mme Jane se rengorgea.

— Offre-moi un muffin et je t'indiquerai comment y aller.

Anthony n'eut pas l'ombre d'une hésitation.

— Oui, madame.

# 8

Foster, ayant reçu un appel de sa femme Millie, disparut avant que Lily n'ait pu lui communiquer ce qu'elle pensait avoir découvert. Mais Kenneth se montra vivement intéressé. Il visionna la vidéo d'Annie McHale sur l'ordinateur, dans le bureau du pôle des Affaires classées, le regard rivé à l'écran.

— Je me demande comment j'ai pu passer à côté de ça, s'exclama-t-il au bout de deux visionnages. Beau travail !

Lily, debout à côté de Juliet, tourna la tête comme celle-ci renchérissait :

— D'autant que les appels à l'aide de cette pauvre Annie ont été la bande-son de cette ville.

L'expression de Juliet se voila, assombrie par le chagrin et le rappel que, si Annie McHale n'avait pas été kidnappée, son frère ne serait pas mort à la ville après son départ de Kelby Creek.

C'était pour elle une blessure toujours à vif. Et c'était cette même blessure qui faisait de Juliet une bonne détective. Tout comme le meurtre de l'épouse de Kenneth et son désir de justice étaient les carburants qui avaient fait de lui le détective ultra-motivé qu'il était devenu.

Mais Lily ne pouvait leur reprocher de n'avoir pas fait le lien avec la vidéo d'Annie. Si elle avait fini par reconnaître les cris de la fille des McHale, c'était parce qu'elle avait été certaine qu'il ne s'agissait pas de la voix d'Ida.

— J'aimerais parler à Arturo maintenant, déclara Lily.

Kenneth se frotta la mâchoire, songeur.

— Si cet enregistrement est authentique, alors ça signifie soit qu'Arturo en est l'auteur soit qu'il connaît la personne qui l'a effectué, souligna-t-il. C'est une information capitale. Donc, on ne doit pas commettre le moindre faux pas.

Il repoussa son siège.

— Il faut d'abord que je parle à Foster et à la shérif.

Si Lily avait été du genre démonstratif, elle aurait manifesté son mécontentement en grommelant une réplique bien sentie. Mais elle se borna à caler résolument sa hanche contre le chambranle de la porte, barrant le passage à son chef.

— Annie, c'était il y a cinq ans, rappela-t-elle. Ce coffre enterré dans la forêt, c'était hier. Qui nous dit qu'il n'y en a pas d'autres ? Qui nous dit qu'une femme n'est pas ensevelie là-bas, quelque part ?

Elle vit que sa remarque avait fait mouche. Et que Kenneth comprenait sa frustration.

— Arturo a pris un avocat et, pour être tout à fait franc, le confronter à la personne qui a contribué à le mettre hors d'état de nuire ne mènera nulle part. Mais laisse-moi parler à Foster. La raison d'être de ce pôle dédié, c'est que nous avons clairement établi des limites entre les affaires que nous prenons en charge et les affaires en cours.

Lily hocha la tête, faisant de son mieux pour ne pas grincer des dents jusqu'à ce qu'il soit dans le couloir.

— Il n'a pas tort, tu sais, nota Juliet quand il fut parti. Mais ce n'est pas parce que tu ne peux pas interroger Arturo pour le moment que tu ne peux pas te renseigner sur lui.

La montée d'adrénaline provoquée par cette possibilité revigora Lily.

— Oui, tu as raison.

Elle se réinstalla devant son ordinateur pour lancer de nouvelles recherches, et Juliet rejoignit son bureau pour en faire autant. Si Arturo était en possession d'un enregistrement original d'Annie, il devait forcément y avoir un lien entre eux.

Quelque part.

Lily s'abîma dans des recherches approfondies sur Internet, épluchant toutes les informations publiques qu'elle pouvait trouver sur Arturo. Elle identifia quatre profils assez peu étoffés sur les réseaux sociaux. Des deux qui étaient publics, un seul avait été utilisé au cours de l'année. Dans plusieurs publications, il se plaignait du mauvais temps, de la politique locale et des impôts. Une autre était ni plus ni moins qu'un réquisitoire contre les mécaniciens automobiles qui facturaient des sommes astronomiques pour des réparations qu'il aurait pu effectuer lui-même. Cette même publication s'accompagnait de la photo d'une vieille Ford sans pneus, reposant sur quatre parpaings.

Lily enregistra la photo avant de l'étudier de plus près.

La fourgonnette était située sous un auvent métallique, sur une dalle de béton fissuré, à l'extrémité de ce qui semblait être un chemin de terre. De l'herbe et de la terre étaient visibles alentour. À l'arrière-plan, on distinguait des arbres, touffus et verts.

Lily consulta la date de la publication originale.

Un an et quelques mois plus tôt.

La balise de localisation était désactivée mais, s'agissant des bois, Lily était une experte.

Elle inspecta le reste de ses profils publics et trouva deux autres photographies de l'auvent et de la dalle en béton. L'une était presque identique à la première mais l'autre, prise latéralement, permettait de voir l'étroite structure en bois à laquelle était fixé l'auvent, et qui était en aussi piteux état que ses abords envahis par les broussailles.

On discernait aussi un panonceau au loin, plus vieux et délabré encore que la bâtisse, sur lequel la mention « Pêche interdite » était à peine lisible.

Juste derrière, il lui sembla distinguer un autre chemin.

Lily se concentra et ferma les yeux.

Lorsqu'elle les rouvrit, elle savait où elle devait se rendre.

Mme Jane obtint son muffin et, vingt minutes plus tard, Anthony contemplait l'atelier de Bryant Lautner.

Sitôt après avoir pris congé de Mme Jane, il avait accéléré le mouvement. Il s'était mis en route sans perdre une seconde et, à chaque kilomètre qu'il avalait, à chaque virage qu'il négociait, s'était gonflé d'une détermination et d'une énergie toujours plus grandes. De l'espoir, aussi, qu'il allait obtenir une réponse.

Enfin !

Mais ses espérances étaient en train de retomber.

L'atelier semblait abandonné depuis des années.

Après avoir garé sa voiture à bonne distance, dissimulée dans les fourrés, Anthony s'avança furtivement jusqu'à la porte, veillant à ne pas passer devant les fenêtres, de part et d'autre de l'entrée, histoire de ne pas alerter l'unique personne qu'il voulait interroger.

D'aucuns auraient pu trouver sa méthode douteuse.

Mais c'était d'Ida qu'il s'agissait. Et ce type était peut-être son ravisseur. Anthony sentit la rage le submerger. Il remua les épaules pour la tenir à distance. La première fenêtre était obturée par un rideau. La deuxième, par du bois. Il se tourna vers la porte et frappa, plus fort qu'il n'en avait eu l'intention.

Il attendit, aux aguets, mais rien ne se produisit. Pas de porte ni de fenestron arrière qu'on ouvrait puis refermait subrepticement, pas de bruit de course dans les bois pour échapper à l'importun visiteur.

Rien.

Anthony frappa de nouveau, plus fort.

Pas le moindre bruit à l'intérieur. Ni à l'extérieur. Seulement le pépiement des oiseaux, heureux, sans doute, que la pluie ait enfin cessé.

Il attendit un moment.

Il aurait dû partir. De toute évidence, personne n'était venu ici depuis un bon moment. Mais il n'arrivait pas à se décider.

Tout était silencieux et pourtant… il entendait dans sa tête Ida l'appelant au secours.

Anthony poussa un profond soupir.

Il ne s'en irait pas avant d'avoir vu ce qu'il y avait dans cette bâtisse branlante.

Ainsi que Mme Jane le lui avait décrit, l'atelier était petit. Sans entrer, il se représenta mentalement ce que devait être la configuration des lieux : un séjour ouvert, une salle de bains, peut-être une pièce supplémentaire utilisée comme chambre ou comme remise. Le porche arrière avait connu des jours meilleurs mais il résista à son poids tandis qu'il testait la porte de derrière. Celle-ci ne bougea pas.

Il essaya ensuite les fenêtres. L'une, condamnée, était barbouillée de blanc, l'autre semblait très fragile. Il souleva le vantail inférieur jusqu'à ce qu'il arrive en bout de course, et se glissa à l'intérieur.

Anthony devina immédiatement que l'endroit était resté clos longtemps. Une odeur de renfermé très prégnante se mêlait à une humidité presque suffocante.

La pièce principale était plus ou moins telle qu'il se l'était imaginée, à ceci près qu'elle était presque dépourvue de meubles. Il y avait une petite kitchenette dans un coin et une longue banquette près de la porte d'entrée. Mais, à sa surprise, il découvrit qu'il y avait trois portes dans la pièce. Il déverrouilla l'entrée de derrière pour le cas où il devrait prendre la fuite si quelqu'un entrait par la porte principale, puis il se dirigea vers la première des trois portes.

Cette fois, il ne frappa pas mais actionna simplement la poignée. La porte s'ouvrit aussitôt.

Une table de billard occupait presque tout l'espace. Elle aurait pu paraître déplacée dans cette « maison des bois » si elle n'avait été à l'image de l'ensemble de l'atelier : délabrée. Le feutre vert en était déchiré et taché et la table en elle-même penchait dans un coin, l'un de ses pieds, branlant, peinant à la soutenir. Ant n'aurait pu en jurer mais il lui sembla que l'usure du temps à elle seule n'avait pas pu causer de tels dommages. C'était plus probablement le résultat d'une bagarre. Si, comme le pensait Mme Jane, cet endroit avait servi de refuge à Bryant et ses amis lorsqu'ils voulaient s'amuser sans contrainte, peut-être la consommation excessive d'alcool avait-elle abouti à une rixe ?

Anthony passa à la deuxième porte.

Elle ouvrait sur une petite salle de bains dont il découvrit avec surprise qu'elle était plutôt en bon état. Il y avait l'eau courante. Il actionna le commutateur. Après un ou deux clignotements, la lumière s'alluma.

Il leva les yeux, curieux.

Ainsi donc, l'atelier n'était pas totalement à l'abandon.

Il s'apprêtait à pousser la troisième porte lorsqu'un léger bruit de pas le fit s'immobiliser. Quelqu'un gravissait les marches du porche arrière.

Anthony se glissa rapidement dans la salle de billard et décrocha une queue couverte de toiles d'araignée de son support. Il n'était pas homme à se cacher habituellement mais il ne voulait pas prendre Bryant Lautner par surprise, au risque que celui-ci prenne la fuite – ou tire, si, comme la plupart des propriétaires du Sud, il possédait une arme.

Anthony retint son souffle en entendant la porte grincer. Il fit la grimace. Mauvaise idée que de l'avoir déverrouillée. Maintenant, Bryant savait que quelqu'un s'était introduit dans l'atelier. Il changea de position pour se tenir prêt à lutter, si besoin était. Ou à s'enfuir, s'il jugeait que c'était préférable.

Erreur, là aussi.

Son pied se posa sur une latte qui grinça plus fort que ne l'avait fait la porte.

Il étouffa un juron. Inutile de rester caché dans ces conditions.

— Je suis là pour vous parler, c'est tout, lança-t-il d'une voix forte. Je vais sortir… Je ne suis pas armé.

Il posa la queue de billard sur la table et, les mains en l'air, il s'avança dans la pièce principale, croisant mentalement les doigts pour que Bryant Lautner n'opte pas pour tirer d'abord et discuter ensuite.

Sourcils arqués, Lily le contempla, les yeux ronds. Elle abaissa son pistolet.

— Toi ? s'exclama-t-elle. Tu m'as encore suivie ?

Anthony baissa les bras et s'approcha d'elle.

— Mais non, pas du tout.

Elle le considéra d'un œil dubitatif.

— Alors, qu'est-ce que tu fais là ?

— La même chose que toi. Je cherchais Bryant Lautner.

Si Lily avait été surprise de le voir, le regard qu'elle lui jeta cette fois relevait de la plus totale stupéfaction.

— Pourquoi ? Tu n'es pas là pour ça ?

Elle secoua la tête.

— Non.

En la voyant se raidir, la nervosité d'Anthony grimpa d'un cran au lieu de retomber.

— Alors, pourquoi ? demanda-t-il à voix basse.

Lily ouvrit la bouche mais aucun son n'en sortit.

Une portière venait de claquer à l'extérieur.

Anthony et Lily tournèrent la tête à l'unisson.

— Tu attends quelqu'un ? souffla-t-il.

Lily releva son arme.

— Je ne m'attendais même pas à te voir, toi.

# 9

Saisissant Anthony par la main, Lily l'entraîna à l'extérieur par la porte arrière, s'efforçant de ne pas faire de bruit. Elle ne voulait pas être surprise, seule, dans la maison d'un suspect, sans avoir eu l'autorisation d'y pénétrer et, qui plus est, en présence d'un civil, ce qui aurait aggravé son cas.

Ils s'enfoncèrent dans les bois qui entouraient la bâtisse. Dieu merci, il avait deviné son intention et la suivait, rapide et silencieux. Ils étaient déjà sous le couvert des arbres lorsqu'ils entendirent la porte d'entrée se refermer.

Lily rangea son pistolet dans son étui et risqua un coup d'œil en direction de la maison depuis l'arbre derrière lequel elle était cachée.

Personne en vue. Pas de cris, pas de remue-ménage.

— Je ne crois pas qu'on nous ait vus, murmura-t-elle.

Ses épaules s'affaissèrent quelque peu. Elle s'était montrée négligente, il n'y avait pas de quoi être fière.

Anthony, qui s'abritait derrière un arbre voisin, observa :

— Il a dû remarquer ta voiture.

— Non. Je me suis garée près de la grand-route. Je ne suis pas exactement autorisée à être ici.

Il la regarda. L'ombre d'un sourire étira ses lèvres.

— Les grands esprits..., dit-il simplement. Moi aussi, j'ai caché la mienne derrière des taillis. Je ne voulais pas que Bryant prenne peur.

— Bryant ? répéta-t-elle, quittant la maison des yeux pour arrêter son regard sur lui. Bryant Lautner ?

— Oui. C'était son atelier à l'époque. Et il paraît qu'il continue à venir traîner par ici. Mais toi... ? Si tu n'es pas venue voir Lautner, qu'es-tu venue faire là ?

— Je suis venue ici à cause d'Arturo Hanson.

— Qui est-ce ?

— Le type qui nous a agressés avec la pelle. J'ai trouvé de vieilles publications qu'il avait postées sur les réseaux sociaux avec des photos qui semblaient avoir été prises ici. Donc, je suis venue jeter un coup d'œil.

— Sans frapper ?

Lily éprouva une brève bouffée de culpabilité, qu'elle chassa tout aussi rapidement.

— Il n'y avait pas de voiture, pas de lumière. J'ai fait le tour de la maison, j'ai vu qu'une fenêtre était ouverte. J'ai poussé la porte et... tu es apparu.

Elle agita la main en l'air pour couper court à cette conversation.

— On parlera de ça plus tard. Pour l'instant, il faut qu'on sache qui est là-dedans.

Anthony semblait sceptique. Il tendit de nouveau le cou pour observer la maison. Du menton, il indiqua la droite.

— On pourrait contourner la bâtisse par là et revenir vers la porte d'entrée. Ça paraîtra un peu bizarre du fait que nous n'arrivons pas en voiture mais peut-être que ce badge détournera l'attention de notre homme.

— Écoute, si cet endroit appartient vraiment à Bryant, c'est une piste. Et si ce n'est pas le cas, c'est toujours une piste du côté d'Arturo. Je ne m'en irai pas avant d'avoir identifié la personne qui vient d'arriver et lui avoir posé quelques questions, d'accord ?

Anthony entendit l'urgence dans sa voix. Elle faisait écho à celle qu'il éprouvait lui-même.

— D'accord. Alors, allons-y.

Ils firent le tour de la maison en restant sous le couvert de la forêt. Pas le moindre son ne leur parvenait de la bâtisse. Lily marqua une pause pour tendre l'oreille lorsqu'ils furent sur l'avant, avant d'approcher du porche. Elle stoppa de nouveau près de la voiture pour s'assurer qu'il n'y avait personne à l'intérieur.

— Le moteur tourne, souffla-t-elle à Anthony par-dessus son épaule. Qui que soit celui qui est à l'intérieur, il n'a pas l'intention de rester longtemps.

C'était une vieille Cadillac cabossée. Sa peinture blanche était écaillée, toutes les pièces chromées étaient plus ou moins rongées par la rouille et l'habitacle ne valait guère mieux. Il n'y avait rien de notable sur les sièges ni sur le plancher. Une brève vérification leur permit de constater que la voiture n'avait pas de plaques minéralogiques. Anthony fut le premier à sortir son portable pour prendre une photo du véhicule mais ce fut Lily qui gravit avant lui les marches du porche.

Ce qui ennuya Anthony.

Il essaya de passer devant elle mais elle lui rappela dans un murmure :

— C'est moi qui ai le pistolet et le badge.

Sans quitter la porte des yeux, il se pencha vers elle et répondit sur le même ton :

— Oui, mais ça ne compte pas si quelqu'un se met à tirer en ouvrant la porte.

Lily s'apprêta à lui faire remarquer qu'elle était, elle, en mesure de riposter mais il fermait déjà le poing pour frapper.

— Bureau du shérif ! tonna-t-elle. Nous venons seulement vous parler.

Pas de réponse.

Anthony inclina légèrement la tête sur le côté ainsi que le faisait Cook lorsqu'il essayait de capter un son. Il secoua la tête. Lily frappa à son tour et s'annonça de nouveau.

Ils attendirent.

Rien.

Lily tira son arme du holster.

— On peut refaire le tour de la maison ; la porte arrière doit toujours être ouverte, suggéra Anthony à mi-voix.

Mais un mauvais pressentiment commençait à tenailler Lily.

Quelque chose ne cadrait pas.

Comme cette voix de femme qu'ils avaient entendue, provenant des entrailles de la terre.

Comme ce sentiment de danger et d'urgence qui l'avait assaillie dans les bois tandis qu'elle poursuivait l'inconnu qui entraînait une jeune fille dans la nuit.

Lily regarda Anthony. Il ressemblait tellement à l'adolescent qu'il avait été, cette nuit-là. Des cheveux sombres mouillés par l'eau de la rivière et la pluie, une expression fermée, durcie tandis qu'il essayait de comprendre pourquoi le monde, subitement, basculait sur son axe, des yeux aussi noirs que la nuit au fond de laquelle sa sœur disparaissait...

Lentement, Lily appuya sur la poignée. La porte s'ouvrit.

Les lumières n'étaient pas allumées.

Il n'y avait personne... du moins dans la pièce principale.

L'arme bien en main, Lily cria de nouveau :

— Bureau du shérif !

La fenêtre par laquelle Anthony était entré était toujours béante.

D'un coup de coude, il capta l'attention de Lily et lui indiqua la porte de la pièce où se trouvait le billard.

Elle s'en approcha d'un pas ferme, Anthony sur ses talons.

Rien n'avait changé. Il n'y avait personne.

Lily revint sur ses pas. Il l'imita non sans attraper au passage la queue qu'il avait laissée là.

Ce n'était peut-être pas une arme à feu mais elle pouvait se révéler utile malgré tout.

Il ne restait qu'une pièce que ni l'un ni l'autre n'avaient encore explorée. Anthony s'arrangea cette fois pour la devancer afin d'atteindre la porte le premier. Lily éleva son arme.

À la seconde où il poussa le battant, elle s'avança.

Puis s'arrêta net.

À son côté, Anthony s'immobilisa lui aussi.

La pièce n'était pas plus grande que celle contenant le billard, et tout aussi vétuste. Des lambeaux de peinture se détachaient des murs, le sol était abîmé et le plafond lui-même s'affaissait légèrement. Mais tout cela aurait presque paru pimpant au regard des monceaux de saletés qui encombraient la pièce. Le sol était jonché de sachets et d'emballages en plastique au milieu desquels surnageaient des bouteilles, des éprouvettes et récipients divers. Dans un angle, des batteries étaient posées sur un seau de litière pour chat, un antique mixeur visiblement mal en point traînait sur une table bancale, à côté. Un peu partout, des seaux, des cuvettes jouxtaient des rouleaux de papier absorbant et des flacons d'alcool à 90°. Anthony s'arrêta devant un gros rouleau de papier aluminium et une pile de filtres à café. Devant lui, Lily contemplait un amoncellement de passoires et de tuyaux en caoutchouc, près d'une bouteille de propane couchée sur le côté. Sous la fenêtre face à eux, un matelas nu était jeté par terre, surmonté d'un oreiller unique, sans taie.

Lily baissa son arme. Se couvrant le nez de son bras libre, elle se tourna vers lui et murmura précipitamment :

— On sort de là. C'est un laboratoire de méthamphétamine.

*Mais bien sûr*, songea Anthony. Comment ne l'avait-il pas vu plus tôt ? Tout le fatras rassemblé là pointait en ce sens.

Tout... sauf un objet noir posé sur une boîte, au pied du matelas. Un objet qu'ils avaient déjà vu ailleurs.

Anthony le désigna tout en se couvrant lui aussi le nez et la bouche de l'autre main pour se protéger des émanations de produits chimiques.

Lily réagit promptement. Elle rangea son arme dans son étui et tira une paire de gants en latex de la poche de sa veste. S'approchant de la boîte, elle prit l'objet qui était posé dessus.

— C'est un enregistreur, dit-elle en retournant l'appareil dans sa main. Identique à celui qui était dans le coffre enterré.

Anthony, qui n'avait jusque-là considéré l'atelier que comme une piste menant à Bryant Lautner, énonça l'évidence :

— Ça ne peut pas être une coïncidence.

Lily ne répondit pas. Penchée sur la boîte, elle examinait son contenu.

— Il y a au moins dix ou douze lecteurs de cassettes là-dedans, annonça-t-elle avant de reporter son regard sur celui qu'elle avait en main.

— Est-ce qu'il y a une cassette à l'intérieur ? demanda Anthony.

Elle appuya sur le bouton Play.

Les cris qu'ils avaient déjà entendus résonnèrent dans la pièce. Il vit Lily se raidir.

— Encore Annie McHale, commenta-t-elle à voix basse.

Il garda le silence, accusant le coup.

Il avait beau éprouver de la compassion pour ce qui était arrivé à Annie, cela ne gommait en rien le puits de ressentiment qu'il nourrissait à l'encontre de sa famille. À l'encontre de Kelby Creek dans son entier. C'était pourquoi il évitait d'aborder le sujet d'Annie et de la Tempête en général. D'autres se bornaient à secouer la tête en disant « quelle pitié » mais il était difficile pour lui de ne pas comparer le traitement de son rapt et celui de la disparition d'Ida.

— Comment ça ? Qu'est-ce que tu veux dire ? releva-t-il d'une voix altérée par une émotion qu'il n'essaya pas de dissimuler puisqu'il la savait partagée par Lily.

Elle demeura muette, son regard de nouveau centré sur la boîte.

Il ne saurait jamais sur quoi se serait ensuite portée son attention car le claquement d'une portière qu'on fermait les fit sursauter.

En un éclair, Anthony se rua hors de la pièce, courant vers le porche. La mention d'Annie, l'existence possible d'un lien entre Bryant Lautner et Ida et l'arrivée de Lily sur les lieux alors qu'elle traquait, elle, l'homme qui avait failli la décapiter avec sa pelle... Tout cela le galvanisait.

S'il lui avait fallu une preuve supplémentaire, la Cadillac opérant un demi-tour sur les chapeaux de roues la lui fournit.

— Hé ! rugit-il. Arrêtez-vous !

Anthony franchit les marches du porche d'un bond et s'élança à la suite du véhicule qui s'éloignait dans un nuage de poussière.

Ses longues enjambées auraient pu lui permettre de la rattraper au moment où elle ralentirait avant de s'engager sur la grand-route... si une odeur âcre ne l'avait stoppé net dans son élan. *Une odeur de fumée.*

Subitement refroidi, il pivota sur lui-même, renonçant à pourchasser la Cadillac et espérant de toutes ses forces que Lily lui avait emboîté le pas et qu'elle coursait aussi le fuyard, à quelques mètres derrière lui.

Mais ce n'était pas le cas.

Tout ce qu'il vit, ce furent des flammes qui léchaient le côté droit de l'atelier.

— *Lily !*

Derrière lui, la voiture cahotait à fond de train sur la terre et les cailloux. Mais le grondement du moteur reflua à l'arrière-plan tandis qu'il répétait en criant le nom de Lily.

Ce furent les deux derniers sons qu'il entendit avant que l'atelier n'explose.

# 10

La chaleur était étouffante mais ce n'était rien comparativement à la force de l'explosion.

En un battement de cils, Anthony, qui s'était tenu debout face à la bâtisse, se retrouva à terre, étendu sur le dos. Il toussa avant de s'asseoir, presque sûr qu'il avait quelque chose de cassé. Ou, au mieux, de fêlé. Dans tous les cas, son brutal atterrissage sur le sol lui vaudrait une sacrée ecchymose.

Mais il évaluerait les dégâts plus tard. Précautionneusement, il s'appuya sur une main pour tenter de se relever ; il dut s'y reprendre à deux fois pour y parvenir.

Il toussa de nouveau, s'efforçant d'inspirer l'air qui avait été brutalement chassé de ses poumons.

— Lily !

La maison ressemblait à une vision d'horreur. Tout le côté droit était la proie des flammes, dégageant de grosses volutes de fumée noire qui s'élevaient dans le ciel, tandis que le côté gauche semblait avoir été comprimé avant de céder d'un coup comme un morceau de ruban adhésif sur lequel on aurait trop tiré. Le porche était de guingois, la porte d'entrée, brisée en deux. Cela n'arrêta pas Ant. Se protégeant le visage de son bras, qui lui faisait mal, il entra dans ce qui avait été un bâtiment.

Il avança parmi les débris, surveillant du coin de l'œil le plafond du séjour qui menaçait de s'effondrer. Au bout de deux pas, il comprit qu'il était inutile d'aller plus loin. La deuxième chambre, celle où ils s'étaient tenus quand ils avaient entendu le bruit de portière, n'existait pour ainsi dire plus.

Si Lily s'y était encore trouvée quand l'explosion s'était produite…

*Non.*

Il ne pouvait pas baisser les bras.

Résolument, il remonta le bas de son T-shirt sur son nez. Peut-être qu'avec ses poings il réussirait à déblayer suffisamment de gravats pour se frayer un passage et…

Un toussotement. Il était faible mais Anthony n'avait pas rêvé.

Il se tourna vers la gauche, essayant de localiser le son.

— Lily ?

Quelque chose remua près de la porte de derrière, sous une portion de plafond qui gisait maintenant sur le sol. Une chaussure. Cela lui fit l'effet d'un coup de fouet.

— Lily ! Je suis là !

Il se mit à retirer rapidement les morceaux de charpente cassés et entrevit Lily qui essayait de se remettre sur ses jambes. Allongée à plat ventre, elle s'escrimait à pousser sur ses avant-bras mais ses efforts n'étaient guère couronnés de succès.

Un gros craquement retentit au milieu des flammes qui léchaient les poutres.

Pas le temps de procéder en douceur, il fallait aller vite.

Glissant un bras autour de la taille de Lily, il l'attira à lui. Un accès de toux la plia en deux mais ils ne pouvaient pas s'attarder plus longtemps ici.

La maintenant fermement entre ses bras, il ressortit en courant du bâtiment en feu, pour ne s'arrêter que lorsqu'ils furent entourés d'arbres.

Mais il ne lâcha pas Lily.

— Ça va, je te tiens, souffla-t-il en s'accroupissant pour la déposer délicatement sur le dos.

Son geste était né d'une bonne intention mais il pécha par l'exécution. Perdant l'équilibre, il s'affala lourdement sur le sol. La douleur lui scia de nouveau le dos mais, heureusement, il réussit à retenir Lily avant qu'elle ne touche terre.

Ses longs cheveux, sentant la fumée, s'étalaient en corolle sur le torse d'Anthony. Les secousses de ses quintes de toux vibraient en lui mais il garda un bras fermement enroulé autour de ses épaules comme pour la prémunir du danger qui, soudainement, venait d'exploser autour d'eux.

Lorsqu'elle eut repris son souffle, il la sentit se détendre contre lui.

Ils restèrent assis là pendant un moment tandis que de sinistres craquements résonnaient à travers les arbres.

L'atelier de Bryant Lautner parut prendre une dernière respiration avant de s'écrouler sur lui-même.

Anthony était incapable de bouger. Il ne put que regarder la fumée s'enrouler en gros panaches noirs s'étirant vers le ciel, comme la main de la mort.

Une main qui avait bien failli emporter Lily.

Il resserra imperceptiblement son étreinte autour d'elle.

Quand les pompiers arrivèrent, un quart d'heureaprès, il était trop tard pour sauver ce qui restait de la structure. Ils concentrèrent leurs efforts sur les arbres pour éviter que l'incendie ne se propage à la forêt. Une ambulance approcha, précédée de la voiture de la shérif Bennet et du tout nouveau SUV du détective Gray. Deux voitures de patrouille vinrent se ranger à côté des trois véhicules mais Lily songea que d'autres voitures devaient s'être positionnées pour bloquer la route.

Le reste des effectifs du bureau devait déjà rechercher activement la Cadillac et son conducteur.

— Détective Howard, nous allons vous conduire à l'hôpital, déclara un secouriste du nom de Colton après l'avoir rapidement examinée.

Mais Lily, assise à l'arrière de l'ambulance, une jambe déjà dehors, prête à quitter le véhicule, regardait la shérif. Blake Bennet faisait les cent pas en donnant ses ordres avec volubilité, le téléphone collé à l'oreille.

— Mais puisque je vous dis que c'est inutile ! Je vais bien, riposta-t-elle en désignant son corps de ses deux mains.

À en juger par l'inquiétude qui se reflétait sur tous les visages, ce ne devait pas être une preuve très convaincante.

Un mouvement, sur le côté du véhicule, attira son attention. C'était Anthony qui, les bras croisés, la contemplait du même air réprobateur qu'il aurait regardé une enfant butée.

— Tu étais à l'intérieur de ce laboratoire de méthamphétamine au moment où il a explosé, proféra-t-il d'un ton sévère. Et, avant que tu ne tentes encore de minimiser la chose, souviens-toi que c'est moi qui t'ai dégagée de dessous la partie du plafond qui s'est écroulée sur toi. Donc, pas de discussion, tu vas à l'hôpital.

La résolution de son intonation la prit de court, moins, cependant, que la façon dont les choses avaient tourné. Dire qu'elle avait simplement suivi une piste ténue en venant jusqu'ici et qu'elle s'apprêtait à repartir dans une ambulance...

— Le gros de l'explosion a surtout impacté l'autre pièce, argua-t-elle dans une dernière tentative de les gagner à sa cause.

Mais Anthony et les secouristes ne se laissèrent pas fléchir. Ils lui assenèrent de nouveau leurs arguments jusqu'à ce que le regard de la shérif Bennet tombe sur Lily. Écartant le téléphone de son oreille, elle le plaqua contre son épaule et cria :

— Mais qu'est-ce que vous attendez pour filer à Haven Hospital ? Allez, dépêchez-vous !

Lily n'avait aucune envie d'aller à l'hôpital. Ce qu'elle voulait, c'était rester là et examiner la scène mais l'injonction de la shérif lui coupa l'herbe sous le pied.

La shérif Bennet n'était pas en poste depuis très longtemps mais elle était très consciente de son autorité.

Colton, Lily en aurait fait son affaire. Elle aurait peut-être même pu circonvenir Anthony. Mais les ordres de la shérif Bennet ? Elle ne voulait pas pousser le bouchon trop loin.

— D'accord, grommela-t-elle en remontant les jambes dans l'ambulance. Mais je vous assure que ça va.

Elle avait à peine terminé sa phrase qu'une vive douleur lui coupa le souffle comme elle tentait de s'installer sur la civière. Elle fit appel à tous ses talents de comédienne pour la dissimuler, mais ce fut peine perdue.

Anthony monta à sa suite et s'assit à côté d'elle.

— La prochaine fois que tu prononces cette phrase, tâche de ne pas grimacer de douleur si tu veux être crédible.

Colton tapa sur la vitre pour donner le signal du départ au chauffeur en lui recommandant de rouler doucement sur la vieille route parsemée d'ornières.

— On a failli perdre un essieu en fonçant jusqu'ici tant la chaussée est déformée, expliqua-t-il à leur intention. Mais c'était ça ou risquer de s'embourber s'il se remettait à pleuvoir à verse.

Il émit un claquement de langue désapprobateur.

— Mon cousin Benny est pompier dans le comté voisin et ils ont dû appeler la cavalerie hier soir quand un de leurs camions a dérapé et fini sa course dans un fossé. On n'a que deux ambulances à Dawn County, donc mieux vaut les garder en état de rouler.

Lily ne commenta pas, jugeant que cette conversation n'avait pas lieu d'être. Elle n'aimait pas parler pour ne rien dire, a fortiori dans un espace exigu. Mais Anthony, lui, parut y trouver de l'intérêt.

— J'ai dépanné un camion de pompiers une fois dans mon dernier emploi, quand je travaillais chez un garagiste, répondit-il à Colton. Ça n'a pas été facile. Mon patron a failli péter un plomb quand le premier câble de remorquage a cassé.

Lily dressa l'oreille.

— Je ne savais pas que tu travaillais comme mécanicien. Aux dernières nouvelles, tu tenais un bar à Richmond.

Anthony rit.

— Oui, mais les dernières nouvelles remontent à plusieurs années. Voilà un bail que je ne sers plus de boissons en Virginie.

Lily éprouva un curieux petit pincement au cœur. Personne ne s'était attendu à ce qu'elle reste en contact avec Anthony au fil des années et elle ne l'avait pas fait, excepté en quelques occasions, de loin en loin, lorsqu'elle avait eu besoin de retrouver sa trace pour parler de l'affaire d'Ida. Elle savait donc très peu de choses de la vie qu'il avait menée, adulte. Et pourtant, aujourd'hui, cela remuait quelque chose en elle.

— Je n'aimais pas beaucoup être barman, à vrai dire, dit-il à Colton. Je sais que vous devez voir des tas de scènes horribles dans votre métier mais, croyez-moi, j'ai vu aussi ma part de blessures et de bains de sang quand je servais de l'alcool.

Colton ne releva pas et la conversation prit un tour plus convivial. Lily n'y prit pas part. Elle essaya d'analyser ce qu'elle ressentait. Ce ne fut que lorsqu'ils entrèrent dans le parking de Haven Hospital qu'elle cerna enfin ce qui la tracassait.

Elle dut laisser transparaître une expression bizarre car, pendant que Colton parlait au chauffeur, Anthony se pencha vers elle.

— Si tu t'entêtes à refuser de dire aux soignants où tu as mal, dis-le-moi, à moi. Rassure-toi, je ne pourrai rien faire d'utile pour régler le problème étant donné que j'en sais plus sur les voitures et sur la bière que sur le fonctionnement d'un corps humain.

Sa remarque sarcastique dissimulait difficilement son inquiétude. Lily leva les yeux au ciel mais elle ne chercha pas à s'écarter.

— Ce n'est pas la douleur qui m'ennuie, réfuta-t-elle avant d'ajouter à voix basse : c'est ce qui ne va pas dans toute cette histoire.

— C'est-à-dire ? Parce que, pour être honnête, de mon point de vue, rien de ce qui s'est passé depuis mon retour à Kelby Creek ne va.

Lily secoua la tête, mais l'élancement douloureux que cela provoqua l'en dissuada.

— Supposons que celui qui a mis le feu ait su exactement ce qu'il faisait, reprit-elle. Qu'il ait su qu'il s'agissait d'un laboratoire de méthamphétamine rempli de produits dangereux…

— Ce qui est assez probable, intervint Anthony.

— Et, puisque tu affirmes n'avoir parlé de l'atelier qu'avec Mme Jane et que ni toi ni moi n'avons signalé à personne où nous

nous rendions, chacun de notre côté, on peut en déduire que personne ne savait que nous serions là-bas.

Elle ne rappela pas qu'ils avaient, l'un et l'autre, caché leurs véhicules mais c'était un point de plus qui venait conforter sa déduction.

— En effet.

— Alors, ça signifie que quelqu'un avait prévu de détruire cette maison à un moment où elle était vide. Pourquoi ?

Anthony fronça les sourcils. Il était si proche d'elle que Lily ne put s'empêcher de promener son regard sur son beau visage maculé de traces noires et strié de sueur. Elle se félicita qu'il ait pu mettre un peu de distance entre l'atelier et lui avant l'explosion. C'était son appel qui l'avait fait quitter la pièce en courant. Si elle n'avait pas trébuché, elle aussi aurait eu le temps de sortir – et elle n'aurait pas eu à passer par la case Hôpital.

— D'après ce que je t'ai entendue expliquer au détective Gray, cette pièce était un labo de méthamphétamine tout ce qu'il y a de classique, déclara Anthony. Peut-être qu'un concurrent voulait mettre fin à sa production ? Peut-être que c'était celle de Bryant *ou* d'Arturo et que...

Lily claqua des doigts.

— Tout ce qu'il y a de classique, effectivement, coupa-t-elle, baissant encore le ton. Ça aussi, ça pose question. L'odeur aurait dû imprégner toute la maison. Pourtant, les autres pièces ne sentaient que le renfermé.

Lily se tut comme Colton ouvrait les portes de l'ambulance. Il sauta à terre et fit signe à quelqu'un.

L'attention d'Anthony était toujours centrée sur Lily.

— Tu penses que ce n'était pas un vrai labo, c'est ça ?

Lily esquissa un haussement d'épaules qui s'interrompit dans une grimace.

— La seule chose qu'on ait trouvée qui fasse sens pour moi dans cet atelier, c'étaient les enregistreurs. Ils nous renvoient au coffre enterré et à Arturo, les raisons initiales pour lesquelles, moi, je me suis rendue là-bas.

Colton discutait au-dehors avec une infirmière. Lily s'assura d'un coup d'œil qu'ils n'écoutaient pas et Anthony se rapprocha encore jusqu'à être si près que Lily sentit sa chaleur sur sa joue.

— Si le coffre, cet atelier ou Arturo ne nous mènent à rien, alors peut-être qu'il faut se pencher sur l'enregistrement en lui-même.

— Les cris d'Annie McHale, traduisit Ant.

Il se pinça les lèvres.

— Mais que peut-on encore apprendre de cette affaire aujourd'hui ? Tu envisages de t'adresser aux agents du FBI qui ont conduit les investigations ou de puiser dans des sources locales ? Parce qu'on a peu de chances de trouver quelque chose d'un côté comme de l'autre. Je suis persuadé qu'ils ne comptent même plus le nombre d'indices, de pistes et de théories du complot qu'ils ont explorés depuis tout ce temps.

C'était vrai.

Mais elle savait une chose qu'Anthony ignorait.

— Les McHale n'ont pas tous quitté la ville une fois l'enquête bouclée. Je connais quelqu'un qui est resté.

# 11

Toutes les pistes d'investigation qu'entendait suivre Lily furent mises en suspens du simple fait qu'elle était loin d'aller aussi bien qu'elle l'avait prétendu.

Là où les cartilages thoraciques n'étaient pas enfoncés, c'étaient ses côtes qui étaient fêlées ou fracturées. Elle souffrait d'une commotion cérébrale qui lui donnait des vertiges et avait une profonde entaille à l'arrière de la cuisse causée par les gravats qui lui étaient tombés dessus. Quant à l'avant de son corps, il était couvert de contusions dues au fait qu'elle avait été violemment projetée à plat ventre sur le sol.

Quand elle entra en salle d'examen, à l'hôpital, elle n'en était plus à plastronner et clamer qu'elle allait bien mais plutôt à réclamer des antalgiques.

Ce qui ajouta à l'inquiétude d'Anthony.

Lorsque le médecin décréta qu'il la gardait en observation pour la nuit, son anxiété s'accrut encore. Il s'agita, bombardant le personnel de questions, insistant pour rester à son chevet jusqu'à ce qu'on finisse par lui demander de rentrer chez lui. Il accepta à la seule condition qu'on le laisse la voir avant de partir.

— Ils veulent que je reste ici mais je n'ai personne pour garder Cook, lui déclara Lily lorsqu'ils furent enfin seuls.

Anthony se rendit compte qu'elle évitait au maximum de bouger, ce qui le chagrina.

— Je peux m'en charger, moi, offrit-il. Il m'adore.

Lily lui adressa un sourire fugace avant de renverser la tête contre l'oreiller. Anthony avait beau avoir troqué ses vêtements contaminés contre un pantalon et une blouse fournis par l'hôpital, il n'osait pas l'approcher de trop près.

Ce qui lui était difficile puisque, chaque fois qu'il posait le regard sur elle, c'était précisément ce qu'il avait envie de faire.

Il avait envie de la tenir contre lui, comme il l'avait fait dans les bois.

Il avait envie de la protéger.

— Juliet doit passer chez moi récupérer un dossier dans mon bureau, reprit Lily. Elle pourra te déposer.

— D'accord. Je m'occuperai de tout, ne t'inquiète pas, promit-il en se retenant de prendre sa main.

Les paupières de Lily s'abaissèrent mais Anthony demeura encore un moment auprès d'elle.

Elle avait échappé de justesse à une explosion le lendemain du jour où elle avait été agressée.

La laisser seule après ça…

Il contempla le moniteur qui émettait des bips réguliers.

Pour l'instant, tout allait bien. Lily était en sécurité.

Mais n'était-ce pas également ce qu'il avait cru, ce matin, lorsqu'ils s'étaient séparés ?

Il fallut qu'une infirmière vienne lui suggérer de partir, l'assurant que Lily avait avant tout besoin de repos, pour qu'il se décide enfin à s'en aller.

Dans le couloir, la détective Juliet s'avança vers lui. Elle avait, semble-t-il, entendu les paroles de l'infirmière.

— Il y aurait de quoi dormir une semaine entière après tout ça, observa-t-elle en le scrutant d'un regard critique. Je me demande comment vous tenez encore debout.

Anthony haussa les épaules.

— C'est elle qui a été le plus touchée. Dans mon cas, un peu d'ibuprofène suffira.

— Vous êtes un coriace, souligna-t-elle dans un sourire. Pas étonnant que Howie passe tant de temps avec vous.

Discuter de l'affaire avec quelqu'un d'autre que Lily lui paraissait étrange mais il décida que Juliet lui était sympathique et ils poursuivirent la conversation pendant quelques minutes jusqu'à ce que la détective donne le signal du départ.

À la seconde où ils entrèrent chez Lily, elle salua Cook en lui tapotant les flancs et en le couvrant de caresses avant de lui indiquer son plan d'action.

— Je vous retrouve ici dès que j'ai fini. Je ne devrais pas en avoir pour longtemps... à moins que Howie n'ait pas de système de classement pour ses dossiers, auquel ça me prendra un peu plus de temps.

Anthony se demanda si le surnom était du goût de Lily.

— Je n'ai jamais entendu personne l'appeler comme ça.

Juliet éclata de rire. Elle montra Cook qui continuait à bondir entre eux deux.

— Cook et Howie, ça sonne un peu comme le duo de cinéma Turner et Hooch, je trouve... Pas vous ?

Elle écarta les bras en l'air comme si elle déroulait une affiche et proclama d'une voix d'aboyeur :

— Cook et Howie, le chien d'assistance et l'opiniâtre détective qui combattent l'injustice tout en s'efforçant de composer avec les sacro-saints usages du Sud... *et* les sempiternelles plaintes de Mme Belview contre les enfants des voisins qui marchent sur *sa* pelouse !

Elle le regarda en souriant, son petit numéro terminé, attendant sa réaction.

— Je ne savais pas que Cook était le chien d'assistance du bureau, observa-t-il, l'animal lui léchant la main en entendant son nom. C'est pour ça qu'il s'est défendu comme un lion quand on a été attaqués l'autre soir.

— Si seulement ! La ville de Kelby Creek envisage, paraît-il, de créer une brigade canine mais je l'attends depuis deux ans.

Elle poursuivit sur sa lancée avec une telle aisance qu'Anthony en conclut que Juliet les croyait, Lily et lui, beaucoup plus proches qu'ils ne l'étaient en réalité.

— Cook était en passe de devenir chien d'assistance pour personnes en état de stress post-traumatique en Caroline du Nord. Lily s'est portée candidate pour l'adopter quand le financement de sa formation a été suspendu. C'est comme ça qu'il est devenu l'adorable fin limier du duo Cook et Howie, expliqua-t-elle en se penchant pour flatter l'encolure du chien.

Puis la jovialité de la détective céda le pas à un ton plus sérieux :

— Je sais qu'elle était ennuyée pour son chien, ce soir, mais... vous a-t-elle demandé de préparer un sac d'affaires à lui apporter à l'hôpital ? Si elle doit y rester encore, elle en aura besoin.

— Oui, oui, mentit-il. Je vais faire un tour à l'étage, moi aussi, pour rassembler ce qu'il lui faut.

Juliet le précéda et, une fois sur le palier, chacun partit dans une direction différente. Cook suivit Ant jusque dans la chambre.

— Stress post-traumatique, mm ? dit-il en caressant la tête de l'animal. Je ne savais pas qu'elle avait des problèmes.

Mais, alors même qu'il prononçait cette phrase, il eut honte de lui.

Certes, il était celui dont la sœur avait été enlevée. Certes, le ravisseur l'avait attaqué et laissé pour mort. Certes, il vivait depuis quatorze ans dans l'attente et l'angoisse. Anthony ne s'était jamais établi dans la vie. Il ne nouait pas de relations durables. Il ne restait même pas au même endroit plus de six mois.

Il avait vécu un traumatisme.

Il faisait des cauchemars.

Mais considérer Lily à travers ce prisme-là ne l'avait jamais effleuré.

Elle était volontaire, déterminée, elle s'était construit une carrière après son départ de Kelby Creek. Anthony se doutait bien que le drame avait dû laisser des traces aussi chez elle – émotionnelles, mentales.

Mais, là, dans le cadre intime de sa chambre, il s'interrogea pour la première fois sur ce qu'était la souffrance de Lily.

Car, s'il était le garçon qui avait perdu sa sœur ce soir-là, elle avait été celle qui avait couru dans le noir devant lui.

S'il avait été attaqué, elle aussi s'était battue.

Il avait été laissé pour mort dans la rivière ; elle l'avait sauvé.

Il avait hurlé le nom d'Ida encore et encore sous la pluie. Mais elle, elle avait rejoint les forces de l'ordre… et était rentrée au pays, avec une solide formation, des compétences… et une vie à jamais marquée par cette nuit, au fond des bois.

Bien sûr qu'elle n'était pas simplement passée à autre chose.

Qui l'aurait pu après avoir vécu ce qu'ils avaient vécu ?

Anthony eut envie de l'avoir en face de lui ici et maintenant, tout de suite, pour lui présenter ses excuses.

Il regretta de n'avoir pas gardé le contact. De n'avoir pas été là pour elle. Il regretta qu'elle soit peut-être bien, aujourd'hui encore, embarquée dans la même galère que lui.

Lily Howard avait peut-être passé ces quatorze dernières années à voir les mêmes fantômes que lui et, lui, qu'avait-il fait ? La réponse tenait en un mot : rien.

Le corps chaud de Cook se pressait contre sa jambe. Machinalement, Anthony tendit la main et lui caressa l'échine.

— Ne t'en fais pas, lui dit-il. Je ne la laisserai plus seule.

L'enfer était pavé de bonnes intentions.

Et Lily avait certes été animée de bonnes intentions deux jours plus tôt.

— C'est ridicule, protesta-t-elle, repoussant l'aide d'Anthony, lui aussi un peu trop bien intentionné. Je suis mal en point mais je peux encore descendre de voiture toute seule. Merci.

Elle avait parlé d'un ton un peu rogue, elle en avait conscience, mais elle ne s'excuserait pas.

Elle était de mauvaise humeur, pour tout dire. De mauvaise

humeur, affamée et pressée de se retrouver entre quatre murs qui ne soient pas garnis d'appareils et de moniteurs.

Son ange gardien leva les yeux au ciel mais, magnanime, il balaya sa remarque d'un geste.

— Prends quand même ma main, grincheuse.

Lily lui décocha un regard noir. Depuis deux jours, il ne cessait de se montrer aux petits soins pour elle, lui tournant constamment autour comme une planète autour de son étoile. Elle n'avait pas demandé autant d'attentions mais elle les avait acceptées. Quand Anthony n'était pas chez elle en train de s'occuper de Cook, il était à l'hôpital, échafaudant des théories sur Arturo et le coffre, lui racontant des anecdotes de sa vie au cours des quatorze années passées, ou, simplement, restant à son chevet, le visage penché sur son téléphone.

Cela l'avait rendue folle.

Elle était passée d'une vie relativement solitaire à une vie où elle n'avait pas eu une minute de tranquillité depuis des jours.

Tout ça à cause d'une malheureuse explosion.

Lily poussa un soupir.

Le bandage qui enveloppait ses côtes était serré, la douleur sourde des contusions en cours de résorption l'empêchait de se mouvoir librement. Elle contempla en souriant sa maison.

— Regarde un peu cette beauté... Après ma chambre d'hôpital, c'est le paradis ! Elle mériterait de figurer sur une carte postale.

Anthony se mit à rire et la laissa s'avancer seule. Une seconde plus tard, il était de retour, le sac de Lily dans une main et l'autre tendue vers elle.

Lily ne la prit pas.

— Tu as bien vu que je pouvais marcher seule. Ici, je vais me débrouiller.

— Je te rappelle que tu as dû rester un jour de plus à l'hôpital parce que tu n'aurais *pas* dû te débrouiller seule.

Lily grommela quelque chose dans sa barbe.

— Désolé, je n'ai pas compris, la taquina-t-il avec un brin d'ironie.

— J'ai dit que j'étais restée un jour de plus pour que toi et Juliet me laissiez tranquille. Mais je n'ai plus besoin d'aide maintenant, affirma-t-elle, la tête haute.

Cette fois, Anthony ne leva pas les yeux au ciel en riant mais il lui sembla qu'il réprimait un sourire. Quoi qu'il en soit, elle s'en tint à ce qu'elle avait décrété. Elle s'avança seule jusqu'à la porte du garage, lentement mais, lui sembla-t-il, avec dignité.

La dignité ne fut plus qu'un souvenir lorsqu'elle posa les yeux sur Cook.

Le chien était bien éduqué en temps normal mais jamais il n'avait été séparé de sa maîtresse aussi longtemps si bien que les effusions, de part et d'autre, furent un peu trop démonstratives. Cook faillit renverser Lily sans même qu'elle y prenne garde. Seul Anthony garda suffisamment la tête froide pour les séparer et les guider jusqu'au canapé. Ce ne fut que lorsque Lily fut installée, le dos calé contre un coussin, qu'elle s'aperçut qu'elle était au bord des larmes.

Heureusement, Anthony était monté poser son sac à l'étage.

Elle profita de cet instant de solitude pour rassurer son meilleur ami.

— Ça va, je t'assure, murmura-t-elle à Cook. J'ai juste quelques bleus et quelques bosses.

Cook lui lécha les mains et le visage. Il venait juste de se calmer quand Anthony reparut.

— Ton sac est dans ta chambre, ma voiture et la tienne sont garées devant la maison, j'ai donné à manger à Cook, je l'ai fait sortir et ai nettoyé ses pattes avant de le laisser rentrer, et maintenant… J'ai faim. Tes parents et toi, vous mangiez souvent au Crisp's Kitchen, non ? Tu veux que je commande le déjeuner là-bas ?

Aussi loin qu'elle s'en souvienne, Lily s'était toujours efforcée de ne pas laisser transparaître ses émotions. Par habitude. Parce que c'était nécessaire dans son travail et pratique dans sa vie privée. Mais, ces quatre derniers jours, ç'avait été un exercice plus qu'une seconde nature. Un exercice auquel elle se sentait presque le droit de déroger, maintenant, face à Anthony.

En l'entendant dresser la liste de toutes les manières dont il l'avait aidée – et continuait à le faire, Lily fut traversée par une myriade d'émotions.

Il prenait soin d'elle.

Ce à quoi elle n'était pas habituée. Personne ne l'avait ainsi entourée d'attentions depuis...

Depuis le rapt d'Ida.

Partagée entre la gratitude et sa vieille culpabilité, elle hésita mais son estomac se mit à gargouiller de façon audible, comme pour souligner qu'elle avait besoin de se distancier des sentiments contradictoires qui l'habitaient.

— Oui, je crois que ce serait une bonne idée, acquiesça-t-elle.

Satisfait, Anthony se dirigea d'un pas allègre vers la cuisine pour passer commande, le sourire aux lèvres.

Combien de temps allait-il rester avec elle ?

Combien de temps allait-il rester en ville ?

Ces deux questions n'avaient cessé de la tarauder pendant son hospitalisation.

Et son enquête qui était au point mort depuis l'explosion...

L'atelier était bien un endroit qu'avait fréquenté Bryant Lautner, mais celui-ci demeurait introuvable. Juliet et Kenneth s'étaient renseignés tous azimuts : sur Internet, en ville, par le bouche-à-oreille de Kelby Creek. Personne n'avait réussi à savoir à qui appartenait le terrain sur lequel l'atelier avait été édifié et, maintenant qu'il avait brûlé à cause du laboratoire qu'il abritait, tous les éventuels indices qu'il pouvait contenir étaient détruits.

Y compris les enregistreurs qui y étaient stockés.

Arturo avait été interrogé à ce sujet, à propos de l'atelier et des publications qu'il avait fait paraître sur les réseaux sociaux et qui avaient amené Lily à aller inspecter les lieux, mais il était resté muet comme une carpe. Il avait été placé en détention et était maintenant dans l'attente de son procès.

Quant à l'homme à la Cadillac, il s'était évaporé dans les airs, malgré l'avis de recherche qui avait été lancé.

Tout cela obsédait Lily.

Et elle n'était pas la seule dans ce cas.

Kenneth était venu la voir la veille et lui avait donné son sentiment sur Arturo, le coffre enterré et le lien entre Bryant et l'atelier.

— Kelby Creek est peut-être une petite localité mais les mystères qui s'y trament sont complexes et difficiles à débrouiller, avait-il conclu en regardant son alliance. Mais nous sommes patients et ça finira par payer.

Lily ne l'avait pas corrigé.

Il lui arrivait de savoir faire preuve de patience, mais uniquement lorsqu'elle n'avait pas le choix.

Pour le moment, elle n'avait aucune envie de patienter.

Elle voulait des réponses. Elle voulait...

— Lily ?

La voix d'Anthony, l'apostrophant depuis la cuisine, lui fit tourner la tête un peu trop vite, provoquant une douleur fulgurante. Serrant les dents, elle répondit :

— Oui ?

Anthony apparut, mais se dirigea droit vers la fenêtre.

— Tu attendais de la visite ?

De fait, tout en regardant Cook trottiner jusqu'à lui, elle entendit des pas sur les marches du porche.

— Non. D'ailleurs, je ne m'attendais même pas à ce que, toi, tu sois toujours ici.

Anthony lui jeta un regard indéchiffrable.

— Eh bien, je crois que tu vas avoir une surprise.

# 12

— Je souffre de beaucoup de choses en ce moment mais pas de coulrophobie, souffla Lily, dans la cuisine, une tasse de café à la main.

Debout à son côté, Anthony s'inclina vers elle pour que la visiteuse, assise dans le salon, ne l'entende pas.

— De... coulrophobie ?

— C'est un terme qui désigne la peur des clowns. Je connaissais une fille, à l'école de police, qui en était atteinte. Son voisin de classe est venu un jour avec un porte-clés à l'effigie de Pennywise, le clown maléfique de *Ça*, de Stephen King. Elle a failli s'évanouir.

Leurs regards se portèrent vers le séjour.

— Une chance que nous n'en souffrions ni l'un ni l'autre, souligna Ant.

— Oui... L'entretien promettrait d'être compliqué.

Lily tendit le café à Ant et prit son calepin sur le comptoir. Il la regarda passer de l'état de blessée convalescente à celui de détective prête à en découdre. Y compris, en l'occurrence, à rejoindre la jeune femme installée sur son canapé, maquillée et déguisée en clown, qui avait demandé à lui parler.

— Je suis désolée d'être venue comme ça, dit la jeune femme sitôt qu'ils émergèrent de la cuisine. On fait un numéro à la foire ce soir et la répétition générale est dans une heure.

Ant lui tendit son café.

La jeune femme accepta la tasse avec un petit sourire vacillant tandis que Lily s'asseyait sur la banquette en face d'elle et qu'Ant prenait place à côté d'elle.

— Je... Je m'appelle Winnie, Winnie Johnson. Je... j'habite le quartier, dit-elle, pointant l'index par-dessus son épaule, ce qui agita ses manches bouffantes à rayures. Kellogg Street – la maison avec la porte bleu marine.

Lily hocha la tête.

— Je vois. C'est une jolie porte d'entrée.

L'inflexion de sa voix avait changé. L'irritation qu'elle trahissait quand Lily s'adressait à lui avait cédé le pas à une parfaite neutralité pour accueillir sa visiteuse et elle était maintenant empreinte d'une douceur qui parut encourager Winnie.

— Oui, merci, répondit-elle avec un petit rire nerveux. C'est pour ça que je savais où vous trouver, mademoiselle Howard – euh, détective Howard.

— Appelez-moi Lily. Et voici mon ami Anthony.

Il ne s'était pas attendu à ce qu'elle le présente mais il se leva à demi pour serrer la main de Winnie.

Celle-ci reprit d'une voix mal assurée :

— Je... En fait, je vous ai vue quand vous avez emménagé et Mme Claudine m'a parlé de vous. Elle m'a dit que vous étiez détective. Par curiosité, mon amie Kris et moi avons cherché votre nom sur Internet et nous avons trouvé un article sur les affaires dont vous vous étiez occupée à Huntsville, celle où vous avez été poignardée quand vous avez surpris ce type en train d'enterrer le corps d'une joggeuse.

Ant essaya de rester impassible mais sans succès.

— Tu as été poignardée ?

Sans un battement de cils, Lily répondit avec nonchalance :

— Un homme malmenait une femme quand une joggeuse a tenté de s'interposer. Il était sous influence de produits stupéfiants et il l'a tuée. En répondant à un appel signalant des cris, je l'ai trouvé en train d'enterrer le corps de la joggeuse. Aujourd'hui, il croupit en prison et je n'ai qu'une petite cicatrice. Dans les deux cas, des conséquences moins funestes que pour la victime qui est décédée.

Anthony la contempla, interloqué, tandis que Winnie reprenait :

— Kris a trouvé ça très impressionnant. Pas le meurtre, bien sûr, mais la façon dont vous avez réussi à maîtriser un type deux fois plus costaud que vous. Vous comprenez, on est à l'université locale et on essaie de déterminer ce vers quoi on veut s'orienter plus tard...

Avec un petit rire désenchanté, Winnie montra sa tenue.

— Camper un clown pour le club de théâtre local n'était pas vraiment ce que j'avais imaginé mais... bref, ce n'est pas pour ça que je suis venue.

La main tremblante, elle reposa sa tasse.

— Je suis là parce que... vous semblez être une super détective, que vous vous souciez des autres et que... enfin, vous n'étiez pas là au moment de la Tempête. Donc, vous ne devez pas être corrompue. Je sais bien que d'autres membres du bureau du shérif sont nouveaux et que vous vous efforcez tous de remettre de l'ordre mais beaucoup de gens se méfient encore et...

Le dos raide, Lily se pencha avec précaution en avant.

— Attendez... Respirez un grand coup, lui enjoignit-elle. Inspirez par le nez et soufflez par la bouche.

Anthony regarda la jeune femme mettre le conseil en pratique. Une fois, deux fois... Ses épaules se détendirent peu à peu.

Elle hocha la tête comme pour signifier qu'elle se sentait mieux. Après une dernière profonde inspiration, Winnie se lança de nouveau dans son récit, d'un ton plus ferme cette fois :

— Kris a quitté le champ de foire tôt hier soir et, depuis, impossible de la joindre.

Winnie prit son portable dans sa poche. Elle le déverrouilla et le tendit, l'écran tourné vers eux. C'était une photo de Winnie et d'une autre jeune femme, leurs visages pressés l'un contre l'autre, souriants, sur fond de lumières multicolores.

— C'était le seul soir où on ne travaillait pas, donc on y est allées avec un groupe d'amis. On avait pris ma voiture pour s'y rendre parce que, en voulant dépanner la sienne qui s'était enlisée dans la boue lundi soir sur Old Cherry Street, on avait cassé son pare-chocs. Alors, quand un de nos amis a vu Kris partir tôt, accompagnée par quelqu'un, je n'y ai pas vraiment prêté attention.

À ces mots, Anthony se raidit. Il coula un regard en direction de Lily. Elle devait penser la même chose que lui, il en était sûr, mais elle contrôlait beaucoup mieux ses réactions.

Sans un clignement de paupières, celle-ci répondit d'une voix parfaitement égale :

— Vous pensez qu'elle a pu quitter la foire contre sa volonté ?

Winnie secoua la tête.

— Je n'en sais rien. Notre ami dit qu'il l'a vue monter de son plein gré dans une voiture mais… une des raisons pour lesquelles je préférais ne pas m'adresser au bureau du shérif, c'est que Kris avait un petit ami secret depuis quelques mois.

Winnie changea de position.

— C'est étrange parce que, en général, on se dit tout mais elle faisait des mystères le concernant… J'en ai conclu qu'il devait être marié. Donc, si je me suis monté la tête pour rien et qu'elle est simplement partie avec lui en oubliant d'emporter son chargeur…

— Vous avez peur que sa liaison ne soit révélée au grand jour par votre faute.

Winnie hocha la tête.

— Oui, je ne voudrais pas faire ça à Kris. Mais, d'un autre côté, je ne suis pas *sûre* que son ami soit marié, continua-t-elle en rempochant son appareil. Et je ne veux pas non plus minimiser la situation, surtout après ce qui vous est arrivé au laboratoire de drogue.

Lily échangea un bref regard avec Anthony. L'explosion avait été mentionnée dans le journal local et à la télévision, mais quel était le rapport entre l'amie de Winnie et l'explosion ?

— Comment ça ? questionna-t-elle doucement. Kris a-t-elle un lien quelconque avec la drogue ?

Winnie secoua aussitôt la tête.

— Non, mais mon ami m'a dit ce matin que l'incendiaire s'était échappé au volant d'une vieille Cadillac.

Winnie s'empressa d'élever les deux mains.

— Je... je sors avec Colton Dean – l'ambulancier qui vous a conduite à l'hôpital. Normalement, il ne divulgue pas ce genre de chose. C'est moi qui ai mis le sujet sur le tapis.

Anthony vit que Lily n'appréciait pas qu'il ait communiqué cette information mais elle demanda, sans relever :

— Et ?

Winnie prit un air soucieux, sous la peinture rouge et blanche qui lui barbouillait le visage.

Elle voulait être rassurée, devina-t-il. Elle refusait de croire que sa peur puisse être fondée.

Il connaissait ce sentiment, cette angoisse.

— La voiture dans laquelle Kris est montée hier soir était une vieille Cadillac défoncée.

La jeune fille essaya de sourire. Elle espérait se tromper, crier au loup pour rien.

Mais Lily ne la détrompa pas. Elle n'évoqua pas la possibilité d'une coïncidence.

Donc, Anthony jugea qu'il n'avait pas à lui mentir non plus.

Confortablement assise dans un fauteuil sur son porche, le téléphone à la main, Lily se mit en devoir d'alerter les autres enquêteurs par téléphone pendant qu'Anthony, à sa demande, tenait compagnie à Winnie, restée dans le séjour.

— Si elle n'a pas peur des chiens, garde Cook avec toi, avait-elle suggéré en attendant que Kenneth décroche. Il essaiera de la réconforter s'il voit que tu te montres amical envers elle.

Anthony n'avait pas discuté.

Et Lily avait continué à jongler avec les appels.

Elle avait commencé par Kenneth qui, après lui avoir rappelé qu'elle était en congé, avait écouté avec attention ce qu'elle avait à lui dire. Le signalement d'une disparition n'était jamais pris à la légère. Mais la disparition d'une jeune femme à Kelby Creek avait toutes les raisons de susciter une inquiétude plus grande encore.

— Pour l'instant, on est sans nouvelles d'elle depuis moins de vingt-quatre heures, argua-t-il, se faisant l'avocat du diable.

Bien sûr, il fallait garder du recul, mais Lily ne put s'empêcher de répliquer d'un ton coupant :

— Une jeune fille de vingt ans entretenant une relation secrète monte dans une voiture qui correspond à la description de celle que conduisait la personne qui a provoqué l'explosion d'un laboratoire de méthamphétamine en lien à la fois avec Arturo et Bryant Lautner. Le premier est en prison pour avoir agressé un officier venant de mettre au jour un coffre enterré contenant un enregistrement – peut-être original – des cris d'Annie McHale dans la vidéo de la demande de rançon ; le deuxième est un type que je voulais interroger à propos du rapt, voilà quatorze ans, d'une jeune fille de seize ans. Je ne sais pas toi, mais moi, je trouve que ça fait beaucoup.

— Je ne remets pas en cause le fait que tout ça semble éminemment suspect. Je rappelle seulement qu'Arturo est en prison depuis lundi soir et que Kris a été vue dans cette Cadillac hier soir, mercredi, répondit Kenneth. On peut émettre des hypothèses mais on doit aussi s'en tenir aux faits.

Lily sentit la moutarde lui monter dangereusement au nez.

Elle ne s'en était pas rendu compte jusqu'alors mais tout, dans son attitude, trahissait l'intensité de l'émotion qui l'étreignait : son ton tranchant, ses mots directs, ses mains aux phalanges blanchies à force d'être crispées, ses dents serrées.

Elle suivit le conseil qu'elle avait donné un moment plus tôt à Winnie.

*Respire,* s'intima-t-elle. *Calme-toi et fais ton travail comme tu sais et dois le faire.*

— Avec ce qu'on a, je pense que Juliet devrait continuer à

rechercher Bryant Lautner pendant que, toi, tu t'occupes de l'enregistrement et de son lien avec Annie McHale. Foster pourrait continuer à tenter de localiser cette voiture et creuser un peu du côté du milieu de la drogue à Kelby Creek, histoire de voir si les dealers du coin peuvent nous en apprendre plus sur ce labo. Pour ce qui est de Kristine Cho, je verrais bien le détective Reiner – il est doué pour retrouver les personnes disparues. Dans le meilleur des cas, elle sera avec son petit ami marié et n'aura pas vu passer le temps.

— Et toi ? demanda Kenneth.

Lily jeta un coup d'œil à la voiture de Winnie, dans la rue.

Elle se représenta la porte bleu marine, à quelques rues de là.

— Moi, je suis en congé, tu te souviens ?

Kenneth eut la délicatesse de ne pas chercher à en savoir plus et il lui promit de la tenir au courant avant de raccrocher.

Lily se leva en faisant attention à ses blessures.

Le sol avait enfin séché après la pluie de mardi soir.

Dommage qu'on annonce déjà une nouvelle salve orageuse.

Dommage, aussi, pour le conducteur de cette Cadillac que Lily soit bien décidée à reprendre le collier.

# 13

Anthony et Lily durent déployer tous leurs talents de persuasion pour convaincre Winnie de se rendre à sa répétition.

Ils n'avaient pas la certitude que Kristine Cho soit en danger et, même si elle l'avait été, que Winnie reste là à se morfondre n'y aurait rien changé.

Elle était donc partie après les avoir conduits jusque chez elle pour qu'ils y cherchent des informations.

Anthony siffla entre ses dents lorsqu'ils entrèrent dans le séjour des deux jeunes filles.

— Comment deux gamines de vingt ans étudiant à l'université locale peuvent-elles se payer un endroit comme celui-ci ?

Lily pointa le doigt vers le manteau de la cheminée.

— Regarde. Cette maison appartient aux parents de Winnie.

Cole Reiner, un détective travaillant avec Foster, lui avait fait parvenir un bref topo sur les parents de Winnie avant qu'ils ne partent de chez Lily. Elle avait donc appris qu'ils travaillaient dans l'immobilier et avaient eu de la chance en bourse avant de quitter Kelby Creek un an plus tôt. Kristine, en revanche, avait perdu les siens dans un accident de voiture alors qu'elle avait dix-sept ans. Elle n'avait pas d'autre famille. Seulement une meilleure amie très inquiète pour elle.

Ant s'avança vers la cheminée pour regarder les photos.

— Avoir des parents qui ont plus d'une maison, c'est une chance inestimable, j'imagine, dit-il en se penchant pour jeter un coup d'œil en haut de l'escalier. Cette demeure a presque la même configuration que la tienne.

En fait, c'était exactement la même ; seule la décoration changeait. Là où celle de Lily manquait de touches personnelles comme des photos encadrées, des bibelots, de la couleur, il y en avait une profusion chez Winnie et Kris, ce qui rendait leur intérieur chaleureux et accueillant.

La différence résidait là : c'était une maison que Winnie et Kris habitaient véritablement.

Lily, elle, ne faisait qu'occuper la sienne.

— Winnie a indiqué que la chambre de Kris était celle de droite, déclara-t-elle. Allons voir si on trouve quelque chose.

Lily passa devant lui mais, malgré l'antalgique qu'elle venait de prendre, la douleur était toujours présente.

— Ça va, marmonna-t-elle par-dessus son épaule, consciente qu'Anthony surveillait le moindre de ses mouvements. Inutile de me coller aux basques continuellement.

Il laissa échapper un petit ricanement.

— Qui te dit que je ne suis pas juste impatient de voir ce qu'on va trouver ? éluda-t-il. Tu avances comme ce type, Phil, que j'ai croisé quand je travaillais dans un club, à Las Vegas. Il faisait exprès de marcher lentement pour que les femmes aient tout le temps de voir qu'il était célibataire.

Lily ignora la mention du Phil en question mais s'attacha à l'autre information qu'il venait de lui fournir.

— Tu as travaillé dans un club, à Vegas ?

— Oui, madame. Un club avec piscine, s'il vous plaît. Tout le monde en train de siroter des cocktails, en maillot de bain.

Lily fit la grimace. Cet escalier lui donnait du fil à retordre. Mais la curiosité l'emporta de loin sur ce désagrément.

— Tu as été barman dans un club avec piscine à Vegas. En maillot de bain.

— Non, je m'occupais de la sécurité. Ce n'est que quand je suis allé en Virginie que j'ai travaillé comme barman.

Lily atteignit enfin le palier. Il passa devant elle pour ouvrir la porte en lui décochant un large sourire.

— Mais les maillots de bain me vont toujours très bien.

À ces mots, une onde de chaleur submergea Lily. Heureusement, ça ne dura pas.

Elle avait la chambre de Kristine à examiner. Et cette pièce n'avait rien d'un bureau auquel on avait adjoint un lit. Pas de tableau blanc au mur, pas de cartons d'archives empilés par terre, pas de bureau au milieu de la pièce où la jeune femme passait des heures à éplucher de vieilles notes, espérant y déceler un indice qui n'existait peut-être même pas.

Non. Comme au rez-de-chaussée, Kris s'était appropriée cet espace et en avait fait son chez-elle, à cette différence près qu'ici ce n'étaient pas les couleurs vives qui dominaient.

Les murs étaient grenat, le mobilier, en chêne, solide, un peu trop volumineux pour la taille de la pièce. L'édredon était multicolore mais dans des nuances chaudes et profondes. Des photos encadrées occupaient le dessus de la commode, sous la fenêtre.

Lily se planta devant la commode pour les examiner.

— À la mort de ses parents, Kristine est allée vivre chez son oncle jusqu'à ses dix-huit ans, puis elle a emménagé avec Winnie peu après son diplôme.

Elle contempla le lit, avec son kaléidoscope de couleurs sombres et douces.

— Je dirais que ce mobilier était celui de ses parents, souligna Lily avant de pointer le doigt vers la commode.

— Et là, c'est l'endroit qu'elle réserve exclusivement aux photos de ses parents.

Elle promena son regard sur les autres photos accrochées au-dessus de la table de chevet et du meuble de toilette contre le mur, près du placard.

— Ailleurs, ce sont des photos prises après leur décès. Elle a fait du dessus de cette commode une sorte d'autel.

Lily laissa courir un doigt sur le plateau de chêne.

— Maman avait dédié un endroit comme celui-ci à Ida, dit Anthony, penché en avant, en train de scruter l'une des photos sur le mur. C'était une petite table d'appoint, dans le séjour, qu'elle avait couverte de photographies d'Ida. Elle les époussetait deux fois par semaine et n'a jamais rien mis d'autre sur cette table. Quand mes parents ont déménagé, c'est la dernière chose qu'elle a empaquetée.

Le cœur serré, Lily s'obligea à rester concentrée.

— Je ne sais pas comment était Kristine Cho avant la disparition de ses parents, mais c'est la chambre de quelqu'un qui cherche à maintenir le lien avec sa famille. Je parierais même que la couleur de ces murs était celle de sa chambre, chez ses parents.

Elle se demanda si Anthony, lui aussi, avait conservé des objets qui le reliaient à Ida. Avait-il des photos d'elle sur les murs de son appartement ? Avait-il gardé des objets qui lui avaient appartenu ? Lily ne posa pas la question mais elle découvrit, non sans surprise, qu'elle avait de plus en plus envie d'en savoir davantage sur lui.

— Il n'y a rien de mal à vouloir rester connecté avec les siens, ajouta-t-elle. Mais ça peut être un indicateur qui nous mette sur la voie concernant ses amours secrètes.

Anthony ouvrit le tiroir du meuble de toilette.

— Tu crois qu'elle a pu être tentée de sortir avec quelqu'un qui lui rappelle ses parents ? Ce serait... un peu tordu, non ?

— Je pensais plutôt qu'elle devait avoir soif de stabilité, envie de se sentir protégée. C'était une adolescente insouciante qui n'avait probablement en tête que les garçons, l'école, son avenir. Et, du jour au lendemain, elle s'est retrouvée avec rien d'autre que les meubles de ses parents. Je pense que, dans ces conditions, n'importe qui aurait envie de se raccrocher à quelqu'un sur qui compter. Quelqu'un qui la fasse se sentir en sécurité – consciemment ou non.

— Donc, pas des garçons de vingt ans, conclut-il.

— Non, vraisemblablement pas.

Elle ouvrit le placard de l'étudiante.

Les vêtements de Kristine étaient un peu moins sombres que la chambre mais pas de beaucoup. Elle aimait les bodies, les chemisiers en partie transparents, et possédait quelques

T-shirts qui semblaient avoir une valeur sentimentale. Lily trouva aussi quelques robes d'été à fleurs qui voisinaient avec des tenues aux coupes et aux tissus plus sophistiqués. Lily effleura une robe noire à sequins. Des escarpins à hauts talons étaient rangés au-dessous dans une boîte en plastique translucide.

Lily constata avec soulagement que l'antalgique commençait à faire effet lorsque, s'accroupissant avec précaution, elle n'éprouva qu'une sourde raideur au lieu d'un élancement douloureux. Surprise de ne pas recevoir de mise en garde de la part d'Anthony, elle tourna la tête vers lui.

Lui aussi avait fait une découverte. Il tenait entre ses doigts une bague surmontée d'un diamant si brillant qu'elle en resta un instant sans voix.

Mais la raison de son silence résidait peut-être dans le fait qu'il paraissait lui tendre la bague, à *elle*.

Troublée, elle se ressaisit rapidement.

— Je ne suis pas experte en bijoux ni en pierres précieuses mais cette bague doit équivaloir à au moins deux ou trois mois de mon salaire. Si j'avais un bijou comme celui-là, je le porterais, je ne le laisserais pas au fond d'un tiroir.

Lily attrapa la boîte à chaussures transparente.

— Et ça, ce sont des escarpins Louboutin. Eux aussi valent une petite fortune.

— Peut-être que la bague appartenait à ses parents, observa Ant. Et elle s'est peut-être acheté ces chaussures avec l'argent de l'assurance ?

— C'est possible. Continuons à chercher.

Plaçant la boîte sur le lit, elle se retourna vers le placard, Anthony continuant de son côté à fouiller le meuble de toilette. Il ne lui fallut pas longtemps pour en sortir une paire de boucles d'oreilles en diamant qu'il rangea sur le lit, à côté de la bague. Un moment plus tard, Lily trouva deux ensembles de lingerie fine dans la commode mais elle les déposa directement sur le lit sans les montrer à Anthony. Ils avaient déjà suffisamment violé l'intimité de sa chambre, même si Winnie leur avait donné son feu vert.

Lily se dirigea ensuite vers le seul endroit qu'elle n'ait pas encore exploré, de son côté de la chambre. La table de chevet comportait deux tiroirs et était assortie à celle qui se trouvait de l'autre côté du lit. Les recherches d'Anthony se révélèrent synchrones avec celles de Lily. Ils échangèrent un regard tandis qu'ils se tenaient, l'un et l'autre, devant leurs tables de nuit respectives.

Ce trouble qu'elle avait éprouvé un moment plus tôt la gagna de nouveau.

Elle n'avait pas l'habitude d'avoir un partenaire. Quelqu'un avec qui échanger au lieu d'être en tête à tête avec elle-même. Quelqu'un dont l'avis pouvait diverger du sien sans que ça pose problème.

Quelqu'un qui était revenu la chercher pour la sauver des flammes quand tout avait explosé autour d'elle.

C'était un sentiment vraiment étrange, et surprenant.

Lily essaya de s'en débarrasser mais il persista avec la même obstination que l'homme qui, sans le savoir, en étaitl'origine.

Mais ce n'était pas le moment de songer à soi.

Tous deux reportèrent leur attention sur les tables de nuit mais Anthony brisa le silence qui s'était installé.

— Tu crois que ce qui nous est arrivé, ce qui est arrivé à Ida, a vraiment pu affecter le cours de nos vies ?

La question était si vaste et, en même temps, si directe que Lily ne sut comment y répondre. Il dut s'en rendre compte car il clarifia :

— Je veux dire, concernant nos relations sentimentales. Je sais que je n'ai jamais été un petit ami très attentif. La dernière femme avec qui je suis sorti, et ça date d'il y a déjà pas mal de temps, m'a dit que j'avais un problème avec l'engagement.

Il secoua la tête.

— Ça m'a conduit à me demander si je n'avais pas vécu comme une pierre qui roule pendant toutes ces années non pas parce que je n'avais pas trouvé la femme qui me correspondait mais parce que je n'avais jamais retrouvé Ida. Ou parce que je ne m'étais pas trouvé moi-même. C'est compliqué de se trouver quand on passe son temps à chercher quelqu'un d'autre.

Lily continua à fourrager frénétiquement dans l'un des deux tiroirs ouverts de la table de chevet.

Comment diable en étaient-ils arrivés là ?

Qu'était-elle censée répondre ? Que *voulait*-elle répondre ?

L'enlèvement d'Ida avait-il brutalement projeté la jeune Lily – gaie, équilibrée, heureuse – dans un monde en lequel elle n'avait plus confiance et dont elle se sentait détachée, sauf si elle avait une enquête dans une main et une tragédie dans l'autre ?

Avait-elle eu quelques relations sentimentales uniquement parce que « cela se faisait », que c'était « la norme » ?

Sa décision de sauver Anthony et non Ida avait-elle pesé sur tout le reste de sa vie, tel un nuage noir planant au-dessus de sa tête, prêt à larguer des trombes de pluie chaque fois qu'elle éprouvait le moindre petit bonheur, lui rappelant qu'Ida n'aurait jamais la chance de faire ce qu'elle faisait ?

Lily n'en savait rien.

Mais, même si elle l'avait su, aurait-elle été disposée à l'admettre ? Devant Anthony, qui plus est ?

Le silence se fit assourdissant. Ce ne fut que grâce à son entraînement que la partie de son cerveau, qui n'était pas en train de paniquer, continua à chercher des indices.

Finalement, elle réussit à chasser ces pensées déstabilisantes et à se focaliser totalement sur le contenu du tiroir.

Quelque chose, soudain, retint son attention.

— Au Finnigan, au coucher du soleil.

— Pardon ?

Lily agita un morceau de papier dans sa main.

— C'est un mot que je viens de trouver, expliqua-t-elle. Ça ressemble à un rendez-vous.

L'inscription était rédigée en noir, d'une écriture hachée, hérissée de pics et de pointes comme si le scripteur avait été impatient ou pressé. Cela pouvait être capital comme cela pouvait n'avoir aucune importance mais les cœurs, autour du texte, étaient dessinés au surligneur rose et l'empreinte de baiser dans le coin supérieur de la note avait été déposée par un rouge à lèvres rouge foncé.

— Est-ce que tu as vu quelque chose où figure l'écriture de Kristine ? s'enquit Lily. Pour qu'on puisse comparer les deux.

La réponse ne se fit pas attendre.

— Oui. Regarde, il y a des légendes sur le bas des Polaroid qui sont fixés au mur.

Ils se dirigèrent de concert vers l'autre partie de la pièce où Lily éleva le mot entre deux photographies. L'une avait pour légende simplement le mois et l'année et l'autre, « Vacances de printemps », avec un cœur et un soleil dessinés de part et d'autre.

— Ce n'est pas la même écriture, constata Lily.

Ant pointa le doigt vers les dessins.

— Mais les cœurs correspondent.

Lily plaça la note sur le lit avec les autres éléments qu'ils avaient recueillis.

— Des chaussures extrêmement onéreuses, une bague en diamant hors de prix, des boucles en diamant, des ensembles de lingerie neufs et une note rédigée par une tierce personne mais avec des cœurs tracés de la main de Kris et l'empreinte de ses lèvres.

Lily posa une main sur sa hanche.

— Reste à savoir si Kristine a décidé de se faire plaisir sans retenue ou si ces cadeaux proviennent d'un homme dont ni l'un ni l'autre ne veulent que l'identité soit révélée.

De nouveau, le silence retomba entre eux. Frustrée, Lily s'éloigna des articles étalés sur le lit après avoir pris le mot.

— Au Finnigan au coucher du soleil, relut-elle. Est-ce que c'est un rendez-vous qui a déjà eu lieu ou qui est à venir ?

— S'il a déjà eu lieu, c'est forcément au cours des trois derniers jours.

Relevant la tête, Lily lui jeta un regard interrogateur.

— Tu connais le Finnigan ?

Anthony lui décocha un sourire malicieux.

— Uniquement parce que c'est là que Monica Glenn m'a embrassé pour la première fois.

Lily restant de marbre, Anthony expliqua :

— C'est à la foire. Le Finnigan, c'est la maison du rire.

— Et la foire n'a ouvert ses portes qu'il y a trois jours.

— Oui, enfin, techniquement, deux, dit-il en consultant l'heure sur son téléphone. J'ai vu un prospectus au café : ce soir, elle n'ouvre qu'à cinq heures car c'est la soirée spéciale Bracelets avec accès illimité à toutes les attractions. Ça nous laisse quelques heures.

Hochant la tête, Lily reporta son regard sur la note. Comme pour leurs autres trouvailles, quelque chose ne collait pas.

L'innocence de ces cœurs et de l'empreinte des lèvres ne cadrait pas avec les articles de prix, plus adultes.

Mais peut-être faisait-elle fausse route ? Peut-être Kristine était-elle une jeune femme qui aimait à la fois gribouiller ces petits dessins naïfs et s'acheter de jolies choses ?

Seulement voilà, Kristine Cho était introuvable.

Et le tout mis bout à bout ne lui disait rien qui vaille.

— Alors, chef, quel est le plan maintenant ?

La voix d'Anthony, pleine d'allant et d'enthousiasme, la tira brusquement de ses pensées.

Et, une nouvelle fois, elle ressentit cette impression étrange d'avoir quelqu'un à son côté. Quelqu'un de vraiment proche.

Quelqu'un qui, par ailleurs, était très beau, indiscutablement. Et, vivant depuis quelques jours vingt-quatre heures sur vingt-quatre avec lui, elle ne pouvait que constater que même le recours à son bouton magique pour museler ses émotions ne l'empêchait pas d'y être sensible.

Elle n'aurait pas dû éprouver la chaleur que ses paroles et son attention suscitaient en elle, elle n'aurait pas dû avoir à réprimer ce sentiment qu'elle vivait une expérience plus exaltante que ce qu'elle avait connu auparavant.

Pourtant, elle n'avait qu'une envie : que cela continue.

— Eh bien, Anthony Perez, quelque chose me dit que nous irons faire un tour à la foire ce soir.

Il lança la chaise.

Il ne se borna pas à donner un coup de pied dedans ou à la renverser.

Il la projeta à travers la pièce si violemment qu'elle alla briser la vitrine, contre le mur d'en face.

Les trophées et les médailles qui y étaient présentés se renversèrent, tombèrent ou se brisèrent.

Mais il s'en moquait.

— Une erreur humaine, gronda-t-il à l'adresse de l'homme à lunettes vêtu d'un costume en lin qui était assis de l'autre côté de son bureau. Voilà ce que c'est. Ni plus ni moins qu'une erreur humaine !

Il se remit à tempêter, débitant un chapelet de jurons face à son interlocuteur, dans ses petits souliers. Celui-ci savait bien qu'il avait foiré. Et il savait aussi que cela ne serait pas sans conséquences.

Encore un faux pas – un seul – et il ne donnerait pas cher de sa peau.

Parce que, même s'il faisait du bon travail le reste du temps, son partenaire était du genre à ne rien laisser passer.

Il commença à entrevoir ces conséquences lorsque les vociférations cessèrent.

— Sais-tu à quel point les gens sont peu observateurs en réalité ? demanda son partenaire avec force. À quel point ils sont crédules ? Combien regardent vraiment à droite et à gauche avant de traverser la chaussée ?

Il secoua la tête.

— Il n'en faut vraiment pas beaucoup pour parvenir à de grandes choses dans cette ville et, pourtant, tu as trouvé le moyen d'employer quelqu'un qui a tout gâché.

Le verre de la vitrine crissa sous ses pas comme il revenait à son bureau, ce qui parut mettre un terme à sa diatribe. Il poussa un profond soupir et prit appui des deux mains sur son bureau, le bout de ses doigts blanchissant sous la pression qu'il exerçait.

— Des idiots, de sombres idiots se sont fait prendre ces dernières années au nom d'une justice d'opérette, assena-t-il d'un ton nettement plus pondéré, même si son calme était presque plus inquiétant que ses cris. Mais nous, nous ne sommes pas stupides et je ne crois pas en la justice. Règle tes problèmes ou c'est moi qui devrai régler les miens.

De l'autre côté du bureau, l'homme se fit violence pour ne pas baisser les yeux, même s'il mourait d'envie de se recroqueviller sur son siège. Il ne savait que trop bien ce que « régler les miens » signifiait. Les problèmes de son partenaire, c'était… lui.

— Je m'en occupe, l'assura-t-il. Ensuite, on disparaîtra pendant un moment, le temps que tout ça se tasse. Laisse-moi simplement un peu de temps.

La rage submergea de nouveau son partenaire.

Il abattit son poing sur le bureau.

— Du temps ? Tu as eu des jours et des jours. Des milliers de minutes, des centaines d'occasions – des années, même, techniquement. Et qu'est-il arrivé ? Une chose a mal tourné et ensuite tout est allé de travers. Arrange-toi pour régler ça sinon je te jure que je vous fais tous cramer !

Il s'en tint là, et l'homme au costume de lin s'en alla sans demander son reste.

Il ne s'autorisa à respirer librement qu'une fois dehors.

Il traversa le parking au pas de course pour rejoindre sa voiture sans se soucier de la boue qui maculait ses élégantes chaussures beiges.

Son partenaire faisait erreur.

Leur problème initial n'avait pas été simplement une chose mais deux.

La détective Howard était de retour.

Et elle n'était pas seule.

# 14

Cook était assis à côté de lui, totalement immobile, l'image même de la patience. Anthony acheva de laver la vaisselle en riant.

— Je t'ai déjà donné le restant de mon poulet, rappela-t-il à l'animal. Si tu crois que je vais te donner en *plus* l'assiette à lécher... !

Cook pencha la tête sur le côté, oreilles dressées, mais il resta là où il était. Il ne bougea même pas lorsque Lily apparut sur le seuil de la cuisine, et poussa un soupir exaspéré.

— Comme je m'en doutais ; personne, au bureau, n'est enthousiasmé par notre incursion dans la maison de Winnie et Kris. Ils ne cessent de seriner que je dois me reposer et je me tue à leur répéter que j'ai des antalgiques puissants et qu'on n'a aucune idée de ce à quoi Kristine Cho pouvait être mêlée puisqu'on ne sait pas où elle se trouve.

Elle soupira de nouveau en portant une main à ses côtes.

Antalgiques ou pas, elle avait mal, même si elle faisait tout pour le cacher.

Mais Anthony n'allait pas se joindre au chœur de tous ceux qui l'exhortaient à rester à l'écart.

— Tu leur as fait part de nos découvertes, non ? souligna-t-il en séchant ses mains. Tu disais que c'était ce Cole quelque chose qui était chargé de rechercher Kristine ?

Lily hocha la tête.

— Oui, c'est lui que j'ai joint le premier. Ensuite, j'ai appelé Kenneth, puis il m'a passé Foster quand nous avons eu fini.

— Et alors ? Ils ont quelque chose ? Sur le propriétaire du terrain où était bâti l'atelier ? Sur les lecteurs de cassettes ?

Ant s'avisa tout à coup qu'il avait complètement oublié un élément capital.

— Et, au fait, qu'en est-il du seul membre de la famille McHale qui soit toujours à Kelby Creek ?

Lily avait eu l'intention de parler à Darren McHale, l'oncle d'Annie, à propos de l'enregistrement et d'Arturo pour voir si un rapport pouvait être établi entre les deux. Certes, entre-temps, elle avait été hospitalisée et il s'était fait un sang d'encre pour elle mais de là à oublier un point si important, qui aurait dû être particulièrement marquant pour lui...

Mais Anthony n'avait pas le temps de se livrer à une nouvelle introspection maintenant. Il l'avait déjà fait chez Winnie, à haute voix qui plus est, allant même jusqu'à évoquer ses relations passées, ce qui était *vraiment* inhabituel de sa part.

Cependant, il aurait été malhonnête de ne pas reconnaître que, dans un coin de sa tête, il avait espéré que cela inciterait Lily à s'ouvrir elle aussi. Car, si elle avait manifesté de la surprise en découvrant certains de ses anciens emplois, il s'était de son côté rendu compte, quand elle avait parlé de l'attaque au couteau qu'elle avait subie à Huntsville, qu'il ne savait quasiment rien de sa vie, depuis qu'elle était partie.

Il chassa ces pensées désordonnées comme Lily s'avançait dans la pièce.

— C'est la shérif qui a interrogé Darren McHale. Elle l'a rencontré hier, répondit Lily avec un bref sourire. Apparemment, c'est grâce à lui que la fête foraine a repris cette année. Il s'est beaucoup impliqué, y compris financièrement. La shérif Blake a même dû le retrouver sur le champ de foire parce qu'il était en train d'inspecter le site. Elle m'a confié qu'ils avaient fini leur discussion dans une nacelle de la grande roue.

Anthony ne connaissait pas la nouvelle shérif mais Lily semblait l'apprécier.

Il vit le petit sourire refleurir sur ses lèvres. Un beau sourire.

— Pour ce qui est des autres pistes, ça n'a rien donné pour l'instant, poursuivit-elle. Bryant Lautner a été vu au Rosewater il y a quelques semaines mais, après ça, il semble s'être volatilisé. Arturo Hanson est toujours muré dans son mutisme et son avocat n'arrange en rien les choses. Toutes nos questions demeurent sans réponses – sans compter que nous en avons maintenant de nouvelles.

Anthony s'appuya sur le comptoir. Cook, semblant comprendre qu'il n'obtiendrait rien, sortit, la queue basse, de la pièce.

— Tu veux dire, Kristine Cho.

Elle acquiesça.

— J'espère qu'elle n'a rien à voir avec tout ça mais, si c'est le cas…

Elle fronça les sourcils.

— Je ne vois pas bien quel rôle elle aurait joué. Même si le conducteur de la Cadillac est son petit ami mystère et que c'est lui qui a mis le feu à l'atelier, ça ne me satisfait toujours pas. Et nos seuls liens entre Arturo et Bryant, ce sont les enregistrements et l'atelier.

— Sans oublier celui qui existe entre Bryant et Ida.

Lily planta son regard dans le sien.

— Un lien bien mince : la toux de l'homme.

Anthony ne se laissa pas démonter.

— Oui mais, comme on dit, le diable se cache dans les détails.

Elle n'en disconvint pas mais ne poursuivit pas sur le sujet.

— Il nous faut des réponses, conclut-elle. Et ce n'est pas en restant bêtement assise ici que je vais les trouver.

Ce disant, elle porta une main à ses côtes.

— OK, décréta Anthony en se redressant. Rien ne nous oblige à rester bêtement assis ici. Je n'ai peut-être pas de diplômes universitaires ni de badge mais, lorsqu'il s'agit d'imaginer un moyen de se distraire, je suis un expert. Viens…

Lily poussa une exclamation de surprise lorsqu'il prit sa main et l'entraîna vers l'escalier. Cook apparut en donnant de la voix et leur emboîta le pas. Anthony lâcha sa main lorsqu'ils furent debout devant le lit de Lily.

Ce ne fut qu'alors qu'il se rendit compte de l'impression que cela devait donner. Un homme emmenant une femme jusqu'à sa chambre...

Un coup d'œil à Lily suffit à confirmer ses craintes.

Elle avait le visage en feu.

Un brasier s'alluma instantanément en lui, sensation qu'il n'avait pas éprouvée depuis longtemps.

Peut-être son idée n'avait-elle pas été si innocente, en fin de compte...

— Je me suis dit que ce serait plus facile sur une surface plane mais confortable, essaya-t-il maladroitement de se justifier avec un petit rire nerveux tandis que les yeux de Lily s'arrondissaient. En fait, je connais un exercice assez efficace pour évacuer les pensées négatives et faire le vide.

Les sourcils de Lily s'arquèrent largement tandis qu'il tapotait le côté gauche du lit puis allait ostensiblement s'asseoir du côté droit. Il se mit en devoir de retirer ses chaussures.

— On va jouer aux sorcières.

Il glissa un coup d'œil dans sa direction. Ses sourcils formaient toujours un arc marqué et une lueur intriguée dansait dans ses yeux. Il avait piqué sa curiosité.

— Jouer... *aux sorcières* ? Qu'est-ce que ça veut dire ?

Anthony s'étendit sur le dos. Le regard fixé sur le plafond, il posa les bras le long du corps, paumes ouvertes vers le haut.

— Je vais te montrer... Fais comme moi.

Sans la regarder, il sut qu'elle hésitait. Ce qu'il ne savait pas, c'était si elle allait se plier à son petit jeu.

Mais, au bout de quelques instants, le matelas s'enfonça à son côté.

— Fais-moi plaisir, dis-moi que ce n'est pas une technique de drague, proféra-t-elle en s'installant. Et, si par malheur c'en est une, dis-moi que ça n'a jamais marché avec personne.

Anthony éclata de rire. Le son retentissant fit vibrer le matelas.

— Non, ce n'est pas une technique de drague, la rassura-t-il. Et, d'ailleurs, ce n'est pas non plus de la sorcellerie.

Il marqua une pause, souriant à l'évocation du souvenir qu'il s'apprêtait à lui raconter.

— Vers l'âge de treize, quatorze ans, Ida a vu un film avec des sorcières, commença-t-il, le regard toujours perdu au plafond. Je ne l'ai jamais vu, je ne saurais même pas te dire son titre, mais Ida et ses amies l'adoraient, tout spécialement un truc que faisaient les personnages principaux, des adolescentes. Ça s'appelait « mobiliser ses pouvoirs » et, d'après Ida, c'était très sérieux. Elle me l'a fait faire une fois que ses copines ont été parties et, de fil en aiguille, c'est devenu un exercice qu'on pratiquait tous les deux de temps en temps. J'étais dans ma chambre en train de jouer sur ma console... Elle arrivait, ouvrait grand la porte et annonçait que c'était l'heure de « jouer aux sorcières », ce que ma mère ne voyait pas d'un très bon œil... jusqu'au jour où elle a fait une séance avec nous et s'est rendu compte que c'était en réalité une sorte de méditation – une méditation très bavarde.

Il avait conservé cette habitude par la suite chaque fois que l'angoisse et la douleur devenaient trop oppressantes. Où qu'il puisse être, il trouvait un endroit où s'allonger et s'adonnait à l'exercice tout en écoutant, dans sa tête, la voix d'Ida qui le guidait.

Cette petite chose insignifiante, ce « tour de sorcellerie » était ainsi devenu son outil pour se calmer.

Il n'en avait jamais parlé à qui que ce soit.

— Prête ? demanda-t-il.

Il la sentit hocher la tête.

— Prête.

Anthony prit une grande inspiration puis il paraphrasa sa petite sœur.

— Tes pouvoirs viennent de la terre et ce sont tes pieds qui la touchent. Donc, concentrons-nous d'abord sur nos orteils jusqu'à ce qu'on les sente fourmiller.

— Fourmiller ?

— Mentalement, Lily, déclara-t-il d'un ton théâtral. Mentalement.

Anthony sentit le matelas s'agiter de légères secousses. Elle riait sous cape.

— Oh ! oui... Bien sûr. Désolée.

— Ce n'est rien, dit-il, adoptant une voix grave pour jouer le jeu à fond. Je te laisse un moment, le temps que tu éprouves ce fourmillement.

À ce stade, en général, Ida remuait ses doigts de pied, donc Anthony fit la même chose. Il essaya de ne pas sourire lorsqu'il vit Lily l'imiter.

— Maintenant que nous fourmillons, nous allons déplacer ce pouvoir de nos orteils à nos talons, puis à nos genoux, qui nous permettent de tenir debout et de bouger nos jambes.

Lily réprima un petit rire, s'exécutant comme elle le put.

— Il est temps maintenant de transférer ce pouvoir jusqu'au centre de ton corps. Ton abdomen. C'est là que ça devient drôle.

Lily suivit ses instructions. Anthony poursuivit :

— On va fermer les yeux. Nous sommes prêts maintenant à prendre certaines décisions.

Ils étaient désormais plongés dans la pénombre et ce qui avait été une expérience amusante et teintée de nostalgie prit une tournure plus solennelle qui l'oppressa un peu.

Ce fut donc très sérieusement qu'il continua :

— Inspire à fond, longuement, et transfère ce pouvoir vers ton cœur. Il faut vraiment que tu le ressentes. Que tu te le représentes mentalement en évacuant toutes les pensées parasites. Ensuite, tu peux l'amener à tes bras, ou directement à ta tête.

Anthony entendit Lily inspirer et expirer consciencieusement. Il s'efforça de faire le vide dans son esprit, de se concentrer sur son corps – ce qu'il éprouvait, la sensation du matelas au-dessous de lui, le léger flux de l'air conditionné sur la peau de son bras – mais il n'y parvint pas.

— Je n'ai jamais compris pourquoi on ne s'attardait pas plus longtemps sur le cœur, observa-t-il au bout d'un moment.

Toute sa concentration se transforma en émotion, en ressenti.

Sa sœur lui manquait et cela, rien ne pouvait l'empêcher – pas même un tour de sorcellerie.

— L'une des dernières fois que nous avons fait ça ensemble, j'ai posé la question à Ida. Elle m'a répondu que tout le monde savait que les cœurs pouvaient se briser et que ça n'aurait eu aucun sens de placer tout son pouvoir à cet endroit-là alors qu'il pouvait être plus utile ailleurs. Je me souviens m'être dit que c'était une remarque bien cynique pour une fille de seize ans qui n'avait même pas de petit ami. Mais, aujourd'hui, je comprends mieux ce raisonnement.

Anthony garda les yeux fermés.

Ce petit exercice avait eu pour objet de distraire Lily, pas de les renvoyer au passé.

Il était sur le point de s'excuser et de mettre un terme à cette maladroite séance de méditation lorsque Lily annonça, un vibrato dans la voix :

— Je l'ai déplacé vers mes mains parce que je me sers tout le temps de mon cerveau, au travail. Je pense qu'elles auront bien besoin de ce pouvoir supplémentaire. Et toi ?

Il s'esclaffa, d'un rire qui sonna un peu forcé, même à ses propres oreilles.

— La tête, dit-il. C'est l'inverse pour moi : j'utilise mes mains plus que mon cerveau.

Lily prit la main d'Anthony dans la sienne.

— Dans ce cas, je te prêterai un peu du mien.

Il ne sut comment réagir. D'une part, Lily était une femme réservée et il ne s'était pas attendu à un tel geste. D'autre part, c'était lui qui avait pris cette initiative pour lui changer les idées, à *elle*.

— Alors, qu'est-ce qu'on fait ensuite ? reprit-elle. On termine comment ?

L'espace d'un moment, il fut incapable de se remémorer la dernière étape de l'exercice d'Ida.

Il s'éclaircit la gorge.

— Retrace mentalement le processus dans l'autre sens.

Lentement. Comme disait Ida, « un corps puissant aide une tête trop pleine à se recentrer ».

Cela semblait ridicule. Mais il aurait donné n'importe quoi pour entendre sa sœur tenter de le convaincre du contraire...

Lily tenait toujours sa main dans la sienne. Ils gardèrent le silence pendant quelques minutes. Il n'aurait su dire si elle imaginait réellement le pouvoir se déplaçant en elle ou si elle le faisait marcher.

Quoi qu'il en soit, il ne bougea pas.

Mais, lorsque Lily rompit le silence, il lui accorda toute son attention.

— Est-ce que tu savais que, après mon vingt-troisième anniversaire, j'étais décidée à entrer au FBI ?

— Non, je ne savais pas. Je suis impressionné.

Lily haussa les épaules.

— Je voulais vraiment me rendre utile et le mot « FBI » impressionne tout le monde, donc je me suis portée candidate, continua-t-elle. J'étais très enthousiaste... jusqu'à ce que je rencontre une autre postulante qui s'appelait Grace. Dans mon ancien poste, mes collègues disaient que j'étais si taciturne et sombre que j'aurais plombé n'importe quelle ambiance festive. Mais Grace... C'était pire. Elle était totalement brisée.

Anthony maudit intérieurement les anciens collègues de Lily.

— Ses parents avaient été agressés à leur domicile alors qu'elle avait douze ans. Comme elle était menue, elle avait réussi à se cacher dans le sèche-linge pendant que les types ligotaient ses parents dans la pièce attenante. Ils ont tué sa mère au bout de quelques minutes. Grace disait qu'elle l'avait entendue crier mais que c'étaient les déchirants appels de son père voyant sa femme se faire abattre sous ses yeux qu'elle n'oublierait jamais. C'est ça qui l'a fait sortir de sa cachette. Elle savait où son père rangeait son arme. Elle s'en est emparée, s'est glissée dans le séjour, a rampé à côté du corps sans vie de sa mère et a tué l'un de leurs assaillants. L'autre, effrayé, a pris la fuite. Grace a pu délivrer son père mais le fuyard n'a jamais été arrêté. C'était lui qui avait tiré sur sa mère.

Lily exhala un profond soupir.

— Ça l'a rendue folle pendant des années. Elle le cherchait partout. Rien d'autre ne comptait. Elle n'avait qu'une idée en tête : le retrouver. Ça a pris de telles proportions que son père a décidé de déménager. Ils sont allés vivre à l'autre bout du pays jusqu'à ce qu'elle soit en âge d'entrer à l'université – dans une petite ville tranquille du Maine où tout le monde connaissait tout le monde et où les mauvaises surprises n'existaient pas. Quand j'ai fait sa connaissance, elle a admis qu'elle ne cesserait probablement jamais de le chercher. Elle voulait aller de l'avant tout en sachant qu'elle serait toujours à l'affût. L'œil perpétuellement grand ouvert. Et disons que… je percevais cette dualité chez elle. Mais ce n'est que quand elle m'a présenté son fiancé que je m'en suis vraiment rendu compte.

Anthony lui lança un coup d'œil en coulisse. Elle avait les yeux ouverts mais braqués sur le plafond.

— En dépit de tout ce qu'elle avait enduré, en dépit de son trauma et de son incapacité à tourner la page, elle avait réussi à continuer à vivre. À rester humaine.

Lily tourna la tête vers lui.

— Tu te demandais si ce qui était arrivé à Ida avait pu avoir une incidence sur nos relations sentimentales… Avant Grace, j'aurais répondu oui. J'aurais dit que je m'évertuais tellement à rattraper ce que j'avais raté avec Ida que je ne faisais de la place à rien d'autre. Mais je me demande maintenant si je ne me cachais pas derrière ce qui est arrivé à Ida parce que c'était… plus facile. En fait, je n'étais pas comme Grace. Je ne *voulais* pas l'être. Tout ce que je voulais, c'était compenser mes erreurs passées en aidant les autres. Et quel meilleur endroit que Kelby Creek quand on se fixe cet objectif ?

— C'est pour ça que tu es revenue.

Lily hocha la tête.

— Si je suis incapable de trouver le moyen de vivre, autant me rendre utile à ceux qui y parviennent.

Elle partit d'un petit rire, dénué d'humour.

Je sais que ça a l'air mélodramatique mais…

Anthony ne prenait pas d'antalgiques et les contusions que lui avaient valu le combat contre Arturo et l'explosion de l'atelier l'élançaient toujours à chaque mouvement – une pulsation sourde à laquelle s'ajoutait le fait qu'il n'avait pas non plus beaucoup dormi ces derniers jours.

Pourtant, lorsqu'il s'inclina vers Lily Howard et l'embrassa sur les lèvres, il ne ressentit rien d'autre que du bien-être.

Pas de douleur. Pas la moindre douleur.

# 15

La vie était étrange.

Un instant, vous étiez en train de porter votre pouvoir vers l'extrémité de vos pieds, l'instant suivant, vous échangiez un baiser avec le seul homme au monde que vous n'auriez jamais pensé embrasser.

Et vous y preniez plaisir.

Les paupières de Lily papillotèrent comme Anthony suivait du bout des doigts la ligne de sa mâchoire.

Sa bouche meurtrie était un peu comme sa main dans la sienne.

Légèrement râpeuse, mais empreinte d'une force indéniable et, comme l'homme lui-même, d'une singulière douceur.

Anthony ne se contentait pas de l'embrasser, il la caressait avec ses lèvres.

Tendrement.

Et ce fut avec la même délicatesse qu'il les détacha des siennes.

Lily n'avait pas envie d'ouvrir les yeux, pourtant elle le fit quand même.

Anthony ne s'était pas redressé si bien qu'il lui aurait suffi de tendre le visage vers lui pour prolonger le baiser.

Mais ses vieilles insécurités la rattrapèrent.

— Pourquoi as-tu fait ça ? s'enquit-elle d'une voix altérée.

Le baiser n'avait pas duré longtemps mais son corps entier palpitait encore.

— Parce que tu n'es pas l'espèce de fantôme que tu décris,

Lily Howard, dit-il en promenant son pouce si doucement sur sa joue qu'elle en eut la chair de poule. Tu es peut-être hantée par un douloureux souvenir mais tu es bien vivante. Je le sais parce que tu me...

La sonnerie du téléphone de Lily se mit à tinter dans la poche de son jean.

Anthony s'interrompit et laissa retomber sa main.

— Je crois que tu devrais répondre.

Les lèvres encore frémissantes, Lily s'assit, déçue de ne pas savoir ce qu'il avait été sur le point de dire. Elle décrocha.

— Allô ?

Il y eut un temps mort puis une voix masculine s'enquit :

— Bonjour. Est-ce bien la détective Lillian Howard ?

— Elle-même. Puis-je savoir qui est à l'appareil ?

Anthony s'assit à son tour, les sourcils arqués.

— J'ai des informations susceptibles de vous intéresser. Ça concerne Arturo Hanson.

Lily échangea un regard avec Anthony, qui lui fit signe qu'il n'entendait pas les paroles de son interlocuteur. Elle dressa l'index pour lui demander de patienter.

— Quel genre d'information ?

Il y eut un bruissement à l'autre bout de la ligne. L'homme était en mouvement.

— Je préférerais avoir cette conversation de vive voix. Je crois que c'est plus sûr.

Lily batailla pour quitter le lit sans forcer sur ses côtes. Anthony l'imita, avec plus de grâce.

— Pourquoi ? Vous courez un danger ?

— Non, répondit l'homme d'un ton bref. Mais je me méfie du téléphone. Peut-on se rencontrer ? D'ici une demi-heure ?

Lily regarda le téléphone, incrédule.

— Vous ne m'avez même pas donné votre nom.

L'homme hésita.

— Je... je tiens à rester anonyme.

— Je suis désolée de vous décevoir mais, à la seconde où je vous verrai, cet anonymat n'existera plus.

— Et, à la seconde où vous me verrez, vous comprendrez pourquoi je veux rester anonyme aussi longtemps que possible, répliqua-t-il du tac au tac, l'impatience perçant dans sa voix. Si vous voulez savoir ce que j'ai à dire sur Arturo, retrouvez-moi à Henderson Farm dans une demi-heure.

— Près de la fête foraine ?

— Oui. Et venez seule, sinon ce n'est pas la peine.

Les signaux d'alerte qui avaient commencé à s'allumer dans sa tête se mirent à clignoter en rouge.

— Vous refusez de me donner votre nom et vous me suggérez de vous rejoindre dans un endroit isolé – seule. Je...

— Si vous voulez savoir ce qu'Arturo comptait faire de ce coffre, venez seule, coupa-t-il. Sinon, je ne dirai rien.

Et il raccrocha.

Lily écarta l'appareil de son oreille pour regarder le numéro.

Inconnu.

— Qu'est-ce qui se passe ? questionna Anthony. Qui était-ce ?

Lily consulta l'écran de son portable. Quatorze heures quinze. Henderson Farm était à vingt minutes. Elle n'était même pas sur le territoire de Dawn County bien qu'elle partage une bande de terrain avec la foire.

— Un type qui veut me voir à Henderson Farm pour me parler d'Arturo. Seule. Et il entend garder l'anonymat.

Lily s'était doutée qu'Anthony ne serait pas d'accord mais elle n'avait pas imaginé à quel point.

— Rassure-moi, tu ne comptes tout de même pas lui obéir ?

Comme Lily ne répondait pas « non » immédiatement, il se raidit.

— Tu sais, dans les films, quand on sait qu'un piège a été tendu au héros et qu'on voudrait lui crier de ne pas se jeter dans la gueule du loup mais qu'il y va quand même ? Eh bien, c'est exactement ce qui se passe, Lily.

Elle se planta devant lui.

— Pourtant, la dernière fois que quelqu'un a demandé à me parler, en personne, c'était Winnie, trancha-t-elle. Si j'avais refusé de la recevoir, nous ne saurions même pas que Kristine Cho a disparu.

— Oui, mais Winnie ne t'a pas fixé un mystérieux rendez-vous en te dictant ses conditions. Elle est venue chez toi.

Il n'avait pas tort mais, s'il voulait la convaincre, il s'y prenait de la pire façon qui soit.

— Et si ce type veut juste rester anonyme et sait réellement quelque chose ? contra-t-elle. Je vais courir le risque.

Cette fois, Anthony haussa le ton.

— Et si c'est le type que nous recherchons et qu'il te fait disparaître, toi aussi ? Tu te souviens de ce qui s'est passé les deux dernières fois où tu t'es retrouvée seule quelque part ? Un type t'a agressée et tu as failli mourir dans une explosion !

Il secoua la tête.

— Il est hors de question que tu y ailles seule. On y va ensemble.

Elle avait beau savoir qu'il avait raison, que tout, dans cette histoire, semblait suspect, elle ne put réprimer la colère qui s'emparait d'elle. Une colère qui avait de multiples raisons, dont aucune n'était la faute d'Anthony.

Mais il était là. Sa seule cible.

— Comment ça, « on » ? se récria-t-elle. Il n'y a pas de « on » ! C'est *moi* qui suis détective, c'est *mon* travail. Ce n'est pas parce que tu me suis partout que tu es investi de la même mission. C'est mon affaire et je ne peux pas continuer à te faire plaisir au seul motif que j'ai de la peine pour toi !

C'étaient toute la culpabilité, la colère et la frustration de Lily, alliées à l'urgence de la situation, qui avaient suscité ce sursaut d'humeur. Elle n'avait pas véritablement voulu lui jeter ces paroles dures au visage, mais au moins ça avait fonctionné.

En un éclair, l'expression d'Anthony passa de la colère à l'impassibilité. Comme si sa tirade l'avait vidé de toute émotion.

La poitrine de Lily se soulevait rapidement. Son pouls tambourinait dans ses oreilles.

Lui, au contraire, paraissait extrêmement calme.

Il redressa les épaules et hocha la tête.

— Très bien. Dans ce cas, je m'en vais.

Et il sortit sans un mot de plus. Lily le suivit mais stoppa en haut des marches.

Son cœur saignait.

Mais il lui soufflait aussi de le laisser s'en aller.

À cause d'elle, il avait déjà perdu sa sœur. Alors, un peu plus ou un peu moins...

Parvenu au bas de l'escalier, Anthony se retourna et rencontra son regard.

Son baiser semblait si loin... Une éternité.

— Vouloir désespérément trouver des réponses ne justifie pas qu'on aille se faire bêtement tuer, Lily. Promets-moi au moins de prévenir quelqu'un du bureau du shérif.

Lily songea à la commode couverte de photos de Kris et de ses parents. À la chambre sombre et à son mobilier trop imposant.

Elle songea au coffre, à Arturo et son lecteur de cassettes. À l'atelier. À la Cadillac.

Ils n'avaient rien. Pas l'ombre d'un indice.

Elle allait peut-être enfin avoir quelque chose. Ça valait la peine de courir ce risque, non ?

— Je vais avertir la shérif, dit-elle.

C'était un pieux mensonge.

Mais Anthony l'emporta avec lui.

Exactement une demi-heure plus tard, Lily se garait au bout de l'allée menant à Henderson Farm. Trente secondes plus tard, elle était debout à côté de sa portière, portant la main à la cicatrice sur son flanc.

Winnie et Kristine l'admiraient peut-être pour l'interpellation, héroïque à leurs yeux, de Jeffrey Becker mais c'était un sujet dont elle n'aimait pas parler. L'avoir surpris en train d'enterrer une jeune femme qui aurait eu la vie devant elle n'avait rien d'un bon souvenir. Non plus que la lutte qui avait abouti à son arrestation… et à la cicatrice dont elle sentait le léger bourrelet sous son doigt.

Lily avait eu un choix à faire ce soir-là.

Elle était arrivée la première sur les lieux et on lui avait ordonné d'attendre les renforts. Mais elle ne l'avait pas fait. Elle s'était précipitée dans le noir dans l'espoir de sauver la personne en détresse.

La victime était déjà morte mais Lily avait pu coincer son meurtrier, lui faire payer son crime. Si elle avait attendu, ce n'aurait peut-être pas été le cas.

*Oui, mais Arturo était prêt à te tuer d'un coup de pelle.*

Elle soupira en entendant la petite voix, dans sa tête, lui rappeler qu'elle s'en était sortie grâce à l'intervention d'Anthony.

Elle carra les épaules. Les dés étaient jetés maintenant. Elle vérifia son arme dans son holster, plaça son badge bien en vue et s'assura que son portable était dans la poche de son blazer puis elle s'avança, espérant qu'Anthony se trompait.

Henderson Farm avait été une ferme laitière au début des années 2000. La maison d'habitation des propriétaires, une famille de six personnes, était la bâtisse vers laquelle elle se dirigeait, les terres s'étendant sur l'arrière. Un étage, un porche qui faisait le tour de la maison et une peinture rouge, décolorée. Au-delà, des chemins de terre menaient à la grange et aux anciennes stabulations. Lily les avait visitées lors d'une sortie scolaire, étant enfant.

Le patriarche avait eu un accident qui avait mis la famille en grande difficulté financière. Heureusement, les McHale leur avaient sauvé la mise en rachetant les terres, ce qui avait permis aux Henderson de quitter Kelby Creek et de commencer une nouvelle vie ailleurs. Les Henderson ayant été appréciés de tous, la ville n'en avait été que plus reconnaissante encore envers les McHale.

Lily se demanda s'ils auraient fini par faire quelque chose de l'endroit si Annie n'avait pas été enlevée.

La ferme semblait délabrée et à l'abandon.

L'endroit parfait pour tendre un guet-apens à une victime non avertie.

Seulement, ce n'était pas son cas.

Elle tira son arme de son étui et, au lieu de frapper à la porte d'entrée, contourna la bâtisse.

Il n'y avait aucun bruit.

Mais une voiture était garée près du porche, sur l'arrière.

Une Cadillac blanche en mauvais état. Sans plaques.

L'adrénaline se déversa dans ses veines.

Elle longea le véhicule jusqu'à la portière conducteur, veillant à ne jamais tourner le dos à la maison. La dernière fois qu'elle avait jeté un coup d'œil à l'intérieur, il n'y avait rien eu mais, maintenant, plusieurs stylos-billes évidés étaient éparpillés sur le plancher. Elle nota aussi la présence d'une lame de rasoir.

Du matériel courant pour la méthamphétamine.

La voix irritée d'Anthony tentant de la dissuader résonna dans sa tête.

Ce n'était pas une source lambda qu'elle était venue retrouver ici. C'était le conducteur de la Cadillac.

Celui qui avait provoqué l'explosion et failli la tuer.

Elle replaça l'arme dans son holster le temps de sortir son téléphone et composa le numéro de Kenneth.

Par chance, elle eut le temps d'appuyer sur Appeler juste avant qu'un homme n'apparaisse sur le porche.

Il braquait une arme sur elle.

— Détective Howard ? Vous êtes venue seule ?

Lily n'était pas sûre que Kenneth ait décroché mais elle laissa tomber l'appareil par terre en même temps qu'elle répondait pour couvrir le bruit du portable heurtant le sol.

— Oui, déclara-t-elle lentement et d'une voix forte. Je suis venue seule. À Henderson Farm. Et je n'ai pas mis plus d'une demi-heure. J'ai suivi toutes vos instructions parce que je veux entendre ce que vous avez à me dire concernant Arturo Hanson. Mais pourquoi me menacez-vous d'une arme ?

Lily ne connaissait pas ce type.

Il devait approcher la cinquantaine. Il était bronzé, avec un collier de barbe soigneusement taillé et un crâne chauve et luisant. Il était vêtu d'une tenue élégante mais décontractée : polo et pantalon kaki. Lily vit scintiller ce qui semblait être une Rolex à son poignet.

Qui qu'il soit, il détonnait avec la maison Henderson.

Et avec la Cadillac.

Il n'avait pas non plus l'air très à l'aise avec le maniement de l'arme.

— Approchez-vous – lentement – sinon je tire.

Lily avait déjà tout calculé. Elle pouvait se retrancher derrière la voiture mais elle n'était pas certaine que le véhicule constitue un abri très sûr.

Et puis elle voulait vraiment savoir qui était ce type.

— OK. Ne tirez pas. Je viens.

Elle s'avança, laissant le portable où il était, et entra d'un pas mesuré dans la maison Henderson.

# 16

L'intérieur était plutôt pittoresque, tout bien considéré.

La porte de derrière ouvrait sur la cuisine qui donnait sur ce qui semblait servir de bureau puis rejoignait le hall d'entrée et l'escalier. Le mobilier, dans chacune des pièces, bien qu'un peu poussiéreux, semblait entretenu et les murs et le carrelage étaient en bon état. Pas de peinture écaillée, pas de plafonds affaissés et, surtout, pas de laboratoire de méthamphétamine. C'était juste une maison qui n'était pas habitée. Mais il y avait la lumière. La climatisation devait fonctionner, elle aussi, parce qu'elle sentit la fraîcheur de l'air conditionné sur sa peau lorsqu'il lui demanda d'emprunter l'escalier sans faire de geste brusque.

Qui que ce soit cet homme, l'opinion qu'elle s'était formée de lui au premier abord n'avait pas changé.

Il était... mal à l'aise.

La sueur perlait à son front et il ne semblait pas sûr de lui.

Manifestement, il manquait d'expérience dans ce genre d'exercice.

Il n'avait réclamé ni son téléphone ni son arme. Pourtant, il devait bien se douter qu'elle en avait une.

Ignorant la douleur qui pulsait dans ses côtes, elle gravit les marches rapidement, forçant l'homme à presser le pas derrière elle.

Ils passèrent devant plusieurs portes fermées avant qu'il ne lui demande d'en pousser une.

Le fait de ne pas savoir ce qu'elles dissimulaient fissura quelque peu son calme de façade. La dernière fois qu'elle avait tardé à franchir une porte, elle s'était retrouvée sous une pile de gravats, avec des vêtements roussis et des côtes cassées.

— On peut peut-être parler sans que vous gardiez cette arme pointée sur moi ? suggéra-t-elle en s'immobilisant devant la porte qu'il lui avait indiquée, au fond du couloir.

— J'en ai besoin pour que vous m'écoutiez. Entrez.

Le soulagement envahit Lily lorsqu'elle constata que la pièce n'avait rien d'un laboratoire de drogue ni d'une salle de torture. C'était une chambre aménagée dans des combles, longue et étroite, avec un plafond qui s'abaissait de part et d'autre de deux lits jumeaux. Une fenêtre donnait sur l'arrière et les terres, couvertes d'herbe haute, qui n'avaient pas été aussi bien entretenues que l'habitation elle-même.

L'homme alla se poster devant la fenêtre, sa silhouette tenant l'arme se découpant contre le gris pâle du ciel qui jetait une lueur presque irréelle dans la pièce.

Cela modifia aussi quelque peu la vision qu'elle s'était forgée de l'inconnu. Il n'était pas seulement mal à l'aise ou novice – il avait aussi tout d'un homme qui aurait préféré être ailleurs.

Seulement, ils étaient là, et à sa demande. Il était temps de tomber les masques.

— Je veux savoir qui vous êtes, si la Cadillac, au-dehors, vous appartient et je veux que vous me disiez ce que vous savez sur Arturo Hanson, ordonna-t-elle avec autorité.

Lily s'attendait à ce qu'il lui fasse un petit speech, du genre de ceux qu'affectionnaient les types peu recommandables de son espèce mais il la surprit.

— Je m'appelle Jacob Anderson. Si je connais Arturo, c'est parce qu'il a tenté de m'empêcher de distribuer de la meth sur son territoire. Comme je ne me suis pas laissé faire, il s'en est pris à ma maîtresse, Kristine Cho, et, même s'il a été arrêté, son partenaire s'est chargé de mettre la menace à exécution. Et, maintenant, elle n'est plus là.

Lily actionna mentalement le commutateur qui neutralisait ses émotions.

— Comment ça, elle n'est plus là ? Que voulez-vous dire ?

Jacob secoua la tête. Son pistolet monta et descendit.

— C'était une erreur, dit-il, le regard perdu quelque part dans le vague, comme s'il visualisait un souvenir. Un accident. Je n'étais même pas censé être là. Je...

Il s'interrompit et recentra son regard sur Lily.

— Arturo a enterré ce coffre pour me montrer ce qui arriverait si je ne cessais pas mes activités. C'était de l'intimidation, du bluff... mais je suis arrivé après vous. J'étais furieux quand j'ai découvert ça et j'ai voulu lui adresser un message, moi aussi, en détruisant son laboratoire. Je ne savais pas qu'il avait un partenaire...

Il soupira et secoua la tête.

— Si j'avais su... je n'aurais rien dit. Rien fait. J'aurais laissé tomber.

Lily se risqua à avancer un pied de quelques centimètres. Le mouvement, si infime fût-il, attira l'attention de Jacob.

— Qui est le partenaire d'Arturo ? interrogea-t-elle en veillant à parler très doucement. Et où est Kristine, Jacob ?

Lily commençait à revenir sur son impression initiale qu'il n'utiliserait pas son arme. Son regard était de plus en plus égaré. Son état se dégradait à la vitesse grand V.

— Arturo travaillait avec Bryant Lautner, déclara-t-il, sa voix se brisant à la fin de sa phrase.

Ses yeux se remplirent de larmes. Lily l'observa, la boule au ventre. S'il était si bouleversé... Qu'était-il arrivé à Kris ?

— Je ne savais pas qu'il avait un associé, répéta-t-il. Je n'en savais rien.

Et, subitement, Jacob porta l'arme à sa tempe.

Lily n'hésita pas une seconde.

Elle dégaina la sienne et la braqua sur lui.

— Stop ! cria-t-elle. Arrêtez ! S'il vous plaît...

Jacob soutint son regard, le canon de son pistolet sur la tête.

— Kristine n'est plus là.

— Jacob, proféra-t-elle avec force. Elle est quelque part, quoi qu'il soit arrivé. *S'il vous plait*, baissez votre arme et racontez-moi tout.

Il secoua la tête.

Mais Lily ne lâcha pas, espérant jouer sur les sentiments de Jacob pour sa jeune compagne.

— Pensez à elle – à Kristine. Pensez à tout ce par quoi elle est passée. Elle mérite mieux que ça. Pensez au Finnigan au coucher du soleil, ajouta-t-elle sur une impulsion.

Jacob fronça les sourcils, la tête inclinée sur le côté, comme s'il avait entendu un son, un signe qu'il n'arrivait pas à resituer.

Comme s'il était écartelé entre la tentation de mettre fin à sa souffrance et celle de venger le mal qui avait été fait à celle qu'il aimait.

Le silence s'installa entre eux.

Puis, lentement, Jacob abaissa son arme.

— Merci, dit Lily, sincère.

Mais Jacob secoua de nouveau la tête.

D'un seul coup, la détresse céda le pas à une fermeté, une détermination sans faille. Ce fut d'un ton résolu et sans vaciller qu'il proféra :

— Dites-lui que je l'aime.

Lily hurla mais c'était trop tard.

Le coup retentit si fort que les murs tremblèrent.

Et le silence qui suivit fut plus assourdissant encore.

Ce fut lorsqu'il laissa le panneau « Bienvenue à Kelby Creek » derrière lui et qu'il vit l'enseigne au néon « Chambres libres » de l'Holiday Inn devant lui qu'Anthony songea à la boue et passa la marche arrière.

Il y pensait encore lorsque Winnie vint lui ouvrir la porte dix minutes plus tard.

Elle s'était débarrassée de son costume de clown mais des traces de maquillage subsistaient sur son visage. Si Anthony ne l'avait pas vue dans sa panoplie complète de clown plus tôt dans la journée, il se serait posé des questions. Mais, sachant ce qu'il en était, il se réjouit simplement de la trouver chez elle.

— Lundi, il y a eu ce gros orage et vous avez dit que vous aviez dû porter secours à Kristine dont la voiture s'était embourbée, c'est bien ça ?

— Oui. Pas trop profondément, heureusement, donc j'ai pu la tracter hors de l'ornière mais son pare-chocs n'a pas résisté. La voiture est toujours au garage Davie's Automotiv.

— Et c'était sur Old Cherry Street ? Vous a-t-elle dit pourquoi elle se trouvait là ?

Winnie réfléchit, les sourcils froncés.

— Elle a dit que c'était un raccourci pour rejoindre la foire. Elle avait oublié son costume dans la caravane et voulait le nettoyer.

Ant croisa les doigts. Il tenait peut-être enfin un indice.

— À moins qu'il n'existe une autre Old Cherry Street qui me soit inconnue ou que le champ de foire n'ait été transféré à un autre emplacement, Old Cherry Street n'est pas du tout un raccourci pour aller à la foire. Il n'y a qu'un itinéraire pour s'y rendre : la grand-route. Elle y mène tout droit.

Les yeux de Winnie s'écarquillèrent.

— Oh mon Dieu, vous avez raison. Je... je n'y avais même pas pensé.

Il esquissa un pas en arrière, prêt à prendre congé quand Winnie le retint par le bras.

— Vous allez vous rendre là-bas ? À Old Cherry Street ?

— Oui. Je vais voir si je peux dénicher quelque chose. Il y a bien longtemps que je ne suis pas passé dans ce coin.

— Attendez...

Winnie disparut dans les profondeurs de la maison et reparut un instant plus tard avec un imperméable et ses clés.

— Je peux vous accompagner ?

— Il n'y aura probablement rien, la prévint-il. Mais je n'aurais pas l'esprit tranquille si je n'allais pas jeter au moins un coup d'œil.

— Moi, je tourne en rond ici, répondit-elle. Je ne suis même pas restée à la répétition générale. Quand le détective que Lily a dépêché s'est mis à poser des questions à tout le monde, tout est devenu... tellement réel. Depuis, je suis assise dans la cuisine, à regarder le mur. Autant essayer de m'occuper...

Anthony soupira puis il inclina la tête.

— Alors, allons-y avant qu'il ne se remette à pleuvoir.

Winnie verrouilla la maison et le rejoignit en courant à sa voiture. Ils avaient déjà atteint Holly Grove quand elle s'enquit de Lily.

— Elle a trouvé une piste, elle aussi ? C'est pour ça qu'elle n'est pas avec vous ?

Anthony réprima un grommellement.

— Oui, elle est sur une piste, éluda-t-il. Plus officielle que l'inspection d'une rue qui était boueuse lundi soir, donc nous nous sommes séparés.

Winnie ne releva pas mais elle lui jeta un regard en biais qui le mit mal à l'aise – comme si elle le regardait différemment de la dernière fois.

— Je... J'ai cherché votre nom sur Internet, déclara-t-elle. Je connaissais le parcours de Lily – je savais même qu'elle avait tenté de se mettre en travers de la route d'un ravisseur quand elle avait dix-sept ans, ici, à Kelby Creek, mais je n'avais pas saisi que... Enfin, je ne savais pas que c'était votre sœur qui avait été enlevée. Et que vous aviez tous les deux essayé d'empêcher son ravisseur de l'emmener. Je... Je n'ose même pas imaginer ce que ça a dû être pour vous.

Anthony hocha brièvement la tête.

— Nous n'aimons pas beaucoup parler de ça.

— Je comprends mais... Enfin, c'est bien que vous continuiez à lutter contre le crime ensemble. À aider les autres.

Du coin de l'œil, il la vit hausser les épaules.

— Vous êtes toujours liés. Vous devez être très proches.

Anthony franchit le dernier feu de la circulation avant que la route asphaltée ne se scinde en plusieurs chemins de terre.

Il ne savait pas quoi dire.

Il ne voulait pas lui mentir mais… quelle était la vérité ?

— Lily est la seule femme qui m'ait jamais rendu nerveux et je ne sais même pas pourquoi. En quatorze ans, j'ai connu d'autres femmes auprès de qui j'ai éprouvé – ou pas – certains sentiments. Mais il suffit que je pose les yeux sur elle pour que je sois… je ne sais pas… sens dessus dessous. Elle m'exaspère mais, en même temps, je suis fier de la connaître, plus fier que je ne le suis de moi-même. Voilà plus de dix ans qu'elle s'échine à résoudre les problèmes des autres sans jamais penser à elle. Je parie qu'elle considère même ça comme un luxe – le genre de chose qu'elle s'autorisera peut-être le jour où tous les problèmes de la terre seront réglés, maugréa Anthony. En tout cas, le fait est que me retrouver en sa présence ne m'a pas fait revivre la perte d'Ida, contrairement à ce que je redoutais.

Leur dispute l'avait profondément affecté, plus qu'aucune autre cause ne l'avait fait depuis son départ de Kelby Creek, une décennie plus tôt. Il avait plié bagage et claqué la porte, froissé par ses paroles.

Par le fait qu'elle avait eu raison.

Elle lui avait offert l'hospitalité un soir et il n'était jamais reparti.

Elle ne lui avait jamais demandé de rester.

Les mains d'Anthony se crispèrent autour du volant, puis il les desserra et soupira.

— Vous avez raison. C'est bien d'être avec Lily… et je ne crois pas le lui avoir jamais dit.

Voilà.

Tout ce qu'il éprouvait confusément, il venait de le déverser dans l'oreille d'une étudiante qu'il connaissait à peine, tout en se rendant dans une rue pour y examiner… de la boue.

Il lui décocha un bref regard.

— Désolé. Je n'aurais pas dû vous assommer avec tout ça. Je crois que la communication et moi, ça fait deux.

Winnie sourit.

— Pas de problème, dit-elle. Si ça peut vous rassurer, le jour où Colton m'a dit qu'il m'aimait, c'était au beau milieu d'une dispute alors que je lui reprochais d'avoir fini tous les restes que je plaçais au réfrigérateur. Parfois, on ne sait ce qu'on ressent qu'une fois que les mots vous ont échappé accidentellement.

Anthony était sur le point de souligner qu'il n'avait pas été question d'amour dans ses propos quand le panneau indiquant Old Cherry Street apparut devant eux.

Le sourire de Winnie disparut. Très concentrés, ils avancèrent, scrutant la vieille route et ses abords. Tout à coup, elle tendit le doigt, montrant des traces de pneus.

— C'est là. Ce sont les traces laissées par ma voiture, expliqua-t-elle. Je me suis arrêtée à côté de la sienne de peur de m'embourber aussi si je me rangeais sur le bord.

Ant se gara et activa ses feux de détresse. Ils mirent tous deux pieds à terre.

— Elle était stationnée sur le bas-côté ? questionna-t-il en s'approchant des traces.

Old Cherry Street n'avait de rue que le nom. C'était en réalité un chemin de terre entouré d'arbres sur environ la moitié de son tracé. L'autre moitié serpentait à travers champs, pour autant qu'il se souvienne. Il n'y avait pas un seul réverbère sur les six kilomètres de son parcours.

— Oui, répondit Winnie, d'une voix qui trahissait un début d'incertitude. Mais je me demande bien pourquoi elle s'est arrêtée ici, d'ailleurs.

C'était précisément ce qui tracassait Ant.

Et d'un, il n'y avait pas de raison d'emprunter Old Cherry Street pour aller à la foire. Et de deux, il y en avait moins encore de s'y arrêter.

Winnie poussa une exclamation dépitée. Elle se tenait la tête à deux mains.

— Bon sang, mais pourquoi est-ce que je ne le lui ai pas demandé ? Je suis simplement venue à sa rescousse, j'ai ri de sa mésaventure et on en a encore plaisanté en rentrant à la maison. Ce n'est pas possible d'être aussi bête !

— Ça ne signifie peut-être rien, rappela-t-il. Et, de toute façon, ce n'est pas votre faute.

Elle se retourna pour regarder le chemin.

— J'ai vécu toute ma vie à Kelby Creek et je ne sais même pas où mène cette route. Mais j'aurais dû me rendre compte que ce n'était pas à la foire.

Anthony s'approcha de l'étudiante, s'efforçant d'apaiser ses remords.

— Dans cette direction, il n'y a que des endroits où vous vous rendez si vous avez un compte en banque bien garni.

Winnie lui lança un regard interrogateur.

— Le country club, le lotissement Justine Park et la résidence McHale. Old Cherry rejoint une belle chaussée goudronnée qui dessert les trois et sur laquelle il n'y a jamais le moindre nids-de-poule.

Winnie avait l'esprit vif. Elle saisit aussitôt où il voulait en venir.

— Un endroit où pourrait vivre un homme marié, à l'aise financièrement, ayant une liaison extraconjugale.

Anthony considéra Old Cherry Street d'un autre œil.

— Peut-être qu'ils s'étaient donné rendez-vous ici, à mi-chemin entre votre maison et la sienne.

Ils méditèrent sur cette éventualité pendant quelques instants. Avant qu'Anthony n'ait décidé de la conduite à tenir, son téléphone sonna dans sa poche.

Il le prit et consulta l'écran.

Numéro inconnu.

Il avait espéré que ce serait Lily.

— Allô ?

— Bonjour, Anthony. C'est Kathryn Juliet. Vous êtes toujours en ville ?

Il avait peut-être du mal a extérioriser ses sentiments mais, en cet instant, tout ce qu'il éprouvait, c'était une inquiétude grandissante.

— Oui. Quelque chose ne va pas ?

La détective baissa le ton, ce qui acheva de l'alarmer.

— Il faut que je vous parle.

# 17

Cook se tenait appuyé contre elle. Il avait déjà poussé sa main du museau à plusieurs reprises, s'efforçant de la réconforter par la pression de son corps chaud. Et maintenant, il faisait de son mieux pour soulager la souffrance de son humaine et la transformer en quelque chose d'autre. De plus joyeux.

De moins amorphe.

Lily contempla la table sur laquelle elle avait posé son badge et son holster.

Le téléphone était à portée de sa main mais personne ne l'avait appelée. Ce n'avait pas été nécessaire depuis qu'elle avait quitté le bureau du shérif.

Jacob Anderson était mort. Bryant Lautner était toujours dans la nature. Henderson Farm était envahie par les forces de l'ordre. Les recherches se poursuivaient pour retrouver Kristine Cho.

Mais Lily était là, immobile, à contempler le sang qui maculait sa manche et à ressasser les mêmes quatre petits mots, tenaillée par un horrible pressentiment.

*Kristine n'est plus là.*

Elle serra le poing sur la table.

Cook poussa un gémissement.

Lily ne connaissait pas Kristine. Elle n'avait même jamais entendu parler d'elle avant ce matin mais, après avoir perdu ses parents, celle-ci aurait mérité mieux que ce qui lui était arrivé… à savoir, servir de moyen de pression à deux trafiquants de drogue qui se disputaient un territoire.

Cook remua contre sa jambe. Lily songea d'abord que c'était le dressage qu'il avait suivi qui le poussait à essayer de l'apaiser mais il regardait vers l'avant de la maison avec insistance.

C'est alors qu'elle entendit une portière claquer.

Lily soupira et finit par s'extraire du canapé et se lever. Même si elle l'avait incité à partir, elle sut que c'était Anthony. Juliet l'avait prévenue qu'elle l'avait eu au téléphone.

— Tu as besoin d'être soutenue par un ami, lui avait-elle dit. Et je pense qu'il remplit parfaitement ce rôle.

Lily ne l'avait pas corrigée. Elle ne lui avait pas répondu qu'Ant n'était rien d'autre qu'un homme qui avait vécu avec elle un traumatisme quatorze ans plus tôt, puis s'était trouvé mêlé à un autre, toujours en sa compagnie, mais qu'elle entendait désormais le laisser tranquille.

S'il voulait rester en ville jusqu'à ce que Bryant Lautner ait été retrouvé, très bien.

S'il voulait rester en ville parce qu'il se sentait l'obligation de la protéger, qu'il estimait qu'elle avait besoin de son aide... Alors, c'était non.

Elle le renverrait gentiment en lui rappelant qu'elle avait survécu quatorze ans sans l'aide de personne. Qu'elle s'en sortirait.

Lily flatta l'encolure de Cook et se dirigea vers la porte au moment où on frappait.

Anthony Perez.

Des cheveux sombres.

Des yeux de jais.

Les mêmes que ceux du garçon qu'elle avait sauvé de la rivière.

Lily ouvrit la bouche pour lui intimer de s'en aller, pour l'assurer que tout allait bien.

Mais aucun mot ne sortit.

À peine eut-elle posé le regard sur lui qu'il se produisit un phénomène totalement inédit.

Elle craqua.

Ce fut un sanglot isolé, d'abord, qui lui échappa. Puis vinrent les larmes.

Anthony l'attira à lui sans un mot. Sentant Lily s'amollir contre lui, il la prit dans ses bras et entra dans la maison.

Elle n'entendit pas la porte se refermer derrière eux. Elle ne remarqua pas qu'il gravissait l'escalier, ni même que l'eau, dans la cabine de douche, à l'étage, se mettait à ruisseler sur elle.

Sur eux.

Entre deux sanglots, Lily regarda le sang et la boue dilués par le puissant jet d'eau chaude disparaître en tourbillonnant dans le siphon.

Elle sentit un gant de toilette aller et venir sur son bras, puis sur son visage.

Le sang de Jacob Anderson.

Après cela, Lily perdit complètement le contrôle.

L'engourdissement dans lequel elle s'était laissée sombrer se fondit en un mélange de colère, de regret, de douleur.

Cette scène atroce dont elle avait été témoin, le triste destin de Kristine Cho, le mal lancinant que lui causaient ses blessures, les cris d'Ida qu'elle entendait encore résonner dans sa tête...

C'était trop. Tout simplement trop.

Anthony le comprit.

Il se chargea de tout. Il la sécha, l'aida à se changer, puis à se mettre au lit.

— Ça va aller maintenant, promit-il doucement en remontant la couverture sur elle.

Il recula. Lily lui jeta un regard anxieux. S'apprêtait-il à partir ? Elle l'attrapa par la main.

— Ne t'en va pas.

Sa voix était faible, éraillée, chargée de larmes qui ne coulaient même plus. Et son apparence extérieure ne devait pas valoir mieux. Pas seulement son apparence, d'ailleurs. Elle avait soulevé un coin du voile, le laissant voir sa vulnérabilité.

Et s'il tournait quand même les talons et sortait ?

Ça irait. Elle s'en remettrait. Elle...

Anthony contourna le lit et se glissa sous les couvertures, à son côté. Son bras chaud vint s'enrouler autour de son corps frissonnant, la pressant doucement contre lui.

Elle sentit les battements de son cœur résonner en elle.

Ses paupières s'abaissèrent.

C'était la vibration d'un téléphone.

Ensommeillé, Anthony tendit le bras vers la table de nuit. Mais sa main rencontra un obstacle. Il lui fallut quelques secondes pour se rendre compte que cet obstacle était une femme.

Lily.

Ils étaient dans *son* lit et c'était *son* téléphone qui vibrait.

Elle remua, toujours soudée à lui par le bras qui lui encerclait la taille. Anthony la libéra tandis qu'elle se redressait et jetait les jambes à bas du lit. À l'exclamation étouffée qu'elle poussa, il devina que ses côtes la faisaient toujours souffrir, mais il ne souffla mot. Lily s'éclaircit la gorge et disparut dans la salle de bains.

Anthony roula sur le dos. La lumière de l'après-midi était bloquée par les épais rideaux. Ils avaient dû dormir plusieurs heures. Il ne s'était rendu compte qu'il avait besoin de sommeil que lorsque la respiration de Lily s'était faite régulière. Son apaisement momentané, telle une berceuse, l'avait conduit à s'abandonner, lui aussi, dans les bras de Morphée.

Il hésitait à se lever lorsqu'il l'entendit revenir à pas de loup vers le lit et se glisser de nouveau entre les draps.

Elle resta silencieuse un moment puis souffla dans l'obscurité :

— Tu es réveillé ?

— Oui, répondit-il sur le même ton.

— Oh. Désolée. C'était Kenneth.

— Est-ce que tout va bien ?

Le matelas ondula comme Lily changeait de position. Une

seconde plus tard, la lampe de chevet s'alluma. Anthony battit des paupières puis son regard se posa sur les yeux gonflés de Lily.

Il dut se retenir de l'enlacer de nouveau. Ils s'étaient déjà réveillés dans les bras l'un de l'autre, il ne voulait pas se montrer trop envahissant.

— Il voulait me tenir au courant de ce qu'ils avaient découvert après mon départ. Mais, attends, que t'a raconté Juliet, au juste ?

Il n'avait aucune raison de mentir.

— Tout ce que tu lui as dit quand elle et Kenneth sont arrivés à la ferme.

— Tout ?

— Oui. Elle a dit qu'elle me faisait confiance puisque tu me faisais confiance.

Juliet lui avait aussi confié sa préoccupation parce que Lily lui avait paru beaucoup trop calme à la ferme, puis au bureau du shérif mais, cela, il le garda pour lui.

Lily laissa échapper un petit soupir.

— Alors, tu sais que Jacob Anderson a reconnu avoir été l'amant de Kristine ?

Il hocha la tête.

— Et qu'il a aussi admis qu'une guerre de territoires l'opposait à Arturo ?

— Oui, et que Bryant Lautner était le partenaire d'Arturo et que c'était sans doute lui qui avait enlevé Kristine après leur départ de la foire, hier soir.

Lily parut surprise.

— Elle t'a vraiment tout dit, alors, déclara-t-elle avant de reprendre le fil de son récit. Ils cherchent toujours Kris et Bryant mais Foster s'est rendu chez Jacob Anderson et ils ont trouvé des preuves de la liaison entre Jacob et Kristine, notamment les factures d'achat de tous les articles coûteux qu'on a découverts dans sa chambre : les boucles d'oreilles, les chaussures, la lingerie. Sa femme est tombée des nues. Elle n'était au courant ni de sa relation ni de ses activités illégales. Ils se connaissaient depuis le lycée et elle a déclaré qu'il ne fumait même pas de cigarettes.

— Les gens les plus insoupçonnables cachent parfois des secrets.

Lily acquiesça.

— Apparemment, Arturo a eu vent de ce qui s'est passé, continua-t-elle. Il a demandé à voir la shérif Blake et, il y a quelques minutes, il a confirmé les déclarations de Jacob – la lutte de territoires, l'idée de se servir de Kris après l'avoir vue avec Jacob. Il n'avait simplement pas prévu que le trou serait découvert par un chasseur puis le coffre, par nous. Et il imaginait encore moins se retrouver derrière les barreaux. Il pense qu'ensuite Bryant a vu rouge et que tout a dégénéré.

La mine de Lily s'allongea.

— Ce n'est pas ta faute si Bryant s'en est pris à Kris, se hâta de souligner Anthony. Je sais que c'est ce que tu penses mais c'est *Arturo* qui nous a attaqués. Tu n'as fait que ton travail. Et rien de ce qui est arrivé ensuite n'est ta faute.

Il n'était pas sûr que ses arguments portent, étant donné que ses collègues avaient déjà tenté, sans succès, de l'en convaincre.

— Kenneth m'a tenu le même discours, répondit-elle. Il m'a dit aussi de ne pas quitter cette maison *mais* qu'il me tiendrait au courant s'il y avait du nouveau.

Soupirant une nouvelle fois, Lily se laissa retomber contre son oreiller.

— En temps normal, je me serais bornée à rire de son injonction. Mais je suppose que le fait d'avoir craqué remet les choses en perspective.

Ant, renfoncé contre son oreiller, regarda le plafond lui aussi – tout comme lorsqu'ils s'étaient livrés à leur petite séance de « sorcellerie ».

Tant d'événements avaient eu lieu entre-temps…

— À ce propos, reprit Lily d'une voix sourde. Je n'aurais jamais cru m'effondrer comme ça.

Anthony haussa les épaules.

— On ne s'attend jamais à ce genre de réaction.

Un silence confortable s'installa entre eux.

Mais l'atmosphère se modifia ensuite.

Anthony était en boxer, dans son lit. Après la douche, il s'était dévêtu mais n'avait pas eu le temps de sortir des vêtements secs de son sac à dos. Toute son attention avait été accaparée par Lily, grelottante et accablée. Il s'était donc dépêché de l'aider à enfiler la première chemise de nuit qui lui était tombée sous la main.

L'avait-il vue nue ?

Oui.

S'était-il agi seulement d'un simple geste, disons, technique ?

Non.

Mais maintenant… Lily ne pleurait plus. Elle ne grelottait plus. Elle n'avait plus le sang d'un homme sur elle.

Elle était là, étendue à côté de lui, et il sentait sa chaleur sur sa peau.

Le sentiment protecteur qui l'avait jusque-là guidé se mua en une attirance plus charnelle.

Ce n'était pas le moment.

Mais il tourna néanmoins la tête vers elle.

Elle le contemplait.

Même dans la faible lumière, ses yeux le captivaient comme des phares dans la nuit.

Le regard d'Anthony s'abaissa jusqu'à ses lèvres tandis qu'elle parlait.

— Quand on jouait aux sorcières, tu m'as dit que je n'étais pas un fantôme. Que j'étais vivante parce que je te… mais tu n'as jamais fini ta phrase.

Elle déplaça légèrement sa tête sur l'oreiller.

— Qu'est-ce que tu allais dire ?

— Que tu étais vivante parce que tu me faisais, moi, me sentir vivant quand j'étais près de toi.

C'était la pure vérité.

Ainsi qu'il s'en était ouvert à Winnie dans sa confession spontanée.

Cette dernière semaine avait été pour lui bien différente des quatorze dernières années.

Et cette différence tenait en deux mots . Lillian Howard

Elle secoua la tête.

— Tu as cette impression parce que tu te sens, à tort, redevable vis-à-vis de moi, déclara-t-elle d'une voix douce mais contrainte. Parce que je t'ai sorti de la rivière. Seulement, Anthony, j'ai besoin - *vraiment* besoin - que tu te remémores la façon dont ça s'est passé. Parce que... tu omets de préciser que c'est ma faute si Ida a été enlevée. Si elle a disparu.

Une larme roula sur sa joue mais ce n'était pas un incontrôlable débordement d'émotion, cette fois.

C'était l'expression d'une douleur ancienne, profondément enracinée.

C'était ce avec quoi Lily avait dû vivre depuis cette nuit dans les bois.

Et, une fois de plus, Anthony n'avait rien vu.

— Oh ! Lily...

Il tendit la main et pressa sa paume contre sa joue.

— Comme si tu avais eu le choix... Tu as sauvé la personne que tu pouvais sauver, c'est tout.

Il se redressa sur un coude pour la regarder en face, pour qu'elle voie combien il était sincère. Il sourit.

— Je ne t'ai *jamais* reproché de ne pas avoir rattrapé Ida et je suis profondément désolé de ne pas te l'avoir dit à l'époque. C'est simplement que l'idée que tu puisses, toi, te sentir coupable ne m'a jamais effleuré. Jamais. Pas une seule fois.

Il repoussa une mèche de cheveux derrière l'oreille de Lily.

— Nous n'aurions jamais dû avoir à vivre ça et je sais que ça a eu des conséquences sur le reste de nos vies mais je ne peux pas m'empêcher d'être reconnaissant que ça nous ait conduits là où nous en sommes aujourd'hui. Là où j'en suis.

Il lui souleva le menton du bout des doigts. Elle le laissa l'embrasser tendrement. Puis il s'écarta et sonda son regard.

— Mais je ne suis pas le seul à avoir vécu cette épreuve. Et je n'ai pas eu, moi, à sauver un garçon de la noyade. Je n'ai pas eu à assister, impuissant, au rapt d'une jeune fille, entraînée dans la nuit par son ravisseur, ni à m'en tenir pour responsable. Alors, si être près de moi t'est trop difficile, dis-le-moi. Je m'en irai. Sache simplement que, quoi qu'il soit arrivé, j'ai été réellement heureux ici. Avec toi. Et que je ne suis pas resté parce que je m'en sentais l'obligation.

Anthony la relâcha. Il pensait réellement ce qu'il venait de dire.

C'était égoïste que de vouloir à tout prix être avec Lily, il le comprenait maintenant. Ce n'était pas parce que *lui* se sentait vivant auprès d'elle que le sentiment était mutuel.

Il allait prendre la bonne décision. Partir.

Pendant un moment, Lily garda le silence.

Puis, ce fut d'un unique mot qu'elle formula sa réponse :

— Reste.

# 18

Ce fut au tour de Lily de montrer à Anthony à quel point elle avait dû lutter contre l'inclination de son cœur jusqu'à présent.

À l'instant où il lui sourit, la messe fut dite pour elle.

Elle passa le bras autour de sa taille, promena sa main sur son dos avant d'enfouir les doigts dans ses cheveux et d'abaisser sa tête vers lui. Elle laissa ses lèvres avides prendre possession des siennes.

Plus rien, cette fois, ne l'arrêterait.

Ni les appels téléphoniques inopportuns ni les inquiétudes qui la taraudaient.

Anthony ne lui en voulait pas de l'avoir sauvé, lui, et non Ida.

Il ne lui en avait *jamais* voulu.

La main d'Anthony descendit jusqu'à ses hanches. Elle s'insinua sous le T-shirt et remonta le long de son flanc. Lily se rapprocha de lui. Son torse était aussi dur et solide qu'un mur.

Exactement ce qu'elle désirait.

Comme leur baiser s'enhardissait, Lily l'attira au-dessus d'elle. Une seconde trop tard, elle se souvint que ses côtes n'apprécieraient peut-être pas l'initiative mais, heureusement, Anthony y avait pensé, lui. Gardant le haut de son corps à distance, en appui sur ses avant-bras, il forma une cage protectrice autour d'elle.

Le bas de son corps, en revanche, demeura uni à elle. Emportée par l'ardeur, Lily emprisonna fébrilement ses hanches entre ses jambes pour mieux éprouver son désir grandissant.

Elle gémit de plaisir contre ses lèvres.

Comme Anthony reculait, elle poussa une exclamation désappointée.

— J'ai peur de te faire mal, souffla-t-il d'une voix hachée. Dis-moi s'il faut que je m'arrête.

Mais, pour toute réponse, Lily l'attrapa de nouveau par le cou et le réduisit au silence d'un baiser fougueux.

C'était le feu vert qu'il avait attendu, le ticket gagnant pour une folle équipée qu'Anthony n'interrompit plus. Il ne demanda plus s'il était assez doux, si elle ne souffrait pas et, lorsque Lily cria un moment plus tard, l'idée que ce puisse être de douleur ne l'effleura même pas.

Tous deux trouvèrent un rythme, une pulsation qui leur était propre – une harmonie mutuelle.

Une connexion particulière, sans rapport avec la rivière, la pluie ou l'obscurité au fond des bois.

C'était quelque chose de complètement nouveau, quelque chose qui n'appartenait qu'à eux.

Et, lorsque leurs souffles saccadés s'apaisèrent et que leurs corps se détendirent, Lily songea fugitivement qu'elle ne voulait pas que ce qu'ils venaient de partager s'arrête.

Il ne lui était pas arrivé depuis très, très longtemps, de s'endormir avec le sourire aux lèvres.

Mais ce fut ce qui se produisit ce soir-là, même si l'inquiétude persistait à vouloir se frayer un chemin en elle.

C'était vendredi midi et le soleil n'était plus qu'un souvenir. Avant que l'inévitable pluie ne se remette à tomber, Lily s'était installée dans le jardin avec Cook et la shérif Bennet.

Ni l'une ni l'autre n'étaient en uniforme mais elles étaient ensemble pour parler travail. Lily l'avait clairement compris quand la shérif l'avait appelée pour demander si elle pouvait lui consacrer un moment. Ce moment était donc arrivé et Lily porta non sans une certaine anxiété son regard vers le fauteuil de jardin qui faisait face au sien.

— Vous savez, quand j'ai été élue à ce poste, dans cette ville, je savais que ce ne serait pas du gâteau, commença la shérif lorsqu'elles eurent épuisé toutes les formules de civilité propres aux salutations du Sud. On m'a même avertie, une fois que j'ai été en poste, qu'entre le lundi et le vendredi, on pouvait passer trois fois du calme plat au branle-bas de combat général – que c'était comme ça depuis la Tempête. Je me suis dit que c'était sans doute exagéré.

Elle soupira et but un peu du café que Lily avait préparé.

— On a retrouvé Bryant Lautner ce matin.

Lily se redressa un peu trop brusquement sur son fauteuil, ce que ses côtes lui firent immédiatement regretter.

La shérif éleva une main devant elle en signe d'apaisement.

— C'est à ma demande que vous n'en avez pas été avertie. Je tenais à vous en informer en personne parce que vous l'avez bien mérité.

Lily s'efforça de faire abstraction de ses émotions.

— OK.

La shérif hocha la tête.

— Il n'a d'abord pas dit grand-chose. Il a nié avoir enlevé Kristine et il a refusé de révéler où il se trouvait avant que nous ne le coincions.

Le ton de la shérif, de professionnel, se fit plus chaleureux :

— La première réponse que nous avons obtenue concernait l'endroit où il se trouvait il y a quatorze ans, le jour où Ida Perez a disparu.

Lily sentit ses yeux s'écarquiller de surprise.

La shérif poursuivit :

— Gray m'avait parlé de cette piste que vous tentiez de remonter concernant Bryant, avant que cette affaire n'éclate, en précisant que c'était la raison pour laquelle Anthony était rentré. Il a déclaré que ç'aurait dû être à vous d'interroger le suspect mais que, puisque vous n'étiez pas là, il s'en chargerait lui-même.

Elle écarta les bras en signe d'impuissance.

— Et comme le détective Lovett a renchéri en disant que ça lui semblait opportun… je me suis rendue à leurs arguments.

Lily fut touchée. Kenneth avait pris sa défense. Et Foster aussi. C'était important à ses yeux. Il faudrait qu'elle les remercie de leur soutien.

— Et alors ? Qu'a dit Bryant ?

Le ton de Blake Bennet se fit de nouveau plus clinique, impersonnel. Avant même qu'elle ait prononcé un mot, Lily devina qu'elle n'allait pas apprécier ce qui allait suivre.

— Il se rappelle exactement où il était parce qu'il se rendait aux obsèques de sa mère. Le personnel du funérarium, qui n'a pas changé depuis trente ans, a confirmé – je m'en suis chargée moi-même. J'ai tiré l'ancien directeur du lit et on a compulsé ses registres. Plusieurs témoins ont confirmé la présence de Bryant aux funérailles cet après-midi-là, à la réunion qui s'est tenue dans la maison de sa mère ensuite et au bar, le soir. L'adjoint Costner a même poussé ses investigations un peu plus loin et a trouvé une ancienne petite amie de Bryant qui a déclaré qu'il avait passé la journée du lendemain au lit, avec la gueule de bois.

Lily soupira.

— Ce qui veut dire que Bryant Lautner n'a pas enlevé Ida.

La shérif secoua la tête.

— Non, à moins qu'il n'ait le don d'ubiquité.

Lily médita sur cette information pendant une minute puis elle fit ce qu'elle faisait toujours lorsqu'elle se trouvait dans une impasse : elle se concentra sur l'affaire en cours.

— Et Bryant n'a rien dit d'autre ? Concernant Kristine ?

— Si on compte le nombre de jurons qu'il a proférés, si. Sinon, non. Pour quelqu'un qui a été dénoncé par son partenaire et par l'homme qu'il menaçait, c'est étrange mais il semble penser que rester muet comme une tombe est la solution. Mais on verra combien de temps ça durera.

— Espérons pour Kristine qu'il craquera bientôt.

La shérif hocha la tête. Elle avait déjà informé Lily que les recherches avaient été étendues. La police municipale, les adjoints réservistes et les volontaires avaient été appelés en renfort.

On était coutumier du fait, à Kelby Creek.

— Je me demande si les forains reviendront l'an prochain après ça, s'interrogea Bennet à haute voix. Quand je pense à tous les efforts qu'a dû déployer Darren McHale pour les convaincre de revenir en ville… pour découvrir au bout du compte que Jacob, son propre assistant, était un fichu trafiquant !

Ça, c'était nouveau pour Lily.

— Jacob Anderson travaillait pour Darren McHale ?

— Oui, depuis plus de cinq ans, apparemment.

Lily jura. La shérif ne parut pas en prendre ombrage.

— Pourquoi se mettre au trafic de méthamphétamine quand on travaille pour un McHale ? C'est comme avoir gagné à la loterie et se lancer dans la fabrication de faux billets ?

— Oh ! non. Jacob n'avait pas un sou, corrigea la shérif. Il n'avait pas d'économies, ses cartes de crédit avaient atteint leur limite, il était endetté jusqu'au cou. Sa femme, Gwen, nous a dit qu'ils avaient fait deux tentatives de FIV ces deux dernières années – non prises en charge par l'assurance maladie – et qu'ils avaient dû les payer de leur poche.

Elle secoua la tête, l'air dégoûté.

— Vous vous rendez compte ? Être mariée depuis dix ans à un homme et découvrir, après deux FIV, qu'il avait une liaison avec une fille de vingt ans ?

— Certaines personnes prennent des décisions qui laissent songeur, répondit Lily. Je n'ose même pas imaginer ce qu'elle ressent.

La shérif acquiesça et se leva. Elle remercia Lily pour le café et se prépara à prendre congé.

— Vous méritez bien que je vienne vous mettre au courant, répéta-t-elle à Lily à la porte d'entrée. Mais vous méritez aussi de vous reposer. Je ne veux pas vous revoir avant la semaine prochaine, c'est entendu ?

— Entendu, dit Lily.

La shérif Bennet se dirigeait vers son véhicule quand un bruit de pas se fit entendre dans l'escalier, derrière Lily.

— Je serais bien descendu plus tôt mais je me suis dit que tu ne tenais peut-être pas à ce qu'un homme sortant de la douche, enroulé dans une serviette, vienne saluer ta patronne, donc j'ai préféré ne pas me montrer.

Anthony la regardait en souriant largement. L'estomac de Lily se contracta, réaction qui était en train de devenir indissociable de la personne d'Anthony Perez.

— Je suis sûre que ça aurait beaucoup amusé la shérif.

Ils prirent ensemble le chemin de la cuisine où Lily lui servit une tasse de café. Il avait enfin rattrapé son sommeil en retard et s'était réveillé après Lily, qui s'était déjà douchée et habillée.

Anthony prit la tasse et la regarda.

— Alors ? Qu'avait-elle à t'apprendre ? De bonnes ou de mauvaises nouvelles ?

Lily le précéda jusqu'à la table du séjour.

— Kristine est toujours introuvable mais ils ont arrêté Bryant Lautner.

Anthony se redressa d'un coup sur son siège.

Sa réaction fit prendre conscience à Lily qu'elle répugnait à lui révéler ce qu'elle avait appris. Que Bryant ne pouvait pas avoir été le ravisseur d'Ida. Que la mince piste qui l'avait ramené à Kelby Creek, et à elle, ne menait nulle part.

La culpabilité l'étreignit. Elle aurait dû avoir des réserves parce que cela signifiait que le mystère de la disparition d'Ida demeurait entier. Mais son principal sujet de préoccupation, c'était qu'il s'en aille.

Certes, ils avaient passé une nuit merveilleuse, mais rien, entre eux, n'avait été gravé dans le marbre.

Anthony avait toujours un appartement et une vie en Caroline du Nord.

Sa vie à elle était à Kelby Creek.

Ils n'avaient jamais évoqué l'avenir, encore moins un avenir commun.

Mais elle ne pouvait pas lui dissimuler la vérité. Elle lui relata donc les faits exactement tels que la shérif les lui avait présentés.

— J'imagine que c'était une sacrée coïncidence, ajouta-t-elle lorsqu'elle en eut fini. S'intéresser à quelqu'un en suivant une vieille piste et le retrouver impliqué dans une autre affaire, en cours celle-là… Ça ne m'est jamais arrivé auparavant.

Anthony resta silencieux pendant un moment.

Lily lui laissa le temps de digérer l'information.

Lorsqu'il releva la tête et croisa son regard, elle sentit une douce chaleur se propager en elle. Cela aussi, c'était une sensation qu'elle commençait à associer à lui.

— Alors, qu'est-ce qui se passe maintenant ?

Cela lui rappela son interrogation, dans la chambre de Kristine, à propos de l'influence qu'avait eue la disparition d'Ida sur leurs vies. Là aussi, c'était une vaste question mais, cette fois, elle avait quelques réponses à lui fournir.

— Tout le bureau du shérif est sur le pied de guerre, mobilisé pour localiser Kristine et essayer de combler les blancs entre Arturo, Jacob et Bryant. Tout ce que nous avons appris depuis la découverte du coffre enterré a été transmis à Kenneth et Foster qui travaillent main dans la main sur le sujet. De ce côté-là, il ne nous reste qu'à attendre.

Mais Lily n'aimait pas attendre et avait du mal à admettre que c'était le plus raisonnable, compte tenu de son état. Cela lui donnait l'impression de baisser les bras – même si elle savait que ce n'était pas le cas.

— Concernant Ida, on poursuit nos investigations.

Anthony hocha la tête, sans lui demander de précisions sur les actions qu'elle entendait mener. Il évoqua, en revanche, l'idée qui lui était venue.

— Si ça te va, je me suis dit qu'on pourrait rendre une petite visite à Winnie, suggéra-t-il. Quand je l'ai déposée hier soir, elle semblait tellement… perdue. Je sais qu'on ne peut rien faire de plus pour Kris que ce qui a déjà été entrepris, mais on pourrait lui tenir compagnie un moment ? Commander à manger chez Crisp's ?

La chaleur qui l'avait envahie se dissipa mais une agréable sensation s'insinua en elle.

— C'est une très bonne idée.

Leurs cafés terminés, ils se mirent en route, décidant d'emmener Cook. Selon Anthony, la présence de l'animal avait semblé apporter un peu de réconfort à la jeune femme.

En prenant sa veste dans la penderie, Lily contempla le coffre-fort dans lequel elle rangeait son pistolet.

Elle n'était pas en service.

Elle n'avait pas besoin de son arme de poing.

Lily se sentit envahie par ce sentiment d'impuissance contre lequel elle avait lutté depuis la disparition de Kristine – semblable à la vulnérabilité qui s'était installée en elle après le rapt d'Ida. Elle hésita un instant.

Puis, refermant résolument la porte du placard, sa décision prise, elle redescendit et ils grimpèrent tous trois dans la voiture pour parcourir le bref trajet jusque chez Winnie.

Après ce qui s'était passé, peut-être aurait-elle des invités venus la soutenir ? Ses parents. Ou son petit ami.

Mais il n'y avait aucun véhicule dans l'allée.

La porte d'entrée, cependant, était entrebâillée.

Lily et Anthony échangèrent un regard. Elle le laissa entrer le premier.

— Winnie ? appela-t-il. C'est Anthony et Lily !

Personne ne répondit et, pour autant que Lily puisse en juger, rien ne semblait avoir été déplacé.

Sans un mot, ils montèrent à l'étage et se séparèrent pour explorer les différentes pièces.

Anthony se dirigea vers la chambre de Winnie tandis que Lily allait explorer celle de Kris.

Là non plus, rien n'avait changé.

Elle ouvrit le placard et constata que les chaussures de luxe étaient toujours dans leur boîte. La lingerie n'avait pas bougé de la commode. En revanche, le mot ne se trouvait pas dans la table de nuit, non plus que la bague en diamant, dans la table de toilette.

La haute silhouette d'Ant s'encadra dans l'embrasure de la porte. Il la regarda, l'air solennel.

— Elle n'est pas dans sa chambre. Mais j'ai trouvé ça par terre, à côté de son lit.

Il lui tendit un morceau de papier.

D'une écriture serrée, il n'était inscrit que deux mots.

— Au Finnigan, lut lentement Lily avant de relever la tête. La maison du rire... Encore ?

L'expression d'Ant s'assombrit.

— Je crois qu'il est vraiment temps d'aller à la foire.

# 19

— Nous n'avons jamais vu cette écriture, souligna Lily. Si ça se trouve, c'est celle de Winnie elle-même.

L'anxiété, derrière ses propos, n'échappa pas à Anthony.

— La porte était ouverte et le numéro qu'elle nous a donné bascule directement sur sa boîte vocale, répliqua-t-il.

— Sans compter qu'on n'a pas l'esprit tranquille, renchérit-elle, la mine grave. Il ne faut jamais négliger ce que nous souffle notre instinct.

Il confirma d'un signe de tête.

Il ne pleuvait pas encore mais le gris anthracite du ciel n'augurait rien de bon. La station de radio locale avait déjà annoncé l'arrivée d'un orage particulièrement violent. Ils avaient même été placés en vigilance tornade, ce qui, dans la région, n'avait rien d'anormal.

Ce qui n'était pas normal, en revanche, c'était la maison de Winnie ouverte aux quatre vents et ce mot, similaire à celui qu'ils avaient découvert dans la chambre de sa colocataire disparue.

— Tu m'as bien dit que tes collègues s'étaient rendus à la maison du rire après notre fouille de la chambre de Kristine ?

Lily acquiesça.

— Ils ont même parlé au forain qui s'en occupe et qui a déclaré n'avoir rien remarqué d'inhabituel. Il n'a pas non plus reconnu Kristine sur la photo qu'ils lui ont montrée.

— Mais il y a beaucoup de passages à la foire. Il peut se tromper.

— C'est vrai, admit Lily en poussant un profond soupir.

Elle obliqua pour s'engager dans le chemin tout au bout duquel se trouvait le parking.

Juste au-delà, c'était la forêt.

Habituellement, Anthony évitait de parler de ces bois mais, après la nuit qu'il avait passée avec Lily, les sentiments qu'ils avaient partagés, il n'éprouva pas le besoin de se censurer.

— Je déteste me trouver si près de là, avoua-t-il avec amertume.

Lily n'eut pas besoin qu'il s'explique mieux.

— Moi aussi.

Kelby Creek était peut-être une petite localité mais l'emplacement réservé à la foire était immense. Il incluait le parking – un champ fauché à ras – qui courait tout le long de l'allée principale, au-delà de la billetterie. Il semblait d'autant plus vaste qu'il n'était occupé que par quelques voitures là où y étaient normalement stationnées des centaines de véhicules. N'ayant que l'embarras du choix, Lily se gara au plus près de l'entrée.

— J'ai vu une publication en ligne qui indiquait que l'ouverture serait décalée, aujourd'hui, en raison de la météo, mais que certains membres du personnel étaient quand même réquisitionnés.

Comme elle coupait le moteur, Cook se dressa sur la banquette arrière. Anthony pointa le doigt vers une voiture non loin de la leur.

— Regarde, c'est le véhicule de Winnie.

— Peut-être qu'elle est venue répéter son numéro de clown, suggéra Lily, visiblement sans y croire. Viens, allons voir.

Ils mirent pied à terre et se dirigèrent rapidement vers l'entrée, Cook tenu en laisse par Anthony. Un jeune homme se tenait derrière la paroi en Plexiglas, l'air de sortir tout droit du lycée tant il paraissait jeune. Il leur jeta un regard impatient.

— La foire est fermée jusqu'à ce que le front orageux soit passé, dit-il, l'irritation perçant dans sa voix.

Sur le même ton, mais avec autorité, Lily rétorqua :

— Je suis la détective Howard, du bureau du shérif de Dawn County. Avez-vous vu cette personne ?

Elle sortit son portable, veillant à écarter le pan de sa veste pour laisser entrevoir le badge et le holster qu'Anthony découvrit, non sans surprise, en même temps que le guichetier. Il n'avait pas su qu'elle les avait apportés mais il s'en réjouit.

Le garçon se redressa et posa son téléphone. Un jeu dansait toujours sur l'écran mais il centra son attention sur Lily.

Elle lui montra la photo qu'ils avaient de Winnie et Kristine.

Le garçon répondit par l'affirmative.

— Oui, elle est là. Elle est arrivée il y a quelques minutes avec un type.

— Je croyais que la foire était fermée ?

Le garçon rougit et s'agita nerveusement derrière le guichet.

— Il... Il m'a payé pour que je lui laisse quelques minutes.

— Et à quoi ressemble ce type ?

Anthony sentait Lily trépider d'impatience. Elle voulait entrer. Agir. La queue de Cook se mit à battre contre sa jambe, le chien percevant sans doute leur tension.

Le garçon parut décontenancé par la question.

— Euh, je ne sais pas. Il est... plus âgé qu'elle. Il m'a donné cent dollars donc j'ai pensé qu'il avait une bonne raison. Et sa copine avait l'air contrariée donc je me suis dit « Pourquoi pas ? » d'autant que ça ne va probablement pas ouvrir avant un moment.

Lily se tourna vers Anthony.

— Plus âgé, de l'argent, la maison du rire ?

Avant qu'il n'ait eu le temps de réagir, Lily aboya à l'adresse du garçon :

— OK. On y va.

Il n'essaya pas de les en empêcher mais il l'appela lorsqu'elle franchit le portique.

Elle ne l'écouta pas.

— Jacob et sa femme se sont ruinés en tentatives de FIV pendant deux ans, au bout de dix ans de mariage, débita-

t-elle précipitamment en remontant d'un pas rapide l'allée principale. Et, tout à coup, il se met à acheter des articles de luxe, à vouloir trafiquer de la méthamphétamine et à fréquenter une fille de vingt ans ? *Puis*, après tout ça, il reconnaît les faits, se désole parce que Kris « n'est plus là » et me demande de *lui* dire qu'il l'aime. S'il savait que Kris avait disparu pour de bon, de qui parlait-il ? De sa femme ?

— Tu penses que Jacob n'était pas l'homme avec qui Kristine avait une liaison ?

— Ça te paraît crédible, à toi ? Je veux dire, soit Jacob était vraiment doué pour cacher qui il était réellement, soit…

— Soit il a servi de bouc émissaire à quelqu'un d'autre.

Lily pressa encore le pas. Ils avaient presque dépassé les stands de nourriture.

— Ou peut-être qu'on le faisait chanter ? Qu'on menaçait sa famille ?

— Et donc ? Quelle est ton idée ? Tu crois que Winnie est avec l'amant mystère de Kris ?

Lily lui jeta un regard légèrement exaspéré.

— Si j'ai bonne mémoire, c'est bien toi qui t'inquiétais pour Winnie, non ?

Il ne le nia pas. Il passa simplement à la question suivante :

— Si elle est là avec lui, est-ce que ça veut dire qu'elle est impliquée ou que c'est elle la prochaine victime ?

— Commençons par la trouver. Il y a si longtemps que je ne suis pas venue ici… Tu sais où se trouve le Finnigan ?

Anthony s'en souvenait parce que la disposition des stands ne changeait quasiment jamais. La maison du rire, le palais des glaces et la maison hantée étaient contigus, alignés tous les trois le long de l'allée ouest de la fête foraine. Il s'orienta dans cette direction, Cook trottinant pour rester à sa hauteur, et tendit le doigt, une fois franchi le manège à sensations Tilt-A-Whirl, montrant l'attraction à deux niveaux, signalée par une enseigne lumineuse orange et rouge.

— Au rez-de-chaussée, on trouve tous les agrès habituels des maisons du rire et, au fond, il y a l'escalier qui conduit à la salle réservée aux jeux de lumière noire, à l'étage, expliqua Anthony.

Normalement, il y a la personne qui s'occupe de l'attraction là, sur le côté, mais...

Un cri de femme l'interrompit.

Lily s'élança dans la seconde, l'arme au poing. Mais Anthony, qui n'avait pas de côtes fracturées et une plus longue foulée, la rattrapa et franchit d'un bond les barrières disposées pour canaliser le flux des visiteurs. Au rez-de-chaussée, il passa en courant devant les miroirs déformants, franchit le tonneau tournoyant et les escaliers en mouvement, se réjouissant que les agrès soient à l'arrêt et que l'attraction n'ait pas changé depuis l'époque où il était adolescent.

L'escalier était bien là où il le pensait, au fond. Il gravit les marches quatre à quatre. Si rien ne fonctionnait en bas, la lumière noire était allumée à l'étage. Les formes, autour de lui, se découpaient dans l'obscurité ambiante, nimbées d'un éclat fluorescent... y compris l'homme qui, au milieu de la salle, maintenait Winnie.

— Hé ! cria-t-il tout en se ruant sur le type et en l'attrapant par le T-shirt.

Bandant tous ses muscles, il l'écarta sans ménagement de Winnie.

L'homme ne résista pas.

Il paraissait désorienté.

Anthony ne le fut pas moins lorsqu'il entendit Winnie s'écrier :

— Non, arrêtez ! Laissez-le !

La lumière noire s'éteignit comme Winnie actionnait un commutateur dans l'angle de la salle.

— C'est mon ami, dit-elle en désignant l'homme qu'Anthony avait envoyé valser à plusieurs mètres.

Dans l'éclairage redevenu normal, Lily reconnut l'ambulancier qui l'avait accompagnée à l'hôpital quelques jours plus tôt. Colton les regardait, l'air terrifié.

Anthony, encore un peu haletant, contempla Lily.

— Mais on vous a entendue crier !

Winnie tendit le doigt vers l'entrée de la salle.

— J'ai trébuché sur une latte de parquet qui dépassait.

Lily abaissa son arme.

— On est passés chez vous pour voir si tout allait bien, déclara-t-elle. Votre porte d'entrée était ouverte et on a trouvé un mot où il était indiqué « Au Finnigan » dans votre chambre.

Si Winnie s'offusqua de ce qu'ils aient pénétré dans son domicile, elle n'en dit rien. Elle jeta un regard déconcerté à Colton.

— Je discutais au téléphone avec mon collègue du programme de la semaine prochaine et, en parlant, j'ai dû oublier de donner un tour de clé, désolé, expliqua-t-il.

Il se tourna vers Lily.

— Si on claque simplement la porte, parfois le loquet ne s'enclenche pas bien.

— Et le mot ? insista Anthony d'un ton pressant, les poings encore fermés.

Ce fut au tour de Colton d'interroger Winnie du regard.

— Je n'en sais rien, répondit celle-ci à Lily. Je n'ai ni reçu ni écrit aucun mot.

Lily et Ant échangèrent un regard perplexe.

— Alors, que faites-vous tous les deux ici au Finnigan ?

— Après ce qui s'est passé, je voulais remonter le moral de Winnie, déclara Colton. Je savais qu'elle n'aimait pas la foule, donc je me suis dit que j'allais profiter de ce qu'il n'y avait personne pour l'amener ici – c'est son attraction favorite. J'ai glissé un billet au type de l'entrée pour qu'il nous accorde cinq minutes.

— Un billet ? releva Ant. Cent dollars, c'est un gros billet.

— Tu lui as donné cent dollars ? se récria Winnie.

Colton leur répondit à tous les deux par un hochement de tête, un peu penaud.

— Je voulais lui faire plaisir.

Lily rengaina son arme tandis qu'un sourire attendri éclairait le visage de Winnie. C'étaient juste deux amoureux essayant de se raccrocher à quelque chose de joyeux alors qu'ils traversaient un moment difficile.

Lily comprenait cette envie.

Cette impulsion.

Elle jeta un coup d'œil à Anthony, qui avait déjà le regard posé sur elle.

Cette fièvre, ce papillotement dans le ventre revinrent en force.

Lily s'éclaircit la gorge.

Mais un autre raclement de gorge se fit entendre en haut de l'escalier.

En un éclair, Anthony combla l'espace qui le séparait de Lily.

Le nouveau venu, un homme de haute taille, d'allure intimidante, vêtu d'un jean noir, d'une chemise et d'élégants mocassins, s'avança. Ses cheveux châtain clair étaient coiffés en arrière et il tenait Cook au bout de sa laisse.

Lily pressa le coude d'Anthony pour lui signifier de rester calme. Ils avaient déjà dérangé un couple qui ne faisait que se divertir bien innocemment, il aurait été dommage de tomber à bras raccourcis sur un McHale.

— Monsieur McHale, dit Lily.

L'homme la dévisagea, l'air tout aussi surpris qu'Anthony.

Darren McHale n'était pas aussi populaire que son frère aîné et sa belle-sœur, ni, bien entendu, que sa nièce, Annie. Les journaux télévisés, les tabloïds, les théoriciens du complot qui sévissaient en ligne l'oubliaient souvent dans leurs récits. Il était riche, bien sûr, n'avait jamais dépensé son argent de façon aussi ostensible ni charitable que sa famille.

La seule chose notable qu'il ait faite depuis le rapt d'Annie puis le départ de ses parents avait été de venir s'installer dans leur ancienne résidence. La rumeur avait couru qu'il était resté pour le cas où Annie reviendrait afin que son frère et sa belle-sœur puissent s'en aller sans remords pour tenter de se reconstruire en paix ailleurs.

Lily n'était pas sûre que ce soit vrai mais elle éprouvait de la compassion pour cet homme.

Il avait sa propre entreprise de bois de construction, n'était pas marié, était en froid avec son fils et vivait dans une ville qui pleurait sa nièce sans même sembler se rendre compte que lui était toujours là.

Anthony avait dit à Lily qu'elle n'était pas un fantôme.

Mais elle avait l'impression que ce terme s'appliquait tout à fait à Darren.

— Je suis désolé si je vous ai fait peur, je... j'ai entendu crier.

Il montra Cook, qui lui léchait la main.

— J'ai trouvé ce chien au-dehors.

— C'est ma faute, dit Anthony en s'avançant pour prendre la laisse.

Joyeusement, Cook vint se placer près de lui.

— On a cru que Winnie était en danger, donc j'ai lâché la laisse et me suis précipité à l'intérieur.

Le regard de Darren se promena, perplexe, sur les quatre personnes présentes.

— Je suis la détective Howard, du bureau du shérif, et voici Anthony Perez, annonça Lily, un peu honteuse de ne pas s'être présentée. Nous avions des raisons de penser que notre amie Winnie pouvait être en danger, c'est pourquoi nous sommes venus ici.

Avec un petit rire, elle conclut :

— Il s'est avéré que nous avions simplement interrompu un rendez-vous amoureux.

L'homme fronça les sourcils.

Ne connaissant pas bien Darren McHale, elle se demanda s'il trouvait ça drôle ou s'il était sur le point de se fâcher.

Elle opta pour ne pas attendre de le découvrir. Puisqu'il était là, autant en profiter pour l'interroger.

— Mais maintenant que vous êtes ici aussi, je me demandais..., enchaîna-t-elle. Accepteriez-vous de répondre à quelques questions ? Je comptais justement aller vous voir.

L'expression de Darren McHale demeura indéchiffrable. Lily se demanda si elle n'était pas allée trop loin, d'autant qu'elle n'était pas en service. Mais un sourire chaleureux étira les lèvres de l'homme.

— J'ai quelques mesures de précaution à prendre avant que l'orage ne se déclare mais, si vous ne voyez pas d'inconvénient à parler en marchant pendant que je m'en occupe, je vous répondrai volontiers.

Son regard s'arrêta de nouveau sur les uns et les autres.

— Mais je crains que vous ne puissiez pas utiliser cette attraction sans surveillance. C'est une question de sécurité.

Colton fut le premier à obtempérer, sans doute parce qu'il était celui qui avait pris l'initiative d'enfreindre le règlement. Au-dehors, le ciel semblait encore s'être assombri, donnant l'impression qu'il faisait presque déjà nuit.

— Il faut que je me rende d'abord au bureau... Si vous voulez bien, nous parlerons en chemin, reprit Darren à l'adresse de Lily.

L'accent qu'il avait mis sur le mot « vous » ne lui échappa pas. Elle lança un regard à Anthony.

— Je vais raccompagner nos amis, proposa celui-ci en désignant Colton et Winnie. Cook et moi attendrons à la voiture.

Lily le remercia rapidement puis se tourna vers McHale.

— Quand vous voudrez... Je suis prête.

Darren McHale sourit.

Si Lily avait su ce que l'heure suivante allait lui réserver, elle n'aurait jamais lâché la main d'Anthony.

Seulement voilà, elle ne le savait pas.

Et Anthony non plus.

# 20

— Jacob était quelqu'un de bien. Mais c'est toujours comme ça, au début, n'est-ce pas ?

Darren McHale avançait d'un pas vif mais son intonation était tout sauf pleine d'allant. Il avait l'air las d'un homme qui avait connu la tragédie. Un homme qui savait que certains de ses semblables pouvaient se transformer en monstres.

— Je l'avais engagé comme assistant à cause de son souci du détail, de sa motivation et, pour être tout à fait franc, de sa discrétion et de son désintérêt pour les ragots, continua Darren. Comme vous pouvez vous en douter, c'est une qualité que j'en suis venu à trouver très appréciable compte tenu de ce qui est arrivé à ma nièce.

Lily ne s'était pas attendue à ce qu'il mentionne de lui-même Annie McHale. Elle décida de lui montrer qu'elle n'était ici que pour l'affaire qui était en cours.

— Donc, vous n'aviez aucun soupçon le concernant ? souligna-t-elle. Il se comportait normalement ? N'avait pas changé ses habitudes de travail ?

Darren secoua la tête. Ils passèrent devant le manège des soucoupes tournantes sur lequel elle avait bien failli vomir lorsque son père l'y avait emmenée, étant enfant.

— Non, répondit-il. Quand il me paraissait soucieux ou énervé, je mettais ça sur le compte des difficultés que Gwen et lui rencontraient pour avoir un enfant. Lorsque la shérif Bennet est venue me voir hier soir, j'ai dû lui faire répéter trois fois qu'elle était sûre qu'il s'agissait bien de lui.

Intérieurement, Lily ne put s'empêcher de revivre avec une poignante acuité les derniers instants de Jacob.

— C'était bien lui.

Darren ralentit un peu l'allure.

— Je sais ce qui s'est passé quand vous étiez en sa présence, vous m'en voyez sincèrement navré. Ça a dû être dur, surtout après tout ce que vous avez traversé.

Ils tournèrent à hauteur de la grande roue au moment où un coup de tonnerre grondait au loin. La fête foraine était tout illuminée autour d'eux mais, vidée de son personnel et de ses visiteurs, elle ressemblait à une ville fantôme. Une ville fantôme dans laquelle erraient deux âmes en peine.

Lily espéra que la pluie attendrait la fin de son entretien improvisé.

— La semaine dernière a été mouvementée, en effet, concéda-t-elle avec un bref sourire. Mais je suis toujours là et je m'en réjouis.

Darren sourit.

— Je vous comprends. Mais je faisais référence à ce qui est arrivé quand vous étiez adolescente.

Ralentissant le pas, ils s'engagèrent dans un chemin gravillonné qui menait à un bâtiment. Il abritait à la fois le bureau et un entrepôt. C'était la seule structure permanente de la fête foraine qui restât en place à l'année.

Lily lui jeta un regard interrogateur. Elle ne savait que trop bien à quoi il faisait allusion mais elle voulait le lui entendre dire. Depuis qu'elle était adulte, les gens qui évoquaient ce qui s'était passé à l'époque devaient se compter sur les doigts d'une main.

— L'enlèvement de Mlle Ida Perez, confirma-t-il.

Comme Lily continuait à le dévisager, il ajouta d'un air d'excuse :

— Quand le rapt de votre nièce fait la une des journaux nationaux et reste des années après non élucidé, par la force des choses, on s'intéresse aux enlèvements qui se sont produits dans le secteur, expliqua-t-il. Mais, pour être tout à fait franc, je me souviens avoir entendu parler de l'affaire de Mlle Perez au journal télévisé. Le souvenir s'est aussi gravé dans ma mémoire parce que nous nous sommes brouillés avec mon fils Parker quelques semaines plus tard. Il a toujours été hostile à cette ville. Le fait qu'une de ses anciennes camarades de classe ait été enlevée n'a été que le prétexte qu'il cherchait pour partir.

Il ouvrit la porte latérale avec l'une de ses clés. Elle donnait sur l'espace de stockage, assez vaste, rempli de cartons, d'outils et de diverses pièces provenant des manèges et des attractions. Il l'invita de la main à se diriger vers l'autre extrémité de la bâtisse, où se trouvait le bureau.

Lily avait su que son fils et lui n'étaient pas en bons termes mais elle n'avait en revanche jamais connu la raison du départ de Parker.

— Je ne savais pas que votre fils était parti à cause de ce qui est arrivé à Ida.

Darren poussa un petit rire las, désabusé.

— Cela et mon éducation - trop autoritaire, apparemment. C'était sa mère - paix à son âme - qui savait manier la douceur et les paroles réconfortantes. D'après lui, mes talents laissaient grandement à désirer. Cela étant, je ne sais pas si je peux lui reprocher d'avoir quitté Kelby Creek - vous savez comme moi que cette ville prend plus qu'elle ne donne.

Lily ne pouvait pas le contredire sur ce point. Il continua :

— Ida aurait dû avoir une vie bien remplie et heureuse. Tout comme Annie, Kristine et Claudia. Idem pour Jacob et Gwen.

— Claudia ?

Darren ralentit. Ils étaient parvenus au milieu de l'entrepôt. Un autre coup de tonnerre retentit, plus proche cette fois.

— Une jeune femme qui a été enlevée dans le comté voisin à peu près à la même époque que Mlle Perez.

Lily secoua la tête.

— Je ne me rappelle pas avoir entendu parler de ce cas.

Et elle avait beau ne pas être experte dans tous les domaines, elle connaissait par cœur les investigations qui avaient été menées après la disparition d'Ida. Il n'y avait pas eu d'autre rapt dans l'État d'Alabama au cours des deux semaines précédant et suivant celui d'Ida. La seule personne dont la disparition avait été signalée était un enfant enlevé par son père, mais qui avait par la suite été rendu à sa mère. Il n'y avait pas de Claudia, elle en était certaine.

Darren parut fouiller dans sa mémoire.

— Je dois me tromper, dans ce cas, dit-il avant de pousser un soupir. Il est difficile de s'y retrouver avec toutes ces tragédies qui ont frappé Kelby Creek.

En temps normal, Lily lui aurait donné raison, mais sa remarque avait instillé le doute en elle. Un doute tenace qui, sans qu'elle sache pourquoi, l'amena à revenir à Bryant Lautner.

— À propos de tragédies, que savez-vous de Bryant Lautner ? s'enquit-elle. Il a approximativement votre âge et Kelby Creek est si petit... Vous avez dû le connaître ?

Darren secoua la tête.

Ils avaient presque atteint la porte.

— La seule chose dont je me souvienne, c'est qu'il m'avait transmis cette affreuse grippe à l'époque où il s'occupait d'organiser les funérailles de sa mère avec l'aide de ma belle-sœur. Elle était tellement mauvaise que je ne pouvais me retenir de tousser. J'ai été malade comme un chien.

Sans même s'en rendre compte, Lily s'était immobilisée.

Le bouton qu'elle actionnait normalement pour désactiver ses émotions devait avoir été arraché du mur.

Ce n'était pas possible.

Elle n'avait pas dû bien entendre. Il ne pouvait pas être...

Un millier de questions se bousculèrent dans sa tête, mais elle rappela ses souvenirs de la tragédie, dans les bois.

Le son de cette toux.

Après toutes ces années, après tout ce qu'elle avait traversé pour retrouver l'homme des bois...

En était-elle enfin arrivée là... Après tout ce temps ?

Un regard à Darren, un peu en retrait derrière elle, et l'émotion que devait trahir son visage suffit à le stopper net.

Dès lors, elle sut.

Et il comprit qu'elle savait.

L'espace d'un instant, ils se dévisagèrent en silence.

La seconde suivante, Darren exhala un profond soupir.

— Vous savez, je me suis toujours demandé si vous m'aviez entendu tousser cette nuit-là, dit-il en haussant légèrement les épaules. Je crois que j'ai désormais la réponse.

Lily saisit son pistolet et tira au moment précis où Darren s'écartait de sa trajectoire.

Il poussa un cri de douleur comme la balle lui éraflait le bras, mais cela ne l'empêcha pas de se ruer vers elle.

L'adrénaline n'avait pas encore envahi son organisme et anesthésié la douleur dans sa cage thoracique. Elle s'efforça de parer le choc de son corps percutant le sien en pivotant vers la droite mais elle ne réussit qu'à l'amortir de son côté gauche au lieu de le recevoir de plein fouet.

Ils tombèrent tous les deux.

L'air fut brutalement expulsé de ses poumons mais Darren n'était guère plus fringant. Le sang de sa blessure au bras goutta sur Lily tandis qu'elle s'escrimait à pointer le canon de son arme sur lui. Darren, au-dessus d'elle, se démenait lui aussi comme un beau diable pour la maîtriser. D'une main, il finit par réussir à plaquer violemment son poignet droit contre le sol. Sentant l'arme lui échapper, elle l'envoya glisser loin sur le sol, hors de portée de Darren, puis, relevant vivement le genou, elle lui en assena un coup dans l'entrejambe.

Darren poussa un cri et Lily le repoussa sans ménagement.

À la seconde où elle fut débarrassée du poids de son corps, elle rampa en direction de son arme.

Elle l'empoigna, s'imaginant déjà lui tirant une balle dans la jambe pour le neutraliser, lorsque la voix de Darren l'immobilisa, prononçant la seule phrase qui pouvait l'arrêter.

— Posez cette arme sinon elle mourra !

Lily se retourna, le doigt figé sur la détente.

— Qui ? aboya-t-elle, la voix rauque.

L'impact avec le sol avait été plus rude qu'elle ne l'avait cru.

Les mains en l'air, Darren soutenait son regard et ce fut d'une voix beaucoup trop assurée qu'il répondit :

— Kristine Cho. Elle est dans un coffre, quelque part dans cette ville, en train de suffoquer, à cause de vous, parce que vous avez eu la mauvaise idée de venir fouiner ici. De me retenir.

— Je ne vous crois pas.

Darren désigna la porte vers laquelle ils s'étaient dirigés. Une pelle était calée contre le mur, à côté.

— Je m'apprêtais à aller la chercher étant donné qu'elle est enfermée dans ce coffre depuis hier soir. Bryant était censé la récupérer mais il ne s'est pas montré.

Lily avait plusieurs décisions à prendre, la première étant de déterminer si elle devait ou non le croire.

— Pourquoi ?

— Parce que c'est là qu'on les garde le temps qu'on les déplace.

L'estomac de Lily se noua.

— *Les* ?

— Les filles, lança-t-il. Et *celle-là* va mourir si vous ne lâchez pas votre arme.

Lily hésita, mais un instant seulement.

Elle n'avait pas le choix.

— Où est-elle ?

— Posez ce pistolet et votre téléphone si vous voulez le savoir. S'il lui reste encore un peu d'oxygène, vous pouvez la sauver.

Lily prit conscience que la vie de Kristine – et la sienne – dépendaient de sa décision.

Devait-elle arrêter Darren McHale ou le laisser utiliser son argent pour disparaître ?

Lily choisit Kristine, espérant qu'il n'avait pas menti.

Mais elle n'allait pas pour autant capituler totalement.

Retirant le chargeur de son arme, elle le glissa dans sa poche avant de pousser le pistolet sur le sol en direction de la porte par laquelle ils étaient entrés. Le téléphone suivit.

Puis elle dirigea sa fureur contre Darren McHale.

— Maintenant, dites-moi où elle est !

Si l'urgence n'avait pas été si grande, elle aurait peut-être fondu droit sur lui pour le frapper en voyant son petit sourire.

— Au dernier endroit où Anthony Perez et vous auriez pensé à aller regarder.

Un flot d'adrénaline submergea ses veines.

Elle savait où se trouvait Kristine.

Et Darren le comprit.

— Si j'étais vous, je me dépêcherais, commenta-t-il.

Se précipitant vers la porte, elle empoigna la pelle et sortit. Elle courut jusqu'à la barrière, l'ouvrit et s'élança à travers bois avec une terrifiante impression de déjà-vu.

Anthony regarda Colton et Winnie s'éloigner en voiture non sans leur avoir renouvelé ses excuses et avoir sermonné l'ambulancier pour n'avoir pas vérifié que la porte de sa petite amie était bien verrouillée.

Après quoi il s'adossa à la voiture de Lily, Cook assis à ses pieds.

Il repensait à ce qu'elle avait dit concernant le fait que Jacob ne pouvait pas être le petit ami secret de Kristine lorsqu'il entendit le coup de feu.

Cook aboya et s'élança à la suite d'Anthony.

— Appelez la police ! tonna-t-il à l'adresse du garçon de la billetterie en passant devant le guichet.

Anthony traversa l'allée centrale à fond de train, Cook sur ses talons, fonçant vers le bâtiment qui abritait le bureau, tout au fond. Il n'entendait plus rien hormis le halètement de Cook derrière lui.

Était-ce bon ou mauvais signe ?

Trouvant la porte ouverte, il s'engouffra à l'intérieur.

— Lily !

L'écho de sa voix résonna dans l'entrepôt.

Il stoppa net dans son élan en voyant le pistolet et le téléphone de Lily par terre.

Ant ramassa l'arme et reporta son attention sur la porte ouverte, à l'autre extrémité du local. Il y vit des traces de sang.

Sans perdre une seconde, il s'élança de nouveau.

C'était le bureau. Il balaya la pièce du regard et avisa une porte arrière dont la poignée était, elle aussi, tachée de sang.

Traversant la pièce comme une fusée, Anthony la franchit juste à temps pour voir une silhouette masculine disparaître au loin dans la pénombre.

Darren McHale.

Armé d'un fusil.

Si Lily se savait poursuivie alors qu'elle n'avait pas son arme, c'était forcément pour se diriger vers un endroit qu'elle connaissait mieux que son adversaire.

Anthony continua sa course, maintenant précédé de Cook qui n'était plus qu'à trois ou quatre mètres de Darren. Si le chien lui sautait dessus, Anthony pourrait sauver Lily.

À ceci près que l'arme qu'il avait en main n'avait pas de chargeur.

Mais il pourrait toujours s'en servir comme d'un objet contondant. Et, dans le pire des cas, il lui restait ses poings.

Un roulement de tonnerre retentit au-dessus de sa tête.

Anthony voyait à peine son chemin à travers les arbres mais il ne ralentit pas l'allure pour autant.

Sa maison d'enfance était située de l'autre côté de ces bois et, entre l'endroit où il était et cette maison, il y avait la rivière. Lily devait se trouver quelque part entre la rivière et lui, désarmée et peut-être blessée.

Un sentiment d'impuissance presque irrépressible l'assaillit.

La dernière fois qu'il était venu dans ces bois, il y avait perdu un être cher.

Une boule lui noua la gorge.

Il ne laisserait pas l'histoire se répéter.

# 21

La pluie se mit à tomber juste au moment où Lily percevait au loin le clapotement de la rivière.

Darren McHale l'avait laissée partir alors qu'elle connaissait son secret.

Il ne faisait aucun doute qu'il était à ses trousses, bien décidé à faire en sorte que ce secret reste à jamais enfoui dans ces bois.

Mais Lily avait cru ce qu'il avait dit concernant Kristine si bien qu'elle avait fait la seule chose qu'elle pouvait faire compte tenu de la situation : elle avait couru du plus vite qu'elle le pouvait afin de le distancer puis s'était cachée derrière un tronc d'arbre.

Il fallait qu'elle sache s'il était armé.

Elle avait donc retenu son souffle, attendant qu'il soit assez proche pour pouvoir le prendre par surprise.

Lorsqu'elle entendit son pas, Lily se prépara. Se ramassant sur elle-même, elle jaillit hors de sa cachette, courbée en deux, et abattit la pelle comme s'il s'était agi d'une batte de base-ball et que tout le stade la regardait.

Elle avait visé en plein dans le mille.

La partie métallique de la pelle percuta Darren au niveau des jambes. Sous l'effet du recul, Lily se retrouva catapultée en arrière et atterrit sur son postérieur mais Darren, dans un cri de douleur, tomba à la renverse.

Elle vit le fusil lui échapper des mains. Elle avait vu juste, concernant l'arme.

Lily se releva, assurant sa prise sur le manche de la pelle, tandis que Darren roulait dans la terre pour tenter de récupérer son fusil.

Il avait la main dessus quand Lily, plus rapide, balança sa pelle comme un club de golf. Le coup atteignit Darren sous le menton avec un déplaisant bruit sourd.

Il lâcha le fusil et tout son corps s'amollit. Il s'affaissa sur le sol, inconscient.

Lily le contempla, sa poitrine se soulevant et s'abaissant rapidement. Avec l'afflux d'adrénaline, son cœur battait si fort qu'il lui sembla qu'il allait bondir hors de sa cage thoracique.

Une main sur ses côtes, elle se pencha pour ramasser l'arme et s'éloigna en courant, la pelle et le fusil à la main.

Le son de la rivière se fit plus fort.

Les arbres commencèrent à s'espacer.

La clairière…

Lily ralentit le pas un instant.

Elle se trouvait précisément là où Darren s'était trouvé quatorze ans plus tôt. Elle tourna la tête vers l'eau.

Là où était Anthony.

Puis elle parcourut du regard l'autre rive du cours d'eau.

Là où *elle* s'était tenue quand elle avait dû décider entre se porter à son secours ou tenter de rattraper Ida.

Oui… Elle avait été debout là, au bord de cette rivière, dans ces mêmes bois.

Avec une saisissante clarté, elle s'avisa d'un coup que, pendant toutes ces années, elle n'avait jamais quitté ces bois. Pas vraiment.

Elle était restée piégée là, dans cet endroit reculé de Kelby Creek, depuis ses dix-sept ans.

Anthony avait tort.

Elle était bien un fantôme… Le fantôme qui hantait ces lieux.

*Tu connais cet endroit comme ta poche. Tu sais reconnaître ce qu'il a de différent.*

Lily s'accorda une seconde pour reprendre son souffle.

Elle examina de nouveau, plus attentivement, les alentours :

la surface de l'eau, les arbres qu'avaient éclairés les rayons des torches des forces de l'ordre quand ils avaient couru les prévenir.

Lily se figea.

L'un des arbres avait disparu – celui dont le tronc présentait un nœud plus gros que sa main.

La terre, à l'endroit où il s'était trouvé, semblait avoir été remuée.

Lily entra dans l'eau. Elle laissa tomber le fusil par terre lorsqu'elle atteignit l'emplacement où s'était dressé l'arbre et enfonça résolument la pelle dans la terre meuble. Au deuxième coup, l'outil heurta quelque chose de dur.

Au même moment, un bruit, derrière elle, lui fit faire volte-face.

— Lily !

Anthony pénétra dans l'eau et traversa rapidement la rivière, Cook derrière lui.

Elle en aurait pleuré de soulagement…

Mais le temps pressait. Elle planta de nouveau la pelle dans le sol.

— Kristine est ici !

Anthony n'eut pas besoin d'explications supplémentaires. Il lui prit l'outil des mains et se mit au travail. Les pelletées de terre se mirent à voler par-dessus son épaule et Lily tomba à genoux pour l'aider à creuser de ses mains nues.

— C'était Darren, dit-elle, haletante, des larmes de rage, de fatigue et de douleur lui brûlant les yeux. C'était lui, Anthony, ce soir-là. C'est lui qui a enlevé Ida.

Il ne s'arrêta pas et continua à creuser frénétiquement.

Bientôt, le dessus du coffre fut totalement découvert. Anthony s'attela alors à dégager les côtés, comme ils l'avaient fait le soir même de son retour en ville.

Cette fois, cependant, ils n'entendirent pas d'enregistrement d'Annie McHale.

Mais l'écho d'une voix leur parvint.

Faible et lointain.

La voix de Kristine.

Comme Lily l'encourageait, l'exhortant à tenir bon, elle entendit un bruit d'éclaboussement derrière eux.

Anthony cria pour la mettre en garde mais trop tard.

Darren fonça sur elle.

Anthony réussit à écarter à temps Lily de sa trajectoire mais elle se reprocha amèrement de ne pas avoir conservé le fusil en main.

La terreur s'empara de nouveau d'elle lorsqu'elle vit Darren se pencher pour le récupérer.

Ant réagit avec plus de promptitude. Comme il l'avait fait à l'atelier de Bryant Lautner, il entraîna Lily vers les arbres.

Jetant un coup d'œil par-dessus son épaule, elle vit Darren armer le fusil.

Anthony la plaqua contre lui derrière un arbre. Les balles ricochèrent contre le tronc, de l'autre côté. Il lui glissa quelque chose dans la main… Son pistolet.

Heureusement, si elle avait commis l'erreur de poser le fusil, elle avait eu la présence d'esprit de conserver son chargeur.

Darren fit feu de nouveau. Anthony la protégea de son corps le temps qu'elle charge son pistolet puis, d'un mouvement fluide, il s'écarta pour qu'elle puisse se déporter sur le côté et viser leur adversaire.

Elle risqua un coup d'œil.

Darren avait dû entendre le cliquetis du chargeur se mettant en place dans le pistolet et juger préférable de se cacher car elle ne le voyait plus.

Il lui sembla entrevoir un infime mouvement entre les arbres. Sans hésiter, elle fit feu.

Un hurlement de douleur retentit et elle aperçut Darren qui s'enfuyait en se tenant la jambe. Elle l'avait blessé. Il retraversait la rivière. Lily visa de nouveau mais manqua sa cible dans la pénombre.

Anthony l'attira à lui. Elle plongea son regard dans le sien.

D'un seul coup, le monde parut rajeunir de quatorze ans.

Ses cheveux sombres et mouillés étaient plaqués contre son

visage, son regard était à l'instar du ciel, orageux, sauvage. Il était déterminé.

Cette fois, c'était lui qui se retrouvait à la place de Lily.

La Lily de dix-sept ans, terrifiée, avec ses cheveux longs emmêlés, ruisselants de pluie.

À un carrefour.

Deux options, une décision à prendre qui pouvait tout changer.

Il pouvait sauver la personne qui avait besoin de l'être ou s'élancer à la poursuite du ravisseur d'Ida.

En cet instant, Lily sut qu'Anthony avait eu raison, entre les draps, chez elle.

— Il n'y a pas à choisir, affirma-t-elle. Sauve celle que tu peux sauver.

Comme Anthony se saisissait de nouveau de la pelle, Lily pivota sur elle-même. Il n'essaya pas de l'en empêcher.

Faisant fi de la douleur, elle s'élança, retraversa la rivière. Darren ne s'était pas attendu à ce qu'elle lui tienne tête et lutte pied à pied, encore moins à ce qu'elle le prenne en chasse à son tour. Cela devint évident lorsqu'elle le vit hésiter puis dévier sa course et détaler en direction de la fête foraine.

Il n'avait pas de plan.

Et il visait terriblement mal.

Entendant ses pas derrière lui, il fit volte-face et tira une première fois, sur la droite de Lily – le projectile alla se perdre dans les bois, à plusieurs mètres d'elle – puis une deuxième.

Lily s'écarta de sa ligne de tir pour se mettre à couvert derrière un arbre mais elle ne resta pas longtemps immobile. S'inclinant sur le côté, elle prit appui contre le tronc et fit feu.

Darren poussa un hurlement et s'écroula.

En un éclair, Lily fut sur lui. Elle ramassa le fusil et braqua les deux armes sur lui.

Affalé sur le flanc, il semblait mal en point.

Leurs regards se rencontrèrent. Il émit un ricanement qui s'acheva en quinte de toux.

— Ils… Ils ne vous croiront jamais. Je suis… un McHale.

Elle secoua la tête, sourde à ses arguments.

— Si vous nous avez échappé il y a quatorze ans, c'est parce que nous étions des gamins. Ce n'est plus le cas aujourd'hui, assena-t-elle en rengainant son pistolet et en abaissant le canon du fusil contre la tempe de Darren.

Il soutint son regard pendant quelques secondes puis son regard se fit vitreux et il perdit connaissance. Il n'était pas près de se relever, cette fois.

Elle repartit au pas de course dans le sens inverse.

La pelle était posée à côté d'Anthony, ainsi qu'une partie du coffre. Il s'efforçait d'extraire une jeune femme du reste de la boîte éventrée. Lily se laissa tomber à genoux à côté de lui pour l'aider.

Lorsqu'ils l'eurent sortie de ce qui avait bien failli devenir son tombeau, les yeux de la jeune femme s'arrêtèrent sur Lily.

— Bonjour, Kris, nous avons remué ciel et terre pour vous retrouver.

— Et vous y êtes arrivés… Dieu merci.

Lily tendit le bras et pressa l'épaule d'Anthony, avec une certaine insistance.

Tournant la tête, il croisa son regard et elle sut qu'il avait compris.

Il poussa un long soupir.

Et le fantôme qui avait hanté les bois trouva enfin la délivrance.

## *Deux jours plus tard*

La fête foraine était partie.

Mais les médias, eux, étaient toujours là.

Darren McHale, membre de la famille la plus révérée de Kelby Creek, s'était révélé être le mouton noir de la famille.

Le diable en habit de velours. Le méchant que personne n'avait vu venir. Un monstre.

Personne ne savait encore quel avait été l'objectif de Darren mais, de son propre aveu, c'était bien lui qui avait enlevé Ida.

Enfin, l'homme des bois avait un nom et un visage.

Et maintenant qu'il était entre les mains des autorités, Anthony voulait des réponses.

Seulement, il lui fallait encore patienter.

D'une part, Darren avait dû subir plusieurs opérations. Il avait un genou en miettes et la mâchoire brisée, grâce à la précision des tirs de Lily, chose dont Anthony était immensément fier.

Lily elle-même en avait conçu une légitime satisfaction.

Lorsqu'ils s'étaient retrouvés au lit, seuls tous les deux, ce soir-là, elle lui avait confié qu'elle avait l'impression d'avoir enfin exercé sa vengeance.

Il en avait convenu, parce que c'était vrai.

Mais une part de lui pleurait toujours Ida.

Qu'était-il arrivé à sa sœur ?

La question demeurait pour l'heure sans réponse.

D'autre part, ils durent attendre vingt-quatre heures que Kristine soit suffisamment remise. Elle avait été déshydratée et proche de l'asphyxie et, d'après les médecins, il s'en était fallu de peu – peut-être même de quelques minutes seulement – qu'elle ne succombe. Quand elle demanda à les recevoir, ce fut avec émotion qu'elle saisit leurs mains et les pressa longuement entre les siennes, pleine de gratitude. Ils restèrent ainsi un long moment puis Lily et Ant prirent congé pour qu'elle puisse se reposer.

Ensuite, Anthony enfila un jean et une chemise, aida Lily, dont les côtes étaient encore endolories, à s'habiller elle aussi, et ils prirent la direction du bureau du shérif pour obtenir des éclaircissements sur tout ce qui s'était produit. Personne ne parut s'offusquer de la présence de Cook lorsqu'ils arrivèrent.

Le chien se coucha entre eux dans la salle de réunion. Ce fut le détective Gray qui vint s'installer face à eux.

— Désolé, nous sommes restés un peu silencieux de notre côté ces dernières vingt-quatre heures, déclara-t-il en guise d'entrée en matière. Nous avons fait quelques découvertes mais assembler les pièces du puzzle a demandé un peu de temps.

Lily se contenta d'attendre la suite mais Anthony formula à haute voix leurs interrogations :

— Est-ce que ça signifie qu'on connaît maintenant les tenants et les aboutissants de cette histoire ?

Kenneth hocha la tête.

— Grâce à vous deux, au fait que Bryant a conclu un accord pour parler, à ce que nous ont appris Kristine Cho et quelques autres sources...

Il se référa à ses notes avant de poursuivre :

— Bryant et Darren se sont liés d'amitié il y a quatorze ans au moment où la femme de Darren venait de mourir du cancer. La mère de Bryant luttait elle aussi contre la maladie et n'avait plus de quoi poursuivre le traitement. Lorsqu'il a pris contact avec Darren pour lui emprunter la somme manquante, celui-ci a avoué qu'il ne vivait pas sur le même pied que son frère. Ils se sont donc alliés pour solliciter de l'argent auprès des parents d'Annie, qu'ils se sont vu refuser. La mère de Bryant est morte peu après mais l'amitié des deux hommes a perduré et, au lieu de passer à autre chose, ils se sont mis à remâcher leur colère. Leur amertume. D'après Bryant, Darren, qui imputait tous ses ennuis au fait qu'il n'avait pas assez d'argent, s'était adressé à son frère. Celui-ci avait mis la main à la poche pour l'aider à lancer sa propre affaire mais Darren avait tout dilapidé si bien que, quand il est venu réclamer davantage, il s'est vu opposer une fin de non-recevoir ferme et définitive. Bryant et lui ont alors rencontré un homme qui leur a suggéré un moyen de gagner énormément d'argent...

Kenneth arrêta brièvement son regard sur Anthony, ce qui lui donna à penser que la suite n'allait pas être pour lui plaire.

Sous la table, la main de Lily vint étreindre la sienne.

— Ils se sont mis au trafic d'êtres humains tout en s'abritant derrière le très respecté nom de McHale pour plus de discrétion, continua Kenneth. Nous ne savons pas encore s'ils ont réussi ou non dans leur entreprise criminelle mais ils semblent avoir suspendu leur activité pendant plusieurs années… Nous pensons savoir pourquoi.

Kenneth fit glisser une photo sur la table dans leur direction.

C'était une photo de vœux de fin d'année de la famille McHale. Anthony reconnut certains d'entre eux mais pas le jeune homme que Kenneth pointa du doigt.

— C'est Parker McHale, expliqua-t-il.

— Le fils de Darren ? s'enquit Lily.

Kenneth hocha la tête.

— Il a quitté le domicile familial quand il était jeune et est resté dans l'ombre depuis. Le seul moment où il ait refait surface, c'est quand le FBI a enquêté sur la famille après la disparition d'Annie. À l'époque, il vivait dans un ranch, dans le Tennessee, avec sa compagne et leur enfant. Après cela, ils ont de nouveau déménagé et disparu de la circulation. Nous attendons de pouvoir lui parler.

— Mais qu'est-ce que tout cela a à voir avec Ida ? ne put s'empêcher de demander Anthony. Et avec Kristine ? Était-il de mèche avec son père ?

Kenneth secoua la tête.

— Non. On a toutes les raisons de penser qu'il a fui la ville *justement* parce qu'il savait ce dont son père était capable.

Kenneth remua sur son siège et Anthony décela un changement dans son attitude. Le détective le regarda bien en face, l'air résolu et solennel.

— D'après ce qu'on a découvert, Ida et Parker sortaient secrètement ensemble à l'époque où elle a été enlevée et la raison de sa disparition serait qu'elle aurait entendu Darren et Bryant parler d'un nouvel enlèvement. Ils l'ont appris et, avant qu'elle ait pu s'en ouvrir à qui que ce soit, ils l'ont enlevée.

Anthony secoua la tête. Il n'arrivait pas à se focaliser sur la relation secrète de sa sœur parce que cette conversation le ramenait irrémédiablement à ce soir fatal où sa sœur avait disparu.

— C'est pour ça qu'elle était tellement contrariée, dit-il,

réfléchissant à haute voix. Elle est rentrée à la maison dans tous ses états et j'ai essayé de savoir ce qui n'allait pas. Mais elle ne me l'a jamais dit puisqu'elle a été enlevée peu après.

Kenneth hocha la tête.

— Bryant a dit que Darren avait paniqué et l'avait enlevée.

Anthony vit rouge.

— A-t-il dit ce qu'il lui avait fait ?

— Non.

À ce stade, il faillit se lever et sortir pour hurler. Ce fut la main de Lily, agrippant toujours fermement la sienne, qui le retint.

Ida n'était pas la seule concernée.

Kenneth parut se rendre compte que c'était le moment d'en arriver à la conclusion de son récit.

— Après l'enlèvement d'Ida, ils ont terminé ce qu'ils avaient prévu, à savoir s'emparer de Claudia Rikton. Elle était considérée comme étant en fugue à l'époque mais le FBI s'intéresse actuellement à l'une des personnes dont le nom a été cité par Bryant et à qui, selon lui, Darren et Bryant l'auraient vendue. Après Claudia, ils ont mis fin à ce trafic qui leur avait rapporté une coquette somme. Mais si substantiels qu'aient été ces revenus, ils se sont amenuisés au fil du temps jusqu'à ce que, récemment, il n'en reste rien. Alors, ils ont recommencé mais en essayant de s'y prendre différemment pour transporter les femmes.

— En les enfermant dans des coffres ? devina Lily.

Kenneth acquiesça.

— Ils en ont placé à divers endroits, avec des enregistreurs à l'intérieur, afin de tester la méthode et de s'assurer qu'ils pouvaient ensuite les en sortir sans éveiller les soupçons, même si les femmes se mettaient à crier et appeler à l'aide. C'était la mission qu'ils avaient confiée à Arturo et c'était ce qu'il était en train de faire quand vous l'avez interrompu tous les deux.

— Donc, le laboratoire et la soi-disant liaison de Jacob et Kristine, c'était juste un paravent ? Un écran de fumée pour masquer leur trafic ?

Kenneth, de nouveau, répondit par l'affirmative.

— Arturo n'était pas censé se faire surprendre en pleine action. Donc, quand c'est arrivé, toujours d'après Bryant, Darren est entré dans une colère noire et l'a menacé de mort s'il ne trouvait pas le moyen de régler le problème. Apparemment, ni l'un ni l'autre des deux associés n'avaient envisagé votre intervention. Comme nous avons eu quelques laboratoires clandestins dans le secteur, Bryant a pensé à faire passer l'atelier pour l'un d'entre eux afin que, quand tout brûlerait, tout le monde en concluerait que c'était encore un laboratoire de meth qui avait explosé sans chercher plus loin. Ils n'avaient pas non plus prévu que Kristine commencerait à nourrir des soupçons à l'encontre de son amant secret.

Darren McHale.

Cela avait été un vrai choc lorsque Kris avait reconnu que c'était bien l'homme avec qui elle était sortie. Et Jacob Anderson avait endossé la responsabilité à sa place, allant même jusqu'à semer des indices pour s'auto-incriminer.

— Kristine a affronté Darren après s'être aperçue qu'il avait menti concernant l'endroit où il se trouvait au moment de l'explosion et il a décidé de se servir d'elle comme d'un premier cobaye pour mettre leur nouvelle méthode à l'épreuve, poursuivit Kenneth. Comme vous étiez tous les deux de retour en ville, il a utilisé à dessein l'emplacement qu'il avait créé là-bas.

Écœurée, Lily souligna :

— Parce qu'il s'est dit que ce serait le dernier endroit où nous irions chercher.

Anthony marmonna quelque chose dans sa barbe, s'efforçant de dompter la colère qu'il sentait croître en lui.

— Et Jacob ? enchaîna Lily. Pourquoi a-t-il accepté d'être le bouc émissaire ?

— Il est tombé sur Bryant en train de copier les enregistrements à partir de l'ordinateur de Darren un jour, au travail. Séance tenante, il est allé informer son patron que Bryant fouillait sur son ordinateur, pensant bien faire.

— « Je ne savais pas qu'il avait un partenaire », récita Lily. C'est ce que répétait Jacob. Mais ce n'était pas à Arturo et Bryant qu'il faisait allusion, comme je l'ai cru. Il parlait de Bryant et Darren.

— Bryant prétend que Darren et Jacob se sont entretenus longuement mais qu'il ne sait pas comment son associé a pu forcer Jacob à accepter de porter le chapeau. Il pense que ça devait être quelque chose en rapport avec sa femme, Gwen. Que ça a dû lui faire suffisamment peur pour qu'il se soumette totalement à la volonté de Darren.

— Ce devait être une menace terrifiante, en effet, pour qu'il accepte de payer de sa vie, ajouta Anthony. Une menace qu'il jugeait Darren capable de mettre à exécution s'il ne se conformait pas à ses ordres.

— On essaie de trouver ce que c'est mais seuls Darren et Jacob le savaient. Le nom McHale a beaucoup de poids dans cette ville. Un poids qui, visiblement, n'a pas toujours été utilisé qu'à des fins vertueuses.

Sur ce pénible constat, tous se turent.

Au bout d'un moment, Lily rompit le silence :

— Et puis il y a aussi la question de savoir pourquoi Darren possédait un enregistrement aussi clair de la vidéo d'Annie sur son ordinateur…

— Ce point aussi reste à éclaircir. On est en train de faire des recherches mais ça va prendre un peu de temps.

Lily hocha la tête, imitée par Anthony.

— Donc, ça répond à presque toutes mes questions… sauf une.

— Laquelle ?

— Comment en avez-vous appris autant sur Parker McHale alors que vous n'avez pas encore pu lui parler ?

Kenneth ne répondit pas tout de suite. Il se leva et Anthony crut voir se dessiner un infime sourire sur ses lèvres.

— Parce que sa compagne et leur enfant se sont manifestés sitôt que la nouvelle de l'arrestation de Darren s'est répandue.

Kenneth ouvrit la porte et s'effaça.

Un préadolescent fit son entrée, grand, les cheveux bruns. Anthony le regarda. Il lui rappelait quelqu'un mais il n'arrivait pas à mettre le doigt dessus.

Puis sa mère apparut à son tour et Anthony comprit.

Ida était plus âgée mais, à la seconde où elle prononça son nom, il revit devant lui la jeune Ida de seize ans qui lui avait tant manqué pendant quatorze ans.

# Épilogue

*Six mois plus tard*

— Écoutez, je sais que c'est un peu prématuré mais on peut, je pense, aller jeter un coup d'œil à quelques robes demain ?

Au regard de Winnie, Lily sut que la question n'était que de pure forme et que celle-ci avait déjà prévu leur tournée des magasins. L'expression de Colton, à côté d'elle, lui confirma que tenter d'aller contre la volonté de sa petite amie était une cause perdue d'avance. Elle s'efforça néanmoins de lui faire entendre raison.

— Winnie, on fait la fête pour célébrer mes fiançailles aujourd'hui... des fiançailles qui datent d'avant-hier. On devrait peut-être décaler cette sortie shopping pour ma robe de mariée, disons... d'au moins une semaine ?

Avec un claquement de langue exaspéré, Winnie éleva les deux mains en l'air et se tourna vers Kristine, à l'autre bout du porche décoré, en secouant la tête.

Le désappointement de Kris fut à la hauteur du sien, ce qui amusa son petit ami.

— Très bien, je vous laisse souffler, concéda de mauvaise grâce Winnie avant de baisser le ton. Mais, autant vous prévenir, je ne vais pas être la seule à vous mettre la pression ce soir.

D'un mouvement du menton peu discret, elle indiqua l'extrémité du patio.

— Ces deux-là non plus ne vont pas vous lâcher.

Lily suivit son regard et s'avisa que Kristine n'était pas la seule à l'observer. Ida et Juliet en faisaient autant, mais de façon moins ostensible.

Le frère aîné d'Ida, lui, ne s'embarrassa pas de tant de précautions. Il intervint au beau milieu de la conversation en soulevant Lily et en la faisant tournoyer dans ses bras tout en l'embrassant.

Lorsque les pieds de Lily touchèrent de nouveau terre, il la prit par la main, les excusant tous les deux.

— Elles te harcèlent déjà à propos du mariage, c'est ça ? demanda-t-il en riant.

— Oui... Elles veulent qu'on aille chercher ma robe de mariée demain, mais j'ai du travail, moi !

— Tu ne peux pas leur en vouloir. Après le mariage que tu as organisé pour Ida et Parker, tout le monde veut te rendre la pareille.

Même au bout de six mois, la façon dont Anthony prononçait le nom d'Ida l'attendrissait toujours autant. Il y mettait tant d'amour et de gratitude... Savoir que le ravisseur de sa sœur purgeait désormais une peine de prison à vie n'était rien en comparaison du bonheur de la voir bien vivante et heureuse.

Même s'il leur avait fallu un peu de temps à tous les deux...

En vérité, Anthony avait été bouleversé de revoir sa sœur après quatorze ans d'effroyable incertitude – tout particulièrement lorsqu'il avait découvert qu'Ida s'était évadée le lendemain de son rapt.

— J'étais à Huntsville, dans un coffre, et, tout à coup, Parker est arrivé, leur avait-elle expliqué. Il avait trouvé où était le partenaire de son père et il a réussi à me délivrer. On s'est cachés, le temps de s'assurer qu'on avait suffisamment de preuves contre Darren pour le faire tomber. Mais c'est alors qu'on a découvert que j'étais enceinte de Beau et... enfin... Parker savait tout de la corruption qui, déjà, gangrenait la ville. Donc, on a décidé de rester cachés pendant quelque temps.

Ida s'était mise à pleurer en regardant Anthony.

— J'ai failli te faire signe une douzaine de fois, au moins, mais j'avais tellement peur qu'ils s'en prennent à Beau... Et puis, tu as déménagé et j'ai été à deux doigts de reprendre contact avec toi à ce moment-là mais il y a eu la Tempête et on ne savait vraiment plus à qui on pouvait se fier, alors...

Parvenue à ce stade de son récit, Ida avait éclaté en sanglots.

— Et puis, on a entendu au journal télévisé que Darren avait été arrêté... Au fond de moi, j'ai tout de suite su que tu n'y étais pas étranger.

Dans l'obscurité de leur chambre, Anthony avait avoué un soir à Lily qu'il aurait, lui, cherché une autre solution mais qu'il ne pouvait pas en vouloir à Ida et Parker d'avoir agi comme ils l'avaient fait.

— Étant donné le poids du nom McHale à Kelby Creek, avait-il déclaré, paraphrasant presque Kenneth, ils devaient être morts de peur.

Il n'avait pas tort. La réapparition de Parker et l'arrestation de son père avaient de nouveau braqué les projecteurs sur les McHale et, pour la première fois, pas en tant que victimes.

Cela soulevait une myriade de nouvelles questions auxquelles il faudrait apporter des réponses.

Mais, pour l'heure, Lily voulait vivre pleinement ce moment avec l'homme qu'elle aimait et qui l'aimait assez pour la demander en mariage. C'était arrivé tard, un soir, alors qu'ils « faisaient de la sorcellerie » sur son lit.

— Ferme les yeux, avait-il dit. Maintenant, déplace le pouvoir du centre de ton corps vers tes mains – puisque chacun sait que ta tête n'en a pas besoin.

Lily avait pouffé de rire mais s'était exécutée.

— Je me méfierais si j'étais toi, l'avait-elle taquiné. Si mes mains deviennent trop puissantes, elles pourraient bien réduire ta jolie bouche au silence.

— Tu as raison. Mieux vaut ne pas leur insuffler trop de pouvoir, mm ? Mais peut-être que ceci...

Et elle avait senti le matelas onduler puis la bague glisser le long de son annulaire.

De surprise, elle avait ouvert les yeux mais il lui avait ordonné de rester étendue sur le lit.

— Maintenant, toujours les yeux fermés, nous allons pouvoir prendre certaines décisions, avait-il déclaré, répétant les mots qu'il avait prononcés lorsqu'il lui avait fait découvrir l'exercice.

Elle n'avait rien dit sur le moment mais… en réalité, il n'y avait jamais eu de décision à prendre.

Ç'avait *toujours* été Anthony.

Aujourd'hui, entourés de tous leurs proches, ils célébraient leur retour à la vie – la *vraie* vie – après quatorze ans de pause.

— Tu sais, une fois que maman aura fini de se réinstaller au bout de la rue et que tes parents seront rentrés ici – sans parler d'Ida, Parker et Beau qui vont, eux aussi, venir vivre dans le voisinage, ni de Kristine et Winnie, nous n'allons probablement jamais plus avoir un moment à nous, souligna Anthony avant de l'enlacer et de l'embrasser dans le cou.

Leurs regards se portèrent sur l'assistance, composée de membres de leurs familles, d'amis et de collègues.

Lily se laissa aller contre lui avec bonheur.

Avant le retour d'Anthony dans sa ville natale, elle aurait détesté cette idée.

Mais, aujourd'hui, tout était différent.

Elle n'avait plus envie d'être seule.

— Ça me va.

BARB HAN

# Prisonnière de la peur

*Traduction française de*
CAROLE PAUWELS

BLACK ROSE

HARLEQUIN

# 1

Tout commença par un mauvais pressentiment.

Le genre qui vous pèse sur la poitrine, et fait courir un frisson le long de votre colonne vertébrale.

Certaines personnes appellent ça de l'intuition. D'autres le décrivent comme un sixième sens, l'avertissement d'un danger imminent.

Plus tard, Payton Reinert se demanderait pourquoi elle n'avait pas écouté la petite voix au fond de son esprit qui lui disait de faire attention.

C'était peut-être l'extrême courtoisie de l'homme qui lui avait fait baisser sa garde... Ou le fait qu'elle était énervée et pressée.

Elle n'avait pas envie de perdre du temps à faire deux voyages de sa voiture à son appartement avec les sacs en plastique du supermarché qui pesaient une tonne. Elle avait donc essayé de transporter les cinq à la fois, en arrimant les poignées en plastique le long de ses bras, même si elle savait que ça lui cisaillerait la peau, y laissant de profondes marques rouges.

Tout irait bien une fois qu'elle serait chez elle et qu'elle aurait enlevé ses bottes.

Payton avait déjà fait ça souvent, quand elle était fatiguée après ses cours à l'université et son service de nuit au coffee-shop.

Franchement, après avoir crapahuté toute la journée à travers le campus, et cavalé dans les différents escaliers des vieux bâtiments surpeuplés, les futurs diplômés de l'Université du Texas d'Austin n'avaient pas besoin de s'inscrire dans une salle de sport.

Même si son emploi de serveuse l'obligeait à se lever au milieu de la nuit, les horaires s'accordaient à ceux de ses cours. Qui plus est, ça lui était égal de se coucher de bonne heure. Sa grand-tante s'était toujours gentiment moquée d'elle, en affirmant qu'elle était passée à côté de sa vocation. Avec son goût pour les réveils aux aurores, Payton aurait dû être agricultrice, prétendait-elle.

C'était inexplicable mais, en regardant le soleil se lever chaque matin, elle avait l'impression de s'emplir l'âme d'ondes positives.

Elle était si pressée ce matin qu'elle n'avait pas eu le temps de s'adonner à son rituel.

Tous ces petits manquements, ces minuscules faux pas expliquaient sans doute pourquoi ça s'était produit.

La porte de l'immeuble était coincée en bas par un bâton, de façon qu'elle ne se verrouille pas.

Payton ne comptait plus le nombre de fois où elle avait fait remarquer à son voisin du 2B combien il était dangereux de laisser la porte entrebâillée.

Ce n'était quand même pas compliqué de descendre ouvrir à ses invités quand il organisait une fête – ce qui, soit dit en passant, se produisait à peu près tous les soirs.

Chase Wilson avait promis d'arrêter, mais le bâton était bel et bien là, empêchant la fermeture de la porte. Considérant qu'on était en plein week-end d'Halloween, il ne fallait pas s'attendre à autre chose de sa part.

Au moins, ça lui rendait service ce soir. Elle n'aurait pas à fouiller au fond de son sac pour trouver ses clés.

Payton donna un coup de pied dans le bâton pour le désengager de la porte, tout en poussant le battant avec son épaule, et en marmonnant quelques jurons qui eurent au moins le mérite d'évacuer son stress.

Tandis qu'elle empruntait l'escalier, en portant ce qui devait être l'équivalent de son poids en emplettes, elle comprit ce qu'était la vie d'une fourmi.

À mi-étage, les poignées du sac où se trouvaient toutes les boîtes de conserve se déchirèrent, et son contenu se déversa en roulant dans l'escalier.

Payton jura un peu plus fort cette fois.

— Ne vous en faites pas, je m'en occupe.

La voix masculine inconnue provenait de l'angle du palier inférieur, et une légère sensation d'inconfort titilla Payton.

Ne connaissait-elle pas tout le monde dans l'immeuble ?

— Non, ça va. Je peux me débrouiller, répondit-elle.

*Évidemment, il fallait que ça arrive aujourd'hui.*

Peu avant, alors qu'elle s'engageait dans le carrefour, elle avait failli emboutir une voiture qui avait brûlé un feu rouge juste devant elle. Après coup, sa pression sanguine crevait encore le plafond.

— Ça ne me dérange pas, dit le type. Je vous assure.

Il avait une voix agréable, et il était poli.

Alors qu'il était déjà à quatre pattes pour rassembler les boîtes, il ajouta, sans la regarder :

— Ça ne me prendra que quelques secondes.

Il portait un déguisement, quelque chose de poilu, ce qui voulait dire qu'il était en avance pour une nouvelle soirée festive dans l'appartement de Chase.

Quand le type se releva, les bras chargés de boîtes de soupe et de légumes, elle put mieux voir ce qu'il portait. Apparemment, il avait opté pour le personnage de la bête, dans *La Belle et la Bête.*

Une intuition lui recommanda de ne pas faire de commentaire sur le choix de son costume.

— Je suppose que mon voisin organise une soirée déguisée, dit-elle.

Il hocha la tête.

— Ce bon vieux Chase. Toujours partant pour s'amuser.

Il regarda la pile de boîtes qu'elle avait ramassées, puis il leva vers elle des yeux d'un bleu étrange, presque transparent.

Instinctivement, elle fit un pas en arrière, remontant une marche, mais elle n'aurait pas été capable d'expliquer pourquoi si quelqu'un le lui avait demandé.

Il désigna les sacs abandonnés sur les marches.

— Je peux vous aider à les porter, proposa-t-il.

Quelques mèches d'épais cheveux noirs et bouclés s'étaient échappées de son masque.

— Non, merci, dit-elle.

Il monta quelques marches vers elle.

— Vraiment, ça ne me dérange pas, insista-t-il.

Il tendit la main et s'approcha encore.

Payton ignora la tension qui raidissait ses épaules, mettant cela sur le compte d'une mauvaise journée.

Ce type se montrait amical et poli. Tout ce qu'il voulait, c'était l'aider à transporter ses sacs de courses jusqu'à son appartement.

— Quel est votre étage ? demanda-t-il.

— Je suis au troisième.

— Alors, ça ne me prendra pas longtemps, avant d'aller rejoindre les autres, dit-il.

Et elle eut l'impression de percevoir son sourire derrière son masque.

— Si vous insistez, dit-elle.

Elle hissa contre elle le sac à présent dépourvu de poignées, où ils avaient replacé toutes les boîtes, et laissa l'inconnu se débrouiller avec les quatre autres.

Lui tournant le dos, elle monta la dernière volée de marches d'un pas pressé. Puis elle fouilla d'une main dans son sac, à la recherche de ses clés.

— Ça va aller, maintenant, dit-elle en se tournant vers lui. Merci pour votre aide.

— Vous savez, ça ne me prendra que quelques secondes pour entrer et déposer tout ça dans votre cuisine, insista-t-il. Et après, je file.

Quelque chose dans son intonation donna à Payton l'impression qu'elle était ridicule de ne pas lui faire confiance.

Et pourtant, il y avait toujours au fond de son esprit comme une vague sensation de malaise.

Contre toute prudence, elle hocha la tête et se retourna pour ouvrir.

— D'accord, dit-elle en entrant dans l'appartement, mais laissez la porte ouverte. Et ne faites pas attention au désordre.

— Promis.

À peine une seconde après, elle entendit le cliquètement de la porte qui se refermait.

Presque arrivée au milieu de la pièce, Payton se retourna pour protester, et fut surprise par l'homme, qui se tenait juste derrière elle et pointait un pistolet vers le centre de sa poitrine.

— Crie et tu es morte, dit-il.

— Je ne le ferai pas, parvint-elle à murmurer, malgré le choc qui la submergeait.

Toutes les petites erreurs accumulées s'assemblèrent en une suite logique, et elle réalisa combien elle était en danger.

— Où est la chambre ? demanda-t-il.

Elle désigna le couloir.

— Montre-moi, ordonna-t-il.

Sa voix était un mélange terrifiant de stress, d'adrénaline, et de triomphe.

Une sensation de nausée envahit Payton.

— Enlève ton pantalon et ta culotte, et couche-toi sur le lit, dit-il.

— OK, dit-elle tout en tremblant de peur.

Elle n'osait pas détourner le regard, ni même ciller. Si elle faisait tout ce qu'il lui demandait, elle resterait peut-être en vie.

Alors, elle se déshabilla.

— Ne bouge pas, dit-il. Je dois aller chercher quelque chose dans la cuisine.

— OK, répéta-t-elle, tandis qu'il allait fermer la fenêtre.

Le plus étrange dans son comportement, c'était qu'il agissait maintenant d'une façon détachée.

Il sortit de la chambre, et s'arrêta suffisamment longtemps dans le salon pour allumer la télévision et monter le volume.

Payton comprit que c'était le moment ou jamais.

*Si elle restait là, elle était morte.*

Passant à l'action, elle attrapa le plaid sur le lit, et l'enroula autour de sa taille.

Des bruits montaient de la cuisine, comme s'il fouillait dans les tiroirs. Cherchait-il un couteau ?

Certainement.

Le pistolet était destiné à l'effrayer et à obtenir sa coopération. Mais un coup de feu attirerait l'attention, tandis qu'un couteau ne ferait pas de bruit.

De plus, il devait se dire qu'elle ne crierait même pas. Jusqu'à maintenant, elle avait obéi à tous ses ordres, et il se croyait tranquille.

Sauf que ce salaud se trompait.

Profitant de ce qu'il lui tournait le dos, et que la télévision créait une diversion bruyante, Payton se faufila dans le couloir, longeant la cuisine en rasant le mur opposé, et ouvrit la porte.

Puis elle dévala l'escalier jusqu'à l'appartement de Chase, en espérant que sa porte serait déverrouillée, comme c'était presque toujours le cas.

Elle agrippa la poignée, tout en priant en silence pour que la porte s'ouvre quand elle l'actionnerait.

Ce fut le cas.

Elle bondit à l'intérieur de l'appartement, ferma la porte et mit le verrou.

Quand elle se retourna, Chase et son colocataire, qui jouaient à la console vidéo, avachis sur le canapé, la regardèrent avec stupéfaction.

— Appelle le 911, dit-elle, tandis qu'elle tremblait de tous ses membres. Tout de suite. Il y a un homme dans mon appartement. J'ai failli être violée.

— Oh ! merde ! s'exclama Chase, les yeux écarquillés, et l'intonation choquée.

Il saisit son téléphone posé sur la table basse, et se leva d'un bond.

Le dos appuyé contre la porte, Payton se laissa glisser au sol.

Elle était vivante.

Elle avait réussi.

Elle était en sécurité.

— J'ai entendu dire qu'il y avait une nouvelle habitante de l'autre côté de la route, fit incidemment remarquer Callum Hayes à sa mère.

Ils se tenaient dans la cuisine de sa maison d'enfance, située à Cider Creek au Texas. Hormis pour les funérailles de son grand-père, qui avaient eu lieu un mois plus tôt, Callum n'y était pas revenu depuis des années.

En ce qui concernait sa relation avec Duncan Hayes, il avait depuis longtemps opté pour le concept de terrain neutre.

Mais aujourd'hui ?

S'il avait cédé à la tentation de s'y attarder, les regrets auraient pu l'affecter jusqu'à devenir paralysants.

Mais, puisque son grand-père était mort d'une brutale attaque cardiaque, tandis qu'il s'occupait du bétail, et qu'il n'était pas possible de revenir en arrière pour réparer le passé, ce n'était pas la peine non plus de se ronger les sangs pour ça.

— Comment es-tu au courant ? demanda sa mère, Marla.

— Je me suis arrêté pour prendre de l'essence, en arrivant en ville. Tu sais comme les gens d'ici aiment parler.

— Elle s'est installée la semaine dernière.

Haussant les épaules, sa mère ajouta :

— Mais elle est très discrète et ne cherche pas à sympathiser avec le voisinage. Mesurant un mètre soixante-quinze, la silhouette gracile, un regard doux et une attitude chaleureuse, elle aurait attiré la plupart des gens.

— Je sais que certaines personnes s'installent à la campagne pour être tranquilles, dit-il. Mais quelqu'un a-t-il cherché à faire connaissance avec elle ?

— Elle n'est là que depuis une semaine, répondit Marla. Je me suis dit que j'allais lui laisser le temps de s'installer.

Sa mère se comportait étrangement, et c'était une preuve supplémentaire qu'elle n'allait pas bien.

De toute évidence, le fait de devoir assumer la responsabilité du ranch depuis le décès de son beau-père la rongeait.

— Depuis quand tu attends pour souhaiter la bienvenue aux nouveaux arrivants ? demanda Callum en haussant un sourcil.

— Je suis tellement contente que tu sois revenu à la maison, dit sa mère en changeant de sujet.

Callum aurait aimé pouvoir en dire autant.

C'était peut-être le bon moment pour annoncer à sa mère qu'elle ne devait pas s'attendre à voir un camion de déménagement se garer devant la maison.

Avant de parler, il l'observa un long moment, distinguant les cernes sombres sous ses yeux, malgré ses efforts pour les cacher avec du maquillage.

— Est-ce que tu dors suffisamment ? lui demanda-t-il.

— En voilà une question ! Tu veux du café ?

Il remarqua avec quelle rapidité sa mère avait à nouveau changé de sujet, en évitant habilement de lui répondre.

— Je peux me servir, dit-il, mais elle se dirigeait déjà vers la cafetière.

— Laisse-moi te gâter au moins le premier jour, protesta-t-elle en balayant sa remarque d'un geste de la main.

Callum savait quand il avait perdu la partie, et c'était précisément le cas. Alors, il tira un tabouret et se glissa sous le plan bar en granit de l'îlot.

— Comment va Granny ?

— À merveille, comme toujours.

Sa grand-mère maternelle était venue vivre au ranch avec sa

fille peu après la naissance de Callum, au grand dam de Duncan, son grand-père paternel.

Granny n'ayant pas sa langue dans sa poche, elle ne s'était en effet jamais privée de remettre en question les méthodes éducatives de Duncan, se faisant même la complice de ses petits-enfants, afin qu'ils bénéficient d'un minimum de liberté.

Callum ne comptait plus les fois où Granny s'était opposée à Duncan, dont la ligne de conduite était qu'aucun de ses petits-enfants ne devait faire quoi que ce soit en dehors du travail au ranch.

Ainsi, quand son grand-père avait refusé que Callum intègre l'équipe de basket, malgré sa promesse de tenir sa place pendant la saison des vêlages, Granny avait sollicité l'aide du coach. Ce dernier avait offert de mieux noter ceux qui aideraient Callum, et soudain toute l'équipe avait déboulé avant les heures de cours, pour que leur camarade puisse aller à l'entraînement le soir.

Duncan n'avait pas caché qu'il ne trouvait pas ça drôle du tout, et Marla avait passé des heures à apaiser la situation, pendant que sa propre mère servait le café tous les matins aux coéquipiers de Callum.

À propos de café, justement, Marla en versa dans deux tasses, et en déposa une devant lui.

— Tu le prends toujours noir, n'est-ce pas ?

— Oui. Merci maman.

Il leva sa tasse en guise de salut, et sa mère fit de même, soufflant sur le liquide brûlant, avant d'en boire une gorgée.

Elle lui avait demandé de revenir à la maison pour prendre sa place légitime à la tête de Hayes Cattle, une exploitation agricole pesant plusieurs millions de dollars. Maintenant que son beau-père n'était plus là, Marla ne se sentait pas les épaules pour gérer les affaires comme il convenait.

Chef d'entreprise lui-même, Callum était persuadé qu'il existait d'autres solutions, plutôt que de battre le rappel des petits-enfants.

— Et tes frères et sœurs, demanda Marla, quand doivent-ils arriver ?

— Nous n'avons même pas terminé notre première tasse de café, et nous parlons déjà affaires, protesta Callum.

Il s'était arrangé pour s'éloigner du travail pendant deux semaines, le temps de faire comprendre à sa mère que sa vie était à Houston, et non à Cider Creek.

Il ne faisait aucun doute pour lui qu'il pourrait s'esquiver d'ici quinze jours, et retrouver sa florissante entreprise de logistique, après avoir aidé sa mère à trouver une meilleure solution.

L'élevage de bétail lui avait enseigné une chose ou deux sur la façon de déplacer un produit d'un endroit à un autre. Et la logistique, c'était justement ça : s'assurer que les marchandises d'une compagnie soient acheminées depuis les entrepôts de production jusqu'aux magasins.

Finalement, il s'était bien débrouillé, alors que son grand-père l'avait prévenu qu'il ne serait rien en dehors de l'affaire familiale.

La sensation de fierté accompagnant le constat qu'il avait tracé son propre chemin était irremplaçable.

Il n'avait pas besoin de l'argent des Hayes, ou de vivre comme un cow-boy, pour faire quelque chose de sa vie.

— J'ai hâte d'avoir tous mes enfants sous le même toit, dit Marla en tenant sa tasse à deux mains.

Callum remarqua que sa mère évitait son regard.

Tout le monde s'était demandé ce qu'elle mijotait quand elle avait demandé à chacun de ses enfants de revenir au ranch pour y reprendre sa place légitime.

Entendons-nous bien, il aimait éperdument cette terre. Et il y avait dans son retour ici quelque chose de parfaitement approprié.

Il n'avait jamais eu le mal du pays, jusqu'à ce qu'il franchisse la porte dix minutes plus tôt. Et maintenant, cette sensation était logée au creux de sa poitrine, comme un renard roulé en boule au fond de son terrier.

Néanmoins, il avait une vie à Houston.

— Qu'est-ce que j'entends ? Un de mes petits-fils est là ?

En entendant la voix de Granny résonner dans le hall, il s'empressa de préciser :

— C'est moi. Callum.

Il redoutait qu'elle s'attende à voir quelqu'un d'autre, ou que sa mémoire commence à lui jouer des tours. D'ailleurs, il s'était préparé à tous les scénarios durant le trajet jusqu'au ranch. L'un impliquait un terrible diagnostic médical concernant sa mère. Mais, hormis son apparence fatiguée, elle ne semblait pas malade. Un autre concernait sa grand-mère, soudainement frappée de démence sénile.

Cette dernière sautillait quasiment en entrant dans la pièce.

— Callum Hayes.

Elle fit mine de se frotter les yeux de stupeur.

— L'aîné de mes petits-fils serait-il revenu à la maison ?

— C'est bien moi, admit-il, sans vouloir en dire davantage pour aujourd'hui.

Il avait l'intention de s'installer quelques jours, afin d'évaluer la situation à la maison. Ses frères et sœurs attendaient son feu vert pour savoir s'ils avaient besoin de prendre des arrangements par rapport à leur entreprise ou leur emploi, afin de rentrer au bercail.

D'après lui, se faire une idée de la situation au ranch ne devrait pas prendre trop longtemps, et il lui paraissait insensé de mobiliser tout le monde pour une fausse alerte.

Lors des funérailles, quelques semaines plus tôt, sa mère avait affirmé qu'elle était parfaitement capable de tout prendre en charge. Elle avait recommandé à ses enfants de ne pas s'inquiéter.

De toute façon, ça ne leur serait même pas venu à l'idée. À soixante-cinq ans, elle était encore jeune, et son esprit était vif et aiguisé.

Cette année, elle avait laissé passer un ou deux anniversaires, mais qui n'oubliait jamais rien ?

*Était-ce le signe que quelque chose couvait ?*

Une brusque inquiétude l'envahit à l'idée de perdre sa mère. Mais, avant qu'il ait eu le temps de s'engager trop loin sur ce terrain, Granny se précipita vers lui et enroula ses bras frêles autour de sa taille.

Elle n'était pas plus grande ni plus corpulente que sa fille.

— Je commençais à penser que tu ne reviendrais jamais.

Il y avait une légère note d'accusation dans sa voix, mais ce n'était pas pour étonner Callum. Granny n'avait jamais été du genre à garder ses opinions pour elle-même.

— Je suis ici, à présent. Tu te joins à nous pour le café ?

— Je crois que je vais en prendre une tasse pour fêter ta venue.

— Tu nous as fait tes fameux muffins ? s'exclama Callum en désignant un panier posé sur l'îlot.

Le visage de Granny s'épanouit en un large sourire tandis qu'elle hochait la tête.

— Ça te dérange si j'en prends quelques-uns ?

Il avait vraiment besoin de sortir de cette cuisine, et de ce qui ressemblait à une embuscade.

Normalement, il aurait pu se battre à deux contre un. Mais sa mère et sa grand-mère étaient redoutables quand elles faisaient bloc, et il sentait le piège se refermer sur lui.

Elles allaient le bombarder de questions dont il n'avait pas les réponses, et il n'avait jamais été un bon menteur. Il ne fit même pas mine d'essayer.

— Sers-toi, dit Granny. Je les ai faits pour toi.

— Je préférerais les partager, si tu n'y vois pas d'inconvénient.

Le moment lui semblait on ne peut mieux choisi pour se présenter à la nouvelle voisine.

— À ta guise, répondit sa grand-mère tout en haussant les sourcils de surprise.

— Je reviens dans quelques minutes, promit-il.

— Mais tu viens juste d'arriver, protesta sa mère.

Son intonation manquait cependant de conviction. Visiblement, il n'était pas le seul à savoir quand une bataille était perdue avant même d'avoir commencé.

Callum termina son café d'un trait, et souleva le panier.

— Ça ne devrait pas me prendre longtemps.

— Bien, dit sa mère. Quand tu seras rentré, j'aimerais que nous prenions le temps de nous asseoir et de discuter.

— Tu auras toute mon attention, promit-il.

Les paroles de sa mère l'inquiétaient.

Elle semblait en bonne santé, et Granny était toujours aussi vive et malicieuse qu'à l'accoutumée. Peut-être Marla avait-elle réalisé que gérer un tel ranch toute seule était une charge trop lourde ?

Ou alors, c'était bien plus grave que ça, et il devait s'attendre à de mauvaises nouvelles.

Callum sentit tout son corps se crisper à l'idée de perdre sa mère, et il s'empressa de chasser cette pensée, incapable d'envisager un tel drame.

En outre, sa curiosité était attisée par la mystérieuse voisine de l'autre côté de la route, et il voulait savoir pourquoi elle se montrait aussi discrète.

Il n'y avait qu'une façon de le savoir, et il espérait qu'il ne regretterait pas de s'être imposé à une personne qui semblait ne pas vouloir être dérangée.

# 2

Callum se gara à proximité de la maison principale, qui semblait avoir grand besoin de réparations. L'endroit était inhabité depuis deux ans au moins, et ça se voyait.

Il y avait de la lumière dans l'étable, et il s'y dirigea en espérant trouver la propriétaire.

De la musique s'échappait du bâtiment. Il reconnut la chanson *The Loft*, du chanteur country à succès, Raleigh Perry.

Au moins, la nouvelle voisine avait bon goût sur le plan musical.

Le léger coup frappé à la porte avait dû être masqué par le volume, car il n'y eut pas de réponse. Alors, il passa la tête dans l'embrasure de la porte.

Un aboiement féroce retentit, avant que le plus effrayant et le plus agressif des chiens que Callum ait jamais vu se jette sur lui. Heureusement, sa laisse, arrimée d'un côté à un solide anneau fiché dans un pilier, le retint. Affichant de longues dents aiguisées, l'animal se mit à grogner.

— Atlas. Non !

Une voix féminine s'était élevée du fond de l'étable, avant que la propriétaire du chien ne se précipite pour le calmer.

Lorsqu'elle vit Callum, une expression apeurée modifia ses traits. Elle avait de longs cheveux raides et noirs, avec des reflets caramel, et une frange qui frôlait d'épais et longs cils noirs. Plus grande que la moyenne, elle était tout en jambes.

— Je suis votre voisin, Callum Hayes, cria-t-il pour couvrir les aboiements. Je suis le fils de Marla Hayes.

Les noms semblèrent lui dire quelque chose.

À Cider Creek, les visites à l'improviste étaient courantes et généralement bien accueillies, la plupart des gens étant ravis de rencontrer ceux qui vivaient dans leur entourage. Nombre d'entre eux leur étaient d'ailleurs apparentés. Mais l'activité favorite des habitants – comme dans toutes les petites villes, sans doute – était d'échanger les derniers potins. Et l'arrivée d'une nouvelle résidente était un sujet de choix.

Mais cette étrangère à la ville semblait tout à la fois apeurée, mal à l'aise et agacée.

— J'ai apporté des muffins, dit-il.

Tandis qu'il brandissait le panier, il regretta son intrusion, la trouvant stupide et déplacée.

— Si vous voulez, je peux les déposer et m'en aller.

Il ne savait pas si sa voix était audible avec les aboiements d'Atlas.

Le chien ressemblait à un Akita croisé avec un genre de molosse, type bullmastiff ou dogue allemand. En tout cas, on n'avait pas envie de s'y frotter.

— Il n'est pas amical, cria-t-elle.

Puis son visage se crispa tandis qu'elle empoignait la laisse à deux mains. Les deux pieds fermement plantés dans le sol, et y mettant tout son poids, elle essayait de tirer en arrière le chien d'une soixantaine de kilos, mais l'animal était beaucoup plus fort qu'elle.

Il y avait un sachet de friandises pour chiens, posé sur un tonneau à proximité. Elle parvint à en jeter une devant le nez d'Atlas et à le distraire.

Callum fut à moitié surpris quand la jeune femme le suivit à l'extérieur. Dès qu'ils furent hors de portée de vue de l'animal, Atlas se calma.

— Il vient d'un refuge, dit-elle en guise d'explication. C'est un sauvetage.

— Un chien comme lui demande beaucoup de patience, dit

Callum. Vous le savez probablement déjà, mais allez-y doucement tant que vous ne savez pas ce qui déclenche son agressivité.

— Il n'aime pas les hommes, dit-elle avant de lui tendre la main. Je suis Payton, au fait. La petite-nièce de Beverly. Elle a toujours dit beaucoup de bien de votre famille.

— N'en croyez pas la moitié, dit-il en riant.

La décharge électrique que provoqua le contact de leurs mains était aussi inattendue qu'une tempête de neige au Texas. En tout cas, son cœur ne s'y attendait pas.

Payton fixa leurs mains avec surprise, et il eut l'impression qu'elle avait ressenti la même chose. Quand elle retira ses doigts d'un geste brusque, il réalisa qu'ils continuaient tous les deux à se serrer la main plus longtemps que nécessaire.

Cette brutale attirance entre eux – ou quel que soit le nom qu'on puisse donner à ce qui venait de se passer – l'avait totalement pris au dépourvu.

La peur revint dans les yeux de Payton, et ce fut pour Callum l'équivalent d'un seau d'eau jeté au visage.

— Ma grand-mère a fait ces muffins pour vous souhaiter la bienvenue dans le voisinage, et aussi fêter mon retour à la maison.

Il lui présenta l'assortiment de muffins à la myrtille, à la banane et pépites de chocolat, et aux noix.

Payton observa les parages, avant d'accepter le panier. Étrange comportement, à moins qu'elle n'ait peur que quelqu'un se soit caché derrière les arbres.

— Merci, dit-elle en croisant enfin son regard.

Une nouvelle décharge électrique le traversa tandis que leurs yeux se rencontraient.

Il l'ignora, s'éclaircit la gorge et dit :

— Tout le plaisir est pour moi.

— Vous parliez de retour à la maison..., dit-elle.

L'altération de sa respiration, et la tension dans sa posture trahissaient ses efforts pour ne pas filer sans attendre.

— En quelque sorte, répondit-il, ne sachant pas ce qu'il était prêt à révéler de lui.

En revanche, sa curiosité à l'égard de Payton ne cessait de gagner en puissance.

Était-ce l'ennui, ou la culpabilité de savoir qu'il était sur le point de laisser tomber sa mère, en lui expliquant que sa vie était à Houston et pas ici, mais il cherchait une excuse pour s'attarder.

S'il confiait à Payton quelques informations personnelles, peut-être cela l'aiderait-elle à lui faire confiance et à s'ouvrir un peu.

— Mon grand-père est décédé récemment.

— J'en suis désolée. Toutes mes condoléances.

La sincérité de son intonation était plus réconfortante qu'elle n'aurait dû l'être, venant d'une inconnue.

— Merci, répondit-il. Je le pense vraiment.

Elle hocha la tête, et la peur dans ses yeux bruns fut remplacée par une expression chaleureuse.

— Ma mère m'a demandé, ainsi qu'à mes frères et sœurs, de revenir à la maison, continua-t-il. Elle a dit qu'elle voulait que nous reprenions la place qui nous est due au ranch, mais je pense qu'il y a autre chose.

Payton l'observait avec intérêt.

— Et vous n'en avez aucune envie, devina-t-elle.

— Pas particulièrement. Non, reconnut Callum.

— Ça vous ennuie si je vous demande pourquoi ?

— J'ai développé à Houston une affaire qui est désormais florissante. Mes frères et sœurs ont également très bien réussi, soit en créant leur propre entreprise en partant de zéro, soit en embrassant la carrière de leurs rêves.

Il grimaça.

— Je ne sais même pas ce que fait un de mes frères depuis qu'il a quitté l'armée, mais le fait est qu'il a pris sa décision tout seul. Et s'il est plus heureux maintenant, tant mieux.

À présent qu'il était lancé, Callum ressentait le besoin de se confier davantage :

— Notre mère a toujours été forte et confiante en elle. Après le décès de notre grand-père, elle nous a dit de ne pas nous inquiéter pour le ranch, parce qu'elle se sentait tout à fait capable de s'en occuper toute seule. Maintenant, elle donne l'impression de faire machine arrière.

— Je suppose que vous vous demandez pourquoi un tel retournement de situation.

— Exactement.

Il n'avait pas échappé à Callum combien la conversation était facile avec Payton. Pourtant, il n'était pas habituellement du genre loquace.

— Tout va bien sur le plan de sa santé ?

— Je n'en suis pas encore sûr. Je l'espère. Elle a l'air d'aller bien, en tout cas. Les dernières semaines ont été compliquées pour elle. Sa relation avec mon grand-père était pour le moins fusionnelle.

— Et votre père ?

— Il est mort dans un accident de voiture quand j'étais au lycée. Mes parents étaient tout juste majeurs quand ils se sont mariés.

— Je n'imagine même pas qu'un couple puisse rester ensemble si longtemps, dit-elle, songeuse.

Ça ne parut à Callum ni l'endroit ni le moment pour révéler qu'il pensait, il n'y avait pas si longtemps que ça, avoir trouvé l'amour de sa vie. Quand il l'avait découverte au lit avec un de ses employés, il avait finalement compris pourquoi elle ne cessait de repousser la date du mariage, alors qu'ils sortaient ensemble depuis cinq ans.

— C'est une énigme pour tout le monde, dit-il en haussant les épaules. Je crois qu'ils ont simplement eu de la chance.

Tandis qu'il grandissait avec ses parents, il avait cru que les mariages heureux étaient la règle. En les prenant pour exemple, on avait l'impression que c'était facile de trouver le ou la partenaire d'une vie, de se marier et de fonder une famille.

Callum n'avait jamais été pressé, mais il avait sincèrement cru que sa relation avec Hannah était sérieuse. Apparemment, il avait un problème de jugement pour tout ce qui concernait le sexe opposé.

Il était déterminé à s'en sortir seul et à réussir. L'épouse et la famille étaient la suite logique. À quarante-deux ans, avec un échec sentimental au compteur, et n'éprouvant aucun désir de se remettre en selle, il commençait à penser que la page était définitivement tournée.

— L'amour éternel, ce n'est pas pour tout le monde, dit-il sans réfléchir.

Ce genre de constat attirait inévitablement les questions. D'ailleurs, il les voyait déjà danser dans les yeux de Payton.

— Qu'est-ce qui vous a décidée à vous installer par ici ? demanda-t-il.

Avec son mètre quatre-vingt-cinq, des bras puissamment musclés, et un corps à se damner, Callum Hayes entrait dans la catégorie des hommes incontestablement séduisants. Il avait les cheveux sombres, sans être totalement bruns, avec des reflets roux qui trahissaient des origines irlando-écossaises.

— J'ai hérité de cet endroit au décès de Beverly, il y a quelque temps, et je me suis dit qu'il était temps d'y faire des travaux afin de pouvoir mettre la propriété en vente.

La réponse lui était venue spontanément, et l'excuse pour justifier sa présence lui paraissait tout à fait plausible.

— Ça vous ennuie si je vérifie votre identité ? demanda

— t-elle.

La question lui valut un regard qui hésitait entre surprise et outrage, mais elle avait besoin de savoir avec certitude que ce type était bien celui qu'il prétendait être.

Il sortit son portefeuille de sa poche, et lui présenta sa pièce d'identité. Ça correspondait, et elle lui fut reconnaissante de ne pas demander pourquoi elle avait voulu la voir. En effet, elle n'avait absolument aucune envie de lui expliquer qu'elle avait adopté en chemin un chien dans un refuge, et qu'elle se cachait dans la maison de sa grand-tante jusqu'à l'arrestation de son agresseur.

Après l'attaque de la semaine précédente, elle s'était persuadée qu'elle ne pourrait plus jamais être à l'aise en présence d'un homme. Callum lui démontrait le contraire.

Bien sûr, elle avait encore du chemin à parcourir avant de se sentir en confiance, mais c'était un début. Et elle n'avait pas l'intention d'aller au-delà pour le moment.

Quoi qu'il en soit, elle vivait seule dans une ville qu'elle ne connaissait pas, et ce serait une bonne chose d'avoir quelqu'un à appeler en cas d'urgence. Or, Callum avait dit qu'il habitait de l'autre côté de la route. Temporairement, du moins.

— Vous avez probablement raison de penser que l'amour éternel, ce n'est pas pour tout le monde, dit-elle en reprenant le cours de la conversation.

Elle ne pouvait s'empêcher de se demander qui avait dégoûté Callum de l'amour. Un type comme lui devait avoir devant sa porte une file interminable de femmes qui attendaient de passer du temps avec lui.

D'après ce qu'elle avait glané de leur échange jusqu'à présent, il dirigeait une entreprise florissante. Il était intelligent. Et il devait être gentil, sinon il n'aurait pas eu l'idée de lui apporter des muffins pour lui souhaiter la bienvenue.

— Vous voulez entrer boire un café ? proposa-t-elle.

— Pourquoi pas. Cujo ne risque pas de faire des dégâts dans la grange ?

— Vous voulez dire, Atlas, le corrigea-t-elle.

Puis elle réalisa qu'il plaisantait, faisant allusion à un roman d'horreur des années 1980, adapté au cinéma, et mettant en scène un Saint-Bernard enragé.

En temps normal, elle aurait trouvé ça drôle. Depuis l'agression, elle avait perdu beaucoup de choses. Son sens de l'humour faisait partie du lot.

Elle se força à sourire.

— Je vais aller le chercher, si vous me tenez ça.

Elle lui tendit le panier, d'où provenaient d'alléchantes odeurs.

— J'allais oublier, il faut que je vous donne ma clé, ajouta-t-elle en plongeant la main dans sa poche.

Callum haussa les sourcils quand elle mentionna la clé, et elle se souvint que les gens par ici ne fermaient jamais rien, ni maison ni voiture.

Mais, après tout, elle lui avait déjà demandé sa pièce d'identité, ce qui était encore plus bizarre.

— Je viens d'Austin, dit-elle, en guise d'explication.

Elle laissa tomber la clé dans la paume ouverte de Callum, ne voulant pas prendre le risque d'un nouveau contact physique, après la décharge électrique qu'avait déclenchée une simple poignée de main. Jamais auparavant elle n'avait ressenti une telle intensité en touchant la main d'un homme, et ça l'effrayait tout autant que ça l'intriguait.

— Je comprends, dit-il.

Les mots étaient lourds de sens, mais il semblait satisfait de ne pas avoir à demander d'explication.

— Allez-y, et attendez-moi dans la cuisine, dit-elle. Désolée pour le désordre. Je reviens tout de suite.

Finalement, ça pourrait être plutôt agréable d'avoir un ami à Cider Creek. Et Beverly avait toujours dit beaucoup de bien de ses voisins.

Payton regrettait presque de ne pas avoir passé ses étés ici, plutôt que d'être ballottée entre ses parents, qui s'étaient d'abord servis d'elle comme un moyen de chantage, puis en tant que baby-sitter. Elle avait passé ses jeunes années à Dallas. Chacun de ses parents s'était remarié et avait eu d'autres enfants, qu'elle avait très tôt été chargée de garder.

Elle avait déménagé à Austin pour s'inscrire à l'université et n'avait jamais regardé en arrière, enchaînant les petits emplois pour financer ses études.

Il lui suffisait de penser au soulagement de ses parents, quand elle leur avait annoncé, la première année, qu'elle ne pourrait pas revenir à la maison pour Noël, pour lui faire passer toute envie de les revoir.

Pourtant, à trente ans passés, elle aurait dû s'en remettre et tourner la page depuis longtemps.

Quoi qu'il en soit, elle avait compris alors le peu de cas que ses parents faisaient d'elle ou de son bien-être, et avait décidé de sortir de leur vie.

À part pour lui souhaiter son anniversaire tous les ans via les réseaux sociaux, sa mère ne se manifestait jamais. Quant à son père, il y avait bien longtemps qu'il était passé à autre chose et vivait sa vie avec sa nouvelle femme et leurs fils.

Payton s'efforça de détourner le regard de Callum tandis qu'il entrait dans sa maison, en faisant grincer la porte de service équipée d'une moustiquaire.

Rien n'était vraiment silencieux dans la vieille maison, qui avait grand besoin d'être rénovée. Néanmoins, cet héritage était un don du ciel.

Payton n'avait pas eu le courage de venir ici quand elle avait appris le décès de Beverly, il y avait de cela presque deux ans. Aujourd'hui, c'était l'endroit parfait pour se cacher, en attendant que l'homme au masque de bête se fasse prendre.

Atlas bondit sur ses pattes à l'instant où elle entra dans la grange. Il remuait la queue. Rien dans son comportement n'évoquait l'agressivité dont il avait fait preuve à l'égard de Callum.

Quand elle avait repéré l'imposant animal parmi la rangée de box grillagés, le refuge l'avait mise en garde contre le comportement étrange d'Atlas avec les hommes inconnus. Aussitôt, elle avait su que c'était le chien qu'il lui fallait.

Après ce qui était arrivé, elle n'était pas fan non plus des inconnus. Et elle avait fait le vœu de ne plus jamais se laisser surprendre, ni d'aller de nouveau à l'encontre de son instinct.

Elle avait expliqué à ses professeurs ce qui s'était passé, et avait obtenu leur accord pour terminer son semestre à distance.

En ce qui concernait le suivant, elle ne savait pas encore ce qu'elle allait faire. Elle était trop proche des examens et de sa maîtrise de Travail social pour abandonner. Mais elle doutait de pouvoir retourner vivre à Austin.

Il fallait aussi tenir compte de son emploi au coffee-shop. Ce n'était peut-être pas grand-chose, mais ça lui permettait de financer ses études et d'avoir un toit sur la tête. À présent, elle allait devoir trouver un autre moyen de joindre les deux bouts.

Peut-être pourrait-elle se renseigner auprès de Callum sur les opportunités professionnelles à Cider Creek...

Idéalement, elle aimerait un emploi qui ne la mette pas en contact direct avec la clientèle.

Pourquoi pas magasinière de nuit au supermarché ? Ou palefrenière ? Aujourd'hui, elle préférait la compagnie des animaux à celle des humains.

*Sauf quand il s'agissait de Callum.*

Il y avait quelque chose de différent chez lui.

Et même si elle n'était pas encore prête à accorder de nouveau sa confiance à un homme, le fait de discuter avec lui l'apaisait curieusement.

Pourtant, quelque chose au fond de son cœur l'avertissait de le tenir à distance, et de ne pas s'en remettre à lui.

En serait-elle capable ?

# 3

L'intérieur de l'ancienne maison de Beverly Baker avait tout autant besoin d'être rénové que l'extérieur.

Les deux dernières années où elle avait été laissée à l'abandon se voyaient à travers la peinture écaillée un peu partout, la hauteur des mauvaises herbes et des ronces qui menaçaient de recouvrir entièrement le terrain et les longues portions de clôtures brisées. Dans ces conditions, il était absolument impossible de laisser Atlas aller et venir librement.

Étonnamment, tous les meubles d'origine étaient encore là, même s'ils avaient été déplacés. Un buffet bloquait la porte principale, et un lit temporaire avait été installé dans le salon.

L'endroit semblait barricadé, et Callum ne put s'empêcher de s'inquiéter pour la sécurité de sa nouvelle voisine.

Y avait-il quelque part dans le tableau un ex-petit ami ? Le fait que Payton lui ait demandé une pièce d'identité soulevait beaucoup de questions.

Pourquoi avait-elle besoin de vérifier qu'il était bien qui il disait être ?

Quelqu'un était-il responsable de sa peur des inconnus ?

Les autres implications, à caractère intime, le rendaient plus mal à l'aise qu'il aurait dû l'être, concernant une personne qu'il connaissait depuis moins d'une demi-heure.

Fouillant dans la cuisine, il finit par trouver ce qu'il fallait pour préparer du café.

Tandis que la machine commençait à crachoter, Payton entra par la porte de service. Atlas était toujours en laisse, et il tirait assez fort pour lui déboiter l'épaule.

Le chien se mit à aboyer méchamment dès qu'il vit Callum.

La présence de l'animal était un indice de plus indiquant que Payton se cachait de quelqu'un. Puisqu'elle avait pris un chien qui avait peur des hommes, il n'était pas difficile d'en tirer des conclusions.

— Vous pourriez peut-être lui donner une friandise pour qu'il se calme, suggéra-t-il.

Mais le chien était beaucoup trop agité.

— Je vais le laisser sur la terrasse un moment, dit-elle en faisant sortir l'animal.

Elle revint quelques secondes plus tard, après qu'Atlas se fut calmé.

— Il me semble que ça a un peu changé depuis la dernière fois que je suis venu, dit-il, tandis que la dernière goutte de café tombait dans la cafetière. Mais ça remonte à longtemps.

— Oui, dit-elle dans un soupir. Je suppose.

Elle se mit à faire les cent pas.

— J'imagine très bien à quoi vous pensez.

Il leva une main pour l'interrompre, tandis qu'il la sentait devenir de plus en plus tendue.

— Vous ne me devez aucune explication.

Payton ne répondit pas immédiatement, et Callum versa le café dans les tasses, en songeant qu'il allait bien devoir finir par retourner au ranch.

Il lui tendit une tasse. Leurs doigts se frôlèrent, et une onde de chaleur courut tout le long de son bras.

— Cet endroit, la façon dont les meubles sont disposés, et le fait que je débarque ici du jour au lendemain… tout ça doit paraître suspect.

Tout en parlant, elle avait désigné d'un geste de la main la table en bois au centre de la pièce.

Callum alla s'y asseoir, et elle l'imita.

— Il s'est passé quelque chose à Austin, où je vis seule, commença-t-elle.

Les yeux rivés sur sa tasse, elle se corrigea :

— Où je vivais, devrais-je dire.

— J'imagine que c'est la raison pour laquelle vous avez débarqué ici.

Il était conscient de souligner l'évidence, mais c'était une façon de la faire parler davantage. Son histoire avait beau ne pas le concerner, il avait envie de l'aider s'il le pouvait.

— Et aussi la raison pour laquelle j'ai adopté Atlas et déplacé le buffet pour qu'il n'y ait qu'un seul accès à la maison.

Ses joues étaient écarlates. Se sentait-elle gênée ? Ridicule parce qu'elle avait l'impression d'en faire trop ?

— Ce comportement peut sembler extrême, mais j'ai failli être...

Elle lui jeta un bref regard, avant de détourner les yeux, et il réalisa ce qu'elle essayait de dire. Violée, assassinée, ou les deux.

— Cet homme... le connaissiez-vous ?

— D'après la police, il est possible que je le connaisse, ou qu'il m'ait surveillée un moment pour connaître mes habitudes et mon emploi du temps. Il portait un masque d'Halloween inspiré de la Belle et la Bête. Je pourrais donc le croiser dans la rue et ne pas le reconnaître.

Elle frissonna.

— Sauf ses yeux. Je ne les oublierai jamais. Ils sont imprimés dans mon esprit comme au fer rouge.

— Ça veut dire qu'il est toujours libre d'aller et venir.

— J'en ai bien peur, dit-elle. Et je sais exactement ce qu'il avait prévu de me faire, parce qu'il l'a déjà fait. Il y a eu cinq autres victimes avant moi.

Elle leva brièvement les yeux, avant de se replonger dans la contemplation de sa tasse.

— Je suis la seule à avoir survécu.

— Ce salaud doit croupir derrière les barreaux pour le reste de sa vie, s'exclama Callum avec fureur.

— Je ne vais pas vous dire le contraire.

Un silence passa.

— En attendant qu'il soit appréhendé, j'ai pris la décision de m'installer ici. De toute façon, il aurait bien fallu que je me décide un jour à rénover la maison pour la vendre. Je ne pouvais pas me résoudre à m'en séparer juste après le décès de Beverly. C'est tout ce qui me reste d'elle.

Elle crispa et relâcha ses doigts plusieurs fois, probablement pour essayer de juguler ses émotions.

Callum en connaissait un rayon sur le contrôle de soi. Mais à force de se contenir, il arrivait un moment où on éprouvait la sensation qu'on était sur le point d'exploser.

— Je suis là pour quelques semaines, et il se trouve que je suis plutôt doué avec un marteau, dit-il. Je serais ravi de vous aider.

— Vous avez déjà assez à faire avec votre famille, protesta Payton.

Mais il n'y avait pas beaucoup de conviction dans sa voix.

— Il suffit d'une bonne mise au point pour régler le problème, affirma Callum. La principale raison pour laquelle j'ai décidé de passer quelque temps ici, c'est pour m'assurer que ma mère va bien, et qu'elle ne me cache rien. Elle s'est montrée énigmatique avec moi, et ça ne lui ressemble pas. On dirait qu'elle est éteinte, et je ne parviens pas à déterminer pourquoi.

— C'est compréhensible, dit Payton avec sympathie.

— Quoi qu'il en soit, je serai là pour elle. Et ça me laissera quand même le temps d'aider une voisine. C'est notre mode de vie dans les communautés rurales.

— Je me sentais très bien à Austin mais, honnêtement, je n'avais aucune relation avec mes voisins d'immeuble, en dehors d'un signe de tête courtois quand on se croisait.

Haussant les épaules, elle ajouta :

— La seule raison pour laquelle j'en connaissais un, c'est parce que j'ai dû me présenter et lui demander poliment de ne pas bloquer la porte du hall pour qu'elle reste ouverte, et de baisser le son quand il faisait des fêtes en semaine.

Les doigts crispés autour de sa tasse, elle poursuivit :

— L'idée de retourner là-bas pour empaqueter mes affaires et les mettre dans un garde-meubles le temps que tout soit prêt ici...

Elle ne termina pas sa phrase, et Callum la vit frissonner.

— Je dirige une entreprise de logistique, dit-il. Nous déplaçons des produits d'un endroit à un autre par la route ou par le rail. Si vous me donnez votre adresse, je peux faire emballer et entreposer vos affaires en un clin d'œil.

— Je ne sais pas... Ce serait beaucoup vous demander...

— Ce n'est vraiment rien. Ça peut être fait d'ici ce soir.

Elle inclina la tête sur un côté, et son regard se perdit dans le vague, comme si elle cherchait en elle la bonne réponse.

— S'il vous plaît, insista-t-il. J'aurai l'impression de me rendre utile.

— En fait... ce serait formidable, reconnut-elle. Mais... comment feront-ils pour entrer sans la clé ?

— Il vous suffit d'appeler votre propriétaire, ou de lui envoyer un message, et nous nous occuperons du reste.

Il laissa passer un silence, avant d'ajouter :

— Je pense que ce ne serait pas du luxe de faire installer un système de sécurité ici. En attendant, vous pouvez utiliser une caméra de porte.

— Je ne sais pas encore combien de temps je vais vivre ici, fit-elle remarquer d'un ton évasif.

Tandis qu'elle plongeait la main dans sa poche pour y prendre son téléphone, et appeler brièvement son propriétaire, Callum eut le sentiment qu'elle ne lui disait pas tout.

— Je peux compter sur Atlas pour assurer ma sécurité, dit-elle, avant de lui communiquer son adresse et les coordonnées de son propriétaire.

Callum hocha la tête en signe d'assentiment, tandis qu'il rédigeait un SMS à l'attention de son bras droit, Gregory Brewer, pour lui communiquer les informations et ses instructions.

— Tant qu'il sera dans la pièce, personne ne pourra s'approcher furtivement de vous, dit-il, après qu'il eut raccroché.

— Je garde également une carabine près de la porte, dit-elle.

Mais l'incertitude dans sa voix apprit à Callum qu'elle ne savait pas réellement comment s'en servir.

Il hocha la tête, en pensant qu'elle n'hésiterait pas à tirer, après ce qu'elle avait traversé, et le choix de son arme était parfait.

— Ça n'aurait pas dû vous arriver, dit-il.

Il essayait de garder un ton mesuré, malgré la colère sourde qui grondait en lui à l'idée que son agresseur n'ait pas été appréhendé, et qu'il risque de faire d'autres victimes.

— Il y a tellement de répercussions, et à tous les niveaux, admit-elle.

Le regard qu'elle lui lança toucha Callum en plein cœur.

— Aujourd'hui, j'ai peur de mon ombre, et je déteste ça. Pourtant je suis déterminée à ne pas laisser la crainte diriger ma vie. Je n'accepte pas non plus d'avoir dû abandonner tout ce que je connaissais et prendre la fuite, comme si c'était moi la criminelle. Et je m'en veux de ne pas avoir été capable de l'arrêter avant qu'il s'en prenne à une autre femme, qui n'aura peut-être pas autant de chance que moi.

— Dire que vous avez eu de la chance est une façon de voir les choses. Mais, depuis que j'ai fait votre connaissance, je pense que vous ne vous accordez pas assez de crédit.

— Comment ça ?

Payton haussa les sourcils, comme si ce constat la laissait perplexe.

— Vous êtes courageuse et déterminée, et je pense que c'est pour cette raison que vous êtes assise ici à cette table avec moi, expliqua Callum.

Payton avait besoin de savoir à quel point elle était exceptionnelle, et il voulait être le premier à le lui dire, pour des raisons qu'il préférait ne pas examiner.

— Tout ce que je demande, c'est me sentir à nouveau en

sécurité, dit-elle avec un profond soupir. Mais je vous remercie pour le compliment.

Une idée lui vint, mais il ignorait comment elle allait réagir.

Il n'y avait qu'une seule façon de le savoir.

— Vous êtes la bienvenue au ranch le temps des travaux ici, proposa-t-il.

Puis il réalisa qu'il retenait son souffle en attendant sa réponse.

Payton manifesta sa surprise par un petit cri.

Pouvait-elle vraiment envisager de séjourner au ranch avec Callum ?

— Avant de prendre votre décision, laissez-moi vous dépeindre le contexte, dit-il. La maison principale est immense. Il y a huit chambres, plus une suite d'invités au rez-de-chaussée.

Payton en resta bouche bée. La maison n'était pas visible depuis la route, et l'entrée du chemin d'accès était protégée par une grille qu'elle avait aussitôt remarquée quand elle était passée devant en voiture.

Beverly avait un jour mentionné le fait que les voisins d'en face vivaient dans une sorte de cocon en dehors du temps. Quant à sa propre maison, c'était un héritage qu'on se transmettait depuis quatre générations. Les terres avaient été morcelées et vendues, et il y avait maintenant un lotissement de ce côté-ci de la route.

— En ce moment, nous ne sommes que trois à y vivre, continua Callum, et nous nous sentons perdus dans cette grande bâtisse pleine de chambres vides.

La proposition était alléchante, mais elle ne devait pas oublier un point important : que faire d'Atlas ?

— Je ne peux pas, dit-elle, en laissant retomber ses épaules. Je dois faire passer le bien-être de mon chien avant le mien. Ce ne serait pas juste pour lui.

— La meilleure façon d'éduquer un chien, c'est de le faire avec d'autres chiens. Sauf s'il est agressif avec eux. Dans ce cas, il n'y

a pas grand-chose à faire. À moins que je ne me porte volontaire pour rester ici avec vous.

— Atlas ne le permettra pas, et je ne veux pas que vous preniez le risque d'être mordu.

La pensée d'avoir de la compagnie lui avait remonté le moral pour la première fois que cette épouvantable histoire avait commencé. Mais elle avait un engagement moral envers Atlas, il méritait qu'elle s'y tienne. Et même plus que ça : il méritait le meilleur.

— Nous pourrions faire venir un éducateur canin, si ça peut vous rassurer. Et, pour votre gouverne, j'ai déjà été mordu et j'ai survécu. Ça se reproduira sûrement. Donc, tant que sa vaccination contre la rage est à jour, tout va bien.

Payton se mordilla l'intérieur de la joue, en essayant de penser de quelle façon ça pourrait marcher.

L'idée de passer une nouvelle nuit seule dans la maison de sa grand-tante n'avait rien d'engageant. Elle avait fait avec quand elle n'avait pas d'autre choix, mais elle était maintenant vraiment tentée d'accepter la proposition de Callum.

— Je ne vois pas comment ça pourrait s'organiser, dit-elle. Éduquer un chien prend du temps, et je ne veux pas laisser Atlas enfermé dans une grange. Ça le perturberait d'être livré à lui-même dans un environnement inconnu.

— Depuis combien de temps l'avez-vous, et que s'est-il passé d'autre à Austin ?

— Je l'ai adopté le lendemain de l'agression. Un policier est resté dans l'entrée le temps que je fasse mes valises, après la procédure habituelle de relevés d'empreintes, etc. Il m'a dit qu'ils avaient donné à mon agresseur le surnom de *Monstre Masqué*, et que celui-ci me surveillait probablement depuis un moment, puisqu'il connaissait le prénom de mon voisin.

Avec un frisson rétrospectif, elle admit :

— Je ne me sentais pas capable de passer une autre nuit dans cet appartement après ce qui s'était passé. Donc, j'ai quitté la ville.

— On dirait qu'Atlas s'est très bien adapté à vous. Quel âge a-t-il ?

— Un an et demi.

— C'est le bon moment pour commencer son éducation. Jusqu'à quatre ans, c'est encore possible. Après, c'est plus compliqué, mais avec du temps et de la patience, on peut toujours y parvenir.

— Le dicton selon lequel on n'apprend pas de nouveaux tours à un vieux chien serait donc faux ?

— En partie. Mais, plus sérieusement, si vous n'avez pas envie de vous installer chez nous, je comprendrai. En revanche, si ça vous tente de traverser la route, et que vous cherchez comment régler tous les détails, ne le faites plus. Contentez-vous de dire oui, et le reste suivra tout seul.

— Je ne devrais pas...

Payton avait conscience qu'elle se sentirait encore plus seule ici, une fois que Callum serait parti, mais il n'y avait pas de solution acceptable pour Atlas, et jamais elle ne le délaisserait ni ne l'abandonnerait.

Callum se leva et se dirigea vers l'évier, sa tasse à la main.

— Prenez au moins mon numéro, au cas où vous changeriez d'avis, dit-il en lui tournant le dos. Ou simplement si vous avez besoin d'aide.

La perspective du départ de Callum lui fit battre le cœur plus vite, et elle s'interrogea sur cette réaction.

Ce n'était pas de la peur. Ça, elle savait gérer.

Non, vraiment, il n'y avait pas d'explication à ce qu'elle ressentait. En tout cas, aucune ne lui venait à l'esprit pour le moment.

Reprenant ses esprits, Payton sortit son téléphone et le tendit à Callum, qui se tenait toujours devant l'évier.

— Merci de m'avoir offert un hébergement, dit-elle.

Tandis qu'il prenait son téléphone pour y entrer son numéro, elle ne put s'empêcher de se demander l'effet que ses mains puissantes et légèrement calleuses lui feraient si elles se promenaient sur son corps.

Elle toussa pour éclaircir sa gorge soudain étrangement parcheminée, et parvint à articuler :

— Merci.

— Si vous changez d'avis, vous saurez comment me contacter, dit-il.

— Croyez-le ou non, le simple fait de savoir que je peux appeler quelqu'un si j'ai des ennuis, ça fait une énorme différence pour moi, dit-elle.

Callum lui restitua son téléphone quand il eut terminé.

À nouveau, ses doigts frôlèrent les siens, et elle y fut encore plus sensible cette fois.

— Nous pouvons trouver un autre plan pour Atlas, si c'est à cause de lui que vous déclinez mon invitation, reprit Callum. Nous pouvons même faire en sorte de l'installer avec vous dans la suite réservée aux invités.

— C'est tentant, mais je pense qu'il sera mieux ici avec moi, pendant que je travaille à la rénovation de la maison, rétorqua-t-elle.

— Comme vous voudrez, dit-il avant de la remercier pour le café. Je ferais bien de rentrer avant que ma mère et ma grand-mère n'envoient une équipe de secours.

Son sourire révéla des dents parfaitement blanches et alignées. Mais il n'y avait pas que cela qui était parfait chez Callum Hayes. Elle appréciait aussi son esprit chevaleresque.

— Je ferais bien d'aller m'occuper d'Atlas pour que vous puissiez partir.

Quand elle serait seule, il lui faudrait trouver à s'employer à diverses tâches pour éviter de penser à ce qui s'était passé sept jours plus tôt.

*Une semaine.*

Ça ne faisait qu'une semaine.

C'était normal de se sentir déstabilisée si tôt après l'événement. Peut-être ne connaissait-elle pas les détails du visage de ce salaud, mais elle n'oublierait jamais ses yeux.

Ou l'effet que ça faisait de se retrouver face au canon d'un pistolet.

Un frisson involontaire la traversa tandis qu'elle se dirigeait vers la terrasse.

Saisissant la laisse d'Atlas, elle l'entraîna vers le jardin.

Callum lui emboîta le pas, mais en gardant ses distances.

— Vous permettez que je lui donne une friandise ? demanda-t-il en élevant la voix pour couvrir les aboiements frénétiques de l'animal.

— Allez-y, dit-elle en désignant d'un geste de la main la porte battante à moustiquaire.

Tandis qu'il faisait demi-tour et retournait au pas de course à l'intérieur de la maison, Payton se força à détourner le regard de sa silhouette athlétique.

Il ne tarda pas à revenir avec une poignée de friandises.

Prêt à bondir, Atlas avait les oreilles aux aguets, le cou tendu en avant, et le poil dressé.

Callum, en revanche, était l'image de l'impassibilité. Ses bras étaient détendus le long de son corps. Son regard embrassait lentement le paysage environnant, ne s'attardant qu'à peine sur Atlas.

— Vous voulez bien détacher sa laisse ? demanda-t-il.

— N'est-ce pas risqué ? Vous êtes sûr qu'il ne va pas attaquer ?

— Tout à l'heure, dans la grange, il a été surpris, et il s'est senti coincé. Ici, il a tout l'espace qu'il lui faut pour se déplacer, et même s'enfuir. Je ne devrais pas présenter une menace pour lui. Et, dans ce cas, il n'y a aucune raison pour qu'il m'attaque.

Le raisonnement de Callum avait du sens, et Payton ne pouvait que prier pour qu'il ait raison. Mais, après tout, c'était lui qui avait grandi dans un ranch avec des animaux dans tous les coins.

Elle se pencha et détacha la laisse.

Parlant d'une voix douce et rassurante, Callum encouragea l'animal à rester calme, et jeta une friandise au sol, à mi-distance entre eux.

Atlas s'avança, la renifla, et n'en fit qu'une bouchée.

Callum en jeta deux autres, en raccourcissant chaque fois la distance entre eux. Le chien alla les chercher, sans manifester d'agressivité.

— C'est tout pour aujourd'hui, décréta Callum en restant là

où il se trouvait, parfaitement immobile. Je pense que c'est le fait d'être tenu en laisse qui le rend agressif.

— Je m'en souviendrai. Merci.

— Je vous en prie, dit Callum, avant de se diriger vers son pick-up.

La liste des tâches que Payton avait à accomplir était interminable, elle resta là, sans bouger, jusqu'à ce que le lourd véhicule tout-terrain soit hors de portée de vue.

Tandis qu'elle se dirigeait vers la grange, un bruit dans les hautes herbes attira l'attention d'Atlas.

Les babines retroussées, montrant ses crocs imposants, le chien se mit à grogner.

Telle une pieuvre, la peur commença à déployer en elle ses tentacules.

# 4

Callum fit démarrer son pick-up avec un manque d'enthousiasme évident. Il voulut y voir le signe de son manque de préparation à faire face à la salve de questions que lui réservaient les deux inquisitrices qui, de l'autre côté de la route, l'attendaient de pied ferme.

Entre l'échec de sa relation amoureuse, qu'il n'avait toujours pas digéré, et l'annonce qu'il avait à faire à sa mère et à sa grand-mère, concernant son intention de ne pas céder son entreprise, il avait presque envie de retourner tout de suite à Houston.

Mais il fallait aussi tenir compte de Payton.

Ça faisait des années qu'il ne vivait plus à Cider Creek, mais il était certain qu'on y était en sécurité. Le fait que sa nouvelle voisine ressente le besoin de se cacher le mettait en colère.

Ce n'était pas aux innocents de faire profil bas.

Mais, puisque ce salaud l'avait vraisemblablement espionnée pendant plusieurs jours, d'après la police, il comprenait le besoin qu'avait Payton de rester sous les radars. L'enfer qu'elle avait vécu n'était même pas imaginable.

Obéissant à une soudaine impulsion, il fit demi-tour.

Quelque part au plus profond de lui, il avait envie que Payton se sente en sécurité ici. D'après ce qu'il pouvait en juger, elle avait courageusement géré la situation jusqu'à présent. Mais il voulait lui offrir plus que des paroles rassurantes.

Il était sincèrement attristé pour elle, et il regrettait qu'elle n'ait pas accepté son offre de séjourner au ranch. Personne ne serait assez stupide pour essayer de s'introduire par effraction dans la propriété des Hayes.

C'était égoïste, il le reconnaissait volontiers. Il voulait la protéger, et faire en sorte qu'elle soit en sécurité.

Évidemment, l'attirance et l'alchimie entre eux n'étaient pas étrangères à cette décision. Mais, après son cuisant échec sentimental, il ne se fiait plus à son instinct dès qu'il était question du sexe opposé. Or, son instinct lui criait à présent que Payton était différente.

« Indisponible » aurait probablement été une meilleure définition. En ce moment, sortir avec un homme devait occuper la dernière place du classement sur la liste de ses priorités.

Comment les policiers avaient-ils appelé ce type, déjà ? Le *Monstre Masqué*. Le criminel en série avait jeté son dévolu sur elle, et toute la question était de savoir s'il allait la laisser en vie, alors que sa première intention était de la tuer.

Un nouvel élan de colère explosa dans sa poitrine à cette pensée. Mais, comme Payton refusait qu'il s'installe chez elle, et avait décliné son invitation à séjourner au ranch, il ne pouvait pas faire grand-chose.

Et ce n'était pas en ruminant indéfiniment cette déconvenue que ça changerait quoi que ce soit.

Et puis, une situation pour le moins complexe l'attendait à la maison. Il fallait qu'il trouve un moyen de dire à sa mère qu'il n'avait aucune intention de quitter la compagnie qu'il avait construite à partir de zéro, pour prendre la direction d'un ranch dont il n'avait jamais voulu s'occuper.

Une vague de culpabilité l'envahit.

Abandonnait-il sa mère dans une situation difficile ?

Le problème était qu'aucun de ses cinq frères et sœurs ne voulait revenir. Ils étaient tous passés à autre chose, et avaient fait carrière ailleurs. Personne n'était décidé à larguer les amarres et à rentrer au bercail.

Comment allait-il pouvoir dire ça à sa mère ?

La pensée de voir la déception sur son visage lui faisait l'effet d'un coup de poing à l'estomac.

Parfois, être l'aîné était plus une malédiction qu'un avantage, puisque les autres membres de la fratrie comptaient sur lui pour prendre les devants dans les situations difficiles. Pourtant, ne nous y méprenons pas, ils étaient tous des adultes capables de se débrouiller seuls.

Quoi qu'il en soit, il avait été décidé que leur mère aurait pu se sentir envahie s'ils étaient tous arrivés en même temps.

Au moment où Callum se garait sur le parking gravillonné créé à côté de la maison principale, son téléphone sonna.

Il plongea la main dans sa poche et consulta l'écran.

Payton ? Que pouvait-il bien se passer ?

— Allô ? dit-il, d'un ton mal assuré.

Son instinct lui disait que quelque chose clochait pour qu'elle l'appelle aussi vite.

— Atlas, fut tout ce qu'il entendit.

La liaison était mauvaise, et le vent soufflait violemment, hurlant à son oreille telle la plainte déchirante d'un loup.

Le chien s'était-il enfui ?

— Payton ? Que se passe-t-il ?

— Callum, je vous en prie, aidez-moi. Il y a quelque chose ou quelqu'un dans les hautes herbes.

Elle poussa un cri, et la communication fut coupée.

Le cœur battant à tout rompre, Callum enclencha la marche arrière.

Tandis que les pneus crissaient sur le gravier, il aperçut sa grand-mère à la fenêtre. Elle avait écarté le rideau, et son visage exprimait de l'inquiétude.

Il lui fit un signe de la main, en espérant que ce geste la dissuaderait d'appeler le shérif.

Encore que, en y réfléchissant, ce ne serait peut-être pas une si mauvaise chose.

Si Granny le faisait, qu'il en soit ainsi.

Le représentant des forces de l'ordre perdrait peut-être son temps, mais il n'en voudrait pas à une vieille dame. En revanche, Callum savait qu'il se ferait remonter les bretelles s'il s'agissait d'une fausse alarme.

Il lui vint aussi à l'esprit que l'intrus pouvait être un animal, et non pas l'agresseur de Payton. Un bovin avait pu trouver un passage dans la clôture et débouler sur sa propriété. Ça arrivait parfois, malgré les efforts que faisaient les fermiers.

La paperasse et la réfection des clôtures occupaient une grande partie de la journée d'un rancher. Et qu'on ne lui parle pas de la saison des vêlages – qui commençait en février, et parfois même plus tôt – durant laquelle les heures de sommeil étaient rares, tandis que les journées devenaient interminables.

Travailler à la ferme était compliqué pour un lycéen, qui faisait aussi du sport. Avec ses frères et sœurs, il avait passé des étés à essayer de trouver un moyen de partir loin du ranch pour faire ce qu'ils avaient vraiment envie de faire.

Finalement, ils y étaient tous parvenus, et avaient réussi à faire de leurs rêves une réalité.

Toutefois, Callum voulait bien reconnaître que ça lui manquait de travailler côte à côte avec ses frères et sœurs. Tout le monde était tellement occupé maintenant, qu'ils se voyaient rarement, pour ne pas dire jamais.

Leur grand-père était dur avec chacun d'entre eux, et peut-être encore plus avec Callum, qui en prenait doublement pour son grade quand les autres faisaient une erreur. D'après Duncan Hayes, ça faisait partie du rôle d'aîné de tout assumer.

Quelques minutes à peine s'étaient écoulées lorsque Callum s'arrêta à proximité de la ferme Baker.

Il balaya du regard les environs, à la recherche de Payton.

À chaque seconde qui s'écoulait sans qu'il parvienne à la repérer, son cœur battait un peu plus fort.

Il se concentra sur la partie envahie de hautes herbes, à proximité de la grange, en pensant que ce devait être l'endroit qu'elle avait mentionné.

Mais il n'y avait rien.

Puis il entendit un cri de douleur à glacer le sang.

Aussitôt, il jaillit hors de son pick-up et courut vers l'arrière de la grange.

Les gémissements d'Atlas auraient déchiré le cœur de toute personne un tant soit peu sensible.

Tandis qu'il contournait le bâtiment, il vit Payton se ruer vers l'endroit d'où venaient les plaintes du chien.

— Atlas, cria-t-elle.

Et le désespoir dans sa voix fit à Callum l'effet d'un coup de poing au plexus solaire.

Plutôt que d'essayer de l'interpeller, Callum fonça vers elle. Il l'admirait pour la façon dont elle se précipitait vers Atlas, sans savoir ce qui l'attendait.

Son amour pour l'animal l'émouvait. Derrière l'agressivité se cachait un bon chien, qui attendait la bonne personne, avec ce qu'il fallait de patience, pour révéler son véritable fonds. Callum en était absolument persuadé. Et il voulait aider.

Ces deux-là avaient besoin de lui plus qu'il ne l'avait réalisé au début.

Il commençait à comprendre pourquoi Payton tenait à dormir dans la maison décrépie, sur un matelas de fortune, plutôt que dans un lit confortable au ranch.

Son respect pour elle ne faisait que grandir de minute en minute.

*Tout comme ses sentiments.*

Atlas poussa un nouveau cri de douleur.

Soit quelqu'un le détenait, soit il avait été attaqué par un sanglier ou un coyote.

Callum aurait aimé le savoir. S'il était capable de prendre par surprise un être humain et d'avoir le dessus, c'était tout à fait différent avec un animal.

— Atlas, mon pauvre bébé...

Payton entendit de lourds bruits de pas derrière elle, tandis que, quelques mètres plus loin, son chien adoré faisait des efforts pour se lever.

Ce qui se trouvait là quelques secondes plus tôt avait disparu, et elle n'avait pas eu le temps de voir s'il s'agissait d'un homme ou d'un animal.

Horrifiée, elle tomba à genoux, des larmes brûlantes brouillant sa vue et roulant sur ses joues.

— Où est-il blessé ? C'est grave ?

La voix de baryton de Callum l'enveloppa et la traversa, faisant redescendre de plusieurs crans son niveau de panique.

L'épaisse fourrure d'Atlas ne montrait pas de signes visibles de sang, et elle chercha sa blessure.

Le chien haletait lourdement, et son regard si expressif trahissait une douleur qui déchira le cœur de Payton.

— Que dois-je faire ? demanda-t-elle.

Si seulement elle avait eu plus d'expérience avec les animaux, elle aurait su comment apaiser la souffrance d'Atlas.

— Allez du côté de sa tête, et faites en sorte qu'il ne vous quitte pas des yeux, de façon que je puisse l'examiner, lui indiqua Callum.

Payton changea immédiatement de place, et caressa la tête et le cou de son chien, tout en lui parlant d'une voix apaisante.

Profitant de la diversion, Callum déplaça ses doigts le long du corps de l'animal. Atlas gémit quand il toucha son flanc.

Retirant sa main, Callum vit qu'elle était tachée de sang rouge vif.

Il jura entre ses dents, et Payton se dit qu'elle aurait pu employer exactement les mêmes termes.

— Nous devons l'emmener à l'intérieur. Je peux appeler la clinique vétérinaire, et avoir quelqu'un ici en moins d'une demi-heure. En attendant, je vais faire mon possible pour évaluer les dommages. Continuez à le distraire pendant que je le soulève.

— Je ne peux pas vous laisser faire ça, protesta-t-elle. Il a peur, et il risque de vous mordre.

— C'est possible, mais je ne peux pas le laisser ici. Et si c'est votre agresseur qui a fait ça, cela signifie que nous sommes des cibles bien trop faciles en restant là.

Alarmée, Payton regarda autour d'elle, cherchant ces horribles yeux bleus qui hantaient ses rêves depuis une semaine.

Elle soupira. En y réfléchissant, elle n'avait pas le choix. Callum était un adulte parfaitement averti des risques qu'ils couraient.

De plus, il avait raison. Ils devaient se mettre à l'abri le plus rapidement possible.

— Et si nous allions dans la grange ? proposa-t-elle, en pensant que c'était plus près que la maison.

— Bonne idée, dit-il.

Puis il se pencha et souleva Atlas sans effort, comme s'il ne pesait pas plus lourd qu'une plume.

Elle remarqua qu'il s'était placé derrière le chien, dans une position qui ne permettait pas à Atlas de se retourner pour le mordre.

— C'est bien, tu es un bon chien, dit-elle à l'animal, tout en continuant à le caresser pour qu'il garde son attention fixée sur elle.

Sans perdre davantage de temps, Callum s'élança au pas de course.

Le fait qu'ils étaient potentiellement en danger prit tout son sens pour Payton, alors qu'ils approchaient de la grange.

Elle passa devant et ouvrit la porte juste à temps pour que Callum puisse se ruer à l'intérieur.

Il regarda autour de lui, cherchant sans doute le meilleur endroit pour installer Atlas.

— Je vais prendre la couverture du cheval, dit-elle en courant vers une stalle.

Callum n'était qu'à quelques pas derrière elle, et elle crut comprendre qu'il tenait à ce que son chien puisse la voir à tout moment.

Atlas semblait résigné à se laisser transporter, mais elle craignait qu'il finisse par se débattre et tente de sauter par terre tout seul.

Il fallait qu'elle fasse vite pour que ça ne se produise pas.

— Ici, c'est bien, décida Callum.

Payton plia la couverture et la plaça devant les bottes de Callum. Ce dernier y installa aussitôt Atlas qui, étonnamment, ne se débattit pas. Toutefois, l'animal essaya de tourner le cou plusieurs fois, comme s'il avait l'intention de mordre.

— Tout va bien, dit-elle en tombant à genoux à côté de son chien.

Sa voix était calme, mais son cœur battait à tout rompre, et elle avait un peu de mal à respirer.

— Il a été mordu, annonça Callum après l'avoir examiné plus en détail.

Il sortit son téléphone de sa poche.

— Je suppose que son vaccin est à jour, puisque vous l'avez eu dans un refuge.

— Effectivement.

— Ça ne le protège pas contre la maladie du sanglier, mais évitons de nous affoler tant que nous n'avons pas plus d'information.

Lui tournant le dos, il s'éloigna de quelques pas pour passer son appel.

Payton n'en menait pas large.

C'était son premier chien, et elle était complètement dépassée par la situation. Ayant vécu au Texas toute sa vie, elle avait naturellement entendu parler de la maladie d'Aujeszky, une affection virale hautement contagieuse touchant les porcs et les sangliers, et transmissible aux chiens.

Un sentiment familier d'impuissance essaya de s'imposer, mais elle refusa de le laisser s'enraciner.

Ça n'allait pas recommencer.

En tout cas, s'il fallait trouver un point positif dans cette douloureuse mésaventure, c'était qu'elle avait été provoquée par un animal, et non par l'homme qu'elle redoutait le plus.

De toutes ses forces, elle s'accrocha à cette pensée.

— Ça va aller, Atlas, dit-elle, les yeux brouillés de larmes. Tu vas t'en sortir.

Le chien haletait lourdement.

Elle regarda autour d'elle, chercha sa gamelle d'eau, au cas où il aurait soif, et alla la récupérer.

Le temps qu'elle la dépose à côté du museau d'Atlas, Callum avait terminé sa communication.

— Le vétérinaire arrive, dit-il. Il fait au plus vite.

— Que fait-on en attendant ? demanda-t-elle, tout en essayant de faire boire Atlas.

— Auriez-vous du gel hydroalcoolique ici ?

— Oui, bien sûr. Il est juste là.

Elle alla chercher le flacon-pompe et revint vers Callum.

— Tant que nous ne savons pas à quoi nous sommes confrontés, il vaut mieux prendre des précautions, dit Callum, tout en présentant ses mains en coupe devant elle.

Elle appuya sur la pompe pour distribuer une petite quantité de gel dans ses paumes, et se désinfecta les mains à son tour.

— Auriez-vous aussi des gants, par hasard ?

— À la maison, dit-elle, en se tournant automatiquement vers la bâtisse. Je vais…

— Restez avec Atlas. Je m'en occupe, si vous me dites où ils sont.

Sans que Callum ait à le dire, elle comprit qu'il estimait plus sûr pour elle de rester dans la grange, plutôt que de s'exposer en courant vers la maison à découvert.

— Sous l'évier de la cuisine, dit-elle en soupirant.

Puis elle ajouta :

— Soyez prudent.

Il lui sourit.

— Je reviens tout de suite.

Elle souhaita de toutes ses forces qu'il puisse tenir sa promesse. Car elle avait de plus en plus envie de se laisser envelopper par sa force, et de s'en remettre totalement à lui.

# 5

Callum sprinta vers la maison, en espérant ne pas essuyer des tirs en chemin. Tous les indices laissaient croire qu'Atlas avait été attaqué par un animal, mais il ne voulait rien prendre pour acquis.

Le *Monstre Masqué* avait tout intérêt à ce que Payton ne puisse ni l'identifier, ni témoigner contre lui.

C'était aussi personnel car il choisissait méthodiquement ses victimes.

*Encore que le qualificatif de victime n'était pas exact en ce qui concernait Payton.*

La boîte de gants en latex était précisément là où elle l'avait dit. Il la prit, ainsi que le rouleau de papier absorbant posé sur le plan de travail. Puis il regarda autour de lui pour voir si quelque chose d'autre pourrait lui être utile.

Il saisit un seau qu'il remplit d'eau. Il n'y eut pas de mousse, ce qui lui fut une bonne indication qu'il n'y avait pas de restes de savon à l'intérieur. Il pourrait s'en servir pour nettoyer la plaie autant que possible, afin que le vétérinaire puisse voir immédiatement en arrivant à quoi il allait être confronté.

En attendant, Callum n'était pas du genre à s'asseoir et à se tourner les pouces.

Guettant le moindre bruit qui aurait pu provenir de la grange, il rassembla les fournitures et alla rejoindre Payton.

L'eau débordait tant il marchait vite, et il se dit qu'il en aurait probablement perdu la moitié le temps qu'il arrive à la grange.

Payton était toujours à genoux, penchée au-dessus d'Atlas, qui haletait.

— Je n'ai pas réussi à le faire boire, mais il a l'air d'avoir soif.

La tendresse dans sa voix, tandis qu'elle parlait de son chien, enveloppa d'une douce chaleur le cœur de Callum.

— Il ne respire pas comme ça, la langue tirée, parce qu'il a soif, expliqua-t-il. C'est aussi de cette façon qu'un chien exprime sa douleur.

— Que pouvons-nous faire d'autre ?

— Faire en sorte qu'il se sente le plus à l'aise possible, en attendant que Raul arrive. Je vais nettoyer soigneusement sa plaie, mais je ne veux pas le stresser davantage.

Atlas était couché sur le côté, et le blanc de ses yeux était visible, tandis qu'il respirait difficilement. Le seul aspect positif était qu'il n'essayait pas de se lever et de s'enfuir.

— Essayons de voir ce qui lui est arrivé.

Lentement et avec prudence, Callum s'agenouilla à côté de l'animal. Des mouvements brusques ne feraient que l'inquiéter, et il était déjà très apeuré.

Tandis que Callum essayait de nettoyer du mieux qu'il le pouvait le pourtour de sa blessure, le chien ne le quitta pas des yeux, et tourna son museau plusieurs fois, comme pour essayer de le mordre.

— On dirait qu'il a été encorné, constata-t-il finalement.

Un regard vers Payton lui apprit qu'elle n'avait pas la moindre idée de ce que cela signifiait.

— Les sangliers ont des défenses et n'hésitent pas à s'en servir.

— Il va s'en sortir, n'est-ce pas ?

La panique dans sa voix fit à Callum l'effet d'un coup de poing à l'estomac.

— Raul – le Dr Sanchez – est le meilleur vétérinaire du comté, et probablement de l'État.

Ce fut tout ce que Callum avait trouvé à dire pour la rassurer. Il aurait voulu pouvoir apaiser complètement ses craintes, mais il ne pouvait lui faire aucune promesse.

Le vétérinaire de la famille Hayes habitait à proximité du ranch, et il ne lui fallut pas longtemps pour arriver à la ferme Baker.

Payton proposa d'aller à sa rencontre pour lui faire signe de les rejoindre. Et, avant même que Callum ait eu le temps de lui rappeler que ce n'était peut-être pas la meilleure des choses à faire de le laisser seul avec Atlas, elle se leva et détala.

Pour le moment, Atlas semblait réaliser que Callum était là pour l'aider. Ou alors, il était trop faible pour se rebeller.

Cette dernière hypothèse inquiétait beaucoup Callum.

— Ça va aller, mon grand, dit-il à l'animal d'une voix aussi calme que possible.

Ses frères se moquaient de lui quand ils étaient jeunes, le surnommant « l'homme qui murmure à l'oreille des animaux ». Ils disaient que le bétail était toujours plus calme lorsque Callum était là.

Autrefois, ça l'embarrassait. Aujourd'hui, il espérait qu'il y avait un peu de vrai dans cette remarque.

— Et ne t'inquiète pas, ajouta-t-il à l'attention d'Atlas. Je veillerai sur elle le temps que tu te rétablisses. Toi et moi, on forme une équipe maintenant.

Il le pensait. Il n'était pas question qu'il laisse Payton livrée à elle-même, avec un chien qui avait besoin de soins.

Pour le moment, il n'avait pas encore trouvé de quelle façon la convaincre. Les mots ne lui venaient tout simplement pas.

Et, quoi qu'il arrive, le choix revenait à Payton.

Il ne lui restait plus qu'à trouver un argument pour la convaincre de revenir sur son précédent refus d'accepter son offre d'aide et d'hébergement.

Une chose était sûre, en tout cas, il aurait du mal à trouver le sommeil en sachant qu'elle était seule et vulnérable de l'autre côté de la route.

Cette fois-ci, il s'agissait d'un sanglier. Mais, qu'arriverait-il la prochaine fois ?

Et si le *Montre Masqué* la traquait jusqu'ici ?

Payton avait besoin de renforts.

Et, en parlant d'elle, la voilà justement qui revenait avec Raul.

— On dirait qu'il a été encorné, dit aussitôt Callum, tandis que le vétérinaire déposait à terre sa sacoche noire, et s'accroupissait à côté du chien. Ça a l'air sérieux.

Il évita de croiser le regard de Payton après ce commentaire, car il savait que son expression inquiète lui briserait le cœur.

Certes, il ne lui avait rien caché de la gravité de la situation quelques minutes plus tôt, mais elle ne s'attendait probablement pas à ce qu'il s'exprime aussi brutalement. Il fallait néanmoins que Raul sache à quoi s'attendre.

Tout le temps que dura l'examen du vétérinaire, Payton murmura des paroles rassurantes à Atlas. Ces deux-là se connaissaient depuis peu, mais leur lien était évident.

— Je vais lui administrer un calmant pour qu'il se détende, et que je puisse mieux évaluer de quoi il retourne, ne tarda pas à déclarer Raul.

Il chercha le regard de Payton.

— Continuez à lui parler. Il va juste sentir un pincement quand je vais insérer l'aiguille, mais c'est tout. Et ça ira très vite. D'accord ?

L'une des qualités de Raul était qu'il prenait le temps d'expliquer ce qu'il faisait, étape par étape. Ça rassurait les propriétaires des animaux, qui évitaient ainsi de leur communiquer leur stress.

Et le fait qu'il soit doux et patient avec les animaux ne gâchait rien non plus.

— Oui, d'accord, dit Payton, l'air un peu égaré.

Callum resta immobile pour ne pas qu'Atlas s'agite. L'animal serait plus calme s'il savait où tout le monde se trouvait.

Raul administra l'injection, et Atlas ne broncha pas.

Se tenant un peu à l'écart pour ne pas gêner le vétérinaire, Payton regarda le corps d'Atlas se détendre, et songea qu'elle serait éternellement reconnaissante à cet homme.

Mesurant près d'un mètre soixante-quinze, Raul Sanchez avait des cheveux d'un noir d'encre, la peau mate, et des yeux bruns emplis de douceur et de gentillesse.

À côté de Callum, il pouvait être considéré comme petit, mais il était dans la moyenne des hommes qu'elle avait pu côtoyer à Austin.

Elle frissonna involontairement en songeant qu'il était proche de la taille et de la corpulence de son agresseur.

Ferait-elle désormais la comparaison avec chaque homme qu'elle croiserait ?

À peu près comme le *Monstre Masqué* ? Plus petit ? Plus gros ?

Observerait-elle les yeux des uns et des autres, cherchant cette nuance si particulière de bleu – tellement claire qu'elle en paraissait délavée – et cette expression glaçante, dénuée de toute humanité ?

Elle détestait l'idée que cet horrible événement définirait toute sa vie à partir de maintenant. Et, au lieu d'y céder, elle voulait trouver un moyen de l'oublier et de tourner la page.

Naturellement, elle ne pourrait pas y parvenir tant qu'il rôderait dans les parages, l'épiant et surveillant d'autres victimes potentielles.

Le seul moyen pour elle de reléguer ce drame aux oubliettes, c'était que son agresseur soit arrêté, condamné et emprisonné.

Mais, pour le moment, sa seule préoccupation était Atlas.

Attentif et concentré, Raul recousait sa plaie. Après avoir injecté un anesthésiant à l'animal, il lui avait rasé une partie du flanc, puis il avait commencé à œuvrer, tandis que le chien sombrait dans un confortable sommeil.

— Atlas est très courageux, dit Callum dans un chuchotement. Je pense qu'il a dû pourchasser le sanglier et que celui-ci, se sentant coincé, l'a encorné.

— Quand j'étais petite, j'ai lu le livre *Old Yeller*, qui raconte l'histoire d'un garçon et de son chien dans les collines du Texas. Ma connaissance du sujet s'arrête là.

Elle n'osait imaginer qu'Atlas connaisse le même sort que le chien de l'histoire. En effet, après avoir fait fuir une horde de sangliers entourant son jeune maître, le fidèle animal – qui partageait avec l'enfant toutes sortes d'aventures, comme autant de leçons de vie – avait été mordu par un loup sauvage. Ayant contracté la rage, il avait dû être abattu, et le roman s'achevait sur cette scène particulièrement poignante.

— Rassurez-vous, dit Callum, comme s'il avait lu dans ses pensées. Atlas ne risque pas le même sort, puisqu'il est vacciné.

— Il a l'air tellement sans défense, étendu là comme ça. La seule chose qui m'empêche de céder à la panique, c'est que je sais qu'il est entre de bonnes mains.

Une pensée la traversa soudain.

Comment allait-elle payer l'intervention ? Une visite à domicile d'un vétérinaire ne devait pas être bon marché, et elle avait du mal à joindre les deux bouts sans son emploi de serveuse.

Dépenser tant d'argent pour ses frais de scolarité lui semblait soudain une très mauvaise idée. Elle n'avait qu'à laisser tomber l'université.

Après tout, quantité de personnes réussissaient dans le monde professionnel sans posséder de diplôme supérieur. Elle pouvait bien faire la même chose.

De toute façon, avec le *Monstre Masqué* qui paradait en liberté, elle était obligée de se cacher.

Elle fut saisie d'une nouvelle détermination lorsqu'elle réalisa combien il serait injuste qu'elle s'arrête de vivre, pendant que ce salaud continuerait à faire des victimes.

Sans moyen de l'identifier, elle ne savait pas comment aider la police à le retrouver. Aucune trace ADN n'avait été retrouvée dans son appartement, et toutes les autres femmes qu'il avait agressées étaient mortes.

La police d'Austin avait affirmé que ce genre d'enquêtes demandait du temps, mais elle avait l'impression qu'ils essayaient toujours d'établir le profil du criminel en série, et qu'ils attendaient qu'il frappe à nouveau pour avoir d'autres éléments.

Ils avaient posé des affiches sur le campus pour prévenir les étudiantes, mais n'avaient pu fournir de lui qu'une description générale. Le seul indice qu'ils détenaient pour le moment, c'était son mode opératoire.

Le type était intelligent, sinon il se serait déjà fait prendre.

Il avait de la ressource, c'était certain, et il semblait connaître toutes les techniques pour charmer une femme et faire taire ses éventuels soupçons.

— Il s'en sort bien. C'est un costaud.

La voix de Raul vint interrompre ses pensées, et elle croisa les doigts, à défaut de pouvoir faire quoi que ce soit d'utile. En peu de temps, Atlas avait trouvé le chemin de son cœur, et elle n'imaginait pas ne plus l'avoir à ses côtés.

Grâce à lui, elle avait pu dormir un peu le soir de son arrivée, et les choses s'étaient améliorées depuis. Bien qu'elle se soit fait la promesse de ne pas le laisser aller sur son lit, elle avait misérablement échoué, et il s'assoupissait au bout de ses pieds, se révélant être une agréable bouillotte.

Songeant à nouveau à la facture du vétérinaire, elle se tordit les doigts.

Callum posa la main sur son avant-bras, et une chaleur apaisante se diffusa en elle.

— Ça va ?

— Je ne peux pas utiliser une carte bancaire, pour des raisons évidentes, et je ne suis même pas certaine de pouvoir payer Raul.

— Ma famille a signé un contrat à l'année avec lui. Il n'y aura pas de facture.

— Comment cela ? Je ne suis pas sûre de comprendre.

— Il ne détaille pas ses interventions. Nous lui faisons un virement mensuel, et il s'occupe de tous nos besoins. Donc, il n'y a pas lieu de s'inquiéter d'une quelconque facturation.

Payton n'avait même pas idée qu'une telle pratique était possible, et elle commençait à comprendre qu'elle n'avait pas affaire à une famille ordinaire avec les Hayes.

Leur maison n'était pas visible de la rue. Elle n'avait donc aucune idée de ce à quoi elle pouvait ressembler. Et elle n'avait pas réalisé que sa grand-tante avait des voisins assez fortunés pour avoir un vétérinaire quasiment à demeure.

Encore que Beverly avait mentionné que les Hayes ne manquaient de rien...

— Voilà ! conclut Raul. Ça devrait aller comme ça.

Il s'assit sur ses talons, souriant de fierté.

— Je vais vous donner des antalgiques pour qu'il reste calme dans les prochaines heures. Ça devrait aussi l'empêcher d'essayer d'arracher ses points de suture, mais il va devoir porter un cône. Et quelque chose me dit qu'il ne va pas aimer ça.

— Comment va-t-il ? demanda Payton, sans parvenir à dissimuler son anxiété. Il est tiré d'affaires ? Parlez-moi franchement.

— Malheureusement, je ne pourrai pas vous le dire avant une à deux semaines. Pour le moment, je ne vois rien d'inquiétant, mais ça peut prendre du temps avant de savoir s'il y a une infection ou non.

Il lui déclina une liste de symptômes à surveiller, nécessitant un appel immédiat. Il parla de brucellose, et de leptospirose, tout en lui disant que la dose d'antibiotiques administrée devrait suffire à éviter le pire.

Payton avait du mal à réaliser qu'une de ces maladies pouvait emporter Atlas, alors qu'il était encore si jeune.

La culpabilité de l'avoir laissé vagabonder sans surveillance l'envahit.

— Je comprends que tout cela vous perturbe, ajouta Raul, mais pour le moment, il va bien.

— Merci. Pour tout. Maintenant, je sais à quoi je dois prêter attention, et je vais le surveiller comme le lait sur le feu.

Raul lui sourit, tout en retirant ses gants qu'il plaça dans un sachet, avant de nettoyer la zone où il avait travaillé.

Puis il donna à Payton une boîte de comprimés, en lui indiquant la posologie à respecter.

— Ça devrait bien le soulager, conclut-il.

— Nous ferons en sorte qu'il ne souffre pas, dit Callum. Tu peux compter sur nous.

Payton releva l’emploi du pronom « nous ».

Pouvait-elle se laisser aller à croire qu’elle n’était pas seule dans cette épreuve ?

L’espoir était une chose dangereuse.

L’espoir lui avait laissé croire qu’elle pouvait restaurer la maison de sa grand-tante, terminer le semestre, et échapper aux griffes d’un criminel en série.

L’espoir pouvait-il lui permettre d’ouvrir son cœur à Callum, rien qu’un tout petit peu ?

# 6

Callum raccompagna Raul à son pick-up et, en sortant de la grange, il surveilla les parages, à l'affût de la moindre menace.

Payton était toujours sous le choc après la rencontre d'Atlas avec un sanglier, mais la situation aurait pu se terminer beaucoup plus mal.

— Merci d'être venu aussi vite, dit-il au vétérinaire.

Même si Cider Creek avait changé depuis son départ, de nombreuses années auparavant, il était réconfortant de savoir que certaines choses demeuraient les mêmes. Le père de Raul avait été le vétérinaire de la famille avant lui… et le fils de Raul prendrait peut-être un jour sa relève.

— Je dois admettre que j'ai été surpris d'entendre ta voix, dit Raul.

Ayant chargé sa mallette sur la banquette arrière de son pick-up double cabine, il se tourna vers Callum.

— Quand es-tu revenu en ville ?

— Ce matin.

Callum ne put retenir un petit ricanement.

Les nouvelles voyageaient vite et, d'ici demain à la même heure, tout le monde serait au courant de son retour.

La tendance à colporter des ragots n'était pas ce qu'il aimait le plus dans les petites villes, et il était préoccupé pour Payton. Il se dirait qu'il était avec elle, et c'était certainement la dernière chose dont elle avait besoin.

Il était sûr que les langues se déliaient déjà, puisqu'elle était tellement secrète. Or, être liée à un Hayes ne l'aiderait pas à passer en dessous des radars.

— Bienvenue à la maison, dit Raul.

Puis il chercha le regard de Callum, et le soutint.

Ils avaient fréquenté le même lycée, et joué ensemble dans différentes équipes sportives.

— Maintenant que ton grand-père n'est plus là, tu vas rester, n'est-ce pas ?

— Rien n'a été décidé, répondit-il, en choisissant de rester évasif.

Il n'avait pas envie de jouer cartes sur table maintenant, même s'il pensait pouvoir faire confiance à Raul.

— En tout cas, ça fait plaisir de te revoir.

Raul tendit la main, et Callum la serra vigoureusement, ce qui lui rappela le bon vieux temps.

— Moi aussi, mon vieux, dit-il avec un sourire. Et j'apprécierais que tu sois discret à propos de Payton et du chien.

— N'étant pas du genre à colporter les ragots, je ferai de mon mieux pour ne pas être offensé par ce commentaire. Toutefois, j'ai une femme qui va me bombarder de questions quand je vais rentrer. Et comme mon téléphone est équipé d'une application de traçage, au cas où j'aurais un accident et que je ne pourrais pas répondre, elle sait à chaque instant où je me trouve. Il va donc falloir que je trouve quelque chose à lui dire.

Callum hocha la tête.

Il comprenait le dilemme de son ami, et il n'avait aucunement l'intention de semer la zizanie dans son couple.

Mais protéger Payton était sa priorité.

Il ne lui restait plus qu'à trouver un moyen de le faire sans mettre Raul dans une mauvaise position.

— J'apprécie ta confiance, et je n'ai pas le droit de te demander de cacher des choses à Alice, commença-t-il. C'est ta femme, et c'est un lien sacré.

— Absolument, dit Raul en hochant la tête. Mais je pensais que tu étais avec quelqu'un.

Il regarda l'annulaire gauche de Callum.

— Ça n'a pas marché, dit ce dernier.

— Désolé de l'apprendre.

Raul semblait vraiment gêné d'avoir posé la question.

— Ne le sois pas, dit Callum en balayant la remarque d'un geste de la main.

Il n'avait vraiment aucune envie d'entrer dans les détails.

— Parfois, ces choses-là s'évaporent.

— Je le regrette quand même.

— Et je t'en remercie.

Ce n'était pas un simple échange de politesses. Callum appréciait tout autant la sincérité de Raul, que le fait de pouvoir placer toute sa confiance dans son vieux copain des terrains d'entraînement.

— Est-ce que tu peux trouver un moyen de ne pas trop entrer dans les détails de ce qui s'est passé ici, sans manquer d'honnêteté vis-à-vis d'Alice ?

— Ça te tient vraiment à cœur ?

— Pour le moment, oui. Dans quelques jours, quand la raison pour laquelle Payton se trouve ici pourra être explicitée, ce sera une tout autre histoire.

— Je peux repousser les questions jusque-là sans rompre aucun des vœux du mariage, affirma Raul. Et puis, les GPS ne sont pas fiables à cent pour cent. On pourrait croire que je suis de l'autre côté de la route, alors que je suis tout simplement au ranch de ta famille. Je ne suis pas obligé de mentionner que tu es de retour, ni que j'ai rencontré la mystérieuse jeune femme qui s'est installée dans l'ancienne ferme de Beverly Baker.

— Tant que ça ne te crée pas de problème, répondit Callum avec un soupir de soulagement.

— Après dix ans de mariage, ma femme ne passe pas tout son temps à surveiller la position de mon téléphone. Elle sait que je suis de garde, et elle n'est pas surprise quand je dois partir à l'improviste. Et puis, je crois que c'est sa soirée margaritas avec Ellie Reynolds. Tu te souviens d'elle ?

— Comment pourrais-je l'oublier ? Nous sommes sortis ensemble pendant deux ans quand nous étions au lycée.

— Elle est toujours célibataire, l'informa Raul, avec un sourire et un clin d'œil. En réalité, elle est divorcée, mais c'est la même chose, n'est-ce pas ?

— Depuis quand tu es devenu le marieur de la ville ? plaisanta Callum.

Il appréciait la fluidité de leur conversation. On aurait pu croire que les vingt dernières années avaient disparu, et que Raul et lui pouvaient reprendre là où ils en étaient restés.

— Cette fois, je suis vraiment blessé, dit Raul en se tenant la poitrine.

Il sortit sa clé de sa poche.

— Plus sérieusement, assure-toi qu'Atlas garde bien son cône. Je sais que ça semble inconfortable, et ça va beaucoup l'agacer, mais c'est important.

Callum hochait déjà la tête.

— Tu sais que je suis concerné à cent pour cent quand il s'agit de la santé d'un animal. Je ferai tout ce qu'il faut pour qu'il guérisse.

— On dirait que tu vas t'attarder dans le coin, finalement, dit Raul avec une tape amicale sur l'épaule de Callum. Tiens-moi au courant de ses progrès. Tu sais quels signes surveiller.

— Effectivement, et je n'y manquerai pas.

Bien sûr, ça dépendait de Payton. Mais, si elle lui donnait le feu vert, il s'occuperait de tout pour les sortir, elle et Atlas, de ce mauvais pas.

— J'espère te revoir un de ces jours, dit Raul en se mettant au volant.

— Je suis ici pour un petit moment. Je ne peux pas dire exactement combien de temps, mais ça me ferait plaisir de dîner avec Alice et toi avant de partir.

— Avec plaisir, dit Raul avant de fermer sa portière.

Callum le regarda manœuvrer dans le chemin, et le salua d'un geste de la main, comme s'il était chez lui ici, et raccompagnait un invité.

Tout en secouant la tête, il pivota sur ses talons et commença à se diriger vers la grange.

Gardant dans sa vision périphérique la zone en friche, il ne put s'empêcher de penser que la faune sauvage de la région était la plus grande menace pour Payton, alors qu'elle vivait seule ici. Et maintenant qu'Atlas était blessé, elle était encore plus vulnérable.

En entrant dans la grange, il la vit cajoler la tête d'Atlas, qui commençait à émerger du pays des songes où l'avait placé l'anesthésie.

Il toussota pour ne pas la faire sursauter de surprise.

— Je vous suis tellement reconnaissante pour tout ce que vous avez fait, dit-elle aussitôt. Je n'ai pas d'amis ici, et je ne savais pas qui appeler.

— Vous avez bien fait. J'aurais été attristé que vous ne le fassiez pas, et que j'apprenne plus tard par quelqu'un d'autre ce qui s'est passé.

— Je ne sais pas comment vous remercier de votre gentillesse, dit-elle sans lever les yeux vers lui. Mais je trouverai bien un moyen...

— La gentillesse est un cadeau qui n'a pas besoin d'être remboursé, protesta Callum. Sinon, ça s'appelle autrement. Du commerce, par exemple. Si vous tenez vraiment à faire quelque chose, je vous propose d'aider quelqu'un à votre tour, quand vous en aurez l'occasion.

— Je n'y manquerai pas. Mais, en attendant, j'aimerais dormir dans votre chambre d'amis cette nuit.

Elle s'empressa d'ajouter :

— Si votre offre tient toujours.

— Évidemment.

— Vous êtes sûr que ça ne posera pas de problème ?

— Vous plaisantez ? Vous me rendrez service en détournant l'attention de ma mère, qui sera par ailleurs aux anges quand je l'appellerai pour lui dire que vous allez séjourner avec nous. La suite du rez-de-chaussée sera parfaite pour vous et Atlas. Elle est proche de la porte d'entrée, et vous pourrez facilement sortir Atlas en laisse.

— C'est parfait, dit-elle. Je ne m'imaginais pas dormir à la ferme tant qu'il est dans cet état.

Callum ne voulut pas admettre à quel point il était soulagé d'apprendre cette nouvelle.

— Puisqu'il est encore somnolent, je n'aurai aucun problème à le soulever et à l'installer dans la voiture, proposa-t-il. Ça vous laissera le temps d'aller à la maison rassembler quelques affaires dans un sac.

Payton songea qu'elle avait juste besoin du nécessaire pour une nuit. Elle pourrait toujours revenir le lendemain si elle décidait de rester plus longtemps.

Avant de retourner à la maison, elle aida Callum à installer Atlas sur la banquette mais, en se redressant, elle réalisa qu'elle avait du sang sur ses vêtements.

Elle allait devoir se changer, si elle ne voulait pas effrayer la mère et la grand-mère de Callum en apparaissant dans cet état.

— C'est bon, vous pouvez y aller, dit Callum. Je m'occupe de tout.

Et c'était assurément agréable de savoir qu'elle pouvait compter sur quelqu'un.

Le concept lui était étranger, mais elle pourrait s'y habituer.

Pouvait-elle toutefois se le permettre ?

Remerciant encore une fois Callum, elle marcha d'un pas pressé vers la maison.

Devant la porte de service, elle marqua un temps d'arrêt.

Et si quelqu'un s'était glissé à l'intérieur, comme dans les films d'horreur ?

Payton s'efforça de balayer cette pensée. Elle paniquait sans raison. Callum était venu ici un peu plus tôt pour y prendre de quoi nettoyer la blessure d'Atlas.

En parlant de son chien, elle ne voyait pas comment elle allait pouvoir travailler pendant sa convalescence, et il lui semblait que la vie s'acharnait à contrarier ses projets en lui envoyant des épreuves.

Une petite voix au fond de sa tête choisit ce moment pour souligner qu'un preux chevalier des temps modernes s'était présenté ce matin – avec des muffins, rien que ça.

Dire que la journée ne lui avait pas apporté que des mauvaises nouvelles semblait plutôt juste.

Payton rassembla toute sa détermination et entra dans la maison.

En un rien de temps, elle se lava les mains, se débarrassa de ses vêtements souillés, et enfila un jean et un chemisier propres. Elle ne possédait rien de formel ou d'élégant, mais il ne lui semblait pas très poli de rencontrer pour la première fois la mère et la grand-mère de Callum en tenue de jogging. En revanche, elle plaça celle-ci dans son sac, avec ses affaires de toilette.

Quand elle eut terminé de faire son sac, elle se risqua à se regarder dans le miroir, et trouva le résultat catastrophique.

Ce n'était pas en prenant quelques minutes de plus pour déposer un peu d'anticernes sous ses yeux, et rehausser ses lèvres d'un gloss teinté qu'elle mettrait à mal leur emploi du temps.

Et, de quel emploi du temps parlait-on, d'ailleurs ? Callum ne semblait pas particulièrement pressé de se rendre de l'autre côté de la route.

Quant à elle, à part son estomac qui criait famine, lui rappelant que l'heure du repas approchait, elle n'avait pas spécialement envie de faire la connaissance de nouvelles personnes.

Elle en avait déjà rencontré deux aujourd'hui, qui pourraient parler à d'autres. Toutefois, elle ne se faisait pas trop de soucis à propos de Callum. Il avait parfaitement conscience de ce qui l'avait conduite à Cider Creek, et connaissait les enjeux qu'il y avait à garder son identité secrète.

En fait, elle en était réduite à acheter des cartes-cadeaux, en payant avec des espèces, pour obtenir les articles dont elle avait besoin.

Elle déployait des ruses invraisemblables pour ne pas attirer l'attention sur elle tandis qu'elle rénovait la vieille ferme. Tant que son nom ne se répandait pas partout, tout allait bien.

Payton déposa son sac de voyage dans la cuisine, au pied de la porte de service. Les croquettes d'Atlas se trouvaient dans le cellier. Le sac de cinquante kilos était à demi entamé, ce qui faciliterait son transport. Elle pouvait faire ça en deux voyages.

Elle sortit d'abord le sac de croquettes, et Callum la rejoignit à mi-chemin pour la délester de son fardeau, qu'il chargea dans la benne du pick-up.

Son sac de voyage était bien plus facile à transporter.

Elle verrouilla la porte et se tourna vers Callum, qui l'attendait, accoté à l'aile de sa voiture, dans une posture nonchalante.

Le cœur de Payton fit un petit bond dans sa poitrine, et son estomac vibra comme une multitude de papillons venaient d'y prendre leur envol.

Ignorant ces émotions, elle resserra un peu plus étroitement les doigts autour des anses de son sac, et traversa le jardin pour rejoindre Callum, en se demandant où, au nom du ciel, elle venait de mettre les pieds.

# 7

Callum se gara au même endroit que précédemment.

Il commençait à remarquer le temps qui s'était écoulé depuis le déjeuner, et il voulait que Payton et Atlas puissent s'installer confortablement avant le dîner.

Il ne plaisantait pas tout à l'heure. Sa mère serait folle de joie d'avoir de la compagnie. Et elle ne cachait pas sa curiosité à l'égard de sa nouvelle voisine.

Ce serait aussi l'occasion pour sa mère de voir que Payton était une personne gentille et bien comme il faut.

Une agaçante voix au fond de son esprit avait envie d'ajouter d'autres adjectifs à cette description.

*Intelligente. Empathique. Et prodigieusement belle.*

Quoi qu'il en soit, une fois que sa mère et sa grand-mère auraient fait la connaissance de Payton, elles voudraient la prendre sous leur aile. Et cette dernière ne pouvait pas espérer de voisines plus attentionnées.

Envahissantes ?

Eh bien, il ne pouvait pas dire le contraire. Elles l'étaient. Mais elles savaient aussi garder un secret, et elles veilleraient à la sécurité de Payton.

Comme il n'avait pas l'intention de rester ici éternellement, il se sentirait beaucoup mieux si Payton pouvait compter sur sa famille pour veiller sur elle quand il serait parti.

De plus, il fallait tenir compte d'Atlas. Ce serait bon pour lui de fréquenter d'autres personnes en dehors de Payton.

Pour que Payton n'ait pas peur de l'emmener en ville avec elle, le chien devait s'acclimater à l'environnement et se sentir à l'aise avec les personnes qu'il croiserait de temps en temps.

— Je vais m'occuper de lui pendant que vous prenez votre sac de voyage, dit-il en coupant le moteur.

Payton hocha la tête, et il remarqua qu'elle était restée silencieuse pendant le trajet.

— Vous n'avez pas changé d'avis, n'est-ce pas ? s'inquiéta-t-il.

— Non. Enfin, je ne crois pas. Je suis anxieuse à l'idée de rencontrer votre mère et votre grand-mère.

Elle tourna brusquement la tête vers lui.

— Et si elles ne m'aimaient pas ? Ou qu'elles ne veuillent pas d'Atlas dans la maison ?

— Elles vont vous adorer, répliqua-t-il aussitôt, en essayant d'éradiquer chez Payton ce genre de pensées avant qu'elles aient eu temps de s'enraciner.

— Adorer, c'est peut-être un bien grand mot, dit Payton. Je serais déjà ravie qu'elles m'apprécient.

— Croyez-moi, vous n'avez rien à craindre avec ces deux-là, dit-il en souriant. Ce sont de bonnes personnes, et elles aiment aider leur prochain. Je suis d'ailleurs surpris que votre grand-tante n'ait pas fait les présentations plus tôt.

— Je n'étais pas autorisée à aller souvent en visite, expliqua Payton. Et je me disais que Beverly voulait me garder pour elle, étant donné que j'étais un vrai courant d'air.

— Les ranchers ont très peu de temps libre, et je pense que ça n'aide pas.

— Vous pensez qu'elles pourront garder pendant un moment ma présence secrète ?

— Je vais le leur demander, mais je suis certain qu'elles respecteront votre vie privée. Elles sont curieuses à votre sujet. Il n'y a pas beaucoup de mouvements à Cider Creek.

Il haussa les épaules, vaguement amusé.

— Toute la ville se demande probablement qui vous êtes, et pourquoi vous avez décidé de vous installer ici.

— C'est ce qui me fait peur.

Avec un soupir, elle se contorsionna pour attraper son sac de voyage, et sortit du véhicule avant que Callum n'ait eu le temps d'apaiser ses inquiétudes.

Mais ce qui l'attendait n'avait rien d'une épreuve. Et quand Payton aurait fait la connaissance de sa mère et de sa grand-mère, elle réaliserait que ses peurs n'étaient pas justifiées. Elles étaient cependant compréhensibles après ce qu'elle avait traversé, et il ne lui reprochait pas un seul instant de les avoir.

— Les gens vont finir par comprendre que vous êtes apparentée aux Baker, fit-il remarquer.

Il souleva Atlas dans ses bras, et donna un coup de pied dans la portière pour la refermer.

Il la verrouillerait plus tard, encore que ce n'était pas dans les habitudes locales.

Payton hocha la tête.

— Et puis, je connais suffisamment Alice, la femme de Raul, pour savoir qu'elle va essayer de lui tirer les vers du nez.

Les ragots n'étaient pas ce qui lui manquait le plus depuis qu'il s'était exilé loin de Cider Creek.

— Oh ! attendez ! dit Payton, en se figeant au bas du perron de la maison principale.

— Elle est impressionnante, je sais, reconnut Callum. Mais elle paraît moins... majestueuse une fois qu'on est à l'intérieur.

— C'est une maison ? Je n'avais pas idée qu'une bâtisse de cette taille se trouvait de l'autre côté de la route, en face de la toute petite ferme de ma grand-tante. C'est étrange.

— Mon grand-père aimait son intimité, c'est pourquoi la maison n'est pas visible de la route.

Duncan était beaucoup trop réservé aux yeux de Callum, et n'avait jamais été proche de ses petits-enfants. On pouvait aussi dire de lui qu'il était têtu, voire borné. Et d'une autorité qui frôlait le despotisme.

Ça ne faisait pas vraiment de lui une chaleureuse et empathique figure parentale. Mais Marla avait largement compensé tout cela par son amour indéfectible et sa complicité. Et Granny, avec son fort caractère, n'hésitait jamais à tenir tête au beau-père de sa fille et à prendre position pour ses petits-enfants, qu'elle adorait.

Grâce à ces deux femmes, et aussi à la solidarité qu'il y avait entre frères et sœurs, Callum avait quand même vécu de bon moment ici. Mais il avait laissé ses disputes continuelles avec son grand-père prendre le dessus, effaçant tout le reste.

Ce constat le frappa de plein fouet, et la culpabilité ne tarda pas à suivre.

Son grand-père n'était plus là, et Callum ne voulait pas s'accrocher plus longuement aux mauvais souvenirs.

Il était temps de les laisser partir, en dépit du fait qu'il n'avait jamais eu l'occasion de se réconcilier avec Duncan. Il aurait pu s'asseoir avec le vieil homme au bord de l'étang, et partager une conversation amicale et une bière, lors d'une séance de pêche à la ligne.

Désormais, il n'aurait plus jamais l'opportunité de se réconcilier avec lui.

Revenant au présent, il monta les marches du perron, et s'arrêta devant la porte.

— Vous pouvez...

Mais Payton avait déjà compris et actionnait la poignée. Elle ouvrit la porte en grand et s'écarta pour le laisser passer, ce qu'il fit.

Dans le hall, Callum prit à droite, s'engageant dans le long couloir qui menait à la suite des invités. Celle-ci coïncidait avec les deux dernières portes, et elle était toute prête à accueillir des convives, même si Marla n'avait pas eu de compagnie au cours des quelques mois qui avaient suivi le décès de son beau-père.

— Ça pourrait être un appartement, remarqua Payton.

Posant son sac par terre près de la porte, elle prit le temps de détailler la suite.

— En fait, c'est plus grand que tous les endroits où j'ai vécu jusqu'à présent, à l'exception de la ferme de Beverly. Mais sa maison paraît minuscule à côté de celle-ci.

Callum avait oublié combien la maison était impressionnante pour les autres. Tandis qu'il grandissait ici, il n'y avait jamais prêté attention.

Mais bénéficier de beaucoup d'espace ne voulait pas dire être traité comme un petit prince. Le travail acharné et la discipline allaient de pair avec la vie au ranch.

— La double porte-fenêtre donne sur un patio. Ce sera l'endroit idéal pour qu'Atlas puisse se soulager, expliqua-t-il en cherchant un endroit où déposer l'animal.

Sur le lit, il pourrait rouler sur lui-même et tomber. Au sol, il y avait de la moquette, mais le chien pourrait mal atterrir et se faire mal.

— Il dort toujours avec moi, dit Payton, qui semblait avoir compris ce qui se passait. Mais je suppose que ce n'est pas sûr.

Callum secoua la tête.

— Ce n'est probablement pas une bonne idée car il est encore sous l'effet de l'anesthésie et des calmants. Mais je vais quand même le déposer sur le lit, en attendant que nous trouvions une meilleure solution.

Quand ce fut fait, Payton s'assit à côté de son chien. Elle était douce, aimante, emplie de compassion. Atlas avait eu de la chance que leurs chemins se croisent.

— Je pourrais déposer une pile de couvertures à côté du lit, proposa Callum. Comme ça, vous pourrez garder un œil sur lui.

— Ou bien serait-ce trop de travail de déposer le matelas directement par terre ? demanda Payton. Comme ça, il ne risquait rien s'il roulait à côté. Car il ne tomberait pas de bien haut. Et puis, je sais que je serai incapable de dormir s'il n'est pas tout près de moi.

Atlas n'avait pas seulement eu de la chance. Il avait tiré le gros lot.

— Je m'en occupe, dit aussitôt Callum.

— Nous pourrions le faire ensemble. Ainsi, ça ne le dérangera pas.

— Bonne idée, dit Callum.

Il était impressionné par la façon dont Payton s'impliquait, et sa volonté à se retrousser les manches.

Hannah était son exacte opposée. Elle aurait eu peur de se casser les ongles – qu'elle entretenait avec le plus grand soin, à raison d'un rendez-vous par semaine chez la manucure.

Elle n'était pourtant pas comme ça au début de leur relation. Son apparence était devenue sa priorité quand Trey avait été engagé dans l'entreprise.

Avec le recul, il aurait dû reconnaître les premiers signes. Hannah avait voulu que Trey se sente le bienvenu, et avait tenu à l'inviter à déjeuner le dimanche. Puis elle avait changé de coiffure et de style vestimentaire, et avait commencé à se montrer distante.

Il s'en serait peut-être rendu compte plus tôt s'il n'avait pas passé de longues heures au travail. Aujourd'hui, il reconnaissait qu'il avait sa part de culpabilité dans ce qui était arrivé.

S'il n'avait pas laissé Hannah aussi seule, elle n'aurait sans doute pas cherché du réconfort ailleurs.

Il s'était dit que leur relation repartirait du bon pied quand il aurait sécurisé leur avenir et, pas une fois il ne s'était arrêté pour se demander s'il était toujours heureux dans cette relation.

Payton s'éclaircit la gorge, et il réalisa qu'il était momentanément parti ailleurs.

Grâce à l'encadrement du lit, ce ne fut pas difficile, chacun prenant son côté de faire glisser doucement et progressivement le matelas à terre. Puis ils l'installèrent contre le mur du fond, afin que personne ne trébuche dessus.

Payton se redressa et posa les mains sur ses hanches, paraissant fière du travail accompli.

— Vous savez ce qu'on dit du travail d'équipe ? demanda-t-elle, radieuse.

Son sourire était aux abonnés absents depuis qu'ils avaient

fait connaissance, et Callum faillit lui dire que ça lui allait trop bien pour le cacher.

Mais ce n'était pas le bon moment pour faire un compliment.

— J'ai entendu beaucoup de proverbes à propos du travail d'équipe, quand je faisais du sport au lycée. Auquel faites-vous allusion ?

— Lorsque deux forces sont jointes, leur efficacité est double. Ce n'est pas moi qui le dis, c'est Isaac Newton… enfin, je crois. Sinon, il y a la citation de Henry Ford : « Se réunir est un début, travailler ensemble est la réussite. »

Payton n'était pas certaine de parvenir à dormir dans une maison aussi grande. La chambre d'amis était deux fois la superficie de son appartement à Austin. Mais il est vrai que ce n'était pas un exploit.

Un frisson involontaire la traversa au souvenir de l'endroit où elle vivait, et de ce qui s'y était passé. Elle ne s'imaginait pas y retourner pour organiser son déménagement. Par ailleurs, elle redoutait un peu que ses meubles et ses effets personnels lui rappellent ce drame. Malheureusement, elle n'avait pas les moyens de les remplacer.

— Je vais me changer, et prévenir tout le monde que vous êtes là, dit Callum.

Elle se crispa, et il dut s'en rendre compte, car il s'empressa d'ajouter :

— Il n'y a que ma mère et ma grand-mère. Les employés du ranch et le contremaître n'entrent pas dans la maison. Ils y seraient les bienvenus, mais ils ont toujours refusé.

En entendant ce commentaire, Payton se demanda si sa place était vraiment dans cette maison, même si Callum ne cessait de répéter qu'elle était la bienvenue et qu'elle ne dérangeait pas du tout.

Ce dont elle avait besoin, c'était d'une bonne nuit de sommeil, et une possibilité de reprendre son souffle après une journée éprouvante.

Dès qu'elle se serait ressaisie – probablement le lendemain – elle pourrait retourner à la ferme et s'atteler aux travaux de rénovation.

S'occuper physiquement avec les réparations et mentalement avec ses études feraient diversion aux idées sombres qui parfois s'emparaient d'elle.

— Je vais vous attendre ici, dit-elle en se tordant les mains.

Elle leva les yeux vers Callum, qui se tenait sur le seuil.

— Je veux passer du temps avec Atlas.

— Comme vous voudrez. De toute façon, ça ne me prendra pas longtemps.

Dire que la journée avait été riche en émotions était l'euphémisme de la semaine, songea Payton en se dirigeant vers le matelas.

Tandis qu'elle s'asseyait par terre, elle demanda à son chien, qui ronflait :

— Comment je m'en sors, jusqu'à présent ?

Il n'avait pas encore atteint l'âge adulte, et il avait déjà subi tant d'épreuves. Au refuge, on lui avait dit qu'il était arrivé émacié et la fourrure tellement emmêlée qu'il avait fallu la raser.

Les premiers signes d'espoir concernant sa capacité à être adopté étaient venus assez vite, quand il s'était attaché aux bénévoles féminines. Étant donné que Payton n'envisageait pas – dans un avenir proche, tout au moins – de partager sa vie avec un homme, elle n'avait pas eu de réticences à adopter Atlas.

Sa rencontre avec Callum lui avait fait réviser sa position.

Jusqu'à présent, Atlas et elle s'en étaient bien sortis, et elle savait qu'elle n'aurait jamais eu la force de survivre s'il n'avait pas été là.

D'une certaine façon, il l'avait sauvée plus qu'elle ne l'avait sauvé.

Elle se pelotonna sur le sol à côté d'Atlas, en se servant du matelas comme d'un oreiller.

Réprimant un bâillement, puis un autre, elle finit par s'endormir sans même s'en rendre compte.

Lorsque Payton ouvrit les yeux, il faisait nuit dehors, et une couverture avait été déposée sur elle. Dans le halo diffusé par une lampe posée sur une table basse, elle distingua la silhouette de Callum sur le canapé. À côté d'elle, Atlas somnolait paisiblement en ronflant.

— J'ai dormi combien de temps ? demanda-t-elle en essayant de reprendre ses esprits et de se repérer dans cet endroit inconnu.

Elle remarqua que c'était la première fois en une semaine qu'elle ne se réveillait pas en hurlant et en tremblant.

Les séquelles de son drame étaient ravivées chaque fois qu'elle baissait sa garde. Des images du Monstre Masqué hantaient ses rêves et provoquaient des crises de panique avant même qu'elle ouvre les yeux.

— Quelques heures, dit la voix grave et rauque de Callum.

— Atlas ? Je m'inquiète pour lui. Il n'a pas fait ses besoins depuis...

— Je l'ai fait sortir il y a deux heures, quand il s'est réveillé. Il s'est bien débrouillé, même s'il a fait pipi sur sa propre patte.

Il s'empressa de préciser, devinant sans doute la question que Payton allait poser.

— Rassurez-vous, je l'ai nettoyé. Il a mangé un peu, mais pas beaucoup. Il a surtout bu. Donc, il faudra peut-être le faire sortir à nouveau dans peu de temps.

— Il a accepté de vous accompagner ? demanda-t-elle, au comble de l'étonnement.

Elle était un peu choquée aussi que tout se soit déroulé pendant qu'elle dormait, et qu'elle n'ait absolument rien entendu.

— Ce qui a probablement aidé, c'est qu'il est toujours sous calmant, expliqua Callum. Et il commence à s'habituer à moi.

— Votre présence est tellement apaisante.

*Pour les animaux comme pour les êtres humains*, songea-t-elle, mais elle préféra garder ce constat pour elle.

— J'ai la chance d'avoir grandi dans un ranch, et d'avoir l'expérience de toutes sortes d'animaux. Mais je n'aurais probablement pas obtenu d'aussi bons résultats sans la sédation.

— Je me demande comment j'ai pu dormir pendant tout ce temps et ne rien entendre, dit-elle.

Puis elle laissa échapper un petit cri de détresse.

— Je viens juste de réaliser que j'avais un devoir à rendre à 8 heures.

— Dans ce cas, je ferais bien de vous ravitailler en caféine et en nourriture. Nous pouvons allumer toutes les lampes pour y voir plus clair ici. Et ne vous inquiétez pas si vous faites du bruit. La suite des invités a été conçue de telle sorte qu'elle se trouve le plus loin possible de la chambre parentale et des chambres secondaires. Donc, vous ne risquez pas de réveiller quelqu'un.

— Le café est une excellente idée, et j'ai tellement faim que je pourrais probablement manger cette couverture. En revanche, si ça ne vous ennuie pas, je préférerais rester ici avec Atlas.

— Pas de problème. Vous avez des préférences pour le petit déjeuner ?

Il se leva, et Payton s'interdit de remarquer la façon dont son T-shirt collait à son torse, redessinant le relief et les creux de ses muscles.

— Pas vraiment, répondit-elle à sa question. Mais je pense que des protéines ne me feraient pas de mal. D'autant plus que j'ai manqué le dîner.

— Granny est la spécialiste des déjeuners copieux et gourmands : œufs, saucisses, pommes de terre sautées... Elle a probablement préparé des tonnes de nourriture, étant donné que ma mère s'attendait à ce que mes frères et sœurs rentrent aussi au bercail. Pendant que je suis en bas, je vais en profiter pour manger un morceau, et je reviens juste après.

— Pas de problème. Ça me laissera le temps de me changer et de prendre une douche.

Il esquissa un sourire avant de disparaître dans le couloir, et ce sourire fit s'envoler une nuée de papillons dans le ventre de Payton.

Il ne fallait pas avoir peur de dire la vérité : Callum exsudait la sexualité. Et c'était à peu près à ça que se résumaient ses relations précédentes.

Dès que celles-ci semblaient commencer à devenir sérieuses,

et que des signes d'attachement se manifestaient, elle enfilait ses chaussures de course et prenait ses jambes à son cou.

Le divorce de ses parents lui avait fait comprendre que, lorsque les gens cessaient de s'aimer, tout le monde autour d'eux en était affecté.

Comment se faisait-il que l'amour, qui était supposé être si merveilleux, l'Alpha et l'Omega d'une vie, pouvait se transformer en une telle haine, comme dans le cas de ses parents ?

Payton n'avait jamais ressenti le besoin d'avoir un homme auprès d'elle pour se sentir épanouie. Elle n'avait pas le sentiment d'être incomplète et de mener une vie dénuée de sens quand elle était seule.

Toutefois, la présence de Callum lui faisait penser que l'amour pourrait finalement être un bon choix. Une personne honorable, qui savait comment s'engager, pourrait faire toute la différence. Même si elle vivait sans un partenaire du sexe opposé à son côté.

Elle laissa la porte de la salle de bains entrebâillée tandis qu'elle se déshabillait et se glissait sous la douche, parce qu'elle voulait pouvoir entendre Atlas se réveiller.

Elle n'en revenait toujours pas que son chien s'entende aussi bien avec Callum, alors qu'il se méfiait des hommes tout autant qu'elle.

Ce n'était pas tout à fait vrai, ni équitable, admit-elle. Mais ce n'était pas loin de la vérité non plus.

Pour un homme tel que Callum, elle pourrait réviser la vision qu'elle avait jusqu'à présent des relations amoureuses.

# 8

Callum fit chauffer deux poêles tandis que le café passait.

Il se réjouissait que sa mère ait conservé une cafetière électrique, plutôt que de céder à la mode des machines à capsules. Il aimait l'odeur du café qui emplissait progressivement la cuisine et ses abords, et la facilité qu'il y avait à servir une seconde tasse sans en faire toute une histoire.

Callum appartenait définitivement au camp des personnes qui tenaient à faire le moins possible d'histoires.

Il prépara un plateau et retourna vers la suite d'invités.

La veille, Payton était bien plus fatiguée qu'elle ne le pensait. Elle s'était endormie très vite, tandis que, de son côté, Callum, après s'être changé, avait une conversation avec sa mère et sa grand-mère. Ces dernières étaient ravies de rencontrer enfin leur nouvelle voisine.

Il s'en était tenu à l'essentiel : Payton avait hérité la ferme de Beverly Baker, et voulait la retaper pour la rendre à nouveau habitable. Elle y vivait seule et venait d'adopter un chien dans un refuge. Quand il leur avait expliqué dans quelles conditions elle vivait, elles avaient été horrifiées.

Sa mère avait insisté sur le fait qu'il semblait avoir eu un coup de foudre pour Payton. Il est vrai que son regard empli d'espoir l'avait bouleversé, mais il n'était pas à Cider Creek pour trouver une femme.

En revanche, il mettrait tout en œuvre pour aider une voisine.

C'était ainsi que se comportaient les ranchers. Et ce n'était pas parce qu'il vivait en ville maintenant qu'il allait oublier d'où il venait.

Tandis qu'il entrait dans la suite, il entendit qu'on tournait le robinet dans la salle de bains adjacente. Atlas dormait toujours, ce qui était bon signe. Le sommeil était la meilleure façon de guérir.

Il déposa le plateau sur la table basse devant le canapé.

— Je sens l'odeur de la nourriture jusqu'ici, dit Payton depuis la salle de bains.

Bien sûr, il n'aurait pas dû, mais il ne put s'empêcher de l'imaginer nue. Il s'empressa toutefois de chasser cette image avant qu'elle ne s'enracine.

Il n'y avait eu personne depuis Hannah.

Il était trop malheureux pour penser au sexe et, de toute façon, il avait arrêté les aventures d'un soir depuis bien longtemps. Donc, il aurait probablement dû se réjouir que sa libido se réveille...

Compte tenu des circonstances, toutefois, il s'exhorta à se calmer.

Il était persuadé que faire l'amour avec Payton serait exceptionnel. Mais elle avait vécu une épreuve qu'il ne souhaiterait pas à son pire ennemi, et encore moins à une personne si douce et compatissante comme elle.

Il faudrait à Payton des semaines, si ce n'était des mois, pour s'en remettre et faire à nouveau confiance à autrui. Or il avait l'intention de partir dans quelques jours. Une semaine tout au plus.

Tout concourait donc à ce qu'il ne se passe rien entre Payton et lui.

N'éprouvant aucune envie de ruminer et de se lamenter, il prit une fourchette et la piqua dans ses œufs brouillés. Ils étaient accompagnés d'épinards, de saucisse et d'oignons, et il avait hâte de goûter à nouveau la cuisine de Granny.

Payton émergea de la salle de bains, plus ravissante qu'il n'aurait dû être permis à une femme portant un jogging. Ses cheveux humides étaient tirés en queue-de-cheval, révélant des traits d'une grande pureté. Sous cet éclairage, sa peau à l'aspect soyeux paraissait scintiller.

— Le soleil ne se lèvera pas avant deux bonnes heures, dit-il.

Je suppose que ça vous laissera le temps de rédiger votre papier et de l'envoyer.

Callum désigna à Payton la tasse de café fraîchement passé, heureux de pouvoir lui apporter un peu de confort après ce qu'elle avait vécu.

— Je continue à croire que vouloir terminer le semestre est une erreur, dit-elle en secouant la tête. Et pourtant, je ne peux pas me résoudre à abandonner mes cours.

— Vous concentrer sur vos études n'est pas la pire chose à faire en attendant que l'enquête avance et que ce salaud soit arrêté.

— C'est vrai que ça me motive à continuer. Ma façon de raisonner peut paraître bizarre, mais si j'abandonnais, ce serait reconnaître qu'il a gagné. C'est peut-être un peu puéril, mais…

Callum l'interrompit :

— Je comprends. Pourquoi laisser ce type tout vous prendre ?

— Exactement. À cause de lui, j'ai peur de mon ombre maintenant. Et je déteste ça. S'il me prend mes études en plus du reste, je me retrouverai sans rien. J'ai déjà dû tout changer dans ma vie. J'ai dû quitter mon appartement et mon emploi à temps partiel. Tout ce qui me reste, c'est ma maîtrise en Travail social.

Callum hocha la tête pour exprimer son empathie.

— J'étais fiancé jusqu'à récemment.

Il ignorait pourquoi il éprouvait soudain le besoin de livrer des détails de sa vie personnelle.

Peut-être parce qu'il voulait que Payton sache qu'elle n'était pas toute seule dans ce monde où se produisaient des choses horribles.

— Il se trouve qu'elle avait une liaison sous mon nez, et que je ne me suis rendu compte de rien. Son amant était un de mes nouveaux employés. Je le trouvais sympathique, et quand elle a insisté pour l'inviter à déjeuner le dimanche, j'ai accepté. Puis un jour, j'ai ouvert la porte de son bureau, et je les ai surpris en pleine action.

Cet horrible souvenir lui fit secouer la tête.

— J'ai dit à Trey de me retrouver dans mon bureau quinze

minutes plus tard, quand il aurait terminé. J'avais envie de quitter l'immeuble et de ne jamais y revenir. Au lieu de quoi, je me suis obligé à y rester jusqu'à la fin de la journée.

— Depuis combien de temps étiez-vous ensemble ? demanda-t-elle, avec de la compassion dans la voix.

— Cinq ans. Ça n'a rien de comparable avec votre situation. Ce que vous avez vécu est horrible. Mais, tout ce que je veux dire, c'est que je comprends le besoin, quand quelque chose d'injuste vous arrive, de planter les talons dans le sol et de camper sur ses positions.

À sa façon de hocher la tête et de sourire, Callum eut l'impression qu'un lien de solidarité venait de se tisser entre eux.

L'un comme l'autre, ils savaient ce qui se passait quand la vie commençait à dérailler.

— Vous ne méritiez pas d'être traité ainsi, dit-elle en s'asseyant à côté de lui.

— Vous non plus.

Laissant passer un silence, il ajouta :

— J'ai pris conscience que de mauvaises choses arrivaient à des personnes honorables. La différence, c'est que les gens honorables se battent malgré les circonstances et parviennent à se relever.

Payton resta silencieuse un long moment, comme si elle analysait ce qu'il venait de dire, et s'en imprégnait.

*Il aurait tellement voulu pouvoir l'aider.*

Trop de fois, il avait entendu des gens demander ce qu'ils avaient fait pour mériter un tel coup du sort. La seule réponse qui lui venait alors à l'esprit, c'était qu'ils étaient vivants.

C'était aussi simple que ça.

— Je suis d'accord, dit-elle finalement. Ma mère avait l'habitude de dire que les gens n'ont que ce qu'ils méritent. Et pourtant, ses actions ne lui revenaient jamais en pleine face.

Son regard se perdit dans le vague tandis que Payton égrenait ses souvenirs.

— Elle se servait des gens autant qu'elle le pouvait, et elle s'en sortait toujours. Dans les premiers temps du divorce de mes parents, une voisine nous gardait. Un jour, on lui a volé son sac sur le parking de la supérette, et ma mère a dit que c'était sa faute d'avoir trop d'espèces sur elle.

Payton soupira.

— Je n'ai jamais compris pourquoi elle réagissait comme ça.

Callum se dit que la mère de Payton ne devait pas être facile à vivre. Ils n'avaient pas évoqué sa situation familiale, mais il réalisa à cet instant qu'elle était seule. Ses proches ne semblaient pas du genre à se précipiter pour l'aider, à moins qu'ils y trouvent un intérêt personnel.

— À un moment ou à un autre, des pépins arrivent à tout un chacun. C'est inévitable. L'astuce, c'est d'apprendre à vivre vraiment, malgré les embûches et les événements inattendus.

Tandis qu'il s'entendait prononcer ces mots, Callum réalisa combien il avait été stupide de sa part de décider soudainement de se fermer à la possibilité d'aimer.

Quand il y pensait, c'était une punition excessive. Ce qui ne voulait pas dire qu'il ne pouvait pas tout à coup changer d'avis, d'un claquement de doigts sortir de sa torpeur, et ouvrir à nouveau son cœur.

Une petite voix au fond de sa tête choisit ce moment pour souligner qu'il n'était peut-être pas aussi amoureux d'Hannah qu'il avait bien voulu s'en convaincre.

Être avec elle était devenu une habitude. Et il pouvait dire avec certitude qu'il n'avait jamais ressenti avec elle quoi que ce soit qui s'approche de ce qu'il ressentait pour Payton.

Avec Hannah, il n'avait pas senti un feu d'artifice exploser dans sa poitrine à la seconde où leurs doigts s'étaient touchés.

Était-ce pour lui une façon de rebondir ?

Avait-il besoin d'une aventure sans lendemain pour se remettre en selle, et lui permettre de tourner la page avant de trouver le véritable amour ?

Ou bien, était-ce à ça qu'il aurait dû s'attendre depuis le début dans une relation ?

— Eh bien, voilà de quoi réfléchir, conclut Payton. De la nourriture pour l'esprit, comme on dit.

Baissant les yeux vers son assiette, elle rit, et cette distraction fut la bienvenue pour rompre le sérieux du sujet.

Callum rit à l'unisson. C'était une sensation agréable.

Il réalisa qu'il n'y avait pas eu beaucoup de rires dans sa vie depuis qu'il avait découvert la liaison d'Hannah et Trey.

— J'ai mentionné les agissements de mon ex, dit-il. Mais je dois à la vérité de dire que je suis tout aussi responsable qu'elle d'avoir laissé la relation se détériorer.

— Vous ne l'avez pas trompée.

— Non, c'est vrai. Mais, avec le recul, je me rends compte que nous étions tous les deux malheureux sans le savoir. Nous avions fait des projets d'avenir, et j'ai l'impression que nous nous sentions tous les deux obligés de nous y tenir.

Il chercha le regard de Payton.

— Entendons-nous bien. Je ne lui pardonne pas ce qu'elle a fait. Ça m'a fait mal, même si j'avais cessé de l'aimer.

Il réalisait soudain que le mot « amour » était peut-être excessif pour décrire ce qu'ils avaient partagé.

À une époque, chacun appréciait la compagnie de l'autre. Mais ils avaient changé : Elle avait été atteinte d'une frénésie de consommation, achetant du mobilier et de la décoration, renouvelant sa garde-robe pour suivre la mode... tandis que lui aspirait à économiser pour assurer leur avenir.

Mais ce n'était pas l'argent qui les avait séparés. Ils ne voyaient tout simplement pas la vie de la même façon.

Hannah aurait pu passer toutes ses journées sur une plage bondée si ç'avait été possible. Elle adorait perdre des heures à se bronzer quand, de son côté, préférant les endroits calmes et discrets, il commençait à s'agacer de la foule et du bruit au bout d'une quinzaine de minutes. Par ailleurs, il détestait au plus haut point l'inactivité.

Elle voulait dîner dehors tous les soirs, tandis qu'il était plutôt casanier. Et, de plus, il adorait cuisiner.

Se considérant comme féministe, il était convaincu que les femmes avaient autant, si ce n'est plus, de compétences que les hommes.

Hannah ne voyait pas les choses de la même façon. Elle voulait qu'on prenne soin d'elle, comme elle l'avait déclaré. Elle voulait qu'on la « chouchoute ». Excessivement soucieuse de son apparence, elle aimait passer des heures chez l'esthéticienne ou la manucure.

Quand il avait abordé la question des enfants, elle avait froncé le nez et demandé si une nounou à domicile était aussi prévue.

— Je voulais une femme qui soit mon égale à tous points de vue, dit-il, tandis qu'ils achevaient leur repas. Une personne qui me pousserait à relever des défis et m'aiderait à grandir. Pas quelqu'un dont la seule ambition était d'en faire le moins possible.

Une fois encore, il chercha le regard de Payton.

— Est-ce que ça a du sens pour vous ?

— Beaucoup en fait, admit-elle.

Callum sentit les battements de son cœur s'accélérer.

— Qui a envie de vivre avec une poupée-mannequin en plastique ? demanda-t-elle. Je suis sortie un jour avec un garçon incroyablement beau, mais qui était incapable de soutenir une conversation. Ce fut le plus long et le plus ennuyeux dîner de ma vie.

— C'est exactement ce que je voulais dire. Je crois que ce serait une façon efficace de faire d'une année une décennie.

— Vous imaginez ça ? plaisanta Payton, avant de lever les yeux au ciel en éclatant de rire.

Callum se dit qu'il avait intérêt à ne pas trop s'attacher à cette femme merveilleuse, qui avait fait irruption dans sa vie de façon tellement inattendue.

— Je peux débarrasser tout ça pendant que vous allumez votre ordinateur, et que vous vous mettez au travail, proposa-t-il.

Il avait besoin de quitter la pièce et de retrouver son équilibre, avant de tomber éperdument amoureux de Payton.

*Secoue—toi.*

Payton allait répéter ces mots jusqu'à ce qu'ils deviennent son mantra.

Ce qui venait de se passer entre Callum et elle – du moins pensait-elle qu'il l'avait ressenti lui aussi – devait cesser, pour leur bien à tous les deux.

Toutes ces émotions qui s'emparaient d'elle dès qu'il était à proximité l'effrayaient.

Il fallait avant tout qu'elle se concentre sur le papier qu'elle avait à écrire et qu'elle l'envoie. Ensuite, elle s'occuperait d'Atlas.

Ça ne se déroulerait pas forcément dans cet ordre-là, puisqu'Atlas pouvait se réveiller à tout moment et avoir besoin d'elle.

Quant à la rénovation de la ferme, ça pourrait attendre un jour ou deux de plus.

Elle souleva sa tasse et but une gorgée de café, en se disant que c'était peut-être le meilleur qu'elle ait jamais dégusté.

À vrai dire, tout semblait meilleur lorsque Callum était là.

Mettant sa fragilité émotionnelle sur le compte des événements récents, elle s'exhorta à ne pas se laisser emporter par son imagination.

Callum était un homme honorable, qui s'efforçait de l'aider temporairement. Confondre sa générosité avec un autre sentiment ne pouvait que les mettre dans l'embarras l'un et l'autre.

Il fallait qu'elle reste de son côté de la route, sans dévier sa trajectoire.

Son ordinateur était chargé et prêt à servir. Au moins, elle avait ce recours-là.

Confortablement installée sur le canapé, elle se mit au travail.

Sa capacité de concentration avait été sérieusement compromise depuis ce qui lui était arrivé, mais le fait de tenir bon et de s'interdire de renoncer lui faisait du bien.

Dans les premiers jours qui avaient suivi l'agression, elle avait consulté son téléphone une dizaine de fois par heure, s'attendant à ce que la police l'appelle pour lui donner de bonnes nouvelles.

Ça ne s'était pas du tout passé de cette façon. Les rares fois où elle avait appelé pour savoir si l'enquête avançait, on lui avait dit qu'elle serait prévenue à la minute où il y aurait du nouveau.

Elle avait failli se mettre elle-même à la recherche de ce salaud, mais ça la placerait dans la catégorie des personnes trop stupides pour vivre longtemps.

Aussi, elle ne ferait rien, même s'il pouvait être tentant de se faire justice soi-même, et de mettre un terme à la torture qu'étaient cette attente interminable et cette crainte permanente.

Si les circonstances l'avaient contrainte à trouver refuge dans l'ancienne ferme de sa grand-tante, il lui semblait maintenant que le destin s'en était mêlé. Comme s'il était écrit quelque part dans le grand livre de l'univers, que c'était là que se trouvait le seul endroit digne de porter le nom de foyer.

*Sa maison.*

*Pense à ton papier*, s'exhorta-t-elle.

Payton s'y reprit à quatre fois pour écrire son introduction. Dès qu'Atlas reniflait, elle sursautait et guettait chez son chien adoré le moindre signe de détresse.

Il ne fallait pas grand-chose pour la distraire de son travail, et le choix fut bientôt clair : elle pouvait rester assise là, à fixer le curseur du clavier clignotant sur la page blanche, ou elle pouvait essayer de faire un effort, et rédiger un devoir à peu près satisfaisant.

À ce stade, tout ce qu'elle voulait, c'était réussir l'exercice. Toute note qui lui donnerait les trois heures de validation manquantes serait considérée comme une réussite à ses yeux.

À un semestre de l'obtention de son diplôme, ce serait du gâchis de renoncer maintenant, et de perdre le bénéfice du difficile travail qu'elle avait accompli jusqu'à présent.

Faisant appel à toute l'autodiscipline dont elle disposait encore, elle parvint à rédiger les cinq pages demandées sur la gestion du risque dans le domaine de la petite enfance.

Quand ce fut fini, elle releva la tête en souriant fièrement, cherchant l'approbation de Callum. Puis elle réalisa qu'il avait quitté la pièce depuis longtemps, et en éprouva une étrange déception.

Elle se connecta au système, et envoya son papier plusieurs heures avant le délai. Puis, satisfaite du travail accompli, elle éteignit son ordinateur.

L'envie de jeter un coup d'œil aux réseaux sociaux et à ses mails était pourtant forte. La police lui avait demandé de ne pas fermer ses comptes, pour voir si le *Monstre Masqué* allait essayer de la traquer en ligne, afin de retrouver sa trace.

Elle était la seule à connaître sa voix, mais ça ne serait pas suffisant pour obtenir une condamnation. Même le moins doué des avocats serait capable de la discréditer au procès. Une confirmation permettrait toutefois d'indiquer aux inspecteurs s'ils étaient sur la bonne piste, ou s'ils devaient s'orienter vers quelqu'un d'autre.

Elle était précieuse à l'enquête, disaient-ils.

Mais elle les avait déçus en leur apprenant qu'elle était peu présente sur les réseaux.

Son compte était pour le moins anémique. Elle n'avait jamais pris le temps de faire des photos et de les poster. Elle n'avait pas grand-chose à raconter sur sa vie non plus.

« Regardez ! Voici Payton en train de réviser pour un examen. »
« Là, elle sert une deuxième tasse de café à un client. »

Elle ne pouvait pas se payer de vraies vacances, et cuisinait la plupart de ses repas. Compte tenu de leur simplicité, personne ne la qualifierait jamais de chef. Elle connaissait juste les bases culinaires, qui lui permettaient de survivre.

Si seulement elle savait cuisiner comme la grand-mère de

Callum ! Alors là, oui, elle prendrait ses plats en photos et les posterait fièrement sur les réseaux.

En attendant, elle était la reine des sandwichs au beurre de cacahouète et à la gelée de groseille. Et ce n'était déjà pas si mal.

Atlas gémit dans son sommeil. Elle se leva aussitôt pour le rejoindre, et tomba à genoux à côté de lui. Après lui avoir caressé doucement la tête, elle le gratouilla derrière l'oreille, comme il aimait.

Des bruits de pas résonnèrent soudain dans le couloir, et son cœur fit un bond dans sa poitrine.

Se rappelant qu'elle devait respirer, elle relâcha son souffle lorsque Callum apparut.

Baissait-elle sa garde trop rapidement devant ce séduisant inconnu ?

Car, c'était bel et bien ce qu'il était pour elle, malgré une impression de complicité grandissante.

# 9

— J'ai apporté de quoi refaire le plein, dit Callum en brandissant la cafetière.

Il était surpris de voir que son ordinateur était fermé sur la table basse du salon.

— Je vais le ranger, car j'ai terminé, dit-elle, tout en continuant à caresser le chien endormi.

— Déjà ? s'étonna-t-il.

Naturellement, ça ne le regardait pas.

Dénué de travail sur lequel se concentrer, ou d'une fiancée à dorloter, cela lui laissait une quantité étonnante de temps libre.

Et, comme le disait le proverbe, l'oisiveté était mère de tous les vices.

Il sourit de sa propre plaisanterie.

— Je ne dis pas que c'était génial, ou que c'était une bonne idée de le rendre aussi vite, répondit Payton. Je dis simplement que j'ai terminé.

Elle soupira, et lui tendit sa tasse de café pour qu'il la remplisse.

— En fait, finaliser un projet doit suffire.

— Vous voulez essayer de dormir un peu ?

— Je n'ai pas dormi aussi profondément depuis une semaine. Et même depuis plus longtemps que ça, si j'y réfléchis bien.

Elle s'interrompit pour boire une gorgée de café.

— Entre mes horaires de travail et mes études, j'ai l'habitude de ne dormir que quelques heures, et de faire des siestes dès que j'en ai la possibilité.

— Vous me faites penser à un rancher durant la saison des vêlages, dit-il en riant.

Il remplit sa propre tasse et prit place sur le canapé.

— Encore que démarrer une entreprise n'a rien d'une plaisanterie en termes de nuits blanches et de réveils aux aurores.

— Je suppose qu'on doit porter un grand nombre de casquettes.

Elle se cala dans l'angle du canapé, et remonta ses genoux contre sa poitrine.

— C'est exact, dit Callum.

Et il songea qu'il n'avait jamais vraiment partagé son quotidien avec Hannah. Elle semblait vite s'ennuyer dès qu'il évoquait son travail.

— Au début, j'étais connu pour sauter dans un camion dès qu'il fallait transporter quelque chose de toute urgence. Avant de pouvoir engager des employés, je répondais au téléphone comme si j'étais le réceptionniste.

Il s'éclaircit la gorge, et employa une intonation plus aiguë :

— *Merci d'avoir appelé Hayes Logistics. Avec qui souhaitez-vous être mis en contact ?*

Payton éclata de rire, et il se réjouit de la voir si insouciante après ce qu'elle avait vécu.

Une pensée étrange lui vint, comme sortie de nulle part : ce rire était pour lui comme une récompense.

— Vous devriez rire plus souvent, ne put-il s'empêcher de le lui dire. Votre visage s'illumine, et vous êtes encore plus belle.

Elle agita les sourcils d'un air comique. Son rire avait la légèreté des bulles. Il se joignit à elle, et ce moment de gaieté dura jusqu'à ce qu'ils aient besoin de retrouver leur souffle.

— Ça fait du bien de rire, commenta Payton, quand elle eut retrouvé son calme.

— Tu ne dors pas, et tu ne ris pas, remarqua Callum, en passant spontanément au tutoiement.

Tout à coup, il prenait conscience des similitudes de leur mode de vie.

Il avait du mal à trouver le sommeil depuis qu'Hannah avait déménagé. Les aspirations qu'on avait dans la vie fonctionnaient de façon étrange. Même s'il admettait que leur rupture était ce qui pouvait leur arriver de mieux, à l'un comme à l'autre, l'échec de leur couple le faisait encore souffrir.

— Pas tellement, non, admit-elle. Mais je bois des litres de café et, sans aller jusqu'à sourire franchement, je m'efforce d'être courtoise avec les clients.

— Puisque tu parles des clients du coffee-shop, il y en a certains que tu suspectes ?

Lorsqu'il mentionna l'affaire, la bonne humeur de Payton s'évanouit aussitôt.

Mais sa curiosité était trop forte, et il voulait réellement l'aider.

— Il est possible qu'il soit entré sans que je le remarque. Quand je suis dans la zone de préparation des boissons, je me concentre sur les étiquettes à poser sur les tasses : caramel macchiato, latte vanille, chai glacé... Le coffee-shop qui m'employait est l'un des plus fréquentés d'Austin. Chaque employé est donc spécialisé : deux personnes à la caisse, une personne qui appelle les clients par leur nom quand je lui tends la commande... C'est du travail à la chaîne.

— Ça semble efficace.

— Nous devons servir un grand nombre de clients, il nous faut donc faire preuve d'efficacité. Sinon, nous serions submergés par la file d'attente qui se prolonge jusque dans la rue. Donc, oui, il est possible que l'agresseur se soit trouvé là, à m'observer sans que je le remarque. Je lève rarement les yeux quand j'enchaîne les mouvements. Et, de toute façon, je suis derrière des machines volumineuses.

Son agresseur aurait tout aussi bien pu l'observer depuis l'extérieur, ou se trouver dans la salle et mettre des lunettes de soleil. La plupart des journées d'hiver étaient suffisamment lumineuses pour qu'on en porte sans attirer l'attention.

— Je suppose que toute la devanture de la boutique est vitrée, et qu'il y a quelques tables et chaises sur le trottoir.

— Ça me semble être la norme pour les coffee-shops, non ?

— La plupart de ceux que j'ai vus avaient ce format, de la grande chaîne à la petite boutique familiale. Même si cette personne t'a d'abord espionnée chez toi, ce n'est pas difficile pour lui de te suivre ensuite. Dans une ville comme Austin, un grand nombre de personnes se déplacent à pied vingt-quatre heures sur vingt-quatre autour du campus.

— La plupart du temps, j'ai la tête baissée, et les yeux rivés sur le trottoir.

Elle soupira.

— C'est curieux cette impression qu'on a d'être en sécurité dans le centre-ville, avec tout ce monde partout et tout le temps. En été, c'est différent. L'effervescence ralentit car la plupart des étudiants rentrent chez eux pour les vacances. Tu peux aussi louer un kayak le week-end à Zilker Park, même si je ne l'ai jamais fait.

— C'est bizarre comme nous remarquons trop tard les choses que nous aurions dû faire, ou qui étaient en vue à différentes étapes de notre vie.

Payton hocha la tête.

— Toutes ces opportunités manquées… mais je pense que c'est une bonne chose que d'être aux aguets, ou d'avoir un but…

Elle marqua une pause infime.

— En revanche, ne jamais prendre ni le temps de se détendre, ni de sentir le parfum des roses, comme dit le proverbe… c'est peut-être un peu excessif.

— Sauf que tu penses être en train de construire quelque chose pour l'avenir, répliqua Callum. Et tu finis par réaliser que l'avenir ne ressemble pas à ce que tu t'étais imaginé. Tu vois ce que je veux dire ?

— Très bien. Nous sommes tellement occupés à préparer des lendemains qui chantent que les lendemains n'arrivent jamais.

— Nous sommes pris dans un cercle sans fin.

— Et on ne parvient plus à descendre du manège, renchérit Payton.

— Je commence à penser que ce sont la lenteur et l'endurance qui font gagner la course, et pas le fait d'avoir la tête dans le guidon en permanence. Mon obsession à bâtir une entreprise m'a coûté ma vie de couple.

Payton ne répondit pas tout de suite, et il vit, à sa façon de se mordiller la lèvre inférieure, qu'elle réfléchissait à ce qu'il venait de dire.

— Je ne connais pas ta fiancée, et ce n'est pas à moi de juger votre relation…

À nouveau, elle tritura sa lèvre entre ses dents.

— Mais ? demanda Callum, en l'encourageant à continuer.

— Ce n'est pas très classe de coucher avec un de tes employés. Et c'est humiliant pour toi. Elle t'envoie ça au visage, pendant que tu trimes pour assurer votre avenir commun.

Elle leva une main, comme si elle savait qu'il allait protester.

— Et je sais. Je comprends. Tu travaillais trop, et c'est probablement vrai. Et il est possible que tu aies négligé votre relation à cause de ça. Mais franchement ? Est-ce qu'elle était obligée de coucher avec ton inférieur ? Dans ton immeuble de bureaux ? Si tu veux mon avis, elle ne te mérite pas. Et elle ne mérite pas non plus le merveilleux avenir que tu essayais de créer.

Il secoua la tête.

— Présenté comme ça, c'est elle la méchante. Et elle a certainement fait ce qu'il fallait pour me briser en deux. Mais, laisse-moi t'avouer quelque chose : quelque part au fond de ma tête, je ne peux pas m'empêcher de penser que je suis soulagé de ne pas l'avoir épousée.

— Vous aviez déjà abordé le sujet ensemble ?

— Je pense que nous ne savions pas comment en parler sans risquer de blesser l'autre.

— En tout cas, elle a trouvé comment te planter un poignard en plein cœur.

Callum approuvait cette remarque à cent pour cent.

— Je reconnais qu'il y avait une forme de vindicte dans ses actes, mais j'ai aussi une part de responsabilité dans ce qui est arrivé.

Au fond, il se demanderait toujours s'il n'avait pas déjà réalisé bien avant cela qu'Hannah et lui n'étaient pas faits l'un pour l'autre.

Avec Payton, l'histoire s'annonçait différente. Tout ce qu'il ressentait pour elle était inconnu et inattendu.

Était-ce quelque chose qui pourrait durer ?

— Je crois que tu te mets beaucoup trop de pression, dit Payton.

Et cela ne faisait qu'ajouter à son pouvoir de séduction. Malheureusement, elle ne pouvait pas laisser libre cours à cette attirance très forte qu'elle ressentait pour lui.

— Et tu as droit à tout mon respect pour ça, ajouta-t-elle.

— Merci, mais j'aime me sentir responsable de mes propres erreurs. Personne ne devrait s'en sortir trop facilement quand il s'est mal comporté, dit-il.

Si Payton se fiait à ce qu'elle savait sur le séduisant rancher devenu homme d'affaires, il se montrait trop dur avec lui-même. Il donnait l'impression d'absoudre son ex.

Il avait aussi fait valoir des points intéressants. Une relation se construisait à deux, et sa réussite ou son échec reposait sur les épaules des deux membres du couple.

Les deux devaient avoir envie d'établir le dialogue dans les moments difficiles, et les deux devaient vouloir s'engager sur le long terme.

La seconde partie pouvait poser problème. Elle voyait bien les erreurs qu'elle avait commises dans ses propres relations. La plus grande était qu'elle ne croyait pas possible de rester amoureux toute sa vie. Mais il était difficile de trouver des exemples à suivre. Le mariage de ses parents avait été un désastre. Ils s'étaient tous deux remariés, mais ils ne semblaient pas particulièrement heureux ni l'un ni l'autre. Simplement moins misérables.

— Ce n'est qu'une question de temps pour que l'éclat d'une relation ternisse, n'est-ce pas ?

Elle s'était exprimée avec désinvolture, en dépit du fait que son instinct lui soufflait que tout serait différent avec Callum.

Son instinct ? Ou ses espoirs ?

— Si mon père n'était pas mort, mes parents seraient toujours ensemble, dit-il.

Payton perçut de la nostalgie dans sa voix, et aussi une forme d'admiration.

— Je n'étais pas proche de lui, étant donné qu'il passait tout son temps à travailler, mais il avait un lien unique avec ma mère. Ils s'aimaient, et ils étaient aussi les meilleurs amis du monde. En fait, je ne suis pas sûr que ma mère se soit remise de son décès.

— Ils ont eu une longue histoire ensemble. Peut-être que le fait de se rencontrer quand on est jeune, et qu'on a encore la capacité de s'adapter, fait toute la différence.

— Figure-toi que j'ai posé la question à ma mère. Elle m'a dit que la seule différence entre leur couple et ceux qui divorcent, c'était qu'ils prenaient chaque jour la décision de rester ensemble. Ils avaient décidé de faire des efforts pour que ça fonctionne, plutôt que de jeter l'éponge au moindre différend. Elle m'a dit aussi qu'il leur était arrivé quelquefois de ne pas trouver de terrain d'entente, et de ne pas savoir comment se sortir de la situation.

— Mes parents auraient pu prendre des leçons auprès des tiens. Eux, ils géraient leurs conflits en se déchirant.

— Je ne pense pas que ma mère affirmerait avoir eu une relation de tout repos avec mon père. Il pouvait être têtu et autoritaire, et je sais qu'ils n'étaient pas toujours d'accord sur l'éducation des enfants, mais il s'en remettait la plupart du temps à son jugement. Pour ce qui est de mon grand-père, alors là, c'est une tout autre histoire. Il était plus borné qu'une mule, et méchant avec ça.

Il soupira, et Payton eut l'impression de ressentir sa douleur envahir l'espace tandis qu'il exhalait. De toute évidence, sa relation tumultueuse avec son grand-père le perturbait grandement.

— A-t-il un jour expliqué pourquoi il traitait ses petits-enfants de cette façon ?

D'après elle, il devait y avoir une explication logique. Les gens agissaient rarement sans raison.

Callum secoua la tête.

— Je n'ai jamais demandé. J'ai dû me dire qu'il valait mieux ne pas le faire.

Un instant songeur, il esquissa un sourire, à la fois narquois et empreint de tristesse.

— Je commence à voir se dessiner un schéma. La communication est la clé.

— Il est facile de supposer que les gens savent ce que nous pensons et ressentons, en oubliant que personne n'est capable de lire dans les pensées d'autrui.

Elle grimaça.

— Je suis coupable de ce travers aussi. Surtout quand la pression monte à l'université, et que je ne vois pas le jour avant la fin des partiels. Au travail, les gens m'ont fait remarquer que j'étais à fleur de peau, et que j'avais tendance à prendre la mouche un peu trop rapidement.

— La faute en revient au stress. J'étais comme ça aussi quand j'ai démarré mon entreprise. Avec le poids que je portais sur les épaules, le moindre problème me faisait l'effet d'un rocher, alors que c'était probablement un caillou.

— Je peux te demander comment tu as surmonté ça ?

— J'avais un formidable employé que je voulais former pour devenir mon bras droit. Je pensais que j'étais un patron formidable, qui savait déléguer. Ça voulait dire aussi que j'étais sans filtre quand ma colère prenait le dessus. Dire que j'étais le pire des dirigeants ne serait pas mentir. Comme j'étais le patron, il n'y avait personne pour me prendre à part et me dire de me calmer, et mes employés marchaient sur des œufs quand j'étais là. Ça, je l'ai appris quand j'ai décroché un énorme contrat, et que deux de mes employés ont démissionné. Ils ont dit qu'ils voulaient être heureux, et que ce nouveau contrat mirobolant ne ferait qu'ajouter au stress qui régnait dans l'entreprise. Mon employé star a été le premier à franchir la porte.

— De toute évidence, tes affaires n'en ont pas vraiment pâti.

— L'unique employé qui n'avait pas quitté le navire a fait appel à quatre chômeurs qui ne réussissaient pas à trouver d'emploi. Ma réputation en tant que patron ne plaidait pas pour moi. Mais, au stade où nous en étions, personne n'avait le choix. Aujourd'hui, je suis heureux de dire que ces quatre personnes travaillent toujours pour moi et sont parmi mes meilleurs éléments. Un an plus tard, celui dont je voulais faire mon bras droit est revenu et m'a demandé un emploi. Il a précisé qu'il était prêt à commencer au bas de l'échelle, à condition que je cesse de lui mettre la pression.

— C'est un beau compliment. Je suppose que tu l'as réengagé.

— L'ironie de l'histoire, c'est que je l'ai vraiment engagé au bas de l'échelle, et qu'il n'a pas apprécié. Il voulait que je reconnaisse ses qualités. Mais c'était le seul poste que j'avais de vacant. Je n'allais quand même pas mettre quelqu'un à la porte pour lui donner sa place

Atlas s'étira et ouvrit les yeux. Il leva la tête et la secoua, comme s'il voulait disperser le brouillard qui le cernait et se débarrasser du cône.

— Tu es réveillé, mon grand ? souffla-t-elle en se penchant pour le gratter derrière les oreilles.

De la lumière filtrait à travers les persiennes à lames.

Avait-elle vraiment parlé à Callum pendant tout ce temps ? Les heures s'étaient écoulées sans qu'elle s'en rende compte. Le temps filait quand elle était avec lui, et elle perdait aisément le sens des réalités.

— Nous pouvons le sortir, récupérer quelques heures de sommeil, puis je te présenterai à ma famille, proposa Callum.

— D’accord.

Le pouls de Payton s’accéléra. Après, elle devrait se résoudre à retourner à l’autre côté de la route. Elle ne pouvait pas éviter pour toujours de rentrer à la maison.

# 10

Assise à la table de la cuisine, Granny sirotait une tasse de café, tandis que Marla vidait le lave-vaisselle. L'odeur des œufs et du bacon flottait dans l'air, signe qu'elles venaient juste de terminer leur petit déjeuner.

— Maman, Granny, commença Callum. J'aimerais vous présenter la petite-nièce de Beverly Baker, Payton.

Délibérément, il ne mentionna pas son nom de famille, car elle semblait soucieuse de ne pas révéler son identité. Ça lui donnait peut-être le sentiment d'avoir conservé intacte une petite partie de sa vie privée.

— Bonjour, madame Hayes, dit Payton, en faisant un pas en avant.

Atlas ne la quittait pas d'une semelle.

— Et madame...

— Snide, dit Granny.

Payton la salua d'un signe de tête.

— Et comment s'appelle ce beau chien ? demanda Marla.

— Atlas, répondit Payton. J'espère que ça ne pose pas de problème qu'il soit dans la maison.

— Pas du tout. Est-ce qu'il va bien ?

— Il a fait une mauvaise rencontre avec un sanglier, expliqua Callum.

— Oh ! le pauvre ! s'exclama Marla. Bien sûr qu'il est le bienvenu.

Atlas ne semblait pas gêné par la présence dans la pièce de deux femmes inconnues.

— Et j'aimerais que vous m'appeliez Marla, dit la mère de Callum.

— Merci pour les muffins, hier, dit Payton, en s'adressant à Granny. Ils étaient fantastiques.

— Eh bien, je suis ravie qu'ils vous aient plu, dit la vieille dame. Et maintenant que Callum est de retour à la maison, nous espérons vous voir davantage.

Callum se mordit la langue tandis que le regard de Payton se posait sur lui.

Il tourna la tête. Établir un contact visuel ne serait pas une bonne chose, car ça le trahirait vis-à-vis de sa mère. Du coin de l'œil, il vit cette dernière se tourner vers l'évier, et retint un juron.

Ce n'était pas l'idéal que sa mère le découvre de cette façon, mais il aurait bien fallu qu'il le lui dise à un moment ou à un autre.

— Il a déjà promis de m'aider à rénover, dit Payton, lui sauvant la journée avec son commentaire.

Marla soupira avec soulagement, tandis que Granny souriait benoîtement.

— Oh ! mais c'est bien, approuva Marla. Callum est un très bon bricoleur. Il vous sera d'une grande aide.

— Y a-t-il beaucoup de travail ? demanda Granny.

— Idéalement, il faudrait tout refaire. J'ai un petit peu d'économies, mais je ne peux pas me le permettre. Quoi qu'il en soit, ça prendra du temps.

Le sourire approbateur de Granny voulait dire qu'elle imaginait que son petit-fils serait là pendant toute la durée des travaux. Et, après tout, rien ne s'opposait à ce qu'il reste deux ou trois semaines.

Peut-être un mois… si c'était vraiment nécessaire.

S'il s'y mettait vraiment, et se faisait aider d'un ou deux artisans, la maison serait probablement rénovée d'ici Noël. Quant à l'argent, il en avait plus qu'il ne lui en fallait, et ne ferait évidemment pas payer ses services.

— Le temps commence à se rafraîchir, remarqua Granny.

Payton hocha la tête.

— Ça pourrait m'obliger à accélérer certains de mes projets. Mais je ne peux pas aller plus vite que ne me le permet mon budget.

— C'est bien compréhensible, dit Marla, avec un tout petit peu trop d'empressement.

De toute évidence, elle ne voulait pas que les travaux s'achèvent trop rapidement, car elle voyait un signe dans la décision prise par son fils d'aider leur voisine.

S'était-elle dit s'il serait capable de tourner le dos à une entreprise qu'il avait créée à partir de rien ? Elle réalisait forcément l'importance que cette entreprise avait pour lui, sans compter tous les employés qu'il allait abandonner.

Pour la première fois depuis son arrivée, il se dit que sa mère devait avoir des soupçons sur son intention de rentrer au bercail.

— Quels jolis cheveux roux vous avez, dit Payton.

Le compliment fit sourire Marla.

— Ce n'est plus entièrement naturel, maintenant, répondit-elle avec une petite moue de modestie. Il faut que je ravive la couleur.

Quoi qu'elle en dise, ses cheveux bouclés avaient encore une belle épaisseur, et lui arrivaient aux épaules.

— Allez-vous rester à Cider Creek une fois que la vieille maison sera remise en état ? demanda Granny. Ou bien avez-vous prévu de la vendre ?

Tandis que la vieille dame s'asseyait et portait sa tasse à ses lèvres, Marla lui lança un regard d'avertissement.

— Ça ne nous regarde pas.

— Ce n'est rien, affirma Payton en balayant la question d'un geste désinvolte de la main. Pour le moment, j'essaie de terminer mon semestre à l'université, et d'améliorer suffisamment le confort pour pouvoir dormir dans une vraie chambre. Le projet est ambitieux, et le budget serré, donc je m'attends à ce que ça prenne un bon bout de temps. Pour être honnête, je n'ai pas réfléchi à ce que je voulais faire une fois que j'aurai mon diplôme. J'avais une idée à un moment, mais les choses ont changé de façon inattendue, et me voilà.

Elle haussa les épaules.

— Parfois, la vie réserve des surprises, en dépit des plans précis qu'on peut faire.

— En tout cas, vous allez être bien occupée, dit Granny. Je veillerai à envoyer Callum avec de la nourriture, pour que vous puissiez vous concentrer sur vos cours et sur la rénovation.

— Ce n'est vraiment pas nécessaire, commença à protester Payton.

Granny l'interrompit d'un ton péremptoire.

— Sottises ! Ça me donnera quelque chose d'utile à faire. Et, de toute façon, je suis certaine de passer tout mon temps en cuisine, une fois que mes petits-enfants vont commencer à arriver. Ce n'est pas une personne de plus ou de moins qui fera la différence.

Callum se rendit compte qu'il avait vraiment besoin d'avoir une franche conversation avec sa mère et Granny.

Leur dire que personne n'avait l'intention de revenir à la maison allait être plus compliqué qu'il ne se l'était imaginé. La seule chose qu'il voulait éviter, c'était que la lueur d'espoir dans les yeux de Granny disparaisse.

Il retint un soupir, réalisant qu'il avait du pain sur la planche.

Payton pouvait voir la tension croître sur le visage de Callum, alors qu'il était question de la venue de ses frères et sœurs, et elle avait le cœur serré pour toutes les personnes concernées par la mise au point qu'il allait devoir faire.

— J'ai hâte de rencontrer toute la famille, dit-elle, comme rien d'autre ne lui venait en tête.

— Vous êtes la bienvenue si vous voulez séjourner au ranch pendant la durée des travaux, proposa Marla, de façon tout à fait inattendue.

— Je ne voudrais pas vous déranger. Et puis, je n'ai pas vraiment d'échéancier pour...

— Ça ne causerait aucun dérangement. D'autre part, le bulletin météo annonce un coup de froid pour les prochains jours. Je ne fermerais pas l'œil si je vous savais livrée à vous-même dans cette quasi-ruine.

La perspective de passer plusieurs nuits, et plus encore des semaines ou des mois sous le même toit que Callum, lui remuait l'estomac.

Elle essaya de contrôler sa respiration, mais son corps refusait d'obéir. Son pouls s'accélérait et ses bras se couvraient de chair de poule.

— Je n'avais pas réalisé que le temps était en train de changer, dit-elle en s'efforçant de ne pas laisser ses pensées dériver vers Callum. Je ne me suis pas informée des bulletins météo depuis des jours.

— Tu n'es pas obligée d'accepter l'offre de maman, dit Callum. Elle comprendra très bien que tu te sentes plus à l'aise chez toi.

Les épaules de Payton s'affaissèrent sous l'effet de la déception.

— Cette précision apportée, je suis de tout cœur en accord avec sa proposition. Nous serions ravis de t'avoir ici. Et, en dehors de ton confort personnel, ce serait mieux pour Atlas de rester au chaud. La dernière fois que j'ai vérifié, j'ai pu constater qu'il n'y avait pas de chauffage dans la vieille ferme.

Il ne dit pas que ce serait préférable aussi pour sa sécurité, mais le regard qui passa entre eux fut suffisamment éloquent pour qu'elle comprenne ce qu'il avait en tête.

Atlas étant sur la touche pour plusieurs jours, et peut-être même plusieurs semaines, elle était dépourvue de sécurité.

Certes, il lui restait la carabine, mais ce n'était pas la solution idéale. Elle l'avait prise surtout pour se rassurer, et comme moyen de dissuasion, mais elle ne savait pas vraiment s'en servir...

À la minute où elle s'endormirait, elle serait en danger.

—Si tu es sûr que ça ne dérange pas..., commença-t-elle d'un ton hésitant. Peut-être en attendant qu'Atlas se sente mieux...

— Pas du tout, s'empressa de répondre Marla. En fait, je serais ravie d'avoir une femme de plus à la maison.

— Et puis, ça nous donnera l'occasion de mieux nous connaître, renchérit Granny.

Elle tapa dans ses mains.

— Eh bien, c'est réglé. Vous vous installez dans la chambre d'amis.

Payton hocha la tête en souriant.

Elle devait faire passer les besoins d'Atlas avant les siens. Et ce serait bien mieux pour lui de rester ici pendant sa convalescence.

Il y avait de nombreuses personnes pour veiller sur lui, et ces dernières avaient une expérience avec les animaux qu'elle n'avait pas. S'appuyer sur elles serait un vrai soulagement, et elle aurait l'esprit plus libre pour se consacrer à ses études et aux travaux.

En jetant un coup d'œil à son chien, elle constata qu'il s'était senti très vite comme chez lui dans la maison des Hayes. Surtout sur le carrelage frais de la cuisine.

Le pauvre, il mettait beaucoup de bonne volonté à porter ce cône qui le gênait dans ses mouvements.

— Asseyez-vous, dit Granny. Un café, ça vous dit ?

— Mais où sont passées mes bonnes manières, dit Marla. Prenez place avec nous. Que puis-je vous offrir ?

— Tout va bien. Mais Atlas a besoin d'être nourri, dit-elle, tout en regardant autour d'elle, à la recherche d'un bol ou d'un saladier qui pourrait convenir.

— Je m'en occupe, dit Callum.

Et il se leva aussitôt.

Ouvrant un placard, il en sortit deux culs-de-poule en inox, utilisés en pâtisserie. Il en remplit d'eau, et le posa sur le sol à côté d'Atlas, qui ne semblait plus du tout dérangé par sa présence.

— J'ai pensé à prendre ses croquettes la nuit dernière, et j'ai laissé le sac dans le sas de l'entrée de service. Je vais le chercher.

Payton aurait peut-être dû se sentir mal à l'aise en se retrouvant seule avec la mère et la grand-mère de Callum. Mais jamais elle n'avait rencontré quiconque d'aussi chaleureux et profondément gentil.

Marla n'était pas très grande et avait de merveilleux cheveux roux. Quelques taches de rousseur parsemaient son nez et ses joues. Malgré sa silhouette frêle, elle en imposait, et il émanait d'elle une force tranquille qui faisait l'admiration de Payton.

Granny était un sacré personnage, et elle semblait le savoir. Ses cheveux gris étaient relevés en chignon lâche sur le dessus de son crâne. Elle portait une robe en flanelle, qui faisait probablement office de robe de chambre également, des socquettes et des pantoufles.

Il émanait de ces deux femmes un brin de cosy, comme lorsqu'on était assis devant un feu de camp par une nuit froide.

— Vous voulez un autre café ? proposa Granny.

— Volontiers. Mais je peux me servir moi-même.

— Sottises ! protesta Marla, avec le même geste de la main qu'elle aurait employé pour chasser une mouche. Vous serez bientôt considérée comme un membre à part entière de la famille, et vous devrez vous débrouiller toute seule. Pour le moment, profitez de votre statut d'invitée.

Payton ne put s'empêcher de rire.

— Venez vous asseoir, dit Granny en tapotant l'assise de la chaise à côté d'elle.

Comment Payton aurait-elle pu refuser ?

Tandis qu'elle s'avançait, Atlas se leva pour la suivre. Sa démarche était mal assurée, et il essayait toujours de tourner le cou pour lécher sa blessure. Après le petit déjeuner, Payton lui donnerait quelque chose pour contrer la douleur.

— Et j'espère bien que vous allez m'appeler Granny, continua la vieille dame.

— Avec plaisir, dit Payton en s'asseyant à côté d'elle. Ce sera un honneur.

— Je ne voudrais pas marcher sur les plates-bandes de vos

grands-parents, ajouta Granny, avec une lueur malicieuse au fond de ses yeux bleus.

— Vous n'avez pas d'inquiétude à avoir de ce côté-là, répliqua aussitôt Payton. Je ne les connais pas. Avant d'épouser mon père, ma mère ne parlait déjà plus à ses parents, qui se sont séparés quand elle-même était adolescente. Et les parents de mon père sont décédés quand j'étais trop petite pour me souvenir d'eux.

Granny se pencha et prit la main droite de Payton entre les siennes.

— Eh bien, maintenant, tu n'es plus toute seule, mon enfant, dit la vieille dame avec un sourire qui aurait pu faire fondre un glacier.

Cillant pour refouler ses larmes, Payton la remercia d'une voix enrouée.

D'aussi loin qu'elle s'en souvienne, jamais elle n'avait eu comme à cet instant le sentiment d'avoir trouvé sa place. D'être exactement là où il fallait qu'elle soit.

# 11

— Par quoi veux-tu commencer aujourd'hui ? demanda Callum.

Sa mère et Granny avaient quitté la pièce depuis peu, et Payton et lui avaient désormais la pièce pour eux seuls.

Atlas n'avait pas essayé de le mordre une seule fois, même quand il s'était approché pour déposer sa gamelle de nourriture. Il y avait de l'espoir, et Callum n'en demandait pas plus.

— Ce serait agréable d'avoir une cuisine digne de ce nom, répondit spontanément Payton.

Puis elle réfléchit quelques instants.

— Mais la chambre est une priorité.

— C'est toi qui sais ce qui te convient le mieux.

— Pour ce qui est de la cuisine, la bonne nouvelle est que tous les équipements fonctionnent, reprit-elle. Et je suis à peu près certaine qu'ils sont d'origine. Le fait de ne pas avoir à les remplacer devrait me permettre de m'attaquer à la rénovation de la cuisine tout de suite après la chambre.

— Je n'ai pas eu l'impression qu'ils avaient beaucoup servi.

Payton s'empressa de hocher la tête.

— En revanche, le plancher a besoin d'être réparé. Il y a des planches qui ne tiennent plus. Il faudra le poncer et le revernir. Je suppose qu'il y a des magasins de bricolage dans le coin, où je pourrais louer une ponceuse à parquet professionnelle.

Affichant un enthousiasme contagieux, elle continua sur sa lancée :

— Quant aux placards, étant donné qu'ils sont en bois massif, un léger ponçage et une nouvelle couche de peinture devraient suffire.

Callum hocha la tête, convaincu que tout cela était parfaitement réalisable.

— Inutile de louer une machine, dit-il en plongeant la main dans sa poche pour y prendre son téléphone. Je connais un type qui nous fera le travail en échange d'un pack de bières.

— Non, c'est vrai ? s'exclama-t-elle, sans chercher à masquer sa surprise.

— Il me doit une faveur, et je n'ai jamais eu l'occasion de me faire payer de retour. Et, pendant que nous l'avons sous la main, j'aimerais lui faire refaire toute la maison.

— Ça semble un travail beaucoup trop important pour une simple faveur.

Il était facile de juger, à son expression comme à la façon dont elle résistait, qu'elle n'était pas habituée à ce qu'on fasse quelque chose pour elle.

*Ça allait changer.*

— J'ai grandi ici, et j'ai beaucoup de relations. Refaire les sols à nous deux, pendant que tu étudies, et avec Atlas dans les jambes, représente un défi bien plus grand que tu ne peux l'imaginer.

— Mais… il ne va rien me rester à faire, dans ce cas.

Voyant sa mine déconfite, Callum s'empressa de la rassurer.

— Nous pouvons commencer dès aujourd'hui à préparer le chantier. Il va y avoir de la poussière partout, et le mieux serait de couvrir les placards et autres meubles de bâches en plastique.

— Je peux m'en occuper, dit-elle aussitôt. Mais tu es sûr, à propos de la faveur ?

Callum eut un sourire entendu.

Elle n'avait vraiment aucune idée de la façon dont les choses fonctionnaient dans les petites communautés rurales.

Hardy Jenkins ne lui devait pas seulement une faveur. Il lui devait la vie. Aujourd'hui, il possédait une florissante entreprise de rénovation de maisons et d'appartements. Il était marié et avait un fils.

Callum le savait grâce à la photo de famille qu'il recevait tous les ans pour Noël, accompagnée d'un petit mot de la part d'Hardy, qu'il terminait toujours en lui demandant s'il pouvait faire quelque chose pour lui.

Callum prit son téléphone, envoya un SMS, et reçut aussitôt une réponse.

Donne-moi l'adresse, et j'envoie une équipe sur place dès demain.

Callum s'empressa de lui fournir l'information.

Il avait à peine terminé qu'un message de Gregory lui parvint.

Après l'avoir lu, il sourit à Payton.

— Bonne nouvelle, dit-il. Tes affaires sont arrivées sans dommage au garde-meuble.

Une photo accompagnait le message.

Callum s'approcha de l'îlot en granit contre lequel Payton était appuyée, et inclina l'écran pour qu'elle puisse mieux voir.

— C'est un miracle, dit-elle dans un murmure.

Quand elle tourna la tête et croisa son regard, l'air entre eux se chargea d'électricité.

Il sentait déjà la température monter dans la pièce, comme si quelqu'un avait soudain réglé le chauffage au maximum.

Dans le regard de Payton s'alluma une étincelle qui ressemblait beaucoup à un besoin ou une envie.

C'était à ce moment-là que Callum aurait probablement dû faire un pas en arrière et se reconcentrer.

Le fit-il ?

Non.

La bouche sèche et les narines emplies de la délicate senteur de lilas émanant de ses cheveux, il regarda le pouls de Payton battre à la base de son cou,

Sa détermination flancha quand elle se hissa sur la pointe des pieds et l'embrassa.

Cédant à la tentation, il plongea la langue entre ses lèvres, qui s'ouvrirent pour lui.

Toute retenue disparut.

Sa respiration s'accéléra.

Son pouls dépassa le mur du son.

Et une seule pensée lui traversa l'esprit, réduite à un mot : *plus.*

Il voulait plus de peau soyeuse contre la sienne.

Plus de corps brûlant épousant le sien.

Plus de Payton.

Était-ce une mauvaise idée ?

Son cœur lui disait que, si ça lui semblait aussi naturel et juste, il ne pouvait pas s'agir d'une erreur.

D'un point de vue rationnel, il savait que Payton était différente d'Hannah.

Si Payton le voulait, elle pourrait le briser émotionnellement, tandis qu'Hannah n'avait jamais fait que l'embarrasser et blesser son amour-propre. Il le voyait clairement à présent.

Avec Hannah, ils étaient ensemble depuis des années, et c'était devenu une habitude. Et, si la rupture l'avait fait souffrir sur le moment, il commençait à voir qu'aucun des deux n'aurait été heureux à long terme.

D'ailleurs, ils étaient déjà malheureux à court terme.

Mais Payton était différente.

Et, en attendant qu'il sache exactement ce que cela signifiait, il avait besoin de ralentir.

Faisant appel à toute sa volonté, il fit un pas en arrière.

Payton marmonna des excuses, et dit quelque chose qui ressemblait vaguement à une promesse de ne plus recommencer.

— Ce n'est pas la peine de t'excuser pour ce dont nous avions tous les deux envie, dit-il.

Tandis qu'il parlait, Payton avait porté les doigts à ses lèvres, comme si elle n'avait encore jamais été embrassée ainsi.

À la pensée que cela pourrait ne jamais se reproduire, Callum sentit un nœud se former au creux de sa poitrine.

Pour le moment, mieux valait ne pas essayer de prédire l'avenir. Et tenter d'oublier le souvenir de ce baiser, avant qu'il n'imprime une marque indélébile dans ses pensées.

— Tu es quelqu'un de formidable, Callum, dit-elle en captant son regard. Et ce baiser s'inscrira dans mes souvenirs comme le meilleur de ma vie. Donc, je n'ai pas de regret.

Elle marqua une pause infime.

— Mais je me connais. Dès que ça commence à devenir sérieux, je fuis. J'aimerais croire que ça pourrait être différent avec toi. Les comportements passés sont toujours les meilleurs indicateurs de ce que réserve l'avenir, n'est-ce pas ?

C'était plus un constat qu'une question et, le comprenant ainsi, Callum garda le silence.

— Comme j'aimerais vraiment que nous soyons amis, j'espère que nous pourrons oublier ce qui s'est passé, reprit-elle. Rembobinons le film, et revenons là où nous en étions avant.

— Ça me paraît une sage décision, dit Callum.

Mais il savait pertinemment qu'il ne serait jamais capable d'oublier un baiser tellement époustouflant qu'il ignorait déjà comment il s'appelait.

Payton avait présenté quelques bons arguments et, pour le moment, il ne se sentait pas prêt non plus pour une relation sérieuse.

Un regard à Payton lui apprit que, de son côté, la décision était prise et le sujet clos.

Elle ne laissait pas place au doute. Quoi qu'il se passe entre eux, elle finirait par s'en aller.

Et il n'était pas stupide au point de se bercer d'illusions. Payton ne serait jamais déloyale envers lui, mais cela ne voulait pas dire pour autant qu'elle ne lui briserait pas le cœur.

— Bien, dit-elle.

Mais sa voix contenait de la tristesse et de l'incertitude, qu'elle essaya de dissimuler sous une toux.

Il décida qu'il était mieux d'en rester là.

— Et si nous nous mettions au travail ? suggéra-t-il.

Il lui tendit le bras, et elle l'accepta.

— Allons-y, dit-elle.

Ils sortirent, et Atlas les suivit.

Le chien se déplaçait avec plus de facilité maintenant. Callum avait dissimulé le comprimé contre la douleur dans sa nourriture et, en sortant de la cuisine, il avait constaté avec satisfaction que le bol était vide.

Comme ils arrivaient près du pick-up, Payton marqua un temps d'arrêt, et chercha son regard.

— Tout va bien, n'est-ce pas ? Nous sommes sur la même longueur d'onde ?

Il y avait tellement d'inquiétude dans sa voix qu'il réalisa à quel point elle était effrayée de ce qui avait transpiré entre eux.

Tout comme lui l'était aussi, d'ailleurs.

— Absolument, dit-il.

Tout chez Payton était nouveau, et il avait envie d'apprendre à la connaître, sans y perdre son cœur.

L'agaçante voix au fond de son esprit était de retour, lui annonçant que c'était déjà trop tard.

Il ne l'écouta pas.

Qu'est-ce qu'elle en savait, après tout, cette voix ridicule ?

Payton espérait qu'elle ne venait pas de gâcher une amitié avant même que celle-ci ait eu le temps d'éclore.

Elle avait déjà beaucoup d'affection pour Callum, et voulait que leur relation dure. Seulement, elle avait peut-être eu tort d'agir sur une impulsion.

Pour une fois, elle avait suivi son cœur, et fait taire sa raison.

À présent, elle espérait ne pas avoir créé un climat étrange entre elle et le seul ami qu'elle avait à Cider Creek.

Restaurer la ferme avec Callum était une entreprise qu'elle avait vraiment envie de réussir.

En peu de temps, elle s'était retrouvée à avoir besoin de lui.

Or, jusque-là, elle n'avait jamais eu besoin de personne, à part d'elle-même.

La famille de Callum avait été tellement adorable de l'accueillir de cette façon, et de faire en sorte qu'elle se sente aussitôt intégrée.

Dans une période où elle avait l'impression d'être emportée dans les méandres vertigineux d'une attraction foraine géante, Callum lui avait apporté un répit.

Elle avait alors un peu tout confondu, ne sachant pas faire le tri dans ses sentiments.

Amour ou reconnaissance ?

Amitié ou attirance sexuelle ?

Il fallait regarder la réalité en face : Callum était terriblement séduisant. Il était aussi intelligent, compatissant, attentif. Sa façon de se comporter avec les animaux était attendrissante...

Dans ces conditions, comment ne pas succomber, et imaginer des sentiments qui n'étaient qu'un mirage ?

Le moment était peut-être venu pour elle de s'imposer quelques règles, la première étant de ne plus se laisser emporter par ses émotions.

L'amitié était la seule chose qu'elle pouvait gérer en ce moment.

La nuit précédente avait été la première de la semaine dénuée de cauchemars et de réveils agités par les cris et les frissons.

Elle n'avait aucune intention de gâcher ces progrès en franchissant à nouveau une ligne qui n'aurait jamais dû être franchie en premier lieu.

— Hé, mon grand, dit-elle à son chien, tandis qu'ils approchaient du pick-up de Callum, tu es d'attaque pour la journée ?

La réponse d'Atlas consista à uriner juste devant elle, et elle ne put s'empêcher d'éclater de rire.

Callum l'imita.

— On va s'arrêter à la grange pour prendre du matériel, dit-il. Comment se comporte-t-il avec les autres animaux ?

— Pour autant que je sache, il a seulement peur des hommes, répondit-elle. Je pense que ça devrait aller.

— Nous le saurons dans quelques minutes, prédit Callum.

Regardant autour d'elle, Payton fit remarquer :

— L'environnement, les bâtiments, les terres… tout est absolument magnifique.

Le jardin – si on pouvait appeler ainsi un si vaste espace – était merveilleusement bien entretenu et invitait à la détente. Des pneus suspendus aux branches d'arbres faisaient office de balançoires. On y trouvait aussi un brasero encadré de six fauteuils Adirondack peints en blanc.

La maison en elle-même semblait tout droit sortie de la série télévisée à succès des années quatre-vingts *Dallas*, présentant un air de ressemblance avec le mythique domaine de Southfork. Elle était imposante et splendide, parfaitement conforme à l'idée qu'on se faisait de l'habitation d'un richissime éleveur de bovins.

Blanche avec des volets noirs, et des fenêtres à petits carreaux, elle était composée d'un corps principal de trois étages – que précédait une imposante galerie couverte soutenue par des colonnes – et flanquée de deux ailes de taille plus modeste.

Après avoir franchi la grille, on accédait à l'habitation par un long chemin ombragé d'arbres centenaires, qui s'achevait en allée circulaire au pied du perron.

Le jardin, tout comme les différentes pâtures, était délimité par des clôtures en bois composées de cinq rangs de traverses et peintes en noir.

En dépit des apparences, la sécurité y était du dernier cri. Des caméras presque indétectables étaient fixées dans les arbres, et l'entrée était gardée par un vigile qui, à en juger par sa coupe de cheveux et son attitude générale, ainsi que Payton avait pu le voir la veille, devait avoir des antécédents militaires.

Un imposant ensemble de bâtiments agricoles, eux aussi peints en blanc, se dessinait à l'arrière de la maison. La distance qui les séparait était telle qu'il paraissait logique de se déplacer en voiture pour la parcourir.

Callum aida Atlas à s'installer sur la banquette arrière de son pick-up double cabine, avant d'ouvrir la portière du côté passager.

— Je sais que tu es capable d'ouvrir ta portière toute seule, dit-il. Mais je ne peux pas me défaire de l'éducation que j'ai reçue. Donc, je te prie de m'excuser si tu te sens offensée.

— Je suis personnellement ravie que la galanterie existe encore, répondit-elle en souriant.

— C'est une bonne chose, car ça me fait plaisir de te tenir les portes ou les portières.

— Et je pourrais m'habituer à être traitée avec courtoisie, répondit-elle du tac au tac.

Il y avait au Texas un sens de l'honneur qu'elle n'avait jamais expérimenté nulle part ailleurs, les rares fois où elle avait voyagé en dehors de l'État.

Et, à en juger par la façon dont elle était traitée par les gens du coin, elle se doutait qu'il devait y avoir une sorte de code d'honneur des ranchers et des cow-boys. En tout cas, l'entraide entre voisins y était bien réelle.

Même si cela pouvait paraître démodé pour certains, paternaliste et humiliant pour d'autres, elle appréciait toujours les gestes chevaleresques : lui ouvrir la porte, lui tirer une chaise pour qu'elle puisse s'asseoir, ou lui tendre la main pour l'aider à sortir d'une voiture.

Selon elle, l'honneur devenait trop rare dans un monde qui cherchait par tous les moyens à voir comment il était possible d'accélérer la course du temps.

Elle pensa à son ancien voisin à Austin, Chase Wilson. En voilà un qui aurait bien besoin de quelques leçons de galanterie.

La sonnerie de son téléphone l'arracha à ses pensées.

Elle en fut surprise, car ceux qui avaient son numéro étaient peu nombreux. Elle aurait pu les compter sur les doigts d'une seule main.

En constatant que l'indicatif téléphonique était celui d'Austin, elle eut un coup au cœur.

Hésitante, elle laissa passer plusieurs sonneries avant de répondre.

— Bonjour madame, je suis l'inspecteur Aaron, de la police d'Austin. J'espère que je ne vous dérange pas.

S'il avait de nouvelles informations sur son affaire, alors là, pas du tout.

— Vous pouvez parler, dit-elle, après avoir confirmé son identité selon la procédure qu'on lui avait indiquée avant qu'elle ne quitte Austin.

— Nous avons un suspect en garde à vue, et nous avons besoin de vous pour procéder à une identification dans nos locaux.

Payton sentit son pouls s'emballer follement.

— Que se passe-t-il ? demanda Callum, avant de refermer la portière.

— Ils pensent qu'ils le tiennent, dit-elle à voix basse, et en couvrant son téléphone d'une main.

Puis elle s'adressa à son interlocuteur :

— Quand voulez-vous que je vienne ?

# 12

Callum se mit au volant, fit démarrer le moteur et attendit.

Un changement de plan était à l'ordre du jour, et quelque chose lui disait – à en croire les bribes de conversations qu'il captait – qu'ils n'allaient pas tarder à prendre la route pour une autre direction que celle prévue.

Payton mit fin à la communication.

— Le nouvel inspecteur en charge de l'enquête va m'envoyer une adresse, dit-elle. Peux-tu me déposer à ma voiture ? On dirait que je ne vais pas travailler à la restauration de la ferme aujourd'hui.

Faire le trajet jusqu'à Austin et en revenir occuperait une grande partie de la journée.

— Si nous partons maintenant, nous y serons avant l'heure du déjeuner, dit Callum.

Et, dans son esprit, il n'était pas question de la laisser affronter cette situation toute seule.

— Avec un peu de chance, nous pourrons être de retour pour le dîner.

— Tu as déjà fait tellement pour moi, protesta Payton. Et je ne parle même pas d'Atlas. Je ne peux pas te demander ça, en plus.

— Tu n'as rien demandé, souligna-t-il. Je me suis porté volontaire.

— Tu es sûr ? Je suis persuadée que tu as d'autres obligations. Tu t'es déjà montré tellement généreux, que je ne sais pas comment je pourrai un jour te payer de retour. Je sais bien que tu m'as dit que ce n'était pas une question de gentillesse, mais quand même.

Immobile, les bras croisés, Callum écoutait les mots se bousculer pour franchir les lèvres de Payton, se chevauchant presque les uns sur les autres.

Elle parlait vite, redoutant peut-être, si elle ralentissait, de changer d'avis.

— Crois-moi, dit-il, je suis l'un des premiers à ne vouloir avoir de dette avec personne, commença-t-il, en essayant de trouver les bons mots.

Dans le silence qui suivit, on n'entendait plus que le ronronnement du moteur qui tournait au ralenti.

— Comme tu le sais, je ne suis à Cider Creek que pour quelques semaines. Et je sais que je vais terriblement décevoir ma mère quand je vais lui annoncer que je n'ai pas l'intention de rester. Donc, en t'aidant, j'ai l'impression de ne pas être totalement un crétin égoïste.

Il fit une petite moue désabusée.

— Maintenant, je peux comprendre que tu aies besoin de gérer ça sans l'aide de personne. Mais sache que je suis là. Dis-moi ce que tu veux, et pas ce que tu crois que tu devrais dire.

— Pour être tout à fait honnête, je n'ai pas envie d'affronter ça toute seule...

Elle s'interrompit, et s'agita sur son siège.

— Je commence aussi à développer des sentiments pour toi, et ça me fait peur.

Il pouvait en dire autant.

— Étant donné que je suis incapable de m'attacher à qui que ce soit à long terme, je voudrais que nous soyons amis, parce que je n'ai pas envie que tu sortes de ma vie. Et il est certain que j'ai bien besoin d'un ami. Surtout en ce moment.

— L'amitié me convient très bien, répondit-il.

Callum découvrait qu'ils étaient véritablement sur la même longueur d'onde.

Compte tenu de sa rupture, et du mauvais goût qu'elle lui laissait en bouche, il lui semblait tout à fait raisonnable de faire machine arrière, et de prendre le temps de voir ce qui ressortirait de cette relation.

N'ayant aucune envie de creuser la question maintenant, il engagea la marche arrière du pick-up.

Au même moment, le téléphone de Payton émit un son annonçant l'arrivée d'un SMS. Elle énonça une adresse, que Callum entra aussitôt dans le GPS.

— Nous pourrons déjeuner à Austin, dit-il en s'engageant dans la longue allée goudronnée.

— Il y a un endroit sympa près de mon appartem...

Elle n'alla pas au bout de sa phrase, comme si elle venait seulement de réaliser qu'elle n'habitait plus là.

— J'espère qu'ils ont enfermé ce salaud, et qu'ils ont jeté la clé.

— Nous le saurons bientôt.

— Je ne sais pas si je pourrai l'identifier formellement, s'inquiéta-t-elle. Je me souviens seulement de la couleur de ses yeux, et c'est le son de sa voix qui est gravé à jamais dans mon esprit.

Un soupir de frustration lui échappa.

— Mais... c'est tout ce que j'ai.

Callum se voulut rassurant.

— La police disposait de moins d'éléments que ça avant toi.

— Je sais.

Elle frissonna.

— Rien que l'idée d'être à nouveau confrontée à lui...

— Je serai avec toi. Juste à côté. Prêt à te rattraper si tu tombes.

Il tendit le bras et posa brièvement la main sur sa cuisse.

— Il ne peut plus te faire de mal, maintenant.

Payton croisa les bras, les frottant comme si elle essayait de se réchauffer, alors qu'il régnait une agréable chaleur dans la cabine.

— Je ne le laisserai pas faire, dit-elle, après quelques secondes de silence. Il n'agira pas par surprise, cette fois. Je sais à qui j'ai affaire, maintenant.

La colère de Payton était manifeste, mais ça n'empêchait pas Callum de vouloir la prendre dans ses bras pour la réconforter.

Elle était forte, et il l'admirait pour ça, mais personne n'était invincible. Chercher du soutien auprès des autres n'était pas un signe de faiblesse.

— Je sais que tu es capable de te défendre, commença-t-il, en pesant soigneusement ses mots. Mais je tiens à être là pour toi. Ce que j'ai vécu avec Hannah n'est rien face à ce que tu traverses. Donc, je ne compare en aucun cas nos situations respectives. Cependant, je sais ce que c'est que de se replier sur soi-même, en refusant d'appeler à l'aide. C'est un point sur lequel je suis en train de travailler.

Il marqua une pause, le temps d'affiner son argumentation.

— Tu sais, ça fait du bien de laisser les gens t'approcher et t'aider.

Et c'était tellement plus facile de le dire à quelqu'un que de le faire soi-même.

— Et je suis là, prêt à être tout ce que tu veux que je sois. Y compris, mais pas seulement, d'être un ami.

— Ça me touche beaucoup de t'entendre dire ça, Callum.

Pas un instant il ne douta de sa sincérité.

— Ce qui existe entre nous n'a pas besoin d'une définition pour être réel, reprit-il. Tu veux que je sois ton ami ? Je le suis. Tu as besoin de quelque chose de plus ? Tu l'as aussi.

Il s'appliquait à ce que sa détermination soit détectable dans sa voix, afin que Payton n'ait plus aucun doute.

— Nous n'avons pas besoin de nous faire des promesses d'éternité pour être présents l'un pour l'autre à cet instant précis.

Il avait durement appris que les intentions et les paroles ne menaient pas toujours à des lendemains qui chantent.

— Bien, dit Payton. Mais ce que je ressens pour toi est beaucoup plus fort que de l'amitié. Et je n'ai pas la capacité d'analyser maintenant de quoi il s'agit précisément.

Elle défit sa ceinture de sécurité, glissa à côté de lui sur la banquette, et s'installa sur le siège central. Puis elle posa la tête sur son épaule.

Lorsqu'ils furent sur l'autoroute, Payton montra des signes d'agitation, et sembla avoir totalement changé de tournure d'esprit.

— Il y aura un alignement de suspects, dit-elle, d'une voix soudain craintive.

— Il ne saura pas qui se trouve de l'autre côté de la glace sans tain.

Callum avait dit ça sans réfléchir, uniquement pour la rassurer. Mais il réalisa aussitôt la fragilité de son raisonnement. Il était évident que le criminel penserait automatiquement à elle, étant donné qu'elle était la seule rescapée parmi toutes ses victimes.

— Il sait que ça ne peut être que moi, dit-elle en frissonnant.

Contre toute logique, il défendit sa position.

— Pas avec certitude. Il peut y avoir des témoins. Quelqu'un qui l'aura vu quitter l'immeuble en courant. Un voisin qui l'aura croisé dans le hall...

— Peut-être, dit Payton, sans grande conviction.

Puis elle se blottit un peu plus contre lui, et il fut heureux que le contact physique apporte à la jeune femme une forme de réconfort là où ses paroles avaient échoué.

Le reste du trajet pour Austin se déroula dans un silence agréable. Le contraste avec Hannah, qui avait toujours besoin de remplir le vide avec ses logorrhées, était saisissant.

Tandis qu'il se concentrait sur la route, s'évadant parfois dans ses propres pensées, Hannah pérorait sans relâche. Il lui suffisait d'un occasionnel « hum » distrait pour prolonger une conversation dont il avait depuis longtemps perdu le fil.

Au début, il avait trouvé plaisir à sa compagnie, après avoir vécu en ermite pendant si longtemps. Le fait qu'Hannah soit capable de parler sans fin d'un détail aussi trivial que ses ongles n'était pas un problème. Son cerveau était généralement en surchauffe après une longue journée de travail, et son bavardage le distrayait.

Ils avaient décidé de prendre leur temps pour voir où leur relation les mènerait, et c'était seulement après qu'elle eut emménagé avec lui qu'il avait commencé à détecter des signaux d'avertissement.

Une fois la bague de fiançailles passée à son doigt, et l'engagement pris, certaines choses avaient dérapé. Si cela s'était produit dès le début de leur relation, ou en un seul bloc, il aurait su reconnaître les drapeaux rouges pour ce qu'ils étaient.

Avec le temps, sa relation avec Hannah avait changé, et il était trop occupé pour s'en rendre compte.

Hannah et Payton ne pouvaient pas être plus différentes. Cette dernière semblait heureuse d'être assise à côté de lui, sans ressentir le besoin de remplir le silence de paroles vides de sens.

Et le contraste entre elles ne s'arrêtait pas là.

Payton tenait absolument à terminer ses études, quand Hannah se préoccupait uniquement de trouver un homme fortuné. Payton était farouchement indépendante, tandis qu'Hannah avait toujours besoin d'être prise en charge.

Callum se gara sur le parking du commissariat de quartier où le criminel se trouvait en détention provisoire. Payton se redressa sur son siège et tira sur son sweat-shirt.

— Je viens de me rendre compte que je porte toujours ma tenue de jogging, dit-elle. J'aurais probablement dû m'habiller un peu mieux que ça.

— Tu es parfaite à mes yeux, dit-il.

Et il eut conscience du curieux coassement dans sa voix.

— Qu'allons-nous faire d'Atlas ? Ils ne vont pas vouloir le laisser entrer.

— Je peux rester avec lui. Et tu nous retrouveras ici quand tu sortiras.

— Tu promets que tu ne bougeras pas ?

— Il aura probablement besoin de se dégourdir les pattes à un moment ou à un autre, mais nous ne serons pas loin.

— Dis-moi que tu ne partiras pas, insista-t-elle.

Puis elle secoua la tête.

— Laisse tomber. J'ai confiance en toi. Tu n'es pas le genre à revenir sur une promesse. Mes nerfs me jouent des tours. Mais ça va aller.

— Je n'ai jamais rencontré une personne aussi forte, et c'est normal de flancher de temps en temps. C'est normal de ne pas être sûre et de trembler un peu. Et c'est normal aussi d'avoir besoin de quelques minutes pour se ressaisir, avant d'affronter la pire épreuve de sa vie.

Payton chercha son regard, et il vit qu'elle comprenait et appréciait ce qu'il disait.

Puis elle prit une profonde inspiration pour se donner du courage.

— J'y vais, dit-elle avec détermination.

Elle sortit de la voiture et marcha vers la porte du commissariat. À l'intérieur, elle serait accueillie par des officiers de police, et par l'inspecteur chargé de l'enquête.

Callum ne doutait pas qu'ils prendraient bien soin d'elle.

Payton franchit la porte vitrée donnant accès à une étroite zone d'accueil. Un comptoir la séparait du sergent affecté à la réception. À la minute où elle entra, il leva les yeux de son ordinateur.

— En quoi puis-je vous aider, madame ?

L'homme, qui frôlait la soixantaine, mesurait un bon mètre quatre-vingt. Il était mince, et ses cheveux grisonnaient.

— Je suis Payton Reinert, se présenta-t-elle. Je viens pour la confrontation. J'ai été appelée par un inspecteur.

Le sergent fronça les sourcils.

— Vous avez son nom ?

— L'inspecteur Aaron.

— Je suis désolé, madame, mais nous n'avons personne de ce nom ici. Vous vous êtes peut-être trompée de poste de police...

— Il m'a envoyé cette adresse par SMS.

Payton sentit que le sang se retirait de son visage, et commença à vaciller.

— Voulez-vous vous asseoir ? demanda le sergent.

— Oui.

Payton recula de quelques pas et prit appui contre le mur.

— Mon ami est à l'extérieur avec mon chien. Pourriez-vous lui demander de venir ?

— Je peux vous aider à sortir, si vous voulez.

— Non, je ne peux pas. Il est dehors.

Payton s'affaissa contre le mur derrière elle. Une bordée de jurons bien sentis lui traversèrent l'esprit, mais ne franchirent pas ses lèvres.

Elle n'avait pas pensé à vérifier que le prétendu inspecteur Aaron existait réellement.

— Qui est dehors ? demanda le sergent en l'observant comme s'il évaluait son état mental. Votre ami, ou quelqu'un d'autre ?

Payton cherchait à comprendre. Comment avait-il obtenu son numéro de téléphone ? Connaissait-il quelqu'un dans la police ? Avait-il accès aux dossiers ?

— Cherchez Payton Reinert dans votre ordinateur. Vous trouverez mon affaire. Je suis une des victimes du *Monstre Masqué.*

Ces mots semblèrent faire l'effet d'un électrochoc au sergent, qui se hâta de retourner derrière son comptoir. Ses doigts volèrent sur le clavier, et il laissa échapper un juron.

— Mon ami est dehors avec mon chien, répéta Payton. Pouvez-vous les faire venir ?

— À quoi ressemble-t-il ? Je vais lui faire signe.

Elle décrivit Callum et Atlas.

— On ne pouvait pas les manquer. Surtout quand ils étaient ensemble.

Le sergent hocha la tête et se précipita vers la porte.

Il ne sortit pas complètement, se contentant de passer la moitié de son corps dans l'embrasure et d'agiter le bras pour attirer l'attention de Callum.

Les questions se bousculaient dans l'esprit de Payton.

Il faisait preuve d'une incroyable arrogance en l'invitant dans un commissariat de police. C'était une façon de lui faire comprendre qu'il pouvait agir juste sous le nez des flics.

Le *Monstre Masqué* avait un ego surdimensionné. Il éprouvait de la frustration parce qu'elle lui avait échappé.

Eh bien, elle n'avait aucune intention de rester là à attendre qu'il vienne lui trancher la gorge. Elle n'allait quand même pas lui faciliter la tâche !

Le sergent passait un message sur les fréquences de la police, déclenchant une alerte.

Mais n'était-il pas déjà trop tard ?

# 13

— J'ai été piégée ! annonça Payton, dès que Callum entra dans le commissariat.

Il l'attira dans ses bras et la serra étroitement contre lui pour la réconforter, tandis qu'elle lui résumait la situation.

— Tu as changé ton numéro de téléphone, n'est-ce pas ?

— C'est la première chose que j'ai faite.

— Qui a le nouveau numéro ?

— En dehors de la police ? Personne. Non, attends... il y a aussi mon ancien employeur et la fac.

— Ça réduit les possibilités, dit-il. Et ça donnera à la police une base de départ.

Payton hocha la tête.

Du coin de l'œil, Callum vit approcher l'officier qui lui avait fait signe de le rejoindre quelques instants plus tôt.

Atlas commença à grogner sourdement, et Callum parvint à le faire taire sans trop de difficultés, tandis que Payton et le sergent se mettaient à l'écart pour discuter.

Assis sur une des chaises en plastique orange de l'accueil, Callum bouillait de colère.

Ce salaud était-il quelque part dehors à les observer ?

Il se trouvait peut-être sur le parking, guettant la voiture de Payton. Heureusement qu'elle s'était laissé convaincre de ne pas aller seule au rendez-vous.

Qui pouvait dire ce qu'avait prévu le criminel ? Peut-être avait-il l'intention de la prendre en chasse dès sa sortie du poste de police, de lui faire quitter la route, et de terminer le travail.

L'existence d'un témoin capable de l'identifier, du moins partiellement, était une menace qu'il devait éliminer au plus vite.

Callum continua à dérouler dans son esprit les options.

Il se pouvait aussi que l'homme ait repéré son pick-up. Comme le véhicule était enregistré au nom de son entreprise, à Houston, et qu'il était connu pour appartenir à une famille fortunée, quelqu'un pouvait faire le lien. Dans ces conditions, le trajet de retour s'annonçait compliqué.

Et s'il demandait à l'un de ses chauffeurs de les rejoindre pour faire un échange de véhicules ? De cette façon, il pourrait faire sortir Payton par une issue de secours, la faire monter dans une voiture que le criminel n'avait pas pu repérer, et regagner incognito le ranch.

Il restait à comprendre comment l'homme avait réussi à se procurer le nouveau numéro de Payton. Était-ce un génie de l'informatique ?

Une autre question taraudait Callum : l'inspecteur en charge de son affaire avait-il trouvé un lien entre les victimes, ou des similitudes – couleur de cheveux, localisation, statut d'étudiant... ?

Accepterait-il de partager des informations sur l'enquête ?

Payton avait le droit de savoir.

Il fouilla dans sa mémoire pour essayer de se remémorer les trois composantes d'un crime : moyens, motivation, opportunité.

Pour quelle raison ce type tuait-il ? Quel était son but ? Qu'en retirait-il ?

Pendant que Payton discutait avec le sergent, Callum utilisa le moteur de recherche de son téléphone pour voir ce qui avait été écrit à propos du *Monstre Masqué*.

Il avait fait quatre victimes. Elles vivaient toutes en appartement, ce qui n'était pas une surprise, considérant qu'il s'agissait d'Austin.

Une des jeunes femmes était employée par une chaîne de restauration rapide célèbre pour ses burgers. Elle s'appelait Heidi.

Il y avait aussi une infirmière, Sheila, qui travaillait en équipe de nuit. Et Rochelle, réceptionniste dans un hôtel. Quant à Avery, elle avait travaillé quelque temps au *Cracker Barrel* sur l'autoroute menant à la petite ville de Buddha, au sud d'Austin.

Cinq agressions en moins d'un an, c'était beaucoup.

La première attaque avait eu lieu onze mois plus tôt, et la date n'évoquait rien à Callum. Elle devait pourtant avoir de l'importance pour le criminel.

Quelques années auparavant, Callum avait sympathisé dans un pub avec Rodney Boyer, un flic de Houston, et il regrettait aujourd'hui de ne pas avoir pris son numéro. Son expérience aurait pu lui être utile.

Atlas grogna et Callum releva la tête pour voir ce qui se passait. Payton et le sergent s'étaient levés et se serraient la main.

— Merci pour vos informations, dit le sergent, tandis qu'ils revenaient ensemble vers Callum. Nous prendrons contact avec vous s'il y a du nouveau.

— Comment saurai-je que c'est bien vous ?

— Appelez-moi pour en avoir la confirmation, dit-il en sortant une carte de visite de sa poche.

— Quand ma ligne sera-t-elle mise sur écoute ?

— Ça ne devrait plus tarder. Notre experte s'en occupe.

— S'il n'a pas laissé d'ADN dans mon appartement, qu'est-ce qui vous fait croire que vous serez capable de tracer son appel ?

— Nous ferons tout ce qui est en notre pouvoir pour retrouver ce type.

Visiblement, Payton avait posé la question qu'il ne fallait pas. Et c'était parce qu'elle avait raison qu'il ne voulait pas répondre.

Payton hocha la tête, paraissant résignée à ce que son cauchemar ne s'arrête pas tout de suite.

Son regard se posa sur Callum, et il aurait pu jurer y avoir vu du soulagement.

— Existe-t-il un moyen de sortir par l'arrière ? demanda-t-elle.

— Il y a un accès du côté est du bâtiment. Je vais demander à quelqu'un de vous accompagner pour s'assurer que personne ne vous y attend.

À première vue rassurante, cette proposition indiquait pourtant que la police ne pouvait pas faire grand-chose pour protéger Payton, alors que son agresseur courait toujours.

Un regard à la jeune femme lui apprit qu'elle en avait conscience aussi.

Mais ce type ne savait pas à qui il avait affaire.

# 14

Payton attendit avec la policière que Callum fasse le tour du bâtiment en voiture.

Il n'y eut pas un mot échangé, et le silence lui laissa le temps de réfléchir.

Devait-elle rester à Austin, et laisser l'homme l'approcher pour que la police puisse l'arrêter en flagrant délit ? Ou bien retourner à la ferme ?

Ce n'était qu'une question de temps avant qu'il ne la retrouve. Atlas était blessé et ne serait pas en état de la défendre avant des semaines. Au contraire, ce serait plutôt à elle de protéger l'animal.

Elle évalua ses options, tandis qu'elle songeait à s'installer au ranch. Ferait-elle courir un risque à la mère et à la grand-mère de Callum ?

À ce stade, elle ne savait pas jusqu'où ce type était déterminé à aller pour mettre la main sur elle.

Mais elle ferait bien de se tenir prête.

Le pick-up apparut, et l'agente regarda Payton pour avoir confirmation. Elle hocha la tête.

— Je vais marcher à côté de vous, dit la policière. J'ai entendu à la radio de quoi il retournait.

Comme Payton ne disait rien, elle ajouta, sans doute comme une marque de solidarité :

— J'espère qu'il sera arrêté.

— Moi aussi. Mais je n'ai pas l'intention de vivre dans la peur en attendant que ça se produise.

— Bien. Faites attention à vous. Et ne vous laissez plus surprendre la prochaine fois.

— Ça ne risque pas. Je sais à quoi m'en tenir, maintenant.

La policière passa devant, et vérifia que tout était en ordre. Puis elle fit signe à Payton de la suivre, et l'accompagna jusqu'à la voiture.

— Faites attention à vous, dit-elle, une fois que Payton eut pris place sur le siège passager.

— Vous aussi.

Ils roulaient sur l'autoroute depuis quelques minutes lorsque Callum prit la parole :

— Il cible des femmes qui occupent des emplois de service.

— Comment le sais-tu ? demanda Payton, surprise qu'il ait eu accès à cette information.

— C'est dans les journaux. J'ai l'impression que tu ne les as pas lus.

— Je ne voulais pas. Mon esprit s'est mis en mode survie, et je n'ai pas voulu savoir ce qui était arrivé aux autres. Je me suis dit que ce serait plus facile dans quelques semaines, et que je devais simplement disparaître et me faire oublier.

— Il a trouvé ton numéro de téléphone. Peut-il aussi se procurer ton adresse par le même moyen que précédemment ?

— Non, parce que je n'ai pas mis à jour mon adresse. Je suis allée à la poste, et j'ai demandé qu'on garde mon courrier, sans le faire suivre, en précisant que je ne serais absente que quelques semaines.

Elle réalisait maintenant que cette décision était plus maligne qu'elle ne l'avait pensé au départ.

Ne sachant pas si la ferme était habitable, elle n'avait pas voulu en faire son adresse définitive tout de suite.

— Je pensais faire le changement d'adresse quand je reviendrais à Austin pour vider mon appartement. Après l'agression, j'étais submergée par la panique.

— Tu t'en es mieux sortie que la plupart des gens après une expérience aussi épouvantable, dit Callum. Tu ne t'accordes pas assez de crédit.

— Je suis heureuse d'être en vie, et je suis prête à tout faire pour aider à l'arrestation de ce type. Visiblement, il n'a pas renoncé à l'idée de me tuer. Combien de temps faudra-t-il pour qu'il reporte sa frustration sur quelqu'un d'autre ?

Son téléphone vibra, indiquant un appel entrant, et son cœur s'emballa, avant qu'elle ne reconnaisse le numéro du sergent.

— Je voulais vous communiquer l'information fournie par l'experte. Nous n'avons pas pu l'avoir. Il a utilisé un réseau virtuel privé, dit VPN. En gros, ça veut dire que nous savons qu'il y a eu un appel, mais que nous ne pouvons pas le localiser.

— Donc, ce que vous me dites, c'est qu'il y a bien eu un appel, mais que vous ne savez pas de quel endroit il a été passé ?

La nouvelle était tellement décevante que Payton avait besoin d'être certaine qu'elle avait bien entendu.

— C'est exact, confirma le sergent.

— Est-ce que je dois changer ce numéro ?

— La décision vous appartient.

La tournure de phrase et l'intonation étaient suffisamment intrigantes pour qu'elle s'interroge.

— Y a-t-il un avantage à garder ce numéro, où il peut me harceler ?

— Si vous l'appeliez, nous pourrions analyser les bruits de fonds et déterminer sa localisation. Ou bien, il pourrait parler et laisser filtrer involontairement une information.

— Je pourrais lui donner rendez-vous et ne pas y aller, suggéra-t-elle.

Il était probablement plus malin que ça, mais pourquoi pas ?

— Effectivement, dit le sergent.

Son intonation traînante trahissait son manque d'enthousiasme. Il avait dû arriver à la même conclusion qu'elle.

— Ça va sans dire, mais nous voudrions que vous restiez aussi éloignée de lui que possible. Il en va de votre sécurité.

— Croyez-moi, c'est exactement ce que j'ai l'intention de faire. Et puis, je crois que vouloir le piéger entraînerait une riposte immédiate de sa part. Il semble avoir toujours une longueur d'avance.

— Il a plus d'expérience dans ce domaine que vous.

Ce n'était pas Payton qui dirait le contraire.

— Merci pour l'information, dit-elle.

Le *Monstre Masqué* était à sa poursuite pour la tuer. Et elle n'avait aucune intention de le laisser faire.

— L'inspecteur Lansing prendra contact avec vous s'il y a du nouveau. Je vous conseille de programmer mon numéro et le sien de façon à nous identifier tout de suite.

— Je le ferai, dit-elle, avant de mettre fin à l'appel.

Elle se tourna vers Callum.

— Je suppose que tu as saisi l'essentiel de la conversation.

— Effectivement, confirma-t-il.

— Tu crois qu'on devrait s'arrêter pour faire boire Atlas ?

— Il a bu au commissariat.

Elle hocha la tête et regarda par sa vitre.

— Tu as faim ? demanda Callum.

— Pas vraiment.

Elle soupira.

— Mais je devrais probablement manger un peu.

— Avec Atlas, on ne nous laissera entrer nulle part. Mais il y a des fast-foods aux deux prochaines sorties.

— Pourquoi pas. Ma caféine matinale s'est évaporée depuis longtemps, et je sens monter un mal de tête carabiné.

— Ça, c'est le stress et la faim.

— Je suppose. Mais, parlons plutôt de l'enquête. Si j'ai bien compris, il faut chercher mon agresseur du côté de l'université, de mon ancien employeur, ou des flics.

— J'espère que nous pourrons exclure la police de la liste des suspects. Des gens qui ont fait le serment de protéger et servir ne devraient pas être des prédateurs.

— Je suis d'accord. Ça laisse donc l'université ou le coffee-shop.

Tu crois que ça pourrait être quelqu'un qui travaille sur le campus ? Ça lui donnerait accès aux dossiers des étudiants.

— C'est une idée. Tu veux qu'on fasse demi-tour pour aller enquêter du côté de l'université ?

— Ce que je veux surtout, c'est quitter Austin et mettre le plus de distance possible entre ce type et moi.

— Personne ne pourrait t'en blâmer, dit Callum.

Il laissa passer un silence, avant de suggérer :

— Nous pourrions acheter un téléphone à carte prépayée pour que tu appelles tous les départements avec lesquels tu es en contact à l'université. Comme tu connais le son de sa voix, et qu'il ne s'attendra pas à ce que tu appelles, nous pourrions le prendre par surprise et le pousser à commettre une erreur.

— C'est une bonne idée. À part des yeux bleus et une silhouette dans la moyenne, je n'ai aucun moyen de savoir si je ne le croise pas à chaque fois que je traverse le campus.

Elle frissonna.

— Ce n'est pas pour me rassurer.

— Ça me fait penser à quelque chose... Puisque les autres victimes avaient des emplois de service, elles ont pu croiser sa route durant leurs heures de travail.

— Quel genre d'emplois ?

— Une réceptionniste d'hôtel, deux serveuses et une infirmière. Je me dis qu'il aurait pu être humilié par une chef d'équipe, une supérieure... ou s'être fait « voler » par une femme le poste qu'il convoitait.

— Ça expliquerait les meurtres. Mais pourquoi les violer ?

Un frisson involontaire traversa Payton.

À chaque fois qu'elle pensait à ce qui aurait pu arriver, l'horreur de ce qu'il avait fait subir aux autres femmes lui donnait la nausée. Et elle était infiniment reconnaissante à l'univers de l'avoir épargnée.

— Bonne question, remarqua Callum.

— Il était poli. C'est comme ça qu'il m'a convaincue de le laisser entrer. Il faisait semblant d'être serviable.

— Ses bonnes manières lui servent à manipuler. Ça me fait penser qu'il a dû se trouver sous la coupe d'une personne très autoritaire. Une femme.

— Et aujourd'hui, il veut se venger. Le viol serait une forme de punition...

— Il pourrait lui-même avoir été abusé par une personne qui était supposée prendre soin de lui, qu'il s'agisse d'un abus physique, sexuel ou émotionnel.

— C'est exactement le genre de type que tu as envie de plaindre, jusqu'à ce que tu découvres ce qu'il fait aux autres.

Elle laissa passer un silence, avant de formuler une nouvelle hypothèse :

— Tu ne penses pas qu'il pourrait vivre près de ses victimes ?

— Étant donné qu'elles habitaient toutes à Austin, je serais tenté de dire oui. Garde en tête que je n'ai pas d'expérience du métier de policier. Mais j'avais sympathisé avec un flic, à une époque, et il m'a raconté des tas d'anecdotes.

— Et tu ne le vois plus aujourd'hui ?

— Hélas non. Mais il jurait que le seul à pouvoir commettre un crime parfait ne pourrait être qu'un flic. Car celui-ci sait comment l'enquête va se dérouler et, potentiellement, qui la mènera. Et aussi comment ne pas laisser son ADN sur le lieu du crime.

— Comme dans mon affaire, souligna Payton. Mais aucun des policiers qui étaient des habitués du coffee-shop ne correspondait à la description de ce type.

— Qui d'autre saurait comment ne pas laisser son ADN sur le lieu du crime ?

— Quelqu'un qui travaille dans un hôpital. Un médecin, par exemple.

Ils pensaient à voix haute, échangeant des hypothèses à la volée, tels deux joueurs de ping-pong. C'était plus agréable et plus productif que de réfléchir tout seul dans son coin.

Et c'était bien aussi qu'elle puisse enfin parler de ce qui était arrivé.

— Ou une personne qui travaille dans un laboratoire, suggéra Callum.

— Je suis d'accord. Savons-nous où vivaient les autres victimes ? Les endroits où ont eu lieu les crimes sont-ils mentionnés dans les journaux ?

— Je n'en sais rien, mais il suffit de chercher. Ensuite, nous pourrons établir une carte avec les adresses des habitations des victimes et celles de leur lieu de travail. Il en ressortira peut-être un schéma particulier, ou des similitudes.

Ça semblait être la bonne façon de procéder.

La police ferait la même démarche, mais Callum et elle aborderaient les choses sous un angle différent. Ça pourrait servir l'enquête.

En outre, Payton ne pouvait plus se cacher, puisque son agresseur semblait disposer des ressources pour la retrouver.

Et, en plus, il avait tous les avantages, puisqu'il savait exactement à quoi elle ressemblait.

— Que dirais-tu de retourner à Austin demain, pour voir où travaillaient les victimes ? proposa Callum. Nous pourrions peut-être obtenir des informations de la part de leurs collègues ou de leur employeur.

— Ça pourrait être utile.

— Je vais voir avec ma mère et Granny si elles voient un inconvénient à garder Atlas. Il a l'air de les apprécier, et je ne suis pas certain qu'un autre voyage soit recommandé dans son état.

— Je pense qu'une journée de repos lui fera le plus grand bien, et il ne pourrait pas la passer avec de meilleures personnes.

Le sourire de Callum la réchauffa tout entière.

— Je te laisserai parler avec les gens, et je resterai en retrait, de façon qu'on ne puisse pas savoir que nous nous connaissons.

— Ça te donnerait une chance de voir si quelqu'un se comporte de façon étrange.

— C'est ce que j'espère. Puisque ce type a passé du temps à te surveiller, il sait que tu es célibataire. Je suppose qu'il ne cible que des femmes seules, sans personne qui risquerait de se mettre en travers de sa route.

— En étudiant de près les autres affaires, nous pourrions trouver des indices sur sa personnalité, ce qui nous donnerait un avantage.

— Si nous le trouvons sur son lieu de travail, ou bien chez lui, je suis certain que ça déclenchera une réaction, dit Callum, avec un enthousiasme qui n'était peut-être pas de mise.

Ce qu'ils envisageaient de faire revenait à se jeter dans la gueule du lion.

Et il ne savait pas du tout comment le criminel allait réagir.

Pourtant, même si la perspective d'être à nouveau confrontée à ce monstre glaçait le sang de Payton, il n'y avait pas d'autre solution.

# 15

Callum passa la commande au drive, et ils déjeunèrent à la hâte dans la voiture. Il n'avait jamais été un grand fan des fast-foods, en particulier parce que les portions étaient minuscules. Ce serait pour lui plus un snack qu'un repas, mais ça aurait au moins le mérite d'empêcher son estomac de gargouiller tout le long du trajet.

Et puis, Payton avait vraiment besoin de nourriture. Son mal de tête était sans doute une combinaison de faim et de stress. Le manque de caféine n'aidait probablement pas non plus.

— Je n'arrête pas de penser à cet appel, dit Payton lorsqu'ils reprirent la route. Pourquoi je n'ai pas reconnu sa voix ?

— Il a pu demander à quelqu'un d'appeler à sa place, en prétendant que c'était une blague.

Payton hocha la tête, mais ses doutes n'étaient visiblement pas levés.

— Et si je me rappelais mal sa voix ? Par moments, je me demande si je peux encore me fier à moi-même.

— Ton esprit a peut-être bloqué certains détails pour te protéger. Mais la voix a toujours été la seule chose dont tu étais certaine.

— Je le pensais aussi. Mais je peux me tromper.

— Ce n'est pas grave. La nuit dernière, tu as réussi à dormir sans faire de cauchemars. Tu essaies de te remettre d'une des expériences les plus traumatisantes de ta vie. C'est normal que tu doutes de toi. Je pense que tu seras fixée quand tu l'entendras à nouveau. Et puis, si tu as peur d'envoyer un innocent en prison, tu dois savoir que la police vérifiera tous les détails avant d'arrêter quelqu'un. Tout ce que tu peux faire, c'est essayer de trouver ce type. La police fera le reste.

— Tu as raison.

Callum savait qu'elle se montrait trop dure envers elle-même parce qu'elle ne voulait pas laisser une chance à ce criminel de frapper à nouveau.

— Au moins, je n'ai plus à me cacher.

— C'est vrai. Et je suis là pour faire en sorte qu'il ne t'arrive rien de mal. Tu n'es plus seule.

Elle cilla à plusieurs reprises, comme pour contenir ses larmes.

— Tu n'as pas idée de ce que ça signifie pour moi, dit-elle. Et pour Atlas aussi. Nous avons tous les deux besoin de toi.

Elle ne pouvait savoir à quel point ça réchauffait le cœur de Callum d'entendre une telle affirmation.

Payton méritait d'avoir dans sa vie une personne qui prendrait soin d'elle. Elle devrait être entourée d'amour, car il n'y avait pas une once de méchanceté en elle.

C'était une femme emplie de compassion et de douceur, et elle méritait d'être aidée surtout quand on savait qu'elle ne demanderait jamais à l'être. En revanche, il était persuadé qu'elle se démènerait sans compter pour aider les autres.

Ils avaient un plan maintenant – un plan qui devait fonctionner pour qu'elle puisse laisser ça derrière elle et reprendre le cours de sa vie.

Et il ne voyait pas comment elle pourrait y parvenir si elle devait constamment regarder par-dessus son épaule, ou s'inquiéter que quelqu'un puisse jaillir de derrière un meuble ou d'une porte ouverte.

Et, de façon plus égoïste, il ne voyait pas comment elle pourrait lui faire une place dans son cœur si elle devait s'inquiéter en permanence de perdre la vie.

Personne ne savait de combien de temps il disposait sur terre. La mort récente de son grand-père lui avait rappelé cette vérité incontournable.

Ça l'avait aussi fait réfléchir au temps perdu en querelles pour des choses sans importance. Il n'était même plus capable de se rappeler pourquoi son grand-père et lui s'étaient disputés la dernière fois.

S'il disait que le ciel était bleu, Duncan était capable de prétendre qu'il était vert. S'il disait que les étés au Texas étaient caniculaires, Duncan enfilait un pull pour prouver qu'ils étaient frais.

Callum aurait aimé avoir droit à un jour de plus avec son grand-père, rien que pour lui demander pourquoi il se comportait de cette façon.

Inévitablement, l'évocation de son grand-père, et des problèmes liés à sa succession, lui fit penser à sa mère.

Pourquoi tenait-elle tant à rassembler ses enfants autour d'elle ?

Elle semblait forte, et il ne pensait pas que c'était en rapport avec sa condition physique. Encore qu'il existait des maladies indétectables en apparence. Quand elle l'avait appelé la première fois, il l'avait interrogée sur sa santé, et elle avait juré qu'elle allait bien. Son esprit semblait clair également.

La pensée de voir réunis à la maison les six membres de la fratrie Hayes n'était pas sans attraits. Mais les autres avaient annoncé clairement qu'ils ne viendraient pas.

En tant qu'aîné, Callum était supposé délivrer la nouvelle à leur mère. Mais, en la voyant toute seule avec Granny, il s'était senti coupable de lui imposer le fardeau qu'était la gestion d'une propriété agricole de cette ampleur.

Bien sûr, il y avait un contremaître et des employés, et elles n'étaient pas complètement livrées à elles-mêmes. Cependant, il semblait anormal de les voir assises seules tous les soirs pour le dîner, alors que Callum avait encore en tête les grandes tablées du temps où ses frères et sœurs étaient à la maison.

Duncan dirigeait ses affaires et sa famille d'une main de fer, mais il semblait capable de se détendre un peu pendant les repas. Pourquoi fallait-il que Callum ne se rappelle que les mauvais moments avec son grand-père, en oubliant les bons ?

Bon sang !

Ce constat lui fit l'effet d'une gifle au visage.

Quel idiot il avait été de se comporter ainsi.

Ses frères et sœurs voyaient-ils les choses de la même façon ? Si c'était le cas, pouvait-il les aider à en prendre conscience ?

Il mit ces angoissantes pensées de côté, et se promit de mieux faire pendant qu'il serait à la maison.

Il n'était toujours pas prêt à renoncer à la vie qu'il s'était bâtie à Houston, mais il pourrait faire un effort et rendre plus souvent visite aux deux femmes. Certes, Granny débordait d'énergie, et son esprit était toujours vif, mais elle n'était plus toute jeune. Qui pouvait dire combien de Noëls il lui restait à vivre ?

À cause du différend avec son grand-père, il avait perdu de nombreuses années avec elle. N'était-ce pas totalement stupide ?

Tandis qu'il roulait, peut-être pourrait-il appeler chacun de ses frères et sœurs pour leur dire que ce serait une bonne idée, finalement, de venir à la maison.

Ça ne ferait certainement pas une grande différence, mais il aurait au moins essayé.

Jetant un coup d'œil à Payton, il vit qu'elle dormait. Comme il ne voulait pas la réveiller, il décida de remettre ses appels à plus tard.

Rien ne l'empêchait d'appeler ses frères et sœur ce soir, une fois que Payton et lui auraient établi leur plan.

— Nous sommes arrivés à la maison, dit une voix familière – une voix qui avait le don d'apaiser Payton.

On la secouait doucement, et elle ouvrit les yeux.

La portière était ouverte de son côté, et Callum était penché dans l'habitacle, une main posée sur son genou.

Elle cilla, essayant de dissiper le brouillard qui enveloppait son esprit.

— Je me suis endormie ? demanda-t-elle avec étonnement.

— Seulement pendant deux heures.

Elle bâilla et s'étira, avant de prendre la main tendue qui l'aidait à s'extraire du siège passager. Ses jambes étaient engourdies, et ses genoux flanchèrent. Aussitôt, les mains puissantes de Callum furent sur elle, la maintenant en équilibre.

— Désolée de ne pas avoir été de meilleure compagnie sur la route, dit-elle, après l'avoir remercié pour son assistance.

Appuyée contre la carrosserie du pick-up, elle secoua ses jambes l'une après l'autre pour soulager les picotements qui les engourdissaient.

— Aucun problème, dit-il, tandis qu'elle retrouvait totalement sa stabilité.

— Je me suis endormie en essayant de savoir qui il pouvait être.

Callum montra des signes d'attention, et elle se dit qu'il avait probablement cogité autant qu'elle durant le trajet.

— Ce sont principalement des théories, s'empressa-t-elle de clarifier. Ce type agit aux confins de cercles amicaux et professionnels. Ce n'est pas quelqu'un avec qui je suis régulièrement en contact. Idem pour les autres victimes.

— J'y ai réfléchi aussi, admit Callum en aidant Atlas à descendre. Et je suis d'accord.

— Ça a du sens, non ?

Elle semblait poser une question, mais il s'agissait plutôt d'un constat.

— C'est quelqu'un que je connaissais, mais avec qui je n'avais pas souvent l'occasion d'être face à face. Autrement, je me souviendrais de lui. J'aurais remarqué qu'il était nerveux, ou qu'il y avait quelque chose de bizarre chez lui.

— N'importe qui peut se montrer charmant pendant quelques minutes en cachant sa vraie nature, dit Callum. En tout cas, c'est très probablement quelqu'un qui vit à la périphérie de ton quotidien à Austin.

— Je pense qu'il serait utile de parler aux amis et collègues des victimes, car je persiste à croire qu'il y a un point commun entre nous.

— Nous savons déjà que les victimes occupaient des emplois

de service. Sauf l'infirmière. Qui est quand même au contact des gens. Et nous savons aussi qu'il y a au moins une autre étudiante.

— Est-ce qu'elle avait un emploi à temps partiel ?

— Ce n'était pas mentionné dans l'article.

— Nous avons les noms, donc nous pouvons examiner les comptes sur les réseaux sociaux pour découvrir qui étaient leurs plus proches amis. Il s'agira de ceux qui auront le plus commenté, et nous pourrons les identifier grâce à leurs photos.

Le soleil se couchait déjà, et le ciel immense du Texas se parait d'aveuglantes nuances de rouge, d'orange et de rose.

Quelques nuages laiteux semblaient jouer à cache-cache au-dessus de la cime des arbres, dont l'odeur parfumait la nuit.

C'était pour ça que Payton vivait au Texas : les paysages et la sensation d'espace. Ici, elle avait l'impression de pouvoir respirer. Et personne n'avait le droit de lui prendre ça.

# 16

Callum avait hâte de progresser sur l'affaire de Payton.

Et cependant, il ne voulait pas que ce précieux moment de sérénité prenne fin.

Elle s'était arrêtée pour regarder un coucher de soleil qu'on ne pouvait qualifier autrement que comme un chef-d'œuvre de la nature.

La beauté des cieux avait toujours eu le don de l'émouvoir, et il lui arrivait de s'interroger pourquoi il avait laissé une dispute avec son grand-père le contraindre à quitter Cider Creek.

Si on lui avait demandé pourquoi il était parti à dix-huit ans, jamais il n'aurait admis que c'était à cause de Duncan Hayes.

La vie l'avait emporté dans son tourbillon, et il n'avait pas pris le temps de faire une pause pour réfléchir sur les raisons qui l'avaient poussé à s'en aller sans un regard en arrière.

Il n'était pas le seul à blâmer. Duncan lui avait rendu la vie impossible. Le fait que tous ses autres petits-enfants avaient quitté le ranch à la minute où ils avaient eu dix-huit ans parlait de lui-même

Mais il ne semblait pas juste non plus de rejeter la faute entièrement sur son grand-père.

Comme il ne serait pas juste d'accuser Hannah de porter seule la responsabilité du délitement de leur relation.

Être adulte, ça commençait par être capable d'endosser la responsabilité de ses erreurs.

Callum savait bien que la communication n'était pas son fort.

Le travail l'avait obligé à améliorer sa capacité à dialoguer, sinon il aurait perdu tous ses employés.

Pourquoi était-il si difficile d'appliquer les mêmes leçons dans sa vie personnelle ?

Mettant ces pensées de côté pour le moment, il laissa son esprit remonter le fil du temps, et fut bientôt submergé par un flot d'heureux souvenirs qui déboulaient pêle-mêle.

Il y avait la fois où, avec Rory, ils s'étaient disputé la balançoire – composée d'un pneu et d'une corde – se poussant l'un l'autre jusqu'à ce que ce fichu truc se rompe.

Rory s'était cassé le bras gauche en tombant de la balançoire, surnommée Grâce. Pendant des années, toute la fratrie s'était moquée de Rory et de sa « chute en disgrâce ». La blague, qu'ils étaient les seuls à comprendre, l'avait suivi jusqu'au lycée.

Puis il y avait le premier baiser de Callum, derrière la grange. Il était tombé éperdument amoureux d'Angela Hawkins, la fille la plus populaire de l'école. La notion d'attirance des contraires s'était appliquée à leur courte relation. Il avait appris plus tard qu'elle s'était rapprochée de lui uniquement pour pouvoir flirter avec Rory.

Callum s'attendait à des moqueries de la part de la fratrie, mais ses frères et sœurs ne riaient que des sujets sans importance. Pas touche aux cœurs brisés.

Rory, naturellement, avait refusé de sortir avec Angela. Quelqu'un avait lancé la rumeur qu'elle avait mauvaise haleine, et Callum était à peu près certain que ça venait d'un de ses jeunes frères, même si personne n'avait jamais revendiqué en être l'auteur.

D'innombrables jeux s'étaient déroulés sur ces pelouses. Des barbecues y avaient été dressés... Pourquoi ces heureux événements étaient-ils si faciles à oublier, alors que les mauvais, une fois qu'ils étaient confortablement installés, refusaient de céder leur place ?

Payton lui toucha le bras et jeta un coup de menton vers Atlas, qui semblait avoir repéré quelque chose dans le sous-bois.

Callum revint très vite à la réalité.

Il était peu probable que des sangliers s'approchent autant de la maison et des bâtiments agricoles, considérant le va-et-vient incessant des machines et des employés.

Le dortoir des saisonniers se trouvait derrière les granges, et il y avait toujours beaucoup de monde qui circulaient d'un endroit à un autre.

Callum n'avait même pas encore eu le temps d'aller saluer Deacon Wade, leur contremaître. Ce dernier connaissait Duncan depuis longtemps, et la façon dont ils s'étaient rencontrés demeurait incertaine. Soit Callum avait oublié ce détail, soit les deux amis n'en avaient jamais parlé.

Deacon n'était même pas le véritable prénom de M. Wade. Ça, au moins, Callum le savait. Ce surnom lui avait été donné en référence au diacre – *deacon* en anglais – parce que son père était pasteur dans une petite ville proche de Corpus Christi.

Deacon avait choisi une autre voie, et Callum avait entendu sa mère prendre la défense de l'homme, disant que son casier judiciaire remontait à longtemps, quand il était quelqu'un de différent, et qu'il ne fallait plus en parler.

Pour Marla, le passé d'une personne ne déterminait pas forcément son avenir, et ceux qui se prétendaient chrétiens devraient savoir pardonner.

Sa mère n'avait jamais mâché ses mots, et savait comment imposer un argument.

En parlant de Deacon, il était courant que des éleveurs cèdent leur ranch à leur contremaître quand aucun de leurs enfants ne voulait reprendre l'affaire familiale. Callum pourrait proposer cela à Deacon, personne ne connaissant mieux que lui le ranch Hayes.

Atlas avait fait quelques pas hésitants vers le sous-bois. Ses pattes disparaissaient dans les hautes herbes, mais la partie visible de son corps indiquait qu'il était en alerte. Ses oreilles étaient dirigées vers la source du bruit, et les poils de son échine étaient dressés.

Ce n'était pas bon signe.

Callum avait envie de demander à Payton de ne pas bouger

pendant qu'il allait voir de quoi il retournait, mais alors sa sécurité ne serait pas assurée.

Un bon tireur pourrait l'abattre pendant qu'elle se trouvait à découvert, puis disparaître avant que quiconque ait eu le temps de réagir.

Callum prit la main de Payton et entrelaça ses doigts aux siens. Vu de l'extérieur, ils avaient l'air d'un couple.

La préoccupation première de Callum était d'assurer la sécurité du ranch dans sa totalité.

Il avait promis de garder le secret de Payton tant que le danger se cantonnait de l'autre côté de la rue. Mais, si sa famille devait être menacée, il était nécessaire de réunir un conseil de famille. Sa mère et Granny devaient savoir ce qui les attendait.

Il en allait de même pour Deacon et le reste des employés. N'importe qui pouvait être pris au dépourvu, et Callum ne voulait pas mettre leurs vies en danger s'il pouvait l'éviter.

— Tout va bien, Atlas, dit Callum d'une voix apaisante, calme-toi, mon garçon.

Il jeta un coup d'œil en direction de Payton, et lui intima de rester avec son chien, et de se baisser pour que les hautes herbes la dissimulent.

Sans perdre une minute de plus, Callum s'accroupit, et se dirigea vers ce qui avait attiré l'attention d'Atlas, tout en se rappelant que ça pouvait être une fausse alerte.

Personne ne les avait suivis jusqu'au ranch. Il s'en était assuré en vérifiant régulièrement dans ses rétroviseurs.

Si le criminel avait relevé sa plaque minéralogique, ça le conduirait à Houston, pas ici. Toutefois, avec un nom comme le sien, il était facile de faire le lien.

Toutefois, il n'y croyait pas vraiment. L'attention d'Atlas avait pu être retenue par n'importe quoi. Pourquoi pas un lièvre ?

Faute de certitude, il traiterait la menace comme si elle était réelle.

Tandis qu'il se faufilait à travers les broussailles, Callum entendit des branches se briser sur sa gauche. S'il voulait prendre l'intrus par surprise, il allait devoir s'enfoncer encore plus profondément dans les bois, laissant Payton exposée au danger. Mais, comme elle était avec Atlas, il estima qu'il pouvait prendre ce risque.

Guettant la progression des bruits, il chercha des signes qu'il s'agissait d'un humain. Il aurait bien voulu repérer une empreinte de pas, mais il faisait trop sombre dans le sous-bois, et il ne pouvait pas prendre le risque d'utiliser la torche de son téléphone.

Comme il ne pouvait plus voir le jardin, Callum décida de faire demi-tour.

Au moment où il pivotait sur ses talons, une branche craqua sur sa droite.

Il se cacha derrière un tronc et attendit.

Exactement cinq secondes plus tard, une silhouette apparut.

Il faisait trop sombre pour la distinguer clairement.

Callum retint son souffle, en attendant que la personne se rapproche suffisamment pour qu'il puisse l'assaillir par-derrière quand elle aurait dépassé l'endroit où il se trouvait.

La patience permettait de gagner bien des batailles, et il savait depuis bien longtemps que l'immobilité avait son rôle à jouer aussi.

La silhouette s'approcha du tronc, et la brise déplaça une odeur familière.

Il sut alors de qui il s'agissait.

— Maman !

— Callum, c'est toi ?

— Oui.

Il se redressa et activa l'application torche de son téléphone pour qu'elle puisse le voir.

— Que fais-tu ici ? demanda-t-il.

— Je pourrais te poser la même question.

Sa mère avait une carabine calée sous le bras droit. Callum en resta bouche bée.

À la grande surprise de Payton, Callum sortit des bois en compagnie de Marla.

Atlas les reconnut et se mit à trotter vers eux.

— Tout va bien ? demanda-t-elle, en les rejoignant à mi-parcours.

Il faisait presque complètement noir maintenant.

— Notre intrus a disparu, constata Marla. Nous devrions rentrer pour en parler.

— Est-ce que c'est lié à la raison pour laquelle tu voulais réunir toute la famille ? demanda Callum.

— Ça se pourrait. Je pensais jouer cartes sur table une fois que tout le monde serait arrivé. Mais, puisque tu ne cesses de surveiller la porte depuis que tu es arrivé, je pense que ça ne se produira pas.

Le trio arriva aux abords de la maison principale, et entra par la porte de la cuisine.

Tandis que Payton remplissait de croquettes la gamelle d'Atlas, et y ajoutait sa dose de médicaments pour la nuit, Granny compléta sa gamelle d'eau.

De son côté, Marla avait rangé la carabine dans un placard du sas d'entrée.

Quand tout le monde fut assis autour de la table de la cuisine, Callum prit la parole.

— Nous avons tous fait nos vies ailleurs, dit-il d'une voix douce, comme pour apaiser le choc de son annonce.

— Et je sais pourquoi vous êtes partis, dit Marla. Mais je ne comprends pas pourquoi personne ne veut revenir maintenant que votre grand-père n'est plus là. On dirait que je suis coupable de quelque chose.

— Tu n'y es pour rien, voyons, s'empressa de la corriger Callum. Mais avant de parler de ça, j'aimerais savoir qui tu cherchais dehors.

— Nous avons reçu des menaces, admit Marla. Depuis que ton grand-père...

— Quel genre de menaces ? demanda aussitôt Callum.

— Des graffitis sur la maison et sur les bâtiments, et aussi sur ma voiture. Ça n'a pas eu lieu en même temps, et j'ai pensé à des adolescents désœuvrés, ou à une bande de squatteurs qui voulaient s'installer sur nos terres. Puis j'ai reçu un SMS me demandant de quitter les lieux.

— Tu as vécu ici toute ta vie. Pourquoi devrais-tu partir maintenant ? s'étonna Callum.

— Ce n'est pas la bonne question, dit Granny.

— Et quelle est-elle ?

— Qui veut prendre la relève ici ?

Callum se tourna vers sa mère.

— C'est pour ça que tu voulais nous réunir ? Pour former un front uni contre l'ennemi ?

— Pour ça, et aussi pour que vous me donniez votre avis. Ce ranch était tout pour votre grand-père. Vers la fin, il disait qu'il devrait revenir à tous ses petits-enfants. Je sais que vous vous entendiez comme chiens et chats, et je n'ai jamais approuvé la façon dont ils vous traitaient tous les six...

— Mais ?

— Je me retrouve ici, à me battre pour un héritage dont personne ne veut. Il faut absolument convoquer un conseil de famille pour décider ce que nous devons faire de cet endroit.

— Tu as ta maison ici.

— Et alors ?

Marla haussa les épaules.

— Les choses changent. C'était le rêve de ton père et le mien de prendre un jour la succession de ton grand-père. Nous avons toujours pensé que vous travailleriez tous les six avec nous. Vous avez choisi d'autres voies, et ce n'est pas à moi de vous dire que vous avez eu tort. Ça ne me dérange pas de tenir ma place et de me battre, mais je ne vois aucune raison de mettre ma vie en danger, ou celle de qui que ce soit d'autre, pour un rêve qui est mort avec votre grand-père.

— Je suis là à présent, dit Callum d'un ton déterminé. Et je resterai ici aussi longtemps que nécessaire. Par ailleurs, je vais battre le rappel des autres, et leur dire de tout lâcher pour venir ici le plus vite possible. En attendant, je dois savoir qui est au courant des menaces.

— Deacon, pour commencer. Il a réuni les employés pour leur dire de se montrer prudents. Et Mike, à la sécurité.

— C'est bien que tout le monde se sente concerné, approuva Callum.

Puis il surprit le regard de Payton.

Une autre menace planait sur le ranch, en raison de sa présence, et sa famille avait le droit d'être mise au courant.

Même si Payton tenait à se faire aussi discrète que possible, pour ne pas attirer l'attention, ce n'était ni juste, ni sûr de taire la présence du *Monstre Masqué* dans les parages.

Surtout maintenant, puisqu'il connaissait son numéro de téléphone.

Payton lui adressa un léger hochement de tête, indiquant qu'elle lui donnait son accord.

— Quelqu'un veut une tasse de café ? demanda-t-il à la ronde. Payton et moi devons vous informer de quelque chose, et j'ai besoin d'un apport de caféine pour me lancer.

# 17

Callum donna à sa mère et à Granny la version courte de ce qui était arrivé à Payton.

Quand il eut terminé, Granny fut la première à se lever et à prendre Payton dans ses bras. Marla ne tarda pas à l'imiter.

— Je ne sais pas si je devrais rester, compte tenu des circonstances, dit Payton, après que tout le monde eut repris sa place autour de la table. J'ai peur que ma présence ici ne fasse qu'ajouter au danger, et vous avez déjà votre lot de soucis.

— Sottises ! décréta Granny sans hésitation. Ta place est ici, petite.

— Ma mère a raison, renchérit Marla. Nous ne tournons pas le dos à ceux que nous aimons quand les choses vont mal.

Cela faisait partie des rares qualités de la vie au ranch qui manquaient à Callum : cette façon qu'ils avaient de se serrer les coudes en toutes circonstances. Une fois que vous aviez fait votre place dans le cœur de Marla ou de Granny, il n'était plus possible de faire machine arrière.

— Tu n'es absolument pas responsable de ce qui t'est arrivé, dit Granny. Quel genre de personnes serions-nous si nous te laissions affronter seule ce fils de...

La vieille dame ne finit pas sa phrase, et adressa un sourire malicieux à Payton.

— Tu vois ce que je veux dire.

Puis elle souleva sa tasse de café, d'un air très digne, comme si elle n'avait pas failli dire une incongruité.

Marla prit la parole :

— La semaine dernière, à la poste, pendant que j'attendais pour récupérer un courrier, j'ai appris ce qui est arrivé à une de ses victimes.

Elle secoua la tête.

— C'est un malade mental.

— Je comprends mieux maintenant pourquoi tu as choisi Atlas, dit Granny. Toutes les jeunes femmes d'aujourd'hui préfèrent les chiens de poche.

— Et aussi le fait que vous soyez arrivée en plein milieu de la nuit pour vous installer dans cette vieille ferme, bien avant qu'elle ne soit habitable, ajouta Marla.

— Il fallait que je quitte Austin, et je me suis souvenue que ma grand-tante m'avait légué cet endroit, expliqua Payton. Honnêtement, je ne savais pas quoi en faire à ce moment-là. Et je ne sais toujours pas comment je vais pouvoir faire tous les travaux avec mon budget. Mais ce n'est pas ça qui va m'arrêter.

Elle laissa passer un silence, avant de poursuivre :

— Je suis venue ici pour échapper à un monstre, et je me suis rendu compte que ça m'avait rapprochée de Beverly. Nos conversations me manquent, même si nous n'avions plus beaucoup l'occasion de nous parler les derniers temps avant son décès.

— Beverly t'adorait, dit Granny. Et elle me manque aussi.

— Elle vous a parlé de moi ? demanda Payton en écarquillant les yeux.

— Bien sûr ! Elle était tellement fière de toi. J'espère que ça ne t'ennuie pas que j'en parle, mais elle a dit que tu en avais bavé avec tes parents. Elle admirait ta force, et disait que tu étais une battante. Venant d'elle, c'était le plus grand des compliments.

Granny souriait avec nostalgie à l'évocation de ce souvenir, et Callum réalisa que sa grand-mère avait perdu une amie chère quand Beverly était morte.

— Nous prenions le café ensemble tous les jeudis matin, et

jouions au bingo le samedi soir, jusqu'à l'arrivée de l'automne, bien sûr.

— Vous devez être l'amie qu'elle ne voulait pas abandonner, quand elle a dû s'installer dans une maison de retraite près de chez moi. Je sais combien ça l'a rendue malheureuse de quitter Cider Creek.

Payton grimaça.

— Je dois avouer que je n'en comprenais pas la raison, jusqu'à ce que je fasse la connaissance de Callum, et ensuite de vous deux. Les gens par ici prennent vraiment soin les uns des autres. La solidarité et l'entraide sont des notions qui ont encore un sens.

Le cœur de Callum se serra quand Payton lui jeta un coup d'œil.

— C'est vrai, approuva Granny. Beverly me passerait un sacré savon si je te laissais franchir cette porte toute seule.

— Moi aussi, s'empressa d'ajouter Callum.

Un peu trop vite, peut-être.

— Vous m'avez trop bien élevé pour ça, toutes les deux, ajouta-t-il avec un petit clin d'œil à l'attention de sa grand-mère.

Il ne savait pas précisément pourquoi il avait ajouté ce commentaire, si ce n'est, peut-être, qu'il n'était pas prêt à évoquer ce qui se passait entre Payton et lui.

— Nous n'aurions pas fait correctement notre travail si tu avais pensé autrement.

Callum but une gorgée de café, le temps de rassembler ses esprits.

— Payton et moi avons prévu un voyage à Austin demain, afin de retrouver les amis et les collègues des précédentes victimes. Nous voulons essayer de voir s'il y a des points communs entre elles. Mais depuis que tu nous as parlé des menaces qui pèsent sur le ranch, je me demande si c'est une bonne idée de partir.

— Ce n'est pas une journée qui changera quoi que ce soit, dit Marla. Et puis, nous pouvons compter sur Deacon et Mike. Et tous les employés sont avertis d'un trouble potentiel. Tout le monde est prêt à se battre.

— Et toi ? demanda Callum. C'est vraiment ce que tu veux ?

— Je n'ai pas envie d'être chassée d'ici. Comme tu l'as dit, c'est ma maison, et personne n'a le droit de me mettre dehors.

Sa mère avait toujours eu un caractère bien trempé. Tout le monde la trouvait énergique, déterminée… Callum tenait peut-être son entêtement de son grand-père, mais son caractère affirmé et tempétueux lui venait d'elle.

— Si tu penses que tout ira bien…, commença-t-il.

— Mais oui. Ne t'inquiète pas pour nous.

— Et Atlas, demanda Granny. Y a-t-il une chance que vous le laissiez avec nous ?

— Nous voulions justement vous demander à toutes les deux de le garder. Si ce n'est pas un trop grand dérangement, bien sûr.

— Tu plaisantes ? Ça me fera une occupation pendant qu'Annie Oakley ici présente s'amuse à tirer sur tout ce qui bouge avec sa carabine.

L'allusion à cette figure mythique de l'Ouest américain, célèbre pour la précision de son tir, fit rire Callum.

Mais il réalisa aussi que la menace pesant sur le ranch était plus sérieuse que sa mère voulait le faire croire.

D'ailleurs, il lui suffisait de l'observer pour voir qu'elle n'avait pas tout dit.

— Les menaces sont tout ce qui te préoccupe ? demanda-t-il franchement.

Il n'était pas certain qu'elle se confie à lui, mais ça ne coûtait rien de demander.

— Ce n'est pas suffisant ?

Son absence de réponse apprit à Callum ce qu'il avait besoin de savoir.

Il y avait autre chose.

L'urgence qu'il ressentait à rassembler ses frères et sœurs monta de plusieurs crans.

Sa mère cachait quelque chose.

— Nous devrions probablement commencer à planifier la journée de demain, suggéra Callum, une fois le dîner achevé.

Un sentiment de terreur envahit Payton, à la pensée de décortiquer la vie de quatre femmes qui n'étaient plus de ce monde.

Elle hocha la tête, en dépit du fait que son estomac menaçait de se révolter.

— Je peux m'occuper de relever les détails, et tu prendras des notes, suggéra Callum.

Voyant son air hésitant, il lui lança une autre proposition :

— Tu peux aussi chercher les itinéraires sur Google Maps, une fois que nous aurons les adresses.

— Je ne suis pas mauvaise pour organiser des déplacements, dit-elle, ravie d'éviter le pire.

Mais elle devait absolument voir les visages des victimes. Elle avait besoin de savoir à quoi elles ressemblaient, si un lien quelconque les liait...

— Je serai là-haut en train de lire, dit Marla.

Au passage, elle posa une main sur l'épaule de Payton.

— Je suis vraiment désolée pour tout ce que vous avez dû traverser. Et, si ça peut vous aider, je pense que vous êtes une personne très forte.

— Merci, dit Payton, avec toute la sincérité qu'elle ressentait.

— Tout se passera bien demain, ajouta Granny.

À son âge, elle avait connu beaucoup d'épreuves, les guerres, les récessions, et elle avait survécu... Un jour, Payton aimerait en discuter avec elle, et comprendre comment elle avait pu garder intact son sens de l'humour.

— Avoir votre soutien à toutes les deux représente plus que vous ne pouvez l'imaginer, répondit Payton.

L'impression d'avoir trouvé sa place, qu'elle avait ressentie ce soir, était un réconfort à quoi elle ne s'attendait pas.

Et sans doute aurait-elle préféré ne pas l'éprouver.

On ne pouvait désirer que ce qu'on n'avait pas expérimenté.

— Nous serons toujours là, dirent les deux femmes, presque à l'unisson, avant de se diriger vers l'escalier.

Callum sortit son ordinateur portable de sa housse, ainsi qu'un bloc-notes et deux stylos.

— Par quoi commençons-nous ? demanda-t-il.

— Les noms et les adresses des victimes.

— Bien, dit-il, avec un bref soupir indiquant que ça devenait réel pour lui aussi.

Un homme aussi droit et sensible que Callum ne supporterait pas de voir ce que le *Monstre Masqué* avait fait à ces femmes.

Ses doigts dansaient sur le clavier. Heureusement, il avait tourné l'écran de façon qu'elle ne puisse pas le voir clairement.

— La première victime est Sheila Mathers. Infirmière.

Il énonça une adresse.

— Je n'ai pas besoin de chercher cette rue sur une carte, dit Payton. C'est à deux blocs de chez moi.

Elle commença à dessiner un plan de son quartier, tandis que Callum passait à la deuxième victime.

— Avery Haskel. Serveuse.

— Celle qui travaillait au Cracker Barrel à Buddha ?

Pour le moment, elle ne voyait pas ce qui pouvait relier les deux femmes.

Lorsque Callum lui donna l'adresse, Payton poussa un petit cri.

— C'est à deux blocs de l'appartement de Sheila.

Elle dessina des cercles sur sa carte rudimentaire pour marquer les emplacements.

Si elle avait été habituée aux paris, elle aurait gagé que la prochaine victime habitait aussi dans son quartier.

— Rochelle Banks. Réceptionniste dans un hôtel.

Callum donna une adresse qui se situait effectivement dans le quartier de Payton. À deux blocs de son appartement, mais dans l'autre sens, par rapport à la précédente victime.

— Il ne reste plus qu'Heidi, observa-t-elle. Son nom de famille ?

— Mortimer. Et c'est aussi une serveuse. Elle travaillait au Chili's.

L'annonce de son adresse confirma ce que Payton avait déjà deviné.

— Nous habitions toutes dans le même secteur de la ville. Passons maintenant aux lieux de travail.

— Alors... pour Sheila...

La voix de Callum était chargée d'émotion, et elle savait que c'était difficile aussi pour lui de fouiner dans la vie des victimes, et de considérer avec détachement ces crimes haineux, tandis que leur déroulé était relaté dans les moindres détails.

Callum lui communiqua les adresses dans le même ordre que précédemment, et Payton les localisa.

— Elles sont toutes dans le centre-ville, dit-elle.

— Étant donné que ses victimes habitaient toutes le même quartier, je pense que leur meurtrier y travaille, ou qu'il le traverse pour se rendre à son travail ou rentrer chez lui.

— Je pense que la police sera arrivée à la même conclusion, signala Payton.

— Certainement. En tout cas, un détail saute aux yeux : les crimes ont tous été commis autour du campus.

— Avec un nombre d'étudiants qui s'élève à cinquante mille, condensés sur une zone assez réduite, c'est comme chercher une aiguille dans une meule de foin.

Et pourtant, même une toute petite aiguille pouvait briller quand le soleil frappait au bon endroit.

Il suffisait d'avoir le bon angle.

# 18

— Le type ne travaillait pas dans le même coffee-shop que toi, fit remarquer Callum. Mais ça ne veut pas dire qu'il ne s'y est pas arrêté de temps en temps, ou qu'il n'était pas le collègue d'une des victimes.

Il continua à dérouler son idée :

— Il a pu en suivre une jusque chez elle, puis s'occuper des autres après.

Payton hocha la tête.

— Avais-tu déjà vu les photos des victimes ? demanda-t-il.

Ça l'attristait de l'obliger à revivre la scène, mais c'était nécessaire.

— Non. J'en ai seulement entendu parler. Mon employeur nous a prévenues qu'il fallait faire attention, surtout si nous étions seules.

Elle avait le regard dans le vague, comme si elle cherchait les réponses à l'intérieur d'elle-même. Ou alors c'était une façon pour elle de se détacher, pour être capable d'en parler.

— Mais, reprit-elle, j'étais trop occupée avec le travail et les études pour y prêter vraiment attention.

Callum posa la main sur celle de Payton, etconstata combien elle était petite en comparaison.

— En parlant d'études, je devrais probablement vérifier si les notes sont sorties, dit-elle.

— Tes profs ont l'habitude de noter aussi rapidement les essais ?

— Celui-ci me l'a promis, car nous sommes arrivés à la date limite pour quitter le cours sans pénalité.

Callum réduisit les écrans sur lesquels il travaillait, et fit glisser son ordinateur vers elle. Un instant après, les doigts de Payton dansaient sur le clavier.

Elle se rembrunit.

— Tu as échoué ?

— Non, mais je suis passée de justesse.

Elle soupira.

— Avant, je n'avais que des A.

— Je comprends, mais personne ne te critiquera cette fois-ci.

Elle hocha la tête, mais son menton ne tarda pas à se dresser d'un air de défi.

— Le laisser gagner serait encore pire que de passer de justesse. Je vais donc continuer mes études, même si j'échoue. Au moins, je saurai que j'ai fait de mon mieux.

— Il n'y a aucune honte à ça, approuva Callum.

Payton était une femme remarquable, et elle méritait qu'on dépose le monde à ses pieds.

Pouvait-il être cet homme-là ?

— Puisque l'inspecteur en charge de l'enquête doit avoir adopté le même angle que nous, pourquoi n'a-t-il toujours rien trouvé ? demanda Payton, en repositionnant l'ordinateur pour Callum.

— Je te demandais si tu avais vu des photos de ses autres victimes, car il y a beaucoup de similarités entre vous. Toutes les cinq ont de longs cheveux bruns, avec une frange.

Payton frissonna.

— C'est effrayant.

— La forme de vos visages diffère, donc vous n'êtes pas des photocopies. Mais ce type préfère les brunes.

— Toutes les blondes qui vivent dans le quartier doivent être soulagées.

— Il aime les belles femmes, dit-il.

Mais aucune n'était aussi belle que Payton.

— Ça peut vouloir dire qu'il a été dédaigné ou abusé par une mère séduisante.

— Il a les cheveux noirs et bouclés.

— Ça aide à réduire notre recherche, commenta-t-il.

En réalité, ça n'éliminait pas beaucoup de gens.

— Nous savons que nous devons chercher un homme aux cheveux noirs bouclés.

— Et aux yeux bleus. D'un bleu très pâle.

— Ça réduit un peu la population. A priori nous pouvons exclure les Hispaniques.

— Exact. Mais il aurait pu porter des lentilles ou une perruque très réaliste.

— Une perruque expliquerait pourquoi la police n'arrive pas à collecter d'ADN.

Callum observa un temps de réflexion.

— Tout à l'heure, quand tu dessinais les cartes, j'ai remarqué que tu étais douée. Tu crois que tu pourrais faire son portrait-robot ?

— Je suppose, dit-elle d'un ton incertain.

— Ça nous aidera à nous faire une idée de sa hauteur et de sa corpulence, et à le replacer en première ligne de nos pensées.

Payton hocha la tête, et il remarqua l'épuisement qui marquait les traits de son visage.

— Je ne te demanderais pas ça si je ne pensais pas que ça peut tout changer.

Elle hocha la tête, paraissant résignée.

— Qui sait, peut-être qu'en le déposant sur le papier, je le sortirai de mes pensées, dit-elle, avant de prendre un crayon.

— Je peux avoir la première page ?

Payton la détacha délicatement du bloc, avant de la lui tendre. Il observa le plan, imprima les détails dans sa mémoire, et s'intéressa aux comptes que les mortes avaient ouverts sur les réseaux sociaux.

L'infirmière était celle qui avait le moins d'activité sociale.

Sheila était en couple, mais c'était récent. Deux semaines environ au moment de sa mort. Son petit ami pourrait avoir des choses intéressantes à leur dire. Callum lui envoya donc un message privé pour solliciter une rencontre.

Puis il réalisa, un peu tard, que la police d'Austin devait surveiller ces pages dans le cadre de l'enquête.

Peut-être avaient-ils aussi mis sur écoute les téléphones des personnes de l'entourage des victimes.

Une rencontre en face-à-face était donc préférable. Si possible sur le lieu de travail.

Appelant à l'écran un document vierge, il y jeta quelques idées, comme elles lui venaient :

Un type qui n'a pas de succès avec les femmes.

Rejeté. Moqué.

Complexe de supériorité. A besoin que tout le monde sache qu'il est plus intelligent. Et peut-être qu'il a plus de pouvoir.

Chauve ?

Porte une perruque noire ?

Calculateur. Étudie ses victimes longtemps à l'avance.

Les perruques les plus réalistes provenaient de boutiques dédiées aux malades de cancer.

Callum utilisa Google Maps pour découvrir la zone entourant les scènes de crime. Il trouva deux boutiques qui correspondaient à ce qu'il cherchait, et nota l'adresse sur la liste des endroits où ils devaient se rendre.

Il regarda l'heure. Les boutiques fermaient à 18 heures, et il était 21 h 45. Il aurait bien voulu passer quelques coups de téléphone pour essayer d'obtenir des réponses. Ça leur éviterait de longues déambulations le lendemain.

Sauf qu'ils pourraient montrer le portrait-robot s'ils y allaient en personne. Ou alors, il pourrait prendre le portrait-robot en photo et l'envoyer à tout le monde ?

Non, en personne c'était mieux. Ils pourraient voir leurs premières réactions.

Mais, avant tout, ils devaient s'entretenir avec les employeurs des victimes. Il demanderait à Payton, mais il avait bien envie de quadriller la zone autour de son appartement.

— Et voilà ! annonça fièrement Payton, en posant son crayon.

L'image qui la fixait était la même qu'elle voyait dans ses cauchemars. Elle n'était pas une artiste, mais c'était ce qu'elle pouvait faire de mieux avec ses maigres capacités, tout en donnant une image générale de l'homme qu'ils cherchaient.

Elle brandit le carnet pour que Callum puisse voir le résultat de ses efforts, et il serra les poings.

Payton se demanda s'il s'en rendait compte.

Il serra et desserra les doigts plusieurs fois, comme pour essayer d'évacuer sa tension. Un muscle pulsa dans sa mâchoire. Puis il prit une profonde respiration.

— Bien, dit-il. Ça va nous aider.

— Je sais qu'il est tôt, mais nous devrions probablement essayer de nous reposer pour demain, dit-elle.

C'était tout ce qu'elle pouvait supporter pour ce soir. Son cerveau avait besoin de se mettre en veille pendant un moment.

— Bonne idée, approuva Callum. J'aimerais que nous nous levions vers 4 heures pour prendre la route le plus tôt possible. Nous pourrions commencer par l'infirmière. Elle travaillait dans une équipe de nuit, et j'aimerais rencontrer ses collègues avant qu'ils ne rentrent chez eux.

— Comme tu veux.

Callum se leva et prit leurs tasses, qu'il alla rincer dans l'évier.

— Je vais faire sortir Atlas, dit-il. Tu peux aller te coucher.

— Tu dors avec moi, cette nuit ?

— C'était mon intention, à condition que tu le souhaites.

— Bien sûr.

Callum siffla Atlas qui, étonnamment, se leva aussitôt et trotta derrière lui.

Payton s'attarda devant le portrait-robot qu'elle venait de réaliser, et enfonça son index au centre du visage.

— Tu ne me prendras pas tout ce pour quoi j'ai travaillé si durement, jura-t-elle.

Enhardie, et plus résolue que jamais, elle ajouta :

— Je viens te chercher. Et cette fois, c'est toi qui vas perdre.

L'instant était solennel.

Elle venait de prendre la décision, tant qu'il lui resterait un souffle d'air dans les poumons, de traquer sans répit ce monstre, jusqu'à ce qu'il soit enfermé derrière des barreaux pour le reste de ses jours.

À partir de maintenant, il saurait ce que c'était d'être traqué.

Elle n'était plus seule à mener ce combat.

*Seule.*

Le mot lui paraissait bien cruel soudain. Ce type observait pendant des semaines les femmes qu'il avait l'intention de tuer. Choisissait-il délibérément celles qui n'avaient pas de famille pour les protéger ? Des femmes célibataires ?

Soudain, Payton se leva et rassembla le bloc et les crayons, en se figurant que Callum se chargerait de l'ordinateur portable.

4 heures du matin, ça viendrait vite. Et elle voulait être parfaitement réveillée et alerte pour le trajet. Durant les deux heures de route, ils pourraient faire un nouveau point sur les éléments dont ils disposaient déjà et organiser leur journée.

Payton déposa le bloc et les stylos sur la table basse, et se dirigea vers la salle de bains pour se doucher et se laver les dents.

En sortant, elle croisa dans le salon Callum, qui tenait sous son bras droit un change de vêtements, et attendait son tour.

Il lui sourit d'un air las, et fila sans attendre dans la salle de bains.

Atlas était pelotonné sur un lit improvisé fait à partir du coussin d'assise d'un ancien canapé. Il ronflait, et semblait heureux comme un roi. Elle était contente de voir avec quelle facilité Atlas avait accepté Callum. Les progrès qu'ils avaient accomplis ensemble tenaient du miracle.

Au moment où l'eau arrêtait de couler dans la salle de bains, Payton se glissait entre les draps et tamisait la lumière.

Le lit king size était assez grand pour qu'ils y dorment confortablement à deux, en évitant les contacts accidentels.

Callum s'approcha, et commença à prendre un oreiller sur le lit.

— Tu n'es pas obligé de faire ça, dit-elle. Je te fais confiance. Et tu seras plus à l'aise ici.

— Tu en es sûre ?

Sa voix s'était légèrement enrouée.

— Je te remercie pour la confiance, mais je ne suis pas sûr de me sentir à l'aise en dormant à côté de toi. Parce que j'ai terriblement envie de te prendre dans mes bras.

— C'est une bonne idée, car j'allais justement te demander de me serrer dans tes bras.

# 19

Callum se glissa entre les draps, et rejoignit Payton au milieu du lit. Il passa un bras autour de ses épaules, et elle se blottit contre lui.

Inclinant la tête, elle déposa un baiser furtif sur ses lèvres.

Il sentit son corps se crisper, tandis que le désir déferlait dans ses veines avec la puissance d'une vague emportant tout sur son passage.

— Bonne nuit, parvint-il à marmonner.

Que lui arrivait-il pour qu'un simple baiser le mette dans un tel état ?

— Toi aussi, répondit-elle, en étouffant un bâillement.

Ce soir, il voulait être son abri au milieu de la tempête.

— Callum ?

— Oui.

— Peut-on laisser un peu de lumière ? Dormir dans un nouvel endroit peut provoquer une sensation de désorientation. Voir ton visage en me réveillant m'empêchera de céder à la panique.

— Bien sûr, répondit-il.

Il n'imaginait pas ce qu'elle avait vécu, ni le trauma qui la hanterait pendant les années à venir.

Pour demain, ils avaient préparé un itinéraire des maisons et lieux de travail des victimes. Ce n'était pas grand-chose, et il était persuadé que la police avait déjà fait ce travail.

Mais le projet de Callum différait quelque peu de celui des

forces de l'ordre. Il avait l'intention de surveiller les réactions de tous ceux qui croiseraient Payton.

S'ils passaient devant le *Monstre Masqué,* celui-ci réagirait d'une façon ou d'une autre – un moment de choc, une reconnaissance.

Le type s'était fait passer pour un policier afin de la faire revenir à Austin, et Callum était persuadé qu'il les avait repérés tous les deux sur le parking.

Il devait savoir qu'elle avait un ami, maintenant.

À ce propos, il devait prendre en photo le portrait-robot, et l'envoyer à son bureau, au cas où le type irait fouiner par là.

Il prit son téléphone et le fit aussitôt.

Pendant que Payton occupait la salle de bains, il avait mémorisé le portrait, et il était prêt pour le lendemain.

Quitter le ranch alors que tant de menaces planaient sur la tête de ses occupants ne le réjouissait pas.

Le nom de quelques concurrents qui pourraient vouloir la perte de Hayes Cattle lui vint à l'esprit.

Duncan Hayes, son grand-père, avait été un formidable rancher, faisant sortir le domaine de terre en partant de zéro.

Marla avait laissé entendre que la jeunesse de Duncan avait été difficile, mais elle n'était pas entrée dans les détails. Sans doute son grand-père avait-il commis par le passé certains délits dont il n'était pas fier ?

Deacon avait eu des liens très étroits avec Duncan, et il avait un casier judiciaire. Mais il était rentré dans le rang, et c'était aujourd'hui un homme honnête et d'une loyauté à toute épreuve à l'égard de la famille Hayes.

Tout le monde avait le droit à une seconde chance et, du point de vue de Callum, à son intimité également.

Son esprit dévia vers les réseaux sociaux, où les victimes étaient plus ou moins actives.

La vie de beaucoup de gens s'étalait en ligne aux yeux de tous. Quantité de personnes postaient des photos d'elles-mêmes faites dans leurs lieux favoris. Ça facilitait un peu trop la tâche de ceux qui voulaient les épier et les harceler.

Callum n'avait pas de compte, mais Hannah passait tellement de temps sur les siens. Elle adorait faire des selfies et poster des informations sur leur couple.

N'était-il pas ironique qu'ils soient à ce point malheureux, alors qu'Hannah renvoyait d'eux l'image d'un couple idyllique que tout le monde enviait ?

Peut-être avait-elle essayé de convaincre les autres qu'ils étaient le couple idéal, pour se donner des raisons de rester avec lui.

Son esprit se partageait entre les menaces sur le ranch, et le secret que lui cachait sa mère.

Deacon savait-il QUI les menaçait ?

Il s'agissait peut-être d'opportunistes qui, tels des charognards, volaient en cercle maintenant que Duncan était mort.

Cullam se promit de parler au contremaître dès leur retour d'Austin. La situation de Payton était urgente, mais celle de l'entreprise familiale était préoccupante. Il ne prenait pas à la légère les menaces contre sa mère.

Pendant le reste de la nuit, l'esprit de Callum se partagea entre le ranch et Payton.

Il pouvait seulement espérer que la journée du lendemain porterait ses fruits.

L'alarme de son téléphone surprit Callum. Il n'avait pas fermé l'œil de la nuit, et pourtant les heures avaient filé comme l'éclair.

Il repoussa doucement Payton, pour se libérer, en se disant qu'il pouvait lui accorder quelques minutes de sommeil supplémentaires. Pendant ce temps, il ferait sortir Atlas, et laisserait un mot sur la table de la cuisine, concernant le dosage de ses croquettes.

Pendant qu'il préparait un petit déjeuner léger et des gobelets de café à emporter, afin de se mettre en route le plus rapidement possible, il se dit qu'un changement de véhicule serait le bienvenu.

S'il pouvait emprunter le SUV de sa mère, le trajet serait beaucoup plus confortable. Les vitres étaient suffisamment teintées pour qu'on ne puisse pas voir l'intérieur. Et si le criminel en série les avait vus dans un pick-up hier, il ne ferait pas attention à un SUV aujourd'hui.

Tandis qu'il préparait un lunch box, il entendit des pas dans le hall.

L'odeur du café fraîchement moulu emplissait la pièce quand il se tourna pour découvrir que Payton marchait tout droit vers lui. Elle planta sur ses lèvres un baiser qui lui donna l'envie de retourner aussitôt au lit. Puis il réalisa qu'elle était à moitié endormie.

Une crise de somnambulisme ?

— Payton ?

Il claqua des doigts devant ses yeux embrumés.

Elle cilla à plusieurs reprises, comme si elle sortait d'une transe.

— Oh ! salut.

Callum sentait encore ses lèvres le picoter, et il regretta que Payton ne puisse expérimenter les mêmes sensations. Elle ne se souvenait probablement de rien, et c'était bien dommage.

— Bonjour, dit-il d'une voix enrouée.

— C'est du café que je sens ? demanda-t-elle, avant de se diriger vers la machine.

— Oui, confirma-t-il. Sers-toi.

Ne pouvant résister davantage, Callum abandonna ce qu'il faisait, marcha jusqu'à Payton et la prit dans ses bras.

Ils échangèrent un long baiser, puis il murmura contre ses lèvres :

— Quoi qu'il se passe aujourd'hui, je veux que tu saches à quel point tu es courageuse. Et forte.

— Toi aussi, tu es courageux et fort, répliqua-t-elle aussitôt.

— Allons débusquer ce salaud, dit-il, reprenant les rênes de sa concentration avant qu'il ne se perde dans sa délicate et fraîche odeur fleurie.

— Marché conclu ! répondit Payton, avec une détermination renouvelée.

— Mais d'abord, il nous faut du café.

Ils travaillaient côte à côte dans la cuisine, rassemblant tout ce dont ils auraient besoin pour se restaurer en route, et Callum ne pouvait s'empêcher de s'émerveiller sur leur complicité et leur naturel quand ils étaient ensemble.

Alors qu'ils insistaient pour convaincre Atlas d'aller faire ses besoins, l'animal jouant les paresseux et se faisant prier, Granny entra dans la cuisine.

Callum l'enveloppa dans une chaleureuse accolade, et s'attendrit de voir la vieille dame faire de même avec Payton.

— Si tout se passe bien, nous serons de retour ce soir pour le dîner, dit-il.

— Eh bien, à ce soir, fit Granny.

— Tu penses que maman verrait un inconvénient à ce que je prenne son SUV ?

— Et pourquoi donc ? demanda Granny.

Callum plongea la main dans sa poche et jeta la clé du pick-up sur le comptoir de granit. Puis il alla récupérer la clé de sa mère sur un crochet à côté du portemanteau, dans le couloir menant au garage.

Il rapporta également un grand sac isotherme, dans lequel il répartit les différents contenants de nourriture. Pendant ce temps, accroupie à la hauteur de son chien, Payton lui disait au revoir en lui faisant un gros câlin, et en lui murmurant des paroles rassurantes.

Callum et Payton rejoignirent ensuite le garage, et chargèrent le sac dans le coffre. Puis Callum se dirigea vers l'armoire contenant les armes, prit la clé, cachée en hauteur, et l'ouvrit. Son choix se porta sur un Sig Sauer – pour sa taille compacte – et il n'oublia pas de se munir des munitions qui allaient avec. Il y avait un holster, qui lui permettrait de porter l'arme à la ceinture de son jean. Il le prit et l'arrima autour de sa taille de façon à pouvoir cacher l'arme.

De retour à la voiture, il mit le Sig Sauer en sécurité dans un sac noir que sa mère gardait sur la banquette arrière. À l'intérieur se trouvaient un kit de premiers secours, un assortiment de barres protéinées et des minibouteilles d'eau minérale.

Convaincue qu'on ne savait pas toujours ce qui pouvait arriver, Marla ne partait jamais sans son équipement lorsqu'elle allait vérifier l'état des clôtures loin de la maison.

Assis au volant, Callum vérifia l'heure, avant d'entrer la première adresse dans le GPS : celle de l'hôpital.

Il faisait sombre dehors, et le jour ne se lèverait pas avant quelques heures. C'était un moment spécial où tout était calme.

Callum n'avait pas regardé le lever du soleil depuis bien trop longtemps. Il ne s'accordait pas beaucoup de répit durant l'année.

Il lui vint soudain une illumination. Alors qu'il se creusait la tête depuis plusieurs jours afin de trouver quelqu'un pour diriger le ranch, pourquoi ne laisserait-il pas plutôt les rênes de son entreprise de logistique à son bras droit Gregory Brewer ? Une réunion mensuelle pourrait suffire pour que Callum reste impliqué dans l'affaire, sans y être pieds et poings liés comme il l'avait été pendant des années.

Enchanté de cette décision, Callum roulait tranquillement sur la départementale, guettant la rampe d'accès à l'autoroute, quand il repéra dans son rétroviseur une voiture qui arrivait sur lui à vive allure.

Pour certaines personnes, être sur la route à 4 h 30 du matin signifiait qu'ils rentraient d'une soirée bien arrosée. Certes, c'était l'heure où la plupart des ranchers commençaient leur journée, mais Callum avait croisé assez souvent des dangers publics pour savoir quand il fallait se mettre hors du passage.

Il mit son clignotant et serra à droite pour laisser passer le bolide.

Le type avait hâte d'être sur l'autoroute ? Très bien. Callum n'était pas à une minute près.

Le véhicule se rangea à droite aussi, en freinant à la dernière minute, et vint se coller derrière son pare-chocs.

Que diable… ?

Callum se concentra. Il s'était déjà trouvé dans des situations compliquées, avec des conducteurs agressifs.

Il s'engagea sur la bretelle d'accès, et resta à droite, en roulant doucement pour se laisser dépasser.

Le véhicule resta derrière.

Il ne pouvait pas voir son conducteur à cause de la rampe de phares en hauteur qui l'aveuglait.

— C'est lui ? demanda Payton, en essayant de voir dans le rétroviseur latéral.

— J'en doute. Ça ne ressemble pas à son tempérament, si on en croit ses précédentes agressions. Il aime séduire, penser de lui qu'il est irrésistible et malin. Une attaque directe ne correspond pas à son mode opératoire. Sans oublier le fait qu'il est impossible qu'il nous ait suivis jusqu'à la maison.

— Il a pu placer un traceur sur le pick-up.

— Effectivement. Mais, il ne nous aurait pas reconnus dans le SUV de ma mère.

Il pouvait se tromper, bien sûr, mais quelque chose ne collait pas.

— Et s'il avait un complice ?

Au même moment, ils ressentirent un choc violent à l'arrière du SUV. L'autre véhicule venait de les heurter. Cette fois, Callum réussit à voir qu'il s'agissait d'une version gonflée et rehaussée de pick-up.

Callum accéléra, mais le luxueux SUV citadin de sa mère n'avait pas la puissance nécessaire pour distancer son assaillant.

Il secoua la tête.

— Ce n'est pas normal, dit-il, en se rangeant sur la bande d'arrêt d'urgence pour donner à ce chauffard une dernière chance de changer de voie.

Rien à faire, l'éblouissante rampe de phares était toujours derrière lui.

Tout à coup, Callum comprit pourquoi on s'en prenait à la voiture de sa mère.

— Le conducteur pourrait être celui qui menace le ranch.

Payton porta la main à sa bouche pour tenter de contenir un petit cri de surprise.

— Accroche-toi. D'accord ?

Moins d'une seconde plus tard, le gros pick-up les heurtait à nouveau.

La tête de Callum fut projetée en avant, et il tendit instinctivement le bras pour empêcher Payton d'aller heurter le tableau de bord, oubliant qu'elle avait sa ceinture de sécurité, et que la voiture était équipée d'airbags.

Mais la réalité ne comptait plus quand l'instinct prenait le relais.

À nouveau, Callum essaya d'accélérer et de gagner un peu de terrain.

— Peux-tu voir s'il y a d'autres personnes dans la voiture ? demanda-t-il à Payton.

Elle essaya de se retourner...

— Il fonce à nouveau sur nous, cria-t-elle, en reprenant sa place sur son siège quelques secondes avant l'impact.

Callum ne put cette fois retenir un juron.

— Ça va ? demanda-t-il.

— Aussi bien que possible.

Puis elle le surprit en décrochant sa ceinture.

— Qu'est-ce que tu fais ? demanda-t-il, tout en freinant.

—Accélère, et laisse-moi quelques minutes.

Il obtempéra, tout en se demandant ce qu'elle avait en tête.

Un moment plus tard, elle lui montra sa main. Enfin, façon de parler... Elle avait chargé le Sig Sauer.

— Tu sais t'en servir ?

Une arme dans les mains de quelqu'un d'inexpérimenté pouvait être très dangereuse.

— Je me suis entraînée dans un stand de tir. Je suis meilleure avec un Glock, mais il faut savoir se contenter de ce qu'on a.

Baissant sa vitre, elle se pencha et visa les pneus.

La nuit, relativement silencieuse, fut soudain troublée par le crissement déchirant des pneus frottant sur la chaussée, le fracas du pick-up renversé sur le côté, et le bruit strident du métal contre le goudron.

Callum mit le SUV à l'arrêt total, avant que Payton ne lui tende le Sig Sauer.

— Beau tir, au fait, dit-il, avant de descendre de la voiture, non sans avoir recommandé à Payton de ne pas bouger.

Il s'approcha prudemment du pick-up.

Le pare-brise avait volé en éclats, et de minuscules bris de verre étaient répandus partout sur la chaussée.

Lorsqu'il vit le visage du conducteur, tout son corps se raidit de colère.

— Timothy Gainer !.

Il connaissait ce type depuis le lycée.

Que diable fichait-il là ?

Callum s'approcha du pare-brise, se pencha pour attraper le conducteur et l'extirpa de son siège, avant de le faire glisser sur la chaussée.

— C'est toi qui menaces ma famille ? demanda-t-il.

— C'est tellement plus grand que moi, marmonna Timothy. Tu n'as pas idée.

Et il perdit conscience.

# 20

Le soleil se levait alors que l'autoroute était rouverte à la circulation.

Timothy avait été emporté en ambulance. Il s'en sortirait, et serait arrêté dès que tout risque médical serait écarté.

Callum connaissait ce type depuis le lycée. Leurs familles n'étaient pas forcément les meilleures amies du monde, mais il ne semblait pas y avoir de bonne raison pour qu'il cible le ranch de cette manière.

On en saurait peut-être plus quand Timothy pourrait parler. Pour le moment, il était dans le coma. D'après le shérif adjoint Wall, un objet qui se trouvait sur la banquette arrière l'avait heurté à la nuque, causant une perte de connaissance.

Wall promit de reprendre contact avec Callum et sa famille dès qu'il aurait du nouveau.

Ils avaient peut-être perdu quelques heures, mais si la menace qui planait sur le ranch était enfin élucidée, l'attente en vaudrait la peine.

Payton avait énormément d'affection pour Marla et Granny, et voulait que ceux qui les intimidaient soient condamnés par la justice.

Grâce aux excellents réflexes de Callum, et à ses talents de conducteur, le SUV était en excellent état, hormis son pare-chocs qui avait subi de nombreux coups. Il avait quelques creux et bosses, mais il restait parfaitement fonctionnel.

Il ne leur restait donc plus qu'à reprendre la route.

— J'aimerais que nous réfléchissions aux questions que nous allons poser à l'hôpital, suggéra Callum.

— Je pense qu'on pourrait demander ce qu'aimait Sheila, si elle avait des amis au travail. Des ennemis. Quelqu'un avait-il eu un coup de cœur pour elle ?

Une longue pause s'ensuivit.

— Je crois que je vais rester au ranch un moment, dit Callum. Et je réalise que j'ai complètement changé de sujet.

— Je suis certaine que ta mère sera ravie, dit Payton.

Et elle se rendait compte qu'elle avait de plus envie de rester dans le coin elle aussi.

— Le ranch a besoin de moi, ajouta Callum. Et j'aimerais tenir mon rôle ici. Je n'ai jamais eu la possibilité de le faire à cause de mon grand-père, qui avait un caractère épouvantable. Il a fait savoir qu'il n'avait besoin de rien ni de personne quand mon père est mort.

— Nous avons tous besoin les uns des autres. Il ne voulait pas l'admettre.

— C'était une énigme, déclara Callum en soupirant.

— En réalité, les gens ne sont pas compliqués à ce point.

— Qu'est-ce que ça signifie, exactement ?

— Tu as dit que l'amitié entre ton Deacon et ton grand-père était très ancienne ?

— Oui.

— Et que Deacon avait le don de s'attirer des problèmes avec la loi. Je crois que ton grand-père le connaît depuis cette période. Donc, ils ont dû être emprisonnés ensemble.

— C'est impossible !

— Et pourquoi cela ?

— Parce que je l'aurais su.

— Tu en es aussi sûr que cela ? Ton grand-père était distant avec toi et tes frères et sœurs. Et pourtant, il est resté proche de la femme de son fils.

— Et ?

— Cela indique qu'il y a des coins sombres de son passé dont il avait trop honte de parler avec ses petits-enfants. Il savait que votre mère garderait ses secrets, car elle avait de l'affection pour lui. Il a toujours été gentil avec elle au fil des années.

Callum resta silencieux un long moment, et Payton se demanda si elle n'était pas allée trop loin.

Rien de tout cela ne la concernait, et elle n'avait pas à donner un avis que personne ne lui demandait. La famille était sacrée, surtout pour un homme comme Callum.

Même s'il ne s'entendait pas avec son grand-père, elle percevait de l'amour et du respect dans sa voix, chaque fois qu'il parlait de Duncan Hayes.

Il y avait du chagrin, aussi.

— Je crois que ce n'est pas dénué de sens, finit-il par admettre.

— Ou alors, je peux me tromper totalement, rétropédala Payton.

Elle ne voulait pas être celle qui lui apprendrait que son grand-père avait un casier judiciaire, ni crever la bulle dans laquelle il avait vécu.

— Ce n'est pas à moi de faire ce genre de suppositions.

— C'est bien d'avoir le point de vue d'une personne de l'extérieur. Je vais y réfléchir.

Sans crier gare, un mur s'éleva soudain entre eux sur le sujet de sa famille. Payton comprit que la conversation s'arrêtait là.

La circulation à Austin était fidèle à sa réputation de brutalité.

Heureusement, Callum s'était arrêté pour boire un café, offrant à Payton la possibilité de se dégourdir les jambes. Depuis son coup d'éclat, leur conversation était limitée au strict minimum.

Payton ne lui en tenait pas rigueur. Elle lui avait donné matière à réflexion, et il avait besoin de temps pour digérer cette nouvelle information qui pourrait changer la perception qu'il avait de son grand-père.

Callum traversa le lobby des urgences, et s'avança vers le comptoir équipé d'une séparation en Plexiglas.

L'infirmière des admissions rougit quand elle releva les yeux de l'écran de son ordinateur.

— Puis-je vous aider ? demanda-t-elle en dévorant Callum des yeux.

Lorsqu'elle remarqua la présence de Payton, elle se crispa, embarrassée. Mais sa réaction n'était pas seulement due à la gêne de s'être fait surprendre en train d'essayer de flirter avec Callum

— Nous sommes venus parler à quelqu'un de Sheila Mathers.

L'expression de l'infirmière exprima une infinie tristesse.

— Que voulez-vous savoir ?

— Qui étaient ses amis, et si quelqu'un ici avait pour elle des sentiments non réciproques.

Callum avait décidé d'aller droit au but. Ils n'avaient pas de temps à perdre.

— La police est venue et a posé beaucoup de questions à tout le monde

— Ah bon ? dit Callum, qui semblait se laisser porter au fil de l'eau.

— Oui, murmura-t-elle, en se penchant avec des airs de conspiratrice. Mais la personne dont elle était la plus proche dans notre équipe est rentrée de vacances seulement hier. À ma connaissance, ils ne l'ont pas interrogée.

— Vous verriez un inconvénient à nous donner son nom ?

— Pas du tout. Il s'agit de Nadine Humphry.

Payton baissa les yeux vers le badge de l'infirmière.

— Vous vous appelez Nadine.

Des larmes brillèrent dans les yeux verts de l'infirmière. Nadine cilla à plusieurs reprises. Elle regarda autour d'elle, paraissant nerveuse.

— J'étais peut-être ici la plus proche de Sheila, mais nous n'avons jamais rien fait ensemble à l'extérieur. Nous étions collègues, et nous aimions faire des pauses ensemble quand nous le pouvions.

— Vous avez parlé à la police ? demanda Callum.

Nadine se tortilla sur son siège, paraissant soudain très mal à l'aise. Elle secoua la tête.

— Ils m'ont laissé des messages demandant que je prenne contact avec eux à mon retour. Mais j'étais à Cancun. Je ne vois pas en quoi j'aurais pu les aider.

— J'ai l'impression que vous ne nous dites pas tout, remarqua Callum. Votre collègue la plus proche est assassinée, et vous ne prenez même pas la peine de vous rendre au commissariat de police quand vous rentrez.

Nadine sursauta, et une lueur qui ressemblait à de la peur passa dans son regard.

Alors que Callum se montrait volontairement brutal, Payton endossa le rôle de la gentille.

— J'imagine combien cette situation a dû être difficile pour vous, dit-elle, compatissante.

— Vous n'avez pas idée.

À nouveau, Nadine regarda autour d'elle avec inquiétude.

— Expliquez-moi, insista Payton. Aidez-moi à comprendre.

— Vous connaissez le coffee-shop sur Congress Avenue ? Celui qui se trouve tout à côté du pont.

— Oui, dit Payton.

Puis elle réalisa que c'était celui où elle avait travaillé.

— Retrouvez-moi là-bas dans une demi-heure.

— Elle sait quelque chose, mais elle a peur de le dire.

Payton avait attendu qu'ils aient retrouvé l'intimité toute relative du SUV pour livrer le fond de sa pensée.

— Comment as-tu compris ça aussi vite ?

— À la façon dont elle m'a regardée, comme si elle me reconnaissait. Autre chose, le coffee-shop...

— Oui ?

— C'est là que je travaillais.

— Une coïncidence ?

— Ça te paraît plausible ?

# 21

En attendant le rendez-vous avec Nadine, ils avaient décidé d'aller voir la maison de Sheila, à proximité de l'ancien appartement de Payton.

Callum se gara de l'autre côté de la rue, et laissa le moteur tourner. Les voies d'accès étaient étroites dans ce quartier, et les emplacements de stationnement toujours pris d'assaut.

— Nous pouvons attendre ici un moment, proposa-t-il à Payton, ou faire un tour à pied autour de la maison.

Elle ne répondit pas tout de suite. Les sourcils froncés, les lèvres pincées, elle était plongée dans ses pensées.

— J'aimerais bien regarder passer les gens. Même si je sais que la probabilité qu'il soit là maintenant est proche de zéro, j'ai envie d'y croire.

— Nous pouvons rester ici aussi longtemps que tu le souhaites. Pas de précipitation. Pas besoin de forcer quoi que ce soit si tu ne le sens pas.

Il n'osait imaginer les pensées qui devaient se bousculer dans son esprit, alors qu'elle se trouvait à deux blocs de l'endroit où sa vie avait failli s'arrêter.

Elle retira sa ceinture de sécurité, et se pencha au-dessus de la console. Il passa un bras autour de ses épaules et la tint serrée contre lui.

Il était fort probable qu'il s'agisse d'une mise en scène pour les faire passer pour un couple et leur donner une raison de rester assis là. Et pourtant Callum le classa parmi l'un des moments les plus intimes de sa vie.

— Ma vision de ce type peut être totalement erronée, dit-elle, mais je pense que c'est un marcheur, ou quelqu'un qui prend le bus. Les universités ont un réseau très vaste, mais il y a aussi des bus de ville.

Laissant passer un silence, elle ajouta :

— Tu sais, je crois que je suis bien comme ça, assise dans une voiture aux portières verrouillées. Si jamais tu voulais aller voir la maison, ne t'inquiète pas pour moi. Mais, fais attention car je suis persuadée que des voisins indélicats nous observent, dissimulés derrière leurs rideaux. Il est possible aussi que la police fasse des rondes, afin de voir qui semble porter un intérêt à la maison.

— C'est probablement vrai. Le pire cauchemar de la police, c'est que le type frappe à nouveau, juste sous leur nez.

— Maintenant que tu en parles, je me demande s'il va se tenir tranquille. L'effervescence bat son plein, surtout par ici.

— Ce qui pourrait l'inciter à préparer un nouveau meurtre encore plus excitant.

— Je pense plutôt qu'il va finir le travail avec moi... Il semble déterminé à le faire.

— Pas si c'est moi qui assure tes arrières.

Payton leva son visage vers le sien, et ils échangèrent un baiser.

Lorsqu'il s'écarta, Callum lui annonça qu'il serait de retour très vite.

Elle hocha la tête, et il se glissa hors de la voiture, qu'il verrouilla à l'aide d'une télécommande, avant de se diriger vers la maison.

Un dernier regard en arrière, juste pour se rassurer, l'aida à se recentrer. Il n'avait pas la moindre idée de ce qu'il espérait trouver. Des similitudes avec l'appartement de Payton, et les intérieurs des autres victimes, peut-être...

Un ruban jaune et noir délimitait la scène de crime tout autour de la maison, aussi évita-t-il de s'arrêter juste devant, au risque d'attirer l'attention. Les volets étaient fermés, et il n'y avait pas grand-chose à voir, de toute façon. À cette heure de la matinée, il n'y avait personne dans les parages. Était-ce pour cette raison que le tueur avait choisi Sheila ?

Payton transportait des sacs de provisions. Que faisait Sheila ? Comment avait-il obtenu qu'elle lui ouvre la porte et l'invite à entrer ?

Le type travaillait seul. Il voulait récolter toute la gloire.

Il n'était pas stupide, mais il avait un ego surdimensionné. Il devait laisser sur place une sorte de marque de fabrique. Que la police garderait pour elle, afin de prévenir les crimes d'imitation, et de s'assurer que les prochains puissent lui être imputés.

Le fait d'ignorer de quoi il s'agissait désavantageait Callum.

Il prit une profonde inspiration pour tempérer sa déception. Ça ne lui rapporterait rien de rester là, à proximité.

Et ses pensées ne cessaient de retourner vers Payton, seule dans le SUV.

Quelques secondes plus tard, il se mettait au volant et attachait sa ceinture de sécurité.

— Tu as trouvé quelque chose ?

— Rien de particulier, dit-il en enclenchant la marche arrière.

L'arrière de la voiture avait à peine bougé, quand il entendit une sirène de police.

Arrivant à toute allure, le SUV, équipé de gyrophares et de sirènes, s'arrêta en travers derrière eux pour les bloquer.

Un agent de police en sortit, et vint se placer du côté passager de leur véhicule.

— Mains en l'air, exigea-t-il d'une voix autoritaire.

Ils obtempérèrent.

— Conducteur, baissez la vitre !

Avec des mouvements lents et prudents, Callum pressa de sa main gauche la commande de vitre du côté passager.

— Il va me falloir une pièce d'identité, dit l'agent de police.

Il était chauve.

Par rapport au portrait-robot, l'homme avait le torse plus développé. Mais la taille de ses bras n'était pas en rapport, ce qui signifiait qu'il portait un gilet pare-balles. La hauteur correspondait à la description de Payton. Mais, l'instant de vérité serait la réaction de cette dernière à sa voix.

*S'agissait-il du Monstre Masqué ?*

Callum présenta son permis de conduire, et vit que la foule avait commencé à s'assembler sur les deux trottoirs.

Le flic prit le permis de sa main gauche, tandis que sa paume droite était posée sur la crosse de son arme.

— Puis-je savoir de quoi il s'agit, officier ?

— On a signalé une personne suspecte dans les parages.

Callum regarda le badge sur la chemise de l'agent.

Wickham.

Payton sentit tous les muscles de son corps se crisper. Elle respira lentement pour prévenir une éventuelle crise de panique.

Quelque chose n'allait pas du tout dans le tableau.

Elle retrouva finalement sa voix, tandis que le flic retournait à son propre véhicule pour vérifier l'identité de Callum.

— J'ai déjà entendu ce nom au coffee-shop, murmura-t-elle. Il y avait un client qui donnait toujours son nom de famille. J'ai trouvé ça bizarre, et je ne l'ai jamais oublié.

— Tu t'es crispée quand tu l'as entendu parler.

Un frisson l'avait parcourue quand elle avait entendu sa voix.

— Ça pourrait être lui, admit-elle, mais c'est un flic. En plus, quelque chose ne colle pas. La voix du flic est plus profonde, son accent est plus nasillard.

— Il peut faire cela délibérément quand il vise quelqu'un.

— Tu as peut-être raison.

Tandis que Wickham revenait vers elle, elle se crispa.

Elle s'exhorta à se détendre, et à ne pas lui donner de raison de les garder plus longtemps.

— Puis-je vous demander ce que vous faites par ici, monsieur Hayes ?

— Certainement. Mais, avant de poursuivre la conversation, j'aimerais savoir ce que nous avons fait de mal. C'est la première question que mon avocat posera. Vous avez dit qu'on vous avait signalé une personne suspecte. De quoi s'agit-il ?

L'homme se pinça les lèvres, mais lui adressa un discret signe de tête.

— Un voisin a dit qu'il pourrait s'agir d'un voyeur.

— Est-ce que les voyeurs ont pour habitude d'être accompagnés par une amie ?

Le flic parut déstabilisé par sa réplique.

La réponse était peut-être là sous leurs yeux.

Un flic corrompu expliquerait son agissement : comment il avait pu obtenir le numéro de Payton, par exemple. Ça lui permettait aussi de garder un œil sur ses cibles.

La question était pourquoi ?

Pourquoi mettre en danger sa carrière ?

Et puis, les flics ne devaient-ils pas subir des tests psychologiques ?

Évidemment, une personne dotée d'un QI supérieur serait capable de feindre et de les passer haut la main.

Payton observa les traits de l'homme, et essaya de l'imaginer avec un masque.

Un flot d'émotion la submergea, l'obligeant à serrer les poings pour se contrôler.

— Non, monsieur Hayes, certainement pas, reconnut l'agent Wickham.

— Parfait. Ça m'aurait beaucoup déplu d'évoquer l'incident avec le gouverneur, lors du dîner de Thanksgiving.

— Ni l'un ni l'autre ne souhaitons cela.

— Dans ce cas, nous pouvons y aller ? Nous sommes attendus, voyez-vous.

— Je n'en doute pas.

— Je vais devoir vous demander de bouger votre véhicule, car il se trouve que vous nous gênez pour sortir, continua posément

Callum. Eh, naturellement, je vais avoir besoin de votre numéro d'insigne.

L'homme le lui donna sans protester.

Payton avait envie d'applaudir. Elle était tellement fière du calme et de la maîtrise avec lesquels Callum avait géré la situation.

— J'espère que Nadine est toujours au coffee-shop, et qu'elle ne s'imagine pas que nous l'avons laissé tomber, dit Callum une fois le policier parti. J'aimerais aussi creuser un peu le passé de l'agent Wickham.

— Je suis d'accord. Il avait un comportement bizarre.

— En attendant, Nadine sera peut-être en mesure de nous envoyer sur une nouvelle piste.

Payton se demanda pourquoi Nadine s'était montrée si mystérieuse à l'hôpital. L'infirmière savait quelque chose.

L'information allait-elle les aider, ou bien leur faire perdre encore un peu plus de temps ?

# 22

Callum trouva une place à deux blocs du coffee-shop.

— À ton avis, pourquoi a-t-elle voulu que nous nous retrouvions chez mon ancien employeur ? demanda Payton.

— Nous allons bientôt le savoir. Du moins, je l'espère.

Il lui prit la main, et leurs doigts s'entrelacèrent naturellement.

Nadine était assise dans un angle au fond de la salle, d'où elle pouvait surveiller la porte.

— Commande deux cafés pendant que je vais la voir, dit Payton, tandis qu'ils entraient. Je n'ai vraiment pas envie de parler à quelqu'un d'autre pour le moment.

— C'est comme si c'était fait.

Il laissa retomber sa main, songeant qu'il était préférable de toute façon d'évoluer séparément. Qui plus est, ça donnerait à Payton une chance de parler à Nadine seule, et peut-être d'établir une forme de camaraderie.

Il passa la commande, et observa nonchalamment la salle.

— Cal ! appela la barista à l'autre bout de la file d'attente.

Il avait simplifié les choses en réduisant son prénom à trois lettres.

Tandis qu'il se dirigeait vers la table dans l'angle, elle appela le nom suivant.

— Wickham, énonça-t-elle, tandis qu'un homme sortait des toilettes.

Il se tourna immédiatement et alla chercher sa boisson, qui l'attendait sur le bar.

Sa ressemblance avec le flic procédurier à qui ils avaient eu affaire était indéniable.

Le nom avait également retenu l'attention de Payton.

Callum se précipita pour faire écran entre elle, l'infirmière et Wickham.

— Nadine me disait justement que Sheila était très discrète sur sa relation avec un policier, dit Payton.

— Quand ils se sont séparés, elle m'a dit que le flic l'avait mal pris, continua Nadine, et qu'il la suivait partout. Elle a renoué avec un ancien petit ami pour faire comprendre à l'autre que c'était fini, mais ensuite...

Nadine utilisa une serviette en papier pour s'éponger les yeux.

— Elle n'est jamais revenue travailler, et ce qui lui est arrivé a fait la une des journaux.

Ça expliquait pourquoi Nadine avait tellement peur d'en parler.

— Pourquoi avez-vous choisi ce coffee-shop ? demanda Payton.

Nadine haussa les épaules.

— En souvenir de Sheila, je suppose.

Callum se tourna au moment où l'autre Wickham observait Payton.

L'homme, alerté, franchit la porte en courant.

Callum bondit sur ses pieds, et s'élança derrière lui.

La porte se referma avant qu'il ait eu le temps de l'atteindre, donnant ainsi une bonne longueur d'avance au criminel. Ce n'était pas vraiment préoccupant, sachant que Callum pouvait battre le meilleur d'entre tous.

Wickham jaillit dans la rue. Des pneus crissèrent, tandis qu'il zigzaguait, bousculant des piétons sur le trottoir bondé.

— Excusez-moi, répétait sans relâche Callum, tandis qu'il fendait la foule.

Il eut le temps de repérer Wickham, avant que celui-ci ne coupe à travers une allée, et redoubla d'efforts pour le rattraper.

Parvenu à sa hauteur, il plongea dans l'arrière de ses genoux, afin de le déséquilibrer. L'homme chuta lourdement et on entendit un craquement d'os. Se jetant à califourchon sur lui, Callum l'immobilisa.

Wickham se débattit tant et plus, mais il n'était pas de taille à lutter contre l'ancien athlète qu'était Callum.

— Lâchez-moi, protesta Wickham.

Du regard, Callum interrogea Payton qui l'avait rejoint.

— Je ne sais pas, dit-elle. Ça pourrait tout aussi bien être l'autre.

Une foule de curieux s'étaient rassemblés autour des deux hommes.

— Personne ne bouge !

L'air épuisé, l'agent Wickham jaillit de la foule. Avait-il reçu l'appel ? Il aurait en tout cas été assez proche pour répondre.

— Lâchez immédiatement mon cousin.

Les deux hommes partageaient le même nom de famille. Travaillaient-ils ensemble ?

Callum tourna les yeux juste à temps pour voir de quelle façon Payton réagissait à la présence de l'officier.

— Hors de question, dit Callum, fou de rage.

— Les mains en l'air ! exigea l'agent Wickham en montrant des signes de nervosité.

Callum n'eut pas besoin de se retourner pour savoir que le flic pointait son arme sur sa nuque. Les cris d'effroi de la foule étaient éloquents.

— Je ne vais pas laisser un criminel s'échapper, dit Callum d'un ton très calme. Je veux que tout le monde ici sorte son téléphone pour filmer la scène – s'ils ne sont pas déjà en train de le faire. Car si ce flic tire sur moi, ce sera pour protéger son cousin, qui est un criminel.

— Donny n'a rien fait de mal, protesta l'agent.

— Regardez, dit Callum. Vous êtes enregistrés, et cette fois votre cousin ne s'en sortira pas.

Il savait pertinemment que le flic était le véritable coupable, mais il ne pouvait pas le dire tout de suite.

— Vous ne vous en sortirez pas en tirant sur moi pour me faire taire.

Deux agents à vélo qui passaient par là furent interpellés par la foule, qui criaient aux violences policières.

Quelques instants après, l'agent Wickham était menotté, malgré ses protestations d'innocence.

— C'est lui le *Monstre Masqué* ! déclara Payton aux deux policiers. Je suis Payton Reinert. Il a essayé de me violer et de me tuer.

Plus tard, quand on eut procédé aux arrestations, enregistré les témoignages, et quand le calme fut revenu, Callum prit Payton dans ses bras.

— Tu es en sécurité maintenant, déclara-t-il. Il ne peut plus te faire de mal

C'était fini.

Elle peinait à y croire, et pourtant tout était bel et bien fini.

Elle serait définitivement transformée par cette expérience, mais lutterait de toutes ses forces, pour n'être jamais réduite au statut de victime.

— Je veux voir mon chien, dit-elle.

— C'est compréhensible. Je suis sûr que tu lui manques beaucoup aussi.

— Mais avant, j'ai quelque chose à te dire : Je t'aime, et je ne peux pas imaginer ma vie sans toi.

— Je n'ai jamais cru au coup de foudre, jusqu'à ce que je te rencontre.

Elle retint son souffle, s'attendant à entendre le pire des mots dans cette situation... « mais ».

— Je suis fou amoureux de toi, dit-il. Et plus encore, je suis prêt à m'engager pour la vie. Je m'installerai dans la ferme avec toi, si c'est ce que tu veux. Mais d'abord, j'ai une question à te poser, et ta réponse ne changera rien à ce que je viens de dire.

Le visage illuminé de bonheur, Payton attendit le cœur battant à tout rompre.

— Me ferais-tu l'incroyable honneur de m'épouser, quand tu te sentiras prête ?

— Oui, dit-elle sans hésiter. Quand nous serons prêts tous les deux.

Tandis qu'il la soulevait dans ses bras, elle lui tendit ses lèvres, et ils s'embrassèrent longuement, passionnément.

Ses pieds avaient peut-être quitté le sol, mais sa tête restait solidement fixée à ses épaules.

Rien dans sa vie ne lui avait jamais paru aussi juste que ce moment, et elle avait l'intention d'en profiter pleinement. Car la seule chose dont elle était absolument certaine, était que la vie allait lui apporter des hauts et des bas, des joies et des déceptions. Cependant, même au cours des jours sombres, le soleil de leur amour brillerait au zénith.

# Épilogue

Callum remplit deux tasses de café et vint les déposer sur la table où Payton mit un point final à son dernier essai du semestre. Ses longs doigts minces dansaient sur le clavier. Elle s'interrompit, et un large sourire éclaira son visage.

— Et voilà, c'est fini ! annonça-t-elle fièrement. C'était une super idée de ta part de demander si je pouvais arrêter mon cursus plus tôt. La semaine prochaine, c'est Thanksgiving, et mon année sera terminée.

— Et je suis certain que tu as réussi tous tes examens, dit-il, également fier qu'elle ait tenu bon malgré les circonstances.

— Ce semestre a changé ma vie, se confia-t-elle. Et nous avons sauvé celle d'autres femmes.

— Donny Wickham s'est mis à siffler comme un merle dès qu'on l'a mis en cage, dit Callum en s'asseyant. Il a demandé une réduction de peine, puisqu'il a joué le complice.

— Le détective Lansing a dit que les cousins Wickham ont grandi dans un environnement toxique. La mère de Donny les abusait sexuellement quand ils étaient enfants. Elijah Wickham, l'officier, était obligé d'y passer les vacances d'été. Apparemment, il n'en a jamais parlé à ses parents. Mais Lansing pense que ça n'aurait rien changé s'il l'avait fait.

— Ce n'est pas une excuse, affirma Callum en secouant la tête. Mais ce genre de traumatisme peut expliquer pourquoi Elijah a dérapé.

— D'après Lansing, ça explique aussi pourquoi Elijah a rejoint les forces de l'ordre. Il voulait avoir de l'autorité sur les autres. Ils repèrent généralement ce genre de personnages plus tôt dans le processus de recrutement, mais il est passé entre les mailles du filet.

Callum hocha la tête.

— Je suppose que la mère de Donny avait les cheveux bruns, dit-il.

— C'est exact, répondit Payton en frissonnant. Et les victimes d'Elijah étaient des femmes qui se trouvaient dans son secteur de patrouille. C'était facile pour lui de les surveiller pour connaître leurs habitudes. Son cousin s'occupait de la maintenance à l'université, il était donc aussi un pilier de la communauté.

— Caché en pleine vue. Les victimes étaient des femmes qu'ils croisaient tous les jours, renchérit Callum en secouant la tête.

Il tendit le bras et toucha la main de Payton.

— Leurs dépositions devraient t'éviter d'avoir à te présenter au tribunal pour témoigner à ton tour.

— Je veux y être, protesta Payton avec force. Je veux que les jurés entendent ma voix et voient mon visage.

— Dans ce cas, je serai à tes côtés, promit Callum.

Il se pencha pour gratter Atlas derrière les oreilles. Le chien était en bonne voie de rétablissement, et allait mieux de jour en jour.

Payton changea de sujet :

— Qu'as-tu prévu de faire à propos de Timothy ?

— Il refuse de répéter ce qu'il a dit. Des charges ont été retenues contre lui, mais c'est tout ce que nous pouvons faire pour le moment. J'ai cependant l'intention de creuser et d'élucider les menaces contre le ranch.

— Tu sais, nous pourrions rester dans le coin, et vivre de l'autre côté de la rue, une fois que la rénovation de la maison sera terminée, suggéra-t-elle.

Callum leva son téléphone, et l'agita entre eux.

— C'est incroyable comme il est facile de gérer une entreprise à distance.

— La dernière fois que tu as parlé à Gregory, il semblait plutôt paniqué à l'idée d'endosser encore plus de responsabilités.

Laissant passer un silence, elle ajouta :

— En tout cas, entre le ranch, Houston, et la maison de ma grand-tante, nous aurons toujours un oreiller où poser nos têtes.

— Peu importe où nous dormons, du moment que tu es avec moi.

Il se pencha pour embrasser Payton, son amour, son avenir.

— Tant mieux, dit-elle, quand ils s'écartèrent, le souffle court. Parce que tu es coincé avec moi pour toujours.

— J'y compte bien, rétorqua Callum avec un sourire.

BETH CORNELISON

# Un trop séduisant protecteur

*Traduction française de*
HÉLÈNE COLOMBEAU

BLACK ROSE

HARLEQUIN

# 1

Annie Compton poussa un soupir d'agacement. Voilà plusieurs minutes qu'elle tâtonnait dans l'obscurité sans réussir à insérer sa clé dans la serrure de la porte, au restaurant Chez Pop. Son chef, Peter Hardin, était pourtant censé laisser la lumière extérieure allumée, pour dissuader d'éventuels voleurs et faciliter la tâche à l'employé chargé d'ouvrir l'établissement à 5 heures du matin. Aujourd'hui, cette responsabilité peu enviable lui incombait.

L'irritation d'Annie se teinta d'une légère inquiétude lorsqu'elle s'aperçut que la porte n'était pas fermée à clé. Décidément, son patron avait été bien distrait en partant la veille au soir...

Elle poussa la lourde porte vitrée et alluma les plafonniers. La lumière froide et bleutée des néons inonda la salle du restaurant.

— M. Hardin ? appela Annie en jetant un regard circulaire sur la pièce. Il y a quelqu'un ?

Comme personne ne répondait, elle traversa la salle pour poser son sac à main derrière le comptoir, tout en rêvant de pouvoir faire remarquer à ce ronchon de M. Hardin qu'il était lui aussi coupable de négligences. Et ce ne serait que justice : il ne cessait de la critiquer dans son travail.

Annie eut un rire sans joie tandis qu'elle plaçait un filtre dans la cafetière. Son chef avait tout de même laissé la porte du restaurant ouverte ! se dit-elle amèrement. En comparaison, ce qu'il lui reprochait — oublier de remplir les salières, par exemple — paraissait dérisoire.

Malheureusement, ce n'était pas la pire des bévues qu'elle avait commises, songea-t-elle, l'estomac noué. La plus grave remontait à quelques jours à peine, une erreur colossale qui avait coûté deux cent mille dollars à Hardin — du moins le prétendait-il.

Annie versa l'eau dans la cafetière d'une main tremblante. Jamais elle ne pourrait rembourser une telle somme. Mais elle devait sans doute s'estimer heureuse que son patron ne l'ait pas renvoyée, ni battue comme Walt l'aurait fait.

Le souvenir de son ex-mari la fit frissonner. Bien vite, elle redressa les épaules et prit une grande inspiration. Plus jamais ça, se promit-elle.

Annie était prête à travailler comme serveuse toute sa vie — quitte à gagner à peine assez d'argent pour subvenir à ses besoins et à ceux de ses deux jeunes enfants — si c'était le prix à payer pour échapper à la violence de son mariage. Plus jamais aucun homme ne lui ferait de mal.

Elle pressa le bouton de la cafetière, qui fit bientôt entendre son sifflement familier tandis que le riche arôme du café emplissait peu à peu la pièce.

En regardant autour d'elle, Annie remarqua que la salle n'avait même pas été nettoyée la veille au soir, après la fermeture. Elle pinça les lèvres, retenant un soupir de frustration. Peut-être son chef avait-il décidé de lui mener la vie dure pour la punir de lui avoir fait perdre autant d'argent. Et peut-être le méritait-elle.

*Deux cent mille dollars.* Annie déglutit péniblement. Comment pourrait-elle rattraper cette erreur ?

Se résignant à nettoyer les tables du restaurant, elle s'empara d'un chiffon propre et se dirigea vers la cuisine pour y chercher un seau d'eau savonneuse. A peine avait-elle passé la porte battante qu'une odeur nauséabonde la prit à la gorge.

Fronçant le nez, elle alluma la lumière et vérifia qu'aucun aliment n'était en train de pourrir à l'air libre. Mais même le lait tourné ne sentait pas si mauvais.

Elle commençait à éprouver un certain malaise. D'abord, la

porte d'entrée qui était restée ouverte, ensuite cette odeur infecte… Quelque chose ne tournait vraiment pas rond au restaurant ce matin.

Un frisson d'appréhension la parcourut tandis qu'elle hésitait près du gril encore maculé de graisse.

— M. Hardin, êtes-vous là ? appela-t-elle d'une voix tremblante. Hou-ou, il y a quelqu'un ?

Elle s'avança timidement dans la cuisine qui, comme la salle du restaurant, n'avait visiblement pas été nettoyée. Le cœur battant, elle contourna l'énorme congélateur et s'engagea dans le couloir, avant de s'arrêter net.

Deux jambes dépassaient du bureau du patron.

Annie étouffa un cri. Juste ciel ! songea-t-elle. Etait-il tombé ? Avait-il fait un malaise ?

— M. Hardin ! s'écria-t-elle en s'élançant dans le couloir.

Arrivée devant le bureau, elle se figea. Peter Hardin gisait dans une mare de sang, ses yeux sans vie fixés sur elle. Il avait reçu deux balles dans la poitrine, une troisième au milieu du front.

Annie recula, glacée d'horreur. Puis le choc fit place à la terreur, et un cri strident s'échappa de sa gorge.

Son chef était mort. Assassiné.

Et bien qu'elle n'ait pas appuyé sur la gâchette, Annie était certaine qu'elle était responsable de ce meurtre.

## *Trois jours plus tôt*

Il avait passé assez de temps à traquer sa proie. Le moment était venu de lui porter le coup final.

Jonah Devereaux observait par-dessus sa tasse de café l'homme gros et chauve assis en face de lui à la table en Formica.

Martin Farrout.

Tout ce que Jonah avait appris au cours de son enquête désignait Farrout comme le pivot de l'opération. Aller au-delà de Farrout, découvrir la chaîne hiérarchique de ce réseau organisateur de paris illégaux, tel avait été le travail de Jonah ces six derniers mois.

— Moi je vous le dis, c'est l'équipe du Kansas qui va gagner, assura Ted Pulliam, un des laquais de Farrout, en plantant son index sur la table pour souligner son propos.

Jonah poussa un grognement, puis abaissa sa tasse.

— Moi, je parierais sur l'UNC, rétorqua-t-il. Ils sont forts, et ils ont une tradition de gagnants à maintenir.

— O.K., Devereaux, va jusqu'au bout alors, ricana Pulliam. Je parie vingt dollars que l'UNC va perdre.

Joignant le geste à la parole, le petit nerveux aux bras couverts de tatouages délavés fit claquer un billet vert sur la table.

Tout en prenant garde de contrôler son expression, Jonah jaugea Pulliam et Farrout du regard. Etait-ce le moment de passer à l'étape suivante dans son enquête ?

Il avala d'un trait le reste de son café et poussa la tasse au bord de la table. Quelques secondes plus tard, la serveuse s'approchait avec la cafetière, prête à le resservir.

— Non merci, Annie, dit-il en levant la main.

— Messieurs, nous fermons dans dix minutes. Je vous apporte autre chose ? demanda la jolie brunette tout en récupérant la tasse de Jonah.

*Avec plaisir. Je prendrai un plat de renseignements sur le milieu local du jeu, avec en accompagnement quelques détails sur l'opération de blanchiment d'argent que je soupçonne votre patron de diriger.*

Si seulement c'était aussi simple ! songea Jonah.

Au lieu de cela, il avait passé des mois à enquêter sur les activités illégales qui l'avaient mené jusque Chez Pop, et il n'avait toujours pas rassemblé les preuves nécessaires pour clore l'affaire et remettre ses informations à la police locale.

Les preuves dont il avait besoin également pour rendre justice à Michael.

Chassant de son esprit l'image de son mentor, il adressa un sourire à Annie.

— Apportez-moi l'addition, s'il vous plaît, répondit-il.

Depuis qu'il se faisait passer pour un ouvrier de l'usine de papeterie ayant récemment emménagé dans la région, Jonah avait mangé assez de plats gras dans ce petit restaurant pour faire grimper dangereusement son taux de cholestérol — un aléa peu connu du métier d'agent secret, qu'il lui faudrait compenser par des heures et des heures d'entraînement dans sa salle de sport. Mais au moins, le café était bon.

Et au fil des semaines, sa présence régulière Chez Pop lui avait permis de devenir assez proche des gens du coin pour délier les langues et ouvrir quelques portes. Ses efforts commençaient enfin à être récompensés.

— Je veux le grand jeu, dit-il à voix basse en se penchant vers Farrout. Cinq mille dollars que l'UNC gagne.

Pulliam se tut et s'adossa contre le dossier de sa chaise. Farrout haussa un sourcil. A mesure que les secondes passaient, Jonah sentait son estomac se serrer. Mais il resta impassible et soutint le regard de Farrout.

Au bout d'un moment qui lui parut interminable, l'homme plissa les yeux.

— Dix mille, avança-t-il.

Jonah détourna le regard, faisant mine de réfléchir à la proposition. Il ne fallait pas qu'il donne l'impression de pouvoir dépenser son argent sans compter. L'ouvrier qu'il était censé être n'aurait pas dix mille dollars à perdre dans un pari stupide. Lui-même ne les avait pas non plus, d'ailleurs.

Il frotta distraitement le manche de sa cuiller, tout en regardant la rue plongée dans l'obscurité à travers la fenêtre du restaurant.

— Ça fait une grosse somme, fit-il remarquer.

— Il faut que je sache si tu es sérieux ou si tu veux simplement me faire perdre mon temps, rétorqua Farrout. Le premier pari commence toujours à dix mille, minimum.

Pulliam fit une grimace narquoise.

— Et comment peux-tu être aussi sûr de cette équipe ?

Jonah l'ignora et pianota sur la table.

— Je peux miser huit mille maintenant, et deux mille à la prochaine paye, proposa-t-il.

— Marché conclu, répondit Farrout avec un sourire carnassier.

Annie revint à leur table pour leur donner leurs notes. Alors qu'elle s'apprêtait à ramasser l'assiette de Farrout, celui-ci l'attrapa par le poignet et le lui serra dans sa grosse patte.

— Est-ce que j'ai dit que j'avais fini ?

Annie grimaça de douleur et regarda Farrout d'un air terrifié.

— Pardon. Je pensais que…

— Lâche-la, gronda Jonah, sentant une colère sourde monter en lui.

— Mêle-toi de tes affaires, Devereaux.

— Lâche-la, je te dis, insista Jonah, les mâchoires serrées.

Annie était devenue pâle comme un linge, ses yeux sombres agrandis par la peur.

— Fais attention, Devereaux, siffla Farrout tout en relâchant le poignet de la serveuse d'un geste brusque. Je n'aime pas trop qu'on fourre son nez dans mes affaires.

Bon sang, songea Jonah. S'il allait trop loin avec Farrout, il risquait bien de compromettre son enquête. Mais pas question qu'il le regarde malmener une femme sans réagir. Il lui était arrivé bien trop souvent de ne rien faire, enfant, lorsque son père s'énervait contre sa mère, et la culpabilité le rongeait encore.

Annie se frotta le poignet en lançant un regard étonné à Jonah, avant de retourner bien vite derrière le comptoir.

Au fil des mois, Jonah avait fini par se familiariser avec toutes les serveuses de Chez Pop. Annie, qui se montrait la plus réservée d'entre elles, était aussi celle qui l'intriguait le plus. Bien que très attentive et polie, elle ne se livrait pas au badinage et au flirt bon enfant comme le faisaient bien volontiers ses collègues. Un certain mystère l'entourait du fait de sa timidité, mais aussi parce qu'elle coiffait sa chevelure brune et soyeuse comme dans les films des années 1940 : la raie sur le côté, avec un rideau de cheveux qui lui couvrait la joue.

Jonah avait eu l'occasion, une fois, d'apercevoir cette joue cachée. Il avait vu les cicatrices qu'Annie tentait de dissimuler. Si ces marques ajoutaient au mystère qui l'entourait, elles ne gâchaient en rien, selon lui, la beauté de son visage. Mais de toute évidence, Annie pensait le contraire…

Tandis que Jonah sortait son portefeuille de la poche arrière de son jean, Farrout et Pulliam s'avancèrent vers la serveuse, leurs notes à la main.

— Mets ça sur mon ardoise, poupée, lança Farrout en posant le ticket sur le comptoir.

— Pareil pour moi, ajouta Pulliam.

Annie secoua la tête, les sourcils froncés.

— Mais… On ne fait pas crédit !

Les deux hommes l'ignorèrent et se dirigèrent vers la sortie en ricanant.

De sa place, Jonah bouillonnait de colère devant la grossièreté des deux truands. Il observa l'expression décontenancée d'Annie, ses épaules tombantes, sa moue de dégoût. Elle frappa le comptoir avec son chiffon et soupira bruyamment.

Lorsqu'elle leva les yeux vers lui, Jonah détourna bien vite le regard et sortit un billet de vingt dollars de son portefeuille. Il s'approcha du comptoir, qu'Annie était en train d'astiquer avec bien plus de vigueur qu'il n'était nécessaire.

— Tenez, gardez la monnaie, dit-il en lui tendant son ticket et le billet.

— Mais vous n'avez pris qu'un café, protesta-t-elle.

— J'ai peut-être envie que votre journée se termine sur une note positive, répondit-il en haussant les épaules.

Annie le regarda, bouche bée, comme si elle ne savait pas quoi faire de sa bonté. Comme si personne ne s'était jamais montré généreux avec elle auparavant.

— Mais…

— Annie !

Peter Hardin, gérant du petit restaurant et principal suspect de Jonah dans l'affaire de blanchiment d'argent, venait de surgir de la cuisine, séparée du comptoir par une porte battante. Jonah vit Annie se raidir tandis que son chef, bâti comme un rugbyman, s'approchait d'elle d'un air menaçant.

— J'ai une course à vous faire faire, annonça-t-il en posant une épaisse enveloppe marron sur le comptoir.

Le visage d'Annie sembla se décomposer.

— Maintenant ? protesta-t-elle timidement. Mais il est presque minuit !

Jonah prit son temps pour enfiler sa veste, curieux de savoir ce que Hardin avait à demander à la jeune femme.

— Oui, maintenant. Ce paquet doit être livré dans Fourth Street d'ici une demi-heure. C'est très important, ne prenez pas de retard. Et veillez sur cette enveloppe comme sur vos propres enfants !

Jonah serra les mâchoires. Fourth Street était située dans un des quartiers les plus dangereux de la ville. Qu'avait Hardin dans la tête pour envoyer une jeune femme dans ce coin à une heure pareille ?

— Mais...

Annie se mordit la lèvre, comme si elle n'osait pas contrarier son patron.

— Si c'est si important, pourquoi n'y allez-vous pas vous-même ? demanda-t-elle.

— J'ai mes raisons, répondit Hardin d'un ton brusque. Si vous voulez encore avoir votre job demain, allez livrer ce paquet. Compris ?

Annie ouvrit la bouche, la referma, puis acquiesça.

— Voici l'adresse, et le nom du type à qui vous devez donner l'enveloppe, dit Hardin en lui tendant un bout de papier. Seulement à lui, hein, à personne d'autre. Compris ? Allez-y. Je fermerai.

Annie récupéra son sac à main derrière le comptoir et serra l'enveloppe contre sa poitrine.

Jonah la regarda sortir du restaurant et traverser le parking sans s'arrêter. Elle n'avait pas de voiture ? se demanda-t-il en fronçant les sourcils. C'était du suicide de se rendre à pied jusqu'à Fourth Street !

Sans hésiter, il emboîta le pas à la jeune femme. Si Peter Hardin se fichait de la sécurité de sa serveuse, Jonah, lui, n'avait pas l'intention de laisser Annie délivrer ce paquet sans protection.

Annie entendait ses pas résonner dans l'obscurité, et voyait du coin de l'œil des ombres inquiétantes se dessiner sur les murs. Seule dans la rue, elle serrait l'enveloppe marron contre son cœur comme un bouclier.

Elle n'aurait pas dû accepter cette course. Ce quartier de la ville était dangereux, surtout à cette heure de la nuit. Mais comment aurait-elle pu refuser l'ordre de son chef ? Elle ne pouvait pas se permettre de perdre son travail. Il ne lui restait que quelques minutes pour livrer ce paquet, et Hardin avait bien insisté sur l'heure limite à ne pas dépasser — et sur les conséquences terribles qui adviendraient s'il arrivait quoi que ce soit au contenu de la mystérieuse enveloppe.

*Livre ce paquet et va-t'en d'ici,* se dit-elle pour s'encourager. *Ensuite tu pourras rentrer chez toi, à l'abri.*

Le bruit de sa respiration saccadée semblait décuplé dans le silence de cette nuit de mars. Annie entendait son cœur tambouriner dans ses oreilles. Elle ralentit le rythme effréné de sa marche et ferma les yeux quelques secondes, le temps de retrouver son sang-froid.

*Reste attentive.*

L'adresse ne devait plus être loin. Annie chercha des numéros sur les immeubles, mais n'en trouva aucun sur les façades délabrées et couvertes de graffitis.

Elle serra les dents, maudissant Peter Hardin de l'avoir obligée à s'occuper de cette course dangereuse. Si elle n'avait pas eu autant besoin de son travail, elle aurait envoyé son patron se faire voir. Si seulement elle avait eu le cran de lui tenir tête !

Mais elle s'était toujours laissé faire, et son ex-mari en avait bien profité.

Redressant les épaules, elle continua à marcher, tout en se faisant la réflexion que ce quartier délabré était à l'image de sa propre vie : isolé, balafré, luttant pour survivre.

Enfant, elle avait pourtant fait des rêves de princesse, comme toutes les petites filles — l'amour, le mariage, le bonheur… Mais au lieu de cela, elle avait vécu un cauchemar, elle avait connu la peur, les coups, le divorce d'avec un homme qui croupissait à présent en prison pour une liste interminable de crimes. Après six ans de malheur, elle avait enfin réussi à se libérer de Walt. Son travail de serveuse Chez Pop lui permettait tout juste de payer ses factures, mais au moins, ses enfants étaient en sécurité. Elle était en sécurité. Et c'était tout ce qui comptait.

Mais tandis qu'elle cherchait l'adresse où livrer son enveloppe, Annie se sentait tout sauf en sécurité. Bien qu'elle ne vît ni n'entendît personne, l'impression désagréable que quelqu'un la suivait l'envahissait de plus en plus.

Elle prit une profonde inspiration pour se donner du courage, respirant à pleins poumons les odeurs d'égouts, de poubelles et de misère.

Un bruit de pas se fit soudain entendre dans une ruelle, juste devant elle. Elle se figea, glacée d'effroi.

— Il… Il y a quelqu'un ? appela-t-elle, la voix tremblante.

Une silhouette imposante émergea de l'obscurité et fondit sur elle avant qu'elle n'ait eu le temps de crier. Un bras d'acier l'emprisonna tandis qu'une main puissante se refermait sur sa bouche et son nez. L'homme la souleva comme si elle ne pesait rien, l'entraîna dans la ruelle et la plaqua violemment contre un mur de briques.

Le choc vida l'air de ses poumons. Annie resta paralysée de douleur et de peur.

*Non !* cria une petite voix en elle. *Pas encore !* Des images de son passé se mirent à défiler au ralenti dans son esprit.

« Tu appelles ça un repas ? » lui avait demandé Walt avant de la frapper au menton.

L'agresseur d'Annie s'empara de l'enveloppe qu'elle avait juré de ne remettre qu'à Joseph Nance. Une vague de panique la submergea.

— Non ! cria-t-elle en s'agrippant à l'enveloppe.

— Donne-moi l'argent, sale garce ! grogna l'homme, avant de la frapper au visage.

Un goût métallique lui emplit aussitôt la bouche, faisant remonter d'autres souvenirs.

Des taches rouges sur le sol. Du sang. Son sang.

Walt la frappant à coups de pied dans les côtes. Du sang éclaboussant le linoléum.

— Donne-moi cet argent, ou je te tue ! cria l'homme, tout en la secouant entre ses grosses mains.

Le passé et le présent s'entremêlèrent. Annie fit ce que l'expérience lui avait appris comme meilleure défense. Elle se replia sur elle-même, ferma les yeux.

*Supporter. Survivre.*

Elle lâcha prise, et l'homme lui arracha l'enveloppe des mains.

# 2

Poussant un cri effrayé, Annie s'écroula par terre et leva les bras pour se protéger la tête. A travers le voile de sa terreur, elle entendit un bruit de pas précipités, un grognement, puis un juron.

En entrouvrant les yeux, elle aperçut un deuxième homme dans la ruelle en train de lutter avec son agresseur. Elle grimaça en le voyant porter à celui-ci un coup violent à l'abdomen. L'autre répliqua en le frappant à la mâchoire.

Annie se recroquevilla sur elle-même, tremblant de tout son corps tandis que les coups de poing pleuvaient entre les deux hommes. Elle ferma les yeux très fort, se boucha les oreilles. Elle avait vu et entendu bien assez de violence ces derniers mois ; les souvenirs des coups et des cris de son ex-mari la hantaient encore tous les jours.

Des larmes brûlantes roulèrent sur ses joues tandis qu'elle se forçait à penser à ses deux enfants, Haley et Ben. *S'il vous plaît, mon Dieu,* pria-t-elle. *Faites que je survive pour pouvoir les revoir !*

Seuls ses enfants comptaient. C'était pour eux, uniquement pour eux, qu'elle faisait ce travail épuisant au restaurant. Pour eux qu'elle avait quitté Walt seize mois plus tôt, et qu'elle avait tenu bon lorsque son ex-mari l'avait poursuivie pendant des semaines et failli la tuer.

Un cri de douleur perça le cocon protecteur dans lequel elle s'était enfermée. En ouvrant les yeux, elle vit son agresseur au sol, le deuxième homme debout à côté de lui, en train de se frotter les poings. Tandis que ce dernier reculait, un rai de lumière éclaira son visage. Annie poussa un cri de surprise.

Elle connaissait cet homme. C'était un habitué du restaurant. Comment s'appelait-il, déjà ? John ? Jacob ? Non… *Jonah.*

— Annie, est-ce que ça va ? lui demanda-t-il.

L'agresseur profita de ces quelques secondes d'inattention pour s'emparer de l'enveloppe et s'enfuir dans la ruelle.

— Le paquet ! s'écria Annie, prise de panique.

Jonah s'élança à la poursuite du voleur, puis abandonna la course au bout de la ruelle. Il revint vers Annie en essuyant, du revers de sa manche, le sang qui lui coulait du nez.

— Vous êtes blessée ?

— Il a pris l'enveloppe, dit-elle d'une voix tremblante.

Un profond découragement s'abattit sur elle. Bien qu'elle fût reconnaissante d'être encore en vie, et ce, grâce à Jonah, elle redoutait la réaction de Hardin lorsqu'il découvrirait qu'elle avait perdu son enveloppe. Son patron n'était pas un tendre, et Annie doutait qu'il lui pardonne sa terrible erreur. Elle enfouit son visage dans ses mains en sanglotant.

— Il va me renvoyer, je le sais. Oh, mon Dieu…

Jonah s'accroupit devant elle, et la fit sursauter lorsqu'il lui caressa le bras. Instinctivement, elle s'écarta de lui. Il venait peut-être de la sauver, mais elle avait vu ce qu'il était capable de faire avec ses poings. Et l'expérience lui avait appris qu'il valait mieux se tenir à distance des hommes violents.

— Allons, ne vous en faites pas, dit-il d'une voix rassurante. Vous n'allez pas perdre votre job. Ce n'est pas de votre faute si vous vous êtes fait agresser.

Il fronça les sourcils, et son ton se durcit.

— Si quelqu'un est responsable, c'est ce salaud de Hardin qui ose envoyer une femme seule dans ce quartier en pleine nuit, ajouta-t-il en serrant les poings.

Annie sentit sa bouche s'assécher et oublia pour un temps

l'enveloppe volée, concentrant son attention sur les mains menaçantes de Jonah.

— Que... Que faites-vous là ? lui demanda-t-elle.

— Je pensais que c'était évident, répondit-il avec un petit sourire. Je vous ai suivie quand vous avez quitté le restaurant.

Son impression avait donc été juste...

— Pourquoi ? s'enquit-elle. Que voulez-vous ?

Jonah leva les mains en signe d'apaisement.

— Je voulais juste garder un œil sur vous. Je pensais bien qu'il pouvait arriver quelque chose, et... Je suis vraiment désolé d'avoir mis autant de temps pour vous libérer de ce sale type. J'aurais dû vous suivre de plus près, mais je n'avais pas envie de vous faire peur.

— Donc, vous me suiviez... pour me protéger ? demanda Annie, étonnée.

— J'ai entendu Hardin vous demander de livrer l'enveloppe, et je connais la réputation du quartier.

Jonah détourna le regard et essuya le sang qui s'était remis à couler de son nez.

— Je devrais tordre le cou à ce crétin pour vous avoir mise en danger, grommela-t-il.

— Non !

Son cri de protestation sembla surprendre Jonah.

— Oh, ne vous inquiétez pas, je ne le ferai pas. Je n'ai pas envie de me faire arrêter pour agression.

Il lui tendit la main.

— Puis-je vous aider ?

Annie hésita, les yeux rivés sur sa main puissante, cette main qui avait roué de coups son agresseur quelques instants plus tôt. Les jointures de ses doigts étaient gonflées et rougies, ses paumes couvertes de cals.

— Annie ?

Elle leva les yeux vers lui et étudia son visage à la lumière du lampadaire. Il y avait une bosse sur l'arête de son nez ensanglanté, comme s'il avait déjà été cassé. Une fine cicatrice coupait en deux l'un de ses sourcils, et une marque rouge sur sa mâchoire, laissée là par l'agresseur d'Annie, annonçait un futur hématome.

Pourtant, malgré ces signes visibles de bagarres anciennes et récentes, son petit sourire de travers et la chaleur de ses yeux verts laissaient deviner une autre facette, beaucoup plus tendre, chez cet homme. Ne s'était-il pas montré généreux envers elle ?

« *Lâche-la* », avait-il dit à Farrout.

« *Gardez la monnaie.* »

Oserait-elle lui faire confiance ? Après tout, il était venu pour l'aider. Du moins le prétendait-il.

— Si vous vouliez vraiment me protéger..., commença-t-elle.

Elle s'interrompit, hésitant à remettre en question ce que Jonah lui avait dit. Contredire Walt lui avait valu plus d'une correction.

— Continuez, l'encouragea Jonah.

— Si vous vouliez me protéger, pourquoi ne m'avez-vous pas accompagnée, plutôt que de me suivre ?

— Bonne question, répondit-il en se frottant la mâchoire. Mais soyez franche : si je vous avais proposé de venir avec vous ou de vous conduire en voiture, auriez-vous accepté ?

— Probablement pas, c'est vrai. Tout ce que je sais sur vous, c'est que vous aimez votre café avec beaucoup de lait dedans — écrémé, pas entier — et que vous vous asseyez habituellement au comptoir. Le premier tabouret, face à la porte.

— C'est bien ce que je pensais, dit-il d'un air satisfait, et il lui tendit de nouveau la main.

Cette fois-ci, après un court moment d'hésitation, elle le laissa l'aider à se relever. La chaleur et la force de ses doigts autour des siens la firent étrangement frissonner. Comment un contact pouvait-il être à la fois rassurant et troublant ? La taille de sa main, dans laquelle la sienne disparaissait complètement, provoquait en elle une réaction de crainte. A côté de lui, elle semblait toute petite du haut de son mètre soixante, et il avait plus de force dans un bras qu'elle n'en avait dans tout le corps. Exactement comme Walt.

Jonah avait la possibilité de l'écraser s'il le désirait.

Annie libéra brusquement sa main et se frotta les bras en frissonnant.

— Est-ce qu'il vous a fait mal, Annie ? Je peux vous amener aux urgences s'il...

— Non ! Ça va.

*J'ai connu pire,* faillit-elle ajouter.

Elle détourna les yeux, gênée par son regard insistant.

— Je... J'imagine que je devrais appeler la police, dit-elle. Pour porter plainte.

— Hum, en temps normal, je dirais que oui, répondit Jonah en se frottant la joue. Mais là... je préférerais que vous n'en fassiez rien.

— Et pourquoi ? Ce type a pris l'enveloppe de M. Hardin. Mon chef m'avait dit que c'était très important.

— Le voleur est loin, maintenant.

— Mais il faut bien avertir la police ! J'ai été agressée et ils peuvent peut-être retrouver l'enveloppe avant que...

*Avant que Peter Hardin ne découvre qu'elle a été volée,* songea-t-elle. La peur lui serra la gorge.

— Oh, mon Dieu, souffla-t-elle.

— Annie ?

— Hardin va me tuer. Il... Il va me détester. Il...

Jonah posa une main sur son épaule.

— Calmez-vous. Tout va bien se passer. Hardin ne peut pas vous tenir pour responsable de ce qui s'est passé.

Annie laissa échapper un rire amer.

— Vous ne le connaissez pas bien, répliqua-t-elle, avant de se mordre la lèvre pour empêcher celle-ci de trembler. Je n'ai pas de portable, il faudra que j'attende d'être rentrée pour appeler la police. A moins que vous...

— Annie, je sais que vous n'avez aucune raison de me faire confiance, mais je vous demande vraiment de ne pas prévenir la police.

— Mais pourquoi ?

— J'ai mes raisons. Ça ne vous avance pas beaucoup, mais c'est tout ce que je peux vous dire pour l'instant. S'il vous plaît, Annie, ajouta-t-il d'un air suppliant. Vous devez me faire confiance.

Lui faire confiance ? Elle le connaissait à peine. Et elle n'avait que peu de confiance à accorder aux hommes. Walt avait tout pris. Mais elle était prête à promettre n'importe quoi pour s'échapper de cette ruelle maudite et retrouver ses enfants.

— D'accord, finit-elle par répondre. Je ne préviendrai pas la police.

*Pour l'instant.* Elle se réservait le droit de changer d'avis une fois rentrée chez elle.

— Très bien. Je peux peut-être vous raccompagner au parking du restaurant ?

— Je n'ai pas de voiture. Je n'en ai pas les moyens.

Elle releva le menton, bien décidée à ne pas se sentir embarrassée à cause de ses ennuis financiers. Elle n'avait pas de raisons d'avoir honte.

— Mmm. C'est ce que j'avais cru deviner en vous voyant venir ici à pied. Comment pensiez-vous rentrer chez vous ?

— De la même manière, répondit-elle en ramassant son sac à main. A pied. Habituellement, je prends les transports en commun, mais quand je finis tard, il n'y a plus de bus.

— Mon pick-up est garé tout près du restaurant. Si vous voulez que je vous dépose...

— Non merci, le coupa-t-elle en ajustant la sangle de son sac sur son épaule.

— Vous savez que je vais vous suivre, de toute façon.

Annie se sentait de plus en plus mal à l'aise. Walt n'avait jamais tenu compte de ce qu'elle voulait, lui non plus. Il avait toujours fait ce qui lui plaisait, quoi qu'il arrive.

La dernière chose dont elle avait besoin, c'était bien d'un autre homme qui cherche à contrôler sa vie. Surtout d'un homme qui, de toute évidence, n'était pas étranger à la violence. Mais comment pouvait-elle refuser son aide sans risquer de s'attirer sa colère ?

— Je... J'ai apprécié votre intervention tout à l'heure, mais je peux rentrer toute seule, dit-elle d'une voix faussement assurée.

— Il est tard, Annie, protesta-t-il. Ici, les rues sont dangereuses, vous venez d'en faire l'expérience.

Annie frissonna en se rappelant la terreur qui l'avait saisie au moment de l'agression. Son bras lui faisait encore mal là où l'inconnu l'avait serré. Un sentiment d'échec et de profond abattement s'installa en elle. Comment allait-elle expliquer à Hardin qu'elle avait perdu son enveloppe ? Etait-elle destinée à être victime de la violence des hommes toute sa vie ?

*Tu n'es pas une victime, Annie. Tu es une survivante. Reste positive. Sois une battante.* Les platitudes que lui prêchait Ginny, la conseillère du centre d'accueil pour femmes battues, lui revinrent à l'esprit. Mais les jours comme aujourd'hui, rester optimiste semblait au-dessus de ses forces. Elle avait supporté le lot habituel de clients grincheux et avares en pourboires, plus un patron exigeant et souvent injuste. Elle était debout depuis midi, avait subi les menaces d'un client sur lequel elle avait renversé du café, et venait de se faire agresser à cause d'un patron peu prévenant, qui risquait maintenant de la renvoyer pour avoir perdu une fichue enveloppe.

Elle poussa un soupir, puis se tourna vers Jonah.

— Je ne peux pas vous empêcher de me suivre, mais je préfère rentrer chez moi par mes propres moyens.

— Bon. Je n'insiste pas, dit-il avec une pointe d'agacement dans la voix. Mais si jamais vous changez d'avis, faites-moi signe. Je ne serai pas loin.

Il s'écarta pour la laisser passer, et elle se mit en marche en serrant son sac à main contre elle, plongeant dans l'obscurité menaçante de la rue. Elle ne pouvait s'empêcher de ressentir un certain malaise à l'idée d'avoir contrarié Jonah. Son besoin inné de faire plaisir — un instinct que Walt avait exploité à l'extrême — la fit hésiter. L'espace d'un instant, elle faillit changer d'avis.

Mais lorsqu'elle avait risqué sa vie en quittant Walt, elle s'était juré de ne plus jamais dépendre d'aucun homme pour quoi que ce soit. Reconstruire sa vie, sa confiance, sa force intérieure, était un combat de tous les jours. Les vieilles habitudes contractées au cours de six années de mariage chaotiques avaient la vie dure, mais elle s'était promis de changer, de ne plus se soumettre.

Elle pouvait subvenir à ses besoins et à ceux de ses enfants toute seule. Bien sûr, elle aurait préféré un autre travail que celui que Hardin lui offrait, mais sans diplôme, ses possibilités étaient réduites.

En chemin, elle jeta un coup d'œil derrière elle à plusieurs reprises. Chaque fois, Jonah lui faisait un petit signe de tête, comme pour dire « Oui, je suis encore là. »

Annie sentit son regard peser sur son dos lorsqu'elle monta l'escalier en fer à l'extérieur de son immeuble. Une fois devant la porte de son appartement, au deuxième étage, elle se retourna et fit signe à Jonah de partir.

Celui-ci croisa les bras sur son torse et montra la porte d'un coup de menton.

Poussant un soupir, Annie l'ouvrit et lui fit signe, de nouveau, de s'en aller. Jonah lui adressa un grand sourire, révélant des dents blanches parfaitement alignées qui brillaient à la lumière du lampadaire du parking. Ce n'est que lorsque Annie passa le seuil de son appartement qu'il consentit à se retourner.

La jeune femme écarta les rideaux de la cuisine pour s'assurer que Jonah ne traînait pas dans le parking, ou qu'il ne lui prenait pas l'envie de monter jusque chez elle. La démarche décontractée de l'homme reflétait la confiance tranquille qu'elle lui connaissait pour l'avoir souvent servi au restaurant. Alors qu'il enfonçait les mains dans les poches de son jean, Annie se surprit à admirer la façon dont ses vêtements épousaient son corps musclé.

— Mademoiselle Annie ?

La voix féminine l'arracha à sa contemplation inopportune. Posant une main sur son cœur qui battait la chamade, elle se tourna vers sa baby-sitter.

— Bonsoir, Rani. Je... Je suis désolée pour le retard, mais mon chef m'a envoyée faire une course après le travail.

— Pas de problème. De toute façon, je regardais la télé.

Rani s'interrompit, les sourcils froncés.

— Mince, qu'est-ce qui vous est arrivé à la lèvre ?

Annie porta une main à sa bouche meurtrie. Elle avait presque oublié le coup de poing de son agresseur qui lui avait ouvert la lèvre.

— Oh, ce n'est rien, juste un petit accident, mentit-elle par habitude.

Au fil du temps, elle avait vite appris à inventer des explications pour les blessures que Walt lui infligeait. Elle était maladroite, par exemple. Ou le bébé lui avait cogné le nez avec sa tête. Ou elle avait trébuché sur un jouet dans le noir.

Avant que la baby-sitter n'ait eu le temps de poser d'autres questions, Annie l'entraîna vers l'arrière de l'appartement.

— Viens prendre ton chèque, lui dit-elle.

En chemin, elle s'arrêta devant les chambres des enfants et jeta un coup d'œil à l'intérieur. Ben dormait profondément dans son lit à barreaux, la couche en l'air. Haley était recroquevillée dans son lit, serrant contre elle son chat en peluche.

Annie sentit son cœur déborder d'amour. Sans faire de bruit, elle ajusta la couverture de Ben, puis alla s'agenouiller à côté de Haley pour caresser ses longs cheveux bruns. Comme sa fille remuait, Annie retint son souffle en espérant ne pas l'avoir réveillée. Elle sortit de la chambre sur la pointe des pieds, avant d'aller chercher son chéquier.

Rani Ogitani avait commencé à garder Ben et Haley pendant l'été, après sa dernière année de lycée. Dix mois plus tard, la jeune fille hésitait entre chercher du travail et aller à l'université, mais elle semblait satisfaite pour le moment de vivre chez sa mère tout en faisant du baby-sitting.

— Vous avez toujours besoin de moi demain en fin de matinée ? lui demanda-t-elle tandis qu'Annie la raccompagnait à la porte.

— Oui, à 11 h 30, répondit Annie. Les enfants ont été sages aujourd'hui ? Je sais que Ben peut être difficile.

— Ça allait. Maman dit que le mauvais caractère de Ben est typique, à son âge. La fameuse crise des deux ans.

— Oui, ça lui passera certainement, dit Annie en souriant.

Comme d'habitude, elle resta sur le seuil le temps que Rani traverse le parking et rentre chez sa mère, qui habitait dans l'immeuble voisin. La rigueur de l'hiver se faisait encore ressentir en cette nuit de mars, et Annie se frotta les bras pour se réchauffer. Avant de rentrer chez elle, elle inspecta une dernière fois la cour, le parking, la rue. Jonah était parti. Du moins, elle ne le voyait pas. Peut-être qu'il se cachait.

*Ne sois pas parano,* se dit-elle en secouant la tête.

Mais après tout, Jonah l'avait suivie lorsqu'elle avait quitté le restaurant. Voulait-il vraiment la protéger ? Pourquoi lui avait-il demandé de ne pas prévenir la police ? Etait-il son ange gardien, ou cachait-il un dangereux secret ?

# 3

Le lendemain, Jonah s'installa au comptoir de Chez Pop, comme il l'avait fait presque chaque jour ces derniers mois. Avec un peu de chance, d'ici une ou deux semaines, il n'aurait plus à avaler le menu du petit restaurant. Grâce au pari qu'il avait engagé avec Farrout la veille au soir, il espérait découvrir de l'intérieur comment fonctionnait le réseau de malfaiteurs — comment les parieurs payaient leurs dettes, où allait l'argent, qui tirait les ficelles.

Jonah repensa à l'enveloppe qu'Annie avait été chargée de remettre la veille. Il était presque certain que ce paquet avait un lien avec l'argent que Hardin blanchissait à travers son restaurant. Et celui à qui l'enveloppe était destinée devait jouer un rôle clé dans l'opération.

Jonah poussa un soupir de frustration. Il avait été à deux doigts de faire un pas de géant dans son enquête lorsque le voleur avait bondi sur Annie et s'était enfui avec le paquet.

De toute évidence, le type avait attendu la jeune femme ; il devait être au courant d'une manière ou d'une autre qu'elle allait remettre l'enveloppe à quelqu'un.

Jonah plissa les yeux, plongé dans sa réflexion. Qui avait pu donner l'information au voleur ? Où se trouvait la fuite dans l'opération ? Quelqu'un essayait-il de doubler Hardin ?

Ce qui s'était passé la veille au soir n'avait rien pour lui plaire, surtout lorsqu'il intégrait Annie au tableau. La jeune femme avait été mêlée sans le vouloir à cette affaire de gros sous, par la faute de Hardin...

Il leva les yeux de son croque-monsieur lorsque Annie entra en coup de vent, à midi moins dix. Elle lui lança un regard nerveux, fourra son sac à main derrière le comptoir et se pressa vers l'arrière du restaurant.

Jonah trempa une de ses frites dans son ketchup, les yeux rivés sur la porte de la cuisine. Il n'eut pas à attendre longtemps avant que ne lui parvienne la voix tonitruante de Hardin.

— *Perdue ?* Espèce d'imbécile ! Je vous avais dit que cette enveloppe était importante ! Comment avez-vous pu la perdre ?

Jonah tenta d'apercevoir Annie derrière la petite fenêtre carrée de la porte de service. Il l'entendit murmurer quelque chose d'une voix tremblante.

— Ça ne suffit pas d'être désolée ! rugit Hardin.

Un gros bruit éclata, suivi du cri effrayé d'Annie.

En un instant, Jonah bondit de son tabouret et fonça dans la cuisine. Il lui suffit d'un coup d'œil pour mesurer la situation : le visage empourpré de Hardin, son poing serré prêt à frapper Annie. La jeune serveuse avait reculé jusqu'au mur et levait les bras pour se protéger le visage.

— Il y a un problème ici ? demanda calmement Jonah.

Hardin tourna la tête vers lui, furieux.

— Qu'est-ce que vous fichez là ? Vous ne savez pas lire ? La cuisine est réservée aux employés !

— Annie, ça va ? demanda Jonah en ignorant Hardin.

Deux yeux noirs épouvantés se levèrent vers lui.

— Ce ne sont pas vos oignons ! hurla Hardin, le doigt pointé vers la porte.

— Ça le devient. Je n'aime pas trop voir un homme menacer une femme.

— Cette garce vient de me faire perdre deux cent mille dollars ! pesta Hardin.

— Deux cent mille dollars? répéta Annie, les yeux agrandis de surprise.

— Oui, deux cent mille dollars! Et vous allez me les rembourser.

— M. Hardin, je ne peux pas...

— La ferme! rugit le chef en frappant le mur à côté d'Annie.

Elle poussa un cri et se recroquevilla sur elle-même.

Jonah sentit son sang bouillir dans ses veines. Il empoigna Hardin par le col et le plaqua contre le mur d'en face.

— Si je vous vois encore lever la main sur elle, je vous réduis en miettes, siffla-t-il entre ses mâchoires serrées.

Hardin le repoussa brusquement.

— Je vous interdis de me menacer. C'est mon employée et...

— Ça ne vous donne pas le droit de la frapper ou de l'intimider, le coupa Jonah. Ne la touchez pas. Jamais.

— Jonah, s'il vous plaît, implora Annie.

— Si quelqu'un est responsable du vol de cet argent, c'est vous, continua Jonah en plantant son index dans le torse de Hardin. Vous n'aviez pas à envoyer une femme seule dans ce quartier, surtout à une heure pareille. Qu'aviez-vous dans le crâne? Elle aurait pu se faire tuer!

Jonah respira à fond, tentant de calmer la colère qui grondait en lui. Il avait très envie de frapper ce vaurien. Avant de faire une bêtise, il relâcha Hardin et recula d'un pas.

— Sortez de ma cuisine, ordonna Hardin, furieux. Sortez de mon restaurant! Et vous, ajouta-t-il en se tournant vers Annie, vous êtes virée!

La jeune femme se mordit la lèvre et ferma les yeux.

— Pas si vite, mon ami, intervint Jonah en se plaçant entre Annie et son chef. A moins que vous ne préfériez expliquer à la police pourquoi vous aviez deux cent mille dollars à transmettre à quelqu'un, et d'où vient cet argent...

Hardin se mit soudain à pâlir. Jonah avait enfin réussi à capter son attention.

— Elle peut porter plainte pour licenciement abusif, continua-t-il, et cette histoire de livraison d'enveloppe sera forcément abordée. Vous avez une explication toute prête pour le juge, concernant ces deux cent mille dollars ?

Hardin fusilla Jonah du regard, avant de se tourner vers Annie. Jonah retint son souffle. Jeter le gant à Hardin n'était peut-être pas la meilleure stratégie à adopter du point de vue de son enquête.

Mais Hardin, dans sa colère, avait laissé échapper l'information concernant le contenu de l'enveloppe. Il savait que Jonah était présent, la veille au soir, lorsque Annie était partie pour remettre l'argent. Et maintenant, Jonah ne pouvait s'empêcher de se demander si ce n'était pas son intervention qui avait poussé Hardin à renvoyer Annie.

Une vague de remords le submergea. Annie ne pouvait pas perdre son travail à cause de lui.

— Très bien, lança Hardin d'un ton hargneux, en s'adressant à la jeune femme. Je vous garde pour l'instant. Mais si vous commettez encore une seule erreur, vous êtes virée.

Après un dernier regard furieux en direction de Jonah, Hardin marcha jusqu'à son bureau et claqua la porte derrière lui.

Annie se laissa glisser sur le sol, une main pressée contre sa poitrine.

Pendant quelques secondes, le temps de retrouver son calme, Jonah étudia l'attitude de la jeune femme, son corps prostré et tremblant, son visage blême. Il avait observé ce genre de comportement assez souvent dans sa vie personnelle et professionnelle pour savoir à quoi il avait affaire. Et si la réaction épouvantée d'Annie face à Hardin ne suffisait pas, les cicatrices qu'elle portait au visage et la méfiance qu'elle avait montrée la veille à son égard confirmaient son jugement.

De toute évidence, elle avait été battue. Par son mari, son père ou un frère, peu importe. Les conséquences dévastatrices de la violence et de la cruauté étaient les mêmes. Jonah prit une profonde inspiration et s'accroupit devant elle.

— Annie...

— Vous n'auriez pas dû vous en mêler, murmura-t-elle en levant les yeux vers lui. C'est mon problème, il faut que j'apprenne à faire face.

— Annie, Hardin n'a pas le droit de...

— Ce n'est pas la question ! le coupa-t-elle en relevant le menton d'un geste plein de défi.

Jonah se tut, soucieux de lui laisser le temps d'exprimer ce qu'elle avait sur le cœur. La façon dont elle se ressaisissait, dont elle se remettait de la violence de Hardin, en disait long. Elle était forte. Une vraie battante. Elle avait le cran nécessaire pour surmonter les zones sombres de son passé. Et bizarrement, tandis qu'il soutenait son regard d'une riche couleur café, il se sentit fier d'elle.

— C'était mon problème, répéta Annie. Pas le vôtre. Il faut que j'apprenne à gérer ce genre de situations si je veux...

Elle s'interrompit, secoua la tête.

— Peu importe.

Comme elle se relevait, Jonah la prit par le bras pour l'aider. Mais elle le repoussa.

— Je vais bien. Je n'ai pas besoin de...

— D'accord, dit-il en reculant d'un pas.

Annie lissa le tablier de son uniforme, tout en lançant à Jonah un regard méfiant.

— Pourquoi avez-vous décidé de jouer les protecteurs avec moi ? Vous me connaissez à peine.

— A-t-on besoin de bien connaître quelqu'un pour vouloir l'aider ?

Elle baissa la tête sans répondre.

Plongeant les mains dans ses poches, Jonah étudia le visage de la jeune femme, sa joue rougie, sa lèvre gonflée, souvenirs de l'agression de la veille. Même avec ces blessures qui marquaient sa peau d'ivoire, Annie était belle. Un mélange de fragilité de petite fille et de charme féminin. Si les taches de rousseur qui saupoudraient son nez lui donnaient l'air d'une gamine, ses lèvres bien dessinées et ses yeux bruns aux cils longs et épais faisaient d'elle une vraie femme fatale.

— Est-ce que ça va ? s'enquit-il.

Deux yeux sombres se levèrent vers lui, à moitié cachés par le rideau de cheveux qui couvrait sa joue gauche.

— Ça va. Merci pour votre aide, mais…

— Mais rien. Laissez tomber.

Jonah pivota sur ses talons. Il avait atteint la porte battante lorsqu'il fit volte-face.

— Non, finalement, ne laissez pas tomber, dit-il en revenant sur ses pas. Vous voulez apprendre à vous défendre ? Contre des hommes comme Hardin et le type qui vous a agressée hier ?

— De quoi parlez-vous ? demanda Annie, les sourcils froncés.

— Vous avez dit que vous deviez apprendre à gérer ce genre de situations, en parlant de Hardin. Vous le pensiez vraiment ?

Annie eut l'air d'une biche surprise par les phares d'une voiture.

— Je peux vous montrer comment vous comporter quand un homme vous agresse. Je peux vous apprendre à vous défendre, à vous protéger.

Elle le dévisagea un long moment.

— Et mes enfants ? finit-elle par dire.

— Des enfants ? répéta Jonah, pris au dépourvu. Je… J'imagine que je pourrais leur apprendre, à eux aussi.

— Non, ils sont trop jeunes. Je voulais dire, est-ce que vous pouvez m'apprendre à les protéger contre des hommes comme… comme Hardin ?

Jonah soutint son regard, ému par la peur, l'amour et l'inquiétude maternels qu'il lisait dans ses yeux bruns. Le désespoir qui voilait les traits de la jeune femme faisait remonter de vieux souvenirs en lui.

— Oui, je peux, répondit-il. Si vous êtes prête à me faire confiance.

Sa réponse sembla lui faire l'effet d'une douche froide. Elle détourna les yeux en soupirant. De toute évidence, Annie n'avait pas beaucoup de confiance en réserve, ce qui n'était pas surprenant.

Jonah réfléchit un instant.

— Pouvez-vous me donner votre bloc de commandes et votre stylo ?

Annie les sortit de la poche de son tablier et les lui tendit, l'air surprise.

— A quelle heure finissez-vous ce soir ? demanda-t-il, tout en écrivant une adresse sur le bloc-notes.

Une fois de plus, elle hésita à lui répondre. Elle scrutait son visage comme pour y déceler une mauvaise intention, un motif caché.

— A 20 heures. Pourquoi ?

— Voici l'adresse de ma salle de sport. Je vous y attendrai à 20 h 30 pour vous donner quelques conseils en matière d'autodéfense, si vous voulez. Il y a plein de choses qu'une femme peut faire pour se protéger, même contre un homme qui fait deux fois sa taille. Je vous montrerai les plus efficaces ce soir.

Annie récupéra son bloc-notes et son stylo, et lut l'adresse en se mordant la lèvre.

— Je ne sais pas. Il faudrait que j'appelle ma baby-sitter pour lui demander de rester plus tard ce soir. Et j'aime bien être là pour coucher mes enfants. Je les vois déjà si peu...

— Quel âge ont-ils ?

— Haley a cinq ans et demi, et mon bébé, Ben, a presque deux ans.

La profonde affection qu'elle semblait éprouver pour ses enfants touchait un point sensible chez Jonah, un vide sur lequel il ne souhaitait pas s'appesantir. L'idée de fonder sa propre famille provoquait en lui un mélange complexe d'émotions. S'il lui arrivait de rêver d'un mariage heureux, d'un foyer, d'enfants, il avait aussitôt des sueurs froides en repensant à sa propre expérience d'une famille brisée. Tout cela était trop risqué pour lui.

Chassant ces mauvais souvenirs de son esprit, il s'éclaircit la gorge et se força à sourire.

— Un garçon et une fille. C'est super. Le choix du roi.

— Oui, c'est super, dit-elle en esquissant enfin un sourire.

— J'aimerais vraiment les rencontrer un jour.

Son sourire s'effaça aussitôt.

— Pourquoi ? demanda-t-elle avec sa méfiance habituelle.

— Parce que je vous aime bien. Et j'aime bien les enfants. Je me dis que logiquement, je devrais bien aimer les vôtres.

— M. Devereaux, dit-elle, soudain sérieuse, je ne suis pas intéressée par...

— Je sais, je sais, la coupa-t-il en levant une main pour l'arrêter. Je vais trop vite. Excusez-moi. Mais s'il vous plaît, réfléchissez à ma proposition pour ce soir. Pensez à votre sécurité.

Tandis qu'il se dirigeait de nouveau vers la porte, il s'arrêta pour lancer une dernière pointe qui n'était que pure manipulation.

— Si vous ne le faites pas pour vous, faites-le pour vos enfants.

Annie avait besoin d'apprendre à se protéger, à se défendre contre des brutes comme Hardin, pour faire renaître l'étincelle que son persécuteur avait éteinte. Et Jonah était prêt à user d'un peu de manipulation si cela pouvait l'aider à changer.

En vérité, Annie avait peut-être plus besoin d'apprendre à se défendre qu'elle ne le pensait. Car c'était elle qui était censée remettre les deux cent mille dollars qui avaient été dérobés. Le voleur avait-il eu l'intention de la tuer pour éviter qu'elle ne le reconnaisse ? Celui à qui l'argent était destiné chercherait-il à se venger ? Mis au pied du mur, Hardin pouvait-il devenir plus dangereux qu'il ne l'était déjà ?

Plus il réfléchissait à la tournure que les événements avaient prise, moins Jonah appréciait la position d'Annie dans cette affaire. Si quelqu'un voulait empêcher la jeune femme de parler, quelques leçons d'autodéfense ne suffiraient certainement pas. Mais ce serait déjà mieux que rien.

En attendant, Annie avait besoin de quelqu'un avec l'expérience et l'entraînement de Jonah pour surveiller ses arrières.

Annie passa en revue les derniers clients venus prendre un repas tardif, puis se tourna vers Lydia, qui faisait la fermeture ce jour-là.

— Ça te dérange si je m'en vais maintenant ? lui demanda-t-elle.

— Pas du tout, chérie, répondit la serveuse plus âgée en lui souriant. Va retrouver tes trésors, et embrasse-les pour moi.

— Merci, Lydia.

Annie quitta son tablier et le rangea sous le comptoir. Après avoir récupéré son sac à main, elle se dirigea vers la cuisine en prenant garde de ne pas glisser sur la couche de graisse qui s'était formée sur le sol au cours de la journée. En approchant du bureau de M. Hardin, elle l'entendit crier au téléphone et sentit les battements de son cœur s'accélérer.

— Ça ne me laisse pas assez de temps ! protestait son chef. Je vous ai promis que je le récupérerais !

Tandis qu'elle passait sur la pointe des pieds devant la porte entrouverte du bureau, Annie surprit son reflet dans la surface en acier du congélateur industriel. L'image lui fit l'effet d'un coup de poing.

Combien de fois s'était-elle fait discrète dans sa propre maison, pour ne pas réveiller Walt, ou simplement pour ne pas risquer de provoquer l'une de ses nombreuses crises de colère ?

Alors qu'elle pensait ne plus avoir à se faire toute petite en présence d'hommes hostiles, voilà qu'elle se surprenait à passer discrètement devant le bureau de Hardin, comme une petite fille qui aurait fait une bêtise. Une vague de frustration et de colère contre elle-même l'envahit.

Elle avait payé de sa personne pour se libérer de Walt, hors de question qu'elle retombe dans ses vieilles habitudes, des habitudes nées de la peur ! se réprimanda-t-elle.

Elle enfonça tellement fort sa carte de pointage dans la machine que celle-ci se brisa en deux. Le menton levé, le dos bien droit, elle fit demi-tour et repassa devant le bureau de Hardin d'un pas décidé.

— Annie !

Elle se figea, perdant aussitôt son assurance.

*S'il vous plaît, mon Dieu, faites qu'il ne m'envoie pas faire une course comme hier soir,* pria-t-elle.

Le cœur battant, elle poussa la porte du bureau.

— Oui ?

— Où allez-vous comme ça ? demanda Hardin, une cigarette pendue aux lèvres.

Annie lisait dans ses yeux le même mépris qu'elle percevait dans sa voix.

— Ma journée de travail est terminée, je rentre chez moi, répondit-elle.

— Pas si je vous l'interdis.

Annie sentit son estomac se soulever. Elle inspira une grande bouffée d'air saturé par la fumée de cigarette, tentant de lutter contre la panique qui montait en elle.

La panique, et aussi la colère — l'émotion la plus dangereuse d'entre toutes. Cela, elle l'avait appris à ses dépens en subissant les conséquences de la fureur de Walt. Car il était arrivé qu'elle s'emporte contre la cruauté de son ex-mari, contre son autoritarisme, mais cela n'avait fait qu'empirer les choses. Alors, au fil du temps, elle s'était efforcée de contenir sa colère et ses accès d'impatience. Mais la frustration était toujours bien présente au fond d'elle, et aujourd'hui, alors que Hardin faisait tout pour la contrôler et l'intimider, elle eut de la peine à garder son calme.

— J'ai fait mes heures, monsieur Hardin, dit-elle d'une voix où perçait l'indignation. Je dois rentrer chez moi pour retrouver mes enfants.

Son chef écrasa sa cigarette dans le cendrier rempli de mégots.

— Il me semble pourtant que vous me devez deux cent mille dollars. Il faudra bien me les rembourser un jour, soit en liquide, soit en heures de travail.

— Monsieur Hardin, je ne pourrai jamais faire assez d'heures pour...

— Eh bien, si vous ne voulez pas faire d'heures supplémentaires, vous pourriez peut-être payer votre dette... autrement.

Il laissa errer son regard sur elle, avant de lui adresser un sourire plein de sous-entendus.

Annie eut un mouvement de recul, frissonnant de dégoût. Elle puisa en elle le peu d'assurance qui lui restait pour répondre sans que sa voix ne tremble.

— Non. Je trouverai un moyen de vous rembourser. Cela va me prendre un peu de temps...

*Une éternité,* songea-t-elle. Comment allait-elle faire pour resserrer encore son budget ?

— ... mais je trouverai une solution, conclut-elle.

Un muscle tressauta sur la joue de Hardin, qui avait perdu son sourire.

— Je vous laisse une semaine, dit-il d'un ton glacial.

Tremblant de peur et de colère, Annie tourna les talons et se précipita vers la salle du restaurant. Elle faillit tomber sur le carrelage glissant de la cuisine, mais ne ralentit pas pour autant. Il fallait qu'elle s'enfuie loin, très loin de Hardin. Qu'elle rentre chez elle, le seul endroit où elle se sentait encore à peu près en sécurité, pour retrouver ses enfants.

*« Je peux vous apprendre à vous défendre, à vous protéger. »*

La promesse de Jonah lui revint soudain à l'esprit tandis qu'elle sortait en courant du restaurant. Elle ralentit le pas, et prit dans sa poche la feuille de papier sur laquelle il avait noté l'adresse de sa salle de sport.

Si seulement...

Non, il fallait qu'elle oublie les « si seulement », se dit-elle amèrement. Les rêves et les désirs, ce n'était pas pour elle. Elle devait faire face à la réalité, aux faits concrets.

Et sa réalité du moment consistait à rembourser à son chef une sacrée somme d'argent.

Annie se pressa vers l'arrêt de bus, encore ébranlée par la menace de Hardin. Jamais elle ne pourrait trouver deux cent mille dollars, même si elle disposait d'une année entière. Autant dire qu'en une semaine...

Son bus arriva à l'arrêt en même temps qu'elle. Tandis qu'elle cherchait sa carte d'abonnement dans sa poche, Annie tomba une fois de plus sur le papier que Jonah lui avait donné.

*« Si vous ne le faites pas pour vous, faites-le pour vos enfants. »*

De toute évidence, Jonah avait voulu la manipuler en jouant sur la corde sensible de son amour maternel. Mais cela n'empêchait pas Annie d'avoir peur et de se sentir coupable. Après tout, que risquait-elle à aller voir ce qu'il voulait lui montrer ? Il lui avait déjà prouvé qu'il voulait l'aider. Et une salle de sport était un endroit public, elle y serait en sécurité, n'est-ce pas ?

— Bon, vous montez, oui ou non ? grogna le conducteur du bus, qui commençait à s'impatienter.

— Je...

Annie poussa un long soupir. Il fallait au moins qu'elle essaie de se protéger de Hardin et des hommes comme celui qui l'avait agressée la veille. Elle était lasse de vivre dans la peur.

— Non, je ne monte pas, dit-elle au chauffeur.

# 4

Quelques minutes plus tard, une forte odeur de transpiration, mêlée à celle des tapis en caoutchouc, accueillit Annie tandis qu'elle poussait la porte de la salle de sport. Un peu écœurée, elle jeta un regard inquiet sur l'immense entrepôt dans lequel elle venait d'entrer.

Lorsque Jonah l'avait invitée à venir le retrouver dans sa salle de sport, elle s'était imaginé un endroit rutilant où les gens trottinaient sur des tapis de course, suivaient le cours d'aérobic d'une magnifique blonde, ou travaillaient leurs muscles sur des machines flambant neuves. Elle était bien loin de la réalité.

Miteuse et sombre, sans une seule blonde à l'horizon, l'immense salle abritait quatre rings de box et de multiples sacs de sable suspendus aux poutres nues par des chaînes d'acier. Une litanie de grognements et de jurons résonnait entre les murs de béton tandis que de grands gaillards vêtus de shorts usés et de marcels frappaient les sacs lestés.

Non sans une certaine appréhension, Annie s'avança dans la pièce. Telle une tempête sur le point d'éclater, la violence à l'état brut qui s'exposait sous ses yeux emplissait la salle d'une énergie menaçante, presque suffocante. Respirant avec difficulté, Annie chercha parmi les visages celui de Jonah.

A mesure que les minutes s'écoulaient, elle se sentait de plus en plus mal à l'aise. Les uns après les autres, les hommes couverts de sueur interrompaient leur entraînement pour la regarder d'un air curieux. Son malaise ne fit qu'empirer lorsque l'un des deux boxeurs du ring le plus proche reçut un coup de poing retentissant qui l'envoya au sol avec un grognement.

*« Ça t'apprendra à me répondre ! »*

*Elle avait pressé sa joue en feu contre le carrelage froid, n'osant pas se relever avant que Walt ait quitté la pièce. Se relever, c'était lui donner l'occasion de la mettre à terre une fois de plus.*

Sa vision se brouilla tandis que les larmes lui piquaient les paupières. Elle recula en titubant vers la porte. Elle n'aurait jamais dû venir. Elle n'aurait jamais dû prendre le risque...

Alors qu'elle longeait un autre ring où deux hommes combattaient, elle sentit son cœur s'emballer en reconnaissant le visage de l'un d'eux derrière le casque de protection.

*Jonah.*

Elle l'observa, médusée, tandis qu'il se battait contre son adversaire, sautillant d'un pied sur l'autre pour éviter les coups. La sueur brillait sur ses bras et collait son T-shirt sans manches contre son ventre plat. Les muscles bien dessinés de ses épaules et de son torse témoignaient des nombreuses heures qu'il avait passées à s'entraîner.

Les yeux rivés sur son corps parfait, Annie sentit un frisson de chaleur parcourir sa peau. N'avait-elle rien appris de son mariage avec Walt ? se morigéna-t-elle. Lui aussi l'avait attirée physiquement lorsqu'ils s'étaient connus. Elle l'avait trouvé particulièrement beau dans sa tenue de cérémonie militaire le jour de leur mariage. Mais toute l'alchimie sexuelle du monde ne pouvait compenser les souffrances qu'il lui avait infligées au cours des années.

Pourtant, elle ne parvenait pas à détacher son regard du physique puissant et musclé de Jonah, de sa grâce féline tandis qu'il évoluait autour du ring. Il esquiva un coup de poing avec adresse, avant d'asséner à son adversaire un crochet massif à la mâchoire.

Choquée par la violence du geste, Annie ne put retenir un cri.

Alors que Jonah, surpris, tournait la tête vers elle, son adversaire profita de cette seconde d'inattention pour le frapper dans les côtes. Annie ressentit le coup de poing comme si elle l'avait reçu elle-même. Elle porta une main à ses lèvres, le souffle coupé.

— Devereaux, qu'est-ce que tu fabriques? cria l'homme aux cheveux gris qui arbitrait le match. Tu es censé rester concentré sur le ring!

Souriant et grimaçant à la fois, Jonah leva ses gants en l'air.

— Temps mort! J'ai de la compagnie.

Il se faufila entre les cordes du ring avant de sauter à terre devant Annie.

— Alors vous êtes venue, dit-il d'un ton agréablement surpris.

— Si j'avais su de quel genre de salle de sport vous parliez, je me serais abstenue, grommela-t-elle.

— Pourquoi?

Annie jeta un regard inquiet vers la montagne de muscles qui frappait un sac de sable à côté d'elle, et se rapprocha instinctivement de Jonah.

— Je ne suis pas tout à fait à ma place ici, vous ne trouvez pas?

Un sourire chaleureux éclaira le visage de Jonah.

— Hé, je sais que ces types ont l'air de gros durs, mais je vous assure que vous êtes parfaitement en sécurité ici.

Il se frotta les côtes en grimaçant.

— Est-ce que ça va? lui demanda-t-elle.

— Ce n'est rien. Au moins, je me souviendrai que sur le ring, on doit toujours rester concentré sur son adversaire, peu importe ce qui se passe autour.

— Même si c'est une jolie femme qui vous distrait, fit remarquer l'homme aux cheveux gris en lançant un clin d'œil à Annie.

— Toi, la ferme, dit Jonah.

— Je suis désolée si...

— Non non, c'est ma faute. Je suis vraiment content que vous soyez venue. Frank, j'en ai assez fait pour aujourd'hui. On se revoit demain à la même heure?

— Pas de problème, répondit l'entraîneur, avant de se tourner vers le boxeur qui était resté sur le ring. Allez, Billy, à la douche!

Jonah défit le lacet d'un de ses gants avec ses dents, puis s'attaqua au second.

— Je ne peux pas rester longtemps, commença Annie en tripotant nerveusement la sangle de son sac à main. Mes enfants...

— Vous pouvez m'aider ? l'interrompit Jonah en levant les poings vers elle.

Annie le regarda, interdite.

— S'il vous plaît ? ajouta-t-il avec un sourire désarmant.

Elle attrapa gauchement l'un des gants et tira, sans succès.

— Plus fort, dit Jonah. Il faut vraiment les arracher.

Annie hésita un instant, puis posa son sac à main sur le sol en béton. Saisissant le gant à deux mains, elle tira de toutes ses forces, et réussit enfin à l'enlever. Elle fit de même avec le deuxième.

— Merci.

Jonah récupéra les gants et les jeta près d'un sac de sport posé à côté du ring.

— Laissez-moi le temps de prendre une douche, et nous commencerons.

Annie se mordit la lèvre, jetant un regard gêné autour d'elle.

— Je devrais rentrer chez moi, dit-elle. C'était peut-être une erreur.

Jonah lui prit la main en fronçant les sourcils. Le contact de sa peau la fit frissonner.

— Ne partez pas. Donnez-moi juste cinq minutes. Je dois vous parler de quelque chose, mais tout de suite, je sens le bouc.

Annie ne put s'empêcher de sourire — sans compter qu'il avait raison.

— D'accord. Cinq minutes. En attendant, est-ce que je pourrais vous emprunter votre téléphone portable ? Je dois prévenir ma baby-sitter que je vais être en retard.

— Bien sûr.

Il fouilla son sac et en sortit un petit téléphone.

— Tenez, dit-il en lui lançant l'appareil.

Tandis qu'il partait vers les douches, Annie trouva un endroit à l'abri des regards pour appeler chez elle. Après avoir discuté un instant avec Rani, celle-ci lui passa Haley. La fillette était tout excitée d'avoir perdu sa première dent.

— Je l'ai gardée pour te la montrer, maman. Et Rani dit que si je la mets sous mon oreiller, la petite souris me donnera de l'argent !

Annie sourit, tout en se demandant si elle avait assez de monnaie pour cacher une pièce ou deux sous l'oreiller de Haley.

— Hé, maman, tu pourrais peut-être mettre tes dents sous ton oreiller pour que la petite souris t'apporte de l'argent ?

— Mes dents ? répéta Annie en riant.

— Ben oui, comme ça tu n'aurais plus besoin d'aller travailler au restaurant tout le temps, et tu pourrais rester à la maison pour jouer avec Ben et moi.

Annie sentit le remords la transpercer comme une lame.

— Je ne sais pas, chérie. Je crois que la petite souris ne s'intéresse qu'aux dents des enfants.

— Oh.

La déception qu'elle percevait dans la voix de sa fille lui fendait le cœur.

— Tu sais, normalement je ne travaille pas samedi, s'empressa-t-elle de dire. Je te promets qu'on fera quelque chose ensemble, juste toi, Ben et moi. On ira peut-être au parc ? D'accord ?

— D'accord.

Mais Haley semblait sceptique, bien trop sceptique pour une petite fille de cinq ans. Il était arrivé plus d'une fois qu'Annie ne tienne pas ses promesses parce qu'elle devait rester au restaurant. De nouveau, la culpabilité l'envahit.

A cet instant, Jonah sortit des vestiaires, vêtu d'un T-shirt et d'un jean propres, ses cheveux mouillés coiffés en arrière. Lorsqu'il repéra Annie, un grand sourire vint adoucir les traits de son visage.

A sa grande surprise, elle sentit aussitôt son cœur s'emballer. Jonah n'était pourtant pas d'une beauté extraordinaire, du moins au sens classique du terme. Alors pourquoi réagissait-elle comme une collégienne dès qu'il lui souriait ?

Elle avait déjà assez de mal à joindre les deux bouts et à se remettre d'une relation dévastatrice. Ce n'était vraiment pas le moment de rechercher une autre histoire d'amour ! Il fallait qu'elle garde en tête que Jonah n'était qu'un habitué du restaurant comme les autres. Un homme mystérieux qui l'avait sauvée de son agresseur, et qui avait proposé de lui apprendre comment se défendre et défendre sa famille contre d'autres agressions éventuelles.

— Haley, ma chérie, je dois y aller, dit-elle à sa fille. Sois gentille avec Rani, et finis bien ton assiette. D'accord ?

Haley marmonna une réponse inintelligible tandis que Jonah rejoignait Annie de sa démarche confiante et décontractée.

— Je rentre bientôt, mon cœur. A tout à l'heure.

Elle raccrocha et rendit le téléphone à Jonah.

— Merci.

— Je vous en prie. Allons dans le bureau du directeur. Nous serons plus au calme, plus tranquilles.

*Et plus isolés,* songea Annie en le suivant, mal à l'aise.

— Hé, Frank, cria-t-il à l'entraîneur qui travaillait avec un boxeur sur un petit sac de sable. On peut utiliser ton bureau un moment ?

L'homme observa Annie, puis lança un regard plein de sous-entendus à Jonah.

— Faites comme chez vous, dit-il.

Lorsque Jonah referma la porte du bureau, le vacarme de la salle de sport fut brusquement mis en sourdine, ce qui n'aida pas Annie à se sentir à l'aise. Elle prit soudain conscience qu'elle se trouvait seule avec un homme qu'elle connaissait à peine, et l'idée l'excitait et la terrifiait tout à la fois. Serrant son sac contre sa poitrine, elle jeta un coup d'œil autour d'elle. La pièce, dépourvue de fenêtre, était assez sombre, mais elle avait été meublée et décorée avec goût : le canapé en cuir et les peintures à l'huile la rendaient étonnement chaleureuse. Le grand bureau était couvert de photos sur lesquelles un Frank plus jeune posait avec une jolie femme et une petite fille blonde.

— Pourquoi je vous rends si nerveuse ? demanda soudain Jonah, l'arrachant à sa rêverie.

— Vous ne me rendez pas nerveuse, mentit-elle.

Tout en s'asseyant au bord du bureau, Jonah fit un geste vers son sac à main.

— On ne dirait pas.

Annie baissa les yeux et vit ses mains qui agrippaient son sac, ses bras croisés d'une manière défensive sur sa poitrine. Savoir qu'il lisait en elle aussi facilement ne l'aidait pas à se détendre.

— C'est juste que... Je ne suis pas dans mon élément, ici, répondit-elle avec un soupir. Je ne vous connais pas bien, et cette histoire avec Hardin et l'argent que j'ai perdu m'a...

— Arrêtez.

Il avait parlé doucement, mais avec assez d'autorité dans la voix pour qu'elle se taise immédiatement. Croisant les bras sur son torse, il la fixa de ses yeux vert sombre.

— Que les choses soient bien claires, dit-il. Vous n'avez pas perdu cet argent. Vous ne devez rien à Hardin. Vous avez été agressée, et l'argent a été volé. Point barre.

Annie ouvrit la bouche pour parler, mais aucun son n'en sortit.

— Quant au reste, continua Jonah en haussant les épaules, peut-être que vous ne me connaissez pas bien, mais si vous me laissez vous emmener quelque part pour dîner, nous pourrons peut-être remédier à cela.

Le cœur battant à se rompre, Annie le dévisagea, incrédule.

— C'est une invitation ?

— Exactement. Et si je ne me trompe pas à votre propos, vous avez bien plus votre place dans cette salle de sport que vous voulez me le faire croire.

Annie, qui avait déjà du mal à se remettre de l'invitation à dîner de Jonah, mit du temps à saisir sa dernière remarque.

— Comment ça, je suis à ma place ici ? J'ai vraiment l'air de quelqu'un qui aime taper dans un sac pour le plaisir ? s'indigna-t-elle.

— Non, répondit-il, soudain sérieux. Mais je crois que vous avez servi de punching-ball à un sale type en qui vous aviez confiance.

Annie crut que son cœur s'arrêtait de battre. D'un pas chancelant, elle alla s'asseoir sur la chaise la plus proche. Jonah s'approcha et s'accroupit devant elle.

— Votre père, peut-être, avança-t-il. Ou bien un mari, ou un petit copain. Je me trompe ?

Elle s'apprêtait à nier, par habitude, mais le regard perçant de Jonah l'en empêcha. Elle chercha ses mots avec peine.

— Comment… Pourquoi pensez-vous que…

— Parce que j'ai connu ça aussi.

Annie resta bouche bée. Elle secoua la tête, n'étant pas certaine d'avoir bien compris. Avait-il été à la place du bourreau, ou bien de la victime ?

Jonah acquiesça lentement.

— Oui, j'ai vu ce que vous avez vu. Je connais les émotions que vous avez ressenties. Je reconnais les signes.

Ce disant, il passa sa main avec douceur sur la cicatrice qu'elle portait à la joue gauche.

— J'ai eu un accident de voiture, s'empressa-t-elle de dire en repoussant brusquement la main de Jonah. Je me suis ouvert la pommette, et je n'ai pas eu les moyens de me payer une chirurgie plastique après l'opération d'urgence.

Annie avait débité ce mensonge d'une voix assurée — ce n'était pas la première fois qu'elle avait à expliquer sa cicatrice — mais un tourbillon d'émotions se déchaînait en elle. La culpabilité, le soulagement, la gêne, la colère, la frustration…

— C'est sans doute en partie vrai, observa Jonah.

— Vous me traitez de menteuse ? s'indigna-t-elle.

Sans se laisser démonter, il lui prit les mains et les serra dans les siennes.

— Moi aussi j'ai appris à mentir au sujet de mes blessures, confia-t-il. Mentir aux professeurs, aux voisins… et même à moi-même. Ce n'était pas facile d'expliquer que mon père avait mauvais caractère, et qu'il nous battait, nous et notre mère, à la moindre occasion.

Annie sentit un frisson glacé lui parcourir la peau. Partagée entre l'empathie et la méfiance, elle dévisagea Jonah, cherchant à deviner dans ses yeux de jade s'il mentait ou non. Mais son regard n'était que compassion et honnêteté.

Elle s'agrippa aux bords de la chaise, ne sachant que faire de cette révélation.

— Pourquoi m'avez-vous dit cela ? demanda-t-elle.

— Je voulais que vous sachiez que je comprends ce que vous avez enduré, et je sais comment...

Annie se raidit, sentant la fureur monter en elle. Elle se releva brusquement et serra les poings, fusillant Jonah du regard.

— Arrêtez ! cria-t-elle. Vous n'avez aucune idée de ce que j'ai enduré ! Et je ne sais pas non plus ce que vous avez souffert avec un père qui vous battait. Je vous interdis de me dire ce que...

— D'accord, la coupa-t-il en posant les mains sur ses épaules.

Annie sentit son estomac se serrer lorsqu'elle se rendit compte de l'erreur qu'elle venait de commettre. Seigneur, si elle s'était permis de s'emporter de cette façon contre Walt, elle l'aurait payé cher. Elle retint son souffle, prête à subir la fureur de Jonah.

Mais au lieu de cela, il murmura doucement :

— Excusez-moi. Vous avez raison. Je ne voulais pas...

Il s'interrompit en la voyant frissonner. Les sourcils froncés, il lui releva le menton pour l'obliger à le regarder, et lui caressa doucement la joue avec son pouce.

Ce geste plein de tendresse, qui contrastait tellement avec la force brutale dont il avait fait preuve sur le ring, la prit de court. La chaleur de ses doigts, l'agréable odeur de savon qui se dégageait de sa peau et la douceur apaisante de sa voix lui faisaient tourner la tête. Elle se sentit soudain rougir.

— Détendez-vous, ma belle. Vous ne craignez rien avec moi, je vous le jure. Je ne vous ferai jamais de mal.

Annie était incapable de parler, ni de bouger. Des émotions contradictoires se mêlaient en elle. Elle avait envie de faire confiance à Jonah, de croire à la promesse qu'elle lisait dans ses yeux. Mais en même temps, elle se souvenait trop clairement de la violence qu'il avait employée pour la défendre dans la ruelle, la veille au soir, et de la puissance de ses coups de poing pendant son entraînement de boxe. L'attirance physique qu'elle éprouvait pour lui n'était sans doute qu'une réaction naturelle face à un tel magnétisme viril.

Comme elle ne répondait pas, Jonah s'écarta d'elle en soupirant, l'air pensif.

— Annie, je vous ai demandé de venir ici parce que j'ai un mauvais pressentiment par rapport à ce qui s'est passé hier.

Elle se massa les tempes, tentant de reprendre ses esprits.

— Eh bien, nous sommes deux, répondit-elle. Hardin ne risque pas d'oublier tout l'argent que je lui ai fait perdre. Il va me gâcher la vie jusqu'à ce que je le rembourse.

— Je ne parlais pas de Hardin, dit Jonah en faisant craquer ses doigts nerveusement.

— Comment cela ?

— Je ne crois pas que vous ayez été agressée par hasard. Je pense que le type qui a volé l'argent vous attendait, qu'il savait que Hardin enverrait quelqu'un pour remettre cette enveloppe.

— Il m'attendait ? répéta Annie d'une voix inquiète.

— Je ne peux pas trop entrer dans les détails, mais... J'ai des raisons de croire que cet argent provient des recettes de paris illégaux, argent que Hardin blanchit à travers les comptes du restaurant.

Cette révélation coupa le souffle à Annie. Elle serra les bras autour d'elle pour tenter de contenir ses tremblements.

— L'homme qui vous a agressée avait peut-être l'intention de vous tuer, afin de vous empêcher de l'identifier. Ou bien Hardin vous a choisie pour livrer l'enveloppe parce qu'il pensait que vous n'oseriez rien dire, qu'il pourrait vous faire taire avec un peu d'intimidation. Il y a d'autres scénarios possibles, mais ils mènent tous à la même conclusion : vous êtes mouillée dans cette affaire. Et vous êtes en danger.

# 5

Annie sentit la nausée l'envahir. Elle secoua la tête.

— Non, ce n'est pas possible… Je n'ai rien fait ! Je ne sais rien. Je…

— Que ça vous plaise ou non, à cause de ce vol, vous êtes mêlée à tout ça, répéta Jonah. Et il va falloir faire attention. Surveiller vos arrières. Prendre des précautions.

Annie étouffa un sanglot. Elle venait de passer des mois à échapper à un mari possessif et vengeur qu'elle avait vu se faire arrêter pour harcèlement et meurtre. Elle commençait tout juste à se rétablir, à revivre, à retrouver un peu de sérénité.

— Il faut que vous soyez capable de vous défendre, dit Jonah en lui saisissant le poignet. Je veux vous montrer quelques techniques pour repousser un agresseur.

Annie dégagea brusquement sa main et plissa les yeux, méfiante.

— Comment pouvez-vous être sûr que Hardin exerce une activité illégale ?

— Pour l'instant, je n'ai pas de preuves solides à remettre aux autorités, mais…

— Vous ne vouliez pas que j'appelle la police, hier soir. Pourquoi ?

Soudain, Annie voyait d'un autre œil son agression et l'intervention de Jonah.

— Etes-vous mêlé à ce qui se passe au restaurant ? demanda-t-elle en se levant pour s'éloigner de Jonah. Comment savez-vous qu'il y a des paris illégaux ou du blanchiment d'argent ou… ou…

— Je le sais, parce que j'ai passé ces six derniers mois à mener l'enquête.

— Comment ça, l'enquête ? s'exclama Annie. Vous êtes flic ?

— Je l'étais. A Little Rock. Mais j'ai quitté la police il y a un an, juste avant de venir ici.

Annie passa en revue les informations qu'elle possédait sur Jonah.

— Vous avez dit à Susan que vous travailliez à l'usine de papeterie. C'était un mensonge, si je comprends bien ?

— Oui. C'était ma couverture.

Annie sentait son cœur battre la chamade. Elle regarda Jonah d'un œil nouveau, plein de méfiance et de doute.

— Votre couverture ? Mais qui êtes-vous ? Pourquoi devrais-je vous faire confiance ? Qu'est-ce que vous attendez de moi ?

Elle parlait de plus en plus fort à mesure que sa peur augmentait. Jonah posa son index sur ses lèvres pour la faire taire.

— Je ne travaille pour personne, expliqua-t-il calmement. J'enquête seul sur cette affaire de paris illégaux et de blanchiment d'argent à cause d'un ami. Les hommes impliqués dans ce réseau ont escroqué Michael, ils lui ont pris tout l'argent de sa retraite.

Annie ne put s'empêcher de ressentir de la compassion pour l'ami de Jonah. Elle-même vivait au jour le jour, et ne pouvait imaginer comment elle s'en sortirait si son salaire venait à disparaître.

Jonah s'appuya de nouveau contre le bureau, avant de reprendre :

— Hier soir, je vous ai demandé de ne pas prévenir la police parce que je craignais que certains joueurs impliqués dans l'affaire ne se cachent, en réaction. Je suis à deux doigts de les pincer, alors je n'ai pas envie que l'intervention de la police ne fiche tout en l'air avant que j'aie pu rassembler les preuves dont j'ai besoin.

— Quel genre de preuves ? demanda Annie.

— Il faut que je sache exactement comment fonctionne l'opération, qui tire les ficelles. J'aurais besoin de filmer une transaction ou d'enregistrer des conversations compromettantes. Et je ne cracherais pas non plus sur des relevés bancaires, des dossiers informatiques, une liste des parieurs, n'importe quelle preuve sur papier qui me permettrait d'étayer mes arguments.

Jonah frotta les paumes de ses mains sur son jean, avant de secouer la tête en soupirant.

— Mais plus j'avance dans l'enquête, plus c'est risqué. Ces types ont beaucoup d'argent en jeu. S'ils prennent peur, ils se protégeront et protégeront leurs intérêts par tous les moyens possibles. Y compris le meurtre.

Annie sentit le sang se glacer dans ses veines. Les questions se bousculaient dans sa tête, mais elle n'arrivait pas à les formuler. L'angoisse pesait sur sa poitrine. En voulant sauver son emploi, avait-elle mis le pied dans un engrenage qui risquait de lui coûter la vie ?

Dans la petite pièce, l'air vibrait de tension. Jonah soutenait son regard, mais ses yeux verts restaient insondables.

— Comment puis-je être sûre que vous me dites la vérité ? demanda Annie. Pourquoi devrais-je vous faire confiance ?

— L'agression dont vous avez été victime était pourtant bien réelle, non ? Et la colère de Hardin au sujet de l'argent volé n'était pas feinte. Je suis prêt à parier qu'il est dans le pétrin maintenant, par rapport à celui à qui l'enveloppe était destinée.

*Joseph Nance.* Le nom que Hardin avait indiqué à Annie lui revint soudain à l'esprit, mais elle se garda bien de le révéler à Jonah. Elle attendait de savoir en qui elle pouvait avoir confiance, et quel rôle Jonah jouait vraiment dans le terrible scénario qu'il lui avait décrit.

— Je sais que cela doit vous faire un choc, et je comprends que vous ayez peur, dit-il. Mais vous devez me croire quand je vous dis que je suis la seule personne dans ce restaurant à me préoccuper de vous. Je veux vous protéger contre d'éventuelles répercussions, mais pour cela, il faut que vous me fassiez confiance.

— Qu'attendez-vous de moi ? demanda une nouvelle fois Annie en réprimant un frisson.

— Pour l'instant, rien. Mais restez vigilante. Gardez les yeux et les oreilles ouverts. Et apprenez à vous défendre.

Il s'approcha d'elle, suffisamment pour qu'elle sente la chaleur de son corps.

— C'est là que j'entre en scène, conclut-il.

Jonah tendit la main vers Annie, tout en notant la méfiance qui assombrissait son regard. Lorsqu'il lui toucha le bras, elle sursauta et se dégagea nerveusement.

— Que faites-vous ? demanda-t-elle.

— Je viens de vous le dire : j'essaie de vous apprendre à vous défendre.

Elle sembla se détendre légèrement, tout en restant sur le qui-vive. Jonah comprenait mieux cette réserve, à présent. Bien qu'elle ait tenté de lui faire croire à un accident de voiture pour expliquer ses cicatrices, Annie n'avait pas nié son passé de femme battue. Son attitude en disait long sur ce qu'elle avait vécu. Il devait avancer avec prudence, songea Jonah — il ne voulait pas lui faire encore plus de mal.

— Commençons par l'essentiel, dit-il en se campant devant elle. En premier, vous devez viser les yeux, l'entrejambe et la gorge de votre agresseur. D'accord ? Comme ça...

Jonah lui montra la meilleure position pour frapper quelqu'un à la gorge.

Annie se frotta les bras, l'air dubitatif.

— Je ne sais pas, dit-elle. En me défendant, je risque de l'énerver encore plus, et il me fera encore plus de mal.

Jonah baissa les mains et recula d'un pas. Il se rappelait comment Annie s'était repliée sur elle-même la veille au soir, n'opposant aucune résistance à son agresseur.

— Pensez-vous que votre vie vaut la peine d'être défendue ? lui demanda-t-il.

— Bien sûr, répondit-elle, surprise.

— Vraiment ? Au fond de vous, croyez-vous vraiment qu'il faille lutter à tout prix pour rester en vie ? Parce que pour cela, vous serez peut-être obligée de faire des choses difficiles, gênantes, malpolies, voire dégoûtantes. Arracher les yeux à quelqu'un, par exemple, ou le mordre jusqu'au sang.

Elle grimaça et resserra les bras autour d'elle.

Jonah se gratta la joue, réfléchissant à la meilleure façon de s'y prendre avec Annie. Le plus urgent était de l'aider à se débarrasser de sa nervosité. Peut-être qu'en lui montrant des gestes simples, moins agressifs, il lui permettrait de reprendre confiance en elle.

— Mettez les bras le long du corps, dit-il, tout en faisant de même.

Lorsqu'elle s'exécuta, il lui sourit pour l'encourager.

— Je vous promets que je ne vais pas vous faire de mal, assura-t-il. Je veux juste vous montrer quelques trucs qui peuvent vous être utiles. Que feriez-vous par exemple si quelqu'un vous attrapait par le bras, comme ceci ?

Il lui saisit fermement le poignet. Soudain affolée, Annie tenta de se dégager, sans succès.

— Votre instinct vous dit de tirer sur votre bras, mais à moins d'être plus forte que votre agresseur, ça ne marchera pas. On est d'accord ?

— Qu'est-ce que je dois faire, alors ? demanda-t-elle en levant les yeux vers lui.

Jonah sentit sous ses doigts le pouls de la jeune femme s'accélérer. Il prit soudain conscience de la douceur délicate de sa peau, du mélange d'espoir et de vulnérabilité qui se lisait dans son expression, et de son propre cœur qui battait plus vite.

Voilà plusieurs semaines qu'Annie l'intriguait, l'attirait, et l'instinct de protection qu'elle réveillait en lui ne faisait que renforcer cette attraction. Maintenant qu'il savait à quel point sa peau était douce, son imagination partait dans tous les sens. *Du calme, mon garçon*, s'ordonna-t-il.

— Approchez-vous. Allons, insista-t-il, en voyant qu'elle hésitait. Gardez votre coude baissé et près de votre corps.

Annie s'avança timidement vers lui.

— Très bien. Regardez l'angle que cela impose à mon poignet.

Elle baissa les yeux sur sa main.

— Maintenant, serrez le poing et tournez-le vers le haut, du côté de mon pouce et par-dessus mon bras.

Elle suivit ses instructions et se dégagea de son étreinte. Mais au lieu de sourire, elle lui jeta un regard méfiant.

— Ce n'est pas moi qui ai fait ça, protesta-t-elle. C'est vous qui m'avez relâchée.

— Oui, parce que je n'avais pas envie que vous me cassiez le poignet, répondit-il en riant. Essayez sur moi, je vais vous montrer.

Annie lui saisit le bras, et il répéta les différentes étapes qu'il lui avait montrées.

— Je me rapproche, le bras près du corps. Je serre le poing. Je le tourne vers le haut et vers votre pouce, et...

— Aïe ! cria Annie en relâchant le bras de Jonah.

Elle le dévisagea, stupéfaite.

— Je ne vous ai pas fait mal ?

— Non... Ça marche, constata-t-elle avec étonnement.

— Bien sûr que ça marche ! dit-il en riant. Pourquoi vous apprendrais-je des trucs qui ne marchent pas ?

— Très juste, répondit-elle en esquissant un sourire.

Jonah sentit une onde de chaleur se répandre en lui sous le simple effet de cette ébauche de sourire. Mais il se rappela bien vite que malgré sa bouche pulpeuse et sa coiffure aguichante, Annie lui était interdite. Il était voué à lui briser le cœur, et elle avait déjà assez souffert dans sa vie.

— O.K., passons à la suite.

Il se plaça derrière elle et la retint par les épaules lorsqu'elle voulut se tourner vers lui.

— Bon, cette fois-ci, supposons que quelqu'un arrive derrière vous et vous attrape comme ceci...

Il passa ses bras autour d'elle de telle sorte qu'elle ne puisse plus bouger les bras, et la plaqua contre son torse. Une fois de plus, il la sentit se raidir.

Le parfum fleuri de son shampoing éveilla aussitôt ses sens.

Jonah serra les dents lorsque Annie se tortilla pour tenter de se libérer, frottant sans le vouloir ses fesses contre son entrejambe.

Au bout d'un moment, elle cessa de gigoter, le souffle court.

— Lâchez-moi. S'il vous plaît. Je… je n'ai pas envie de faire ça.

— En vous débattant, vous ne ferez que vous fatiguer, Annie. Réfléchissez. Restez calme.

Elle acquiesça et inspira profondément.

— Vous pouvez vous libérer en vous laissant tomber par terre, expliqua-t-il. Vous n'avez qu'à soulever les pieds. Mettez bien tout votre poids sur ses bras. Ou alors, vous pouvez aussi rejeter très fort votre tête en arrière — mais ne le faites pas maintenant, je n'ai pas envie d'avoir le nez cassé. Vous avez le crâne assez dur pour faire de beaux dégâts sur le visage de votre agresseur.

Annie pencha lentement la tête en arrière, comme pour tester le mouvement au ralenti. En sentant ses cheveux soyeux lui caresser le nez et le torse, Jonah dut se retenir d'enfouir son visage dans son cou. Il s'éclaircit la gorge et recula d'un pas, permettant à Annie de lui faire face.

— Cette technique, hum… aura l'avantage de surprendre votre agresseur.

Jonah s'efforça de se concentrer sur les détails qu'Annie devait connaître. Il n'avait qu'à penser aux types dangereux qui risquaient de s'en prendre à elle après l'incident de la veille pour s'éclaircir les idées.

— C'est une chose très importante dont il faut se souvenir, dit-il. Si vous réussissez à surprendre votre agresseur, cela vous donne l'avantage pendant quelques secondes. Profitez de ce temps-là pour lui asséner un coup efficace qui vous permettra de vous enfuir. D'accord ?

— Quel genre de coup efficace ? Je ne suis pas Bruce Lee.

— Vous vous souvenez de ce que vous devez viser en premier ?

— Euh… Les yeux, la gorge et… l'entrejambe.

— Bien. On verra les techniques de Bruce Lee plus tard. D'abord, vous devez vous dégager de son étreinte. Une fois libre, sortez votre bombe lacrymo et aspergez-le copieusement.

— Je n'ai pas de bombe lacrymo.

— Achetez-en une et gardez-la toujours avec vous. Je vais vous montrer autre chose, ajouta-t-il en lui faisant signe de s'approcher.

Jonah sentit son cœur se serrer en la voyant frissonner, le regard craintif. Nul doute qu'un type l'avait traumatisée à vie. Et l'agression de la veille n'avait pas dû arranger les choses.

Plus que les marques physiques qu'elle portait sur la joue, Annie gardait surtout, gravées sur son cœur, les cicatrices des mauvais traitements qu'on lui avait infligés.

*Raison de plus pour ne pas la faire souffrir davantage,* songea-t-il. Il devait veiller à ne pas lui donner de faux espoirs, à étouffer le désir qui commençait à naître au fond de lui. Il fallait qu'il la protège de lui-même.

— Vous vous sentez d'attaque pour une dernière démonstration ? lui demanda-t-il.

Annie ferma les yeux en soupirant.

— D'accord, finit-elle par dire.

La jeune femme était courageuse. Sachant ce qu'elle avait vécu, se trouver de nouveau confrontée à la violence et à sa propre vulnérabilité devait être terrifiant. Et pourtant, elle était là, à suivre ses leçons. Annie avait assez de force intérieure pour se relever des malheurs que la vie lui avait apportés.

Jonah se plaça derrière elle, posa une main sur sa taille et enroula son autre bras autour de sa gorge.

— Il y a deux choses que vous pouvez faire si quelqu'un cherche à vous étouffer ainsi. Premièrement, tournez la tête sur le côté, dans le creux de son bras. De cette façon, vous libérez votre trachée, et vous pouvez respirer.

Annie s'exécuta.

— Bien. Parfait.

Tandis qu'il repositionnait sa main sur la taille de la jeune femme pour l'attirer plus près de lui, Annie laissa échapper un cri presque muet, comme un minuscule soupir. Jonah sentit aussitôt ses reins s'embraser.

Luttant pour garder la tête froide, il plaça ses deux bras autour de la taille d'Annie. L'idée des leçons privées n'était peut-être pas si judicieuse, finalement. Car enseigner correctement les techniques d'autodéfense exigeait un contact physique intime avec son élève, et il fallait être moine pour ne pas s'en émouvoir. D'autant plus quand l'élève en question était une femme aussi attirante qu'Annie.

Il prit quelques secondes pour retrouver ses esprits, pour s'empêcher de penser aux courbes gracieuses qu'il sentait blotties contre lui.

— S'il vous tient de cette façon...

Il s'interrompit en entendant le ton grave et chaud de sa propre voix, qui ne laissait aucun doute sur son état d'esprit. Il sentit Annie se raidir imperceptiblement et comprit que le changement d'atmosphère ne lui avait pas échappé.

Soudain, sans prévenir, elle se laissa tomber. La charge inattendue qui pesa sur ses bras, associée au changement brutal de son centre de gravité, firent perdre l'équilibre à Jonah, exactement comme il l'avait enseigné à Annie. Il eut juste le temps de se tourner sur le côté pour éviter de l'écraser, et tomba de tout son poids sur son épaule. Il roula sur le dos, le souffle coupé.

Annie s'était déjà relevée et s'était réfugiée à l'autre bout de la pièce, le visage dans les mains.

Jonah se pinça l'arête du nez. S'il avait voulu la protéger de lui-même et maîtriser ses propres émotions, c'était raté. Les leçons privées s'avéraient trop intimes, trop personnelles. A l'évidence, cette proximité intimidait Annie. Mais comment pouvait-il lui apprendre des techniques de défense sans la toucher, sans être au corps à corps avec elle ? Et comment pouvait-il se trouver aussi près d'elle sans avoir envie d'aller plus loin ?

Plus que des leçons d'autodéfense, Annie avait peut-être besoin d'exorciser ses démons. Par chance, il savait exactement où l'envoyer pour cela.

# 6

Le cœur battant à se rompre, Annie luttait pour contenir ses tremblements. Elle avait compris qu'elle avait eu tort de venir dès l'instant où elle était entrée dans cette salle de sport. Mais sa véritable erreur se situait ailleurs, à un niveau qu'elle n'aurait pas soupçonné.

Elle inspira profondément, tentant d'ignorer le regard de Jonah qu'elle sentait peser sur son dos. Il attendait sûrement une explication pour ce brusque mouvement de panique. Mais comment pouvait-elle expliquer quelque chose qu'elle ne comprenait pas elle-même ? Travailler en tête à tête avec lui l'avait d'abord intimidée, mais elle avait vite pris de l'assurance en voyant comme de simples gestes pouvaient s'avérer efficaces.

Cette confiance s'était écroulée lorsque Jonah l'avait emprisonnée dans ses bras. Elle avait soudain revécu l'agression de la veille, et ce souvenir l'avait paniquée. Mais dès qu'il lui avait donné ses instructions de sa voix calme et grave, une étrange onde de désir avait chassé cette angoisse.

Sentir les bras de Jonah serrés autour d'elle lui avait apporté une sensation de sécurité qu'elle n'avait pas connue depuis bien longtemps. Elle avait frissonné en sentant son corps, un mur de chaleur et de force, pressé contre le sien. Son odeur masculine l'avait enivrée et attirée comme un fruit défendu.

Puis il avait décrit un autre scénario d'agression, et la peur l'avait de nouveau saisie. Elle avait pourtant réussi à garder son calme, jusqu'à ce qu'elle perçoive le changement dans la voix de Jonah.

Ce ton soudain plus chaud, plus sensuel, montrait qu'elle n'était pas la seule à éprouver du désir. La tension dans les muscles de Jonah, la chaleur de son souffle sur sa nuque lui avaient fait perdre la tête.

Serrant les poings, Annie tenta de mettre de l'ordre dans ses émotions confuses. Pourquoi Jonah lui donnait-il envie d'oublier toutes les leçons douloureuses que la vie lui avait apprises au sujet des hommes ?

— Annie, qu'est-ce qui ne va pas ?

L'inquiétude qu'elle percevait dans sa voix ne fit rien pour calmer la tempête en elle. Jonah la troublait. La terrifiait. L'attirait alors qu'elle s'était interdit de s'intéresser de nouveau aux hommes.

Seigneur, songea-t-elle, elle venait à peine de se délivrer d'un monstre, ce n'était vraiment pas le moment de se lancer dans une nouvelle relation. Surtout avec un homme qui était capable d'en tuer un autre par la seule force de ses poings.

— Tout va bien, mentit-elle en lui faisant face. Il faut juste que je rentre chez moi, maintenant. Mes enfants...

Son regard insistant lui fit perdre ses moyens. Elle attrapa son sac à main sans terminer sa phrase.

— Nous venions à peine de commencer, fit-il remarquer. Il vous reste encore des choses à apprendre, des tactiques importantes...

— Non, je ne peux pas rester. Je...

— Vous devez apprendre à vous protéger, l'interrompit-il en l'empêchant de sortir du bureau. Un autre jour, alors ? Je serai là demain à la même heure.

— Non, je travaille.

— Alors dites un jour, je serai là.

— Je ne crois pas. Je... Je vais acheter une bombe lacrymogène, et tout ira bien.

Elle s'approcha de la porte, avant de lui lancer un regard en biais.

— Merci quand même.

— Annie, vous êtes dans une situation difficile au restaurant, insista-t-il en posant une main sur son bras. Je ne sais pas ce qui va se passer maintenant que l'argent de Hardin a été volé. Vous devez prendre des précautions. Je ne veux pas vous faire peur, mais...

— Mais c'est exactement ce que vous faites.

Elle poussa un soupir.

— J'ai peur, confia-t-elle. Pas seulement à cause de ce que vous m'avez dit ce soir. J'ai peur de beaucoup de choses. J'ai peur qu'il ne me reste pas assez d'argent pour nourrir mes enfants jusqu'à la fin du mois. J'ai peur que Hardin me renvoie. J'ai peur de ne pas voir mes enfants grandir pendant que je travaille soixante heures par semaines. Haley a perdu sa première dent aujourd'hui, et j'ai raté ça !

Sa voix était entrecoupée de sanglots, mais cela ne l'arrêta pas. Elle ne pouvait plus contenir le flot de frustration et de douleur qui s'échappait de ses lèvres.

— Et surtout, j'ai peur qu'un juge ignorant accepte de mettre mon ex-mari en liberté conditionnelle, que je sois de nouveau obligée de me cacher pour qu'il ne puisse pas me tuer !

Jonah serra les mâchoires, le regard plein de compassion.

— Donc oui, j'ai peur, murmura-t-elle d'une voix plus calme. Et votre histoire de blanchiment d'argent et d'hommes de main qui chercheraient à me faire taire n'arrange pas les choses. Tout ce que je veux, c'est pouvoir élever mes enfants en paix. Je n'ai jamais voulu...

Alors qu'elle étouffait un sanglot, Jonah l'attira dans ses bras. Annie posa son front contre son torse musclé. Elle s'en voulait déjà de s'être confiée à ce point, mais le mal était fait. Il en savait plus sur elle que quiconque au restaurant. Seule Ginny, la conseillère du centre d'accueil pour femmes, en savait autant.

*« J'ai vu ce que vous avez vu. »*

*« Ce n'était pas facile d'expliquer que mon père nous battait, nous et notre mère, à la moindre occasion. »*

Jonah pouvait-il réellement comprendre quelque chose au cauchemar qu'elle avait vécu ? La sensation de confort et de protection qu'elle ressentait dans ses bras lui donnait envie de se laisser aller, au moins pendant quelques minutes. De baisser la garde et de lui ouvrir son cœur.

Mais si elle comptait sur Jonah pour assurer sa sécurité, elle retomberait dans les mêmes pièges que ceux qui l'avaient emprisonnée dans un mariage violent. Dépendre d'un homme pour quoi que ce soit, c'était faire machine arrière.

Pour ses enfants, il fallait qu'elle soit forte et autonome.

— Je dois y aller, dit-elle en s'écartant de Jonah. Je suis déjà restée trop longtemps.

— Annie, si vous...

Avant qu'il ait eu le temps de finir sa phrase, elle ouvrit la porte et s'enfuit.

— Annie, attendez !

Le cri de Jonah résonna dans l'entrepôt et la poursuivit jusque dans la rue. Sans se retourner, Annie savait que Jonah était derrière elle et qu'il la suivrait jusque chez elle, comme la veille.

Elle savait aussi qu'elle n'était pas prête d'oublier la chaleur de ses bras et la douceur de sa voix tout contre son oreille.

# 7

Le lendemain matin, en partant travailler, Annie s'arrêta au bout du parking et se retourna pour faire signe à Haley, qui la regardait depuis une fenêtre de l'appartement. Ce petit rituel d'adieu, que la fillette tenait à répéter tous les jours, prit un tour sinistre lorsque Annie vit du coin de l'œil une silhouette se cacher derrière un arbre.

Le cœur battant, elle s'efforça de sourire à sa fille tout en surveillant le grand chêne derrière lequel l'homme avait disparu.

Jonah, certainement.

Pour une raison qu'elle ne comprenait pas, il avait décidé de jouer les gardes du corps avec elle. Il l'avait raccompagnée chez elle à pied la veille au soir, après lui avoir proposé de la ramener en voiture. Annie ne voulait pas se retrouver seule avec lui dans un espace aussi réduit. Mais même en plein air et à distance respectable, Jonah l'avait oppressée. Sa présence n'avait fait qu'accentuer les émotions contradictoires qu'elle éprouvait depuis sa leçon d'autodéfense. S'il disait vrai et qu'elle était en danger, elle appréciait ses efforts pour la protéger. Mais l'idée d'avoir besoin de la surveillance d'un homme la contrariait.

Au moins, il avait respecté son besoin de silence et ne lui avait pas parlé pendant le trajet. Il lui avait juste conseillé de fermer sa porte à clé une fois chez elle, et lui avait souhaité une bonne nuit en la quittant au bas de l'escalier.

La veille, il avait marché à ses côtés pour l'escorter. Alors pourquoi s'amusait-il aujourd'hui à se cacher ? Poussant un soupir d'irritation, Annie fit volte-face et se dirigea vers l'arrêt de bus. Elle ne vit pas Jonah monter dans le bus, mais l'impression d'être observée ne la quitta plus jusqu'au restaurant.

Lorsqu'elle arriva Chez Pop, elle était tellement remontée contre Jonah qu'elle n'avait qu'une idée en tête : lui dire le fond de sa pensée. Qu'avait-il à la suivre comme un pervers alors que ses mises en garde la rendaient déjà nerveuse, au point qu'elle regardait sans cesse par-dessus son épaule ?

Elle entra comme un ouragan dans le petit restaurant et envoya son sac à main sous le comptoir avec un soupir excédé.

— Wouah, fit une voix masculine familière. J'allais vous dire bonjour, mais je ne sais pas si je vais oser, vu votre humeur.

Annie leva les yeux vers l'homme qui lui souriait derrière le comptoir.

*Jonah.* Avec une assiette d'œufs au plat et de toasts à moitié vide devant lui.

— Vous êtes là, dit-elle d'un ton consterné.

— Comme tous les jours, mais ça n'a pas l'air de vous faire plaisir.

Annie ignora sa remarque, trop préoccupée par ce que signifiait sa présence ici.

— Mais si vous êtes là, alors qui...

— Qui quoi ?

Elle pressa une main contre son ventre et secoua la tête.

— Non, rien.

Avait-elle rêvé en voyant un homme se cacher derrière l'arbre ? Quelqu'un l'avait-il vraiment suivie, ou bien avait-elle eu cette impression seulement parce qu'elle pensait que Jonah l'escortait ?

Elle s'efforça de sourire.

— Oubliez, ce n'est rien.

Le regard inquiet de Jonah lui rappela qu'à peine quelques heures plus tôt, elle se trouvait dans ses bras, bien serrée contre sa chaleur et sa force masculine. Alors qu'il avait la main posée sur ses côtes et que son souffle tiède lui effleurait la nuque, comment aurait-elle pu ne pas songer à une nuit d'amour avec lui ? Et ce matin, comment faire pour empêcher ces images de revenir la hanter ?

Tandis qu'elle enfilait un tablier propre, elle sentit qu'il observait le moindre de ses mouvements, mais elle prit soin de ne pas croiser son regard.

Susan, une de ses collègues, était en train d'enrouler les couverts dans des serviettes en papier.

— Salut, Annie ! lança-t-elle en rejetant sa longue natte blonde par-dessus son épaule. Bien contente de te voir ! C'est la foire ici.

— Bonjour, Susan, répondit Annie, heureuse de la distraction.

Son soulagement fut cependant de courte durée : à cet instant, les deux hommes grossiers avec lesquels Jonah discutait le soir où elle avait été agressée poussèrent la porte du restaurant. Lorsqu'ils se furent installés à leur table habituelle, le plus gros des deux claqua des doigts pour qu'elle vienne les servir. Comme il l'aurait fait avec un chien pour l'appeler à ses pieds.

Tout en resservant du café à Jonah, Susan jeta un coup d'œil vers les nouveaux arrivants.

— Tu veux que je prenne leur commande à ta place, ma chérie ? proposa-t-elle à Annie.

Jonah regarda par-dessus son épaule pour voir de qui Susan parlait, et Annie le vit se raidir imperceptiblement. Que faisait-il avec ces deux hommes le soir où elle avait été agressée ? se demanda-t-elle. Etaient-ils impliqués dans l'affaire de paris illégaux et de blanchiment d'argent sur laquelle Jonah enquêtait ?

Les mains tremblantes, elle noua son tablier derrière son dos et glissa un bloc-notes dans sa poche.

— Non merci, c'est gentil, répondit-elle à Susan. Je vais pointer, et je m'occupe d'eux.

— Devereaux ! appela le plus petit des deux hommes.

Jonah jeta à Annie un regard étrange qu'elle ne parvint pas à interpréter, avant de prendre son café pour aller s'asseoir à leur table. Mal à l'aise, Annie se hâta vers la cuisine.

— Vous êtes en retard ! lui cria Hardin depuis son poste, à côté du cuisinier.

Sans répondre, Annie marcha prudemment sur le sol glissant et vérifia l'heure en insérant sa carte dans la machine. Elle avait dix minutes d'avance.

*Il fait tout pour te déstabiliser,* se dit-elle. Comme si elle en avait besoin ce matin.

Quelqu'un l'avait suivie jusqu'au restaurant depuis chez elle, elle en était certaine. Si ce n'était pas Jonah, qui était-ce ?

Et qu'était-elle censée comprendre du regard bizarre que Jonah venait de lui envoyer ? Essayait-il de lui dire quelque chose ? Servir ces imbéciles était déjà assez perturbant, elle n'avait pas besoin que Jonah lui envoie en plus des messages muets !

Prenant une grande inspiration pour se donner du courage, elle s'empara de la cafetière et se dirigea vers la table des deux rustres.

Jonah tenta d'oublier pour un temps ses inquiétudes au sujet d'Annie tandis qu'il s'installait à côté de Pulliam.

— Bonjour.

En face de lui, Farrout haussa les sourcils.

— Tu as quelque chose pour moi ?

En voilà un qui ne perdait pas de temps en bavardages, songea Jonah. Il attrapa dans la poche arrière de son jean une enveloppe pliée en deux, qu'il posa sur la table en Formica. Farrout en vérifia le contenu — un chèque d'un montant de huit mille dollars — et fronça les sourcils.

— Comme je te l'ai dit, j'apporterai le reste à la fin du mois, quand j'aurai été payé, expliqua Jonah.

— Avec les intérêts, précisa Farrout.

Jonah sentit la colère monter en lui, mais il s'efforça de garder son calme.

— Tu n'as jamais parlé d'intérêts, l'autre soir, protesta-t-il. On s'était mis d'accord...

— Tu marches, oui ou non ? l’interrompit Farrout.

Jonah ravala sa frustration. Il était obligé d’accepter les règles de cette canaille s’il voulait obtenir des informations de première main sur le fonctionnement du réseau. Les mâchoires serrées, il acquiesça.

— Combien d’intérêts ? demanda-t-il.

Farrout échangea un regard avec son partenaire.

— Vingt-cinq pour cent, répondit Pulliam en se tournant pour s’adosser au mur.

Jonah s’apprêtait à contester lorsqu’un parfum de fleurs et de café frais l’avertit de l’arrivée d’Annie. Tandis qu’elle servait Farrout et Pulliam, il inhala profondément l’odeur fleurie de son shampoing et se revit en train de la serrer dans ses bras, la veille. Il chassa bien vite ces images de son esprit.

En aucun cas Farrout et Pulliam ne devaient être au courant d’une quelconque relation entre lui et Annie en dehors du restaurant. Il espérait, à ce point de vue, qu’elle avait compris son message silencieux lorsqu’il avait rejoint les deux escrocs à leur table.

En osant un regard vers elle, il vit qu’elle se concentrait sur son calepin tandis qu’elle prenait la commande des malfrats. Avant de repartir, elle leva ses yeux de biche vers lui.

— Autre chose pour vous ?

Jonah secoua la tête, conscient que cette question ne concernait pas seulement une éventuelle commande. Il résista avec difficulté à l’envie de caresser le visage préoccupé de la jeune femme, et détourna le regard avant que son propre visage ne le trahisse.

— Voilà comment ça marche, reprit Farrout une fois qu’Annie fut partie. Ton argent va dans la cagnotte avec celui des autres. Si ton équipe gagne, tu partages la cagnotte avec tous ceux qui ont misé de l’argent sur la même équipe. Une fois qu’on aura prélevé notre part, bien sûr.

— Votre part ? répéta Jonah, les sourcils froncés.

— Il faut bien payer nos services, fit remarquer Pulliam avec un grand sourire.

Jonah n'en croyait pas ses oreilles. Comment Michael avait-il pu s'embarquer dans un pari qui sentait l'escroquerie à ce point ? Mais à l'époque, celui-ci manquait totalement de discernement. Pour lui, parier était devenu une drogue. Quelque chose de compulsif. Une vraie maladie. Les enjeux élevés devaient être aussi tentants pour lui qu'une bière bien fraîche pour un alcoolique.

— Quel est le montant de la cagnotte ? demanda Jonah. Combien de personnes participent ?

— Ces informations sont tenues secrètes, répondit Farrout.

Comme Jonah faisait la moue, Pulliam ricana :

— Quoi ? Tu peux nous faire confiance.

Leur faire confiance pour qu'ils l'escroquent comme ils avaient escroqué Michael, certainement...

Alors qu'Annie posait l'assiette de Farrout devant lui, celui-ci lui saisit le poignet.

— Je n'ai pas commandé de toasts, grogna-t-il. Je voulais seulement une omelette. Alors n'essaie pas de me faire payer des toasts que je n'ai pas demandés, compris ?

Jonah sentit son sang bouillir dans ses veines. Il s'apprêtait à bondir sur Farrout quand quelque chose dans l'attitude d'Annie le retint. Les lèvres pincées, rouge de colère, elle regarda la main de Farrout sur son poignet, puis s'approcha de lui.

— L'omelette est servie avec des toasts, dit-elle d'un ton glacial. Il n'y a pas de supplément, *monsieur.*

Sur ces mots, elle tourna brusquement son poing vers le pouce de Farrout, qui la relâcha avec une grimace de douleur.

En voyant l'expression étonnée du malfrat, Jonah dut se mordre la joue pour ne pas rire. Ce n'était pas le moment de se moquer de lui.

— Elle peut dire au revoir à son pourboire, grogna Farrout en regardant Annie repartir vers la cuisine.

Jonah s'efforça de contenir son dégoût et se concentra sur son objectif. Si son plan fonctionnait, Farrout ne pourrait bientôt plus malmener les serveuses, et ce, pour un bon moment.

Il n'en restait pas moins qu'il aurait bien voulu serrer Annie dans ses bras pour la féliciter de s'être défendue, et d'avoir mis en pratique avec autant de succès une technique qu'elle avait seulement apprise la veille. Secrètement, il espérait que cette démonstration la convaincrait de continuer à prendre des leçons.

Mais était-ce vraiment pour elle qu'il voulait lui enseigner ces techniques en tête à tête, ou bien pour lui ? Il ne pouvait nier l'attirance qu'il ressentait pour cette femme. Il avait envie de passer plus de temps avec elle, de mieux la connaître, d'explorer les mystères qui l'entouraient. Mais il n'était pas aveugle, et il avait bien vu que l'intimité de ces leçons privées la troublait.

Lorsque Farrout et Pulliam eurent quitté le restaurant, il s'approcha du comptoir pour payer son petit déjeuner. Le face-à-face avec les deux malfrats lui donnait l'impression d'être contaminé, sali par association. Son instinct lui soufflait qu'ils étaient responsables de l'escroquerie dont Michael avait été victime, de la descente aux enfers qui avait fini par le tuer. Jonah avait hâte de terminer son enquête pour se débarrasser de cette saleté invisible qui lui collait à la peau depuis qu'il fréquentait Farrout et Pulliam.

Susan se hâta vers la caisse, un grand sourire aux lèvres.

— En route pour l'usine, beau gosse ?

*« Vous avez menti. »* Jonah ressentit une pointe de remords en se rappelant la réaction d'Annie lorsqu'il lui avait annoncé que ce job n'était qu'une couverture.

— J'en ai bien peur, répondit-il en tendant un billet à la serveuse.

D'habitude, il prenait plaisir à flirter avec la belle blonde. Mais aujourd'hui, il était trop préoccupé par la progression de son enquête et par les risques d'éveiller la suspicion des bandits.

— Je crois qu'il y a du rôti braisé au menu de ce soir, dit Susan en lui rendant la monnaie. Ça vous tente de revenir pour le dîner ?

— Susan, vous savez bien que ce n'est pas le menu qui me fait revenir tous les soirs, répondit-il en lui lançant un clin d'œil, puis il parcourut du regard la salle du restaurant.

Il avait besoin de parler en privé à Annie avant de partir, et pas seulement de ses leçons d'autodéfense. Quelque chose l'avait inquiétée le matin. Lorsqu'elle l'avait vu en entrant dans le restaurant, ses joues roses étaient soudain devenues livides.

Jonah essaya de gagner du temps en rangeant lentement sa monnaie, puis en déballant un bonbon à la menthe qu'il avait pris dans la petite panière à côté de la caisse. Enfin, Annie surgit de la cuisine, jetant un regard inquiet vers la table où Farrout, Pulliam et lui avaient mangé un peu plus tôt. Elle parut soulagée de voir que les deux truands étaient partis.

Jonah la rejoignit derrière le comptoir pour pouvoir lui parler sans hausser la voix.

— Annie, vous avez une minute ?

Elle sursauta et se tourna vers lui, les sourcils froncés.

— Vous n'avez pas le droit de passer derrière le comptoir.

— Dans ce cas, suivez-moi dehors, et nous pourrons parler.

— J'ai des clients, fit-elle remarquer.

— Ils attendront. Ça ne prendra qu'une minute.

Il la prit par le coude et l'entraîna vers la porte. Annie le suivit jusque sur le trottoir avec un soupir d'exaspération.

Sous le soleil de mars qui réchauffait l'atmosphère, une petite brise de printemps souleva les cheveux de la jeune femme. Annie les ramena bien vite sur sa joue.

Brûlant de toucher lui-même ces cheveux brillants, Jonah enfonça ses mains dans ses poches.

— Vous avez de très beaux yeux, Annie.

Elle le dévisagea, bouche bée, comme si elle n'arrivait pas à croire ce qu'elle venait d'entendre.

— C'est pour cela que vous m'avez amenée ici ? Je vous en prie, Jonah, épargnez-moi votre condescendance.

— Ma condescendance ? s'offusqua Jonah. Je n'avais pas l'intention de vous insulter.

— Peu importe. De quoi vouliez-vous me parler ? Je dois retourner travailler.

— Pourquoi étiez-vous surprise de me trouver là quand vous êtes arrivée ce matin ? Que s'est-il passé ?

Annie croisa les bras sur sa poitrine et haussa les épaules.

— Rien, répondit-elle.

— Je veux la vérité.

Elle poussa un soupir résigné en détournant les yeux.

— Je pensais que vous me suiviez, expliqua-t-elle. En quittant mon appartement ce matin, j'ai cru voir...

Il attendit qu'elle finisse sa phrase, mais elle se contenta de secouer la tête.

— C'était probablement mon imagination, reprit-elle. Vous m'avez rendue tellement parano avec vos histoires d'hommes de main qui seraient à ma recherche que je me mets à avoir peur de mon ombre.

Jonah sentit le malaise le gagner. Son instinct lui disait que ce qu'Annie avait ressenti, ce qu'elle avait vu n'était pas le fruit de son imagination.

— Je crois que je devrais vous raccompagner chez vous en voiture, ce soir, dit-il d'un ton grave. Et vous amener aussi le matin...

— Non.

Jonah la prit par le bras, déterminé à lui faire entendre raison.

— Annie, tant que je ne suis pas certain que vous êtes en sécurité...

— J'ai dit non, répéta-t-elle en se dégageant brusquement. Vous n'êtes pas responsable de moi, Jonah. J'ai besoin de me débrouiller seule.

— Alors revenez ce soir pour une autre leçon d'autodéfense.

— Je ne crois pas. Je...

— Annie, réfléchissez. Vous n'avez eu qu'une leçon, et vous l'avez déjà mise en pratique.

Un sourire se dessina sur les lèvres de la jeune femme.

— Je me suis étonnée moi-même, admit-elle.

— Pourquoi donc ? Vous êtes une femme forte et capable. Vous pouvez faire tout ce que vous voulez si vous le décidez.

Annie leva les yeux au ciel.

— On croirait entendre Ginny. C'est ma conseillère au centre d'accueil pour femmes.

Cette précision en disait long à Jonah. Le centre d'accueil pour femmes de Lagniappe venait en aide aux femmes qui avaient été violées, battues ou traumatisées d'une quelconque façon. Cette Ginny avait certainement aidé Annie à se libérer de sa situation violente. Jonah était heureux que la jeune femme lui fasse assez confiance pour lui livrer cette information. *On progresse*, songea-t-il.

— Je crois que j'aime déjà cette Ginny, dit-il avec un grand sourire.

— Ecoutez, j'ai prévu d'acheter une bombe lacrymogène ce soir en rentrant chez moi. Ne vous inquiétez pas pour moi.

— Et si quelqu'un vous suit réellement ? Le gaz incapacitant est mieux que rien, mais pour vous défendre contre...

— Arrêtez ! l'interrompit-elle en frissonnant. Jonah, je vous remercie pour ce que vous m'avez appris hier, mais je... je ne peux pas...

— Est-ce à cause de moi ? demanda-t-il en voyant qu'elle ne terminait pas sa phrase. Est-ce le fait de travailler seule avec moi qui vous dérange ?

Le regard gêné qu'elle lui lança suffit à lui répondre. Il s'en était douté.

— Il y a une autre solution, dit-il. La police locale offre des cours d'autodéfense pour femmes au centre sportif de Wood Street. Ils ont lieu quatre jours par semaine à 17 heures. Le professeur est une femme policier. Il n'y a que des femmes et des jeunes filles qui participent au cours.

Annie se mordit la lèvre, les sourcils froncés, comme si elle réfléchissait à sa proposition.

— Les cours sont efficaces, et ils sont gratuits. Il n'y a aucune obligation.

— Et comment êtes-vous au courant ? demanda-t-elle, méfiante.

Jonah hésita. S'il lui disait la vérité — qu'il jouait le rôle de l'agresseur pendant ces cours —, risquait-il de la dissuader de venir ? Lors des leçons, il portait un équipement de protection matelassé et un casque qui lui couvrait tout le visage pour que les femmes puissent s'exercer sur lui sans le blesser.

— La prof est une amie à moi, répondit-il. C'est elle qui m'a parlé de ça.

Avant qu'Annie ait eu le temps de répondre, Susan passa la tête par la porte du restaurant.

— On a besoin de toi, Annie. Les commandes s'accumulent.

— Je dois y aller, murmura Annie en passant devant Jonah pour rentrer dans le restaurant.

Il la rattrapa par le bras et la sentit trembler.

— S'il vous plaît, pensez à ma proposition. Même s'il n'arrive rien, vous avez quand même besoin d'apprendre à vous défendre.

— J'y réfléchirai, répondit-elle.

Réfléchir était un début, mais c'était loin d'être suffisant, songea Jonah. Il fallait qu'il la convainque de se rendre à ces cours. C'était peut-être pour elle une question de vie ou de mort.

# 8

Annie pensa à Jonah tout au long de la journée. Elle ne pouvait nier que ce qu'il lui avait montré la veille en matière d'autodéfense s'était révélé très utile. Après avoir été malmenée par M. Farrout pendant des semaines, réussir à lui faire lâcher son poignet avait été surprenant, grisant, encourageant.

Elle était tentée d'en apprendre plus avec Jonah. Mais elle était aussi tentée par Jonah lui-même, et c'était bien là le problème. Il lui était déjà assez pénible de se rappeler comment leurs corps à corps lui avaient fait tourner la tête. Elle serait folle d'accepter de recommencer. De se retrouver de nouveau dans ses bras, seule avec lui. Même pour apprendre à se protéger, elle ne pouvait pas se torturer avec quelque chose d'aussi…

Annie s'essuya les mains sur son tablier et se mordit la lèvre. Quel était le mot juste ?

*Défendu ?* Elle n'avait effectivement aucun intérêt à songer à une relation physique qui n'avait pas lieu d'être. Il n'y avait pas de place dans sa vie pour un autre homme, et elle n'était pas du genre à accepter les aventures sans lendemain.

*Troublant ?* La force physique de Jonah, la puissance qu'il avait montrée pendant son entraînement de boxe, contrastaient avec la compassion et la douceur dont il faisait preuve avec elle. Qui était le vrai Jonah ?

*Intimidant ?* Si Annie avait peur que cette violence se retourne contre elle, elle était surtout déstabilisée par la capacité étonnante de Jonah à lire en elle, à deviner ses réactions.

*« Je voulais que vous sachiez que je comprends ce que vous avez enduré. »*

Même Ginny n'avait pas eu la prétention de comprendre les émotions tumultueuses qu'Annie avait ressenties pendant son mariage, la terreur, le doute, le sentiment d'être responsable de ce qu'il lui arrivait. Mais Ginny avait eu une enfance heureuse et était mariée à un homme extraordinaire.

Jonah prétendait avoir subi les violences de son père. Etait-il possible qu'il la comprenne vraiment ?

— Hou-ou, il y a quelqu'un ? demanda Susan en agitant la main devant les yeux d'Annie. La table six veut payer.

— Merci, Susan.

Annie tenta de ne plus penser à Jonah tandis qu'elle apportait l'addition à l'homme d'affaires installé à la table six.

— Désolée pour l'attente, lui dit-elle avec un sourire d'excuse. Vous désirez autre chose ?

Il laissa errer son regard sur le corps d'Annie, avant de s'arrêter sur sa poitrine.

— Ce sera tout pour aujourd'hui, ma jolie, répondit-il d'une voix suave.

Annie retourna derrière le comptoir en grimaçant.

— Pourquoi les gros vicieux s'assoient toujours à mes tables ? se plaignit-elle.

— Oh, tu n'as pas le monopole des sales types, lui assura Susan. Pas plus tard qu'hier, un gars qui était là avec sa femme m'a mis la main aux fesses.

Elle leva les yeux au ciel avant de repartir en salle pour servir des clients.

Pendant le reste de l'après-midi, Annie s'efforça de se concentrer sur son travail. Mais au moment de quitter le restaurant, l'information que lui avait donnée Jonah lui revint à l'esprit.

Prise d'une impulsion soudaine, elle dépassa l'arrêt de bus

et se dirigea vers le centre d'accueil pour femmes de Lagniappe. L'équipe du centre, et plus particulièrement Ginny Sinclair, l'avait beaucoup aidée à quitter Walt seize mois plus tôt. Ginny et son mari, Riley, avaient risqué leur vie pour sauver Annie et ses enfants, et ils étaient devenus amis. Lorsque Annie avait besoin de conseils et d'encouragements, comme aujourd'hui, Ginny était toujours là pour l'accueillir.

Annie sourit à la réceptionniste tandis qu'elle frappait à la porte du bureau de sa conseillère et amie. En entendant celle-ci lui dire d'entrer, elle poussa doucement la porte et passa la tête par l'entrebâillement.

Ginny était au téléphone, mais elle lui fit signe de s'asseoir, un grand sourire aux lèvres.

— Je dois raccrocher, mon amour. Annie vient juste d'arriver. D'accord. Moi aussi je t'aime, dit-elle avant de reposer le combiné sur sa base avec un soupir bienheureux. Riley te passe le bonjour, Annie.

Celle-ci ne put s'empêcher de sourire, tant le bonheur de Ginny était palpable. Elle n'en ressentait pas moins une certaine envie en voyant les jeunes mariés aussi comblés. Connaîtrait-elle un jour un tel bonheur avec un homme ?

— Je sais que je n'ai pas pris rendez-vous, commença-t-elle, mais j'espérais que tu aurais quelques minutes. Il est arrivé quelque chose.

— Qu'est-ce qui ne va pas ? demanda Ginny, les sourcils froncés.

Annie lui raconta l'agression dont elle avait été victime dans la ruelle et lui fit part des soupçons de Jonah concernant le restaurant Chez Pop, qui servait selon lui à blanchir l'argent de paris illégaux.

— Jonah pense que je suis peut-être en danger. Il veut que je prenne des cours d'autodéfense, et il...

— Holà ! l'interrompit Ginny. Attends une seconde. Qui est Jonah ?

Annie regarda ses mains qui tremblaient sur ses genoux.

— C'est un client du restaurant. Un habitué. Il m'a suivie le soir où j'étais censée remettre cette enveloppe, et il m'a défendue contre mon agresseur. Il m'a probablement sauvé la vie.

Elle ferma les yeux, revoyant en esprit le visage rude de Jonah, ses yeux verts chaleureux. Son estomac fit une drôle de pirouette mais, bizarrement, la sensation n'était pas désagréable.

Annie s'obligea, non sans mal, à garder la tête froide. Ce n'était pas le moment de se laisser aller à ce genre de rêveries, alors que son emploi, sa vie et la sécurité de ses enfants étaient peut-être en péril.

— Jonah a décidé d'être mon garde du corps, reprit-elle. Il s'est mis en tête de m'apprendre à me défendre et veut que je prenne des cours. Il a aussi proposé de m'accompagner en voiture au travail, et de me ramener chez moi ensuite.

— Il a l'air bien, cet homme-là, fit remarquer Ginny. Alors pourquoi ai-je l'impression que tout cela ne te plaît pas ?

— Je ne lui ai pas demandé son aide. Bien sûr, j'apprécie qu'il m'ait défendue l'autre soir, mais je... je ne veux pas...

— Allez, dis-moi ce qui te chagrine vraiment, dit Ginny en se penchant en avant. Exprime ce que tu ressens.

Annie poussa un soupir.

— Je n'ai pas envie d'avoir besoin de lui. Je n'ai pas envie de dépendre de lui et d'être encore prise au piège d'une relation néfaste.

Ginny attrapa un stylo pour griffonner distraitement pendant qu'elle réfléchissait, une petite manie à laquelle Annie s'était habituée au cours des deux dernières années.

— Tu penses donc que vos relations vont évoluer dans cette direction ? lui demanda Ginny. Vers quelque chose de plus intime ?

— Je... Non. Je ne voulais pas dire que... Je ne sais pas. Je ne recherche pas d'histoire d'amour pour l'instant, sincèrement. Mais pour être honnête, je trouve que je pense beaucoup trop à lui. Et d'un certain côté, je me sens plus en sécurité quand il est avec moi. Mais c'est ça le problème, s'empressa-t-elle d'ajouter. Je n'ai pas envie d'en arriver au point où j'aurai besoin de lui pour me sentir protégée, ou pour quoi que ce soit d'autre.

Ginny se frotta le menton, pesant prudemment ses mots.

— Il y a une différence entre se sentir en sécurité et autonome, et rester seule parce qu'on a peur. Ne t'isole pas trop vite des autres, Annie. On a tous besoin de quelqu'un à un moment donné.

Le regard de Ginny dériva vers la photo de mariage qu'elle gardait sur son bureau, et son visage s'éclaira d'un sourire.

— Lorsqu'elle se passe bien, une relation amoureuse te rend meilleure et plus forte, assura-t-elle. Le bon partenaire te complète, il ne t'éclipse pas. C'est une question de savoir donner et prendre, de savoir soutenir l'autre et s'appuyer sur lui. Un couple équilibré, c'est une équipe dans laquelle les deux associés donnent le meilleur d'eux-mêmes.

Annie garda les yeux rivés sur le plancher du bureau de Ginny. Son mariage avec Walt avait-il ressemblé un jour à un partenariat dans lequel ils se complétaient l'un l'autre ? Dès le début, son mari avait pris toutes les décisions sur leur avenir, leur mode de vie, leurs finances. Annie n'avait pas eu d'autre choix que de le suivre — volontairement, ou par la force.

— Je viens à peine de retrouver ma liberté, mon indépendance, expliqua-t-elle. Entamer une nouvelle relation maintenant me semble...

Elle ne trouvait pas le mot juste.

— Personne ne t'oblige à te lancer dans une nouvelle relation, surtout pas moi, lui assura Ginny. Mais n'aie pas peur non plus de construire quelque chose de spécial avec un homme simplement parce que tu crains de te perdre de nouveau. L'homme qu'il te faut t'aidera à découvrir tes meilleurs atouts, il te soutiendra et te laissera briller. Et tu feras pareil pour lui. Ensemble, on est plus forts. Une équipe.

Annie acquiesça, rangeant le conseil dans un coin de sa tête.

— Et pour le reste ? demanda-t-elle. L'agression, le blanchiment d'argent, les cours d'autodéfense... Que suis-je censée faire ?

— Va à ces cours, répondit Ginny. Ça te servira toujours. Et pour cette histoire de blanchiment d'argent... Je peux appeler Libby Walters, du bureau du procureur, si tu veux qu'une enquête soit ouverte.

— Non. Jonah n'a pas envie que la police soit au courant, pour l'instant. Il a peur que l'un des parieurs ait vent de son enquête et que tout son travail n'ait servi à rien.

— Mais s'il se passe quelque chose d'illégal et de dangereux...

— Jonah est un ancien flic, je crois qu'il sait ce qu'il fait, l'interrompit Annie, se surprenant elle-même à prendre la défense de Jonah.

— Tu es sûre ? Si jamais tu changes d'avis, tu peux m'appeler et je demanderai à Libby de...

— Oui, je suis sûre.

— Et l'agression. Comment tu gères cela ? Tu fais des cauchemars, tu as du mal à dormir ?

— J'ai eu... quelques flash-back sur les accès de violence de Walt, avoua Annie en triturant l'ourlet de sa jupe. Surtout lorsque j'ai vu Jonah se servir de ses poings avec autant d'efficacité.

Elle s'interrompit, levant les yeux vers Ginny.

— Je t'ai dit que Jonah fait de la boxe ? Pour lui, se battre est un sport, un passe-temps.

— T'a-t-il donné des raisons de penser que cette violence pourrait se retourner contre toi ? demanda Ginny, les sourcils froncés.

— Pas encore. Comme je te l'ai dit, il m'a encouragée à prendre des cours d'autodéfense.

Ginny sembla se détendre, et se remit à griffonner sur son bloc-notes.

— Pour résumer, reste sur tes gardes avec lui, conclut-elle. Mais laisse-lui aussi la chance de prouver sa valeur. Est-ce qu'il s'est passé autre chose ?

— Eh bien, j'ai l'impression que quelqu'un me suit entre le restaurant et chez moi. Mais c'est peut-être seulement mon imagination.

— Même chose : sois très prudente. Et accepte la proposition de Jonah de t'accompagner en voiture. Mieux vaut prévenir que guérir, tu ne crois pas ?

Elles furent interrompues par un coup frappé à la porte. La réceptionniste passa la tête par l'entrebâillement.

— Sally Hendridge est arrivée, annonça-t-elle à Ginny.

— Merci, Helen.

Ginny se leva de son fauteuil et contourna son bureau. Annie se leva à son tour, comprenant que l'entrevue était terminée. Sa conseillère et amie la serra dans ses bras.

— Prends soin de toi, Annie, lui dit-elle. Et embrasse bien tes petits amours de la part de leur tante Ginny.

— Je n'y manquerai pas, répondit-elle en ramassant son sac à main.

Comme le matin, la sensation d'être observée la poursuivit jusque chez elle. Elle se retourna à plusieurs reprises, mais ne repéra personne de menaçant. Il y avait fort à parier que si quelqu'un la suivait, il ferait en sorte de ne pas se faire voir.

Annie avait décidé de ne plus penser à cette sensation désagréable le lendemain matin, lorsqu'elle sortit de chez elle à l'aube pour aller ouvrir le restaurant. Elle ne s'attendait pas à trouver la lumière extérieure éteinte, la porte ouverte, et le corps de Hardin baignant dans une mare de sang...

Quand Jonah arriva Chez Pop pour prendre le petit déjeuner, une dizaine de policiers s'affairaient autour de l'entrée, et un ruban de sécurité empêchait les journalistes et les curieux de s'approcher. Jonah sentit son cœur se soulever lorsque le médecin légiste apparut, poussant un brancard sur lequel se trouvait un corps enfermé dans un sac mortuaire.

Une vague de panique se souleva en lui. Le cœur battant la chamade, il tenta de se remémorer l'emploi du temps des différentes serveuses, qu'il avait réussi à obtenir de Susan.

*Vendredi.* Annie était censée ouvrir le restaurant.

*Seigneur...*

Des gouttes de sueur glacée se mirent à couler sur ses tempes tandis qu'il cherchait le visage de la jeune femme parmi la foule qui se massait derrière le cordon de sécurité.

En repérant Lydia, une autre serveuse du restaurant, il se fraya un chemin à travers la horde de cameramans pour la rejoindre.

— Que s'est-il passé ? Où est Annie ? lui demanda-t-il en l'attrapant par le bras.

La serveuse aux cheveux blancs lui jeta un regard mauvais, avant de le reconnaître.

— Oh, M. Devereaux, c'est vous. Je croyais que c'était encore un de ces vautours de journalistes qui tentent d'exploiter cette tragédie pour faire de l'audience.

— Quelle tragédie, mademoiselle Lydia ? demanda Jonah en s'efforçant de contenir la peur qui montait en lui. Que s'est-il passé ?

— C'est Hardin. La pauvre Annie l'a retrouvé mort dans son bureau lorsqu'elle est arrivée ce matin.

Jonah laissa échapper le souffle qu'il avait inconsciemment retenu, soulagé d'apprendre que le sac mortuaire n'était pas pour Annie. Mais l'inquiétude le rongea de nouveau à l'idée du traumatisme que la jeune femme venait de vivre.

— Comme ça a dû être horrible pour elle ! murmura Lydia. D'après ce qu'on dit, il a été tué par balle.

— Où est-elle maintenant ? Est-ce qu'elle va bien ?

— Elle est très choquée, mais elle n'a rien, répondit Lydia. Pauvre chérie... La dernière fois que je l'ai vue, un des policiers la faisait monter à l'arrière d'une voiture de police pour la mettre à l'abri des journalistes et prendre sa déposition. Ils sont partis par là, précisa-t-elle en montrant un côté de la rue.

Jonah pressa la main de Lydia.

— Merci.

Il partit en courant dans la direction que la serveuse lui avait indiquée, cherchant Annie dans chaque voiture de police stationnée. Lorsqu'il la vit enfin, le visage caché derrière un rideau de cheveux sombres, la tête rentrée dans ses épaules frêles, en train de se balancer d'avant en arrière, Jonah sentit son cœur se serrer. L'attitude d'Annie exprimait une détresse et une terreur infinies.

Un besoin irrépressible de la rassurer et de la protéger s'empara de lui. Il contourna le groupe de policiers qui discutaient sur le trottoir et frappa à la fenêtre de la voiture.

— Annie !

Elle releva la tête, les yeux écarquillés. Son visage était livide.

Il fallut quelques secondes aux policiers pour réagir et saisir Jonah par les bras.

— Reculez, monsieur, lui ordonna l'un d'entre eux en le tirant en arrière.

Annie chercha frénétiquement la poignée de la portière, puis se mit à frapper celle-ci avec ses poings en comprenant qu'elle était prisonnière.

— C'est ma petite amie, mentit Jonah. Je veux juste lui parler. Vous ne voyez pas qu'elle est bouleversée ?

— C'est un témoin de fait, répliqua le policier. Tant que l'enquêteur ne l'aura pas interrogée...

— Je connais la musique ! l'interrompit Jonah. J'ai fait ce boulot pendant neuf ans à Little Rock. Je veux juste la serrer dans mes bras, la calmer.

Il se dégagea brusquement de la poigne du policier et en poussa un autre qui se trouvait sur son chemin.

— Monsieur, vous ne pouvez pas...

— Ecoute, mon gars, si tu veux, tu restes à côté de nous pour écouter notre conversation. On ne parlera pas de ce qui s'est passé. Mais tu ne m'empêcheras pas de la sortir de cette voiture. Alors écarte-toi de ma route.

Il contourna le policier et ouvrit la portière de la voiture. Annie se précipita aussitôt dans ses bras.

— Jonah ! s'écria-t-elle, le corps secoué de tremblements. Ils ont tué Hardin ! Ils lui ont tiré dessus ! Oh, mon Dieu, Jonah...

En la serrant fort contre son torse, il s'aperçut qu'il tremblait autant qu'elle. Le simple fait de la tenir contre lui, de savoir qu'elle était en vie, libéra la tension qui lui nouait la gorge.

— Oh, Jonah, c'était horrible. Il y avait du sang partout, et ses yeux...

— Chut, ne dis rien pour l'instant, lui murmura-t-il, en la tutoyant pour le compte du policier qui les surveillait. Nous ne pouvons pas parler de cela tant que tu n'auras pas répondu aux questions de la police. D'accord ?

Elle leva vers lui des yeux effrayés, puis acquiesça.

— Est-ce que c'est ma faute ? demanda-t-elle en enfonçant ses ongles dans les bras de Jonah.

— Bien sûr que non !

— Mais j'ai...

— Non ! Tu ne peux pas penser ça.

— Nous savons tous les deux pourquoi c'est arrivé.

Jonah jeta un coup d'œil vers le policier qui se tenait à un mètre d'eux. Il fallait qu'il empêche Annie d'en dire trop, de s'accuser elle-même ou de le trahir, lui.

Dans ses bras, elle frissonnait, au bord de l'hystérie.

— Et... et c'est m-moi qui ai perdu...

Il l'embrassa. Juste un simple baiser sur la bouche, pour la faire taire. Un simple baiser qui lui apprit que ses lèvres étaient aussi souples et douces qu'elles en avaient l'air. Un baiser qui suffit à lui embraser les reins et à décupler son instinct de protection.

Elle cligna des yeux, bouche bée, puis leva une main tremblante vers sa bouche.

Jonah fut soudain pris de remords. Il n'avait peut-être pas choisi le meilleur moment pour compliquer ainsi leurs relations, alors qu'Annie était déjà très vulnérable, et en état de choc après le meurtre de Hardin. Mais au moins, ce baiser l'avait empêchée de se compromettre devant l'agent qui surveillait leur conversation.

Jonah se tourna vers ce dernier.

— Quand aurez-vous fini avec elle ? lui demanda-t-il. Je veux la ramener à la maison.

— Nous avons juste quelques questions à lui poser. Elle était en état de choc, et nous lui laissions un peu de temps pour se calmer.

Jonah repoussa doucement les cheveux qui cachaient le visage d'Annie, puis lui massa les épaules.

— Tu te sens prête à répondre à quelques questions ?

Annie leva des yeux écarquillés vers le policier.

— Est-ce que... est-ce qu'il peut rester avec moi ?

— Non, désolé. Mais il peut attendre ici, sur le trottoir. Ça ne prendra qu'une minute.

Jonah prit la main glacée d'Annie dans la sienne et la serra.

— Je t'attendrai, ne t'inquiète pas. Tu es forte, Annie. Tu peux le faire.

Il s'adossa à la façade de l'immeuble voisin du restaurant et observa attentivement la jeune femme pendant qu'elle répondait aux questions. Bien que la conversation lui parvînt par bribes, il avait mené tellement d'interrogatoires durant ses neuf années à Little Rock qu'il était capable de remplir les blancs. Croisant les bras sur son torse, il observa les visages parmi la foule de badauds qui s'étaient assemblés devant Chez Pop.

Le meurtrier de Hardin se cachait-il parmi eux ? C'était peu probable. Et Jonah doutait que Hardin ait été tué suite à un vol qui aurait mal tourné.

En revanche, il y avait fort à parier que ce meurtre était lié à l'enveloppe qu'Annie s'était fait dérober, comme elle le pensait elle-même. Mais à l'heure où l'argent pouvait être viré d'un compte à un autre d'un simple clic de souris, pourquoi s'embêter avec de vrais billets livrés par des messagers ? Plus il y réfléchissait, plus Jonah était certain qu'on avait essayé de tendre un piège à Hardin.

Le chef de l'opération avait-il décidé de se débarrasser de son intermédiaire pour garder plus d'argent pour lui ? Hardin était-il devenu gênant ?

Jonah serra les mâchoires. Il fallait qu'il rassemble plus de preuves concrètes s'il voulait clore son enquête avant que d'autres personnes soient tuées. Comme Annie, par exemple.

Une peur glacée lui noua l'estomac. Annie pouvait très bien être la prochaine sur la liste, si le meurtrier considérait qu'elle en savait trop.

Il était temps de changer de tactique. La jeune femme avait

toujours besoin d'apprendre à se défendre, mais il était hors de question de s'en tenir à quelques leçons d'autodéfense pour assurer sa sécurité. Que cela lui plaise ou non, il resterait à ses côtés pour la protéger jusqu'à ce que les responsables de la mort de Michael et du meurtre de Hardin soient mis hors d'état de nuire.

# 9

Tandis qu'elle répondait aux questions de l'enquêteur, Annie se frotta les bras dans l'espoir de chasser les frissons qui la glaçaient jusqu'aux os. Le regard sans vie de Hardin revenait la hanter chaque fois qu'elle fermait les yeux. L'odeur métallique du sang persistait dans ses narines et lui donnait la nausée à chaque inspiration.

— Possédez-vous une arme à feu, mademoiselle Compton ? lui demanda le policier.

Annie resta bouche bée, stupéfiée par les implications d'une telle question. La soupçonnait-on d'avoir tué Hardin ?

Peu importe qui avait appuyé sur la gâchette, son patron était mort. Et elle savait pertinemment qu'il avait été tué à cause d'elle, parce qu'elle avait perdu son argent.

— N-non, bégaya-t-elle. Je... je n'ai jamais eu d'arme à feu.

— Avez-vous accès au pistolet de quelqu'un ?

— Ce n'est pas moi qui l'ai tué ! s'indigna-t-elle. Quand je l'ai trouvé, il était déjà mort.

Le policier resta impassible. Il lui posa deux ou trois autres questions, puis referma son calepin.

— Très bien, ce sera tout. Vous pouvez partir, mademoiselle. Mais ne quittez pas la ville, nous aurons peut-être d'autres questions à vous poser par la suite.

Annie acquiesça, les bras serrés autour d'elle. Elle jeta un coup d'œil vers Jonah qui l'attendait sur le trottoir. Lorsqu'elle l'avait vu derrière la vitre de la voiture de police, elle avait aussitôt ressenti un immense soulagement. Elle avait eu besoin de son réconfort apaisant, de sa force rassurante, et avait su instinctivement qu'il viendrait. C'est son visage qu'elle avait recherché en premier parmi la foule de badauds, passé le choc de la découverte de Hardin.

Et maintenant, tandis qu'il la serrait dans ses bras, Annie laissa les larmes qu'elle avait retenues jusqu'ici couler librement sur ses joues.

Il l'enlaçait fermement sans pour autant l'étouffer. La caresse de ses mains dans son dos chassait peu à peu la terreur qui ne l'avait pas quittée pendant ces dernières heures. Blottie de nouveau contre lui, elle repensa soudain au choc qu'elle avait ressenti lorsqu'il l'avait embrassée. Plus que le baiser lui-même, c'est sa propre réaction physique qui l'avait surprise. Au contact délicat de ses lèvres sur les siennes, une agréable onde de chaleur s'était propagée dans son corps pourtant glacé par la peur qu'elle venait de vivre.

— Quand vous serez prête, je vous ramènerai chez vous, murmura Jonah tout contre son oreille.

En pensant à ses enfants qui l'attendaient chez elle, Annie fut soudain saisie d'effroi. Elle releva brusquement la tête.

— Mes enfants ! Et s'ils s'en prennent à eux ?

Il la serra plus fort contre lui, puis lui souleva le menton.

— Cela n'arrivera pas, lui assura-t-il.

— Vous n'en savez rien. Ils sont peut-être chez moi, en ce moment même !

Elle jeta un regard vers les policiers rassemblés un peu plus loin, avant d'ajouter à voix basse :

— C'est moi qui ai perdu cet argent. Je peux très bien être la prochaine sur leur liste.

— Je ne dis pas que vous n'êtes pas en danger. Mais je vous promets, s'ils veulent vous faire du mal à vous ou à vos enfants, ils devront d'abord me passer sur le corps.

La fermeté de sa voix, la chaleur de ses yeux verts ébranlèrent encore un peu plus les barrières qu'elle avait érigées autour de son cœur, songea Annie.

Jonah s'était imposé dans sa vie en décidant de jouer le rôle de son garde du corps. Elle en savait si peu sur lui... et ce qu'elle savait ne manquait pas de la troubler. Elle aurait dû fuir loin de lui. Elle en avait assez des hommes autoritaires et dominateurs.

Pourtant, l'intérêt que Jonah leur portait, à elle et à sa famille, semblait sincère. C'était nouveau pour elle. Walt s'était toujours montré totalement égoïste, il n'avait eu que faire de ce qu'il faisait subir à sa femme et à ses enfants.

De plus, Jonah l'avait encouragée à prendre confiance en elle pour gagner en autonomie, tandis que Walt avait toujours cherché à lui faire peur et à l'intimider.

— Mon pick-up est garé là-bas, dit Jonah en montrant le parking d'un signe de tête.

Elle le suivit jusqu'à son véhicule et monta à ses côtés. Tandis qu'ils roulaient en silence, les images de mort ne cessèrent de l'assaillir, de même que la peur d'avoir de nouveau perdu le contrôle de sa vie.

Lorsque Jonah se fut garé sur une place réservée aux visiteurs, Annie descendit du pick-up, heureuse de pouvoir respirer un peu d'air frais. Une vague de soulagement l'envahit quand elle aperçut Rani et les enfants en train de jouer sur le carré de pelouse qui séparait les immeubles.

Haley fut la première à la voir, et son visage s'éclaira d'un grand sourire.

— Maman ! s'écria-t-elle en courant vers Annie.

Celle-ci s'accroupit pour pouvoir serrer sa fille dans ses bras. Savoir que ses enfants étaient sains et saufs lui faisait presque tourner la tête.

— Comment ça se fait que tu rentres déjà, maman ?

— Je... J'ai pris un jour de congé.

S'accrochant à sa fille, Annie inhala le parfum délicat du shampoing pour bébé qu'elle utilisait encore pour lui laver les cheveux, et une bouffée de tendresse la submergea. Ses enfants étaient tout pour elle.

— Ça veut dire que tu peux jouer avec nous ? dit Haley en se dégageant de son étreinte. On peut jouer aux poupées, maman ?

— Pas tout de suite, Haley, répondit Annie en caressant les cheveux de sa fille. J'ai… besoin de régler une ou deux choses d'abord, mais je te promets de jouer aux Barbie après.

Haley poussa un cri de joie, avant de se tourner vers Jonah, les sourcils froncés.

— T'es qui, toi ? lui demanda-t-elle.

— Haley ! Quand tu rencontres quelqu'un, présente-toi poliment, s'il te plaît, lui fit remarquer sa mère.

— Oui, d'accord.

Annie observa attentivement la réaction de sa fille face à Jonah. C'était la première fois qu'elle présentait un homme à ses enfants depuis qu'elle avait mis fin à l'enfer qu'elle vivait avec Walt.

Jonah s'avança vers Haley, la main tendue.

— Je suis Jonah Devereaux, un ami de ta maman. Ravi de te rencontrer, Haley.

La petite main de Haley disparut complètement dans celle de Jonah, rappelant à Annie à quel point ses enfants étaient vulnérables. Elle s'efforça de contrôler ses émotions en voyant Rani arriver avec Ben dans les bras.

— Est-ce que tout va bien, mademoiselle Compton ? lui demanda la jeune fille, inquiète.

— Oui et non. Le restaurant a dû fermer assez subitement. Du coup, je peux garder Haley et Ben aujourd'hui.

Rani lui résuma rapidement la matinée des enfants tandis qu'elle lui tendait le petit garçon.

— Je t'appellerai quand je saurai ce qui se passera demain, lui dit Annie. Pour l'instant, tout est un peu flou.

Rani embrassa les enfants et repartit en direction de son appartement.

En plus d'avoir peur pour sa sécurité et celle de ses enfants, Annie était maintenant plongée dans l'incertitude quant à son avenir. Garderait-elle son emploi ? Le restaurant fermerait-il définitivement ? Serait-elle obligée de quitter Lagniappe pour fuir la personne qui avait tué M. Hardin ?

Alors qu'elle poussait les enfants vers leur immeuble, pressée de retrouver le calme et la sécurité de leur appartement, Haley s'arrêta pour jouer avec le chat des voisins. Annie s'apprêtait à gronder sa fille lorsque Jonah s'accroupit à côté de Haley pour caresser l'animal avec elle.

— Fais plus doucement, murmura-t-il. Tu vois comme il met ses oreilles en arrière ? Ça veut dire qu'il n'est pas content. Tu ne veux pas lui faire mal, n'est-ce pas ? Les chats aiment qu'on les caresse doucement.

Haley s'appliqua à toucher l'animal plus délicatement.

— Comme ça ? demanda-t-elle à Jonah.

— Oui, c'est super.

Cette leçon de gentillesse envers les animaux dérouta Annie, une fois de plus. Comment un homme qui se battait par plaisir et qui n'hésitait pas à lutter au corps à corps contre un voleur dans une ruelle sombre, pouvait-il en même temps se montrer aussi humain ? Ces contradictions allaient à l'encontre de tout ce que son expérience lui avait enseigné. Elle prenait sans doute des risques en ramenant Jonah chez elle, en exposant ainsi ses enfants.

Elle pria pour ne pas le regretter plus tard. Mais elle avait quelques questions à poser à Jonah, et le restaurant n'était pas un lieu assez sûr pour cela — d'autant qu'elle n'était pas certaine de retourner y travailler un jour.

— Est-ce que tu as un chat ? demanda Haley à Jonah.

Celui-ci eut un petit rire, surpris par cette question.

— Non, répondit-il. Et toi ?

— Non. Maman et moi, on en veut un, mais elle dit que ce n'est pas possible. Elle dit qu'un jour, on en aura peut-être un.

Jonah haussa un sourcil et se tourna vers Annie, un sourire aux lèvres.

— Et ce sera quand, ce jour-là ?

— Haley, rentre avec Ben, ma chérie. Je vous rejoins tout de suite pour vous préparer à manger.

Annie attendit que ses enfants aient monté les escaliers et refermé la porte de l'appartement, puis elle se tourna vers Jonah.

— Je ne sais pas quand ce jour viendra, lui répondit-elle, mais j'ai hâte qu'il arrive. Il ne pouvait pas venir tant que je craignais que mon mari s'en prenne à un animal innocent pour me faire peur ou pour me contrôler. Je ne pouvais pas prendre le risque d'exposer un chat au tempérament instable de Walt et à sa cruauté.

Jonah fronça les sourcils, visiblement partagé entre la colère et la compassion.

— Ce jour, continua-t-elle en s'efforçant de maîtriser les tremblements dans sa voix, ne pouvait pas arriver tant que je me cachais pour échapper aux intentions meurtrières de mon mari. Chaque jour, je ne savais pas où nous allions dormir le soir, si Walt allait nous retrouver et mettre sa menace à exécution. Nous ne pouvions pas avoir de chat.

Jonah acquiesça, tout en la fixant. Pour une fois, au lieu de la mettre mal à l'aise, son regard pénétrant l'encourageait à poursuivre ses confidences.

— Ce jour viendra quand je n'aurai plus besoin de me serrer autant la ceinture. J'arrive à peine à payer le loyer et à nourrir mes enfants avec ce que je gagne.

Comme le chat des voisins se frottait contre ses jambes, Annie le prit dans ses bras et le serra contre son cœur, enfouissant son visage dans le pelage soyeux de l'animal.

— J'aimerais vraiment offrir un chat à ma fille, mais je n'aurais pas les moyens de lui acheter à manger et de le faire vacciner.

— Ce jour viendra peut-être plus tôt que vous ne le pensez, dit Jonah en lui caressant la joue de sa main chaude.

Annie eut un rire sans joie tandis qu'elle reposait le chat par terre.

— Comment pouvez-vous dire cela, après ce qui s'est passé ce matin ? fit-elle remarquer. Même si le restaurant rouvre et que je garde mon emploi, Hardin a été *assassiné* à cause de cet argent volé. Comment être sûr que je ne serai pas la suivante ?

— Parce que je ne le permettrai pas, répondit-il d'une voix déterminée. Hardin n'est pas le premier à mourir à cause de ces sales types, et j'ai bien l'intention de le leur faire payer.

Tandis qu'Annie préparait le déjeuner, la remarque de Jonah repassait en boucle dans sa tête. Qui d'autre avait été tué ? se demandait-elle. Comment Jonah avait-il été amené à enquêter sur cette histoire de paris illégaux et de blanchiment d'argent ?

Les chamailleries de ses enfants lui parvinrent depuis le salon, où elle les avait installés devant la télévision avec Jonah. Elle se hâta d'égoutter les macaronis, pressée d'aller faire taire Haley et Ben. Jonah commençait sûrement à se lasser de leurs cris — à l'époque où elle vivait avec Walt, les pleurs des enfants suffisaient à déchaîner sa colère.

Annie frissonna en se rappelant les nombreuses fois où elle avait dû intervenir, se mettre en quatre pour calmer les enfants lorsque Walt était de mauvaise humeur. Et les conséquences lorsque ses efforts avaient été vains...

Hantée par ces sombres souvenirs, elle laissa les pâtes sur le plan de travail et se précipita dans le salon pour interrompre Haley et Ben dans leur dispute.

— Voilà, comme ça ! Frappe encore. Plus fort, disait Jonah lorsqu'elle arriva dans le salon.

Il tenait un coussin devant lui et encourageait Ben à taper dedans avec ses petits poings.

Outrée, Annie lui arracha le coussin des mains.

— Arrêtez immédiatement ! hurla-t-elle.

Ben et Jonah tournèrent la tête en même temps, surpris.

— Annie ?

— Comment osez-vous lui apprendre à se battre ? demanda-t-elle, tremblante de colère. J'ai risqué ma vie pour fuir mon mari, pour que mes enfants ne prennent pas sa violence comme exemple. Je vous interdis de lui faire croire que c'est bien de frapper !

Jonah se leva lentement pour lui faire face.

— Votre fils sait déjà se battre, dit-il calmement. J'essayais juste de lui apprendre à frapper autre chose que sa sœur. Je lui ai dit que ce n'était pas bien de taper les autres, et je voulais rediriger sa frustration vers un objet inanimé.

A travers sa colère, Annie mit un moment à saisir ce que Jonah venait de lui expliquer. Le cœur battant, elle se rappela avoir déjà vu plus d'une fois Ben taper sa sœur dans un accès d'humeur. Elle avait même demandé à Rani de surveiller et de punir ce genre de comportement.

En tournant la tête vers Haley, Annie s'aperçut que la fillette la regardait, les yeux écarquillés, le visage blême. Le remords l'assaillit. Elle avait jugé la situation en ne se fiant qu'aux apparences, et avait injustement tiré des conclusions hâtives.

— Ben t'a tapé ? demanda-t-elle à sa fille.

Celle-ci acquiesça.

— Pourquoi ?

— J'avais pris son camion.

Annie inspira profondément, se força à compter jusqu'à dix.

— Va t'asseoir sur la chaise à réfléchir. Tu sais très bien que tu ne dois pas prendre les jouets de ton frère.

Les yeux baissés, Haley traîna des pieds jusqu'à la chaise installée dans un coin de la pièce. Comme elle sentait le regard de Jonah peser sur elle, Annie s'arma de courage avant de lui faire face.

— Je suis désolée, lui dit-elle. Quand je vous ai vu...

— Je comprends.

— Vraiment ? Est-ce que vous imaginez à quel point j'ai peur que mon fils suive l'exemple de son père ? Il était bébé quand j'ai quitté Walt, mais il ne se passe pas un jour sans que je m'inquiète que la violence de Walt puisse être génétique.

Un muscle tressauta sur la joue de Jonah.

— Le comportement est acquis, pas inné, dit-il.

— J'aimerais en être sûre, murmura-t-elle en regardant Ben, qui était assis à ses pieds et tirait sur la jambe de son pantalon.

Elle le prit dans ses bras et le serra fort contre elle.

— Oh, Ben, que vais-je faire de toi ?

Un sourire aux lèvres, Jonah s'approcha pour caresser les cheveux bouclés du bambin.

— Tu seras quelqu'un de bien, lui dit-il. N'est-ce pas, petit bonhomme ?

La tendresse de son geste coupa le souffle à Annie. Walt avait prétendu aimer ses enfants, mais elle ne l'avait jamais vu exprimer son affection par une caresse, un mot gentil ou un sourire.

Ben leva la tête de l'épaule d'Annie et, avec un sourire espiègle, il agita l'index sous le nez de Jonah.

— Pas taper, dit-il.

— Tu as tout compris, petit gars, répondit Jonah en riant. On ne tape pas Haley.

Tentant de cacher son trouble, Annie désigna sa fille d'un signe de tête.

— Pourrez-vous me l'amener dans la cuisine dans deux minutes ? demanda-t-elle à Jonah.

— Bien sûr.

Elle retourna dans la cuisine en sachant que quelque chose de fondamental venait de changer dans sa relation avec Jonah, mais elle était trop accablée par les événements de la matinée pour s'attarder sur cette évolution.

Sa *relation ?* Le mot lui fit tourner la tête. Elle n'avait pas de relation avec Jonah. Il était un client du restaurant, rien de plus.

Mais on n'embrasse pas un homme qui n'est rien d'autre qu'un client…

Non, c'est lui qui l'avait embrassée, se reprit-elle. Ses lèvres tremblaient encore au simple souvenir de ce baiser. Un baiser brûlant, délicat, à couper le souffle…

Et complètement déplacé. Elle traversait assez de bouleversements dans sa vie pour compliquer les choses avec une nouvelle relation. Quand elle serait prête à s'engager de nouveau avec un homme, en supposant qu'elle le soit un jour, elle choisirait quelqu'un de stable, de sûr et d'attentionné.

Pas un homme qui s'était imposé dans sa vie, pour qui se battre était un sport, et qui la chamboulait complètement avec son regard désarmant.

Après avoir installé Ben dans sa chaise haute, Annie prépara la sauce pour les macaronis. Elle s'apprêtait à aller chercher Haley lorsque Jonah entra dans la cuisine en portant la fillette sur la hanche.

Annie sentit son cœur s'emballer en voyant avec quelle admiration et quelle confiance sa fille regardait Jonah. Elle aurait pourtant cru que Haley se montrerait beaucoup plus méfiante envers les hommes après avoir connu le comportement effrayant de son père. Mais la fillette avait aussi eu l'occasion de fréquenter des modèles masculins positifs, comme Riley Sinclair, le mari de Ginny.

— Je peux me rendre utile ? demanda Jonah en aidant Haley à s'installer à table.

Avant qu'Annie ait eu le temps de répondre, Jonah s'était emparé du plat de macaronis et l'apportait sur la table pour servir la fillette.

— C'est trop chaud ! se plaignit celle-ci avant même d'avoir goûté les pâtes.

— Alors aide-moi à éteindre le feu, lui dit Jonah en se penchant au-dessus d'elle.

Ils se mirent à souffler ensemble sur son assiette, et Ben se mit à rire.

— Moi aussi ! s'écria-t-il en se joignant aux autres.

Annie sourit malgré elle en entendant Haley et Ben rire aux éclats. La joie de ses enfants était pour elle une mélodie magique qui valait plus que de l'or.

Mais quand Jonah tourna brièvement la tête vers elle pour lui lancer un clin d'œil, elle sentit son pouls s'emballer. Ses enfants s'étaient attachés à lui facilement et rapidement. Ressentaient-ils quelque chose chez lui qu'elle ne percevait pas, ou profitait-il de leur innocence et de leur naïveté pour l'amadouer ?

Elle avait bien l'intention de le savoir avant qu'il ne parte.

# 10

Lorsque Annie revint dans le salon après avoir couché les enfants pour la sieste, Jonah était en train d'examiner le portrait de Haley exposé sur la table basse. Elle eut un pincement au cœur en songeant qu'elle n'avait pas emmené Ben chez un photographe professionnel quand il était bébé. Les premiers mois de sa vie, juste avant le divorce, avaient été trop agités pour qu'elle s'en préoccupe, et depuis qu'elle était séparée de Walt, elle n'avait eu ni le temps ni l'argent pour le faire.

Il fallait absolument qu'elle photographie son fils pour avoir des souvenirs de ses premières années. Un jour…

*« Ce jour viendra peut-être plus tôt que vous ne le pensez. »*

Jonah se retourna, comme s'il avait senti sa présence.

— Vos enfants sont précieux, dit-il. Vous avez des raisons d'être fière d'eux.

— Merci, répondit-elle avec un sourire poli, avant de redevenir sérieuse. Parlez-moi de votre enfance.

Jonah releva la tête, l'air surpris.

— Vous m'avez dit que vous aviez été battu. A quel point ? Qu'a fait votre mère ? Comment cela vous a-t-il transformé ?

Il se frotta le menton d'un air pensif.

— Waouh. Vous savez aller droit au but, vous. On s'assoit ? proposa-t-il en s'installant sur le canapé et en tapotant la place à côté de lui.

Elle préféra prendre le rocking-chair, en face de lui.

— J'écoute, dit-elle.

Jonah se pencha en avant, les bras appuyés sur ses genoux.

— J'ai grandi dans un quartier aisé, je suis allé dans une bonne école, et j'avais pas mal d'amis, commença-t-il. Une vie plutôt normale, en somme. Mais de temps en temps, mon père se mettait en colère et passait ses nerfs sur ma mère. Quand j'essayais de la défendre, je m'en prenais autant qu'elle. En général, il laissait ma grande sœur tranquille, mais il lui est arrivé aussi de recevoir une gifle pour une remarque insolente, ou un coup si elle se trouvait au mauvais endroit au mauvais moment. En grandissant, quand je sentais qu'il était de mauvaise humeur, je le provoquais pour qu'il s'en prenne à moi plutôt qu'à ma mère. Je mentais à mes professeurs et à quiconque me demandais d'où venaient mes bleus. A treize ans, j'ai commencé à me battre avec les gamins du quartier. C'était en partie pour décharger ma colère, en partie pour couvrir les traces de coups que me laissait mon père. Petit à petit, je me suis forgé une réputation de petite brute, et plus personne ne s'est demandé d'où venaient mes coquarts et mes lèvres fendues.

*Une petite brute.* Annie frissonna.

— Et votre mère ? demanda-t-elle. Comment a-t-elle pu accepter que votre père vous traite de cette façon ? J'ai quitté Walt quand je me suis rendu compte qu'il pouvait très bien s'en prendre aux enfants un jour.

— Elle a essayé de me protéger et mon père l'a battue. Mais elle vivait aussi dans le déni. Mon père s'excusait, lui demandait pardon, promettait de changer, et elle restait. Pour une raison ou pour une autre, elle l'aimait, et je n'ai jamais pu la convaincre de le quitter. Elle est morte d'un cancer quand j'avais quinze ans. Ma sœur était déjà à l'université à l'époque, et je n'avais aucune envie de rester à la maison avec mon père. Alors je suis parti.

— Pour aller où ?

— Dans la rue, pendant un temps. Et puis un jour, je suis entré dans une salle de sport parce que je cherchais du travail.

— Une salle de boxe comme celle où vous m'avez fait venir l'autre jour ? demanda Annie sans cacher son mépris.

— Oui, mais dans ma ville natale de l'Arkansas. Pendant quelque temps, j'ai rendu des petits services en échange d'un lit de camp dans les vestiaires. Puis j'ai découvert qu'on pouvait gagner un peu d'argent en servant d'adversaire pour les gars qui s'entraînaient pour des compétitions. Je me suis présenté, et j'ai obtenu le boulot.

Comme elle le regardait d'un air dubitatif, il haussa les épaules en souriant.

— J'avais une très bonne expérience en matière de raclées, alors pourquoi ne pas se faire payer pour recevoir quelques coups ?

Annie baissa les yeux sur ses mains. Elle ressentait de la compassion pour l'adolescent que Jonah avait été, mais ce qu'elle venait d'apprendre sur lui ne faisait que confirmer ses craintes : la violence était profondément ancrée en lui.

— Donc, la brutalité que vous avez subie, vous en avez fait une profession ?

Elle se leva brusquement de son fauteuil et se mit à faire les cent pas, troublée par les vérités qu'elle venait d'apprendre. Comment pouvait-elle se sentir attirée par un homme qui montrait une propension à la violence ? Qu'est-ce qui n'allait pas chez elle ?

— Une profession ? répéta-t-il. Pas vraiment, non. Je me suis juste fait un peu d'argent en échangeant quelques coups avec des boxeurs, le soir. Et la boxe n'avait rien à voir avec les rossées que je prenais de mon père. Déjà, je portais des protections et un casque.

— Ce que je veux dire, c'est que lorsque vous avez fui votre père, vous avez continué à vous battre plutôt que de laisser la violence derrière vous. Pour vous, c'était un mode de vie. Vous avez *choisi* de vous battre.

— Non, j'ai choisi de guérir, répliqua-t-il en soutenant son regard. J'ai choisi d'utiliser ce que je connaissais pour aider d'autres gens dans la même situation.

Annie eut un rire ironique.

— Pardon ? Comment la boxe peut-elle aider des gens ?

— La boxe n'aide pas forcément. Mais être policier, oui, si vous faites bien votre boulot.

Annie se redressa dans son fauteuil, curieuse de savoir comment Jonah avait choisi ce métier.

— Si cela peut vous rassurer, je n'ai plus rien à voir avec ce gamin qui était allé chercher du travail dans une salle de boxe, avec cet adolescent qui montait sur le ring pour se faire quelques sous. A l'époque, je débordais de rage et de haine pour ce que mon père m'avait fait. J'étais perdu, seul, et... en colère contre tout le monde. Mais le propriétaire de la salle de sport s'est intéressé à moi et m'a pris sous son aile. Il m'a parlé, m'a écouté quand j'ai eu besoin de vider mon sac, et il m'a aidé à assumer cette colère que j'avais en moi. Il m'a montré que s'accrocher à cette hargne me faisait plus de mal à moi qu'à mon père.

Annie serra ses bras autour d'elle, touchée par ces paroles. Elle avait entendu sensiblement les mêmes conseils de la part de Ginny, qui l'avait soutenue pendant la période chaotique où elle avait quitté Walt. Annie comprenait parfaitement à quel point ce propriétaire de salle de sport avait dû être important pour Jonah.

— Il m'a appris à maîtriser ces émotions, et à les libérer à travers la boxe, continua-t-il en se frottant les mains sur son jean. J'ai transpiré mon chagrin, je me suis débarrassé de ma colère et de ma haine en tapant dans un sac de sable, plutôt que de tout garder en moi et de risquer un jour de passer mes nerfs sur quelqu'un. J'ai déversé ma peur, ma frustration, ma rage pendant les séances d'entraînement, j'ai appris à me battre proprement et loyalement sur un ring. Sans coups bas, en gardant le contrôle de moi-même. Il m'a sorti de ma spirale infernale et m'a remis sur les rails.

— Comment ? demanda Annie, captivée par l'histoire de Jonah.

— Eh bien, je suis retourné à l'école, je suis entré dans la police et y suis resté pendant neuf ans avant d'en partir.

— Pourquoi avez-vous démissionné ?

Jonah se laissa aller en arrière contre le dossier du canapé et se frotta le visage en soupirant.

— Eh bien... Je crois que j'en ai eu assez d'intervenir sur les cas de violences domestiques.

Il resta silencieux quelques instants, visiblement perdu dans les sombres souvenirs de cette période.

— Chaque fois que je quittais un foyer touché par ce genre de violences, peu importe si j'avais réussi ou non à aider les victimes, je ressentais de nouveau cette frustration en moi, et j'allais boxer pour me défouler. Mais pendant toutes ces années où j'ai été flic, ajouta-t-il en plongeant son regard dans le sien, je n'ai jamais, jamais perdu mon sang-froid face à ces types violents, même si cela me démangeait de leur refaire le portrait. Jamais, répéta-t-il.

Annie sentit un frisson la parcourir. Jonah lui apparaissait soudain sous un jour nouveau, et cela ne manquait pas de la troubler. Elle se leva de son fauteuil, incapable de rester assise plus longtemps.

— On peut donc dire que la boxe m'a sauvé la vie, conclut Jonah. Ce que Michael m'a appris m'a permis de garder la raison.

— Michael ? répéta Annie en relevant soudain la tête. Vous m'avez déjà parlé de lui. C'est lui qui a perdu tout son argent dans des paris illégaux organisés au restaurant.

— Oui, c'est lui. C'était mon mentor, mon ange gardien. Il a emménagé ici à Lagniappe il y a deux ou trois ans pour gérer la salle de sport de Frank, là où je vous ai fait venir l'autre jour. Michael était un homme bon, mais ce n'était pas un saint. Parier est devenu une drogue pour lui. Mais en perdant toutes ses économies, il a aussi perdu espoir. Il a eu honte, il s'est dit qu'il n'avait plus le choix.

Jonah poussa un profond soupir.

— Il s'est suicidé il y a un an, souffla-t-il.

— Oh... Jonah, je suis vraiment désolée.

— Pour moi, les types qui lui ont volé son argent sont responsables de sa mort, reprit-il d'une voix dure. C'est comme ça que je me suis mis à enquêter. Je veux venger Michael. Je veux amener ces salauds devant la justice.

— Tout seul ?

— Pour l'instant, je glane des informations, j'essaie de savoir qui est impliqué dans cette affaire, comment elle tourne. Quand j'aurai assez de preuves, je préviendrai les autorités. Mais je veux que personne ne s'en sorte, même ceux qui sont impliqués de manière indirecte.

La passion qui transparaissait dans sa voix raviva la détermination d'Annie à se libérer du danger dans lequel elle avait été entraînée. Si elle voulait protéger ses enfants, si elle voulait continuer à vivre en paix, il fallait arrêter au plus vite ces criminels.

Mais elle n'avait pas l'intention de laisser Jonah se débrouiller seul, de rester chez elle sans rien faire. Elle ne serait plus jamais une victime, elle se l'était promis.

— Je veux vous aider, annonça-t-elle. Je peux fouiller le bureau de Hardin, regarder dans ses dossiers et ses relevés de comptes, ou...

— Non.

— Mais j'ai accès à son bureau ! Je peux...

— Non ! Je ne veux pas vous impliquer davantage dans cette histoire. C'est trop dangereux.

Annie croisa les bras sur sa poitrine.

— Ce n'est pas à vous de décider ce que je dois faire ou non, protesta-t-elle. De toute façon, je suis déjà en danger. Vous l'avez dit vous-même.

— Pensez à vos enfants, Annie. Vous ne pouvez pas prendre de risques.

— Mais je pense à mes enfants, justement ! s'écria-t-elle. Plus vite nous aurons monté un dossier contre ces truands, plus vite je retrouverai une vie normale.

— Il n'y a pas de « nous », rétorqua Jonah. Laissez-moi m'occuper de ça. Si je vous ai parlé de ce qui se passe, c'était seulement pour que vous fassiez attention, pour que vous vous protégiez. Mais avec le meurtre de Hardin, les enjeux sont encore plus élevés. Je dois procéder avec prudence. Changer quoi que ce soit maintenant dans la couverture que j'ai mise en place pourrait susciter la méfiance.

En repensant au corps de Hardin criblé de balles, Annie faillit changer d'avis. L'idée d'être aussi vulnérable, d'être suivie par un ennemi inconnu prêt à frapper à tout moment, la terrorisait. Mais elle ravala sa peur et leva le menton.

— Raison de plus pour me laisser fouiller le bureau de Hardin, dit-elle. J'ai cette possibilité, pas vous. Je peux le faire. Je *dois* le faire. Je ne veux plus laisser la peur et le danger diriger ma vie.

Jonah se leva du canapé et s'approcha d'elle.

— Ecoutez, je comprends que vous ayez envie que tout cela se termine, et je respecte votre courage et votre volonté, mais...

— Mon courage ? l'interrompit-elle. Ce n'est pas du courage, Jonah, c'est du désespoir. De la panique. Je suis morte de peur, mais il faut que je fasse quelque chose avant que tout ne m'explose au visage. S'il y a un risque que je sois dans leur ligne de mire à cause de cet argent volé, je dois agir. Je ne veux pas rester là sans rien faire et mettre en danger mes enfants. C'est une nécessité, pas du courage.

Il posa une main sur sa joue et la caressa du bout du pouce. La chaleur de sa peau se diffusa en elle comme une onde voluptueuse qui lui embrouillait les pensées.

— Ne soyez pas trop dure avec vous-même, murmura-t-il d'une voix douce. Quitter votre mari, repartir de zéro, élever vos enfants seule... Il vous a fallu du courage pour réussir tout cela. Etre courageux, ça ne veut pas dire ne pas avoir peur...

— C'est faire ce que l'on doit faire malgré la peur. Je sais.

Avec un soupir d'agacement, elle repoussa la main de Jonah. Il fallait qu'elle puisse se concentrer sur leur discussion, et ses caresses ne l'aidaient pas vraiment.

— Ginny me l'a répété assez souvent, reprit-elle. Appelez ça comme vous voulez, peu importe. Mais j'ai besoin d'aider. Ne m'en empêchez pas, Jonah.

— Si vous voulez faire quelque chose pour vous protéger, allez au cours d'autodéfense dont je vous ai parlé. Mais restez en dehors de tout cela.

— Très bien, j'irai à ce cours. Mais j'en ai assez de rester sans rien faire pendant que le monde s'écroule autour de moi. Il faut que j'agisse — avec ou sans votre aide.

— Annie..., soupira-t-il, les sourcils froncés. Bon, j'accepte que vous m'aidiez, seulement si vous me promettez de suivre mes instructions. Vous ne faites rien dans votre coin, vous ne prenez aucun risque inutile, c'est bien compris ?

— Je vous le promets.

— Rappelez-vous, ces gens ont beaucoup d'argent en jeu. S'ils vous soupçonnent de vous mêler de ce qui ne vous regarde pas ou de transmettre des informations à la police, ils vous tueront sans hésiter.

Annie sentit son estomac se soulever, mais elle se ressaisit. Elle n'avait pas le choix. Elle ne pouvait pas vivre continuellement dans la peur, et ne pouvait pas supporter l'idée que ses enfants soient en danger.

— Vous me promettez d'aller à ce cours ? demanda-t-il.

— Je vous le promets, répéta-t-elle en levant la main.

Avec un soupir résigné, Jonah l'attira sur le canapé, à côté de lui.

— Très bien. Parlons de ce que l'on va faire. Je ne veux rien laisser au hasard. L'enjeu est trop important.

Jonah s'installa aussi confortablement que possible dans son pick-up, se préparant à une longue nuit de veille. Annie serait furieuse si elle apprenait qu'il prévoyait de camper dans sa rue pour surveiller son appartement, mais il ne voulait prendre aucun risque. Un homme venait tout de même de se faire tuer, et Annie lui avait dit qu'elle avait eu l'impression d'être suivie en allant travailler la veille.

L'idée de mêler la jeune femme à son enquête ne lui plaisait pas du tout. Jamais il n'aurait dû accepter son aide. Mais avait-il eu vraiment le choix ? Il avait vu la détermination et la passion dans ses yeux. S'il n'avait pas cédé, elle aurait agi seule. De cette façon, il pourrait au moins la protéger.

Il scruta du regard le parking et la cour bordée de chênes. Tout était calme, sombre, silencieux — en opposition totale avec la confusion qui régnait en lui.

Raconter à Annie les mauvais traitements qu'il avait subis et le suicide de Michael avait été douloureux. En temps normal, il faisait en sorte de ne jamais revenir sur ces souvenirs. Mais Annie lui avait demandé de but en blanc de lui parler de son enfance, et elle ne se serait pas satisfaite d'une réponse évasive ou de demi-vérités. Il avait besoin de sa confiance.

*Et après ?* Ce qui le gênait vraiment, c'était l'attirance qu'il ressentait pour elle. Ses sentiments allaient au-delà du simple instinct de protection qu'elle éveillait en lui. Mais sachant ce qu'elle avait vécu, il était bien la dernière personne dont elle avait besoin.

Même après lui avoir expliqué comment il en était arrivé à boxer, et comment cet exutoire physique l'avait aidé à rester sain d'esprit, il avait perçu le doute et la désapprobation dans son attitude. Elle refusait toute forme de violence, même lorsque celle-ci était contrôlée et avait un but thérapeutique.

Sans compter qu'imaginer un avenir avec Annie impliquait de jouer le rôle de père pour ses enfants. Et il n'avait qu'un exemple de paternité : celui que son propre père lui avait montré. Quel genre de père ferait-il ?

L'idée d'avoir une famille, de partager sa vie avec une femme et des enfants lui donnait des sueurs froides. Il en avait profondément envie, mais il voulait être sûr pour cela de pouvoir donner à sa famille ce que son père ne leur avait jamais offert : l'amour, la sécurité, le bonheur.

Il n'avait aucune idée de la manière dont il fallait s'y prendre pour avoir une vie de famille saine. Ce n'était pas qu'il avait peur de faire du mal, physiquement, à Annie ou à ses enfants — il se couperait la main avant de la lever sur eux — mais il y avait tant d'autres façons d'échouer. Devenir mari et père le terrorisait.

Cela ne lui laissait donc qu'une solution : ne jamais se marier, et ne jamais faire d'enfants. Ne jamais reproduire l'enfer qu'avait été son enfance.

Il poussa un long soupir, le cœur lourd de regrets. Il avait beau rêver de fonder une famille, il avait beau désirer Annie, il était destiné à vivre seul.

# 11

Deux jours plus tard, la police avait terminé ses recherches sur le lieu du meurtre, et le restaurant rouvrait ses portes. Annie se présenta à son poste avec un peu d'avance pour avoir le temps de fouiller le bureau de Hardin avant que la foule du matin n'envahisse les lieux.

Son cœur battait fort lorsqu'elle poussa la porte qui menait en cuisine. Elle gardait encore en tête les images et les odeurs de la dernière fois où elle était venue là...

Cela ne servait à rien de s'attarder sur ces souvenirs. Il ne lui restait pas beaucoup de temps avant que les autres employés prennent leurs postes, et que le nouveau gérant s'approprie le bureau. Qui prendrait la place de Hardin ? se demanda-t-elle. Son remplaçant serait-il impliqué comme lui dans l'opération de blanchiment d'argent ? C'était fort probable.

Tandis qu'elle atteignait le bureau de son ancien patron, Annie doutait de plus en plus d'y trouver quelque chose. La police avait certainement emporté les relevés bancaires et le disque dur de l'ordinateur. Et quelles étaient les chances que les hommes responsables du meurtre de Hardin aient laissé des preuves de leur crime ?

Annie pénétra dans le petit bureau. Les traces de sang avaient été nettoyées, et l'on sentait encore l'odeur âcre du produit d'entretien qui avait été utilisé. Chassant l'impression de malaise qui s'insinuait en elle, elle se mit au travail en commençant par le meuble classeur placé dans un coin de la pièce. Le désordre qui régnait dans les papiers montrait que quelqu'un s'y était déjà intéressé. La police... ou bien le meurtrier de Hardin ?

Les bons de commandes et de livraisons des différentes épiceries se mêlaient aux lettres de candidature des employés et aux papiers des assurances. Les comptes rendus de visite des inspecteurs du travail avaient été entassés au fond du premier tiroir, mais elle ne vit rien qui ressemblât à un livre de comptes ou à un récapitulatif des recettes et des dépenses.

*Evidemment,* songea-t-elle amèrement.

Croyait-elle vraiment que ce serait si facile ? Qu'il lui suffirait de feuilleter quelques dossiers pour trouver un compte rendu détaillé de toutes les activités criminelles du restaurant, et des aveux signés des coupables ?

Elle soupira. Si elle avait la chance de trouver quelque chose, ce ne serait certainement pas dans les endroits les plus évidents. Généralement, les preuves de méfaits étaient cachées. Protégées.

Y avait-il un coffre-fort dans cette pièce ? Une cache secrète ?

Elle tira à fond chacun des tiroirs du bureau pour passer la main derrière les dossiers suspendus. Rien. Sur un coup de tête, elle décrocha le tiroir du milieu et le vida sur le bureau. Il n'y avait rien d'accroché dessous, à part un vieux chewing-gum.

— Vous cherchez quelque chose ? grogna soudain une grosse voix derrière elle.

Annie poussa un cri et se retourna, le cœur battant la chamade. Elle crut défaillir en reconnaissant le regard froid et noir de Martin Farrout.

— Hum, monsieur, cet endroit est réservé au personnel, bafouilla-t-elle.

— Je sais. Et à partir de maintenant, ce bureau est exclusivement réservé au nouveau gérant.

Annie mit quelques secondes à comprendre ce qu'il venait de dire.

— Vous êtes...

— Le nouveau chef, l'interrompit Farrout. Alors, qu'est-ce que vous faisiez dans mon bureau ?

— Je... Je cherchais...

Affolée, elle fouilla des yeux le contenu du tiroir qu'elle venait de renverser sur le bureau. S'emparant de la première chose qui lui tombait sous la main, elle brandit un paquet de cigarettes ouvert sous le nez de Farrout.

— Je cherchais ça ! dit-elle. Je... j'avais besoin de fumer. Hardin me donnait des cigarettes quand...

— Vous les avez. Maintenant, fichez le camp.

Elle acquiesça avec empressement.

Serrant le paquet de cigarettes dans sa main, elle se hâta vers la porte du bureau. Comme Farrout refusait de s'écarter pour la laisser passer, elle fut forcée de frôler son gros ventre en sortant. Elle arriva toute tremblante dans la salle du restaurant, où Lydia était en train de bavarder avec les premiers clients.

— Je ne savais pas que tu fumais, observa sa collègue en jetant un coup d'œil sur le paquet de cigarettes.

Annie pressa une main sur sa poitrine, tentant de calmer les battements effrénés de son cœur.

— Je ne fume pas, répondit-elle.

— Et ça, c'est quoi, alors ?

Annie regarda sa main et soupira.

— Rien. C'est juste...

Elle ne termina pas sa phrase lorsqu'elle s'aperçut que quelque chose de dur s'enfonçait dans sa main à travers le paquet de cigarettes.

— La première étape pour réussir à s'arrêter de fumer, c'est de reconnaître qu'on a un problème, dit Lydia en lui envoyant un clin d'œil, avant de se diriger vers les tables.

Annie tourna le dos aux clients installés au comptoir pour vider le contenu du paquet qu'elle serrait toujours dans sa main. Parmi les cigarettes à moitié tordues se trouvait une petite clé en argent, qui tomba sur le comptoir avec un bruit métallique.

Pourquoi Hardin gardait-il une clé dans son paquet de cigarettes ? A quoi servait-elle ? Le cœur battant, Annie la serra dans sa paume, puis vérifia qu'il n'y avait rien d'autre dans le paquet — cette fois-ci, il était bien vide.

Elle jeta les cigarettes à la poubelle et glissa la clé dans la poche de son tablier. Y avait-il un risque que Farrout soit à la recherche de cette clé ? La soupçonnerait-il en ne la trouvant pas ?

Annie ne savait pas si Jonah viendrait au restaurant aujourd'hui, ni ce qu'il ferait de la clé qu'elle avait trouvée. Qu'elle avait *volée*.

Ses oreilles se mirent à bourdonner.

*Volée*. Si jamais Farrout ou un autre homme impliqué dans cette histoire de blanchiment d'argent découvrait ce qu'elle avait fait...

— Vous avez de la gelée de groseilles ? lui demanda une cliente derrière le comptoir. Je suis allergique aux fraises.

— Oh, euh... Oui, bien sûr.

Annie essuya ses mains moites sur son tablier, prenant quelques secondes pour se ressaisir. Alors qu'elle se tournait vers le plateau où se trouvaient les plaquettes de beurre et les confitures, un autre client installé derrière le comptoir attira son attention. Elle se sentit blêmir. C'était l'homme d'affaires qui l'avait draguée quelques jours plus tôt. Il épiait le moindre de ses mouvements.

Frissonnant sous son regard vicieux, Annie tendit la gelée de groseille à la cliente qui la lui avait demandée. Alors qu'elle posait une cafetière pleine sur un chauffe-plat, l'homme d'affaires lui fit signe d'approcher.

— J'en veux bien un peu, poupée.

Elle le servit à contrecœur, les mains tremblantes. A cet instant, un beau visage familier apparut dans son champ de vision, et c'est avec un sentiment de soulagement mêlé de plaisir qu'elle regarda Jonah s'installer à sa place habituelle derrière le comptoir.

Quand avait-elle décidé que son visage, avec son nez cassé, sa cicatrice qui lui barrait un sourcil et son éternelle barbe de trois jours, était beau, plutôt que buriné ? Qu'il était rassurant plutôt qu'intimidant ?

Elle aurait été la première à nier qu'elle s'était attachée à Jonah, et pourtant, son cœur battait plus vite chaque fois qu'elle le voyait. Ces derniers temps, il occupait une place centrale dans ses pensées, qu'elle soit chez elle ou au travail. Et ces pensées la tenaient même éveillée la nuit...

Jonah lui fit un bref signe de tête, comme pour lui rappeler qu'elle ne devait pas le saluer avec plus d'enthousiasme que les autres clients. Il voulait rester aussi discret que possible au restaurant.

— Bonjour, lui dit-elle d'un ton neutre. Je vous sers du café ?

Elle avait hâte de lui parler de la clé qu'elle avait trouvée, mais ce n'était ni l'endroit, ni le moment.

— Avec plaisir. Je prendrai la formule petit déjeuner, s'il vous plaît, demanda-t-il avec un sourire poli.

Tandis qu'elle lui servait son café, elle vit ses traits se durcir. Elle se retourna et comprit pourquoi il s'était rembruni.

Martin Farrout se tenait devant la porte de la cuisine et posait un regard impérieux sur la salle du restaurant, comme un souverain contemplant ses terres. Il s'arrêta brièvement sur Jonah, puis sur l'homme d'affaires, avant de finir son tour d'inspection.

— Notre nouveau gérant, chuchota Annie à Jonah.

Celui-ci fronça les sourcils. Il cherchait sans doute à comprendre comment la nomination de Farrout au poste de gérant s'inscrivait dans l'opération de blanchiment d'argent, et si elle était liée au meurtre de Hardin.

A cet instant, Lydia passa derrière le comptoir pour transmettre de nouvelles commandes aux cuisiniers.

— Je ne serais pas contre un peu d'aide en salle, si tu peux, glissa-t-elle à Annie. Le meurtre de Hardin a attiré les curieux ce matin, et les tables sont pleines.

— Bien sûr.

Annie se laissa emporter par la frénésie de l'heure de pointe, tout en surveillant Jonah du coin de l'œil. Il fallait absolument qu'elle lui parle avant qu'il ne quitte le restaurant.

Ce n'est que lorsqu'il eut fini son assiette et demandé la note qu'elle eut enfin une idée. En bas de son ticket, en toutes petites lettres, elle écrivit : *rejoignez-moi aux toilettes.* Jonah ne montra aucune surprise tandis qu'il regardait l'addition et lui tendait un billet. Elle retint son souffle en le voyant descendre de son tabouret, jeter un coup d'œil sur le journal du matin et prendre un cure-dent dans le distributeur placé sur le comptoir. Elle voulut lui rendre sa monnaie, mais il refusa d'un geste de la main.

Après avoir empoché son pourboire, Annie attrapa un chiffon et se mit à nettoyer le comptoir, tout en observant, soulagée, Jonah qui se dirigeait vers les toilettes. Elle s'essuya les mains sur son tablier, puis s'éclipsa dans la cuisine pour rejoindre les toilettes par le couloir réservé au personnel.

Jonah se tenait près du téléphone mural, en train de feuilleter un annuaire écorné. Après s'être assurée qu'ils étaient seuls, Annie se hâta vers lui et sortit la petite clé de sa poche.

— J'ai trouvé ça dans un paquet de cigarettes, dans le bureau de Hardin, annonça-t-elle. Enfin, maintenant, c'est le bureau de Farrout.

Les sourcils froncés, Jonah lui prit la clé des mains pour l'examiner de plus près.

— Vous avez une idée de ce qu'elle ouvre ?

— Aucune, répondit-elle. Je ne l'ai trouvée qu'après avoir quitté le bureau. Farrout m'a surprise en train de fouiller les tiroirs, et m'a demandé ce que je faisais là. J'ai pris la première chose qui me tombait sous la main — un paquet de cigarettes —, je lui ai dit que c'était ce que je cherchais, et je suis partie bien vite. Mais je peux essayer d'y retourner...

— Non ! Si Farrout se pose déjà des questions, c'est trop dangereux. En plus, ça ressemble plus à une clé de casier, comme ceux que l'on trouve dans une salle de sport ou à la gare routière.

— C'est vrai, répondit-elle. Comment trouver le casier qui correspond, alors ?

— Je vais m'en occuper aujourd'hui.

Jonah leva la clé à la lumière, les yeux plissés.

— Il y a un numéro dessus, le 223. Voilà qui me facilitera la tâche.

— Je veux être avec vous quand vous ouvrirez le casier.

Comme il commençait à refuser, Annie lui arracha la clé des mains et la glissa dans son soutien-gorge.

— Vous m'avez promis de me faire participer, dit-elle. Je veux venir avec vous.

Jonah s'apprêtait à protester lorsque Annie vit l'homme d'affaires s'approcher d'eux.

— Oui, cet annuaire n'est vraiment plus d'actualité, dit-elle, assez fort pour que le client l'entende. Vous feriez mieux d'appeler les renseignements. Je suis navrée.

Jonah jeta un coup d'œil vers l'homme qui venait de les dépasser pour entrer dans les toilettes.

— Bon, merci quand même, dit-il.

Il attendit que la porte des toilettes se referme, puis fusilla Annie du regard.

— Donnez-moi cette clé, Annie, siffla-t-il. Je ne vous ai jamais promis de vous emmener partout avec moi pendant mon enquête.

— Je peux partir à 14 heures, répondit-elle en ignorant sa demande. Vous n'avez qu'à me retrouver à l'arrêt de bus de Third Street, et nous irons chercher ensemble le casier qui correspond à cette clé.

— Annie. Donnez-la-moi.

— Je vous la donnerai, répondit-elle en s'éloignant vers les cuisines. A 14 heures.

A 13 h 55, Jonah attendait Annie dans sa voiture, encore furieux du mauvais coup qu'elle lui avait fait. S'il avait eu affaire à quelqu'un d'autre, il n'aurait pas hésité à récupérer la clé, même dans un soutien-gorge. Mais Annie n'avait pas besoin d'être palpée et malmenée — même si elle l'avait en quelque sorte défié de le faire. Il ne put s'empêcher de sourire. Elle l'avait pris au dépourvu, mais à l'avenir, il ne se laisserait plus avoir aussi facilement.

L'audace dont elle avait fait preuve était assez encourageante, d'un certain côté. Derrière la timidité et l'humilité excessives qu'elle devait aux mauvais traitements de son ex-mari se cachait une femme courageuse, dynamique, qui ne demandait qu'à être libérée. Elle avait juste besoin d'un environnement rassurant et de l'encouragement de ses proches pour ranimer cette facette d'elle-même qu'elle avait réprimée jusqu'ici.

Quelques minutes plus tard, Annie ouvrait la portière du côté passager et se glissait à l'intérieur du pick-up.

— Alors, par où voulez-vous commencer ? demanda-t-elle sans préambule.

— Ce n'est pas la peine d'aller à la salle de sport, répondit-il en démarrant le moteur. J'ai vérifié, les casiers sont numérotés de un à cent. Nous commencerons par la gare routière.

Lorsqu'ils se furent garés, Jonah sortit un sac de sport de son coffre, puis entraîna Annie à l'intérieur du bâtiment miteux. Ils trouvèrent facilement le casier 223, et c'est seulement devant celui-ci qu'Annie donna la clé à Jonah.

— Bingo, murmura-t-il lorsque la petite porte en métal s'ouvrit.

Annie se colla à lui pour pouvoir examiner le contenu du casier. Jonah dut se faire violence pour ne pas se laisser distraire par le parfum léger et féminin qui émanait de la jeune femme, et qui lui donnait soudain envie de la serrer dans ses bras.

S'efforçant d'ignorer le désir qui se propageait dans ses veines, il s'empara des CD empilés sur une des étagères et les fourra dans son sac de sport. Plusieurs dossiers se trouvaient en dessous.

— Jetez un œil là-dessus, dit-il à Annie en lui tendant une des pochettes.

Celle qu'il feuilleta lui-même contenait des listes de versements d'argent avec, devant chaque entrée, un nom et un résultat sportif... Jonah sentit le sang lui battre aux tempes tandis qu'il parcourait la liste des yeux, à la recherche d'un nom précis, celui de Michael. Les versements étaient classés par ordre chronologique, et il trouva rapidement la page correspondant au dernier mois de vie de son mentor.

Soudain, Annie poussa un petit cri à côté de lui.

— Jonah, regardez ça !

Elle lui montrait une page en haut de laquelle un nom et un numéro de téléphone avaient été griffonnés.

— Joseph Nance ? lut-il. Vous le connaissez ?

— Pas vraiment. Mais je connais ce nom. C'est à lui que j'étais censée livrer l'enveloppe le soir où j'ai été agressée. Hardin avait insisté pour que je ne la donne à personne d'autre.

Un nom, songea Jonah. Il avait enfin un nom ! Sans hésiter, il referma le dossier qu'il était en train de feuilleter et sortit son téléphone portable de sa poche.

— Dictez-moi le numéro, demanda-t-il à Annie.

Il composa les chiffres qu'elle lui indiquait, puis retint son souffle tandis que deux sonneries, puis trois, retentissaient.

— Poste de police de Lagniappe, inspecteur Nance à l'appareil, répondit enfin une voix bourrue.

Jonah resta bouche bée pendant quelques secondes, avant de s'éclaircir la gorge.

— Euh, excusez-moi. J'ai dû me tromper de numéro, dit-il avant de raccrocher.

— Qui a répondu ? lui demanda Annie en lui agrippant le poignet.

— Apparemment, Nance est inspecteur au poste de police de Lagniappe.

— C'est un flic ? Alors Hardin travaillait avec la police pour démanteler le réseau ?

— Ou alors, on a affaire à un policier véreux qui prend des pots-de-vin, avança Jonah en se frottant la mâchoire d'un air pensif.

— Ou bien quelqu'un avait dénoncé Hardin et cette livraison était un piège pour que la police puisse l'arrêter, répliqua Annie.

— Tout est possible. Qu'y a-t-il d'autre dans votre dossier ? demanda Jonah.

— C'est un bilan des recettes et des dépenses du restaurant, mais... Je ne vois pas comment les comptes peuvent être justes. Selon ces calculs, le restaurant engrangeait invariablement plus de cinq mille dollars par jour. Cela me paraît énorme pour un petit établissement comme Chez Pop.

Elle le regarda en plissant les yeux.

— On tient certainement là les comptes truqués que vous cherchiez.

— C'est mon avis aussi, répondit-il avec un sourire.

— Jonah, tout cela me paraît... trop simple, dit Annie en fronçant les sourcils. Voilà des mois que vous enquêtez et que vous avancez seulement à petits pas...

— C'était voulu, la coupa-t-il. Je ne voulais pas attirer les soupçons. J'ai avancé très lentement pour gagner la confiance de Farrout. Il fallait d'abord que je devienne un habitué de Chez Pop avant de l'approcher. L'impatience peut ruiner une enquête.

Jonah observa la manière dont la lumière crue des néons dansait sur les traits délicats du visage d'Annie. Il lui faudrait faire preuve de la même patience avec elle, avancer à petits pas pour gagner sa confiance. Elle valait la peine d'attendre.

A cette pensée, un frisson glacé — qui n'avait rien à voir avec la climatisation mal réglée de la gare routière — lui parcourut le dos. Qu'est-ce qui lui prenait d'imaginer un avenir avec Annie ? S'il n'avait pas l'intention de s'installer à Lagniappe et de s'intégrer à sa famille, il n'avait pas le droit de lui donner de faux espoirs. Lui faire du mal était bien la dernière chose dont il avait envie.

— Quand je dis que ça semble trop facile, insista Annie, c'est qu'on dirait presque que Hardin a voulu monter un dossier contre ses collègues de magouille. Tout est là, présenté sur un plateau d'argent.

— C'est vrai, concéda Jonah en s'efforçant de se concentrer sur l'enquête, et non sur le visage d'Annie. Il s'apprêtait peut-être à tout livrer à la police. C'est peut-être pour ça qu'il a été tué.

— Ou alors, tout cela n'est qu'un piège. Qui nous dit que ces informations sont vraies ? En les livrant à la police, on risque peut-être de s'exposer à ceux qui tiennent les rênes de l'opération sans pouvoir s'appuyer sur des preuves solides.

— Quelle que soit la réponse, je suis sûr au moins de deux choses, répondit Jonah. La première et la plus importante : vous ne me suivez plus dans cette enquête. Je ne veux pas que vous soyez impliquée dans cette histoire si les choses tournent mal.

— Mais...

Il leva une main pour l'arrêter.

— Deuxième chose : ce n'est ni le moment, ni le lieu pour décider quoi que ce soit. J'ai besoin de temps pour étudier ces dossiers et assembler toutes les pièces.

— Je peux encore vous être utile, protesta-t-elle. Laissez-moi lire ces papiers avec vous.

Jonah secoua la tête, tout en fourrant les documents dans son sac de sport.

— Je vous ai déjà entraînée bien trop loin.

— J'ai besoin de le faire, Jonah, dit-elle en posant une main sur la sienne pour avoir toute son attention. J'ai besoin d'agir pour que ma vie soit meilleure, plus sûre. Pendant trop longtemps, je me suis laissé porter, et j'ai souffert d'avoir subi le contrôle des autres. S'il vous plaît, ne me demandez pas maintenant de rester sans rien faire. Je suis mêlée à cette histoire, que cela me plaise ou non.

Jonah ne put s'empêcher de porter une main à son visage pour la caresser.

— Je comprends ce que vous ressentez, répondit-il. J'admire votre volonté de changer votre vie. Mais si je vous laisse vous impliquer encore plus dans cette pagaille...

— Je ne serai pas plus en danger que maintenant, et vous n'y serez pour rien, le coupa-t-elle.

Avant qu'il n'ait eu le temps de répliquer, elle jeta un coup d'œil à sa montre et se mordit la lèvre.

— Ça me fait penser... Je veux aller à ce cours d'autodéfense dont vous m'avez parlé. Il commence dans une demi-heure. Pouvez-vous me déposer au poste de police ?

— Bien sûr.

Ce qu'ils avaient trouvé dans le casier pouvait attendre. Jonah faisait de la sécurité d'Annie sa priorité, et il était soulagé qu'elle s'en inquiète également.

Sans compter qu'il devait lui aussi se rendre au cours d'autodéfense… Mais il valait mieux qu'Annie ne soit pas au courant du rôle qu'il y tenait.

# 12

Annie descendit devant la porte du gymnase, situé à l'arrière du commissariat de Lagniappe. Une étrange sensation de vide l'envahit tandis qu'elle regardait Jonah s'éloigner dans son pick-up. Elle le reverrait pourtant bientôt, le lendemain au restaurant, ou peut-être même avant. Alors pourquoi se sentait-elle aussi mélancolique au moment de se séparer de lui ?

Elle n'était pas en train de tomber amoureuse de lui, c'était impossible. Elle ne pouvait pas s'attacher à un homme alors qu'elle se trouvait à un carrefour important de sa vie. Elle s'était libérée de Walt depuis à peine plus d'un an, c'était bien trop tôt pour offrir son cœur de nouveau. Mais depuis quand l'amour obéissait-il à un emploi du temps prédéfini ?

Annie eut un rire sans joie. L'amour ? Voilà qu'elle précipitait les choses. Jonah était un ami, rien de plus.

Alors qu'elle se tournait vers le gros bâtiment en briques qui abritait le poste de police de la ville, le nom qu'ils avaient trouvé sur un des dossiers de Hardin lui revint à l'esprit. Joseph Nance. *Inspecteur* Nance.

Si elle entrait au poste maintenant et trouvait l'inspecteur Nance pour lui dire tout ce qu'elle savait, verrait-elle enfin le bout de ce mauvais rêve ? Ou bien plongerait-elle Jonah dans un véritable cauchemar ?

*« L'impatience peut ruiner une enquête. »*

Mieux valait le laisser gérer les choses à sa façon. Elle lui faisait confiance pour résoudre cette enquête en temps et en heure.

Une vague de chaleur l'envahit tandis qu'elle tournait et retournait cette vérité dans sa tête : elle faisait confiance à Jonah. C'était un exploit.

Lorsqu'elle entra dans le gymnase, les élèves s'étaient déjà réunies autour des tapis de sol disposés au centre. Annie hésita, se rappelant soudain comme les leçons particulières avec Jonah l'avaient intimidée. Même en sachant qu'il ne lui ferait pas vraiment mal, sa force et sa virilité avaient réveillé en elle trop de souvenirs de la tyrannie de Walt.

Elle se demandait encore s'il fallait rester lorsque la monitrice l'aperçut en train d'hésiter devant la porte, et lui fit signe d'entrer.

— Bonjour ! Vous n'êtes pas en retard, ne vous inquiétez pas. Nous attendons notre agresseur. Venez vous asseoir.

Puisant en elle un peu de courage, Annie s'avança vers les tapis.

— Je suis Jan, la monitrice. Comment vous appelez-vous ?

— Annie.

— Bienvenue, Annie, dit Jan avec un sourire chaleureux. Aujourd'hui, vous pouvez participer ou simplement regarder. Faites comme vous le sentez.

Annie s'assit en tailleur à côté des autres femmes, une main pressée contre son ventre. Elle aurait voulu ne pas avoir besoin de venir ici. Si seulement Hardin n'avait pas été tué, si seulement elle n'avait pas été agressée ! Si seulement elle n'avait pas épousé Walt, pour commencer…

*« Faites-le pour vos enfants. »*

Imaginer que Haley puisse subir la même violence de la part d'un homme suffisait à la convaincre de rester. Elle voulait transmettre à sa fille une image de force et de courage, et non un héritage de peur et de doute. Gardant à l'esprit le visage innocent de Haley, Annie leva les yeux vers la monitrice et redressa les épaules.

— Rappelez-vous, vous *pouvez* vous défendre, et vous en avez le droit. Votre rôle est de le faire comprendre à votre agresseur.

Honnêtement, la plupart d'entre eux recherchent une victime facile. Si vous lui transmettez le message que vous ne vous laisserez pas faire facilement, que vous savez vous défendre et que vous êtes prête à lui faire mal pour vous en sortir, il y a de grandes chances qu'il vous laisse tranquille et cherche une autre cible.

Jan marqua une pause tandis que la porte des vestiaires s'entrouvrait.

— Ah, voilà Joe. C'est comme ça qu'on appelle le cosmonaute qui vient d'entrer, expliqua-t-elle à Annie avec un petit rire. Joe, Monsieur tout le monde.

L'homme, couvert des pieds à la tête d'une combinaison matelassée, s'avança d'un pas pesant dans la pièce. Aucune des autres femmes ne semblait intimidée par son apparence de colosse, mais Annie ne put s'empêcher de se sentir menacée. Le visage de l'homme était complètement dissimulé derrière un casque intégral qui rappelait les tueurs masqués de certains films d'horreur. Pour ne rien arranger, elle eut l'impression qu'il la fixait du regard tandis qu'il prenait place au milieu des tapis. Elle lutta contre l'envie de s'enfuir de la pièce en courant.

La voisine d'Annie se proposa pour être la première à mettre en pratique les gestes de défense que la monitrice leur avait montrés. Fascinée, Annie regarda ce petit bout de femme hurler à l'homme matelassé :

— Stop ! Reculez !

Puis elle lui envoya sa main droite en plein visage, avant de lui enfoncer son genou dans l'entrejambe et de lui asséner un coup de pied à la rotule. Les autres élèves applaudirent en voyant l'homme reculer en titubant. Le cours continua de cette façon pendant le reste de l'heure.

Tandis que la monitrice donnait ses dernières instructions, Annie observa les autres femmes qui avaient assisté au cours, et leur bonne humeur lui redonna espoir. Le soutien et les encouragements qu'elles s'échangeaient participaient à l'énergie constructive du cours.

En dehors de Ginny, Annie n'avait pas beaucoup d'amies, et l'idée que ces femmes puissent l'aider ne lui déplaisait pas. Elles étaient peut-être à même de comprendre le combat qu'elle avait à mener, les enjeux en apparence insurmontables auxquels elle était confrontée.

— Merci d'être venue, lui dit Jan tandis que tout le monde repartait. J'espère que vous avez appris quelque chose, et que vous reviendrez.

— Oui, je pense que je reviendrai, répondit Annie en souriant.

Elle ramassa son sac à main et se dirigea vers la sortie. En repensant aux comptes truqués que Jonah et elle avaient trouvés dans le casier, Annie se sentit gagnée par un sentiment d'espoir mêlé d'inquiétude. Détenir cette preuve d'activité illégale les plaçait dans une position encore plus dangereuse. Mais en même temps, l'enquête venait de faire un pas de géant. Plus vite Jonah arrêterait les coupables, plus vite elle serait en sécurité et pourrait reprendre une vie normale.

D'avoir trouvé cette preuve et d'être allée au cours d'autodéfense, Annie ressentait une agréable sensation de satisfaction. Cela lui faisait du bien de reprendre le contrôle de sa vie. N'avait-elle pas connu une époque où elle affrontait tous les défis qui se présentaient à elle avec entrain et joie de vivre, une époque où elle se sentait confiante, capable, et prête à laisser sa marque dans le monde ?

Si : avant que son univers ne se réduise au beau soldat des Forces spéciales qui l'avait épousée juste avant de partir en mission — et qui en était revenu complètement transformé.

Un crissement de freins la tira de ses pensées. Son bus venait d'arriver à l'arrêt, de l'autre côté de la rue. Chassant bien vite de son esprit les souvenirs de Walt, Annie serra son sac à main contre son ventre et se mit à courir. Elle regarda rapidement à gauche et à droite, puis s'engagea sur le passage pour piétons.

— Annie ! cria soudain une voix masculine.

Du coin de l'œil, elle vit une voiture aux vitres teintées foncer droit sur elle. Au même instant, une masse de muscles l'entraîna en avant et la plaqua au sol, lui coupant le souffle. L'homme la fit rouler sur le côté juste avant que les roues de la voiture ne filent près de sa tête, la manquant de quelques centimètres.

Un violent tremblement la secoua. Elle essaya de crier, mais aucun son ne voulut sortir de sa gorge.

— Annie ! Est-ce que ça va ?

Des mains puissantes se mirent à lui palper le visage et le corps. Elle cligna des yeux, luttant pour retrouver son souffle. A sa grande stupéfaction, les traits de Jonah se matérialisèrent au-dessus d'elle.

— Répondez-moi, Annie ! Etes-vous blessée ?

Elle avait mal partout, les paumes de ses mains étaient écorchées, sa tête tournait.

— Non, souffla-t-elle.

Jonah laissa échapper un juron en examinant ses mains ensanglantées.

— Qu'est-ce que... Qu'est-ce que vous faisiez là ? bégaya-t-elle.

— Je voulais vous raccompagner chez vous après le cours, dit-il en l'aidant à se relever. Je me doutais qu'ils essaieraient un coup de ce genre.

Il soupira, jetant un coup d'œil vers les gens qui les regardaient, médusés.

— Mais je ne pensais pas qu'ils s'en prendraient à vous dans un endroit si fréquenté, ajouta-t-il.

Annie le suivit en trébuchant jusqu'au trottoir. Lentement, le bourdonnement de terreur qui emplissait sa tête s'estompa, et les paroles de Jonah l'atteignirent.

— Vous pensez que c'était fait exprès ? demanda-t-elle, stupéfaite. Cette voiture tentait de me renverser ?

— Ils ont quitté leur place à l'instant même où vous vous êtes engagée sur le passage pour piétons, et ils ont foncé droit sur vous.

Un frisson glacé la parcourut. Elle regarda autour d'elle, sans savoir vraiment ce qu'elle cherchait.

— Peut-être qu'ils ne m'ont pas vue… ou peut-être que…

— Annie, ils ne se sont pas arrêtés, la coupa Jonah en la prenant par les épaules pour la forcer à le regarder. Ce n'était pas un accident. Ils ont essayé de vous tuer.

# 13

Jonah surveilla attentivement Annie tandis qu'il la raccompagnait chez elle. Elle paraissait bien trop calme pour quelqu'un qui venait de passer à côté de la mort. Il craignait qu'elle soit en état de choc, même si elle répondait de manière cohérente à ses questions.

Sa main tremblait lorsqu'elle dégageait ses cheveux de son visage, et son teint pâle montrait qu'elle n'était pas complètement indifférente à ce qui venait de lui arriver.

Mais lorsqu'il pensa à toutes les tragédies et tous les traumatismes auxquels Annie avait survécu, une nouvelle inquiétude l'envahit. Après le meurtre de Hardin, elle avait également fait preuve d'un calme et d'un détachement surprenants. Peut-être réprimait-elle ses émotions comme elle avait appris à le faire au cours de son mariage… Si c'était le cas, Annie était une véritable bombe à retardement. Combien de chocs pourrait-elle encore encaisser avant d'exploser ?

Elle sourit bravement à ses enfants lorsque ceux-ci se ruèrent vers elle pour lui dire bonjour, dans la cuisine. Haley tenait un chat dans ses bras, mais Annie ne sembla pas le remarquer. Elle serra ses deux enfants contre elle pendant un long moment, jusqu'à ce qu'ils se débattent pour se dégager de son étreinte.

— Maman, est-ce que Fuzzy peut dormir avec moi ce soir ? demanda Haley.

Annie regarda le chat comme si elle le voyait pour la première fois.

— Qu'est-ce qu'il fait ici, lui ?

— Je l'ai laissé entrer pour jouer. Je l'ai appelé Fuzzy. Il peut rester dans ma chambre ce soir ?

Annie respira lentement, calmement. Elle paraissait si fatiguée, si désorientée que Jonah s'approcha d'elle pour la soutenir au cas où elle s'écroulerait.

— Chérie, c'est le chat des Smith, dit-elle en se massant les tempes. Tu ne peux pas le garder, ils s'inquiéteraient.

— Mais, maman...

Jonah choisit d'intervenir lorsque Haley se mit à pleurnicher. Il lui prit le chat des mains et le posa devant la porte.

— Tu pourras peut-être jouer avec Fuzzy demain, dit-il à Haley. Pour l'instant, il doit rentrer chez lui pour dîner. D'accord ?

En voyant le chat se sauver dans les escaliers, Haley lança un regard furieux à Jonah, la bouche boudeuse.

— Quand est-ce que je pourrai avoir un chat, maman ? gémit-elle.

— Un jour, ma puce.

A cet instant, Rani sortit du salon, les bras chargés de jouets.

— Désolée pour le chat, dit-elle. Je pensais que ça ne poserait pas de problème de le laisser entrer quelques minutes pour qu'elle joue avec lui. Mais après, elle s'est mise à parler de le garder, et... C'est ma faute, conclut la baby-sitter en grimaçant.

— Ce n'est pas grave, la rassura Annie. Les enfants ont dîné ?

— Oui. Et Ben a pris son bain. Je commençais juste à ranger les jouets quand vous êtes arrivée.

Annie remercia la baby-sitter, l'accompagna à la porte, puis demanda à Haley de se préparer pour aller se coucher. Lorsqu'elle leva les yeux vers lui, Jonah sentit son cœur se serrer en voyant la lassitude et l'inquiétude dans son regard.

— Le canapé vous conviendra ? lui demanda-t-elle, à sa plus grande surprise.

— Pardon ?

— Vous aviez l'intention de dormir dans votre pick-up comme l'autre soir pour surveiller mon appartement, non ?

— Vous m'avez vu ?

— Evidemment. Plutôt que d'essayer de vous dissuader, je me suis dit que je pourrais vous offrir un poste de garde plus confortable. Je ne suis pas sûre d'avoir envie de rester seule ce soir, de toute façon.

Jonah dut se retenir de l'attirer dans ses bras, tant elle semblait fragile et prête à craquer.

— Le canapé sera très bien, répondit-il.

— Je vais vous chercher un oreiller et une couverture, dit-elle avant de disparaître dans le couloir.

Jonah poussa un soupir de frustration. Il détestait le voile de résignation qui assombrissait le regard de la jeune femme. Il fallait qu'elle retrouve l'esprit de combattante qu'il lui avait déjà vu, la détermination qui flamboyait dans ses yeux lorsqu'elle parlait de protéger ses enfants. Annie avait besoin d'aborder le problème de sa propre sécurité et de son propre bonheur avec le même cran, plutôt que de rester en retrait comme elle l'avait fait au cours d'autodéfense.

Evidemment, il ne s'attendait pas à ce qu'elle surmonte des années d'intimidation en une seule séance, mais les progrès dans sa guérison dépendraient beaucoup de son attitude. La tentative de meurtre qu'elle venait de subir l'avait clairement ébranlée, avait miné le peu de confiance qui lui restait. Il la sentait prête à abandonner le combat, mais il ne pouvait pas la laisser se déclarer vaincue. Son instinct lui soufflait qu'Annie possédait une force intérieure inouïe. Il devait trouver un moyen de raviver l'espoir en elle, de lui redonner l'envie de se battre.

Cette même envie que Michael avait perdue. Cet espoir dont il avait été privé à cause des truands qui l'avaient escroqué…

Une chose était certaine : Jonah ne laisserait pas Farrout et ses hommes dépouiller Annie de sa volonté de reconstruire sa vie.

*Concentre-toi*, s'ordonna Annie pour la centième fois ce jour-là, comme elle songeait de nouveau à la voiture qui avait failli l'écraser la veille. Elle s'était déjà trompée dans trois de ses commandes depuis le matin. Mais chaque fois que quelqu'un klaxonnait dans la rue ou qu'une sirène se faisait entendre par-dessus le brouhaha de la salle, elle sursautait et repensait avec horreur qu'on avait tenté de la tuer.

Et elle se rappelait aussi la sensation enivrante qui s'était répandue en elle lorsque Jonah l'avait serrée dans ses bras. La chaleur, la sécurité...

*Arrête.*

Elle secoua la tête pour chasser de son esprit l'image de Jonah installé en chien de fusil dans son canapé, le matin.

— Deux cheeseburgers, cuits à point et sans oignons, cria-t-elle en direction de la cuisine.

Elle accrocha le bon de commande sur le tableau, puis versa des glaçons dans un verre pour préparer des thés glacés. Les avaient-ils demandés sucrés ou non sucrés ?

Bon sang, il fallait vraiment qu'elle se concentre sur son travail. Il n'était pas question qu'elle donne ne serait-ce qu'un seul prétexte à Farrout pour la renvoyer. Elle décida de remplir les verres de thé sucré, par expérience — la plupart des gens du Sud buvaient leur thé glacé avec du sucre. Tandis qu'elle apportait les boissons aux clients, elle jeta un coup d'œil vers la porte, pressée de voir Jonah.

Il était parti de chez elle avant le lever du jour, préférant sans doute la laisser seule avec ses enfants. Puis il l'avait attendue dans son pick-up pour l'accompagner au restaurant, juste avant le rush du petit déjeuner. Après lui avoir promis qu'il viendrait déjeuner Chez Pop, il l'avait embrassée sur la joue.

Ce souvenir la fit frissonner. Quel effet cela ferait-il de l'embrasser vraiment ? se demandait-elle. Pas un baiser chaste comme celui avec lequel il l'avait surprise après le meurtre de Hardin, mais le genre de baiser long et langoureux que les amoureux s'échangeaient ? Que se serait-il passé si elle s'était allongée à côté de lui sur le canapé, si elle s'était blottie dans ses bras ?

Elle poussa un soupir, irritée par le tour que prenaient ses pensées. Elle ne pouvait pas rêver à de telles familiarités avec Jonah. N'était-ce pas déjà assez ennuyeux qu'elle soit devenue dépendante de lui au point de ne pas se sentir en sécurité chez elle s'il ne dormait pas sur son canapé ? Ce n'était pas la peine de compliquer une relation qui la troublait déjà beaucoup.

Elle s'essuya les mains sur son tablier, tout en regardant de nouveau vers la porte en entendant quelqu'un entrer. Ce n'était pas Jonah. Tentant de contenir sa déception, elle récupéra la note et la monnaie qu'un client lui tendait.

Mais ses pensées ne cessaient de revenir à la même question : que se passait-il entre Jonah et elle ?

De toute évidence, l'attirance qu'elle ressentait pour lui était réciproque. Et ils avaient un but en commun : faire arrêter les criminels qui la menaçaient et qui dirigeaient l'opération de blanchiment d'argent au restaurant. Mais que se passerait-il lorsque tout rentrerait dans l'ordre ? En supposant que cela arrive un jour...

— Alors, comment s'est passé ton cours, hier ? lui demanda soudain Susan, qui revenait de la salle les bras chargés d'assiettes.

— Mon cours ?

— Oui, quand tu es partie hier après-midi, tu m'as dit que tu allais à un cours.

— Ah, oui. C'était bien.

— Bien ? répéta Susan avec un sourire. C'est tout ce que tu peux dire ? On dirait mes enfants. Comment ça s'est passé à l'école ? *Bien.* Comment s'est passé le contrôle de maths ? *Bien.*

— D'accord, d'accord. C'était intimidant, au début, parce que c'était la première fois que j'y allais. Mais je pense avoir appris quelque chose.

Susan poussa un soupir.

— Quel suspense, Annie ! s'exclama-t-elle. Tu ne veux donc pas me dire quel genre de cours tu prends au poste de police ?

— Des cours d'autodéfense, répondit-elle à contrecœur. Il n'y avait pas trop de monde au restaurant, hier ?

En changeant de sujet, Annie espérait dissuader Susan de lui poser des questions sur les raisons qui la poussaient à prendre ces cours. Elle préférait que ses collègues en sachent le moins possible sur sa vie privée, surtout en ce qui concernait ses relations avec Jonah. Car si quelqu'un s'apercevait...

— Bonjour, mesdames.

Annie releva la tête en entendant cette voix de baryton qu'elle commençait à bien connaître. Comme si elle l'avait fait apparaître par ses pensées, il se tenait à sa place habituelle derrière le comptoir et leur souriait, à Susan et à elle. Annie s'efforça de dissimuler sa joie et salua Jonah d'un bref signe de tête.

Voyant que les assiettes qu'elle avait commandées en cuisine étaient prêtes, elle se hâta de les prendre pour les apporter à ses clients, jetant au passage un rapide coup d'œil vers Jonah.

La chaleur et l'intimité du regard qu'il lui renvoya faillirent la faire trébucher.

Oh, Seigneur, songea-t-elle. Elle avait du souci à se faire... Comment lutter contre la puissante attirance qu'elle ressentait pour lui ?

Jonah n'avait pas eu la possibilité de parler en privé avec Annie avant de repartir du restaurant, le midi. Il avait passé une bonne partie de la matinée à éplucher les dossiers qu'ils avaient découverts dans le casier de Hardin, et il était de plus en plus convaincu que celui-ci avait travaillé avec l'inspecteur Nance pour mettre au jour les activités illégales du restaurant. En revanche, il lui restait à déterminer si Hardin l'avait fait dans le cadre d'une négociation de peine, pour se venger des autres malfrats impliqués dans l'opération, ou bien par acquit de conscience. Malheureusement, les cadavres ne pouvaient pas s'expliquer...

Tout ceci donnait un nouvel éclairage au meurtre de Hardin : peut-être avait-on voulu faire taire un informateur, plutôt que le punir pour avoir perdu de l'argent. Ceux qui tiraient les ficelles s'étaient-ils doutés que Hardin s'apprêtait à les trahir ?

Jonah se gara derrière le poste de police et se dirigea vers l'entrée du gymnase. Tandis qu'il revêtait sa combinaison matelassée pour le cours d'autodéfense, il se demanda si Annie viendrait.

Vingt-quatre heures après la tentative de meurtre dont elle avait été victime, était-elle toujours déterminée à reprendre le contrôle de sa vie ? Ou bien avait-elle eu peur au point de baisser les bras ?

Elle l'avait presque ignoré au restaurant, aujourd'hui. Mais c'était probablement mieux ainsi. Ils prenaient déjà beaucoup de risques à passer autant de temps ensemble à l'extérieur du restaurant. N'importe qui pouvait les voir lorsqu'ils étaient dans la rue ou autour de chez elle.

Il se mordit la joue, réfléchissant au dilemme qui se présentait à lui. D'un côté, il était hors de question de laisser Annie et ses enfants seuls chez elle tant que le danger qui les menaçait n'était pas neutralisé ; de l'autre, il ne pouvait pas se permettre de compromettre son enquête. Il fallait qu'il soit plus discret lorsqu'il allait chercher Annie chez elle ou qu'il la déposait, au cas où son appartement serait surveillé.

Emmitouflé dans son équipement de protection, il sortit des vestiaires pour rejoindre les femmes qui l'attendaient sur les tapis de sol. Il fut soulagé de voir qu'Annie se trouvait parmi elles. Bientôt, il serait obligé de lui avouer le rôle qu'il jouait dans cette classe, car il avait l'impression de lui mentir en gardant son identité secrète. Mais il avait eu peur que sa présence ne la dissuade de suivre ces cours.

Jan le salua d'un signe de tête, puis se tourna vers ses élèves.

— Qui veut passer la première ?

Jonah observa Annie. Le regard rivé sur le sol, elle semblait tendue, concentrée. Soudain, elle se leva.

— J'y vais, dit-elle d'une voix assurée, quoiqu'un peu nerveuse.

Elle s'avança vers lui, les épaules droites, le menton levé. Mais le voile d'inquiétude qui assombrissait ses yeux n'échappa pas à Jonah.

*Allez, ma belle. Tu peux le faire.*

— Très bien, Annie. Supposons que Joe est un kidnappeur. C'est la nuit, et il vous aborde sur un parking alors que vous rejoignez votre voiture. Que faites-vous en premier ?

Annie inspira profondément.

— Je lui dis de s'en aller.

— Parfait, répondit Jan en acquiesçant. Faites-le.

Jonah s'approcha d'Annie, prenant une attitude agressive. Il vit une lueur de panique vaciller dans ses yeux.

— Arrêtez. Reculez ! dit-elle en élevant la voix, mais sans grande conviction.

Jonah continua à s'avancer vers elle.

— Plus fort, Annie, conseilla Jan. Dites-le comme si vous le pensiez vraiment.

— Arrêtez ! répéta Annie, tout en reculant d'un pas.

— Non, on recommence, intervint Jan en faisant signe à Jonah de s'écarter. Annie, mettez plus de force dans vos paroles. A travers votre ton, il doit comprendre que vous refusez d'être sa victime. Stop ! aboya-t-elle, si fort que plusieurs femmes, y compris Annie, sursautèrent. Reculez ! Vous voyez la différence ?

Annie acquiesça, et Jan fit signe à Jonah de recommencer. Cette fois-ci, il s'avança plus vite, en grondant. Annie leva les mains devant elle.

— Arrêtez ! Reculez ! cria-t-elle.

— Voilà, c'est mieux ! l'encouragea Jan.

Jonah recula, tout en observant attentivement la réaction d'Annie. Elle serra et desserra les poings, avant de s'essuyer les mains sur son uniforme de serveuse.

— Bien, maintenant supposons qu'il ne s'arrête pas. Je veux que vous vous défendiez en vous servant de tout ce que vous avez appris ici. Ne vous retenez pas.

Jonah inspira profondément, avant de s'avancer une nouvelle fois vers Annie.

*Allez, Annie. Montre-nous ce dont tu es capable.*

Levant un regard apeuré vers lui, elle recula de quelques pas en le voyant approcher. Il la saisit brusquement par le bras.

— Défendez-vous, Annie, dit Jan. Joe ne vous fera pas de mal, mais un vrai agresseur n'hésitera pas. Vous ne devez pas avoir peur de le blesser en retour.

Annie se débattit un peu, tenta quelques coups de coude et de genou. Jonah la serra plus fort et l'entraîna avec lui, simulant un enlèvement.

Elle se mit soudain à respirer plus vite, de manière saccadée. Sans attendre les instructions de Jan, Jonah relâcha la jeune femme.

— Est-ce que ça va, Annie ? lui demanda la monitrice. Calmez-vous. Vous ne craignez rien ici, c'est juste un entraînement. Vous voulez vous asseoir un moment pendant que quelqu'un d'autre s'y colle ?

Une main sur le cœur, Annie secoua la tête et s'efforça de respirer calmement.

— Non, répondit-elle. Je... Je dois réessayer.

Un mélange d'inquiétude et d'admiration envahit Jonah. Il comprenait ses motivations, mais elle semblait sur le point de craquer.

— Vous êtes sûre ? demanda Jan.

— Laissez-moi juste une seconde, dit Annie, avant de fermer les yeux comme pour puiser de la force au fond d'elle.

Quelques élèves de la classe l'encouragèrent en tapant dans leurs mains.

— Allez, Annie, tu peux le faire !

— Montre-lui ce que tu as dans le ventre !

Lorsque Annie rouvrit les yeux, Jonah vit la même hésitation, la même peur qui voilait son regard. Et il comprit qu'il devait faire quelque chose. Il fallait la replonger dans ses émotions enfouies, lui rappeler ce qui était en jeu, l'aider à surmonter la timidité que son mari lui avait imposée à coups de poing. Et pour cela, il était obligé de lui faire du mal, même si cela lui coûtait.

— Qu'est-ce qui se passe, sale garce ? gronda-t-il derrière son masque. On ne t'a pas appris qu'une femme doit se soumettre ?

Annie releva brusquement la tête, surprise et apeurée.

— Tes gamins vont devoir grandir sans leur maman, parce que je vais te tuer, continua-t-il, en espérant que sa tactique porterait ses fruits.

Du coin de l'œil, il surprit le regard étonné et interrogateur de Jan. Il savait très bien qu'il dépassait les bornes, qu'il ne respectait pas le protocole. Mais il s'en fichait. Seule Annie comptait. Elle devait absolument surmonter son anxiété, et la colère était le meilleur remède contre la peur. C'est pour cette raison qu'il voulait réveiller en elle la fureur contre l'injustice qu'elle avait subie, l'hostilité contre son mari qu'elle avait refoulée pendant des années.

Les femmes qui assistaient au cours se mirent à parler tout bas, à s'échanger des regards consternés, écœurés. Annie le dévisageait, bouche bée, à la fois confuse, blessée et horrifiée.

Le cœur serré, il s'approcha encore et colla son visage masqué contre le sien.

— Est-ce que tu vas laisser ton mari gagner ? lui demanda-t-il. Est-ce que tu vas laisser la peur gagner ? Tant que tu garderas les doutes qu'il t'a mis dans la tête, il continuera à avoir du pouvoir sur toi. Si tu veux une vie meilleure pour toi et pour tes enfants, prouve-le.

Des larmes perlèrent dans les yeux d'Annie. Mais il l'avait touchée. Le regard de la jeune femme se mit à briller de passion et de détermination, tandis que son attitude devenait plus agressive.

— Maintenant, frappe-moi, Annie. Bats-toi, bon sang. Tu mérites de vivre, et tu mérites une vie meilleure. Prouve-moi que c'est important pour toi. Prouve-moi que tu veux te libérer de ton passé.

Comme il l'attrapait par la taille, elle réagit aussitôt en lui envoyant son genou dans l'entrejambe. Un coup puissant, plein de volonté et de colère.

Dieu merci, il portait une coquille de protection...

— C'est ça, Annie, l'encouragea Jan. Défends-toi. Ne lui laisse pas le temps de souffler.

Jonah s'avança de nouveau pour tenter de la maîtriser ; elle le frappa au visage, à travers le masque, et la force inattendue du coup de poing lui fit rejeter la tête en arrière. Les autres femmes applaudirent.

— Belle démonstration, dit Jan. Qui veut passer ensuite ?

Jonah secoua la tête pour reprendre ses esprits, avant de se tourner vers Annie. De toute évidence, elle n'en avait pas fini avec lui. Fixant sur lui un regard meurtrier, elle chargea, lui assénant un coup de poing dans le nez suivi d'un autre dans la gorge.

— Annie ? appela Jan d'une voix inquiète.

La jeune femme ne sembla pas l'entendre. Jonah reconnaissait l'émotion qui brûlait dans ses yeux. Elle ne pouvait plus contenir les souvenirs amers qu'il avait fait remonter à la surface ; toute cette douleur réprimée ne demandait qu'à sortir, il ne servait à rien de tenter de l'arrêter.

Il leva la main pour retenir Jan lorsque celle-ci tenta de calmer Annie. Le visage ruisselant de larmes, les poings crispés, Annie s'était laissée emporter par sa frustration, son chagrin, sa colère, et elle frappait Jonah de toutes ses forces, comme une furie, criant et sanglotant à chaque coup qu'elle lui portait. Il eut beau se dire que cette catharsis était bénéfique pour elle, la voir dans cet état lui serrait le cœur.

Mais au bout de plusieurs minutes, alors que la rage d'Annie ne semblait pas diminuer, le doute commença à le gagner. Ce qui avait marché pour lui n'était peut-être pas la meilleure solution pour Annie. Qui était-il pour savoir comment elle devait guérir ?

Les mâchoires serrées, la jeune femme continuait à déverser sa fureur sur le torse de Jonah qui, même à travers sa combinaison rembourrée, sentait la violence de ses coups.

— Jonah, arrêtez-la, cria Jan. Elle va se blesser.

— Annie, ça suffit, dit-il.

Il tenta de lui saisir les mains, mais son équipement le gênait dans ses mouvements.

— Espèce de brute ! Comment as-tu pu me faire ça ! cria Annie, le regard perdu.

D'imaginer ce qu'elle avait subi de la part de son mari, les coups, les humiliations, Jonah sentait sa gorge se nouer. Comme il partageait sa douleur !

Soudain, en tentant de lui attraper les mains, il vit qu'elle saignait. Ses jointures étaient tout écorchées tant elle avait tapé dans sa combinaison matelassée, mais elle ne semblait pas s'en rendre compte. Tout était de sa faute. C'est lui qui l'avait provoquée, et maintenant, il le regrettait amèrement. Il fallait absolument qu'il rattrape son erreur.

# 14

— Annie, arrêtez ! C'est fini !

Jonah arracha le masque de son casque pour y voir plus clair. Pour qu'elle découvre son visage, aussi, et qu'elle sache qui était avec elle, qui était responsable de son état.

Elle continuait à le frapper, avec toutefois un peu moins d'énergie. Sans la quitter des yeux, Jonah vit que Jan était en train de pousser les autres élèves vers la sortie.

Epuisée par ses efforts, Annie cherchait son souffle en sanglotant. Ses derniers coups n'avaient plus aucune force.

— Annie ! Annie, écoutez-moi. Je suis là. Vous êtes en sécurité. Tout est fini.

Il essuya doucement une larme qui coulait sur sa joue.

— C'est fini, ma belle, répéta-t-il.

Quand elle leva enfin les yeux vers lui, la confusion se lisait sur son visage. Jonah détacha les Velcro de son armure matelassée pour se libérer les bras. La sueur lui collait le T-shirt au torse, mais au moins, il pouvait respirer et bouger plus facilement.

— Annie, vous m'entendez ? Vous vous sentez bien ?

La respiration de la jeune femme était encore saccadée, et son regard exprimait des émotions complexes. A cet instant, Jan rentra dans la salle avec une poche de glace et un linge propre, qu'elle tendit à Jonah.

— Vous voulez que je reste pour lui parler ? proposa-t-elle.

— Non. Je la raccompagnerai chez elle quand elle sera prête. Vous pouvez y aller.

— Tout va s'arranger, Annie, dit Jan avant de partir.

— Venez, murmura Jonah en lui tendant la main. Vous êtes en sécurité maintenant. Respirez calmement.

Lentement, Annie regarda autour d'elle à travers ses larmes, et se souvint de l'endroit où elle se trouvait. Le gymnase du poste de police. Le cours d'autodéfense. Les autres élèves avaient quitté la salle, et elle était seule avec « Joe ».

Ses souvenirs lui avaient pourtant semblé tellement réels ! songea-t-elle en secouant la tête dans l'espoir de s'éclaircir les idées. Mais Walt n'était pas ici. Il n'y avait que Jonah.

Elle regarda celui-ci attentivement, se demandant s'il s'agissait encore d'une illusion.

Alors comme ça, Jonah était « Joe » ? C'est lui qui l'avait provoquée, qui l'avait incitée à décharger sa colère ? Elle se frotta les bras. La climatisation qui soufflait sur sa peau humide de transpiration lui donnait la chair de poule. Ou bien cette sensation de froid n'était qu'un effet de la crise qu'elle venait de traverser...

Elle avait vraiment déraillé. Craqué. La colère avait bien failli la consumer complètement.

Elle frissonna, sidérée par la puissance de la fureur et du dégoût qui l'avaient submergée. Ses yeux s'emplirent de larmes. Se sentirait-elle de nouveau normale après cela ? Walt continuerait-il à lui gâcher la vie, même derrière les barreaux ? Pourrait-elle un jour guérir les blessures profondes qu'il lui avait infligées à l'âme ?

— Annie ?

Elle leva les yeux vers Jonah, qui la dévisageait avec inquiétude. Elle se sentit soudain gênée. Que pensait-il d'elle après avoir assisté à son effondrement ?

Elle essuya rapidement les larmes qui roulaient sur ses joues.

— Désolée, je...

— Je vous interdis de vous excuser, la coupa-t-il d'une voix tremblante.

Elle aurait juré qu'il avait les larmes aux yeux. Doucement, il lui prit les mains et posa une poche de glace sur ses doigts. Annie grimaça en voyant ses jointures égratignées. Elle se sentait tout aussi écorchée à l'intérieur.

Soudain, elle n'eut plus la force de tenir debout, et elle s'effondra à genoux sur le tapis de sol. Elle regarda ses mains avec incrédulité et se remit à pleurer à chaudes larmes, des larmes de honte et de frustration, des larmes d'amertume, des larmes silencieuses. Elle avait appris au cours de son mariage à pleurer sans faire de bruit, pour que ses enfants ne l'entendent pas, pour que Walt n'en sache rien.

Jonah s'agenouilla à côté d'elle. Lorsqu'il la serra contre lui, elle n'eut pas la force, ni l'envie, de résister. Il se rapprocha d'elle comme il le put, gêné dans ses mouvements par son uniforme de protection.

La tête contre son torse, agrippée à son T-shirt trempé de sueur, elle écouta les battements réguliers et apaisants de son cœur. Il lui caressait doucement le dos, comme elle le faisait pour réconforter Haley après un mauvais rêve.

Elle ferma les yeux, inhalant le parfum musqué et masculin de la peau brûlante de Jonah. Il passa doucement la main dans ses cheveux, puis sur sa joue, chassant un peu plus à chaque caresse la tension et la tristesse qui l'accablaient.

Les larmes s'arrêtèrent d'elles-mêmes tandis qu'Annie retrouvait son calme. Après s'être laissé emporter par ses émotions, les bras de Jonah étaient un doux refuge. Comment avait-elle pu trouver cet homme intimidant ?

Les doigts de Jonah faisaient des miracles sur les muscles tendus de sa nuque et de son dos. Passant les bras autour de son torse, elle se laissa aller contre lui, accrochée à sa force rassurante comme à une bouée de sauvetage sur une mer démontée.

Elle n'avait surtout pas envie de retomber dans la position de dépendance et de défaitisme dans laquelle son mariage l'avait enfermée. Même si elle recherchait un soutien physique et émotionnel dans les bras de Jonah, elle ne s'y sentait pas faible. Il lui apportait une tranquillité d'esprit précieuse, lui offrait l'encouragement et l'affection d'un ami.

Mais s'agissait-il seulement d'amitié ?

Annie repoussa les souvenirs affreux des mauvais traitements de Walt, du meurtre de Hardin et de la tentative de meurtre dont elle avait été victime, pour se concentrer sur des images plus agréables. Le baiser avec lequel Jonah l'avait surprise le jour où Hardin avait été tué, par exemple. La chaleur dans son regard lorsqu'il avait rencontré ses enfants. Le frisson d'espoir qui la parcourait chaque fois qu'il plongeait ses yeux verts dans les siens. Jonah savait lire en elle, il connaissait ses secrets et ses peurs les plus sombres, et surtout... il acceptait ses défauts sans aucune réserve.

— Ça va mieux ? murmura-t-il.

Elle acquiesça. *Oui, bien mieux. Grâce à toi.*

Comme il remuait, elle s'aperçut qu'elle l'avait obligé à rester dans une position inconfortable pendant un long moment. Mais même si elle se sentait mieux, elle n'était pas prête à quitter le confort et la chaleur de ses bras.

Elle avait envie de profiter au maximum de ces instants passés seule avec lui, tout en sachant pertinemment que ce n'était pas le moment de s'impliquer dans une nouvelle relation avec un homme. Elle avait envie d'oublier, pendant quelques minutes, la réalité terrifiante des voitures qui cherchaient à l'écraser, des paris illégaux et du blanchiment d'argent.

— Annie, dit Jonah, rompant enfin le silence. Pardonnez-moi. Je n'aurais pas dû vous pousser si loin, je suis désolé.

Comme sa voix se brisait, Annie leva les yeux vers lui. La tristesse et la compassion qu'elle lut dans son regard l'atteignirent en plein cœur.

— Les choses que vous avez dites...

— Etaient horribles et blessantes, l'interrompit-il d'une voix pleine de regrets. Je suis désolé. Je voulais juste vous mettre suffisamment en colère pour que vous surmontiez votre peur et votre hésitation.

— Eh bien, ça a marché, dit-elle avec un petit sourire.

— Trop. Je n'aurais pas dû...

— Non, je suis heureuse que vous l'ayez fait. J'en avais peut-être besoin. Vous dites que le fait de frapper dans des sacs de sable a été bénéfique pour vous.

— Mais nous sommes tous différents. Vous aviez peut-être simplement besoin de laisser votre bagage dans le passé et de continuer votre chemin. Je vous ai peut-être fait plus de mal que de bien. Annie, je ne veux vraiment pas vous faire souffrir.

Comment le mot *souffrir* pouvait-il être associé à Jonah ? se demanda-t-elle. Elle n'avait jamais rencontré d'homme aussi doux et gentil, aussi compréhensif et généreux. Mais sa remarque la poussait à réfléchir. Quand aurait-elle enfin l'impression que sa vie lui appartenait, qu'elle était en sécurité ?

L'image de Haley et de Ben lui vint aussitôt à l'esprit. Tout ce qu'elle faisait, elle le faisait pour ses enfants, pour leur bonheur, pour leur avenir.

— Tant que mes enfants sont en sécurité, qu'ils peuvent grandir heureux et en bonne santé... C'est tout ce que je veux, dit-elle.

— Et vous ? demanda Jonah en fronçant les sourcils. Et votre bonheur à vous ?

Elle haussa les épaules.

— Peut-être qu'un jour...

Jonah l'obligea à relever la tête et plongea ses yeux dans les siens.

— Annie, écoutez-moi. Vous méritez d'être heureuse tout autant que vos enfants. Vous méritez de prendre le bonheur à deux mains et de vous y accrocher. C'est votre droit.

La passion dans sa voix et l'intensité de son regard l'ébranla au plus profond d'elle-même.

— Je... Je sais, murmura-t-elle.

— Vraiment ?

Annie retint son souffle. Pouvait-elle vraiment retrouver la joie de vivre qu'elle avait connue étant plus jeune ? Elle mourait d'envie de reconquérir le monde, de connaître de nouveau les plaisirs simples qu'offrait la vie.

— Promettez-moi de tout faire pour obtenir ce que vous désirez, ce qui vous rendra heureuse, dit Jonah en lui caressant les cheveux. Promettez-moi de vous battre pour trouver le bonheur.

— Je le promets, murmura-t-elle, hypnotisée par son regard.

Lentement, Jonah posa ses lèvres sur les siennes. La chaleur et la douceur de ce contact se propagea en elle comme une onde voluptueuse, comme un avant-goût de ce bonheur qu'il avait évoqué. Elle se laissa aller contre lui, entraînée par la tendre persuasion de sa bouche.

Jonah captura ses lèvres plus pleinement, tout en restant infiniment patient, léger, attentif. Agrippée à son T-shirt, Annie s'ouvrit à lui lorsqu'il passa doucement sa langue sur ses lèvres, et s'entendit soupirer de plaisir. Mais bientôt, elle en eut assez de sa modération, de sa retenue.

N'avait-il pas fait promettre à l'instant à Jonah de tout faire pour obtenir ce qu'elle désirait ? Tout de suite, elle avait envie de se perdre dans son baiser, dans les sensations étourdissantes qu'il éveillait en elle. Faisant preuve d'une audace qui la surprit elle-même, Annie attrapa Jonah par la nuque et l'attira plus près d'elle, approfondissant son baiser.

Le grognement de plaisir qu'il laissa échapper ne fit qu'intensifier son propre désir. Dans un petit coin de son cœur, Annie était fière d'avoir pris l'initiative et d'avoir provoqué cette réaction.

Mais même si Jonah répondait à ses baisers avec la même intensité, il ne dépassait jamais les limites qu'elle fixait. Annie devinait au tremblement de ses muscles qu'il se retenait, qu'il la laissait mener la danse. Cette preuve de maîtrise de soi lui donna assez d'assurance pour glisser ses mains sous le T-shirt de Jonah et explorer son dos musclé.

Comme s'il n'y tenait plus, Jonah l'allongea sur le tapis de sol et la recouvrit de son corps puissant et brûlant. Annie sentit son cœur bondir dans sa poitrine comme un animal en cage. Jonah marqua une pause le temps de mesurer sa réaction, les yeux assombris de désir, la respiration rauque et entrecoupée. Elle répondit à sa question silencieuse en levant le visage vers lui pour l'embrasser de nouveau avec passion.

Jonah laissa glisser la paume de sa main le long de sa cuisse, sous la jupe de son uniforme de serveuse. Il s'approcha, avec une lenteur presque insoutenable, de l'endroit de son corps qui brûlait d'être touché, puis s'en éloigna en lui frôlant la peau. Sa main remonta le long de sa hanche, jusqu'à se poser sur son sein à travers le tissu de son uniforme. Malgré la barrière des vêtements, Annie sentit son mamelon durcir sous sa caresse, et ne put retenir un gémissement.

Jonah venait de lui offrir un aperçu d'un genre de passion et de liberté qu'elle n'avait jamais connu, et elle n'avait pas l'intention de gaspiller cet instant précieux. La pression de son corps, la chaleur de sa bouche contre la sienne l'enivraient et la terrifiaient tout à la fois.

Mais à travers ce bonheur étourdissant, une petite voix lui parvint. Qu'était-elle en train de faire ? Comment pouvait-elle s'offrir à Jonah sans perdre son cœur ?

Sa tête se mit à tourner, et le bourdonnement du plaisir étouffa la voix de la raison. Ici, avec Jonah, personne n'essayait de la tuer. Elle n'avait pas à faire face à une pile de factures impayées, et elle pouvait fuir les souvenirs de l'homme qui l'avait poussée dans cette spirale infernale.

Lorsque Jonah quitta ses lèvres pour l'embrasser dans le cou, Annie poussa un soupir frémissant.

— Annie, murmura-t-il tout contre sa peau.

Sa voix était rauque de désir. Il releva la tête pour avaler une grosse bouffée d'oxygène.

— Nous ne pouvons pas continuer, reprit-il. Ce n'est... pas le bon moment. Pas le bon endroit, non plus.

Ses paroles déchirèrent le brouillard sensuel dans lequel elle s'était perdue, et elle cligna des yeux pour regarder autour d'elle.

Seigneur… Elle avait été prête à faire l'amour avec Jonah au milieu du gymnase de la police ?

Mortifiée d'avoir à ce point perdu toute retenue, elle s'assit brusquement. Le doux ronron de la passion s'éteignit sous la douche froide de la réalité.

— Annie ? dit Jonah en posant une main sur son bras.

— Oui… Ce n'était pas… bien.

Il lui releva doucement le menton pour la regarder dans les yeux.

— J'ai dit que ce n'était pas le bon moment ni le bon endroit, précisa-t-il, tout en caressant du bout du pouce ses lèvres encore gonflées par leur baiser passionné. Mais tout le reste, c'était… le paradis.

A cet instant, le bruit d'une porte qui se refermait dans le couloir résonna dans le gymnase désert. Jonah se leva et tendit la main à Annie pour l'aider à faire de même.

— Laisse-moi te ramener chez toi.

Elle inspira profondément, tentant de rassembler ses esprits, puis accepta son aide. Une fois debout, elle serra ses bras autour d'elle, gênée.

— Je peux te laisser deux minutes, le temps d'enlever tout ça ? lui demanda-t-il en désignant la combinaison matelassée qui pendait à sa taille.

Elle acquiesça, et Jonah partit en direction des vestiaires.

Pendant qu'elle l'attendait, ses pensées suivirent un chemin chaotique. Jonah était Joe. Voilà comment il connaissait ce cours d'autodéfense. Voilà pourquoi il le lui avait recommandé.

Et cela expliquait également qu'il ait été là, la veille, lorsque la voiture avait essayé de la renverser. Et qu'il lui ait sauvé la vie.

*« Est-ce que tu vas laisser ton mari gagner ? Est-ce que tu vas laisser la peur gagner ? »*

Annie ressentit soudain la terreur qui avait provoqué sa crise un peu plus tôt. Parfois, la peur était plus efficace que la colère pour pousser quelqu'un à agir. Pour elle, l'idée que Walt puisse encore contrôler sa vie depuis sa prison l'effrayait plus que tout. Elle était prête à tout pour se libérer de son influence.

*« Tu ne veux donc pas me dire quel genre de cours tu prends au poste de police ? »* lui avait demandé Susan.

Le genre de cours qui vous aident à sortir du marasme d'angoisse et de doute dans lequel votre ex-mari vous a plongée, aurait-elle pu répondre.

Annie s'efforça de chasser ces pensées de son esprit. Ressasser les souvenirs de Walt ne ferait que la déprimer, et elle préférait s'accrocher aux dernières volutes du nuage sur lequel elle s'était laissée dériver avec Jonah.

Le paradis, avait-il dit. Elle ferma les yeux, tentant de retrouver la douceur de ces instants, mais seule la question de Susan lui revenait à l'esprit.

*« Tu ne veux donc pas me dire quel genre de cours tu prends au poste de police ? »*

— Tu es prête ? lui demanda Jonah, la tirant de ses pensées. Hé, qu'est-ce qui ne va pas ? Pourquoi es-tu si sérieuse ?

— Je n'ai jamais dit à Susan où je prenais des cours. Comment l'a-t-elle su ?

# 15

— Tu es sûre que tu ne lui as pas parlé du poste de police quand tu es partie ce jour-là ? lui demanda Jonah un peu plus tard, tandis qu'il la raccompagnait chez elle.

— Je ne crois pas. Enfin, peut-être... Non, je suis sûre de moi. Je ne lui ai rien dit.

Jonah ne s'inquiétait pas vraiment de ce qu'Annie venait de lui confier. Pour lui, Susan était une femme curieuse, peut-être un peu fouineuse, mais certainement pas une meurtrière. Cela étant, il n'aimait pas ce genre de détails inexpliqués.

— Tu n'as dit à personne où tu allais ? demanda-t-il à Annie. Elle l'a peut-être appris par quelqu'un d'autre.

— Seulement à toi, répondit-elle en lui lançant un regard perçant.

— Je n'ai rien dit, si c'est ce que tu sous-entends.

— Tu m'as demandé à qui j'en avais parlé, je te réponds.

Poussant un soupir de lassitude, Annie se passa la main dans les cheveux. Jonah sentit son estomac se serrer en repensant à la douceur soyeuse de sa chevelure entre ses propres doigts. Le contact de ses lèvres contre les siennes l'avait ébranlé bien plus qu'il ne l'aurait imaginé. Après ce qu'ils venaient de vivre, il lui paraissait impossible de ne pas aller plus loin.

Ils n'avaient pas choisi le bon moment, ni le bon endroit. Mais un jour...

Son corps brûlait d'impatience, d'espoir. Il voulait faire l'amour à Annie lentement et tendrement, plus que tout au monde.

Mais c'était à elle de faire le premier pas. Hors de question de la forcer, d'exercer une quelconque pression sur elle. Il attendrait qu'elle soit prête, même s'il devait en mourir. Ce qui, à en juger par la tension dans son jean, le martèlement dans ses tempes et la fine couche de transpiration dans son dos, pourrait bien arriver plus tôt qu'il ne le pensait.

Il s'éclaircit la gorge, reportant son attention sur leur discussion.

— On gardera un œil sur Susan. Si tu vois ou entends quelque chose de suspect, tiens-moi au courant. En attendant, sois prudente avec elle. D'accord ?

Annie acquiesça, puis s'humecta les lèvres.

— Est-ce que tu veux rester dîner ?

— Si tu veux que je reste.

Il se gara dans la rue à une centaine de mètres de l'appartement d'Annie, au cas où le parking serait surveillé. Comme elle ne répondait pas, il se tourna vers elle et attendit.

— Je veux que tu restes, finit-elle par dire en le regardant intensément.

Elle soutint son regard un long moment, baissa les yeux sur sa bouche, puis se mordit la lèvre en soupirant.

— Par contre, je n'ai rien de mieux à t'offrir que des sandwichs et des pêches au sirop, dit-elle. Il faut que j'aille faire des courses, mais j'attends ma paye.

Lorsqu'il lui caressa la joue avec la paume de sa main, il la sentit frissonner et l'entendit retenir son souffle. Il se garda bien de lui proposer de faire des courses pour elle. Une femme qui recherchait aussi farouchement son indépendance prendrait ce geste comme de la charité et refuserait catégoriquement.

— Un sandwich, ça m'ira très bien, répondit-il. Mais si tu préfères, je peux vous emmener dans une cafétéria, toi et les enfants. Sinon, je connais un petit restaurant italien où Haley et Ben pourraient manger des spaghettis, et qui fait des lasagnes hors pair.

Le regard d'Annie s'adoucit.

— Tu es sûr que tu veux sortir avec une femme qui a déjà deux enfants ? Je croyais que les enfants donnaient des sueurs froides à tous les hommes célibataires.

— J'aime bien les tiens, répondit-il en souriant.

Sur ces mots, il descendit du pick-up, lui ouvrit la portière et l'accompagna jusque chez elle à travers le dédale d'immeubles de la copropriété.

S'engager auprès d'Annie et de ses enfants lui faisait réellement peur, mais pas pour les raisons qu'elle croyait. Son expérience de la famille était bien trop négative pour qu'il se sente confiant dans ce domaine.

— Je sais que tu es fatiguée, expliqua-t-il. J'envisageais simplement le restaurant comme une solution facile pour t'éviter de cuisiner.

— Préparer des sandwichs, je n'appelle pas ça cuisiner, répliqua-t-elle. Et si Ben décide de faire un caprice au restaurant, je doute que tu continues à voir ça comme une solution facile.

Là, elle marquait un point. Jonah n'avait pas la moindre idée de la façon dont il fallait s'y prendre avec les enfants. Son père était bien le dernier modèle de discipline qu'il voulait suivre, et sa mère avait été plus qu'absente dans sa vie.

— C'est à toi de choisir, dit-il.

— Merci, mais pas aujourd'hui. Je suis épuisée, et les enfants doivent se coucher dans une heure.

— Une autre fois, alors ?

— Oui, peut-être, répondit-elle en ouvrant la porte de son appartement. Un jour.

*Un jour.* Elle avait dit la même chose à propos du chat que Haley voulait avoir. Mais Annie méritait mieux que de mettre ses rêves et ses désirs en attente pendant qu'elle affrontait les coups durs de la vie. Jonah n'aimait pas l'idée que la jeune femme reporte indéfiniment son bonheur à *un jour.*

Pendant qu'Annie payait la baby-sitter et préparait les sandwichs, Jonah écouta Haley lui décrire, tout excitée, le nouveau DVD que Rani avait emprunté à la bibliothèque. Il comprit que l'histoire commençait sous la forme d'un dessin animé et se transformait en film avec de vrais acteurs, et qu'elle mettait en scène un prince et un petit rongeur doué de parole. Mais au-delà, Jonah se perdit dans les explications alambiquées de la fillette.

— Allez, viens, lui dit celle-ci en le tirant par la main. On peut le regarder maintenant !

— C'est l'heure du dîner, Haley, intervint Annie, qui était en train de mettre la table mais n'avait pas perdu une miette de la conversation. Lave-toi les mains.

Haley se mit à protester, et Jonah sentit qu'Annie s'impatientait. Ces dernières heures l'avaient rudement mise à l'épreuve, sans parler de sa journée de travail au restaurant. Elle n'avait vraiment pas besoin de supporter en plus les caprices d'une fillette.

Malgré son manque d'expérience, Jonah se dit qu'en faisant diversion, il réussirait peut-être à faire entendre raison à Haley.

— Je t'ai déjà montré mon tour de magie ? demanda-t-il à la fillette d'un air mystérieux.

Les yeux écarquillés, elle le regarda comme s'il lui proposait de décrocher la lune.

— Tu es magicien ?

— Bien sûr. Mais il faut avoir les mains propres pour ce tour. Alors on va se les laver, d'accord ?

En revenant de la salle de bains, Haley s'installa à table avec lui, puis attendit avec impatience. *Hum…* Il fallait qu'il trouve une idée, et vite.

— Je peux… faire disparaître ce sandwich ! déclara-t-il en prenant son sandwich et en passant une main au-dessus.

— Vas-y, fais-le ! s'écria la fillette, tandis que Ben tapait dans ses mains avec frénésie.

Jonah vit du coin de l'œil qu'Annie souriait, l'air amusée. Il avala le sandwich en trois énormes bouchées.

— Ta-daa ! marmonna-t-il, la bouche pleine.

Il s'attendait à ce que Haley soit déçue, mais elle se mit à glousser en levant les yeux au ciel.

— C'est pas de la magie ! dit-elle.

Jonah déglutit pour pouvoir parler.

— C'est pas de la magie ?

— Non ! dit la fillette en riant, avant de s'emparer de son sandwich. Moi aussi, je peux le faire disparaître !

Et c'est ce qu'elle fit. De l'autre côté de la table, Annie articula un « merci » silencieux.

A la fin du repas, Jonah aida à desservir la table, avant de suivre Haley et Ben dans le salon pendant qu'Annie finissait de ranger la cuisine. Le film de Disney captiva très vite l'attention de Haley, qui s'était assise sur le canapé à côté de Jonah. Ben, lui, jetait de temps en temps un coup d'œil vers la télévision, mais il préférait empiler ses cubes de bois et faire écrouler ses tours.

Après l'avoir observé pendant un moment, Jonah le rejoignit par terre. Faisant tourner un cube entre ses doigts, il repensa aux événements de l'après-midi.

Il espérait que l'emportement d'Annie lui avait été bénéfique. Mais à présent, elle avait besoin d'un environnement sûr dans lequel elle pourrait continuer à guérir. Auprès de Ginny, elle trouverait sans doute les conseils et le soutien nécessaires.

Mais cela suffirait-il ?

Annie était forte, mais même les femmes les plus courageuses avaient besoin d'un endroit confortable et rassurant où atterrir lorsque le monde s'écroulait autour d'elles. Un vif désir, presque douloureux, tirailla Jonah. Il avait tellement envie d'être ce havre de paix pour Annie, son confident, son partenaire pour la vie ! Mais il n'arrivait pas à faire taire cette petite voix qui lui chuchotait depuis des semaines qu'en s'engageant auprès d'elle et de sa famille, il courait à la catastrophe.

Lorsque Ben attrapa le cube de bois que Jonah tenait dans sa main, le contact de ses petits doigts sur sa peau le fit frémir. Comment pouvait-il demander à Annie et à ses enfants de s'attacher à lui, alors qu'il doutait lui-même de sa capacité à faire partie de leur famille ?

Quand Annie revint de la cuisine, Haley se leva du canapé

pour monter le son de la télévision. La princesse de dessin animé qui avait atterri dans le monde réel de la ville de New York venait d'arriver dans un bal costumé.

— Tube.

Jonah baissa les yeux sur Ben, qui lui tendait un cube de bois.

— Oui, un cube. C'est bien, bonhomme, dit-il en prenant le jouet, tout en observant Annie du coin de l'œil.

La jeune femme, comme Haley, avait les yeux rivés sur l'écran, où la princesse et le beau New-Yorkais qu'elle avait rencontré tournoyaient sur la piste de danse sur un air de musique mélancolique. Une pluie de paillettes tombait autour des deux amoureux maudits par le sort.

Jonah s'adossa contre le canapé et regarda Annie plus attentivement. Ses yeux étaient emplis de larmes, son expression triste. Cette nouvelle facette de la jeune femme, qu'il découvrait à l'instant, lui serra le cœur.

L'Annie qui s'était écorché les mains quelques heures plus tôt en rouant de coups son agresseur imaginaire, était au fond d'elle une vraie romantique. Une optimiste dont les rêves de petite fille avaient été brisés.

L'envie de lui redonner son sourire, quel qu'en soit le prix, frappa Jonah avec une force qui lui coupa le souffle. Si quelqu'un méritait une vie de conte de fées, c'était bien Annie. Elle avait tellement souffert, elle s'était montrée si forte et si courageuse pour ses enfants...

Il se leva d'un bond et déplaça la table basse.

— M'accordez-vous cette danse, jolie demoiselle ? demanda-t-il à Annie en lui tendant la main.

Elle leva un regard étonné vers lui, puis essuya bien vite ses larmes.

— Non, Jonah, je ne peux pas...

— Bien sûr que tu peux.

Il la prit par la main et l'attira contre lui.

— Qu'est-ce que tu fais ? protesta-t-elle, méfiante.

— J'essaie de danser, mais tu ne m'aides pas beaucoup.

Il la tira plus fort jusqu'à ce qu'elle tombe dans ses bras. Jonah n'était qu'un piètre danseur, mais il l'entraîna en tournoyant autour de la pièce, tout en prenant garde de ne pas marcher sur les cubes de Ben. Annie le regardait toujours comme s'il avait perdu la tête.

— Et je n'ai jamais pris de cours ! fit-il remarquer en remuant les sourcils.

Annie laissa échapper un petit rire.

— Je vois ça, dit-elle.

— Dis donc, je ne suis pas si mauvais, quand même !

Tandis que la musique du film allait crescendo, il la fit tournoyer de plus belle. Elle s'accrocha à lui pour garder l'équilibre, les yeux de plus en plus rieurs.

— Moi aussi, moi aussi ! cria Haley en tapant dans ses mains. Moi aussi, je veux danser !

Un grand sourire éclaira enfin le visage d'Annie tandis que sa fille se mettait à tourbillonner autour d'eux. La voir aussi rayonnante encouragea Jonah à tourner encore et encore à travers le salon, en faisant exprès de heurter Haley pour faire rire la fillette. Lorsque celle-ci tomba sur les fesses, il la souleva d'un bras pour la porter sur sa hanche.

Haley poussa un cri de bonheur tandis qu'ils continuaient à danser et à tournoyer tous les trois. En entendant Annie rire à gorge déployée avec sa fille, Jonah sentit son cœur s'emplir de satisfaction. Le rire d'Annie était enivrant. Si seulement il pouvait la rendre aussi heureuse toute la vie ! Comme il s'y attendait, son visage devenait tout simplement magnifique lorsqu'elle souriait.

Haley se tortilla sur son bras, et il la laissa descendre sans relâcher Annie. Lorsque la fillette eut disparu dans le couloir en criant quelque chose à propos d'une couronne de princesse, Annie leva vers lui un regard plein de gratitude.

Jonah l'attira plus près de lui et continua à l'entraîner à travers le petit salon. Comme dans l'après-midi, sentir son corps pressé contre le sien, sentir le parfum frais de son shampoing lui était presque insoutenable. Il brûlait de l'embrasser, de se retrouver peau contre peau avec elle.

Une certitude le saisit soudain : elle l'avait touché en plein cœur. Son rire était comme un baume sur les blessures de son âme. Mais quand la musique du DVD prit fin et qu'Annie leva les yeux vers lui, il eut l'impression de recevoir un coup de poing. Les émotions qui passaient dans son regard humide ressemblaient fort à celles de la princesse, dans le film, au moment où elle devait quitter les bras de son prince : l'envie et la déception, la gratitude et le regret, et — probablement le plus dur à supporter pour Jonah — l'espoir.

Jamais il n'avait voulu qu'Annie se fasse de fausses idées. Il n'était le prince de personne, il était incapable de lui offrir une vie de conte de fées. Danser avec elle avait été une erreur. Car en encourageant ses idées romantiques, il l'envoyait tout droit vers le chagrin d'amour.

Bon sang, il ne pouvait pourtant pas regretter de l'avoir vue sourire, de l'avoir fait rire, de lui avoir permis quelques instants de bonheur après la journée harassante qu'elle venait de passer ! Mais cette satisfaction n'était-elle pas égoïste ?

La musique s'était arrêtée depuis longtemps, mais Annie restait serrée contre lui, les yeux plongés dans les siens comme si elle espérait y trouver toutes les solutions à ses problèmes.

Lorsqu'il lui caressa la joue, elle frissonna. Un désir ardent s'empara de lui. Mais même s'il brûlait de l'embrasser, il ne pouvait pas, ne *voulait* pas la tromper sur sa capacité à lui offrir la *happy end* dont elle rêvait. Il déposa un baiser sur son front et s'écarta d'elle à contrecœur. Annie rougit, visiblement déçue et gênée.

— Regarde, Jonah ! s'écria Haley, qui était revenue de sa chambre avec un diadème en plastique sur la tête. J'ai une couronne comme Gisèle !

Jonah s'éclaircit la gorge, soulagé de la distraction.

— Salut, princesse. Qu'est-ce que tu es jolie !

— Tu peux danser avec moi encore ? lui demanda-t-elle en levant les bras vers lui.

— Haley, je… je crois qu'il est l'heure de se coucher, intervint Annie, qui semblait avoir du mal à se remettre de ses émotions.

Jonah brûlait de la serrer dans ses bras. Tant de choses avaient changé, aujourd'hui… Il ferait sans doute mieux de partir, de prendre de la distance pour s'éclaircir les idées.

Haley fit la moue.

— Mais, maman…

— Pas de caprice, s'il te plaît.

— Une autre fois, princesse, dit Jonah en caressant les cheveux de la fillette. Je te le promets.

Annie évita de croiser son regard tandis qu'elle se baissait pour ramasser les cubes de Ben.

— Toi aussi, mon bonhomme, tu vas te coucher, dit-elle à son fils. Va me chercher ton pyjama. Haley, va te laver les dents, s'il te plaît.

Les enfants partirent dans leur chambre en râlant, laissant Jonah seul avec Annie. Il s'accroupit pour l'aider à ranger les cubes de bois.

— Tu as un très beau sourire, murmura-t-il. Tu devrais t'en servir plus souvent.

Annie se figea. Sa main s'arrêta, tremblante, au-dessus d'un cube, puis elle leva enfin les yeux vers lui. La confusion et la douleur voilaient son regard qui, à peine quelques instants plus tôt, exprimait tant de joie et d'espoir.

— Qu'est-ce que tu attends de moi ? demanda-t-elle.

— Je veux juste que tu sois heureuse. Et en sécurité.

— Et toi, tu as ta place dans ce bonheur ? C'est pour ça que tu es là ?

Jonah sentit son estomac se nouer. Pourquoi était-il là, au juste ? Pourquoi passait-il autant de temps avec Annie et sa famille s'il n'avait pas l'intention de rester ?

— Je suis là parce que tu as eu une dure journée, et je voulais être sûr que tout allait bien pour toi. Je pensais que tu ne serais pas contre un peu d'aide avec les enfants ce soir.

Et il était là aussi parce qu'il savait que Farrout et ses acolytes la considéraient toujours comme une menace. Elle était encore en danger.

De toute évidence, sa réponse ne la satisfaisait pas. Les sourcils froncés, elle rangea la boîte de cubes dans un coin de la pièce et se laissa tomber sur le canapé.

— Pourquoi t'es-tu mis dans la tête de m'aider ? demanda-t-elle. Tu ne me dois rien. Ce n'est pas ta faute si ma vie est dans cet état lamentable.

— Peut-être, mais j'ai envie de t'aider.

Il s'assit à côté d'elle sur le canapé, résistant à l'envie de lui toucher le visage. A en juger par son regard de nouveau méfiant, ses caresses ne seraient pas les bienvenues.

— Je ne cherche pas un sauveur, dit-elle après un moment de silence. Je refuse de dépendre de nouveau de quiconque.

— Surtout d'un homme.

— Je n'ai pas dit ça.

— Tu n'as pas eu besoin.

Il leva une main en la voyant prête à protester.

— Ce n'est pas ta faute, poursuivit-il. Les hommes que tu as connus jusqu'à maintenant t'ont donné des raisons de te méfier. Mais je ne suis pas ton mari. Je ne suis pas Hardin. Si tu ne veux pas de moi dans ta vie, je partirai. Je m'inquiète seulement de ce qui se passe au restaurant, et de la manière dont les choses peuvent tourner. J'ai envie que tu sois en sécurité, et je veux que tu saches que tu peux me faire confiance.

Elle le dévisagea pendant de longues secondes en se mordant la lèvre.

— J'ai peur, Jonah, finit-elle par dire. Pas seulement à cause de ce qui se passe au restaurant. J'ai peur de l'avenir. Quand je m'imagine élevant mes deux bébés toute seule, subvenant à leurs besoins avec ma paye ridicule, tentant de leur apprendre ce qui est bien et ce qui est mal... Je me sens dépassée. Seule. Mais...

Elle frissonna et se frotta les bras.

— Mais quand je pense à l'idée de m'impliquer dans une nouvelle relation... mon Dieu, c'est ce qui me terrorise le plus. Je ne veux pas rester seule toute ma vie, mais comment savoir si je ne vais pas tomber sur un homme comme Walt ?

Sa franchise le bouleversa. Il était flatté qu'elle lui fasse assez confiance pour lui parler de ses angoisses. Mais ce qui le troublait le plus, c'était que les craintes d'Annie faisaient écho aux doutes qui l'assaillaient lui-même de plus en plus, à mesure que ses sentiments pour la jeune femme s'intensifiaient.

Tout en sachant qu'il ne lèverait jamais la main sur une femme ou sur des enfants, son expérience douloureuse de la vie de famille le rappelait à l'ordre chaque fois qu'il pensait au mariage.

Il se frotta la mâchoire, cherchant un moyen de rassurer Annie. Il n'allait pas lui mentir. Mais il voulait tellement lui redonner espoir...

— Quand l'homme de ta vie se présentera, dit-il prudemment, ton expérience t'aura donné assez de sagesse et de discernement pour que tu saches s'il est comme Walt ou non.

Imaginer Annie avec un autre homme lui était insupportable. Mais s'il n'était pas capable de lui offrir ce dont elle avait besoin, ne méritait-elle pas de trouver le bonheur avec quelqu'un d'autre ?

— Quand le moment viendra, conclut-il, la gorge nouée, tu sauras que tu peux t'engager dans une nouvelle relation.

— J'ai envie d'y croire, répondit-elle.

— Alors crois-y. Moi, j'y crois, à cent pour cent.

En voyant l'espoir éclairer son visage, Jonah eut toutes les peines du monde à rester à sa place. Il mourait d'envie d'allonger Annie sur les coussins et de la convaincre, à force de baisers, qu'il était celui qui la rendrait heureuse, celui qu'elle attendait.

Par chance, Haley accourut dans la pièce à cet instant.

— Ça y est, je me suis lavé les dents. Regardez ! s'écria-t-elle en ouvrant grand la bouche.

— Très bien, la félicita Annie, visiblement soulagée de la diversion. Maintenant, file au lit. Je te rejoins dans une minute pour te lire une histoire.

— Est-ce que Jonah peut me la lire, ce soir ? demanda la fillette.

Annie secoua la tête, sur le point de refuser. Mais Jonah savait qu'elle était épuisée, et il était prêt à lire à Haley tous les livres de sa bibliothèque si cela pouvait soulager Annie — même si l'idée de participer à un aspect aussi intime de leur vie de famille le terrorisait.

— Si ta maman veut bien, ça ne me dérange pas, dit-il en interrogeant la jeune femme du regard. Vraiment, je peux le faire. Comme ça, tu peux t'occuper de coucher Ben.

L'expression stupéfaite d'Annie en disait long sur ce qu'elle avait vécu avec son ex-mari. De toute évidence, ce dernier ne lui avait jamais proposé de coucher les enfants. Elle avait été aussi seule pour élever Haley et Ben pendant son mariage qu'elle l'était maintenant.

Comme Haley le tirait par la main, Jonah la suivit dans sa chambre. Elle se glissa sous la couette et prit un livre sur sa table de chevet.

— Celui-là, dit-elle. C'est mon préféré.

Jonah jeta un coup d'œil au titre. *Skippyjon Jones.*

— Et tu dois faire l'accent espagnol comme maman ! précisa Haley.

— L'accent espagnol ? répéta Jonah, se demandant dans quoi il avait bien pu s'engager.

Il ouvrit le livre et commença à lire l'histoire amusante d'un chat siamois qui se prenait pour un chihuahua. En entendant un bruit dans le couloir, il leva les yeux et vit l'ombre d'Annie se dessiner sur le mur. La jeune femme s'était cachée derrière la porte de la chambre, sans doute pour écouter. Voulait-elle surveiller ce qui se passait, ou bien était-elle simplement curieuse d'entendre l'accent espagnol de Jonah ? Il ne pouvait le dire. Mais cela n'avait pas d'importance. A sa place, il aurait fait la même chose.

Il tourna la page, et continua à lire.

— Jonah ? l'interrompit soudain Haley.

— Oui ?

— Est-ce que tu trouves que ma maman est jolie ? demanda-t-elle en le scrutant de ses yeux noisette — les mêmes que sa mère.

— Oh oui, répondit-il en souriant. Je la trouve très belle.

— Elle a une cicatrice sur la joue.

— Je sais. Moi aussi, regarde, dit-il en lui montrant son sourcil. Je l'ai depuis que je suis tout petit.

— Ça fait mal ? demanda-t-elle en grimaçant.

— Plus maintenant.

— C'est mon papa qui a fait mal à maman. Elle a dû être opérée. C'est pour ça qu'elle a une cicatrice.

Il entendit Annie retenir son souffle dans le couloir, et son cœur se serra.

— Tu sais que ton papa ne peut plus vous faire de mal, à toi ou à ta maman, dit-il à la fillette. Tu ne crains plus rien.

Haley acquiesça.

— Papa est en prison, dit-elle d'un ton neutre.

— Oui.

Il reporta son attention sur le livre, s'attendant presque à ce que Haley lui pose une autre question, mais la petite fille regardait sans rien dire le chat en peluche qu'elle serrait dans ses mains. Il aurait très bien pu en rester là, reprendre sa lecture. Mais l'évitement n'avait jamais mené à rien. Et surtout, il voulait que Haley — et Annie — connaissent ses sentiments.

— Tu sais quoi ? dit-il à la fillette. Je crois que c'est en partie à cause de sa cicatrice que je trouve ta maman si belle.

Haley leva les yeux vers lui en fronçant son petit nez.

— C'est vrai ?

— C'est vrai. Pour moi, c'est comme un symbole de son courage. Une preuve de l'amour qu'elle vous porte et de sa force intérieure incroyable. Même si ton papa est en prison, elle a construit une nouvelle vie pour Ben et toi. Parfois, c'est dur d'être une maman, mais c'est l'une des meilleures mamans que j'aie jamais vues.

Haley acquiesça en souriant.

— Sa cicatrice prouve qu'elle est prête à tout pour protéger les gens qu'elle aime, continua Jonah. C'est courageux, hein ?

— Oui, répondit Haley en serrant sa peluche plus fort. Et c'est pour ça que tu la trouves jolie, alors ?

— Pour ça, et pour ses yeux, son sourire...

— Et ses cheveux ?

— Oui.

— Et sa bouche ? gloussa-t-elle.

Jonah étouffa un grognement en comprenant que s'il ne faisait rien, Haley était partie pour lister toutes les parties du corps.

— Je la trouve belle des pieds à la tête, dit-il. D'accord ?

— Belle comme une princesse ?

— Bien sûr. Comme une princesse.

— Et tu es son prince ?

— Euh...

Jonah ouvrit la bouche comme un poisson hors de l'eau. Il aurait pourtant dû la voir venir, cette question-là... Sachant qu'Annie écoutait derrière la porte, il choisit prudemment ses mots.

— Les princes ne sont-ils pas censés être beaux et charmants ?

— Tu es beau et charmant, répondit Haley sans hésiter.

Il se mit à rire en se frottant le menton.

— Merci, ma puce. Mais je crois que le vote décisif revient à ta maman.

— Jonah ?

Craignant une autre digression dans un territoire qu'il n'avait pas trop envie d'explorer, Jonah agita le livre sous le nez de la fillette.

— Tu ne crois pas qu'on devrait terminer l'histoire ?

Haley ignora sa question et s'assit dans son lit.

— J'espère que maman votera pour toi, murmura-t-elle en le serrant dans ses bras.

Jonah eut l'impression qu'un poids lui tombait sur la poitrine. Pour quelqu'un qui ne voulait pas s'impliquer dans une famille, il se retrouvait sacrément lié à celle d'Annie. Comment pourrait-il s'en détacher sans blesser personne ?

Et pourquoi l'idée d'un avenir rempli d'histoires du soir éveillait-il un désir si fort au fond de lui ?

# 16

Annie essuya les larmes qui perlaient à ses paupières tandis que Jonah sortait de la chambre de Haley et refermait la porte derrière lui. Son cœur était si plein d'affection et de gratitude qu'elle le sentait prêt à exploser.

Jonah s'arrêta devant elle et sourit d'un air gêné.

— Je vois que tu as entendu ma piètre imitation de l'accent espagnol, dit-il. Avec un peu de chance, Haley ne fera pas de cauchemar avec des monstres qui roulent les « r ».

Annie sourit à travers ses larmes.

— Tu peux bien plaisanter, répondit-elle. Mais ce que tu viens de faire pour elle... et pour moi...

Sa gorge se serra, l'empêchant de terminer sa phrase. Mais elle était bien décidée à lui dire ce qu'elle avait sur le cœur.

— Je veux que tu saches, commença-t-elle en passant ses bras autour de son cou, que je te trouve à la fois beau et charmant. Elle l'embrassa sur la joue. Doux et gentil. Elle pressa ses lèvres contre les siennes. Un grand protecteur et un homme d'honneur.

Il poussa un soupir et se dégagea de son étreinte, le regard troublé.

— Annie, je ne suis pas un prince charmant.

— Je... Je ne cherche pas un prince charmant.

— Vraiment ?

Elle redressa les épaules, ravalant la déception qui lui nouait la gorge.

— Je suis assez grande pour savoir qu'il ne faut pas croire aux contes de fées.

— Tu ne peux pas me mentir. J'ai vu l'expression dans ton regard, ce soir. L'attente et l'espoir.

Elle fronça les sourcils, gênée qu'il puisse lire en elle aussi facilement.

— Qu'est-ce que tu veux dire ? Quel regard ?

Jonah s'avança vers elle et repoussa tendrement ses cheveux derrière son oreille, exposant la cicatrice qui lui barrait la joue, tout comme son âme semblait mise à nu lorsqu'il la transperçait de son regard sombre.

— Tu mérites mieux que ce que j'ai à t'offrir, expliqua-t-il. Je ferai tout mon possible pour m'assurer que tes enfants et toi êtes en sécurité, pour arrêter les gens responsables du suicide de Michael. Mais je ne sais pas comment être l'homme dont tu auras besoin après cela.

Ces paroles lui transpercèrent le cœur. Annie se dégagea brusquement de sa caresse enivrante.

— Je ne te demande rien, dit-elle en lui lançant un regard furieux. J'ai été seule la majeure partie de ma vie, et j'ai survécu ! Je ne veux pas de ta charité, Jonah. Si c'est comme ça que tu vois les choses, alors tu ferais mieux de partir. Va-t'en, s'il te plaît.

— Annie, je ne voulais pas...

— Non, c'est mieux comme ça. Je ne veux pas que mes enfants s'attachent à toi si tu as l'intention de nous quitter quand tout sera fini. Ils ont assez souffert comme ça.

— Jamais je ne vous ferais de mal intentionnellement, à toi ou à tes enfants. Jamais. Si tu veux que je parte, je respecterai ton choix.

Sa bouche ne formait qu'une ligne mince et dure, mais son regard restait doux et chaleureux. Ses yeux étaient vraiment le reflet de son âme.

Les émotions se livraient une guerre féroce dans le cœur d'Annie. Elle se sentait tellement plus en sécurité lorsque Jonah était à ses côtés... Mais comment accepter d'être aussi dépendante de lui, de laisser ses enfants s'attacher encore plus à lui ? Sans parler d'elle-même.

— Je veux que tu partes, répondit-elle, même si ces mots lui arrachaient le cœur.

Il soupira, résigné.

— Si tu as besoin de quoi que ce soit, je garde toujours mon téléphone sur moi, dit-il. Je serai dans mon pick-up, je peux être ici en quelques secondes.

— Jonah...

Elle faillit lui proposer de dormir sur le canapé, mais elle se retint. Il n'avait pas nié qu'il avait l'intention de partir une fois l'enquête terminée. Autant s'habituer à vivre sans lui tout de suite.

Quand Annie sortit de chez elle le lendemain matin pour se rendre au travail, Jonah montait toujours la garde dans son pick-up. Elle se sentit rougir comme une collégienne en le voyant. Cela lui avait manqué de prendre le café avec lui au réveil, de le voir avec ses cheveux tout emmêlés et sa joue marquée par le tissu de son canapé. Ces derniers temps, la bonne humeur contagieuse de Jonah lui avait fait commencer ses journées sur une note optimiste, pour la première fois depuis bien longtemps.

En imaginant comme il avait dû mal dormir cette nuit, elle se sentit envahie de regrets. Elle lui fit signe en passant, mais ne s'arrêta pas comme il le lui demandait. Elle se hâta vers l'arrêt de bus et l'entendit crier son nom, puis démarrer le moteur de son pick-up.

Il serait bien trop facile d'accepter qu'il l'accompagne au restaurant comme les autres matins. Elle devait recommencer à se débrouiller seule, briser les liens fragiles qui s'étaient tissés entre lui et elle.

— Annie, viens ! Qu'est-ce que tu fais ? appela-t-il de son pick-up, qu'il avait garé en double file.

Par chance, le bus arriva au moment où Jonah commençait à descendre de son véhicule. Elle monta dans le bus sans se retourner, ne supportant pas l'idée de lui faire face après ce qui s'était passé la veille. Elle n'en avait pas dormi de la nuit.

*« Je ne sais pas comment être l'homme dont tu auras besoin... »*

De quoi avait-elle besoin, selon lui ? se demanda-t-elle. Que lui avait-elle demandé qu'il pensait ne pas pouvoir lui offrir ? Elle avait tant pris garde de ne rien attendre de leur relation. Et malgré ses bonnes intentions, une relation s'était réellement développée entre Jonah et elle, bien qu'elle ne sût absolument pas comment la définir.

Elle frissonna en repensant à la pression de ses lèvres sur les siennes, au plaisir qu'elle avait ressenti en l'embrassant. Il l'avait désirée autant qu'elle, non ? Avait-elle mal interprété ce qui s'était passé au gymnase ? Après tout, elle venait juste de craquer. Peut-être avait-il eu pitié d'elle. Etait-ce elle qui s'était jetée sur lui ?

Elle se sentit rougir de honte. Jonah, en vrai gentleman, n'avait pas profité de la situation et l'avait arrêtée avant qu'elle ne commette la deuxième plus grosse erreur de sa vie.

Elle cligna des yeux, tentant de retenir ses larmes. Si faire l'amour avec Jonah aurait été une erreur, pourquoi désirait-elle encore autant, de tout son corps et de toute son âme, tomber dans ses bras et se perdre dans ses baisers, dans ses caresses ? Au fond d'elle, elle savait que Jonah se montrerait infiniment doux, généreux et attentif comme amant. Car telle était la nature de l'homme qu'elle avait appris à connaître ces dernières semaines, l'homme en qui elle avait appris à faire confiance, l'homme qui avait volé son cœur alors qu'elle ne s'y attendait pas.

Mais Jonah lui avait fait clairement comprendre la veille que cet attachement n'était pas réciproque.

*« Je ne sais pas comment être l'homme dont tu auras besoin... »*

Lassée de s'apitoyer sur son sort, Annie chercha au fond d'elle ce qui lui restait de détermination et d'espoir. Elle s'en sortait très bien avant que Jonah n'entre dans sa vie, il n'y avait pas de raison qu'elle ne s'en sorte pas maintenant. Même si elle ne pouvait pas lui interdire de jouer les gardes du corps avec elle, elle n'était pas obligée de se laisser aller à rêver d'un avenir avec lui. Comme elle l'avait fait jusque-là, elle concentrerait son énergie sur Haley et Ben pour leur offrir la meilleure enfance possible.

Le bus ralentit dans un crissement de freins. Annie se dirigea vers la porte et sourit poliment au chauffeur avant de descendre sur le trottoir. Elle n'avait pas fait trois pas que le pick-up de Jonah s'arrêtait à son niveau.

— Annie, je sais que tu es en colère, lui cria Jonah par la fenêtre ouverte. Mais ta sécurité passe avant ton orgueil. S'il te plaît, monte.

— Il me reste cent mètres à faire, répondit-elle.

Une voiture klaxonna derrière Jonah, mais il l'ignora.

— Il faut qu'on parle. De nous.

— Il n'y a pas de « nous », Jonah, répliqua Annie en regardant droit devant elle tandis qu'elle se remettait en marche. Tu me l'as bien fait comprendre hier soir.

— Annie...

— Tout va bien, ne t'inquiète pas. Tu as raison. Je crois que je me suis un peu laissé emporter par mes émotions. Mais c'est mieux comme ça.

— Ce n'est pas que je ne veux pas être avec toi, Annie. Mais je ne...

Il poussa un juron.

— Bon sang, je ne peux pas t'expliquer ça à travers la fenêtre d'une voiture ! Monte s'il te plaît.

— Je vais être en retard au travail.

Elle s'arrêta en soupirant.

— On peut parler ce soir, si tu veux. Mais ne te sens pas obligé de t'excuser. Il n'y a pas de « nous », je l'ai bien compris. Je l'ai juste oublié dans un moment de faib...

A sa grande consternation, sa voix se brisa, et des larmes brûlantes lui brouillèrent la vue. Les lèvres serrées, elle repartit d'un pas pressé en direction du restaurant.

— Bon sang, Annie. Laisse-moi juste cinq minutes pour...

La fin de sa phrase se perdit tandis qu'elle poussait la porte de Chez Pop et la refermait derrière elle. Jonah apparut à sa place habituelle derrière le comptoir dans les secondes qui suivirent, mais Annie laissa le soin à Susan de le servir. Ils s'étaient mis d'accord pour que leurs échanges au restaurant restent neutres, superficiels. Evidemment, la vraie nature de leurs relations ne devait plus être un secret si quelqu'un la suivait réellement, mais la discrétion était tout de même de mise.

Annie fit de son mieux pour ignorer le regard insistant de Jonah tandis qu'elle servait le petit déjeuner aux autres clients, mais elle savait sans avoir besoin de le vérifier qu'il suivait chacun de ses mouvements. Elle ressentait sa présence dans chaque fibre de son corps.

— Annie.

Sa voix chaude résonna alors qu'elle cherchait des sachets de sucre derrière le comptoir. Levant prudemment les yeux, elle croisa son regard intense et frissonna.

— Est-ce que je peux... avoir un peu plus de café ? lui demanda-t-il.

Sa tasse était déjà pleine.

— Vous ne craignez pas d'être en retard à l'usine, M. Devereaux ? lui demanda-t-elle.

Cette question lui arracha un petit sourire, mais son regard était tellement triste, tellement suppliant, qu'Annie ne sut comment le prendre. Il hésita, puis baissa les yeux.

— Vous avez raison. Je vous demanderai juste la note, alors.

Que signifiait ce regard ? Etait-ce de la culpabilité ? Du regret ? Ou bien quelque chose de plus profond, de plus personnel ?

— Je vais appeler votre serveuse, dit-elle, la gorge nouée.

Après que Jonah eut quitté le restaurant, Annie tenta de se plonger entièrement dans son travail — prendre les commandes, remplir les salières, échanger des banalités avec ses clients. Mais ses pensées ne cessaient de revenir à Jonah et au regard bouleversant qu'il lui avait envoyé en partant.

A l'heure du déjeuner, elle eut la bonne surprise de voir entrer Ginny et son mari, qui lui firent un petit signe de la main avant de s'installer. Elle se hâta vers leur table.

— Bien contente de vous voir, leur dit-elle avec un sourire las, tout en leur tendant la carte.

— Quelque chose ne va pas ? lui demanda Ginny.

Annie coula un regard en biais vers Riley, puis haussa les épaules.

— C'est juste que…

Le mari de Ginny s'éclaircit la gorge.

— Excusez-moi, mesdames, mais je crois que je vais aller feuilleter le journal, dit-il en quittant le box.

— Merci, Riley, dit Annie.

Ginny suivit son mari des yeux, le visage rayonnant de bonheur.

— Pour un homme, il est assez perspicace, observa-t-elle, avant de se tourner vers Annie. Alors, qu'est-ce qui se passe ? Est-ce que ton humeur maussade a quelque chose à voir avec le type dont tu m'as parlé la dernière fois ? Jonah, c'est ça ?

Annie ne put s'empêcher de sourire tandis qu'elle s'asseyait à côté de son amie.

— Riley n'est pas le seul à être perspicace, observa-t-elle.

— N'oublie pas qu'il n'y a pas si longtemps, je ne savais pas quoi faire à propos de Riley. Je reconnais ce regard.

— Quel regard ?

— Celui qui me dit que tu es folle de ce mec, mais que tu as peur de tenter d'être heureuse avec lui.

Annie s'adossa contre le dossier du banc, les sourcils froncés.

— Qui me dit que je serais heureuse avec lui ? Peut-être qu'il faut simplement que j'oublie l'idée de vivre avec un homme et que je me contente d'élever mes enfants.

— As-tu vraiment envie de faire ça toute seule ?

— Non. Mais Walt ne m'a pas vraiment laissé le choix.

— Bien sûr que si. Vous avez divorcé. Tu peux offrir un nouveau père à tes enfants. La question, c'est de savoir si cela te rendra heureuse, toi. Jonah est-il celui qui t'apportera le bonheur ?

— Ginny, tu vas beaucoup trop loin. Jonah veut seulement me protéger le temps que cette histoire de…

Elle s'interrompit, jetant un coup d'œil vers le comptoir où Susan était en train d'encaisser l'argent d'un client.

— L'autre histoire dont je t'ai parlé, reprit-elle en baissant la voix. J'ai toujours cette épée de Damoclès au-dessus de la tête.

— Il est peut-être temps d'aller voir la police, tu ne crois pas ? conseilla Ginny en se penchant vers elle pour ne pas parler trop fort.

— Non, pas encore. Jonah a un plan, et je lui fais confiance. Quand il aura tout ce qu'il faut pour que les coupables soient arrêtés, il remettra ses informations à la police. Il a peur qu'en s'y prenant trop tôt, ceux qui tirent les ficelles n'entrent dans la clandestinité. Ou bien qu'ils trouvent un autre moyen de se protéger. Jonah pense que c'est comme ça que Hardin a été tué.

— Annie, ça ne me plaît pas que tu sois mêlée à cette affaire. Donne ta démission. Je t'aiderai à trouver un autre travail. Tu n'as pas besoin de rester ici si...

— Je ne peux pas m'en aller maintenant. Nous sommes trop proches du but.

Elle lança un coup d'œil furtif vers Susan.

— En plus, même en ne travaillant plus Chez Pop, je serai toujours menacée, ajouta-t-elle. Il y a de grandes chances pour que ces types sachent que je suis au courant de leurs agissements. Tu sais ce qu'on dit, restez proches de vos amis...

— Et plus encore de vos ennemis, termina Ginny. Oh, Annie. Sois prudente.

— Ne t'inquiète pas.

— Et Jonah ?

— Quoi, Jonah ?

— Tu l'aimes ?

Annie se mit à rougir.

— Je... Je...

— Je crois que j'ai ma réponse, dit Ginny avec un grand sourire.

— Non, je ne sais pas vraiment ce que je ressens pour lui. Et après ce qui s'est passé hier soir, ce n'est peut-être même pas la peine de se poser la question.

— Pourquoi ? Que s'est-il passé ?

— Il m'a fait comprendre qu'il n'envisageait pas d'avenir avec moi, répondit Annie, la gorge nouée.

— Qu'a-t-il dit exactement ?

— Qu'il ne peut pas être celui dont j'ai besoin.

— Ah. Il a peur.

— Peur ? répéta Annie en haussant les sourcils.

La peur était bien la dernière émotion qu'elle prêtait à Jonah. Et pourtant... Elle repensa à son expression égarée ce matin, à l'incertitude qui transparaissait dans sa voix lorsqu'il lui avait demandé de discuter.

— Peur de quoi ? demanda-t-elle.

— Ça peut être tout et n'importe quoi, répondit Ginny en s'adossant à la banquette. Tu le connais mieux que moi. Il a peut-être peur de te faire mal. Ne m'as-tu pas dit que sa force physique et le fait qu'il fasse de la boxe t'intimidaient ? Il craint peut-être de...

— Oh, non, coupa Annie avec véhémence. Jamais il ne nous ferait de mal, à moi ou aux enfants.

En s'entendant prononcer ces mots, elle fut surprise de la certitude qu'elle éprouvait à ce propos. Quand en était-elle venue à cette conclusion ? Quand Jonah l'avait-il convaincue de sa loyauté et de son honnêteté ? Comment pouvait-elle être aussi sûre qu'elle était en sécurité avec lui ?

Quand et comment, elle n'en savait rien. Mais elle en était certaine.

— Il n'a peut-être pas peur de te faire mal physiquement, avança Ginny en plongeant ses yeux bleu vif dans les siens. Il craint peut-être de s'engager, de te décevoir, ou de te laisser tomber. De te briser le cœur — ou de briser le sien.

Annie retint son souffle. S'était-elle laissé aveugler par l'apparence puissante, inébranlable, de Jonah ? Il lui avait parlé de son père, de son enfance malheureuse, de la douleur d'avoir perdu son ami l'année précédente. Son protecteur invincible cachait-il un cœur vulnérable ?

— Quoi qu'il en soit, la question reste la même, conclut Ginny. Est-ce que tu l'aimes ?

— Je crois que... c'est possible, répondit Annie. Je suis plus heureuse quand je suis avec lui. Je me sens plus courageuse, plus forte, plus optimiste.

— Alors bats-toi pour lui, dit Ginny avec un sourire satisfait. Tu as résisté à Walt, tu vous as sauvés, toi et tes enfants, de sa tyrannie, tu as commencé une nouvelle vie. Après tout ce que tu as réussi à obtenir, ne laisse pas passer la seule personne qui peut te donner l'amour que tu mérites. Ces dernières semaines, tu as appris que tu étais en sécurité avec lui. Maintenant, montre-lui qu'il peut être en sécurité avec toi, que tu ne le laisseras pas souffrir. Montre-lui qu'il n'a pas à avoir peur d'un avenir avec toi. Je t'en prie, ne le laisse pas partir sans t'être battue.

Le cœur d'Annie se mit à cogner violemment dans sa poitrine. Après avoir passé des années à se replier sur elle-même pour se protéger et éviter les conflits, était-elle prête à se battre pour un avenir avec Jonah ?

Tandis qu'elle pesait les risques d'une telle décision, elle s'aperçut que Susan la regardait depuis le comptoir, les sourcils froncés. Sa collègue fit un signe de tête éloquent vers la salle pleine de clients.

— Je dois retourner travailler, dit Annie à Ginny. J'ai des clients qui m'attendent.

Comme elle se levait, Ginny lui prit la main.

— Ecoute ton cœur, Annie. Autorise-toi à être heureuse. Tu mérites d'être avec un homme qui te chérira et remplira ta vie de joie. Ne laisse pas ton expérience avec Walt déformer ta vision de Jonah. J'ai failli commettre cette erreur avec Riley, et j'aurais gâché la meilleure chose qui me soit arrivée.

— D'accord.

— Et... Est-ce qu'on peut avoir deux cheeseburgers et du thé glacé ? Je suis affamée, dit-elle avec un grand sourire.

— Bien sûr.

Annie se hâta vers le tableau de commandes pour noter celle

de son amie. Si elle avait espéré mettre un peu d'ordre dans ses pensées confuses en parlant avec Ginny, elle s'était bien trompée...

Ecouter son cœur ? Se battre pour Jonah ? Elle ne savait pas par où commencer. En prenant conscience qu'elle se sentait en sécurité avec lui, elle venait d'éliminer la principale raison qui l'avait poussée à ne pas s'engager dans une relation avec lui. L'alchimie physique n'était pas non plus un problème, étant donné que la veille, elle avait failli lui faire l'amour en plein milieu du gymnase...

Les rapports qu'il avait eus avec ses enfants lui avaient également réchauffé le cœur. Ayant fait l'expérience de sa gentillesse, de sa compassion et de sa loyauté, comment pouvait-elle encore douter du genre de mari et de père qu'il serait ?

Mais Ginny ne l'avait pas seulement défiée d'admettre les sentiments qu'elle éprouvait pour Jonah. Ginny voulait qu'elle agisse au nom de ces sentiments, qu'elle fasse preuve d'un courage qu'elle n'était pas certaine de posséder. Que se passerait-il si elle s'autorisait à aimer Jonah, qu'elle lui offrait son corps, son cœur et son âme, et qu'il s'en allait quand même une fois l'enquête terminée ? Voilà ce qui lui faisait peur. Elle avait déjà tant perdu !

Mais Jonah n'en valait-il pas la peine ?

Une petite voix se fit entendre au fond d'elle, la même qui l'avait tirée du cauchemar de son mariage et lui avait donné le courage de se libérer de Walt. Elle avait déjà affronté ses démons par le passé alors que sa vie était en jeu. Ce soir, elle allait tenter de gagner le bonheur, de gagner l'amour dont elle avait toujours rêvé. Ce soir, elle allait risquer son cœur... pour Jonah.

Jonah passa sa journée à éplucher les dossiers qu'ils avaient trouvés dans le casier de Hardin, sans réussir à se concentrer. Le baiser d'Annie lui revenait sans cesse à la mémoire. C'est pour cette raison qu'en fin d'après-midi, il se rendit à sa salle de sport pour tenter d'évacuer le désir qui bouillonnait dans ses veines, en s'épuisant physiquement contre un sac de sable.

Il espérait ainsi ne plus penser au regard plein d'espoir de la jeune femme, à la mélodie de son rire tandis qu'ils dansaient, à l'émotion qui lui avait serré le cœur lorsqu'il avait lu une histoire à Haley. Mais au lieu de cela, les gestes répétitifs de son entraînement laissèrent le champ libre à son cerveau pour répéter en boucle les mêmes images.

Il avait fait la chose qui le terrifiait le plus, la chose qu'il s'était promis de ne pas faire avec Annie : il s'était attaché à ses enfants et avait développé à son égard des sentiments profonds et complexes. Comment pouvait-il s'extirper de ces liens sans faire souffrir Annie et sa famille ? Sans perdre un morceau de son propre cœur ?

Déjà, Haley l'imaginait épousant sa mère. Si en plus Annie espérait un avenir avec lui, il était voué à la décevoir. Et, à en juger par l'attitude qu'elle avait eue avec lui le matin, il y avait fort à parier qu'il l'avait déjà blessée en ne répondant pas à ses avances.

Il frappa le sac encore plus fort. Bon sang ! Blesser Annie était bien la dernière de ses intentions. Mais cela l'avait-il empêché de l'embrasser à pleine bouche dans le gymnase du poste de police ? Avait-il pensé aux conséquences de ses actes lorsqu'il s'était engagé avec Haley dans une conversation intime et paternelle à l'heure du coucher ? Il aurait mieux fait, pour le bien de tout le monde, de surveiller l'appartement d'Annie depuis son pick-up.

Au lieu de cela, il se surprenait lui-même à s'imaginer aidant Annie à élever ses enfants, ou se réveillant le matin à côté d'elle plutôt que dans son canapé plein de bosses.

Une vague de chaleur lui embrasa les reins tandis qu'il se voyait pressé contre le corps nu d'Annie, en train de lui faire l'amour soir après soir. En train de lui faire un enfant, peut-être, le leur. Il ne pouvait nier à quel point il avait envie d'elle, ni comme la perspective d'intégrer sa famille paraissait délicieuse.

Mais il y avait trop d'inconnues qui venaient assombrir ce tableau idéal. Comment fonder une famille unie avec Annie alors que la sienne avait été aussi ratée ? Bien sûr, il pouvait essayer de la rendre heureuse, d'offrir à ses enfants le modèle paternel dont ils avaient besoin, mais cela ne suffisait pas d'essayer. On ne pouvait pas risquer d'échouer avec une femme et des enfants. Annie méritait mieux que ça.

Jonah refusait de la faire souffrir davantage. Il ne pouvait tout simplement pas s'engager auprès d'elle sans avoir l'assurance de réussir.

Serrant les mâchoires, il martela le sac de sable jusqu'à ce que la transpiration lui coule dans les yeux.

— Hé, quelle mouche t'a piqué ?

Retenant le sac d'une main, Jonah se tourna vers Frank et essuya la sueur qui lui couvrait le front.

— Pardon, je n'ai pas entendu ce que tu as dit.

— Je t'ai demandé quelle mouche t'avait piqué. Tu cognais comme un damné dans ce pauvre sac. Qu'est-ce qui se passe ?

Après avoir retiré ses gants, Jonah attrapa sa serviette et s'essuya le visage.

— J'en ai plein la tête, répondit-il en soupirant. J'avais besoin d'évacuer un peu de stress, de m'éclaircir les idées.

— Et ça a marché ? demanda Frank en riant.

— Pas autant que je l'espérais. Je ne sais toujours pas ce que je vais faire.

— C'est une femme, ou l'argent ?

— Pardon ?

— Ben, en général, les problèmes d'un homme viennent de sa dulcinée, ou de sa situation financière. Alors ?

Jonah hésita. Avait-il vraiment envie d'entendre les conseils conjugaux d'un propriétaire de salle de sport ? Après tout, les conseils de Michael lui avaient sauvé la vie, et il était lui aussi directeur d'un gymnase.

— C'est une femme, confia-t-il à Frank.

— Epouse-la.

— Quoi ?

— Entre ma femme et ma fille, j'ai vécu avec des femmes pendant plus de trente ans. Je sais comment elles fonctionnent. Si cette femme te met dans cet état, ça veut dire qu'elle représente plus pour toi qu'une simple aventure. Alors je dis, un peu de courage. Epouse-la, arrête de perdre du temps.

— Mais je ne...

— D'un autre côté, si tu es déjà marié avec elle et qu'elle te cause à ce point du souci...

Jonah croisa les bras sur son torse, presque amusé par les spéculations de son entraîneur.

— ... il y a des chances qu'elle ait au moins un peu raison de t'en vouloir. Alors fais profil bas, offre-lui des fleurs et dis-lui que tu es désolé. Tu auras peut-être une chance de revenir dans son lit au lieu de dormir sur le canapé.

Frank n'était pas si loin de la vérité, songea Jonah. C'était en partie l'idée de rejoindre Annie dans son lit qui le mettait dans cet état. Dire qu'il aurait pu lui faire l'amour la veille, si sa conscience ne l'avait pas rappelé à l'ordre... Car lorsqu'elle l'avait embrassé devant la chambre de Haley, son baiser avait été chargé de promesses silencieuses. L'air autour d'eux avait crépité de désir et d'espérance.

— Je te dis juste ce que j'ai appris, reprit Frank en haussant les épaules. A la fois en tant que mari et en tant que gérant d'une boîte. Parfois, il faut faire quelques sacrifices pour obtenir ce qu'on veut.

L'entraîneur affichait un air satisfait, comme s'il venait de régler le problème de la faim dans le monde.

— Ce que je veux tout de suite, moi, ajouta-t-il, c'est une bonne bière et un grand écran pour regarder le championnat de basket. Tu veux venir avec moi ?

Jonah sursauta. Il avait failli oublier la phase finale du tournoi sur lequel il avait parié avec Farrout. Il fallait qu'il regarde ce match pour être capable d'en parler plus tard avec le malfrat.

Peut-être pourrait-il suivre le match chez Annie... Il n'avait pas envie qu'elle reste seule chez elle, sans compter qu'elle lui avait promis de reparler de ce qui s'était passé la veille. Penser à cette conversation lui donnait déjà des sueurs froides.

— Merci Frank, répondit-il enfin, mais je préfère regarder le match chez moi.

— Avec ta bonne amie, donc ? Eh bien bonne chance. Tu soutiens quelle équipe ?

— L'UNC.

Frank ricana.

— Ils n'ont aucune chance.

— Mon instinct me dit qu'ils s'en sortiront, même s'ils ne sont pas favoris, répliqua Jonah en jetant sa serviette dans son sac de sport.

— Tu as l'air assez sûr de ton équipe, observa Frank, les yeux plissés. Tu veux parier un peu d'argent ?

— C'est déjà fait.

— Tu sais… Si un jour tu veux faire ça sérieusement, je connais peut-être quelqu'un qui peut t'arranger le coup.

Jonah sentit un frisson glacé lui parcourir le dos. Etait-ce Frank qui avait envoyé Michael dans les griffes de Farrout ? Avait-il des informations sur l'organisation de paris illégaux ?

— Réfléchis et tiens-moi au courant, reprit l'entraîneur en passant sa main dans ses cheveux gris. Il y a plein de matchs à venir, plein d'occasions de se faire un peu d'argent si ça t'intéresse.

Sur ces mots, il s'éloigna en direction de son bureau, saluant un autre boxeur en passant.

Tandis qu'il se dirigeait vers les douches, Jonah nota dans un coin de sa tête de reposer plus tard quelques questions à Frank sur ses liens avec les paris sportifs. Mais pour l'instant, il avait d'autres préoccupations — quelque dix mille dollars en jeu sur un match de basket, et une mère célibataire qui lui faisait désirer des choses hors de sa portée.

# 17

Quand Jonah frappa à la porte ce soir-là, Annie sentit son cœur faire un bond dans sa poitrine. Les mains tremblantes, elle lissa la jupe moulante qu'elle avait enfilée en rentrant du travail. Elle s'était sentie mal fagotée dans son uniforme de serveuse, et si elle voulait convaincre Jonah de s'engager dans une relation avec elle, autant mettre toutes les chances de son côté.

— Bonsoir, dit-elle en s'effaçant pour le laisser entrer.

Même à ses propres oreilles, sa voix lui sembla chaude et sensuelle. Mais le souffle lui manquait face au bel homme qui se tenait devant elle, les cheveux humides d'une douche récente, le visage éclairé par le soleil couchant qui mettait en valeur les lignes masculines de ses pommettes et de sa mâchoire.

« Ecoute ton cœur », lui avait dit Ginny.

Tout de suite, son cœur lui disait de saisir Jonah à deux mains et de ne plus jamais le laisser partir. Cet homme, qui savait lire jusque dans son âme et la faire fondre d'une simple caresse, avait réussi à contourner toutes ses défenses pour lui voler son cœur.

Il laissa errer son regard sur elle, appréciant visiblement la jupe en jean qui soulignait ses hanches et le chemisier blanc qui tirait le meilleur parti de son modeste décolleté. Ses pupilles semblèrent se dilater lorsqu'il s'arrêta sur sa bouche.

Sur un coup de tête, elle s'était attaché les cheveux en arrière, laissant sa cicatrice exposée. Celle-ci faisait partie d'elle et, ce soir, elle ne voulait aucun secret, aucune barrière entre Jonah et elle.

— Bonsoir, dit-il enfin. Tu es... magnifique.

Annie se sentit rougir de plaisir. La manière dont il la regardait, comme un chat prêt à bondir sur sa proie, lui donnait l'impression d'être belle pour la première fois depuis des années.

— As-tu déjà mangé ? lui demanda-t-elle après s'être éclairci la gorge.

— Je...

— Jonah ! s'écria Haley en surgissant du salon, son diadème en plastique sur la tête.

Ben suivit sa sœur en trottinant, et un grand sourire éclaira son visage lorsqu'il vit leur invité. Comme Haley s'accrochait aux jambes de Jonah, celui-ci la souleva dans ses bras pour l'embrasser.

— Salut, princesse. Comment ça va au château ? lui demanda-t-il, avant d'ébouriffer les cheveux de Ben. Et toi bonhomme, tu as fait de nouvelles constructions avec tes cubes ?

En entendant le rire joyeux de Haley, Annie sentit son cœur se gonfler de bonheur. Jonah s'était vite attaché à ses enfants, il ne montrait pas la même réserve, la même gêne que la plupart des hommes célibataires affichaient en présence de tout petits. Le voir à ce point à l'aise avec ses enfants lui prouvait encore, s'il en était besoin, qu'elle avait pris la bonne décision.

Pour le dîner, ils se firent livrer une pizza — offerte par Jonah, pour le plus grand bonheur des enfants. L'estomac plein, fatigués par ce repas de fête, Haley et Ben ne se firent pas prier lorsque vint le moment du bain et du coucher. Jonah relut *Skippyjon Jones* à la fillette, puis s'éclipsa dans le salon pendant qu'Annie installait Ben dans son lit à barreaux.

Lorsque les deux enfants furent profondément endormis, Annie vint s'asseoir à côté de Jonah sur le canapé et ramena ses jambes sous elle.

— Qui est-ce qui joue ? demanda-t-elle.

— L'UNC contre le Kansas, répondit Jonah en lui lançant un coup d'œil de côté. C'est le dernier match du championnat.

— Mmm.

Un sentiment de malaise envahit Annie. Walt s'était montré particulièrement grognon et sensible aux interruptions lorsqu'il regardait le sport à la télévision. Elle avait rapidement appris à se faire discrète ces soirs-là.

La déception lui noua l'estomac. Elle qui espérait avoir du temps pour exprimer ses sentiments à Jonah, elle pouvait sans doute tirer un trait sur leur discussion.

Au moment des publicités, Jonah se tourna vers elle.

— Alors, les enfants sont couchés ? lui demanda-t-il.

— Oui. Est-ce que le match va durer encore longtemps ? J'aurais bien aimé parler.

— J'en ai envie moi aussi. Mais c'est le match sur lequel j'ai parié avec Farrout. J'ai besoin de voir comment il se termine, mais après, je veux bien discuter. Il ne reste qu'une dizaine de minutes.

Son explication la rassura, tout en réveillant en elle une autre forme d'inquiétude. Même si elle parvenait à mettre les choses au clair avec Jonah, rien n'était encore réglé concernant l'affaire des paris illégaux et du blanchiment d'argent.

— Je peux attendre dix minutes, dit-elle.

— Il peut y avoir des prolongations, précisa-t-il en grimaçant.

Son air contrit de petit garçon contrastait tellement avec la mauvaise humeur de Walt qu'Annie ne put s'empêcher de sourire.

— O.K., répondit-elle. Mais je ne veux pas d'éclats de voix, tu réveillerais les enfants. Et j'aimerais vraiment qu'ils continuent à dormir, ajouta-t-elle avec un sourire sensuel, tout en se rapprochant de lui.

— Je m'en souviendrai, répondit-il d'une voix soudain plus grave.

Il lui passa un bras autour de la taille et l'attira contre lui.

— En attendant, aide-moi à soutenir mon équipe. J'ai quand même misé dix mille dollars sur ce match.

— Dix mille dollars ? s'écria-t-elle. Où as-tu trouvé cet argent ? Oh, excuse-moi, ça ne me regarde pas. C'est juste que... une somme comme celle-là...

Jonah entrelaça ses doigts aux siens et déposa un baiser dans la paume de sa main. Le contact délicat de ses lèvres sur sa peau la fit frissonner délicieusement.

— Tu as le droit de savoir, répliqua-t-il. Cet argent m'a été versé par une assurance. Mon père a été tué dans un accident de voiture il y a quelques années.

Annie retint son souffle, émue par son histoire. Elle connaissait les sentiments contradictoires qu'il avait éprouvés envers son père, et imaginait sans peine ce qu'il avait dû ressentir à sa mort.

— Un automobiliste a grillé un feu rouge et l'a percuté de plein fouet, expliqua-t-il. La compagnie d'assurance de ce type nous a proposé un accord assez avantageux, à ma sœur et à moi, en échange de la promesse que nous ne porterions pas plainte. Papa avait aussi pas mal d'argent sur son assurance-vie, qui était à nos noms.

Il jeta un coup d'œil vers l'écran, où le match avait repris.

— Je ne voulais pas entendre parler de mon père de son vivant, continua-t-il, et je n'ai eu aucune envie de tirer profit de sa mort. J'ai pris l'argent, je l'ai mis à la banque, et je l'ai laissé là. Je ne voulais rien faire avec, jusqu'à ce que...

Comme il ne terminait pas sa phrase, Annie lui caressa doucement la joue, puis l'obligea à la regarder dans les yeux.

— Jusqu'à ce que ?

— Quand Michael est mort et que j'ai décidé d'enquêter sur le réseau de paris illégaux, j'ai démissionné de la police de Little Rock pour venir m'installer ici. Cela fait bientôt un an que je vis sur l'argent que j'ai reçu à la mort de mon père. Comme Michael était une vraie figure paternelle pour moi, beaucoup plus que mon propre père, j'ai trouvé qu'il y avait une certaine justice à employer l'argent dont j'avais hérité pour retrouver les gens responsables de la mort de Michael.

— Une certaine justice, en effet, observa Annie.

Après un instant interminable où le monde sembla s'arrêter de tourner, Jonah baissa les yeux sur ses lèvres. Irrémédiablement attirée vers lui, elle l'embrassa. Le grognement qu'il laissa échapper résonna au plus profond d'elle-même et l'encouragea à s'enhardir, à prendre ce qu'elle brûlait d'avoir sans crainte et sans regret. Elle plaqua sa bouche sur la sienne et l'invita à s'ouvrir à elle.

Jonah l'attira sur ses genoux. Ses doigts plongèrent dans la chevelure d'Annie tandis qu'il répondait à sa demande, joignant sa langue à la sienne dans une danse sensuelle. Agrippée à sa chemise, elle sentait son cœur battre vite et fort contre sa poitrine, elle sentait la bosse de son jean se presser contre sa hanche. Savoir qu'elle était responsable de son émoi l'emplit d'une sensation de puissance qu'elle n'avait jamais éprouvée. Dans les bras de Jonah, elle se sentait femme. Respectée. Chérie.

Elle laissa courir ses mains insatiables sur ses larges épaules, le long de ses bras musclés, s'arrêtant sur son torse puissant. Puis elle leva les yeux vers lui, le souffle court. La chaleur et l'envie qui enflammaient son regard ne firent qu'attiser son propre désir. Frissonnant de tout son corps, elle se pressa contre lui.

— Jonah, je veux...

Sa voix s'étrangla. Elle devrait arrêter tout de suite, s'écarter de lui. Se protéger d'une peine inévitable. Si elle ne craignait aucune violence physique de la part de Jonah, son cœur risquait trop gros. Car en offrant son corps à Jonah, elle lui abandonnerait aussi une partie de son âme.

L'agitation lui asséchait la gorge, et elle s'humecta nerveusement les lèvres. Jonah suivit du regard le mouvement de sa langue, et ses yeux se voilèrent de désir.

— Qu'est-ce que tu veux, Annie ? dit-il d'une voix rauque. Demande-moi n'importe quoi, ma belle.

Il lui prit le visage entre les mains et déposa une pluie de baisers sur son nez, ses joues, ses yeux fermés. Sa tendresse la touchait au plus profond d'elle-même. Sa chaleur faisait fondre la peur qui l'avait glacée, paralysée, depuis trop longtemps.

*« Ecoute ton cœur. »*

Même si cela lui coûtait une partie de son âme, elle avait envie de se réfugier dans les bras de Jonah, de connaître encore la joie douce et entêtante de ses baisers. Après avoir passé des années à fuir, à souffrir, elle rêvait de quelques instants de répit et de bonheur.

— Ça, murmura-t-elle. Je veux ça. Je... je te veux, toi.

L'expression de Jonah se fit soudain triste, vulnérable.

— Tu es sûre ?

*« Il craint peut-être de te briser le cœur — ou de briser le sien. »*

Annie comprit soudain que Jonah avait les mêmes besoins et les mêmes doutes qu'elle. Son protecteur portait lui aussi des cicatrices de son passé. Etait-il possible qu'il ait besoin d'elle autant qu'elle avait besoin de lui ? Deux esprits brisés, deux oiseaux blessés pouvaient-ils trouver du réconfort et de l'espoir dans les bras l'un de l'autre ?

*« C'est une question de savoir donner et prendre, de savoir soutenir l'autre et s'appuyer sur lui. »*

Ginny avait raison. Plus que tout au monde, Annie avait envie de rendre à Jonah l'espoir et le bonheur qu'il lui avait donnés à force de patience et de gentillesse.

Elle inspira profondément et, posant une main sur sa joue, elle approcha ses lèvres des siennes.

— Fais-moi l'amour, Jonah.

Après avoir jeté un coup d'œil sur ses enfants endormis, Annie rejoignit Jonah dans sa chambre, le cœur battant. Elle entra au moment où il posait sur la table de nuit un petit emballage carré qu'il avait sorti de son portefeuille.

— Pour que tu saches que tu ne crains rien avec moi, dit-il en l'entendant entrer.

— Je le sais.

— Ce que je veux dire, c'est que... Je ne couche pas à droite et à gauche. Pour moi, le sexe est quelque chose de...

Elle posa son index sur sa bouche pour le faire taire.

— Je te fais confiance, dit-elle.

— Annie, ma douce Annie..., murmura-t-il tout contre ses lèvres.

Elle s'abandonna à son baiser et aux volutes de plaisir qui montaient en elle. Lorsqu'il quitta sa bouche pour effleurer sa gorge, elle sentit sur sa peau des milliers de petites étincelles. Il glissa les mains sous son chemisier et lui massa doucement le dos, chassant la tension et l'anxiété qui ne l'avaient pas quittée depuis des semaines.

Plaquant fermement ses hanches contre les siennes, il la pencha en arrière pour enfouir son visage entre ses seins. Ainsi cambrée, son bassin se pressait encore plus intimement contre son érection, et elle se balança doucement d'avant en arrière. Un grognement s'échappa de la gorge de Jonah. L'effet qu'elle avait sur lui décuplait son propre plaisir.

Prenant confiance en elle, elle s'écarta de lui et, tout en soutenant son regard, fit glisser sa jupe le long de ses jambes jusqu'à ce qu'elle tombe à ses pieds, puis retira lentement son soutien-gorge. Jonah retint son souffle tandis qu'il posait les mains sur ses seins et les caressait doucement.

Lorsqu'il fit rouler ses mamelons sous ses pouces, Annie sentit une vague brûlante déferler en elle. Elle s'agrippa à la chemise de Jonah, le souffle court, les jambes tremblantes de désir. Lentement, il l'allongea sur le lit.

En un éclair, il avait retiré son T-shirt et son pantalon, et se plaçait au-dessus d'elle. Annie savoura le spectacle de ses bras musclés et bronzés, de son torse puissant. Au lieu de la terrifier, sa force la rassurait, lui donnait l'impression d'être en sécurité. Elle effleura sa peau douce et brûlante et sourit en le sentant frissonner. Elle suivait du regard le chemin que traçaient ses doigts, lorsqu'elle découvrit qu'une large cicatrice lui barrait l'abdomen.

— Jonah, qu'est-ce que...

Il leva vers elle des yeux soûls de passion et de désir.

— Un voyou armé d'un couteau qui a résisté à une arrestation, expliqua-t-il d'une voix lointaine.

Tandis qu'elle l'observait d'un œil nouveau, elle remarqua un petit cercle blanc sur son épaule.

— Et ça ? demanda-t-elle en le touchant.

— Est-ce qu'on a vraiment besoin de faire la liste de toutes mes cicatrices *maintenant* ? gémit-il. On peut en avoir pour un moment.

L'émotion lui serra le cœur. Combien de cicatrices avait-il encore ? Et surtout, comment pouvait-elle l'aider à guérir ses blessures intérieures, pour lesquelles les pansements ne servaient à rien ?

Jonah avait été entouré par la violence toute sa vie, il en avait été victime, et il avait appris à s'en servir pour expulser ses démons. Elle comprenait trop bien la souffrance qu'il avait dû subir.

Mais, malgré un mauvais démarrage dans la vie, il avait intégré la police pour devenir un défenseur, un protecteur, plutôt que de céder à la violence qui avait entaché son enfance. Avec Jonah à ses côtés, elle ne pouvait que réussir à surmonter ses propres difficultés. Une détermination ardente s'anima en elle, la conviction qu'une vie meilleure était à sa portée si elle avait le courage de la saisir, de se battre pour l'obtenir. Et Jonah tenait une place essentielle dans la vie qu'elle souhaitait pour elle et pour ses enfants.

Les larmes aux yeux, elle captura ses lèvres et mit tout son cœur dans son baiser tandis qu'elle enroulait les jambes autour de sa taille. Il explora son corps, usant de ses mains et de sa bouche avec une dextérité enivrante, jusqu'à ce qu'elle tremble de désir. Elle se cambra vers lui, brûlant de le sentir en elle, chaud et puissant.

Jonah se couvrit et la fit rouler au-dessus de lui.

— Tu prends le contrôle, Annie, murmura-t-il.

Un contentement merveilleux, une impression de justesse et de plénitude envahit Annie tandis qu'elle s'abaissait sur Jonah. Etrangement, elle avait l'impression que toute sa vie avait mené à ce moment-là, à cet homme-là. Tout ce qu'elle avait souffert, tout ce qu'elle avait sacrifié et perdu rendait cet instant encore plus précieux. Sa place était avec Jonah. Ils étaient tous deux meurtris, mais ensemble, ils étaient plus forts et meilleurs.

Des larmes de joie lui piquèrent les paupières tandis qu'elle le chevauchait, et la chaleur qui battait dans ses veines se fit plus forte, plus intense — jusqu'à ce qu'elle s'effondre dans ses bras.

Elle se cramponna à lui tandis qu'il soupirait son nom et frissonnait à son tour. Puis, dans l'obscurité silencieuse de sa chambre, ils restèrent enlacés sans rien dire. Comblés.

En sécurité dans les bras de Jonah, Annie sombra peu à peu dans un sommeil paisible qu'elle n'avait pas connu depuis des années.

Jonah replia un bras derrière sa tête et garda les yeux ouverts dans l'obscurité complète de la chambre d'Annie. De sa main libre, il caressait les cheveux soyeux de la jeune femme en écoutant sa respiration profonde et régulière. Elle s'était endormie.

Il ne s'attendait pas à être à ce point bouleversé par ce qu'ils venaient de vivre. Au-delà d'une puissante satisfaction sexuelle, le fait de joindre son corps au sien lui avait semblé si juste, si parfait, qu'il avait eu l'étrange impression de trouver enfin le sens de sa vie. Il savait que faire l'amour avec elle serait une erreur, qu'il serait encore plus difficile de la quitter après, et que cela la blesserait encore plus. Mais lorsqu'elle l'avait regardé avec le cœur dans les yeux et qu'elle lui avait demandé de lui faire l'amour, il n'avait pas pu résister. Il pensait pouvoir lui donner le plaisir et le confort qu'elle méritait tout en gardant la distance émotionnelle nécessaire, en épargnant son propre cœur.

Il se trompait.

Il cligna des yeux pour chasser les larmes qui lui brûlaient les paupières. Il fallait qu'il pense à Annie, pas à son cœur qui saignait. Ce soir, il avait appris quelque chose : il était tombé amoureux.

Le poids des regrets et de la frustration pesait sur sa poitrine. Peu importait qu'il en souffre, il fallait qu'il prenne la bonne décision pour Annie. Il ne pouvait pas lui offrir la famille, l'avenir, le bonheur qu'elle méritait, et il devait s'écarter pour laisser la place à un autre homme capable de le faire.

Il serra les dents jusqu'à ce que ses mâchoires lui fassent mal. Imaginer Annie dans les bras d'un autre homme, construisant sa vie avec quelqu'un d'autre, lui tordait le ventre.

Mais elle méritait mieux qu'une simple tentative. Pour lui, l'échec était impensable, inexcusable. Annie avait déjà survécu à un mariage malheureux, il ne voulait pas lui faire porter en plus le fardeau de sa propre histoire.

Jusqu'à l'aube, il engrangerait autant de souvenirs que possible. Et lorsque le soleil se lèverait, il ferait ce qu'il y avait de mieux à faire pour Annie.

Il partirait.

# 18

Lorsque son réveil sonna le lendemain matin, Annie tâtonna à côté d'elle avant même d'ouvrir les yeux. Jonah était parti. Son oreiller portait encore le creux de sa tête, et les draps restaient imprégnés de son odeur. Mais il s'était déjà levé, et avait disparu de sa chambre.

Une vague de déception l'envahit. Elle aurait voulu voir son visage avant tout autre chose, lui voler quelques baisers avant de prendre sa douche... Mais peut-être avait-il eu raison d'opter pour la discrétion. Il ne valait mieux pas que Haley et Ben découvrent un homme dans le lit de leur mère en venant lui faire des câlins le matin.

Même si elle ne travaillait que l'après-midi, Annie se força à se lever pour aller préparer du café. Elle jeta un coup d'œil sur le canapé du salon, puis regarda par la fenêtre. Jonah n'était nulle part en vue, et son pick-up non plus.

Les premiers soupçons de doute commencèrent à poindre en elle tandis qu'elle se servait une tasse de café. Où était-il parti ? Et pourquoi ne lui avait-il pas dit qu'il s'en allait ?

A cet instant, une petite Haley aux cheveux ébouriffés fit son apparition dans la cuisine et s'assit sur une chaise, son chat en peluche sous le bras.

— Bonjour, mon rayon de soleil !

Annie chassa bien vite ses interrogations au sujet de Jonah pour se concentrer sur sa fille. Les matins comme celui-ci, où elles pouvaient déjeuner ensemble et jouer avant qu'Annie ne parte au travail, étaient assez rares : elle avait envie de profiter de chaque instant passé avec sa fille.

Haley bâilla en se grattant la tête.

— Est-ce qu'on peut faire des pancakes, maman ?

— Bonne idée, répondit Annie en sortant une poêle.

« L'UNC gagne in extremis », titrait le journal en première page de la section sports. Jonah, assis dans son pick-up, sirotait le café qu'il avait acheté à un distributeur tout en parcourant rapidement le résumé du match. Pendant qu'il faisait l'amour à Annie, son équipe avait emporté la victoire de justesse. Il aurait dû être heureux. Au lieu de cela, il se sentait minable. Après avoir passé la nuit la plus extraordinaire de sa vie, il avait dû faire face, au réveil, à la dure réalité : Annie ne pourrait jamais être sienne. Depuis, son moral ne cessait de baisser.

Sauf que... son équipe avait tout de même gagné. Incapable de ressentir la moindre satisfaction, Jonah jeta le journal sur le siège passager, puis avala une autre gorgée de son café brûlant. Il prit son téléphone et composa le numéro de Farrout.

— L'UNC a gagné, dit-il sur un ton faussement excité lorsque celui-ci décrocha. Je crois que tu me dois quelques sous, Farrout.

Un silence pesant accueillit sa remarque.

— Ce soir à 23 heures, Chez Pop, répondit enfin Farrout. Je n'aime pas qu'il y ait trop de monde pendant les transactions.

Jonah inspira profondément. Aujourd'hui, Annie était du soir. L'idée qu'elle soit présente lors de son rendez-vous avec Farrout ne lui plaisait pas du tout, mais il n'osa pas contrarier le malfaiteur.

— Je serai là, répondit-il.

Les choses commençaient enfin à se mettre en place. Il détenait les dossiers de Hardin, et s'il allait voir Farrout avec un micro caché, voire une caméra, il pourrait recueillir les preuves dont il avait besoin. Il était grand temps de boucler son enquête. Il avait hâte que les coupables se retrouvent derrière les barreaux pour qu'Annie soit en sécurité, pour que Michael puisse reposer en paix, et pour que lui-même continue son chemin.

Un chemin sans Annie.

En imaginant la déception qu'elle avait dû éprouver en se réveillant seule ce matin, il sentit son estomac se serrer. Pendant qu'il s'habillait à la lumière de l'aube, elle avait semblé tellement paisible qu'il n'avait pas eu le courage de lui dire qu'il partait. En vérité, il n'avait pas eu le cran de la regarder dans les yeux, ses grands yeux vulnérables, et de lui briser le cœur.

Il fallait qu'il retourne la voir avant qu'elle ne parte au travail, pour s'expliquer. Ou peut-être pouvait-il la conduire au restaurant cet après-midi, et profiter de ce moment de tranquillité pour lui faire part de sa décision. Jonah se pinça l'arête du nez, pris d'un mal de tête lancinant. Comment réussir à regarder en face la femme qu'il aimait, et à lui dire qu'il la quittait ?

Son téléphone se mit à sonner. Il regarda le numéro appelant, et fut soulagé de voir qu'il s'agissait du coup de fil qu'il attendait.

— Devereaux.

— J'ai bien eu votre message.

— Je dois vous voir, dit Jonah en démarrant le moteur de son pick-up.

Annie attendit toute la journée que Jonah revienne chez elle. Ou qu'il l'appelle, ou qu'il la contacte de n'importe quelle façon. Mais il n'en fit rien.

Au restaurant, l'heure du dîner approcha, passa, et toujours aucun signe de lui. Annie était de plus en plus certaine qu'il était arrivé quelque chose la veille et qu'elle ne s'en était pas rendu compte. Jonah était-il parti pour de bon ? S'était-il fichu d'elle depuis le début ? Il recherchait peut-être une femme vulnérable à séduire, et maintenant qu'il avait réussi, il pouvait s'en aller... Elle avala péniblement sa salive, la gorge nouée par la peine et la déception.

Vers 22 heures, elle prépara une table pour un couple de personnes âgées venu prendre un dessert tardif.

— Deux tartes aux pommes, une avec une boule de glace, et l'autre sans, demanda l'homme.

— Je fais une intolérance au lactose, expliqua la vieille dame tandis que son mari lui tapotait tendrement la main.

Devant ce geste plein d'affection, Annie sentit les larmes lui monter aux yeux. Etait-il si saugrenu de rêver au genre d'amour que ce couple connaissait ? De vouloir un partenaire, un compagnon pour ses vieux jours ? D'aspirer au bonheur que partageaient Riley et Ginny ? Elle s'était imaginée vieillissant auprès de Jonah. Mais plus le temps passait sans qu'il ne donne de nouvelles, plus cet espoir s'amenuisait. Si Walt lui avait fait du mal physiquement, la douleur que Jonah lui infligeait en la laissant, alors qu'elle commençait juste à croire à un avenir heureux avec lui, était encore plus vive.

Tandis qu'Annie passait derrière le comptoir pour préparer les tartes aux pommes, Susan se pencha vers elle.

— Ils sont mignons, non ? chuchota-t-elle. Regarde, il lui tient la main. C'est tellement romantique !

— Mmh, fit Annie, n'ayant pas assez confiance en sa voix pour en dire plus.

— Hé, ça va ? lui demanda Susan. Tu as l'air toute retournée.

— Non, ça va aller, répondit Annie en secouant la tête. J'ai juste…

La fin de sa phrase s'éteignit sur ses lèvres tandis que Jonah entrait d'un pas nonchalant et s'installait dans un box, au lieu de prendre sa place habituelle au comptoir.

Il croisa son regard, puis détourna les yeux. Annie sentit son cœur cogner violemment dans sa poitrine.

— Ah, je vois, dit Susan avec un grand sourire, tout en faisant un signe de tête vers Jonah. Un problème de cœur, c'est ça ?

— Non, je… Arrête tes bêtises. Jonah est juste un ami.

— Bien sûr, dit Susan en s'éloignant.

Annie alla servir les tartes aux pommes aux deux amoureux avant de s'approcher de Jonah. Elle redressa les épaules et se força à sourire, bien décidée à ne pas lui laisser voir comme sa disparition et son silence l'avaient blessée.

— Salut, toi. Tu m'as manqué aujourd'hui, dit-elle d'un ton léger.

— Excuse-moi pour ce matin, répondit-il, l'air gêné. Tu dormais tellement bien, je n'ai pas osé te réveiller.

— Ça ne m'aurait pas dérangée.

— Et j'ai eu pas mal de choses à faire aujourd'hui...

— Jonah, ça va, l'interrompit-elle. Tu ne me dois aucune explication.

En entendant sa propre voix trembler, Annie serra le stylo dans sa main jusqu'à ce que ses jointures blanchissent.

— Non, ça ne va pas, insista Jonah en lui prenant le bras pour la faire asseoir à côté de lui. J'aurais dû t'appeler, ou venir te voir. Excuse-moi, Annie. Vraiment. Tu mérites tellement mieux que d'être traitée comme une aventure d'un soir.

Sa voix vibrait de passion, de conviction et... de regret.

— Il faut que je te dise, Annie, reprit-il. J'ai fait une erreur, hier soir. Je n'aurais pas dû coucher avec toi, et je suis désolé.

— Désolé ? répéta-t-elle, le ventre noué. Qu'est-ce que tu veux dire ?

— Je n'ai jamais voulu te faire du mal, Annie. Il faut que tu me croies.

— Jonah ? Qu'est-ce que tu dis ?

La crainte qu'elle avait ressentie toute la journée s'abattit sur elle avec la force d'un coup de poing. Il baissa les yeux sans répondre, incapable de la regarder en face.

— Tu es en train de me plaquer.

— Annie...

— Non, *plaquer* n'est pas le mot. Ça laisserait entendre qu'il y avait quelque chose pour commencer, l'interrompit-elle avec colère, tout en s'efforçant de retenir ses larmes. Car je suppose qu'il n'y a jamais rien eu entre nous, n'est-ce pas ? Tu m'as fait l'amour parce que tu avais pitié de moi.

Elle se leva de son siège, mais il la retint par le bras.

— Annie, attends ! Tu te trompes. Je tiens à toi. Je... je t'aime, mais...

Elle crut que son cœur s'arrêtait de battre. Figée sur place, elle le dévisagea tandis qu'il bafouillait pour trouver ses mots, visiblement aussi choqué qu'elle par sa propre confession.

— Tu ne peux pas dire « mais » après avoir dit « je t'aime », répondit-elle lorsqu'elle eut retrouvé son souffle. L'amour doit être inconditionnel, ou ce n'est pas vraiment de l'amour.

Il leva vers elle un regard suppliant qui lui déchira le cœur.

— Je suis désolé, Annie. J'ai envie d'être avec toi, de t'offrir tout ce que tu mérites. Mais je ne sais pas comment.

Elle se laissa retomber sur son siège, ne sachant plus quoi penser.

— Je ne comprends pas, dit-elle. Si tu m'aimes, alors...

Elle ne termina pas sa phrase et se mordit la lèvre, tentant de ravaler les sanglots qui lui serraient la gorge.

— J'ai essayé de te prévenir l'autre soir, dit-il en caressant sa main gelée. J'ai essayé de te dire de ne pas tomber amoureuse de moi, de ne pas placer trop d'espoir en moi. J'avais deviné que ton plus grand désir était de trouver le prince charmant. Mais je n'en suis pas un.

Annie regarda le couple de personnes âgées qui dégustaient leur tarte aux pommes. Elle ne pouvait nier qu'elle rêvait d'une vie de conte de fées. Mais n'était-ce pas le cas de toutes les femmes ? Qu'y avait-il de mal à cela ?

— Pourquoi penses-tu que nous ne serions pas heureux ? lui demanda-t-elle.

— Nous le serions peut-être au début. Mais je ne sais pas comment être un mari, comment être un père. Quand je pense au mien et à ma famille, aux mensonges et aux tromperies, à la colère, la violence, l'isolement...

Sa voix se brisa, et il se passa une main sur le visage.

— Je ne veux plus jamais revivre ça. Je ne veux pas t'imposer mes démons, et je ne peux pas te promettre un avenir si je ne suis pas certain que celui-ci sera parfait. Je veux que tu sois heureuse — pour toujours — mais je ne sais pas si je peux être celui dont tu as besoin.

— Tu ne veux même pas essayer ?

— Tu mérites mieux qu'un essai...

Elle dégagea brusquement sa main de la sienne et se leva.

— Pourquoi tu ne me laisses pas décider de ce que je mérite ? demanda-t-elle, en s'efforçant de contenir ses larmes. J'ai du travail.

Elle fit deux pas en direction de la cuisine, avant de se retourner.

— Tu veux commander quelque chose ?

— Ton indulgence ? murmura-t-il en levant vers elle un regard contrit.

Sa vision se troubla, et elle essuya avec colère les larmes qui lui montaient aux yeux.

— Je suis désolée, monsieur, mais nous n'avons plus d'indulgence ce soir.

Sur ces mots, elle fit volte-face et se hâta vers les toilettes pour pouvoir s'effondrer en paix.

Au fil de la soirée, le restaurant se vida peu à peu de ses clients. Et tandis qu'il voyait Annie l'éviter soigneusement, Jonah se sentit lui-même de plus en plus vide à l'intérieur. Il ne pouvait pas la quitter sur une note aussi négative. Il fallait qu'il lui parle de nouveau, qu'il lui fasse comprendre sa décision.

*« Je suis désolée, monsieur, mais nous n'avons plus d'indulgence ce soir. »*

La dernière phrase d'Annie tournait en boucle dans sa tête et, comme toujours, ses paroles le frappaient en plein cœur. Elle avait raison d'être en colère, de le détester. Malgré ses bonnes intentions, il l'avait blessée. Profondément. Il n'était pas sûr de pouvoir se le pardonner lui-même.

Quelques minutes avant 23 heures, Farrout et Pulliam poussèrent la porte du restaurant. Après avoir échangé quelques mots avec

Susan, Farrout jeta un regard circulaire sur la salle, puis rejoignit Jonah à sa table.

Annie releva la tête et regarda vers eux, les yeux agrandis par la peur. Il aurait tellement aimé pouvoir la prendre dans ses bras, la protéger...

Lorsque Pulliam ferma la porte du restaurant à clé et disparut dans la cuisine, Jonah sentit un mauvais pressentiment l'envahir.

— Tu as mon argent ? demanda-t-il à Farrout.

— On y viendra plus tard. D'abord, tu as quelque chose qui m'intéresse.

Bien qu'il ne laissât rien voir de son appréhension, Jonah n'en était pas moins inquiet. Si jamais Farrout avait découvert son petit jeu, il fallait absolument qu'Annie quitte le restaurant pour qu'elle ne se trouve pas mêlée à leurs règlements de comptes.

— Je ne sais pas de quoi tu parles, répondit-il après un moment de silence.

— Je savais que tu dirais ça.

Farrout se pencha vers lui, le regard noir.

— Je veux les papiers de Hardin, gronda-t-il. Je veux tout ce que tu as pris dans le casier de la gare routière, et je veux aussi ce que ta petite copine a volé dans mon bureau.

Jonah s'efforça de rester calme, impassible.

— Je n'ai rien qui appartienne à Hardin, répondit-il. Ce que j'ai récupéré à la gare routière, ce sont des vêtements de sport que j'avais déposés là avant un voyage.

Il se pencha à son tour vers Farrout et lui renvoya son regard agressif.

— Mais si je comprends bien, tu m'as suivi, ce que je n'apprécie pas trop. Pourquoi ? Qu'est-ce que tu as à cacher ? Et je n'ai pas de petite amie, donc je n'ai aucune idée de ce qui a été volé dans ton bureau. Tu devrais peut-être poser la question à tes sbires.

Farrout fit un signe de tête vers le comptoir, où Pulliam attendait, mâchonnant un cure-dent. En quelques secondes, ce dernier se jeta sur Annie et l'immobilisa.

— On devrait peut-être poser cette question à ta petite copine. Qu'est-ce qu'elle aurait à nous dire ? demanda Farrout avec un sourire diabolique.

Jonah serra les poings.

— Laisse-la en dehors de tout ça.

— Oh, mais elle en fait pourtant partie, non ? C'était la messagère de Hardin le soir où un paquet de dollars a disparu, elle était avec toi à la gare routière, et plus tard, au poste de police. Je l'ai surprise en train de fouiner dans mon bureau l'autre jour. Alors parle, Devereaux. C'est quoi, ton petit jeu ? Qu'est-ce que tu cherches ?

— Je veux juste l'argent que j'ai gagné en pariant sur l'UNC.

Farrout fronça les sourcils.

— Je ne me souviens pas de ce pari, prétendit-il. Pulliam, tu te souviens que Devereaux avait misé de l'argent sur l'UNC ?

— Non.

Jonah lutta pour contenir la rage qui bouillonnait en lui. Il regarda Pulliam, qui maintenait les bras d'Annie derrière son dos. *Pourvu qu'ils ne lui fassent pas de mal,* pria-t-il.

— Si vous laissez Annie partir, nous parlerons, proposa-t-il. Nous parlerons de la manière dont vous avez tué Michael Hamrick, par exemple.

— J'ai entendu dire que Hamrick s'était buté lui-même.

Farrout haussa les épaules avec nonchalance, comme si la mort de Michael n'avait pas la moindre importance. Jonah serra les mâchoires.

— En tout cas, je n'ai rien à voir avec sa mort, ajouta Farrout.

— Tu as tout à voir avec elle. Tu l'as dépouillé de tout son argent, comme tu essayes de m'escroquer maintenant. Tu as détruit sa vie.

— Je ne l'ai pas obligé à faire des paris, riposta Farrout. Il était accro. Il a perdu son fric tout seul. Moi, je suis juste un homme d'affaires, je profite de toutes les occasions pour gagner de l'argent.

Jonah ravala sa haine, lutta contre l'envie pressante de démolir le visage de Farrout. Il ne lui ferait pas le plaisir de craquer sous ses yeux. Il n'était pas comme son père, jamais il ne céderait à la violence.

Il jeta un coup d'œil vers Annie, dont les yeux sombres étaient agrandis par la peur.

— Dis à ton toutou d'enlever ses sales pattes d'Annie, grogna-t-il. Tout de suite.

— Donne-moi les dossiers de Hardin et ce qu'elle a pris dans mon bureau, répliqua Farrout.

Jonah n'aimait pas du tout le déséquilibre de cette situation. Farrout possédait toutes les cartes, et lui avait tout à perdre.

Car Pulliam tenait Annie, la femme qu'il aimait.

Annie sentait son cœur battre violemment dans sa poitrine. Elle représentait un handicap pour Jonah.

Chaque fois qu'il regardait dans sa direction, elle en était de plus en plus certaine. Tant qu'il s'inquiéterait de ce que Pulliam pouvait lui faire, il serait désavantagé. Il fallait qu'elle fasse quelque chose pour rétablir l'équilibre. Pour gagner du temps.

Quand Pulliam l'avait attrapée, elle avait vu du coin de l'œil Susan disparaître en cuisine. Elle ou Daniel, le cuisinier, avaient certainement déjà appelé la police.

Annie s'accrocha à l'espoir que les renforts allaient bientôt arriver. Elle retenait son souffle, sachant instinctivement qu'elle vivait là un moment clé de sa vie. La direction dans laquelle le destin l'emmènerait dépendrait largement de sa réaction, des décisions qu'elle allait prendre. Elle refusait d'attendre les secours sans rien faire, elle refusait d'être la victime d'un autre homme. Pour aider Jonah, il fallait qu'elle s'aide elle-même.

Elle révisa mentalement ce qu'elle avait appris au cours d'autodéfense, les gestes que Jonah lui avait montrés. Et, tandis qu'un plan se formait dans sa tête, elle continua à suivre la confrontation entre Farrout et Jonah.

— Qu'est-ce qui te fait penser que j'ai pris quelque chose à Hardin ? demanda ce dernier.

Annie devinait à son attitude qu'il aurait volontiers bondi sur Farrout pour lui arracher la gorge. Qu'il ne l'ait pas fait à la première occasion en disait long sur sa capacité à maîtriser ses émotions, à faire un usage limité de ses compétences en boxe. Annie l'admirait pour cela.

— Parce que je ne crois pas aux coïncidences, répondit Farrout. Tu t'es pointé dans la ruelle près de Fourth Street juste après que l'enveloppe de Hardin a été volée. Ta petite copine était la messagère de Hardin, et elle fouinait dans mon bureau le jour où le restaurant a rouvert. Mon indic vous a vus remplir un sac de sport avec le contenu d'un casier à la gare routière, le même casier dans lequel on avait vu Hardin déposer des dossiers une semaine avant. Tu ne trouves pas ça étrange, toi ?

Annie sentit sa gorge se serrer. Farrout les avait coincés. Or, elle avait regardé suffisamment de documentaires animaliers à la télévision pour savoir ce que toutes les bêtes, même les plus faibles, faisaient lorsqu'elles étaient coincées : elles luttaient.

Annie prit une grande inspiration, fit une petite prière, puis... rejeta de toutes ses forces la tête en arrière, dans le visage de Pulliam.

L'homme hurla de douleur et la relâcha brusquement pour porter une main à son nez. Annie ne perdit pas une seconde. S'emparant d'un pichet d'eau en métal sur le comptoir, elle l'envoya vers la tête de Pulliam.

— Sale garce ! Elle m'a cassé le...

Le pichet s'écrasa contre son crâne avec un gros bruit sourd. Pulliam tituba, tourna de l'œil et s'effondra par terre.

Annie se retourna juste à temps pour voir Farrout bondir sur ses pieds. Son regard noir fixé sur elle, il plongea la main à l'intérieur de sa veste.

A la seconde où Farrout brandissait son arme, Jonah le saisit à bras-le-corps et le plaqua au sol. Un coup de feu partit, assourdissant.

En un éclair, Jonah portait la main à sa cheville pour y saisir un petit pistolet, qu'il enfonça dans la tempe de Farrout.

— Lâche ton arme !

Farrout se débattit, jura, grogna. Jonah lui tordit le bras derrière le dos.

— Lâche ton arme ou je te casse le bras.

Grommelant des obscénités, le malfaiteur posa son pistolet par terre. Jonah coinça son arme dans la ceinture de son jean et s'empara rapidement de celle, plus grosse, de Farrout.

Il sortit des liens en plastique de sa poche et attacha les mains de Farrout derrière son dos. Puis il lui lia les pieds, avant de l'enchaîner à un pied de la table la plus proche avec des menottes.

Comme Farrout continuait à proférer des insanités, Jonah lui serra la gorge, pressant sa carotide. En quelques secondes, Farrout s'évanouit.

— Ne t'inquiète pas, il n'est pas mort, dit Jonah à Annie. Il reviendra à lui dans quelques minutes.

Annie laissa échapper le souffle qu'elle avait inconsciemment retenu. Ce cauchemar était-il vraiment terminé ? Une vague de soulagement la submergea. Elle sentit les larmes lui monter aux yeux et ses jambes se mirent à trembler.

— Ça va ? lui demanda Jonah en essuyant la transpiration qui perlait à son front.

Elle acquiesça, un sourire aux lèvres. Mais son sourire disparut bien vite lorsqu'elle vit Jonah se rembrunir en regardant quelque chose derrière elle.

Faisant volte-face, Annie se retrouva nez à nez avec Susan. Les lèvres de la serveuse ne formaient plus qu'une ligne mince et dure. Son regard était glacial.

Et elle pointait un pistolet tout droit sur le cœur d'Annie.

— Pas si vite, les amoureux. On n'a toujours pas réglé nos comptes, et le patron est en route.

# 19

Lorsqu'il vit le revolver pointé sur Annie, Jonah sentit son estomac se soulever. Se détournant du corps inerte de Farrout, il brandit le 9 mm de celui-ci en direction de Susan.

Annie lui avait fait part de ses inquiétudes au sujet de la serveuse, mais il ne les avait pas prises au sérieux. Il s'était trompé, et Annie en payait les conséquences.

— Baisse ton arme, Susan, ordonna-t-il d'une voix ferme et calme. Personne d'autre n'a besoin d'être blessé. Pose-la par terre et écarte-toi.

Susan émit un petit rire sec.

— Dans tes rêves, dit-elle en s'approchant un peu plus d'Annie.

Les mains moites de sueur, Jonah serra son arme plus fort.

Annie recula lentement jusqu'à ce que son dos touche le mur derrière elle.

— Daniel ! cria-t-elle. Appelle la police !

— Désolée, chérie, l'interrompit Susan en la saisissant par le bras. Daniel est parti il y a vingt minutes. Pulliam l'a renvoyé chez lui quand Farrout et lui sont arrivés.

Profitant de ces quelques instants d'inattention de Susan, Jonah se releva discrètement. Mais la serveuse tourna brusquement la tête vers lui tout en plantant son revolver derrière l'oreille d'Annie. Celle-ci grimaça de douleur.

— Ne fais pas un pas de plus, Jonah, prévint Susan. Je n'ai pas envie de lui faire mal, mais je n'hésiterai pas.

Annie se figea, lançant un regard suppliant à Jonah. « Qu'est-ce que je fais, maintenant ? » semblait-elle lui demander.

Jonah chercha au fond de lui le détachement dont il avait besoin. Il fallait qu'il traite cette situation comme toutes celles qu'il avait rencontrées au cours de sa carrière. Qu'il agisse en professionnel, qu'il laisse ses émotions de côté.

Mais il ne s'était jamais retrouvé dans une telle impasse, avec la femme qu'il aimait en ligne de mire. Comment pourrait-il continuer à vivre s'il lui arrivait quelque chose ? Que ferait-il sans elle ?

Cette prise de conscience soudaine lui glaça le sang. En mettant fin à leur relation, en la quittant, il l'avait déjà chassée de sa vie. Parce qu'il avait peur de l'inconnu. Parce qu'il ne supportait pas de raviver les souvenirs de son enfance. Parce qu'il était lâche.

Annie, elle, avait trouvé assez de courage pour affronter son passé, ses démons, ses angoisses, assez de courage pour quitter son mari violent. Pour leur donner une chance, à Jonah et à elle. Et pour l'aider à arrêter Farrout et ses hommes.

Parce qu'elle aimait ses enfants, et parce qu'elle l'aimait, lui. Jonah sentit sa gorge se nouer. Annie avait vaincu la peur… avec l'amour.

S'il l'aimait, pourquoi n'était-il pas capable de faire de même ?

Il serra les dents, luttant contre les doutes et les interrogations qui l'assaillaient. Il fallait qu'il se concentre pour libérer Annie. S'il arrivait à occuper Susan, à la distraire, il avait peut-être une chance de sauver Annie. Et si tout se passait comme prévu, les renforts ne devaient pas tarder à arriver. Il fallait juste gagner un peu de temps.

— Qu'est-ce que vous faites, Susan ? Pourquoi êtes-vous mêlée à cette sombre histoire ? demanda Jonah.

Annie se mordit la lèvre en s'efforçant de ne pas penser au canon pointé sur son crâne. Ses enfants avaient besoin d'elle. Elle ne pouvait pas mourir maintenant. Si elle ne savait pas elle-même comment se sortir de cette situation macabre, elle avait confiance en Jonah. Elle était prête à s'en remettre complètement à lui. Et si elle trouvait un moyen d'aider, elle agirait.

— Je ne suis pas stupide, répondit Susan. Je reconnais l'argent facile quand je le vois. Pourquoi n'aurais-je pas droit à ma part du gâteau ? En plus, on peut dire que c'est mon héritage familial.

— Qu'entendez-vous par là ? demanda Jonah, les sourcils froncés.

Elle haussa les épaules, enfonçant un peu plus le pistolet dans la tête d'Annie.

— C'est mon père qui dirige l'opération, expliqua-t-elle. Mon boulot de serveuse est juste une couverture, pour que je puisse surveiller les gens qui travaillent pour lui.

— Votre père est le « Pop », le Papa, de « Chez Pop » ?

Jonah parlait sur le ton de la conversation, mais Annie devinait à son regard qu'il savait très bien où il allait.

— Exactement, répondit Susan. Pop lui-même. Et c'est moi qui ai découvert ce que Hardin mijotait. Je savais qu'il avait eu des problèmes avec la police pour une histoire de drogue. Quand j'ai vu que subitement, il n'était plus inculpé, j'ai trouvé ça curieux. Et Hardin s'est mis à se comporter bizarrement.

— Comment ça, bizarrement ? demanda Jonah, sans jamais baisser son arme.

Annie l'observa, impressionnée par son assurance tranquille, attendant un signe de sa part.

— Hardin est devenu nerveux, il avait une sale mine le matin, comme s'il ne dormait plus. Comme si le stress le rongeait de l'intérieur. J'ai prévenu papa qu'il se tramait quelque chose, et papa a fait suivre Hardin. Ses hommes l'ont vu transporter une pile de dossiers depuis le restaurant jusqu'à la gare routière. Puis, en tendant l'oreille, j'ai eu assez d'informations pour faire en sorte que quelqu'un intercepte l'argent et les papiers incriminants que Hardin voulait faire passer à son contact de la police. On avait toutes les raisons d'éliminer Hardin. Il était devenu dangereux.

Annie se figea.

— Tu... tu as tué Hardin ?

— Mon Dieu, non ! ricana Susan. Pas moi. Papa paye des hommes pour faire ce genre de boulot.

— Farrout et Pulliam, devina Jonah en désignant d'un signe de tête les deux hommes qui gisaient, inconscients, sur le sol.

— Peut-être. Ou celui qui attendait Annie dans la ruelle. Ou bien quelqu'un d'autre. Je n'en sais rien, et je m'en fiche.

Annie sentit Susan se raidir, comme si elle devenait soudain nerveuse.

— Bon, assez discuté. Je ne voulais pas en dire autant. Pose ton arme, Jonah, ou... ou je tue Annie.

Annie vit les yeux de Jonah se plisser imperceptiblement. Au lieu de lâcher son arme comme elle le lui demandait, il posa son index sur la gâchette.

— Vous ne voulez pas vraiment faire de mal à Annie, Susan, lui dit-il. C'est votre collègue, votre amie. Elle a des enfants en bas âge. Et elle n'a rien à voir avec cette histoire. En revanche, ajouta-t-il, le regard sombre, je n'aurai aucun scrupule à tuer une femme si nécessaire.

A cet instant, il fixa sur Annie un regard intense et pénétrant. Un frisson d'appréhension la parcourut. Elle était certaine qu'il tentait de lui dire quelque chose.

Tout en continuant à soutenir le regard d'Annie, il reprit calmement :

— Si vous tirez sur Annie, je n'hésiterai pas à vous descendre. Vous allez *tomber* en un *clin d'œil.*

Il reporta sur Susan son regard implacable.

Puis il cligna des yeux.

Annie se laissa tomber comme une poupée de chiffon. Un coup de feu retentit, et Susan poussa un cri. En se retournant, Annie vit la serveuse porter une main à son épaule, lâcher son arme et s'effondrer sur le sol.

— Fumier ! gronda soudain une voix masculine. Qu'as-tu fait à ma fille ?

Un homme aux cheveux gris, qu'Annie avait l'impression d'avoir déjà vu, se tenait devant la porte de la cuisine.

Pop était arrivé.

Jonah braqua son arme sur l'homme qui venait d'apparaître… et son pouls s'accéléra lorsqu'il le reconnut.

— Frank ?

Le propriétaire de la salle de sport s'empara du pistolet que Susan avait fait tomber et le pointa sur Jonah.

— Tu ne peux pas savoir à quel point je suis déçu de te trouver ici, Devereaux, dit-il. Tu es l'un de mes meilleurs boxeurs, ça me fait vraiment de la peine de devoir te tuer. Tu vas nous manquer au gymnase.

— C'est toi, le propriétaire du restaurant ? C'est toi qui as tout organisé, les paris illégaux, le blanchiment d'argent ?

En entendant l'incrédulité dans sa propre voix, Jonah s'efforça de se ressaisir, de se remettre de son choc. Il fallait absolument se concentrer sur un problème bien plus urgent — le pistolet que Frank tenait à la main.

Jetant un coup d'œil vers Annie, il s'aperçut qu'elle était en train de presser un linge propre sur la blessure de Susan, alors qu'à peine deux minutes plus tôt, cette dernière lui braquait un pistolet sur la tête…

— Mes boxeurs étaient tout le temps en train de parier sur telle ou telle équipe pour tel ou tel match, expliqua Frank en s'approchant de Jonah. Je me suis dit qu'il y avait un moyen facile de se faire du fric. J'avais acheté le restaurant quelques années plus tôt, et il s'est révélé parfait pour blanchir l'argent. Mais quand une opération comme celle-ci se développe, on rencontre assez vite des problèmes. Les gens en qui vous aviez confiance vous trahissent pour sauver leur peau.

— Hardin ?

— Par exemple. Il était devenu dangereux. Il voulait plus d'argent, il a fait des erreurs... j'aurais dû m'en débarrasser plus tôt.

Jonah inspira profondément, luttant pour garder son sang-froid.

— Et Michael Hamrick ? Tu l'as escroqué. Avant de mourir, il m'a dit qu'il avait gagné des paris mais qu'on avait refusé de le payer. Qu'on l'avait poussé à investir ses économies sur des gros paris.

— Personne ne lui a pointé un flingue sur la tempe, si c'est ce que tu sous-entends, répliqua Frank. Il s'en est chargé lui-même.

Bouillonnant de rage, Jonah se jeta sur lui en hurlant de dégoût.

— Jonah, non ! cria Annie en se précipitant elle aussi sur Frank.

Un coup de feu retentit, suivi d'un cri. Annie s'effondra contre Jonah, son tablier blanc maculé de sang.

— Annie !

Jonah se laissa tomber avec elle sur le sol, glacé d'horreur.

Alors que Frank visait Jonah, la porte vitrée du restaurant vola en éclat. Une dizaine de policiers armés se précipitèrent dans la salle, prêts à tirer.

— Police ! Pas un geste ! Baissez votre arme et couchez-vous à plat ventre sur le sol !

Acceptant sa défaite, Frank lâcha son pistolet et s'allongea par terre.

Jonah fusilla du regard l'homme qui dirigeait l'opération. *Joseph Nance.*

— Vous en avez mis, du temps ! s'indigna-t-il. Annie est blessée. Appelez une ambulance, vite !

# 20

— Maman ?

La petite voix douce transperça le brouillard dans lequel Annie était plongée. Une main effleura sa joue. Elle cligna des yeux et sentit son cœur se gonfler de bonheur en distinguant le visage de Haley au-dessus d'elle.

— Bonjour, mon trésor. Comment va ma fille préférée ? demanda-t-elle d'une voix râpeuse, la gorge sèche et douloureuse.

A en juger par les appareils qui clignotaient autour d'elle et les odeurs de médicaments, elle se trouvait à l'hôpital. En revanche, elle n'avait aucun souvenir d'y être entrée.

— Ça va, répondit Haley.

En voulant se blottir contre elle, sa fille lui heurta légèrement les côtes. Annie poussa un cri de douleur.

— Dis, princesse, tu ne veux pas venir t'asseoir ici avec moi ? Rappelle-toi, je t'ai expliqué que ta maman ne se sentait pas très bien.

Annie tourna la tête, cherchant à voir l'homme qui venait de parler.

Jonah était assis dans un fauteuil, à côté du lit. Mal rasé, les habits froissés, les cheveux en bataille, il ne lui avait jamais paru aussi beau. Mais lorsqu'il croisa son regard, elle crut y lire les mêmes questions, les mêmes doutes qu'avant.

*« Je ne sais pas si je peux être celui dont tu as besoin. »*

Annie ressentit de nouveau une vive douleur, qui cette fois

n'avait rien à voir avec la balle qu'elle avait reçue. Malgré les événements dramatiques qui s'étaient déroulés au restaurant, rien n'avait été réglé entre Jonah et elle.

Haley monta sur les genoux de Jonah, qui lui caressa tendrement les cheveux.

— N'aie pas peur, murmura-t-il à la fillette. Tu sais, je t'ai dit que ta maman était très forte. Elle va guérir vite.

Haley acquiesça, puis se tourna vers sa mère.

— Jonah dit que tu es une héroïne, maman. Tu lui as sauvé la vie, et tu l'as aidé à arrêter un méchant.

— Il a dit ça ? demanda Annie en lançant un regard interrogateur à Jonah.

— Ne t'inquiète pas. Je lui ai donné la version dessin animé du samedi matin. Je me suis dit que la vérité légèrement filtrée valait mieux qu'un mensonge, expliqua-t-il, l'air incertain.

— Tu as bien fait, le rassura Annie. Merci de ta discrétion. Où est Ben ? demanda-t-elle d'une voix enrouée.

Jonah chuchota quelques mots à l'oreille de Haley, qui descendit de ses genoux pour apporter à Annie quelques morceaux de glace pilée.

— Merci, ma chérie.

— Ben est avec ton amie Ginny, répondit Jonah. Elle a proposé de garder Haley aussi, mais Haley ne voulait rien entendre avant d'avoir vu sa maman à l'hôpital.

Un bruit de pas se fit entendre derrière la porte. C'était Riley, le mari de Ginny, qui entrait avec deux grandes tasses de café à la main. Quand il s'aperçut qu'Annie était réveillée, il s'arrêta et lui adressa un grand sourire.

— Hé, bienvenue parmi nous, la Belle au bois dormant ! Je ne sais pas quels médicaments ils t'ont donnés, mais ils t'ont bien assommée.

— J'ai dormi combien de temps ? demanda Annie, les sourcils froncés.

Jonah vérifia l'heure sur sa montre.

— Environ treize heures et demie. Treize heures et trente-six minutes pour être exact, précisa-t-il avec un petit sourire. Les plus longues heures de ma vie.

Riley tendit une tasse de café à Jonah et caressa les cheveux de Haley.

— Maintenant que tu as vu que ta maman allait bien, qu'est-ce que tu dirais de la laisser se reposer et d'aller aider Ginny à s'occuper de ton frère ?

Haley alla embrasser sa mère, puis accepta que Riley l'entraîne hors de la chambre.

— Tu es resté avec mes enfants cette nuit ? demanda Annie à Jonah dès qu'ils furent seuls.

— Oui. J'avais surtout envie de rester avec toi, mais je savais que ta priorité serait les enfants. J'ai un peu harcelé les infirmières en appelant l'hôpital toutes les cinq minutes pour prendre de tes nouvelles, mais...

— Mon héros, le coupa Annie, un grand sourire aux lèvres.

— Je ne vois vraiment pas comment tu peux dire ça, protesta-t-il. Tu ne serais pas là si je n'avais pas...

— Je suis là parce que j'ai été assez stupide pour tenter de désarmer Frank, l'interrompit-elle.

— Non, tu as été assez courageuse pour agir alors que j'étais en danger. Je te dois d'être encore en vie.

Elle tenta de hausser les épaules, mais le mouvement la fit grimacer de douleur.

— Tu m'as sauvé la vie plus d'une fois. Disons que nous sommes quittes.

Jonah eut un sourire timide, puis baissa les yeux sur ses mains.

— Qu'ont dit les médecins ? demanda Annie pour briser le silence gênant qui s'était installé. La dernière chose dont je me souvienne, c'est des pompiers en train de m'administrer un antidouleur. Ensuite, c'est le trou noir.

— La balle que tu as reçue n'a pas touché d'organe vital, mais elle t'a cassé une côte. Tu vas avoir mal pendant quelques semaines, et ils veulent que tu te reposes pour pouvoir guérir plus vite.

Annie eut un petit rire.

— Tu leur as dit qu'on peut tirer un trait sur la notion de repos quand on a deux enfants en bas âge?

— Annie... fais ce que disent tes médecins. Ginny, Rani et moi, nous t'aiderons pour Haley et Ben.

— Toi? dit-elle avec une lueur d'espoir.

— Si tu veux bien, répondit-il, le regard triste. Je sais que je t'ai blessée, Annie. Tout ce que j'ai dit l'autre soir... Je...

Il ferma les yeux et se passa une main sur le visage.

— Jonah, avant de me dire que tu ne sais pas comment être un père et un mari, pense à tout ce qu'on a déjà fait ensemble.

Il leva les yeux vers elle, intrigué.

— L'autre soir, chaque fois que je me disais « ça y est, le cauchemar est terminé », il arrivait encore quelque chose, continua-t-elle. Susan a surgi avec un pistolet. Puis ç'a été le tour de son père. Je ne savais pas quoi faire, comment nous sortir de là, mais j'avais confiance. A nous deux, on s'en est sortis. On a survécu en faisant équipe.

Elle s'interrompit, les sourcils froncés.

— Ils ont tous été pris, n'est-ce pas? demanda-t-elle. On n'a pas à craindre que quelqu'un d'autre surgisse de l'ombre avec un pistolet à la main?

— Les quatre du restaurant ont été arrêtés et emmenés au poste pour être interrogés, la rassura Jonah. Farrout et Pulliam, en espérant recevoir des peines plus légères, se sont vite mis à table. Ils ont donné des noms, des adresses, tout ce qu'il faut. Pendant que nous parlons, les autres sbires de Frank sont en train d'être arrêtés. Oui, cette fois, c'est vraiment fini.

Soulagée, Annie ferma les yeux, repensant au moment où la police était intervenue au restaurant. Un visage se détachait parmi les autres.

— L'homme d'affaires, marmonna-t-elle, avant de rouvrir les yeux pour regarder Jonah. Joseph Nance, c'est bien ça? Il était déjà venu au restaurant. Je l'ai reconnu, parce qu'il m'observait tellement bizarrement chaque fois qu'il était là que ça me donnait la chair de poule.

— Hardin l'avait contacté, tout en restant très vague sur ce qu'il voulait. Nance s'est posé des questions quand Hardin a été tué. Il avait déjà commencé à enquêter quand je l'ai appelé.

— C'est comme ça que les flics ont été au courant de ce qui se passait hier soir ? Je me disais bien que ce n'était pas une coïncidence.

— Après avoir parcouru les dossiers de Hardin, j'ai décidé qu'il était temps d'en parler à la police, expliqua Jonah. J'ai appelé Joseph Nance, je lui ai montré ce qu'on avait, et on a échafaudé un plan. Je portais un micro hier soir. Ils ont tout entendu, et ils ont su quand intervenir.

Jonah marqua une pause.

— L'inspecteur Nance m'a offert un job à la police de Lagniappe, ajouta-t-il.

— Et tu vas l'accepter ?

— J'en ai l'intention.

Annie se laissa aller en arrière contre ses oreillers, tentant d'assimiler toutes ces informations.

— J'imagine que pour ma part, j'ai perdu mon boulot, soupira-t-elle.

— Considère ça comme une opportunité. Tu peux faire ce que tu veux de ta vie, Annie.

— Ginny m'a dit que le centre d'accueil pour femmes peut aider financièrement celles qui souhaitent reprendre leurs études, dit-elle rêveusement. Je pourrais peut-être retourner à la fac. L'université locale a un programme spécial pour les travailleurs étudiants.

— Ce projet me plaît, observa Jonah en souriant.

C'était un problème de réglé, songea Annie. Mais il en restait un autre à résoudre, et de taille, si elle voulait que son bonheur soit complet.

— Jonah, dit-elle prudemment, le cœur battant la chamade. Vu tout ce qu'on a déjà surmonté, comment peux-tu encore douter de notre capacité à vivre heureux ensemble ? Et je dis *notre* capacité, parce que tu ne seras plus tout seul. Nous formerons une équipe.

Jonah retint son souffle. Elle crut voir une flamme s'allumer dans son regard et chasser les ombres qui assombrissaient son expression. Annie sentit l'espoir grandir en elle.

Il se leva de son fauteuil pour venir s'asseoir au bord du lit, et lui prit doucement la main.

— On forme en effet une bonne équipe, admit-il.

— Je sais que l'idée de la famille te rappelle des souvenirs douloureux, mais j'ai envie d'être là pour t'aider à affronter ces fantômes de ton passé… si tu veux bien.

Il lui répondit en lui embrassant la paume de la main.

— Je sais que notre vie ensemble ne sera pas toute lisse, continua-t-elle. On rencontrera sûrement des difficultés, comme tous les couples. Mais hier soir — ces dernières semaines, plus exactement —, nous avons relevé tous les défis qui se présentaient à nous *ensemble*, et nous avons réussi. Nous pouvons faire pareil en tant que famille.

Il se pencha sur elle pour l'embrasser sur le front.

— Hier soir, quand Susan pointait ce pistolet sur toi, j'étais terrifié à l'idée qu'elle te tire dessus et que je te perde. Et puis je me suis rendu compte que je t'avais déjà perdue, parce que j'avais laissé la peur contrôler mon cœur à la place de mon amour pour toi. J'ai eu honte de moi-même. Tu mérites tellement mieux !

— Jonah, ne laisse pas la peur t'empêcher de rejoindre notre famille. Je t'ai vu avec mes enfants. Tu es gentil, doux, protecteur, mais tu sais aussi être ferme quand il le faut. Tu as de bons réflexes avec eux. Tu sais quoi leur dire pour les rassurer, sans leur mentir. Le fait que tu sois resté avec eux hier soir en dit long, je trouve. Tu as d'abord pensé à eux. Suis ton instinct, et tu seras un père formidable.

Il lui caressa tendrement la joue.

— Je sais que tu as probablement raison. J'ai… juste besoin de régler quelques questions.

— Jonah… qu'as-tu besoin de savoir de plus ?

— Seulement que tu me fais confiance.

— Tu sais bien que je te fais confiance.

— Très bien. Alors repose-toi, maintenant, dit-il en l'embrassant délicatement, avant de s'écarter du lit. Et sache que je t'aime.

Quelques semaines plus tard, Annie finissait de se coiffer, attachant ses cheveux en arrière comme Jonah l'aimait, lorsqu'elle entendit un coup de sonnette.

— C'est lui ! s'écria Haley en filant vers la porte d'entrée.

En entendant Jonah embrasser sa fille et son fils, Annie sentit son cœur faire un bond dans sa poitrine. Elle clipsa rapidement sa barrette et se hâta de rejoindre Jonah et ses enfants.

— Salut, beauté, dit-il en la voyant apparaître dans le couloir.

— Tu es en avance, répliqua-t-elle sur un ton de fausse réprimande.

— J'avais hâte de te revoir. Et j'avais une surprise pour toi qui ne pouvait pas attendre non plus.

— Une surprise ?

Elle remarqua pour la première fois qu'il cachait une main derrière son dos. Une boîte de chocolats ? Un bouquet de fleurs ? songea-t-elle avec l'excitation d'une petite fille.

— Allez, montre.

— J'espère qu'elle te plaira.

Jonah inspira profondément, et lui présenta… un chaton.

Haley se mit à taper dans ses mains, tandis que Ben gloussait de bonheur.

Comme Annie restait bouche bée, Jonah lui adressa un grand sourire.

— Tel que je vois les choses, toute nouvelle famille devrait avoir un animal domestique, dit-il.

Ignorant les enfants qui sautillaient d'impatience en tendant les mains, il déposa le petit chat noir et blanc dans les bras d'Annie.

De minuscules griffes s'enfoncèrent dans son chemisier, tandis qu'une adorable petite tête levait des yeux verts vers elle. Annie se sentit fondre.

— Il est adorable, mais...

— Il n'y a pas de mais. Tu as dit que tu voulais avoir un chat *un jour*. Quand Walt ne pourrait plus te faire de mal, que ta vie serait plus calme, et que ton avenir paraîtrait radieux.

Il lui caressa tendrement la joue, puis baissa la voix.

— Je sais que tu espérais une bague, mais... pour l'instant, est-ce qu'Avril te convient ?

— Avril ?

— C'est comme ça que je l'ai appelé, pour célébrer le mois où nous avons commencé notre nouvelle vie, notre nouvelle famille. C'est pour te promettre que je serai le meilleur mari et le meilleur père possible.

Annie enroula un bras autour du cou de Jonah et l'embrassa avec passion. Comme Haley tendait les mains vers le chaton, Annie le lui déposa dans les bras.

— Fais doucement, ma chérie. C'est encore un bébé.

— Je vais l'appeler Pookie ! décida la fillette en berçant l'animal.

— Pookie ? répéta Jonah en grimaçant.

Annie se mit à rire, des larmes de joie plein les yeux.

— Pookie, Avril, peu importe... J'aime ma surprise. Et je t'aime toi, Jonah. Tu m'as aidée à me retrouver alors que j'étais perdue.

Jonah l'attira dans ses bras, le visage rayonnant de bonheur.

— Et toi, tu m'as donné le courage de fonder une famille alors que j'étais seul, à la dérive.

— Nous sommes partenaires, alors ? Nous pouvons affronter l'avenir ensemble ?

— Et comment, répondit Jonah en posant son front contre celui d'Annie. Le jour dont tu rêvais est enfin arrivé.